JN194723

イェイツ・コード
Yeats Code

Phantasmagoria,
a Technique of Poetic Soul

詩魂の源流
面影(ファンタスマゴリア)の技法

木原 誠

小鳥遊書房

†目次†

序章 75

第一章 めぐり逢う僧侶たち 西洋の琵琶法師と東洋のカルディ
──西洋の走馬灯、「ファンタスマゴリア」の世界とその技法 145

第二章　アイルランドのコーカサス、ベン・ブルベン

第五章　「蜜蜂の巣」／聖者と魔女の共生の住処

——蜜蜂よ、熱き冷たき暁の　甘美なる目をもて巣を作れ、生と死の間に　301

第六章　北イ・ニールの王子・聖コロンバ、騎馬の聖者

——「神々の時代」と「子の時代」の際で「王の角笛」を吹く者　331

第七章　ディンヘンハスの大いなる形式、憑依／面影の技法
——聖者に取り憑く騎馬の男女たち、その行方　353

第八章　カルディの起源としての聖アントニー
——「ファンタスマゴリア」の技法と「仮面」の声　377

第九章　イェイツの墓石と古代の高十字架
――カルディの末裔　異端者たち、その行方　409

第十章　贖罪巡礼の聖地、ベン・ブルベン
――騎馬の者たちへの祈り　聖パトリックの鎮魂歌　435

（上）イェイツに霊感を与えたベン・ブルベンの山。ヒダのような地形が特徴。

（左）イェイツの墓。刻まれているのは“Under Ben Bulben”の最終行――「冷たき眼を投げかけよ／生と死に／騎馬の人よ、過ぎゆけ！」

凡例

・註は巻末に、各章ごとに記したが、その場で読者に目を通して頂きたい註は*をつけて割り註とした。
・原書においてイタリックスの部分は、翻訳・引用する際に傍点で示した。
・各章のエピグラフおよび本文中の引用は断りのない限り筆者訳である。引用した文献については巻末に付した。
・引用中の［　］は筆者註である。
・引用中の「……」は中略を表す。
・引用した詩の筆者翻訳にあたり、詩のリズムを重視し、カンマやコロンにあたる句読点を省いたところもある。
・イェイツと交流のあった人物、本書における重要な人物のみ欧文を記した。
・イェイツ作品のみ、刊行年を本文に示した。

パノラマ

いかに多くの人が、あなたの慈愛に満ちた　あの瞬間を愛したことでしょう／……でも、一人の男はあなたに宿る巡礼の魂を愛したのです／あなたの面に映る悲しみを愛したのです。

——W・B・イェイツ（「あなたが年老いたとき」）

ミイラがミイラ布に包まれているように／……私が心の放浪に包まれていてくれるのであれば、／ほかに何もいらない

——W・B・イェイツ（「万霊祭の夜」）

神秘主義が内向的な巡礼であるように、巡礼とは外向的な神秘主義とみるべきである。……巡礼者はほとんど必然的に聖なる対象に触れる。そしてそれから自己自身に触れる。巡礼の探究は「経験の考古学」である。

——ヴィクター・ターナー（『キリスト教文化のなかのイメージと巡礼』）

W・B・イェイツの作品全体、その間テキストのなかに壮大な一大絵巻が、ある特殊な技法を用いて密かに描き込まれている。その技法はイェイツの詩作の「第一原理」に位置づけられているものだが、彼はその技法を「**ファンタスマゴリア**」と呼んでいる。それは目に映る現実の世界を漆黒の闇のもとに晒し、想像力という名の「透視ランプ」、そのなかに置かれた「一本の蝋燭の炎」によって世界を陰影化する詩の技法である。すなわち、それは理性の光＝エンライトメント（啓蒙主義）の名のもとに、自己の生と実存に密接にかかわる魂（信仰／信条）の問題までもが合理的に意味づけされ、影を失ったこの世界、そのいっさいを黒く塗りつぶされた影絵（魂）のシルエット、不知の**暗号＝コード**に変え、もって現実を影法師が駆けめぐる走馬灯＝幻影の世界へと変化（へんげ）させる反リアリズムの方法、**〈面影の技法〉**とでも呼べるような彼一流の詩法のことである。

その完成には夢幻能との時空を超えた東西の奇蹟のめぐり逢いがあった。夢幻能はアイルランド詩の大いなる伝統、「ディンヘンハス」のもつ呪術的要素、土地の記憶を宿す地霊を呼び出し、詩人／僧侶の心に憑依させる呪術を、近代の象徴詩の技法、「ファンタスマゴリア」に巧みに連結させていくための〈橋がかり〉となったからである。彼は面影を具現化する死者が舞う走馬灯の世界、夢幻能の様式に「ファンタスマゴリア」の「成就」をみたのだ。

それでは、この技法によって映し出される一大絵巻、そこに描かれているものは何か。それは、イェイツが「アイルランドの魂の歴史」の体現者とみなす古代・中世の修道僧、通称「**カルディ**」（「神の下僕」の意）と呼ばれる者たち、その精神（魂）の系譜である。

この者たちの存在は、イェイツにとってきわめて重い意味をもつものであった。というのも、彼が構想したアイリッシュ・ルネサンス、その規範に彼が据えようとしたもの、それはまさにこのカルディたちによるアイルランド修道院文化だったからだ。すなわちヨーロッパで起こったメロリング・カロリング朝ルネサンスを牽引し、彼がいう「存在の統合の時代」に相当する六世紀半ばのアイルランド文化黄金時代、その礎を築いたのはカルディたちだ、と彼はみた。その意味で、作品全体に一大絵巻を描くことは生涯にわたる彼の壮大なプロジェクトに位置づけられるものであり、それは同時に、「カルディ」という表題をもつ一編の現代の叙事詩を書くにも等しい試みであった。

ただし、詩人にとってカルディは別の側面をもつ存在でもあった。イェイツは彼らのなかに聖者であるとともに、アイルランドの**詩魂の源流**に立つ者、地霊に己の心と口を貸す巡礼の霊媒師／詩人、いわば**アイルランドの琵琶法師**〈夢幻能のワキ＝法師〉としての一面をみていた。このため、カルディは彼の作品世界全体に偏在し、読者の傍らにつねに寄り添い語りかけてくる影法師、いわばイェイツの作品世界を辿る心の旅路、その〈同伴者／インマヌエル（「主、我らとともに在り」の意）〉のような存在である。だが、彼らを描く詩の技法、その特殊性のゆえに、その存在に気づく読者は稀だ。そのため彼らはいまだイェイツ研究、その最大の死角にあるといってよい。

とはいえ、この存在に気づくことの意義はきわめて大きい。なぜならば、この気づきによって、彼の作品全体の各テキスト、そのなかに散りばめられているいまだ正体不明の各メタファーの群れ、あるいは意味不明の多くの謎の詩文、それらがこの影法師を要に連結され、一つの意味として読者の前に立ち顕れてくることになるからである。この体験は、ただ無意味に描かれている点と線の羅列、それらがはるか上空から眺められたとき、一枚の巨大な地上絵であることに気づいた考古学者、そのユーレイカの瞬間にも比すべきものがある。あるいは路傍に「撒き散らされた枯骨」が、突然、一つの聖なる身体に連結されていくというかの幻、「枯骨の夢（ディアスポラ）」を視た預言者エゼキエル、そのエピファニーの瞬間にも比すべきものがある。

本書は、以上掲げた命題を、彼の作品全体を間テキストのもとにおいた読みの実践をとおして検証していく。これにより、イェイツの作品にかんする新しい読みの地平を切り拓いていくことを目指すものである。

（上）グレンダ・ロッホ修道院。現在は廃墟となっている。

（右）アイルランド・アントリム州・ダンルース城内の墓地に立つハイ・クロス

はじめに——迷宮の巡礼、見取り図

ローマが崩壊したとき、ヨーロッパは暗黒の廃墟と化した。狼どもの遠吠えが不毛の通りで鳴り響いていた。そんなとき、生き延びた魂たちは身を引き、やがて修道院や修道会、勇気をもって静かな労働に勤しむ小さな共同体を設けた。どうにもならない状況、荒廃という洪水に世界が打ち負かされた只中で、この者たちだけが崩壊から、暗黒の時代の漆黒の闇の訪れから人間の精神を守ったのである。この男と女たちによって教会が造られ、そして、それがヨーロッパを造ったのである。……大洪水の時代を通し、勇敢な数少ない魂だけが虹の下で箱船のオールを漕いだのだ。……もし私が四百年の時代に生きていたならば、彼らの一人になることを願ったであろう。まことの情熱をもったキリスト教徒、冒険家になることを。だが、今や、かのキリスト教徒の冒険はすでに終わりを告げている。私たちは身を新たにし、神へと向かう新しい冒険を始めなければならない。

——D・H・ロレンス（「手紙」）

アイルランドにおける最初のキリスト教の布教者は聖パトリックではなかった。そうだとすれば、聖パトリックは間違いなくアイルランドのなかにエジプト起源のキリスト教徒を見出したはずだし、その信徒の特徴がさらに古い信仰形態を留めていることに彼は気づいたはずである。このことは私たちの創作活動にとってきわめて重要な意味をもっている。おそらくは、才能に恵まれた若者ならば発見することになるだろう。自身の尊敬できる男女の姿がそこにあることを……かくいう私はその最初の一歩を踏み込んだことになるのだ。

——W・B・イェイツ（アイリッシュ・プレス宛ての「手紙」）

私はつねに自分自身というものを、自らが信じるさらに大いなるルネサンス、すなわち知性に対する魂の反乱、その一つの声であるとみなしてきました。そして今、そのルネサンスが始まっているのです。

——W・B・イェイツ（オリィアリ宛ての「手紙」）

私たちアイルランド人自身、危機的な状況に生きている。すなわち詩を政治的立場の一つの表明手段などと考えてしまうことで、詩とは芸術であるという詩の理念が危機に瀕しているのである。ある評論家たちのなかには、詩とは事実を語るものだと主張する役人のような得体の知れない文学主義に陥っている者たちまでいる始末である。……詩人たる者は、もし自身の理念に異論を唱える者たちに抵抗せねばならないとすれば、死を覚悟のうえでそのことを行なうだろう。すなわち詩人とは、己が人生と作品を賭けて異論に抗う備えをする者の謂いである。

——シェイマス・ヒーニー（「信仰、希望、詩」）

本書は従来のイェイツ研究で対象とされてこなかった未踏の問題を主題にしている。そのため、「序章」以下の本文を読み進めていく前に基盤整備が必要ではないかと思う。「はじめに」はこの企図により記されている。なお、本文の要旨は「パノラマ」に、本文全体および各章の内容のアウトラインは「序章」に記している。

1　問題提起——イェイツの作品全体の総主題、カルディの系譜

イェイツ研究には、いまだ手つかずのまま残されている一つの根本的な問いがある。それは、「イェイツの作品全体を貫く一つの主題とは何か」、これである。それでは、その主題とは何か。イェイツが自身の作品全体の主題について記した「我が作品のための総括的序文」の「Ⅱ：主題」、そのなかである一つの比喩を用いて暗示的に記しているもの、「アイルランドのいっさいの歴史の背後に垂れ下がっている一枚の大いなるつづれ織り」、これである。それではその「一枚の大いなるつづれ織り」が暗示するイェイツの総主題とは何か。「大いなるつづれ織りに描かれている（絵柄）、どこでキリスト教が始まり、どこでドルイド教が終わったのか見分けることができない折り重なる襞」、すなわちアイルランドの魂の歴史、これである。

それでは、その魂の歴史とは具体的には何を指しているのか。「一枚の大いなるつづれ織り」を説明する「Ⅱ：主題」の文脈のなかで用いられている一つの謎の引用文、「鳥のなかに一羽、魚のなかに一匹、人間のなかに一人完全なものがいる」、これを語る「仮面」の声の主、その人のことを指している。つまり「クロー・パトリック山で踊る者」（「クロッカンとクロー・パトリックで踊る者」）、あるいは『まだらの鳥』のなかでマイケル・ハーンの恋人マーガレットが「風の谷」で視た幻、そのなかに現れる人物のことを指している。

それでは、その人の名は何か。あるいはその人に象徴されるアイルランドの魂、その「神秘の薔薇（シークレット・ローズ）の名前」、それは何か。「外界の喧騒を締め出す炎の炉のなかで輝く一枚の巨大なつづれ織り」（「錬金術の薔薇」）の助けを借りて、「Ⅱ：主題」に

一貫して響く詩人の内なる声に耳を澄ませば、それはおのずと理解される。その魂の名は「カルディ」、すなわち「聖パトリックの『告白』に記されている信条」(「Ⅱ：主題」)、「緑の殉教」で知られる「贖罪巡礼／ケリ・デ」を遵守する古代アイルランド修道僧たちのことである。その背景には、聖パトリックの『告白』の「信条」の核心である「神の愛のための流刑／巡礼」、それがのちにラテン語で「ケリ・デ」と呼ばれ、この精神を守る者たちのことを「カルディ」と呼ぶようになったという経緯がある。

かくして、アイルランドの魂の歴史は、イェイツにとって聖パトリックからカルディたちへと継承されていった精神の系譜のことを指すものとなっていく。「Ⅱ：主題」において、彼らは「幾多の迫害」、「幾多の絶滅戦争のなかで今日にいたるまで『アイリッシュ性』を守り、その古代の『鉱脈』を保持し続けた」もの、「不屈のアイリッシュ魂」(「ベン・ブルベンの麓で」)として捉えられているからである。換言すれば、「一枚の大いなるつづれ織り」に密かに描かれている壮大な一大絵巻、その表題はカルディの系譜だということになる。

このことは、のちに検証していくとおり、「Ⅱ：主題」に記されている一見互いに関連性のないアイルランドにかんする政治、宗教、神話、思想、文学、歴史、言語の問題といった多岐の領域にわたる様々なトピックスが、その背後に「一枚の大いなるつづれ織り」、すなわちカルディの系譜を想定することによって一つの文脈として読み解いていくことができる、この点からも裏づけることができる。つまり、彼の作品全体を総括するために記されている「Ⅱ：主題」、それ自体がさながら「一枚の大いなるつづれ織り」のようであり、その全体にわたって〈一大絵巻の透かし絵〉として描き込まれているもの、それがアイルランドの魂の歴史を体現するカルディの系譜だとみることができる。

そうだとすれば、「Ⅱ：主題」は作品全体を解き明かす一つの鍵の存在を密かに読者に示すために用意されたものだということになるだろう。言い換えれば、「Ⅱ：主題」は彼の作品全体がカルディという一つのテーマ、それを〈一本の糸巻きの軸〉にして巧みに紡ぎ上げられた「一枚のつづれ織り」であること、このことを読者に開示するために記されたものだということになる。

しかも、のちに本文で詳しく検証していくとおり、この散文とほぼ同時期に書かれた「ベン・ブルベンの麓で」は、この「一枚の大いなるつづれ織り」が具体的にどのようなかたちで紡がれているのか、この一つの詩を彼の作品世界全体の縮図に見立て、読者に密かに開示するために記された作品とみることができる。T・R・ヘンがこの詩を「短縮遠近法」を用いて記された「壮大なる遺言書（テスタメント）」と称し、ジョン・ストルワージーはこの詩を「後期イェイツの体系というモザイク様式に嵌め込まれた石群」に喩えているのも頷ける。つまり「Ⅱ：主題」と「ベン・ブルベンの麓で」、二つの作品は相互補完的な関係性のなかで彼の作品の総主題、それがカルディの系譜であり、この主題のもとで彼の作品世界全体がどのような形態として紡がれているのか、その全貌のアウトラインを読者に開示する目的により周到に用意されたものだとみることができるのである。

「Ⅱ：主題」で幾度も繰り返されている「聖パトリックの『告白』の『信条』」という表現、それがそのまま「ベン・ブルベンの麓で」の草稿の表題、「信条」として用いられていたという事実がその一つの根拠となるだろう。草稿の詩文の冒頭に表れている「私は信じる」あるいは「私は願う」の主語＝「私」とは、のちに本文で検証していくとおり、イェイツ自身のことを指しているのではなく、メディアムとしての詩人によって呼び出され、彼の心に憑依する『告白』の「信条」を宣言する聖パトリック、その地霊（ゲニウス・ロキ）のことを指しているからである。つまり、ここにおける「信条」とは詩人の「信条」のことではなく、直接的には詩人の「仮面」の声の主である聖パトリック、その『告白』に表れる「信条」のことを指しているのである。

それでは、このカルディの系譜とは具体的にはどのようなものであるのか。彼の作品全体を一つの間テキストのもとにおいて読み解いていけば、以下のように要約できるだろう。その起源は、「ピタゴラスの秘儀」を守る「かの古代のセクト」（「彫像」）、その精神風土から発生した古代エジプト修道会の創立者である「聖アントニー」（「悪魔と野獣」、「ベン・ブルベンの麓で」ほか参照）にある――「聖パトリックは間違いなくアイルランドのなかにエジプト起源のキリスト教徒を見出したはずだし、その信徒の特徴がさらに古い信仰形態を留めていることに気づいたはずである」（一九三四年、アイリッシュ・プレス宛ての「手紙」)。その精神はケルト修道会の「聖マーティン」(『星から来た一角獣』、「発見」)によって継承され、その彼に師事した「聖パトリック」によって「五世紀ではなく二世紀の終わり頃にアイルランドにもたらされた(あるいは見出された)」(「Ⅱ:主題」、「一九三四年の手紙」)ものである。そしてその後、この「つづれ織り」は「聖パトリックの『告白』のなかに記された信条」(「Ⅱ:主題」)をとおして後世に残されていき、「聖コロンバ」(『自叙伝』、「ドラムクリフとロセス岬」ほか)をはじめ、「ユスティヌアヌス帝の時代のビザンティン帝国」(『ヴィジョン』)と同じ時期、つまり六世紀半ばに全盛期をむかえたアイルランド修道会の僧侶たち、「ドルイド/キリスト教徒」である「巡礼の隠修士たち」(「一人のインド人僧侶」)、彼らによって継承されていった。さらにその後、それは「漂流物のような中世思想の断片に流れ込み」(「Ⅱ:主題」)ながら、「今日にいたるまで継承されていく」(「Ⅱ:主題」)ことになった。もちろん、この「大いなるつづれ織り」、すなわちアイルランドの魂の系譜、その末裔にはイェイツ自身も織り込まれている——「あのつづれ織り、その一場面には現代のアイルランド文学の誕生の時期も織り込まれている。……私はこの信仰のなかで生まれ、その信仰のなかで生き、そして死んでいくことになるだろう。つまり、私のキリストは聖パトリックの『告白』の信条、その血統に由来する嫡男である」(「Ⅱ:主題」)。

2 「愚かな情熱の男」「宗教的ドン・キホーテ」、イェイツの自画像

そういうわけで、イェイツにとってこの「一枚の大いなるつづれ織り」を紡ぎ上げること、それは生涯にわたる壮大な一大プロジェクト(「Ⅱ:主題」によれば、『ヴィジョン』もその一環にすぎないという)を意味するものであり、それは自身の作品全体という一つのテキストのなかに、アイルランドの魂の歴史を主題とする一編の現代の叙事詩、あるいは「創世記」を記すことにも等しい試みであった——「(聖パトリックが渡来した)その日に世界は創造されたのである」(「Ⅱ:主題」)。

それはまた、彼だけが一人の詩人の「夢見る権利=責任」(『責任』のエピグラフ)として想い描いた大いなる「ヴィジョ

ン」、すなわちメロリング・カロリング朝ルネサンスを牽引した「極西キリスト教（修道院）文化」（「Ⅱ：主題」）、その復権としての「アイリッシュ・ルネサンス」を意味するものである。

とはいえ、彼は自身が夢想するこのような世界が当時の現実の世界（リアリティ）にその手本となるようなものをまったく見出しえないこと、言い換えれば、彼にとっての詩的リアリティとは、通常、私たちが暗黙のうちに前提としている「リアリティ」が意味する「現実」、つまり「偶然の時の束にすぎない」（「Ⅱ：主題」）事実の集積としての「歴史」、あるいは当時の詩人や作家たちの多くが想い描いていたリアリティ（世界像）ともまったく異なる次元のなかにあることを理解していた。『ロマン主義のレトリック』のポール・ド・マンの言葉を借りれば、それは彼にとって現実にその指示対象をもたない「エンブレム（反自然的シンボル）」の世界である――「もう一つのエンブレムだった／あの嵐のような空の凝縮にしかみえない白鳥の白」（「クール荘園とバリリー」）。とはいえ、そのエンブレムはたんなる虚構の世界の記号ではない。不滅の実体、魂の世界（リアリティ）とその復権を目指す暗号＝コードとして捉えられている――「私はつねに自分自身というものを、自らが信じるさらに大いなるルネサンス、すなわち知性に対する魂の反乱、その一つの声であるとみなしてきました」（オリィアリ宛ての「手紙」）。また同時に、それが自らの詩作の古風で風変わりな個性ともなって表れ、そのため彼が描く世界が読者に大いに誤解されたまま受容されていることも、彼は充分に承知していた。

実際、古代アイルランドの復権を夢見る詩人の姿、それは彼のまわりの人々にとって時代錯誤もはなはだしい「愚かな「宗教的ドン・キホーテ」（「父ジョンへの手紙」）の姿に映っていたし、そのことを彼自身充分に自覚しながら詩作を生涯続けていたのである。それればかりか、彼はそのように周囲の者たちに映る自らの詩人としての姿に、誇りさえ感じていたのである。イェイツのもう一つの碑文ともいうべき「老齢への祈り」の最終連には以下のような詩文が記されているからである――「祈れ――流行の言葉が尽きれば、祈りがまた戻ってくるのだから――老いて死にゆく我が身なれど、どうか、この私が／一人の愚かな情熱の男に映りますように」。

ここに表現されているものは、高慢の裏返しにすぎないような自己卑下でも、見せかけだけの謙虚さでもない。逆に真の詩人である自己に対する彼の大いなる誇りがここに示されている。彼は「古代においては、詩人は預言者と呼ばれていた」（「シェリー詩の哲学」）と考えており、「預言者は郷里では顧みられない」（『聖書』）ことを承知したうえで、このように記しているからである。

だが、「宗教的ドン・キホーテ」、「一人の愚かな情熱の男」を自認し、そこに預言者としての詩人の誇りと責任を感じている彼だからこそ、当時の人々たちのなかで唯一人、「神話」（'saga'）のなかに「聖者」（'sage'）を、文学のなかに古代アイルランドの偉大なる宗教者、その面影を幻視することができたのである――「ブレイクは、芸術とは宗教なりと宣言したが、それは彼のまわりの誰一人として夢想もしなかった宣言であった」（「ウィリアム・ブレイクと想像力」）。もちろん、ここにおける宣言は、ブレイクに事寄せた彼自身の詩人としての立場、その大いなる宣言でもある――「深く芸術に想いを抱く私たちは、自分たちこそ忘れかけた信仰を護る僧侶であるとわきまえ知るべきである。太古においては、芸術と宗教は不可分の関係にあったのだ」（「アイルランドと芸術」）。

あるいは、このような彼だからこそ、社会劇、リアリズム演劇が全盛を極めたあの時代に、アイルランド神話、その奥底に響く声、そこに他者との闘争＝政治・社会劇を繰り広げる英雄の雄叫びではなく、聖者の内なる葛藤と生そのものに対する苦悩の声、魂の叫びを聴くことができたのである――「他者との闘争からレトリック（詭弁）は生まれ、自己との闘争から詩は生まれる」（「月の静寂を友として」）。

したがって、鋭敏な詩的感受性に裏打ちされたこの優れた宗教的感覚こそが、彼にアイルランドの魂の葛藤の歴史を一編の叙事詩に記すというこの大いなる構想を許したとみることができる。

しかもこの構想は、『アシーンの放浪』の第一部を書いていた彼二十歳になる前の頃から、すでに始まっていたのである。

（私は多くの異なる方法で同じことを生涯にわたって言い続けてきました。）私は二十歳になる前の頃、『アシーンの放浪』第一部の終わりで、初めて老いに対して批判を試みました。その同じ批判がこの度の本（"Vacillation"）の最後の頁に表れています。そこでは武人は終始、聖者を拒否しているのですが、心に動揺を覚えずにアシーンは聖者を拒否できないのです。おそらく、「動揺」の唯一の主題は「アシーンとパトリック」と同じ主題ということになるのでしょうか。つまり「(我ら似た者同士ながら、別れねばなるまいか。)フォン＝フューゲルよ、さらば。だが、汝の頭には神の祝福があるだろう」ということにでもなるでしょうか。(オリビア・シェイクスピア宛の一九三二年の「手紙」＊冒頭の(　)内の部分は妻ジョージ所蔵の手紙の文面による)

ここでは、「アシーンとパトリック」、アイルランドの英雄と聖者とが「似た者同士の我ら」として表現され、ともに「心に動揺を覚える」者、すなわちアイルランドの魂の歴史にかんする「唯一の主題」を共有する者たちとして捉えられている。もちろん、ここでの「唯一の主題」は、「私は多くの異なる方法で同じことを生涯にわたって言い続けてきました」という文章からもわかるとおり、これら二つの詩だけに当てはまる一過性の主題というわけではない。イェイツの作品の全体は英雄と聖者、その相互補完性によってこそ成り立っているからである――「スタイルをもった偉大なる詩というものには、つねに聖者と英雄がいるのである」(「月の静寂を友として」)。

3　聖者と英雄が共有する「唯一の主題」としての「原罪」

それでは、二人の出会いと別れ、両極にある二つの異なる精神を切り結ぶ、アイルランドの魂の歴史の奥底に流れるもの、すなわち英雄と聖者の「唯一の主題」とは何か。「この本(「動揺」)の最後の頁に表れている」もの、すなわち「原罪」、これである――「心：ホーマーは原罪以外に、何を主題としたというのか」(「動揺」)。

ここにおける詩文は、通常の読者の歴史認識、常識をはるかに超えるものである。英雄を歌うホーマーは前キリスト教の詩人であり、「キリスト教化されていないホーマーこそ我が手本」(「動揺」)と詩人(の「心」)は、この詩で高らかに宣言しているからである。だが、このように記す詩人は、そこに何の矛盾も迷いも感じてはいない。彼は「原罪」を独自の世界観・宗教観のもとで以下のように捉えているからである――「アイルランド人は、キリスト教徒だろうが異教徒だろうが、原罪を信じるというこの信仰を、揺籠の頃からすでにもっている。すなわち人間は一つの呪いのもとで生き、額に汗して糧を得なければならないというこの信仰をもっているのである」（「もしも私が二四歳だったら」）。

英雄アシーンと聖パトリック、二人がいかに常人よりも優れ、卓越した人物であったとしても、ともに人間である以上、「原罪の呪いのもとで額に汗して」働き、苦悩のうちに生き、最後には死にいたらなければならないというこの明白な宿命、それを免れることはできない。「原罪」は人間に「死」をもたらす「肉体の棘＝ケルブ」（イェイツ／エリス著『ウィリアム・ブレイク研究』）であると彼は考えているからである。

両極の間を　人は己が道程を走る
一本の松明か、あるいは炎の息が
昼と夜のこれらのいっさいの二律背反を
破壊しにやってくる
肉体はそれを死と呼び
心はそれを自己呵責と呼ぶ。（「動揺」）

ここに表れるメタファーは、「創世記」に記されている人間に死を告知するもの、すなわちエデンの園とこの世＝エデンの東の間に置かれた人間の原罪を刻印する「廻る炎の剣をもつ智天使ケルビム」、あるいは「エゼキエル書」に記されている「四つの顔をもつ獣」、ケルビムの単数形である「ケルブ」のことを指すものである。それをイェイツは「II：主題」において「テトラグラマトン（聖なる四文字）」＝「アグラ」とも呼んでいる。

『アシーンの放浪』に表れる聖者と英雄、二人がともに「原罪」を背負い、老いさらばえた姿で登場しているのもこのためである。――「パトリック、汝も想い出多き老人、夢に囲まれた老人だろうが」（『アシーンの放浪』）。ここで私たちは、イェイツの全作品をとおして、聖パトリックが紫の衣を着てターラの丘に立つ父権的なものの姿ではなく、むしろつねにみすぼらしい老人として描かれているのはなぜか、と問わなければなるまい。それは、イェイツが二人の存在状況、その裏につねに存在しているもの、「共生」という美名のもとで現代人が暗黙のうちに隠蔽し続けているもの、すなわち〈共死〉という宿命、「モータル」（死ぬ者）としての人間の存在状況を厳しくみつめているからである――「誇るでない。うなだれて嘆くでない。遠の昔に呪われ死んでいった仲間たちのことを。幾世紀も前に塵と風と化した猟犬のことを」（『アシーンの放浪』）。状況次第で移り変わる社会的リアリティのなかで、変わることのない唯一のリアリティを彼はここに見出したのである。しかも、このリアリティに気づいたのは、先に引用したオリビア宛ての手紙によれば、彼が「二十歳になる前の頃」だったことは注目に値する。「『アシーンの放浪』第一部の終わりで、初めて老いに対して批判を試みました」に相当する箇所は、異界の島めぐりを情緒豊かに記した描写、そのなかに表れる以下のアシーンのセリフに求められるからである。つまり「虚しい陽気さ（舞踏の島）」「虚しい戦闘（勝利の島）」「虚しい瞑想（瞑想の島）」（「サーカスの動物たちの逃亡」）を描いた『アシーンの放浪』、その真の主題はケルト的異界の時空の問題ではなく、むしろその神話的時空を逆説化する、老いという峻厳なる時のリアリティに対する永遠の問いなのである。

子どもか、友か、兄弟の家で　長く居候しようと望む老人
それに相応しいつとめは　火起こし
それが果たせぬとなれば　疎まれるのが落ちだ。
日毎、侘しさはつのるばかり……火に身を屈め、寒さに震え……
老いて色褪せ　足を引きずって歩く身となるのだ。

頭を上げ　歌いながら漂う　夏の海の　優しき波も
最後には　呟くのだ　「不当だ、不当だ」、と
ネズミも「疲れて　早く走れぬ」と口ごもるのだ……

腰が曲がり、辛抱強くなった者にうってつけの仕事、「火起こしのつとめ」を果たしながら、「侘しさはつのるばかり……」。老いというこの抗うことのできないリアリティ、これに勝るリアリティなどこの世界のどこにも存在しない、と二十歳を前にして詩人はすでに気づいているのである。それはJ・M・シングの『聖者の井戸』に表れるリアリティ、老夫婦が再び盲人になることではじめて気づいたかの逆説のリアリティ、それを先取りするものである。あるいは『鷹の井戸』の楽師の歌を先取りするものである――「老人は枯れ葉のうえに枯れ枝を乗せて　寒さに震えながら　穴から火起こし道具を取り出した」。共死の宿命、原罪を隠蔽したまま社会・政治的現実を直視せよと声高に叫ぶリアリストたち、その盲点を突く真のリアリティの相貌がここにある。もちろん、この主題は晩年の詩人が詩的統合性を図るため後知恵によって記したものではない。このことは、処女詩集『十字路』に収められている「ゴル王の狂気」「狐狩人の唄」「老漁師の瞑想」、これらがいずれも人生の成れの果て、老いを主題にしていることからも確認できるはずである。

誰も否定できないこの明白なリアリティ、それを凝視すればこそイェイツは、アイルランド人ならば「キリスト教徒だろうが異教徒だろうが」、贖罪（「原罪」からの解放）を求めて「石ころだらけの道と荊の道」（「彼、自身と恋人の変化を嘆く」）、すなわち贖罪巡礼の旅に赴かなければならない、と時代遅れの「愚かな情熱の男」となって主張するのである――「ヨーロッパには私たちの巡礼よりも古い巡礼など存在しないのである……アイルランドのキリスト教徒も異教徒もこぞって、あの石ころだらけの山［クロー・パトリック］を日本の聖なる山［富士山］と同じように、三世代にわたって我々のなかの想像力に富む者たちの記憶に鮮明に映るように、若い歓喜をもって描くことができれば、と願ったものである……」（「もしも私が二四歳だったら」）。

あるいは彼は、自身の詩学の核心である「仮面」、その道を説く「月の静寂を友として」のエピローグの草稿に以下のように記そうとしたのである――「一人の僧侶、一人の平信徒の兄弟、一人の巡礼者はコノハトを通って聖パトリックの煉獄／贖罪巡礼［ダーグ湖のステーション・アイランド］に向かう途中であった」（「月の静寂を友として」のエピローグの草稿）。あるいはまた彼がこのように記したのも同じ文脈のなかで解釈できるのである。

芸術の主題が宗教的なものになればなるほど、いわば巡礼の聖地のようにますます定着したもの（ステーショナリー）になっていくだろう。そしてそれが喚起する感情、あるいは私たちの眼前に現出される状況はますます古代的なものになっていくだろう。中世において、聖パトリックの煉獄巡礼に赴く巡礼者が湖の岸辺にいるとき、巡礼者はウロの木で作られた小舟を見つけ、それに巡礼者が乗ってかの幻視の洞穴へと向かったのはそのためである。（「発見」）

ここにおける「ウロの木」が象徴するものは古代アイルランドの宗教、ドルイド教であり（「文学におけるケルト的要素」参照）、すなわちここでイェイツは、聖パトリックの煉獄巡礼に、中世のキリスト教と古代のドルイド教が融合されることによって誕生をみた、アイルランド独自の贖罪巡礼のあり方とその固有なる意義について説こうとしているのである。とはいえ、いかにこのような贖罪巡礼のあり方、それがアイルランド固有のものであり、それがいかに意義深いものであれ、その巡礼が目指すもの、原罪からの解放は人間にとって永遠の希求であって、聖者や英雄でさえもこの巡礼によってそこからの解放が得られるわけではない。『鷹の井戸』において、聖パトリックの俗化されたパロディ、〈聖なる道化〉ともいうべき「老人」が英雄クフーリンと同様に、「園の番人」、すなわち智天使ケルビムを象徴する「鷹の女」に阻まれて「不死の泉の清水」を飲むことができなかった、つまり原罪の呪いから解放されなかったという事実は、このことを端的に示している――「老人はすでに呪われている」（『鷹の井戸』）。

だが、それでもなお、巡礼に宿る彼らの探究と求道の精神、「超えていく者＝超人（スーパー・ヒューマン）」（「ベン・ブルベンの麓で」「ビザンティウム」／『ツァラトゥストラ』）の精神、つまり「巡礼の魂」（「あなたが年老いたとき」）、あるいは「心の放浪」（「万霊祭の夜」）の精神は、アイルランド人の心のなかに深く刻み込まれ、その内なる葛藤のもつ「情念・情熱（パッション）」（「I：第一原理」「釣り師」「月の静寂を友として」「彫像」）が世々に継承されていくことで「二つの永遠」、つまり聖者に体現される「魂の永遠」と騎馬の者たちに体現される「民族の永遠」（「ベン・ブルベンの麓で」）になっていかなければならない。それが彼の想い描いたアイルランド民族の魂の歴史、その内実ということになるだろう――「ミイラがミイラ布に包まれているように／私が心の放浪に包まれていてくれるのであれば、／ほかに何もいらない」（「万霊祭の夜」）。

若き詩人が恋人モード・ゴーンの「面」に映るアイルランドの面影に幻視したものもこれに等しい。

　　いかに多くの人が、あなたの慈愛に満ちた
　　あの瞬間を愛したことでしょう
　　……
　　でも、一人の男は　あなたに宿る巡礼の魂を愛したのです
　　あなたの面「面影」に映る悲しみを愛したのです。（「あなたが年老いたとき」）

イェイツが聖パトリックの『告白』の「信条」にみた「信仰」の核心も、若くして死をむかえた「ライマーズ・クラブ」の仲間たちの面影にみたものも、この「巡礼の魂」に求めることができる――「信仰がいかに試されようとも、私は己の信仰を　あの岩場生まれの　岩場を流離う足に置き続けるのだ」（「灰色の岩」）。

4　ドルイド／キリスト教徒としての聖パトリックと英雄アシーン

その前提にあるものは、アシーンと聖パトリック、二人がともにドルイド教徒であり、かつキリスト教徒であり、ともに「五世紀ではなく二世紀の終わり頃」（「Ⅱ：主題」）を生きた同時代人であった、という彼独自の歴史認識がある。『アシーンの放浪』に記されているアシーンが「舞踏の島」で過ごした想い出を語るとき、そこに「枝で編んだ土と獣皮の家」や「枝で編んだ殿堂（ホール）」、すなわち古代アイルランド修道院を明白にしるしづける特殊なメタファーが用いられている点は、その一つの根拠となるだろう。そこでは、あたかも「青年たち」が修業に励む若い学僧たちのように、修業の学校である「枝で編んだ殿堂を飛び出して（サボって）」、「踊り」に興じる様が暗示されている。しかもこの「枝で編んだ」学校は、「第三部」で「編み枝と木造りの　鐘を吊るした汝（聖パトリック）の教会」と同種の建物であることが巧みに暗示されている。この詩のなかでアシーンが「今では大嫌いな断食と祈祷の二つだけだ」と語っているのも、この意味で理解することができる。つまりアシーンは、以前には「断食と祈祷」など存在しなかったといっているわけではなく（＊そもそも「断食と祈祷」の典礼とその苦行を知らぬ者がどうしてこのようなことを述べることができるだろうか）、厳格な修道僧＝教師たちが若い学僧たちに勧める断食と祈祷というキリスト教の時間のみならず、野原で自由に遊べるドルイド教的な時間もあった、つまりかつてはドルイド教とキリスト教が共存することで生まれた豊かな文化形態をもつ優れた時代があったことが暗示的に語られているのである。アシーンはここで、聖パトリックと神の概念を共有し、「神々」に反立する（大文字単数形の）「神」'God'を用いている点にも注意したい。

このことが理解されるときはじめて、「イニスフリー湖島」に表れる「編み枝の庵」、あるいはこれと同じ意味をもつメタファー、ジェイムズ・ジョイスが皮肉のうちに鋭く見抜いた、さらにイェイツの作品世界において決定的に重要なメタファーである「蜜蜂の巣」、それらが象徴するアイルランド独自の魂の歴史、この深い意味に読者は気づくことになるだろう。そこでは聖パトリックの『告白』二三章――この章はアイルランド民族のアイデンティティそのものを体現する魂の声、

「世界の果て」「フォクルーの森」から発せられた「アイルランドの声」が記されたくだり、『告白』のなかで最も重要な聖なる章である――から三箇所引用されており、三つの引用文を一つに結べば巡礼の魂、その体現者にしてカルディの祖父である聖パトリック、その面影が透かし絵のようにおぼろげに現出される特殊な細工が施されているからである。

そういうわけで、初期の頃からイェイツはカルディの祖父としての聖パトリックのイメージをきわめて重い意味で受けとめていたとみることができる。このことは、『アシーンの放浪』の二人の対話の舞台がどこに設定されているのか、特定することができれば、さらにはっきりと裏づけることができる。その舞台は異界めぐりの描写ばかりに目が奪われた読者の完全な盲点となっているものの、「クロー・パトリック」から「ベン・ブルベン」を経て「ダーグ湖のステーション・アイランド（煉獄巡礼地）」――この詩に表れる聖パトリックのセリフには「煉獄巡礼」でしか用いられない特殊な典礼表現が用いられている――に一直線に延びる〈聖パトリック贖罪巡礼の遍路〉に設定されているからである。その最大の根拠となるのは、スフィンクスが謎かけを用いて英雄オイディプスに問うたかの謎かけ、そこに暗示されている人生の三段階、すなわち「幼児期（四本足）」「青年期（二本足）」「老年期（三本足）」、これらに対応する『アシーンの放浪』に表れる英雄アシーンが経巡った三つの異界の島、「舞踏の島」「勝利の島」「瞑想の島」、その各々が密かに聖パトリックの三つの贖罪巡礼地に対応している点に求められる。つまり、聖パトリックの踊り場にして彼の布教の出発点である「クロー・パトリック山」、聖パトリックが「鼻血を垂らし、地に落とし」（『三部作』）、青年の聖者コロンバが一人の武人として戦った場所である「ベン・ブルベン山」、巡礼の「杖」をつく老いた聖パトリックが瞑想する場所である「ダーグ湖のステーション・アイランド」、これら三つの巡礼地に対応するように巧みに構成されている点、ここに求めることができる。このことは、以下のアイルランド文学の特殊な事情を考慮すれば、何の不思議もない。本来、アイルランド神話においては、異界めぐりは騎馬の者たちの専売特許ではなく、むしろ、『聖ブレンダンの航海』や『聖パトリキウスの煉獄』の例からもわかるとおり、聖人や聖職者たちが自己の信仰を試す目的で行なわれた「心の放浪＝巡礼の旅」だったという事実である。そしてもちろん、これら三つの巡礼地はいずれもキリスト教徒とドルイド教徒の双方にとっての聖地、二つの精神の贖罪巡礼の交点にあたる場所に相当している――「もしも私が二四歳だったら、ダーグ湖とクロー・パトリックの巡礼に行くことだろう……アイルランドのキリスト教徒も異教徒もこぞって、あの石ころだらけの山［クロー・パトリック］を日本の聖なる山と同じように……」（「もしも私が二四歳だったら」）。

もちろん、ベン・ブルベン山も「勝利の島」に相当するに足る戦場の舞台、「アイルランドの壇ノ浦」ともいうべき天下分け目の決戦の場、クール・ドゥレムネの地であるとともに、二つの宗教の聖地の交点に相当する場所であった。このことは、『聖パトリック伝　三部作』のなかで、ベン・ブルベンに赴いた聖パトリックがそこで「鼻血を垂らし、地に落とした」という暗示的な表現からも理解される。あるいはアシーンと聖パトリックによる対話形式で書かれた伝統的な詩歌、「ベン・ブルベン讃歌」からも確認できる。むろん、イェイツもこのような背景について充分承知していた。このことは、『アシーンの放浪』を前期の詩「彼、自身と恋人の変化を嘆く」と後期の詩「猟犬の声」と「ベン・ブルベンの麓で」、これらの詩を彼の作品全体、すなわち間テキストのなかに置いたうえで相互補完させて読んでいけば理解できる（＊なお、『アシーンの放浪』も「イニスフリー湖島」も「あなたが年老いたとき」もイェイツが二三～四歳の頃に書いた作品である）。

『アシーンの放浪』のなかで、神も仏もあるものかとばかりに毒づくアシーン、そのセリフに耳を傾ける聖パトリック、その瞳に涙が溢れるのもこの理由による――「聖パトリックよ、汝、泣いているのか」。彼に向けられた批判のセリフに聖パトリックは、一方で彼が説いたケリ・デの精神が今や忘れ去られて久しく、代わって司祭制度という権力機構のもとで堕落してしまった聖職者たちの現状に深い悲しみと怒りの涙を禁じえない。「巡礼の魂」を象徴するシダの渦巻き型の「聖パトリックの杖」は、今やカトリックの「司祭杖」、すなわち権力の表象・道具と化し、古代の聖者と英雄を象徴する「編み枝の汝の教会と聖なる石塚や土砦は野ざらし」の状態に置かれているからである。あるいは「嵐と雪の路傍に行き倒れる」貧しき者たち姿に、かつての英雄と聖者の面影を視、彼らに手を差し伸べようとする聖職者は今やどこにもいないからである（「第二部」参照）――「黙れ。空が嵐の風にむせび泣くのは、神がかかる状況をお聞きになり、怒りの御胸を語られている証拠なるぞ」（『アシーンの放浪』）。だが、他方で聖パトリックはこの物語にドルイド教徒とキリスト教徒が葛藤しながらもともに生き、そしてともに死に、そのことによってこそ成立したアイルランド独自の優れた文化、その麗しき時代の面影をしみじみと想い描き、涙を禁じえない。もちろん、アシーンの心境も聖パトリックと同じである。アイルランドの大いなる伝統、「ディンヘンハス」の典型詩の一つ、先述の「ベン・ブルベン讃歌」、そこにおいてアシーンは「カルペウニウスの息子」、すなわち聖パトリックにこのように呼びかけているからである——「今は悲し、ベン・ブルベン／カルペウニウスの息子よ／この山の頂きにいた時の楽しかった日々よ……／勇士たちが力を競い合った／あの高き山の背で……」。ここで聖パトリックがあえて「カルペウニウスの息子」と表現されているのは、二人が竹馬の友であることを暗示させるためだろう。だからこそ、『アシーンの放浪』のなかで老いたアシーンは同じく老いた聖パトリックに向かって、巡礼の「杖」を借り受けながらも、最後(『アシーンの放浪』Ⅲの L.224.)に自身の葛藤し苦悩するその心中を半ば自暴自棄に陥って以下のように告白しているのである——「小石を繋いだ数珠など投げ捨ててしまえ!」この詩文は逆説的に二人の対話が贖罪巡礼の道の途上で行なわれていることを雄弁に語る告白文とみることができる。つまり青年のアシーンにとって聖パトリックは竹馬の友にして、老いては巡礼の遍路を辿る道の同伴者、インマヌエルであることが密かに証言されているのである——「汝の杖を私に貸してくれ」(『アシーンの放浪』)。ちなみに、現在でもダーグ湖にある「聖パトリックの煉獄」のステーション・アイランドで行なわれる巡礼=「引き籠り」においては、首に小石の数珠をつけて板石の各ステーションで祈る度ごとに石を一つずつ摩る典礼の方法が継承されている——「板石が擦り切れるまで祈れ」(『アシーンの放浪』)。

したがって、ここにおける葛藤を例の紋切り型の図式を用いてドルイド教(英雄・神話)的な世界とキリスト教的な世界、二つの精神の対立などと捉えて読み解くことはできないはずである。詩人イェイツにとって葛藤と対立は正反対の概念でさえあるからだ。葛藤あるいは「動揺」とは、他者を認めるがゆえに起こる内なる現象、先述した「月の静寂を友として」におけるイェイツの言葉を借りれば、「自己との闘争=詩の発生」を意味するものである。一方、対立とは他者を認めないがゆえに起こる外的な現象、「他者との闘争=レトリック、詭弁の発生」を意味しているからである——「ただし心に動揺を覚えずに彼は拒否できないのです。おそらく、『動揺』の唯一の主題は「アシーンとパトリック」と同じ主題ということになるのでしょうか」(『手紙』)。

それではなぜ、『アシーンの放浪』に表れる内に秘められたこの「葛藤」のテーマ、それがいまだ多くの読者に誤解されたまま受け入れられているのか。その最大の原因は、アシーンが旅立った時期を二世紀のアイルランド＝英雄の時代に求め、それから「三百年」の異界めぐりを経て現世に戻ってきた時期を、(聖パトリックがアイルランドに渡来したとされる)五世紀のキリスト教(カトリック)の時代であると寓意的に読んでしまうからである。だが、ここにおける「三百年」はきわめて象徴的な意味で用いられていることを忘れるべきではない。つまり、実のところこの時代は〈二世紀＋三世紀＝五世紀のキリスト教アイルランド〉を意味するものではなく、むしろ「三百年」を「三百年」としてしか理解できなくなってしまった時代、すなわち「鏡に写る虚像」を実像と誤解する「大らかな精神」(「我、汝の主なり」)、詩的想像力を完全に喪失した時代、換言すれば「リアリズム」という「蝿を食う」(「彫像」)ことで想像力の背丈が縮んでしまった非英雄たちが支配する病める時代、現代を意味しているのである。つまり『アシーンの放浪』は現代という時代精神への痛烈な批判・挑戦であって、キリスト教への批判ではないのである。そして、この病める時代の最大の忘れもの、それが英雄と聖者の「唯一のテーマ」、「原罪」にほかならないだろう。

この文脈に沿って再読を試みるならば、『アシーンの放浪』における聖者と英雄、二人の対話が意味するものは、『鷹の井戸』における聖なる道化である老人と英雄クフーリンの対話が意味するものとまったく同じ意味の別の表現、つまり二つの作品の最終的なテーマはともに聖者と英雄に体現される二つの精神、その葛藤の問題、あるいはその苦悩からの解放を求めて流離う「巡礼の魂＝心の放浪」の問題であって、けっして二つの精神の対立、あるいは当時の政治的対立のたんなる寓意などではないことが理解されるはずである。

5　幻想としての「五世紀以前のアイルランド　英雄・神話単立説」

「釣鐘をもつ編み枝の教会と聖なる石塚」（『アシーンの放浪』）に象徴される文化、すなわちアイルランドの英雄とキリスト教の聖者が互いに葛藤しながらも〈共生／共死〉した豊かな文化を有する優れた時代があった、このようにみるイェイツの歴史認識、それは一見、多くの読者にとって荒唐無稽な幻想のように映るかもしれない。だが、今日の歴史学・神学・考古学において、充分妥当性のあるものとして受け入れられている知見ともなっている。二世紀以降から五世紀にいたるまでのアイルランドが、エジプトや大陸との貿易を通じてすでに一部キリスト教化されていたことを疑う歴史・神学・考古学者はいまや少ないのが実情だからである。

このことにかんしては、すでにエジプトのプトレマイオスが二世紀に記した『ゲオグラフィア』のなかで広い見聞と独自の天文学による測量法を駆使して当時のアイルランドの地政学的状況について明記している点にまずは注意を向けたい。彼によれば、古代アイルランドは四方を海によって閉ざされた絶海の孤島ではなく、むしろ四方に海路をもつ海によって開かれた貿易の拠点の一つであったという。すなわちアイルランドは四方に十五の貿易港（それらの緯度・経度はいずれも正確に測定されている）をもち、それらが河川・湖畔という、いわば〈水辺のネットワーク〉を通じて各集落と結びついていた、と彼は二世紀においてすでに記しているのである。しかもこの書物には、原始キリスト教＝コプトの相貌が僅かながらも示唆されているのである。

そのうえで、現在の多くの歴史・考古学者たちが支持する以下の見解に目を向けたい。すなわち二世紀以降の大陸との交易を通じて物心様々なものがアイルランドに持ち込まれ、そのなかに奴隷貿易も含まれており、奴隷の多くが大陸で迫害を受けたキリスト教徒であったことから、五世紀そのはるか以前からアイルランドがキリスト教の影響を大いに受けていたという見解である。

むしろ、五世紀以前のアイルランドにキリスト教とは無縁のドルイド教の僧侶だけが闊歩し、異教の英雄たちが群雄割拠し、その彼らの言動を素朴な民衆が口承で伝えていった「英雄・神話の時代」であったなどという人口に膾炙する例の言説こそ、当時のカトリック教会（ウィットビーの公会議のあとで統一を目論む七世紀のアーマー教会）が、アイルランドにキリスト教を最初に布教したのはカトリック教会であるという言説を流布し、自身の教会権威を確立するために作りあげた半ばフィクションであったことが、いまやこの分野における常識にさえなりつつあるのだ。

イェイツはこのことをすでにある学説をとおして充分承知して、「Ⅱ：主題」において以下のように語っている点は看過できない――「かりにこのことについて説明することができるとすれば、それはケンブリッジ大学のバーキット教授が注意を向けてくれた最近の学者たちによって示唆されている学説（＊ここでいう「学説」とはアーディル著『聖パトリック一八〇年渡来説』）だけである。それによれば、聖パトリックがアイルランドに渡来したのは五世紀ではなく二世紀の終わり頃であるという」。

ここでイェイツが「ある学説」まで持ち出して「聖パトリック二世紀末渡来説」を強調するのは、次のような事情があったからだと推測される。「五世紀言説」の裏にあるものは、過去のアイルランド文化、そのいっさいを「神話」あるいは「古代ケルトの素朴なる思考＝神秘的な思考」という美名のもとで知性（文明性）において蛮化・劣勢化させ、そのことで自己の精神的な支配下に置こうとする、イギリスを中心とする近代帝国主義の野望と密接に結びついていたという事情である。むろん、このような古代アイルランド文化の知性に対する偏見は何の根拠もないものである。このことは、イェイツがしばしば訪れたダブリン・国立博物館に展示されている精巧な文様が施された金細工の出土品の数々を一見するだけでも充分である。現代の製造品かと見紛うばかりのこれらの金細工は、一般に大陸のケルト文明の起源とされる紀元前八世紀のハルシュタット文明、そのはるか一二〇〇年も前の紀元前二〇〇〇年頃、初期青銅器時代に製造されたものである。

もう一点、イェイツがここで『聖パトリック　一八〇年渡来説』を持ち出す背景には以下のような事情があった点を指摘しておきたい。『アシーンの放浪』ほか自身の多くの作品がドルイド教とキリスト教、あるいはケルト的円環論とキリスト教的単線論との二項対立言説のもとで読み解かれ、それは一見いかにも単純にして素朴な読者による誤読のようにみえながらも、その背後には「オリエンタリズム」の盲点、極西＝周縁の地、アイルランド、その知性に対する根強い「潜在的な偏見」としての「オクシデンタリズム」が依然として潜んでいること、このことを彼はすでに完全に見抜いていたという事情である。

「Ⅱ：主題」のなかで唐突に、ワーズワスの植民地主義に対する無頓着な態度を持ち出し、それを優れた知性と精神の持ち主であったロバート・エメットの反乱と結びつけて記しているのもこの同じ事情によるだろう——「ワーズワスがこう歌ったのはエメットが反乱を起こして死んでいった年なのだが、彼はそのことを何も憶えていないのである」。

6 「エメットの反乱」の背後にある魂の歴史VS近代の政治史

もちろん、この反乱は「Ⅱ：主題」で記されているすべてのアイルランドの歴史的事象がそうであるように、アイルランドの魂の歴史、すなわち少なくとも三〇〇〇年以上に及ぶ壮大な「悲劇の相」（「我が作品のための総括的序文」の「Ⅰ：第一原理」）のもとで詩的に意味づけられたものである——「私たちアイルランド詩人は、否、詩人のみならず現代の人たちも同様に、オリンパスにまで遡らないような民族芸術を否定するのである」（「Ⅱ：主題」）。このことは、「Ⅱ：主題」の冒頭に表れる「オリィアリ」に寄せるイェイツの熱い想いを記した最晩年の詩、「美しく気高いもの」からも充分に確認できる——「美しく気高いもの、オリィアリの顔。……みんなオリンポスの神々。二度と相まみえることのないもの」。そしてこの「オリンパスにまで遡る民族芸術」のもつ「悲劇の相」（「Ⅰ：第一原理」）、それを彼はこの同じ散文のなかで「一九一六年の」アイルランド独立蜂起という「リアリスティックな運動」、これと鮮やかな対照を示す「ロマンティックな運動」（「Ⅱ：主題」）として捉えているのである。

ただし、ここに表れている「ロマンティック」という言葉にはしばしば誤解されているような「センチメンタリズム（感傷）」という意味はいっさい含まれていない。ニーチェと同じように、イェイツにとって「ロマンティシズム」と「センチメンタリズム」、あるいはセンチメンタリズムの裏返しの感情にすぎない「ルサンチマン＝復讐心」、これら三つの概念は正反対の概念であり、後者は前者、すなわち「ロマンティックな民族芸術」を蝕む病魔であるとみなされているからである――「私が出会った芸術家のなかで一人としてセンチメンタルな者などいたためしなどない（「月の静寂を友として」）。

　晩年の詩、「パーネルの葬儀」においてイェイツが記した民衆の「発作的情熱（ヒステリカ・パッショ）」という表現も、この同じ文脈のなかで解釈できる。本来「悲劇の相」のもとで捉えられるべき「ロマンティシズム」、あるいは「永遠の情熱」、その反対概念こそ「歴史（事実）」という名の「時の気まぐれ」、「時の束」（「Ⅱ：主題」）にすぎないものとしての「偶然」、これらが他者への憎しみと一時的に結合する。そのことによって突如一つの精神の風土病として偶発的に発生・発症したあと、瞬く間にアイルランド全土に広まっていったもの、それが「発作的情熱」である。その根本は「センチメンタリズム／ルサンチマン」と根株を同じくするものだ、と彼はみている。そしてこれこそが彼にとって「ロマンティシズム」を蝕む最大の病魔、その名前にほかならない――「だが、民衆の逆上、発作的情熱のときは相手を獲物として狩り出すのだ」（「パーネルの葬儀」）。この同じ、「発作的情熱」という文脈のなかで「十六人の死者」や「薔薇の木」、あるいは「復活祭、一九一六年」を記した詩人の心中を読み解くことが充分可能なはずである。

　したがって、「Ⅱ：主題」で言及されている「エメットの反乱」、その背後にある「悲劇の相」をみようとすることなく、むしろその代わりにこの反乱を、巨視的詩人の目から捉えるならば、たかだか三百年程度の近代政治史という、いかにも狭い現実／リアリズムの視野のもとでしか捉えようとしない解釈は、イェイツの詩作の「第一原理」に相当する（「オリンパスにまで遡るべき」）「悲劇の相」によって描かれた詩的世界、その相貌（リアリティ）を完全に捉え損なっているといってよいだろう。ここでの「エメットの反乱」は詩人イェイツにとって「悲劇の相」のなかにおいてのみ理解されるものであり、それは、知性（叡智）と精神の自由を希求するアイルランドの魂の永遠の反乱（永遠回帰する反乱）、内なる闘争にして一つの「詩の発生」という深い象徴的意味を帯びているからだ。シェイマス・ヒーニーがイェイツの詩「アメンボ」の読解において適切に表現しているように、イェイツがいうこの「内なる闘争」は、「歴史に肉体的といってよいほどの圧力をかける詩人の精神」、すなわち現実の歴史の背後に働くもう一つの時間としての魂の歴史、それを顕在化させるための詩的な「圧力」に相当する営為、その機能として十全に作用しているのである。

7　魂の歴史＝ジェシーの系譜VS現実の歴史＝ハランの系譜

「我が作品のための総括的序文」の「Ⅳ：何処へ」において、当時の「アイルランドとイギリス双方の新聞記事」、それらがともにイェイツの「詩的流派」を「一九一六年（アイルランド独立蜂起）の射殺隊とともに消滅した、あるいはこの同じ射殺隊がリアリスティックな運動を可能にした」などと決めつける、いかにも底の浅い論評に対し、皮肉を込めて反論を加え、そのあとで「私はナショナリストではない」ときっぱりと否定しているのもこの文脈のなかで読み解くことが可能である。そうでなければ、「Ⅱ：主題」においてイェイツは「パトリック・ピアス」に体現されるアイルランド独立蜂起に散った「（カトリック）ゲール語同盟の詩人たち」、「彼らの死」を「つづれ織りに織り込まれた『赤い枝』（クフーリンが所属する赤枝の騎士団を指す）である『群衆の犠牲』」（「Ⅱ：主題」）、すなわち民族のための殉教、その一つの顕現として認め、その行為に対し当時のアイルランドの民衆と声を同じくして賞賛を惜しまなかったはずである（＊ここにみられる「赤い枝」「群衆の犠牲」は一見肯定的に記されているようにも読めるが、実は真っ向から否定されているものである点に注意したい）。

だが、イェイツはここで彼らを「アイルランドの大いなるつづれ織り」のなかに織り込むこと、つまり「エメットの反乱」の系譜とは異なり、「悲劇の相」のなかに組み入れることを大いに躊躇（ためら）っている。彼らが真に英雄のイメージを宿すためには「英雄クフーリンに呼びかける」のではなく、むしろ英雄の「反対自我」である聖者・カルディに呼びかけ、その魂をこそ心に映す（憑依させる）ことで、心を「暁のように　冷たく　熱い」（「釣り師」）ものへ、すなわち「自我」を「仮面」へと変貌させなければならなかったはずだからである（「Ⅱ：主題」）――「ピアスと彼の従者たちは以下のようにクフーリンに呼びかけて突進していったのだ――『ヘラクレイトスよ、獣の小屋のごときこの世界を浄化するために　嵐に猛り狂う天より降り立て』」（「Ⅱ：主題」）。
もとより、ここに引用されているピアスの詩、そこに表れる英雄と自己を同一視する「一九一六年の詩人たち」、彼らの心に巣喰うヒロイズム、それは聖者の「緑の殉教」としての情熱に相反する病める心、冷静さを完全に見失った感傷と復讐心にその根をもつところの「［群衆の集団心理に酔う］発作的情熱」の精神にすぎない、とイェイツはみている――「その思想は　あの大衆の敵意に同化することで／盲人となり、盲人の指導者となり、／盲人の寝そべる溝の汚水を飲む身」（「ある政治犯に寄せて」）。

ある意味で、一九一六年の詩人たちは新聞が私の流派と呼んだものに属してはいなかった。ゲール語同盟はジェシーの木［エッサイからダビデ王からキリストにいたる系図の木である］ではなく、ハランから芽生えたカトリック信仰、その近代的な俗化のために臆病になり、もっぱら辞書と文法に固執することになってしまったのである。そうでなければ、処刑された人々のうちでピアスやマクドナは私たちが英語を使って試みたことを、ゲール語を用いて試みることになっただろうに。（「Ⅱ：主題」＊ピアスもマクドナも一時期イェイツを座長とするアビー座に所属しそこで劇を書いていた。だが、イェイツのあまりに非現実的で非社会的な劇作の理念、理想を追い続ける彼の詩的精神に反発し、アビー座を去った経緯がある。）

ここからもわかるとおり、イェイツは彼らの死を「エメットの反乱」と同列に並べることを大いに躊躇っている。そして最終的には「一枚の大いなるつづれ織り」、その「ロマンティックな」系譜のなかに彼らの「リアリスティックな運動」を織り込むことを拒否するのである。『責任』の「序詞」で宣言しているように、「古き学究」である「エメット」の「友」であるイェイツの「先祖」は、国土を二分する天下分け目の「ボイン河」の決戦、そこに暗示される政治的現実、すなわちカトリック・アイルランド（ジェイムズ王）に対するプロテスタント・英国（オレンジ公ウィリアム王）の勝利ではなく、魂の反乱の永遠の証、詩的にして内なる葛藤の証をこそ刻印しようとしているからである――「ぼろ帽子を拾い出そうと

／海に飛び込んだ　我が先祖、アームストロング家の船長よ／……これゆえに少年の唇をしてこういわしめたのだ。――『無益の美徳こそが太陽を獲得するのだ』と」（『責任』の「序詞」）。アセンダンシーである「先祖」が支持したプロテスタント、その倫理観の典型が、マックス・ウェーバーがいうように「合目的性＝資本主義の倫理」だとすれば、「無益の美徳」、それはむしろカトリックの倫理観、いうなれば〈蟻型の倫理に対するキリギリス型の倫理〉を支持する信条だからである。つまり、イェイツはここであえて矛盾を露呈させることにより、いずれの国家・宗派・政党にも与しなかった「先祖」を象徴として掲げ、自らの詩的信条である「魂の反乱」、その自由と責任を表明していることになるだろう。

したがって、ここに表れるエメットの反乱とピアスの独立蜂起、その著しい対比の背景に（「序詞」と同様）、アセンダンシー＝プロテスタント（アングロ・アイリッシュであるイェイツの社会的な階級）VSカトリック（ピアスの社会的な階級）という二項対立の図式を設定したうえで、この「反乱」の意味を近代政治史の文脈のなかで読み解いていくことはできない。そのような解釈は、イェイツが求める詩的リアリティ（「悲劇の相」＝「象徴」）と現実のリアリティ（歴史的事実＝「寓意」）、これら次元のまったく異なる二つのリアリティを同一視あるいは混同するにも等しい誤読であるといってよいだろう。ここでイェイツはエメットの「ロマンティックの運動（反乱）」に「無益な美徳」としての「自己との闘争」＝「魂の反乱」、つまり「詩の発生」を、その背後に「ジェシーの系図」としての魂の系譜をみている。一方、ピアスの「リアリスティックな運動」に「他者との闘争」＝「レトリックの発生」（これを暗示する表現は「辞書と文法に固執する」である）、その背後に「ハランの俗化した系図」、アイルランドの詩魂を蝕む風土病、「発作的情熱」に起因する〈殉教のヒロイズム＝ルサンチマンの系譜〉をみているからだ――「ピアスはコノリーにいった。『井戸が枯れているときに、まっとうな薔薇の木に育てるためには我々の赤い血しかないんだ』」（「薔薇の木」）。ここに表れているピアスのセリフは、「十六人の死者」と同様に、肯定と否定、いずれにも解釈可能な表現で記されている。だが、イェイツの作品全体のコンテキストに照らせば、イェイツがこの発言を完全否定していることは明らかである。とはいえ、殉教のヒロイズム＝「発作的情熱」に酔う当時の社会的な状況下においては、このような表現を用いるほかイェイツには手立てがなかったのである。

そうだとすれば、先の引用文のなかに用いられている「ゲール語同盟」、「カトリック信仰、その近代的な俗化による臆病」という表現は、先述したイェイツの詩人としての立場を表明する「私は聖パトリックの『告白』の「信条」の嫡男である」(「Ⅱ：主題」)という表現に相対立していることは明らかである。このことは、この引用に記されている「辞書と文法に固執する」という皮肉な表現が、『告白』からの一文を念頭に置いて記されたものであることに気づけば、さらに理解のいくことになるだろう。この表現を用いたイェイツの念頭には、聖パトリックが「少年時代に犯した罪」、「放蕩により勉学を怠ったため、拙い言葉でしか自分の気持ちを(ラテン語で)表現できない恥を公に晒す」覚悟で「勇気をもってこの書を記す」以下、『告白』の九、十章に表れる懺悔のくだりの告白文があったと推測される。さらにイェイツはこの告白のくだりが、のちに歴史・神学上きわめて重い意味をもつものになっていく経緯をも充分踏まえたうえで、このように記しているとみることができる。

というのも、皮肉なことだが、『告白』あるいは『コロティカスへの書簡』が紛れもなく聖パトリック、彼の手によるものであるという最大の根拠(言語学上の根拠)となっているものは、実はこれら二つの書に表れている彼のラテン語に対する「拙さ」に求められるからである。つまり、『告白』にみられる誰も真似ることのできない彼独特の「拙い」けれども粉飾のない簡潔にして素朴な文体、それこそが逆説的に『告白』の正当(正統)性を裏づける言語学上の証とされているのである。

ここに、歴史・神学上の一つのパラドックスが発生していることに注目したい。拙いラテン語で書かれたはずの『告白』は、それにもかかわらず、その内容が叡智の光輝を放つ聖なる書の風格を備えており、そのため彼のラテン語の「拙さ」それ自体が、神が彼に与えた人知を超えた「霊的な知性」の確かな証とされ、その保証が今日にまでいたっているというこの逆説である。つまり、『告白』に表れる彼のラテン語の拙さは、その拙さのゆえにこそ逆説的に聖なる証、聖痕となったのである。

この事情をイェイツは念頭に置いて「もっぱら辞書と文法に固執する」というくだりを記したと推測される。イェイツは老いて自身の死期を悟った聖パトリックが恥を忍んで記した『告白』の文面に、アイルランドの詩人を自認しながらもゲール語に疎い老詩人としての自身の負い目を重ねて読んでいる。一方、ゲール語に堪能である自身を誇る若き詩人ピアスあるいはマクドナに「ハラン＝俗化したカトリック」教徒を重ね、二人の心中との鮮やかな対比が、皮肉を込めてここに示されているのである。

「Ⅱ：主題」のなかに表れる「私は臆病者であり、孤独な人間であり、取るに足りない人間である」という『告白』を彷彿とさせるようなこの印象的なくだりも、この文脈のなかで理解することができる。ここでの「臆病者」はある種の告白文であるため、体裁を気にする＝恥を隠す「近代的な臆病」に対比されて記されているからである。つまり、これら一連の文脈においてイェイツは、『告白』に表れる恥を忍んで自己の無知を告白し懺悔する聖パトリックの姿勢に、体裁（他人の目）ばかりを気にする「近代の臆病」に反立する老聖者の「勇気（自己の恥を晒す勇気）」（『告白』）を見、そこに『告白』に刻印された〈聖痕〉、スティグマをみていることになる。

換言すれば、イェイツは聖パトリックの『告白』に表れる誠実なる告白による「信条」を「悲劇の相」から発せられた魂の声、「（内なる葛藤による）詩の発生」をみる一方、「ゲール語同盟の詩人たち」の作品を、体裁を整えるために用いられた「辞書と文法への固執」、つまり「他者との闘争」としての「レトリックの発生」をみている。さらにこの「レトリック＝他者との闘争」の背後に、イェイツは先に述べたように、アイルランドの精神を蝕む風土病、「発作的情熱」＝ルサンチマンの種をみているのである。これゆえに、イェイツは彼らが聖パトリックの精神を継承するカルディの系譜、アイルランドの魂の歴史のなかに織り込むことを拒んだとみることができる。イェイツが編纂した『オックスフォード現代詩選集』のなかに当時評価の高かったピアスの詩を外したのも、このことと直接関係しているだろう。イェイツにとってのクフーリンとは、ヒーニーの見事な表現を借りれば、「自らのヒロイズムを種族の臆病さと混ぜ合わせるうちに、最後には灰色の死の胸に白髪頭を横たえる『慰められたクフーリン』」に描かれた姿に求められるからだ。

一九一六年のアイルランド独立蜂起の直後に上演された『鷹の井戸』のなかで、その蜂起の表象として用いられた（ピアスが自己と同一化するために祀り上げた）英雄クフーリンだけを固有名詞で登場させ、自己の名を誇る彼に対して「そんな名前は聞いたこともない」といわしめ、クフーリンが被る「仮面」をあえて「古代エジプト風、あるいはギリシア風」に仕上げるようにト書きに記したのもこの理由による。

あるいは逆に、晩年の詩「ズィ・オライリ」において「ケリー州から一人も気狂い沙汰の戦闘［アイルランド独立蜂起］員を出さなかったことをピアスとコノリーに打ち明け」、「臆病者」呼ばわりされた挙句、蜂起という英雄たちの舞台の裏方で孤独死したオライリ、彼の名の前に'the'を冠し真の勇者・英雄の称号を与えたのも、この同じ理由による。反乱軍にあえて撤退命令を出し、「臆病者」のレッテルを貼られた彼の勇気ある生き方、そこにこそイェイツは戦いのなかに叡智を求める英雄の真の姿、あるいは「魂の反乱」を起こして死んでいったエメットの姿、つまり「オリンパスにまで遡る」「悲劇の相」をみているからだ――「俺がどうしようもない臆病者だってか……そういって彼はピアスとコノリーに苦々しい眼差しを向けた……天気はどうだい……彼が見つかったヘンリー通りの街はずれのどこかの戸口、その頭上には血染めの文字でこう記されていたのさ――『ズィ・オライリ、ここに死す　安らかに眠れ。』天気はどうだい」（「ズィ・オライリ」）。

要するに、アイルランド民族のアイデンティティは近代イギリスとの〈我が闘争〉の歴史、復讐心に曇る狭い近視眼的視野で捉えるべき問題ではなく、「オリンパスにまで遡るべき」魂の歴史を観想する巨視的視野で捉えるべき問題、聖パトリックの『告白』に顕現されている人知を超えた「勇気ある」「霊的な知性／不滅の知性」（「人とこだま」「ビザンティウムに船出して」）によってこそ捉えるべき「内なる闘争」、詩魂の発生にかかわる一大テーマである、とイェイツはみている。

8　現代の古代アイルランド史研究の動向とイェイツの先見的洞察力

イェイツにとって、「辞書と文法に固執する」者にはけっして獲得することができないもの、この「不滅の知性」「霊的な知性の偉業」とは直接的には六世紀半ばのアイルランド修道会が有する優れた知性と精神、これら二つが見事に一体化することで成就をみた魂の歴史における「大いなる偉業」にほかならない。だが先述したように、当時の人々にとって詩人が抱いたこのような世界像（詩的リアリティ）は、ほとんど学問的になんら根拠のない荒唐無稽な詩人の幻想だとみなされていたことだろう。またそれは、彼に好意的な人たちにおいてでさえ、夢想する詩人に必要な詩的玩具、その程度の意味でしか受けとめられていなかっただろう。したがって、真面目にこの問題に目を向ける人たちは当時ほとんどいなかったはずである。

だが、いまやアイルランドの古代・中世史をめぐる事情も一変しようとしている。六世紀後半のアイルランドは幾何学・天文学・修辞学・聖書釈義学・ラテン語・ギリシア語・写字学・文学（六〇〇年以降に書かれた自国語の文学を含む）・法学を十八歳以上の青年に講ずる多くの知の拠点としての修道会＝教育機関を有していたことが歴史的に根拠づけられようとしているからだ。このことがいまだ古代アイルランド史の盲点となっているのは、歴史・考古学者エデル・ベレスナッハの指摘に倣うならば、「都市という概念」そのものを、中央集権的に発展を遂げたローマ型の都市基準を前提にして測定しようとしているからだろう。しかもこの反中央集権的な都市群、神話・言語学者ダグラス・ハイドが「歴史の奇蹟」と呼んだ各修道会をコアに発展を遂げたこの都市群、それはほとんど現在の大学と比べても遜色のないほどの教育機関の様相を呈しており、その機関を中心に発展を遂げた各々が独立した知の職人が集う〈学術都市群＝ギルド〉であるとさえいえる。ギリシア・ローマが陸路を通じて発展を遂げた都市の形態を示しているとすれば、アイルランド型の都市は大陸・陸路の盲点ともなっている海路・河川・湖畔を一つに結ぶ〈水辺のネットワーク〉を通じて発展を遂げた各々独立性を保つ〈学術都市群〉、知の職人が集うウニベルシタスであるとみることができるからである。しかもそれは、必ずしも青年男子に限られものではなかった。聖ブリジットや聖イタや聖サヴァンなどが設立した女子修道会にも同様な教育機関があったからである。六世紀に建てられた聖ブリジットによる男女共同のキルデア修道院、同じく六世紀に建てられたとされるスライゴーの「イニスファーレン（島）」――処女詩集『十字路』のなかの「オハート神父の唄」にこの島について言及されている――にある男女ペアをなす「蜜蜂の巣＝修道院群」の存在はその一つの根拠となるだろう。しかも、この修道会はアイルランド内に留まらない。メロリング・カロリング朝ルネサンスに決定的な影響を与えるまでに発展を遂げていた。ベーダの『英国教会史』にも表れているように、六〜七世紀後半、ヴァイキング到来前のアイルランドでは、その最先端の知を学ぼうとするイギリスやフランク王国を含む王家、貴族の留学生をヨーロッパ各地から受け入れるほどに発展を遂げていたからである——「アルフレッド王子は学問への愛のため自発的に流浪の旅に赴き、アイルランド人のなかで研鑽を積んだのである」(『英国教会史』)。このことはいまや最も保守的な立場を取るオックスフォード派の歴史・神学者も充分認めている。

驚くべきことに、イェイツはこのことをすでに彼一流の優れた詩的直観力により承知したうえで、アイリッシュ・ルネサンスを構想していたのである。イェイツが「歴史上、存在の統合が唯一果たされた唯一の時代」(『ヴィジョン』)とみる六世紀半ばの「ユスティヌアヌス帝のビザンティン帝国の時代」(『ヴィジョン』)は、詩人・文芸評論家であるキャサリン・レインが『秘儀参入者／イェイツ』(「イェイツと聖パトリックの『信条』」)のなかですでに示唆しているとおり、六世紀半ばの古代アイルランド修道院文化、その最盛期の「仮面」であり、したがって「ビザンティンの聖者たち」はカルディの「仮面」にほかならないからである。

イェイツが「ビザンティウムに船出して」において、自らの魂の師としてだけではなく、「詩歌の師匠」、つまり自身の詩魂の源泉として六世紀半ばのビザンティン帝国の聖者を位置づけ、彼らを呼び出そうとするのもこの文脈において説明できる——「黄金のモザイクの壁、神の聖なる炎にいます賢者たちよ／聖なる炎から　ガイヤーを旋回して舞い降りてきて／我が魂の　歌の師となりたまえ」(「ビザンティウムに船出して」)。

もっとも、通俗的な読みにおいては、この詩は暗黙のうちに可視化可能な〈空間移動としての航海〉を前提に、歴史的な影響関係のもとで読み解かれているようである。だが、この詩でイェイツが真に問おうとしているところ、その要点は空間の移動を前提とする歴史的な影響関係の問題ではない。「ビザンティウムに船出して」の核心的な問題は、一四〇〇年にわたるアイルランド内における時間の移動の問題、心眼(想像力)によってのみ捉えることが可能となる〈タイム・

スリップ／メンタル・トラベリング〉の問題、つまりこの詩は〈時を渡る内なる巡礼の旅〉をテーマにしているのである。イェイツにとって「海」あるいは「航海」のイメージは、たとえば『アシーンの放浪』や『影なす海』、あるいは「海と戦うクフーリン」から「ビザンティウムに船出して」「ビザンティウム」を再読・吟味していけばおのずから理解されるとおり、ほぼ例外なく可視化できない時間、それを詩的に可視化するためのメタファーとして用いられているからである。つまり、英雄アシーンとクフーリンと聖パトリック、彼らが「駿馬」（『アシーンの放浪』）や「（魂を運ぶ）海豚」の背に跨って（「ビザンティウム」）渡っていく「海」、あるいは彼らが戦を挑む「海」、それが象徴するものは、抗うことのできない時の流れのことであり、つまりここにおける「海」が意味するものは、「汝、死すべきものなり」という呪い（原罪）としての自己の運命である。したがって、海に戦いを挑む行為は、心の巡礼によって時の流れ＝運命を彼らが直視しながらも、時を超えていこうとする挑戦的な英雄と聖者にみられる精神の営為、「内なる闘争＝詩の発生」を意味していることになるだろう。

この点を踏まえて考えていくならば、「我が作品のための総括的序文」の「Ⅳ：何処へ」において、イェイツが自身の想い描く「ルネサンス」が読者に誤解されることを恐れ、以下のような巧みな逆説法を用いて釘を刺している事情も少なからず理解される――「私は『アイルランド風』なるものに参入し、反ルネサンスを期待するものである」。ここでイェイツは通俗的な意味での「ルネサンス」、すなわちギリシア・ローマ的な価値体系（パラダイム）のもとその歴史的影響によって解かれるところのいわゆる「ルネサンス」、その概念とアイリッシュ・ルネサンスとを明確に区分するためにこそ、このように記している。イェイツにとって本来あるべき「ルネサンス」、「さらに大いなるルネサンス」（オリィアリ宛ての「手紙」）とは、魂の歴史の相のもとで解かれるべき内なる（精神的な）問題、「巡礼の魂」の問題であり、それはヨーロッパ大陸という外的状況、すなわち可視化可能な空間（歴史的な影響関係）のなかに存在するものではなく、「海」のメタファーを用いてしか表現できない詩的なるもの、アイルランドの内なる時間、精神のなかに〈実存〉するものだからである。もちろんこの内なる時間への実存的な巡礼の旅は魂の問題、「宗教的な探求と等価」（「サウィン 一九〇五年」）である。神秘主義に傾倒するイェイツを憂慮するオリィアリに対し、次のように彼が応答したのもこの文脈において説明可能である。

もしも私が魔術を恒久的な研究としなかったならば、ブレイクの著作について一言も記すことはなかったでしょう。『キャサリン伯爵夫人』が世に出ることもなかったことでしょう。私が行動し思考し書くこと、そのすべての核心にあるものは神秘主義的な生活です。それはシェリーにとってのゴドウィンの哲学と同じ関係にあります。私はつねに自分自身というものを、自分が信じるさらに大いなるルネサンス（'a greater renaissance'）、すなわち知性に対する魂の反乱、その一つの声であるとみなしてきました。そして今、それが始まっているのです。（オリィアリ宛ての「手紙」）

ここにみえる「一つの声」に暗黙のうちに重ねられている声は、『告白』二三章に記されている「世界の果て（極西）の地」に位置づけられている「フォクルーの森」から発せられた、かの「アイルランドの声」であり、したがって「知性に対する魂の反乱」＝「ルネサンス」は通常の意味を逆説化する「反ルネサンス」、すなわちアイルランドの魂の歴史における再生のことを意味しているだろう。この手紙がほかでもないアイリッシュ・ルネサンスをイェイツに託したオリィアリに宛てた応答であることを思えば、さらにそういってよいだろう。オリィアリがこの声に象徴されるもの、それが『告白』に記されている民族の「魂」の「ルネサンス」を希求する「アイルランドの声」であることを見抜けないはずもないからである。少なくとも、ここでイェイツはこの文脈を前提にして「知性に対する魂の反乱」、「さらに大いなるルネサンス」、「一つの声」を彼への応答として提示していることだけは間違いない。むろんここにおける「知性」とは、「霊的な知性」すなわちヴィーコ／イェイツがいう「新しい科学」に抵触するものとしての時代遅れの「機械論」のことであり、知性それ自体への反乱を意味するものではない――「あと二〜三世代のうちに、機械論などなんの現実性もなくなり、危険な狂信から逃れるためには新しい科学を学ばなければならないことが広く世間に知られるようになるだろう」（「Ⅱ：主題」）。

9 聖者と英雄の逆説の合わせ鏡、「仮面(ホドス・カメリオントス)」の詩法

いずれにせよ、イェイツのアイリッシュ・ルネサンス構想、その規範に据えられているものは六世紀半ばのアイルランド修道院文化である。そしてその起源は、彼にとって英雄アシーンとキリスト教の聖者パトリックが互いに葛藤を伴いつつも〈共生／共死〉することによってこそ発生した「二世紀」の古代アイルランド文化に求められる。少なくとも、ここに「どこでキリスト教が始まり、どこでドルイド教が終わったのか判然としない一枚の大いなるつづれ織り」、そこに託した詩人の「情熱」の「信条」を読み取ることができる。イェイツにとって、英雄アシーンと聖パトリック、二人はともに「両極の間を走り」(「動揺」)、「仮面の道」(「月の静寂を友として」)を歩む「似た者同士」だとみなされているからである。

そういうわけで、自らの詩人としての「信条」を聖パトリックの「信条」に据えるイェイツは、聖パトリックを五世紀にアイルランドに渡来したカトリックの最初の布教者などとはまったく考えていない、とここではっきりと結論づけて差し支えない。

それでもなお、イェイツが聖パトリックをカトリック教徒だとみなし、その前提で、『アシーンの放浪』をドルイド教とキリスト教の精神、その二つの対立の図式のもとで捉えようとする読者に対し、イェイツの散文、「呪術」に表れる以下の文章を提示することにしたい。つまりここに表れるドルイド僧の妖術を使う聖パトリックの姿をどのような意味で読み解くことができるかと問うてみたい——「聖パトリック、すなわち説話のモデルとなったような人が敵の前を通りすぎるとき、自身も彼に随行する聖職者も含めて、鹿の群れに変えて通り抜けていかないことなどありえようか。『アーサー王一代記』に表れる妖術師が騎馬隊をただの石にみせかけないことなどありえようか」(「呪術」)。

ここに表れる「鹿」に暗示されるものは原義を「子鹿」とする「アシーン」を暗示するものである点にまずは注意を向けたい——「姫はいった、『どうして英雄たちはみんな、うなだれているのでしょう。かの角無しの鹿はいつになく悲しげ。角無し鹿は、かつては風に揺らぐ羊歯の野で……』」(『アシーンの放浪』)。そのうえで、前期の詩「彼、自身と恋人の

変化を嘆く」のなかに暗示的に記されているもの、角無しの鹿にアシーンを変えたドルイド僧としての聖パトリックが、今度は一転して半ばキリスト教の僧侶（同時に半ば「愛の師匠・イーガス」）となり、アシーンを彼自身のもう一つの姿、「角無しの鹿を追う片耳の赤い猟犬」（『アシーンの放浪』）に変える術、〈変身の呪術〉を用いる姿で描かれている以下の詩行を読み解きたい――「角無しの鹿よ、私は榛の木の杖の男によって片耳の赤い猟犬に変えられてしまったのだ」（「彼、自身と恋人の変化を嘆く」＊この詩につけられたイェイツ自身の「註」も参照のこと）。

この呪術をとおして、聖パトリックはアシーンに対し、自身にかけられている呪いのゲッサ、「汝、死ぬものなり」という原罪の呪いの存在に気づかせようとしている。角無し鹿である彼を追い立てるもの、それが実は片耳の赤い猟犬である彼自身であり、それゆえに彼には逃げ延びる術などどこにもないことをアシーンに気づかせようとしているのだ――「〔猟犬に変えられた私の〕この足が、夜も昼もお前〔角無しの鹿である「私」〕を追い立てることになったからだ」（「彼、自身と恋人の変化を嘆く」）。

そうだとすれば、アシーンがニィアブによってかけられたゲッサ、地に足をつけてはならないというタブー＝ゲッサも「原罪」のもとにある人間存在を開示するためのものであり、したがって二つのゲッサは結局のところ同じ意味の別の表現にすぎないということになるだろう（＊このゲッサは「浦島子」に表れる「玉手箱」を開けることの禁忌にきわめて類似するものである）。イェイツが「アイルランド人は、キリスト教徒だろうが異教徒だろうが、原罪を信じるというこの信仰を、揺籠の頃からすでにもっている」と記した真意もここに求められる。

だが同時に、このように「原罪への信仰」を共有しながらも、両極にある二つの精神、ドルイド教とキリスト教の精神を跨ぐアイルランドの魂は、『マクベス』のケルトの魔女のかの呪文が密かに伝えているとおり、「『イモリの眼』、『カエルの足指』さながらに、苦痛と醜悪とを我が身に引き受けるのである」（「II：主題」）。つまりこの魂は、「イモリの眼」のごとく「両極の間」に引き裂かれた眼で世界を見、「カエルの足指」のごとく水掻きをもつその足で陸地を歩き、その足指で水辺を泳ぐ「苦痛と醜悪を我が身に引き受けるのである」。なぜならば、この魂は私たちの「身近に偏在するもの」（「II：

主題」）であるために、二つの精神（概念）のカテゴリーを区分する線分を「曖昧にし、秩序づけられた合理的規定を侵犯するコウモリのような不気味な存在」（メアリ・ダグラス『汚穢と禁忌』）に映るからである。すなわちこの魂は、ドルイド教徒（ケルト神話信奉者／非キリスト教徒）の視点に立てば、土着の精神を捨てて汎ヨーロッパ的精神、キリスト教徒に寝返った裏切り者とみなされる存在である。一方キリスト教徒の視点に立てば、ドルイド教という異邦の風習を頑なに堅持する異端者、『マクベス』の魔女、あるいは「異端の修道僧であるオーエン・アハーン」のように「レギオン」（「錬金術の薔薇」「掟の銘板」）に取り憑かれた者に映ること必然的だからである――「思うに、アハーンはレギオンと呼ばれ……」（「掟の銘板」）。

多数のローマの軍勢、すなわち修道僧・アハーンの心に取り憑く霊たちレギオンは、騎馬の者アシーンや英雄クフーリンと同じ職種、武士（もののふ）である。つまりアハーンの苦悩は、様々な武士の霊たちに取り憑かれ、此岸と彼岸あるいは二つの異なる世界観の狭間でその耳を引き裂かれた琵琶法師／霊媒師、「耳なし芳一」の苦しみにも等しいことになる。

イェイツが、近代文学が前提にする「視点の文学」というものを心の底から憎んだ理由も、これにより理解される――「私はジョナサン・スウィフトが蜘蛛、その腹からひねり出す網の巣に喩えたあの近代文学から転向すべきときが到来していることを承知していた。そういうわけで、私は［近代文学の特徴である］視点の文学というものを憎んでいたし、その憎しみは、現在、ますます増すばかりである」（「Ⅱ：主題」）。保護色を身に纏い、独自に「カメレオンの道（ホドス・カメリオントス）」（『自叙伝』）を歩むこの魂は、視点次第でいずれにも映る〈アナモルフォーズ（だまし絵）〉のようであり、そのため「視点の文学」によって、その全貌を捉えることなどおよそできないからである――「詩人の思考とは擬態ではあるまいか」（「ハールーン・アルラシードの贈り物」）。

それればかりか、大いに誤解されてしまう恐れすらもあるのだ――「しかし、今やイメージはイメージを喚起し、無限に発出をくり返すのである……マクレガー・メイサーズが見せてくれたカバラの写本が警告していた領域へと迷い込んでしまった。カメレオンの道――ホドス・カメリオントス――での彷徨」（『自叙伝』）。だからこそ、オーエン・アハーンは「レギオンと呼ばれ」、「レギオンという名の者が戸口に立ち、我らの知性を騙し、美によって心を欺こうとしている」（「錬金術の薔薇」）のではないかと恐れる。これゆえにこそ、「イモリの眼、カエルの足指のように苦痛と醜悪とを我が身に引き受けるのである」（「Ⅱ：主題」）。

イェイツの旧友である神秘主義者の詩人・画家であるジョージ・ラッセル＝A・E・がイェイツの肖像画に特殊な意味を付与したのも、この文脈のなかで理解できる。というのも、ラッセルは他の画家が描くイェイツの肖像画とは異なり、彼の目からイモリやカメレオンの眼を想起させるように、あえて両極に引き裂かれ、右眼と左眼の視点が一致しない差し目の青年の姿で描いているからだ。その狙いはイェイツが他の詩人とは異なり、神秘的幻視をしるしづけるスティグマ、それを生まれながらにして宿していることを象徴させるためだろう。あるいはイェイツに半ば敵意を抱いていたパトリック・ピアスが、『政治的叙述と演説』のなかで「イェイツ」を「多色玉虫色の羽と眼をもつ残酷で貪欲な、油断できない美しくも恐ろしい昆虫、トンボ」に喩えているのも、この文脈のなかで説明できるだろう。

これゆえにこそ、『マクベス』の魔女の同伴者である「仏像の空を這いずり廻るグリマルキン（グレーマルキン＝老牝猫）」（「彫像」）のように、または戯曲『猫と月』に表れる「月」に喩えられる変幻自在な「猫の瞳」のように、意味不明の不気味な存在として読者の目に映り（読者の瞳の表面を「這いずり廻り」）、詩人の真意がほとんど理解されないまま今日にいたっているのではあるまいか。「這いずる」ものは、ヨーロッパ文化圏においては「創世記」に記されている「呪われた蛇」の象徴にして、「歩行」という概念を曖昧にする「不気味な動作」（メアリ・ダグラス）を意味しているからだ——「猫があちこちと彷徨いて廻れば／月は独楽の芯のように回る／月に最も近い親類　這いずり廻る猫は空を見上げた／黒ミナロウィッシュは月をみつめた／……猫のミナロウィッシュは草むらを這いずり廻り／一人で　ひとかどの賢者のように／変幻自在の自分の瞳を上げて／変幻自在の月に向かって顔を上げた」（「猫と月」）。『ヴィジョン』の序文、「エズラ・パウンド宛ての文集」のなかにもこのような猫に類似するホテルの周りを彷徨（うろつ）く「骸骨のように痩せたブチの野良猫」が表れている点も、この一連の流れのなかで理解されるだろう。イェイツの作品世界において、ここに表れる「這いずり廻る」あるいは「よじ登る」という表現はカルディを形容するためのきわめて重要なメタファーとして用いられているからだ。

なお、このメタファーがいまだ多くの謎を残す最晩年の傑作詩、「彫像」や「黒い塔」を解読する際の鍵となっている点も、ここで予め指摘しておきたい。

とはいえ、孤独な苦行に励むアイルランドの修道僧、彼らの同伴者である猫は『マクベス』に表れるケルトの魔女の唯一の友であるとともに――「今行くよ、グレーマルキン」(『マクベス』)、古代エジプトでは太陽神ラーの使者とされるスフィンクスに象徴される聖なる生き物であったこともまた事実である。もちろん、イェイツはこのことをも充分承知したうえで以下のように述べている――「スフィンクスは尾をピシャリと振った/その眼は月に照らされて即知の万象、未知の万象を凝視していた/知性の勝利のもとで、不動の顔を直立させながら/一方、月に光る仏陀の瞳は愛される万象、愛されぬ万象に注がれていた」(「マイケル・ロバーツの二重の幻想」)。

さらにこのことは、現存するカルディたちが記した猫にかんする様々な詩、あるいはカルディたちにとっての「彫像」にほかならない高十字架(ハイ・クロス)、たとえばモナスターボイス修道院にあるムルダックの高十字架、あるいはイェイツの墓碑が立つドラムクリフ修道院にある「一つの古代の十字架」、それらに彫り込まれた腹ばいで這いずる猫たちの姿からも確認できる。

このような文脈のなかにイェイツ最晩年の詩、「彫像」、その最終連に暗示されている彫像のイメージを置いてこの詩を読み解くならば、興味深い一つの暗号(コード)がそこに潜んでいることに気づく。つまり、アイルランド独立蜂起の記念碑として立てられた首都ダブリンの「中央郵便局に現れる」クフーリン像、これと密かに反定立されている「彫像」、そこに込められた深い象徴的な意味に私たちは思いがいたるのである。この彫像は、「かの古代のセクト(古代エジプトのピタゴラス派)に生まれ」、その精神を継承する聖コロンバ、彼を祖父とする森の写字僧としてのカルディたちが「悲劇の相の輪郭を辿って」(「ベン・ブルベンの麓で」)掘った「魂を神のもとに正しく誘う揺籠」(「ベン・ブルベンの麓で」)、聖コロンバゆかりの「一つの古代十字架」(「ベン・ブルベンの麓で」)に最終的に集約されていく極西=周縁の高十字架=彫像であるとみることができるからだ。つまり、この高十字架はピアスの死を悼み、アイルランドの首都、ダブリンの中央郵便局に国家の記念碑=国家表象として立てられた「瀕死のクフーリン像」（殉教のヒロイズム像）、これに反定立する極西（周縁）の地、スライゴー・ドラムクリフ修道院にカルディたちによって立てられた「魂の荘厳が刻まれた記念碑」（「ビザンティウムに船出して」）としての象徴的な意味をもっている。同時期に書かれた「彫像」と「ベン・ブルベンの麓で」、二つを間テキストに置いて読めば、ここで対比されている「彫像」の具体的イメージはドラムクリフの「墓碑の道の側に立つ一つの古代の十字架」「ベン・ブルベンの麓で」だと措定できるからである。――「グリマルキンは仏像の空を這いずり廻る。……／ピアスがクフーリンを味方につけて、宣言した際、／一体、何が郵便局に姿を現したというのか……／だが、我らに相応しい闇間をよじ登り、／そうして、計測された像の面［面影］に沿って／その輪郭を辿ることになるだろう」。（「彫像」）

いずれにせよ、イェイツが描く作品世界をその両極の一方の「視点」にのみ偏重して理解しようとする読者は、自らの想い描くイェイツ像（あるいは彫像＝偶像）が侵犯され、その線分が曖昧にされてしまうことを恐れ、この「不気味なるもの」（'uncanny'）を「意図的（に）忘却」（フロイト）しているのではあるまいか。そのことにより、イェイツの作品世界、彼がなした真の文学的偉業はいまだ正当に評価されていないのではあるまいか。

10　イェイツの「仮面」とキルケゴールの「逆説の（永遠の）イロニー」

だが裏を返せば、この「視点の文学への憎しみ」という近代文学の思考にアンチテーゼを投じるこの詩人の心情の吐露＝告白は、彼の文学、その全貌を解く重要な鍵をおのずから与えるものとなっている。この彼の告白は、読者がその読みの前提にしている自己の「視点」、その逆説となる視点を見出し、視点とその逆説の視点、二つの関係性のなかでイェイツの作品世界を捉え直す新しい読み、その可能性を開く鍵となるのである。

この場合の「関係性」とは「視点の文学」の最大の盲点、一つの「有機的全体」（「ボイラーの上で」）としてイェイツの作品世界を俯瞰する読みと同じ意味である。換言すれば、イェイツの作品世界を、英雄と聖者、ドルイド教（ケルトの神話的世界〉とキリスト教を二項対立化させる読み（＝「視点の文学」の読み）、あるいは各々の視点を個別的に考察し、それらをただ加算していくだけの折衷案的な読みではなく、両極にある二つの関係性にこそ着目して考察を進めること、それこそが彼の作品世界を一つの全体として捉え直す新しい読みということが示唆されている。つまり「視点の文学」、その最大の盲点である俯瞰的な読み、それは両極の関係性に着目する〈視点なき視点の読み〉、イェイツがいう「変幻自在」な「ホドス・カメリオントス」の視点、いわば右眼と左眼が各々異なる事象を映し出しつつも、それでいて二つの眼が互いに応答し、一つの像に結び合わされ、それにより世界を新しく捉え直していくことを可能とするカメレオンの視点、〈関係学の視点〉ということになるだろう。

イェイツにきわめて近い感受性をもつキルケゴール――イェイツの作品が詩の形式で書かれた宗教哲学書の側面をもっているとすれば、キルケゴールの作品は哲学の形式で書かれた宗教詩ともいえる側面をもっている――、彼が『死に至る病』の冒頭で述べたあの難解なテーゼ、人間を一つの「総合」として読むべし、というかの命題もこのことの言い換えとみてよいだろう。

人間とは精神である。精神とは自己である。自己とは自己自身に関係するところの関係である。すなわち関係ということには関係が自己自身に関係するものなることが含まれている――それで自己とは単なる関係ではなしに、関係が自己自身に関係するというそのことである……要するに人間とは総合である。（キルケゴール『死に至る病』）

ここでは「関係」の無限の連鎖が合わせ鏡に映る像、いわばロシア人形（マトリョーシカ）のなかの人形のなかの人形……というように映り続けている。すなわちここにおける関係性とは合わせ鏡に映る関係性、互いに主客を入れ替えながら永遠にイメージを映し続けるミヒャエル・エンデがいう「鏡のなかの鏡」、イェイツがいう「イメージがイメージを喚起し、無限に発出をくり返す」合わせ鏡の像として捉えられている。そしてそのような意味での「関係」をキルケゴールは「逆説の（無限の）応答」と呼び、それをこそ「総合」という名で呼んでいる。

　ここに表れるキルケゴールが提示する「人間＝精神＝自己」という名のテキストの「総合」的な判断、つまりある視点に対し、つねに「イロニー」によってその視点を「反転」させる視点をもつことで自己を呪縛する「己が腹から捻り出す蜘蛛の巣」としての「視点」を「逆説化」（＝解放）し、その合わせ鏡の「関係性」のなかで人間を総合的に捉えていこうとする方法、これはそのままイェイツの作品全体を「総合」的に捉えていこうとする読みに適用される――「真理は逆説として応答する」（キルケゴール『後書物』）。互いが互いの逆説となる合わせ鏡を創造すること、それこそまさにイェイツの詩学の根本だからである――「聖者と英雄は、つねに自分と対照的な自我に接近していきたいと願うのである」（「月の静寂を友として」）。

　すでにみてきたように、イェイツの「唯一の主題」が「原罪」であり、『死に至る病』とは「絶望＝原罪」を指すものであることを思えば、二人の共鳴は必然的でさえある。あるいは詩的想像力の核心を二人がともに対立ではなく内なる闘争、「咎」の発見とその発見に伴う「葛藤」に求めた点をも考慮すれば、さらにそういって差し支えないだろう――「かくして彼（詩人）は自己を自己へと向けることによって、咎を発見する。天才が偉大であればあるほど、それだけまた深く咎を発見するのである」（キルケゴール『不安の概念』）。「肉体はそれを死と呼び／心はそれを自己呵責と呼ぶ」（イェイツ「動揺」）。先に示した「あなたが年老いたとき」にみられる未来から現在を眺める想像力が、『反復』におけるキルケゴールの「未来からの反復」の詩的想像力と完全に一致している点も、これにより充分説明できるはずである――「ところが、恋がイデーによって支えられている場合には、どんな動きも、どのようなかりそめの感動も、みなそれぞれ意味をもっている。そこにはいちばん肝心なもの、詩的葛藤がつねに現存しているからである」（キルケゴール『反復』）。

　少なくとも、目下ここで問題にしている英雄と聖者の関係性に対し、彼の「イロニーによる反復」の方法は他のいかなる読みの方法よりも完全に有効である。イェイツの詩学の核心、「仮面」の詩学とは「月の静寂を友として」で繰り返し宣言されているとおり、英雄と聖者との間に生じる現象学、関係学＝応答（責任〔レスポンシビリティ〕）学といっても過言ではないからである。「仮面」とは、英雄と聖者が互いに互いの「反対自我」(「我、汝の主なり」)となることによって、アイルランドの魂の歴史を映す逆説の合わせ鏡、すなわち聖者は英雄を、英雄は聖者を映す互いに他者(反対自我)の鏡になることによって、「目に映るありふれた現実」の歴史をひたすら模倣する(写す)だけの「リアリズム=寓意の鏡」を、「永劫不変の魂」を映す「象徴の鏡」=「透視ランプ」に変貌させていく詩学の謂いである(「ウィリアム・ブレイクと『神曲』の挿絵」、「月の静寂を友として」参照)——「象徴とは霊の炎のかたわらに置かれた透視ランプである。寓意は具象的な物やありふれた原理を表す際の様々な方法の一つである。それは想像ではなく、空想に属する。前者は啓示であり、後者は遊びである」(「ウィリアム・ブレイクと『神曲』の挿絵」)。その意味では、イェイツ的「仮面」の詩法は「絶対矛盾の自己同一性」を説く西田幾多郎の根本命題ともそれほど遠いところにはないだろう——「我々の人格そのものが深き自己矛盾でなければならない。唯我々が自己自身を否定して現実の世界の底に絶対者の声を聞くことによってのみ生きるのである」(西田幾多郎『弁証法的一般者としての世界』)。

11　アイルランドの大いなる伝統／ディンヘンハス

彼は自ら考案したこの独自の詩法、その起源をアイルランド詩の大いなる伝統、「ディンヘンハス」に求める。二つの精神が葛藤しつつ共生し、そして共死していった文化のなかで発生した偉大な文学こそ、アイルランドの詩魂の起源、ディンヘンハスにほかならない、と彼はみているからである。『アシーンの放浪』ほかイェイツの多くの詩が英雄と聖者、詩人の「心(あるいは自我)」と聖者の「魂」による対話形式を取っているのも、このディンヘンハスの伝統によって充分説明することができる。

やがて訪れる神秘の人に私は呼びかける。

私に瓜二つで、私の分身とさえいえるが、
それでいて、想像しえるいっさいのもののうちで、
私とは最も異なり、私の反対自我である人に
その人はこれらの形象の傍らに佇んで、私が求めるもの
すべてを明らかにし、それをそっと囁くことになるだろう。（「我、汝の主なり」）

ディンヘンハスの最も古い形式は英雄と聖者の対話形式の詩文によって記されている。『アシーンの放浪』において異界めぐりを語るアシーンが、まず聖パトリックに請願を立てているのもそのためである――「ああ、パトリックよ、汝の真鍮の鐘にかけて誓うが……」。ディンヘンハスの伝統においては、請願はまず聖者に対して行なわれなければならず、この場合、請願は聖者に英雄の地霊が憑依したことの証となる。ロビン・フラワーがその名著、『アイルランドの伝統』のなかで述べているように、この憑依の手続きを踏むことによって、歴史はその正統性が保証され、こうして英雄の物語はアイルランドの魂の歴史＝イストワール（歴史／物語）そのものとなっていく。イェイツの詩学もこれに等しい。彼にとって憑依とは要するに、聖者の心に英雄＝反対自我を映す行為、すなわち「仮面」になることを意味しており、これにより詩の正当性が保証される、と彼は考えているからだ。だからこそ、英雄の霊は聖者の心に取り憑かなければならず、英雄を映す逆説の鏡は聖者でなければならないのである。

プロテスタントの牙城、ウィッテンブルグ大学の留学生、デンマークの英雄（勇猛なる「太った」騎士）ハムレットでさえ、父の幽霊とその証言、その真実の保証を求める際に、ディンヘンハスのこの憑依の伝統を踏まえて、聖者の霊を呼び出していたことを思い出したい。ここにイギリス文学に与えたアイルランド文学の大いなる影響の名残をみることができる。ここに表れる「聖パトリックに誓う」とは地霊を呼び出すために古代アイルランドにおいて用いられた呪術、その名残としてのいわば「枕詞」だとみることができるからだ――「聖パトリックにかけて誓っていうが、ホレイショーよ、い

や、それがあるのだ。しかも大いに悪いことが。さっき見た幻のことだが、あれは本物の幽霊だったのだ」(『ハムレット』)。

あるいは現代の極東に生きる私たちでさえ、自身と親しき者の面影(死者)を呼び出す際に、日本のディンヘンハス、その文法的な名残ともいうべき「枕詞(枕詞とは古代においては地霊を呼び出す呪術の一種であった)」という古代の呪術の形式を暗黙のうちに継承しながら、このようにいっているのではあるまいか――「面影(想い出という名の亡霊/幻影)が走馬灯のように駆けめぐります」。

アシーンが自身や恋人ニィアブや友人たちの面影を呼び出す場面を描く際、この大いなる伝統を、アイルランド詩人を自認するイェイツが踏まえないはずもないだろう――「ああ、パトリックよ、汝の真鍮の鐘にかけて誓うが」「かの杖の主よ、幻影が二人の名を呼んだのだ」(『アシーンの放浪』)。

最晩年の詩「ダブリン市立美術館再訪」において、ヒュー・レイン美術館を、一つの走馬灯=「ファンタスマゴリア」のための秘密の部屋に見立て、そのなかで詩人に去来する「三十年のイメージ(面影)の群れ」、すなわち彼が生きた激動の現代アイルランド史の歩みを詩の冒頭で、ジョン・ラヴェリーが描く「聖パトリックの煉獄」に赴く「(ダーグ湖の)巡礼者たち」の姿に見立て、その巡礼者たちのなかにこの地の守護聖人・聖パトリックに「跪くある一人の革命兵士」の姿を描いているのも、この同じ理由によるだろう。つまり現実のアイルランドの歴史、その背後、その内奥に潜む魂の歴史をイェイツはいわば霊媒師となって聖パトリックの霊を呼び出し、その魂のリアリティを聖者によって密かに証言・告白させようとしているのである。

『アシーンの放浪』を語るアシーンがそうであるように、古代アイルランドにおいて、「詩人がしばしば盲目であった」(M・バハロルシャン著『初期アイルランド文学への招待』)ことも「ファンタスマゴリア=面影の技法」の文脈のなかで説明できる。あるいは「ゴル王の狂気」に表れる目のスティグマをその名にもつハープ奏者、「ゴル(片目)王」が琵琶法師の祖、「景清」(『景清』)のイメージに完全に重なることもこれにより理解される。ジラルダス・カンブレンシスの『アイルランド地誌』にも言及されているように、アイルランドの詩人=バルドの階級のなかにハープ=琵琶奏者も含まれており、バルドの多くが盲人であったことを思い出した。つまり、彼らは日本の琵琶法師と同様に、盲目という聖なるスティグマをもつことによって見えない幽霊たちを幻視し、彼らをハープというメディアを用いて自己の心に憑依させるメディアムとしての資格を得ていたのである――「奇妙な話だが、その歌を作ったのは盲人だった。だが、よく考えてみると、それは少しも奇妙な話じゃない。悲劇はホーマーとともに始まったが、ホーマーは盲人だったからな」（『塔』）。

憑依による聖者の証言としての古代アイルランド詩の側面、この理解はイェイツ文学の一つの手法（スタイル）ともいえる「断言調」（シェイマス・ヒーニー『関心事』）の形式、その最大の特徴である命令文に対する読者の誤解を解くうえでも重要な意味をもっている。ときに、彼のこのスタイルは、現代の読者にとって、イェイツの父権的で高圧的なスタンスを示す一例として取り上げられることがあるからだ。だが、この命令形が通常の近代文法と異なる文法、ディンヘンハスの〈憑依の文法〉を前提にしていることに気づけば、その解釈はまったく異なるものとなるだろう。「ベン・ブルベンの麓で」のなかで、のべ十四回にもわたって畳みかけられるように用いられている命令文は、その典型的な一例を示している。これらはいずれも通常の命令文ではなく、呪術的な請願によって呼び出された死者たちによる宣言・証言・告白文にほかならないからである。この詩の冒頭が‘Swear by’（「誓え」）ではじまり、その終わりが‘pass by’（「過ぎゆけ」）で韻を踏むことで完結し、すべてが呪術的なディンヘンハスの枠構造（憑依の枠構造）のなかに収まっていることがそのなによりの「証＝しるし」（「ベン・ブルベンの麓で」）となるだろう。つまり、ここでの命令形のいっさいは、実は呪術詞、折口信夫がいう意味での「枕詞」であり、それを語っているものは詩人の生（なま）の声ではなく、詩人（フィリィ）の「仮面」である聖者（カルディ＝夢幻能におけるワキ）だ。こうして呼び出された〈第三の存在者〉、土地の記憶を宿す地霊たちこそがこの詩における真の主体者（シテ）であり、彼らが詩人という名のメディア／メディアム＝ワキ、その口を借りて証言しているのである。

このことは「ベン・ブルベンの麓で」に表れる命令形、その基調をなすリズムが緩やかな強弱・四歩格（catalectic trochaic tetrameter）の韻律によって構成されていることからも確認できる。この命令形のリズムは先に述べたマクベスのケルトの魔女の呪文、「イモリの眼とカエルの足指」（‘Eye of newt and toe of frog’ *この呪文のリズムは強弱・四歩格である）と同じもの、呪文特有のリズムだからである。したがって、ヒーニーのイェイツに対する見立ては充分首肯できる――「イェイツがいう追想の最上階には明らかに場所にかかわるものがあり、それは地霊の感知に大いにかかわっている。そこにいかにもイェイツらしい意味が込められているように思われるのです」（シェイマス・ヒーニー「土地の感覚」）。ここに、私たちはイェイツと同時代に書かれた現代詩と完全に一線を画す彼の詩の一大個性をみることができるだろう。イェイツの詩は「意味不明の呪文のように響く」という言葉をしばしば耳にするが、彼の詩の多くは「呪文のように」ではなく、文字通り「呪文」としての側面をもっているからである。

12 イェイツがアイリッシュ・ルネサンスの規範に据えたもの

このように、私たちが暗黙のうちに前提としている近代的思考、あるいは近代の文法という一つのパラダイム、それを絶対視することなく一旦括弧に入れたうえで、ディンヘンハスの伝統、古代的思考とそこに含意されている深い宗教的な意味を踏まえてイェイツの作品全体を捉え直してみれば、そこに描かれた世界はこれまでとはまったく異なる様相を帯びてみえてくるはずである。そしてこの理解のもとで、彼の生涯の壮大なプロジェクト、「アイリッシュ・ルネサンス」構想を眺めていけば、彼がこの構想の規範に古代アイルランド修道僧を据えようとしたこととの必然性もさらにはっきりとみえてくるはずである。

もちろん、「ルネサンス」というからには、かつてヨーロッパにおいてそう名づけられたもの、そのいっさいがそうであるように、それは優れた精神性あるいは宗教性をもっていると同時に、優れた知性をも有していなければ、その名にまったく値しない。「ルネサンス」とは「文芸復興＝復権」の意であって、「地の果ての未開の地」の「文芸・文明開化」の意ではなく、それゆえ過去に手本となるような優れた知性と精神性とを兼ね備えた文化が、すでにアイルランドの歴史のなかに存在していなければならないはずだからである。むろんルネサンスを現在多く用いられている（社会改革を含めた広義の意味で用いられている）リバイバルに変更したところで「再び」がそこに含意されている以上、その意味するものはなんら変わらない。むしろ二つを比較した場合、『ケルティック・リバイバル』の著者シェイマス・ディーンの思惑、イェイツの詩的リアリティを現実の社会・政治的文脈に接近させて読み解こうとする思惑とは裏腹に、リバイバリズム＝信仰復興運動の例からもわかるとおり、実際にはルネサンスよりリバイバルの方がはるかに宗教的ニュアンスは強まる。青年の頃、ウォルター・ペイターの『ルネサンス』に傾倒した詩人であれば、なおさらのことそう理解されているはずである（『自叙伝』、『オックスフォード現代詩選集』の「序文」参照）。そこでは優れた知性と芸術・詩的感受性とが一体となった一つの精神運動として捉えられているからである。「ボイラーの上で」で繰り返される「ルネサンス」という言葉で詩人がスウィフト／ニーチェ的「仮面」＝異化の方法を用いていわんとしていることの真意も、おそらくここに求められるだろう。

ここに、「新しい『解き放たれたプロメティウス』」を書くことを構想した際に、イェイツが「アイルランドのプロメティウス」を騎馬の者アシーンでも英雄クフーリンでもなく、アイルランドの聖者である「聖パトリックか聖コロンバ」に、「アイルランドのコーカサス」をノックナリーでもエマン・マッハでもなく、「クロー・パトリック山かベン・ブルベン山」に求めようとしたその意図を読み取ることができる。

もしも、健康と援助の機会に恵まれたならば、私は新しい『解き放たれたプロメティウス』を書くことにならないだろうか。プロメティウスの代わりに聖パトリックか聖コロンバを、コーカサスの代わりにクロー・パトリックかベン・ブルベンを背景にして作品を書くことにならないだろうか。（『自叙伝』）

生の苦悩を体現するプロメティウスは、同時に知とそれをもつことの「あまりに人間的な」（ニーチェ）苦悩の体現者でもあるからだ。つまりこの二人の修道僧たちは、アイルランドの魂の歴史の苦悩の体現者であるとともに、その知とそれをもつことの苦悩の歴史を体現する存在でもあるのだ。

その際（「ルネサンス」における知的側面）にイェイツが最も意識した聖者は聖パトリックよりも、むしろ彼の衣鉢を継ぐベン・ブルベンの守護聖人、聖コロンバであった。イェイツは、プロメティウスがゼウスから火（知）を盗み、人間にそれを与えた罪でコーカサス山に磔にされたその同じ意味を、聖コロンバが古代修道会の禁忌を犯して彼の師である聖フィニアンがもつ「詩篇」を盗写し、コノハトの民衆に神の知を与えた罪により教会から破門され、「贖罪巡礼」の道を歩まなければならなくなったその苦悩の人生のなかに見出しているからである。すなわち「詩篇」盗写の罪で破門された彼は、それを不服として全土を二分する〈アイルランドの壇ノ浦／関ヶ原〉ともいうべき「ベン・ブルベン＝クール・ドゥレムネの決戦」（五六一年、通称「書物戦争」）を挑み、北イ・ニール王国の王子として勝利するものの、その戦いにより「三〇〇〇人の戦死者」（『アルスター歴代誌』）を出し、その贖罪の証として「天使の鞭傷」（アダムナンの『聖コロンバ伝』）を刻印され、流離（さすら）う森の写字僧となっていったその人生を、自身の魂の歴史としてのカルディの系譜に密かに刻み込んでいる――「ドラムクリフはベン・ブルベンの麓にある広大な緑の谷である。ベン・ブルベンは、この谷の古い遺跡の多くを築いたかの偉大なる聖コロンバが自ら天国に近づくために祈りながら登った場所である」（「ドラムクリフとロセス岬」）。イェイツが永眠する教会の正式名称が「アイルランド教会　聖コロンバのドラムクリフ教区・教会」であり、そこは六世紀半ば、聖コロンバによって創設された〈アイルランドのアカデミア〉とも呼ぶべき「ドラムクリフ修道院」が建っていたことは偶然ではない。このことを念頭に置いて、イェイツは「ベン・ブルベンの麓で」を記しているからである。

「ベン・ブルベンの麓で」Ⅲ、Ⅳにおいて「詩人よ、彫刻家よ」と呼びかける「仮面」の声は、この苛烈な人生を歩んだ聖コロンバのものである（ちなみに、この詩のⅠ、Ⅱにおける「仮面の声」は聖パトリックのものである）。この詩に表れる「暴力性を伴う最高の賢者」とは聖コロンバのことを指しているからだ――「最高の賢者でさえ、運命を全うし／己が士業を悟り　配偶者を選ぶ前には／ある種の暴力性を帯びて／心がピンと張り詰めてくるものなのだ」（「ベン・ブルベンの麓で」）。

あるいは「黒い塔」を語る「仮面」の声もまた聖コロンバのものであるとみることができる。T・R・ヘンも指摘しているとおり、この塔のモデルはイェイツの墓石の「道の側にある（聖コロンバゆかりの）一つの古代の十字架」（「ベン・ブルベンの麓で」）と「道（現在の国道）」を挟んで差し向かいの位置に建つ聖コロンバゆかりのドラムクリフ修道院のステーション、「ラウンド・タワー」に違いないからである。したがって、「黒い塔」と「ベン・ブルベンの麓で」あるいは「彫像」は相互補完性のなかで、聖コロンバの面影を密かに映し出す鏡＝「仮面」の機能を果たしていることになるだろう。

このラウンド・タワーがかつて聖コロンバの贖罪巡礼のステーション＝中心であったことは、このタワーの境界をしるしづけるためにかつてここに置かれていた「天使の石」からも裏づけることができる。『ドラムクリフ』の著者、ステラ・デュランドの指摘によれば、この「天使の石」に彫り込まれているものは軍勢を引き連れた聖コロンバの姿だという。おそらくこれが「天使の石」と呼ばれるのは、聖コロンバの身体に刻印された「天使の鞭傷」、スティグマを巡礼者に想起させるためであるとみてよいだろう。なお、聖コロンバの心中を直接語った詩として「ベン・ブルベンの麓で」とほぼ同時期に書かれた詩、「黒い塔」と相互補完的な関係にある詩「失われたもの」を挙げることができる。ゆえに、この詩の「仮面」の声もまた聖コロンバのものである。

これゆえにこそ、聖パトリックによってもたらされ、聖コロンバによって確立されたカルディの精神、その系譜は彼にとって生涯にわたる壮大な一大プロジェクト、知と魂と愛の人間の苦悩の歴史、知と文芸と精神の文芸復興運動、「アイリッシュ・ルネサンス」の基軸に据えるに値する、唯一つの手本となる。

13　イェイツ研究最大の死角、カルディの系譜とそれを描く技法

とはいえ、この大いなるプロジェクトのもとで作品全体に描かれたこのカルディの系譜、それはいまだイェイツ研究、その最大の死角にあるといってよいだろう。なぜ死角になっているのか。それは、すでに述べた理由、カルディが読者にとって各々の視点によって暗黙のうちに引かれた境界線を曖昧なものにする「不気味なもの」に映ること以外に、その系譜が作品全体の見えないメタ・テキスト、間テキストのなかに、彼が自身の詩作の「第一原理」だと位置づけている「ファ

ンタスマゴリア」と呼ばれる特殊な詩の技法によって描かれているからである（「我が作品のための総括的序文」I：第一原理）。

このことは、カルディの「仮面」である「ビザンティン芸術の壁に描かれた聖者」（「ビザンティウムに船出して」）の姿を例に挙げて説明するのが相当だろう。モザイク模様のビザンティン芸術に描かれている聖者の姿、それは「モザイクとモザイクの間＝間テキスト」（ジュリア・クリステヴァ）のなかに、特殊な技法を用いて、さながら透かし絵のように描かれているからだ。しかも方位学的には、ビザンティウムとアイルランドは、一方がヨーロッパの「極東＝オリエント」、他方が「極西＝オクシデント」に位置していることから、各々が他方の逆説の鏡＝「仮面」として機能しているのである。

イェイツの「仮面」の詩学を考慮することなく、個々のテキスト（各モザイク）の読み・分析、その総和がそのままイェイツの作品世界の総体であるなどと誤解する読者、あるいは「蜘蛛の巣」である「視点の文学」に執着し自己呪縛された読者の前に、「聖者」の姿が現れてこないのも道理である。壮大な地上絵は、それを上空から俯瞰する、イェイツが読者に強く要請する見えないものを幻視する眼——「私は心の眼に呼びかける」（『鷹の井戸』）、すなわち微視にして巨視なる「鷹の眼をもって」（「ボイラーの上で」）、あるいは「一人の老人の鷲の心」（「一エーカーの土地」）をもって読まないかぎり、いかに彼にかんする様々な専門知識（情報としての知識）を蓄積したところで、読者の前にはけっして現れてこないからである。

それでは、その技法とは何か。それは、「理性の光（啓蒙）＝エンライトメント」の名のもとに魂のこと（自己の実存にかかわる「信条」＝信仰の問題）までもが合理的（外的・客観的）に意味づけされ、安っぽく記号化されたこの即物的な世界、それを「目に見える暗黒」（ミルトン）、いわば〈白日の闇〉のもとに晒し、「一本の蝋燭の炎＝謎の光」と「揺らぎ香る一本の線香の煙＝謎のスクリーン」（「錬金術の薔薇」）によって〈陰影＝エンシャドメント化〉し、記号を黒く塗りつぶされたシルエット、不知の〈暗号＝コード〉に変え、もって現実のこの世界を影法師が駆け巡る走馬灯＝「ファンタスマゴリア」の世界へと変化(へんげ)させる〈面影の技法〉のことである、とひとまずいうことができる——「風がカンテラを吹き消した。……もはや明かりが消えたのですから、僕はあなたのなすがままです」（『骨の夢』）。

ここにまた死角が生じるもう一つの要因が表れている。走馬灯という内なる世界に、さながら懐中電灯でも当てるように当時の「新聞記事」（「Ⅱ：主題」『自叙伝』）を賑わせたような時事・政治問題、イェイツが「朝食のテーブルの話題」（「Ⅰ：第一原理」）と呼ぶ社会的な外部（リアリズム／ジャーナリズム）の光を当てれば、影法師はたちまち消えてなくなるほかないからである。民族学者ジェレミー・カーティンがいうように、古代のアイルランドにおいては、語り部が物語を語ることが許されている時間はサウィンからベルティンの冬の夜の間だけで、昼間に語ることはタブー視されていた点を思い出したい（「ベン・ブルベンの麓で」が「冬の曙」の時刻に設定されているのもこのためだろう）。

このような事態が発生することを危惧すればこそ、イェイツはすでに前期の詩、「彼、天津衣を願う」において、以下のように巧みな表現で心ないリアリストたちに釘を刺しているのである――「だけど、貧しい私にあるものは、夢の衣だけ／だから、私はあなたの足もとに夢を広げたのです／どうかゆっくり歩いてください／あなたは私の夢の上を歩いているのですから」。ここでいう「夢の衣」が、のちに完成をみることになる「ファンタスマゴリア」を映すための特殊なスクリーン（「一本の線香」の煙によって現出されるスクリーン）、これを予兆的に語ったものであるとみれば、走馬灯にリアリズムの懐中電灯を当てようとする行為、それが意味するものは、「夢の衣」のうえをドタバタと「歩く」行為とほとんど同じ意味であり、つまりここで詩人は、このような詩心なき無神経なリアリストたちの読みの行為に対し、痛烈に批判していることになるだろう。「世界を覆う聖ブリジットの天津衣」が象徴しているように、アイルランド的文脈においては「天津衣」は「恩寵」を象徴するきわめて宗教的な意味をもっていること、このことを承知したうえで、イェイツはこの詩を記しているからである。

あるいはこのような事態の発生に備えて、最晩年のイェイツは「ランドーの防水シート」や「（ハムレットを演じる）アーヴィングの誇らかな羽毛」を予め用意している――「天井の雨漏れ防止シートに何が使われたか／天井に被せたランドーの防水シート／蝿と蛾を払いのけるために何が使われたか／アーヴィングと彼の誇らかな羽毛」（「降誕」）。ここに表れる「蝿」とは「彫像」に暗示されているように、「獅子を前にしてもまばたき一つしない」はずの「夢想する太ったハムレット」(「自叙伝」)を痩せさらばえさせる、文学における病魔としてのリアリズムのことを意味している――「蝿を食い痩せさらばえたハムレットに非らず、中世の肥えた夢想家になったのだ」(「彫像」)。イェイツにとって「リアリスト」は自ら生きる希望を断ち、また人が抱く希望を断つ深い病を負った者として捉えられているからである――「それならば、私にできることは何か。ドラゴンとともに消え去ったもの　生きる希望を目覚めさせることだ」(「リアリストたち」)。

先述の「Ⅱ:主題」に表れる、当時の「新聞記事」に記載された「私の運動は一九一六年の射殺隊とともに消滅した」という論評に対するイェイツの反論の前提にも、このような詩心なき「厚顔無恥」(「降誕」)なリアリズムへの批判を読み取ることができる。

いずれにせよ、このような現実主義に傾斜した読みは、「シェリーを読むあの学者」のように、「作品の背後に潜む信仰体系の発見」に努めることを怠り、それをたんに「韻文に訳された」政治・思想宣言文としてしか理解できない、少年イェイツを辟易させたあの的外れで「痩せさらばえた」読み方を、イェイツの作品にまたもや適用するにも等しい行為である――「『解き放たれたプロメティウス』の詩行、その背後に潜む信仰体系を発見できるように読み進めていかないかぎり、あの学者が頑なに信じ込んだように、シェリーは時折り大いなる詩想を抱きつつも、それを風変わりな技法で表現する、つかみどころのない思想家ということになってしまうだろう」(「シェリー詩の哲学」)。この点でも現実のリアリティとは次元の異なるイェイツの詩的リアリティを見定めるためには、まずは『死に至る病』におけるキルケゴールがエピグラフで提示した以下の読みの姿勢が求められるだろう――「主よ、無益なる事物に対しては我らの眼を霞ませしめ、汝の凡ゆる真理に関しては我らの眼を隈なく澄ませ給え」。あるいはシェリーの『解き放たれたプロメティウス』の背後に古代の信仰体系を読み取り、『悲劇の誕生』を記した若きニーチェの読みの姿勢が求められるだろう。ニーチェはプロメティウスに体現される魂のリアリティ、ギリシア悲劇の源流から発せられた魂の声を悲劇のプロットのなかにではなく、可視化されない音楽、劇場の背後に響く流離のコーラス隊＝「コロス」、その心に憑依するディオニュソスの叫び声に求め、その微かな歌声に目を閉じて耳を澄ますことで世界の真のリアリティ＝生そのものを捉えようとしたからである。しかもこのコロスの声こそ「目を悪くするほど」（「父への手紙」）ニーチェを読み込んだイェイツ、彼にとって夢幻能のワキに相当するアイルランドの琵琶法師・カルディ、彼らの心と口を借りて叫び舞うシテ＝死者、すなわち詩魂の源流から発せられた真の生のリアリティと同一のものにほかならない。

　少なくともイェイツの要請に応じ、「移ろいゆく証拠によって移り変わる歴史などに目もくれず」（「Ⅱ：主題」）、彼の作品世界に一貫して響く内なる魂の声に耳を澄まし、彼の作品全体を再読・吟味していくならば、私たちの読みにおのずとある一つの現象（心的変化）が生じてくるはずである。それは、彼の作品の各テキストのなかに一見無意味に散りばめられているだけにしかみえない各メタファーの群れ、いまだ意味不明の詩句・詩行・詩文、それらがさながら地上絵、あるいはエゼキエルが視た「枯骨の夢（ディアスポラ）」のように、カルディという見えない身体（面影／イメージ）に連結され、読者の前に一つの意味として立ち顕れてくるというこの現象のことである。この「枯骨の夢」への気づきは、イェイツが希求する民族のアイデンティティの問題を読み解くうえでも重要な意味をもっている。T・R・ヘンがすでに指摘しているように、イェイツにとって「エゼキエルの幻」はアイルランドの再生の象徴的意味を担っているからだ。このことは『骨の夢』の表題からも確認できる。この表題はエゼキエルの幻を念頭に置いてつけられたものである。彼の中期の戯曲、『王宮の門』のなかで「詩人シャナハン」がいまわの際に幻視した「エゼキエルの野獣の夢」、すなわち「ケルブの幻」、その真意もこの「散らされた民」の統合を希求するエゼキエルが幻視したかの夢のなかに求められる。

　こうして、ここに聖者と英雄、詩人と私たち読者の応答が始まることになる――「ある日、私は夢のなかで、フォクルーの森から聞こえてくるアイルランドの声を聴いたのである」（『告白』二三章）。イェイツの詩＝「ファンタスマゴリア」という「夢（詩）のなかで（私たちと詩人との）責任（応答）が始まる」（『責任』のエピグラフ）ことになるだろう。

14 アイルランドの琵琶法師、メディアム／詩人としてのカルディ

以上の命題をイェイツの作品全体を間テキスト、つまり「視点の文学」を逆説化し異化する「関係」の文学＝「総合」の文学のもとで検証していくこと、それがこの本の主な目的である。検証の過程で、この特殊な詩の技法が古代アイルランド詩の伝統的形式である「ディンヘンハス」を、近代象徴詩の技法である「ファンタスマゴリア」にうまく接続させていくことで完成をみた彼一流の詩法、「仮面」の詩法の内実が明らかになるだろう。さらにその完成には二つの異なる技法を繋ぐ〈橋がかり〉の役目を果たす、夢幻能の様式との時空を超えた奇跡のめぐり逢いがあったことが明らかになるだろう。イェイツはそこに夢見るワキの心が一つの走馬灯＝ファンタスマゴリアと化し、そのなかを生の凝縮としての死者の情念が、肉体を纏った面影（影法師）となって駆けめぐり、魂それ自体が舞い狂う世界、そこに古代の技法を近代の技法にうまく接続させていく洗練されたディンヘンハスの形式、その完成＝「成就」（「日本のある高貴なる戯曲」）のモデルを見出したからである――「私の前に一つのイメージが浮遊する。人か影か、人というよりは影／影というよりはイメージ／ミイラ布に包まれたハデスの糸巻きが／小径の糸巻きを解くようにみえるからだ……死して化すは舞踏、舞踏は恍惚の激情と化し／死して、袖口一つ焦がさぬ炎の激情と化す」（「ビザンティウム」）。ここにみられる「ミイラ布に包まれたハデスの糸巻き」と夢幻能のシテ＝死者の舞、これら時空のまったく異なるイメージを一つに結びつける〈橋がかり＝ワキ〉の役を密かに果たしているものは、エジプトに起源をもつ「人というよりは影」「影というよりはイメージ＝面影」、影法師＝コードとしてのカルディの面影である。

そこで顕在化される問題は、土地の記憶を語る〈アイルランドの琵琶法師〉、すなわち夢幻能のワキ＝巡礼の僧侶ともいうべきカルディたち、彼らが伝統的に用いた〈憑依の文法〉、自己の心と口を地霊、土地の記憶を宿す死者たちに貸す呪術としての文学形式の問題である――「私は霊を呼び出す術とでもいえるような行為を信じ、幻影を生み出す呪術の力を信じる。すなわち目を閉じて心の奥で視る真実なる幻を信じるものである」（「呪術」）。「イメージの力を借りて、私は

自らの対立者に呼びかけ、自己の感触や眼差しに最も疎遠な者のいっさいを呼び出すのだ」(「我、汝の主なり」)。

それは先述した近代の辞書にも「ゲール語同盟の詩人たちが固執する辞書」(「Ⅱ：主題」)のなかにも記されていない古代の「文法」、魂のスティグマが刻印された辞書に記されているもの、古代アイルランド修道士たちだけが知る「憑依の文法」のことである。この点については、「Ⅱ：主題」のなかに表れる以下のくだりに暗示的に記されているところでもある——「老司祭がいう意味はラス(土砦)がすべての人々をさらっていったため、死者は彼らが生きていた場所やその辺りに留まり、近隣の土地の隠れた特質のなかに引き籠ったのである」。ここに暗示されて「場所」、その象徴的な地点とは第三の空間としての「煉獄」のことであり、その守護聖人こそ聖パトリックにほかならないからである。それならば、私たちもハムレットに倣って、聖パトリックの霊を呼び出し、心に憑依させなければならないだろう。

少なくともこのようにみれば、イェイツがいう「ファンタスマゴリア」の技法が、近代的思考(心理学)の発明品である〈分身の術〉ではなく、古代的思考(宗教的儀式)に基づく〈憑依の術〉＝「仮面」であることが理解されるはずである。分身とは自己であるが、憑依とは心に取り憑くことで一部自己化しているものの、それでもなお心に取り憑く者は自己にとっての絶対的他者、死者＝幽霊だからである——「粗野な言い方が許されるならば、幽霊が私たちに訪れるとき、そのイメージは実体化するのである。それゆえ、それらのイメージが一旦媒体である私たちに憑けば、その肖像を写真に撮ることも大してむずかしいことではないのである」(「呪術」)。ここで近代科学・技術の申し子ともいうべき「写真」が用いられているのは、イェイツが写真というものを「幽霊」を憑依・現出させるための「ファンタスマゴリア」の一種だと捉えているからである。かつては写真を撮ることを「魂を抜き取られる」ことを理由に拒んだ多くの人たちがいたこともある。あるいはエジソンが蓄音機を考案した際、それを過去＝死者の声を再生＝憑依させるためのメディアム装置の発明であると考えていたことを思い出したい。

晩年のイェイツが若き日に記した詩、「イニスフリー湖島」を朗読する際に自身の声を幽霊に見立てて録音を試みた詩人テニソンの例に倣って、BBCラジオ放送という一つのメディア／メディアムを、いわば現代の口寄せのための媒体手段として用いて、琵琶法師の語りを彷彿とさせるような独特の調子で吟じたのも、この文脈のなかで説明することが可能である。つまり、ここでイェイツはアイルランドの魂の歴史を証言するために、この詩のなかで透かし絵として密かに描き込んでおいた聖パトリックの面影（幽霊）を、放送というメディアを使って自らがメディアム（霊媒師＝詩人）となって、ハムレットよろしく呼び出そうとしている。ディンヘンハスの伝統にしたがうならば、この証言が真実のイストワール（歴史／物語）となるためには、呼び出された霊が真の聖者の声でなければならないからだ。つまり、ここでイェイツはBBC放送という現代の〈メディア／メディアム装置〉を用いて、アイルランドの『平家物語』ともいうべきディンヘンハスの古代的伝統、その現代における「ルネサンス」、「知性に対する魂の反乱」を密かに目論んでいることになるだろう。ここでのイェイツの「仮面」の声が、生きながらにして幽霊となった聖者の声のように聴く者の耳に響いてくるのはそのためである――「私はそれ（アイルランドの声）を心の核心で聞く」（「イニスフリー湖島」）。

ここで最終的に問われているものは、イェイツ的思考としてのもう一つの「オントロギー（存在論）」、いまや忘れ去られて久しい古代の存在論としての「アントロギー（憑依論）」（ジャック・デリダ『マルクスの亡霊たち』）の問題である。なぜならば、イェイツにとってディンヘンハスが意味するものは、私たち日本人にとっての『平家物語』に相当し、その物語を語る僧侶／霊媒師／詩人であるカルディが意味するものは、私たちにとっての琵琶法師としての霊媒師にほかならないからである。

かくして、彼にとってベン・ブルベンが意味するものは、アイルランドの魂の歴史にかかわる特殊な意味として理解されることになる。イェイツにとってベン・ブルベンの戦い＝クール・ドゥレムネの決戦とは、アイルランドの壇ノ浦に相当し、カルディとは最終的には彼自身が永眠するベン・ブルベンの麓の地底深くにいまも群れ重なるように横たわっている戦に没した「三〇〇〇人の武士」たちの霊、彼らを弔うために「贖罪巡礼」の務めを果たす琵琶法師の父、その身に「天使の鞭傷」＝スティグマを刻印された者、バルドの組織の一員でもあった聖コロンバ、その人生に象徴されるものだからである。

イェイツの詩的想像力は最後にこの聖者の方に向かって進んでいくことになるだろう。ドラムクリフ修道院は若い修道僧が勉学と修業に励む「プラトンのアカデミア」（『ヴィジョン』）であるとともに、そこは先述したように、かつて聖コロンバの贖罪巡礼のステーションでもあったからだ。しかもこの場所は「イニスフリー湖島」の詩人と同様に、詩人コロンバが遠く祖国を離れ巡礼の旅路で想いを馳せた彼の詩魂が帰還すべき故郷でもあった――「我がまた心から愛す　西方のクルキーネの浜辺、ドラムクリフよ」（「聖コロンバに寄せる詩」＊作者不明）。以上のことは「ベン・ブルベンの麓で」の精読を通じて明らかになるだろう。

ここにおける最終的な作業は、魂の根源回帰、「ビザンティウムへ船出」した詩人が、最後に己の魂の故郷、詩魂の源流を求めて「ベン・ブルベンへ船出」した苦悩に満ちた〈ウナギの巡礼〉の軌跡を辿っていくこと、ここに割かれることになる。

序章

詩人は朝食のテーブルで話しかける者のように直に話しかけているのではない。そこにはつねにファンタスマゴリアの世界が存在しているのである。……小説家ならば自身が遭遇する人生の偶然性や矛盾を描くこともあるだろう。だが、詩人はそうであってはならないのだ。彼は人間というよりは類型、類型というよりは情念・情熱（パッション）なのである。……つまり詩人とは自己自身のファンタスマゴリアの一部なのだ。……「賢者は我のなかに」、「生者と死者を求め、世界が与えぬものを獲得する」、とチャンドジャ・ウパニシャッドはいう。世界はなにも知らない。なぜならば、世界はなに一つ創らなかったからである。我々はすべてを知っている。なぜならば、我々が世界を創ったからである。

——W・B・イェイツ（「我が作品のための総括的序文」「I：第一原理」）

アイルランドのいっさいの歴史、その背後には一枚の大いなるつづれ織りが垂れ下がっている。……それを眺める者はどこでキリスト教が始まり、どこでドルイド教が終わったのか言い当てることはできまい——「鳥のなかに一羽、魚のなかに一匹、人間のなかに一人完全なものがいる」。かりにこのことについて説明できるとすれば、それはケンブリッジ大学のバーキット教授が注意を向けてくれた最近の学者たちによって示唆されている学説［アーディル著『聖パトリック　一八〇年渡来説』］だけである。それによれば聖パトリックがアイルランドに渡来したのは、五世紀ではなく二世紀の終わり頃であるという。その頃はいまだ大論争は起こっておらず、復活祭は春分の日の後の満月であった。その日に世界は創造されたのである。その日にノアの方舟はアララテ山の頂にあり、モーセはイスラエルの民をエジプトから脱出させたのだ。その頃はいまだ古代宗教とキリスト教を結ぶ臍の緒は切れておらず、キリストとディオニュソスは腹違いの兄弟であった……『金枝篇』や『人格論』を知る近代人ならば、聖パトリックの『告白』の「信条」を「キリストはすみやかに裁くであろう」における「すみやかに」という言葉を除けば、何一つ拒否するものを見出すことはない。そのような近代人ならば、聖パトリックの「信条」を歴史上のキリストや古代ユダヤ、あるいは歴史的な推移や移ろいゆく証拠などに左右されず、……彼の『告白』の「信条」を何度でも繰り返すことができるし、……私も彼の「信条」を繰り返し、そしてそこにウパニシャッドの「我」を想起する。……私はこの信仰のなかに生まれ、この信仰のなかで死んでいくことになるだろう。つまり、私のキリストは聖パトリックの『告白』に記されている「信条」、その嫡男ということになるのだ。……かかる主題への潜在的な強い関心から私は『ヴィジョン』を書いたが、それはその荒っぽい幾何学による不完全な解釈にすぎない。だが「アイリッシュ性」というものは、幾度も絶滅戦争を経験しながら今日までその古代の「鉱脈」を保持してきたのである。

——W・B・イェイツ（「我が作品のための総括的序文」「Ⅱ：主題」）

1 カルディとは何か——イェイツの「信条」／聖パトリックの「信条」

W・B・イェイツ（W. B. Yeats,1865-1939）の作品全体には「一枚の大いなるつづれ織りが垂れ下がっている」。そのつづれ織りには、アイルランドの魂の歴史の体現者、イェイツが「ドルイド／キリスト教徒」だと位置づけているある者たちの系譜が、壮大な一大絵巻のパノラマとして描き込まれている。

その者たちの名はゲール／英語名で「カルディ」（Culdee）、ラテン語では「ケリ・デ」（'Cel Dei'）である。彼らは粗布を纏い、自らのことをあえて「罪人」と位置づけ、生涯にわたって「緑の殉教」、すなわち「神の愛のための流刑／巡礼」'exile for the love of God / peregrinatio pro amore Dei'（聖パトリック『告白』*Confession*）をその身に課したアイルランドの心貧しき古代隠修士たちである[1]。

カルディは、他のヨーロッパにほとんど例をみないアイルランド独自のキリスト教の修道僧であるが、その姿はイェイツの眼には真の「聖者」に値する類い稀な存在として映っていた。『ヴィジョン』（*A Vision*, 1937）のなかの「月の二七相」に位置づけられる「聖者」、その定義には多分にカルディの姿が重ねられているからである——「聖者は自己放棄を心がけるのである……彼は胸を叩いて悲嘆の意を表し、自分は悔い改めなければならぬ、自分は人々のなかでも、最も悪しき者であると恍惚のなかで叫ぶのである」[2]（『ヴィジョン』「大車輪」"The Great Wheel"）。つまりイェイツにとって聖者・カルディとは、自己を「極悪の罪人」と認めることで「恍惚のなかで自己を放棄し」、自ら進んで「流刑」という贖罪巡礼の旅路に赴く者たち、ある種の狂気（マニア）のもつ逆説を帯びた一つの聖なる名前である。

このカルディについて、さらに広く用いられる定義にそって、もう少し詳しく述べると、それは以下のようになるだろう。一般的には「カルディ」は八〜十二世紀にアイルランド・スコットランド・ウェルズを中心に活動した、教会法的には非公認の隠修士（中世のアイルランド修道僧）の総称として用いられている。通例、カルディはキリストと十二名の弟子に倣い、十三名一組で原始キリスト教的な共同生活を行なっていたとされる。聖コロンバがベン・ブルベンの地を去り、贖罪巡礼の旅路に向かった際に、「十二名の弟子が彼に従った」と伝えられているのも、このカルディの伝統を念頭に置いているからだろう。その語源は「神の下僕（奴隷）」を意味するラテン語の「ケリ・デ」に由来する。王族や豪族との結びつきを強めることでしだいに世俗化していった八世紀のアイルランド修道会に対して、聖パトリックの『告白』のなかで表明されている「贖罪巡礼の精神」＝「緑の殉教」の精神を遵守し、その清貧の精神に立ち返ろうとする八世紀初頭に起こった刷新運動＝「ケリ・デ運動」から、その推進者たちのことを称して「カルディ」と呼ぶようになったといわれる。ただし、「カルディ」のルーツは聖パトリックをはじめとする「緑の殉教」の精神を実践した古代アイルランド修道僧たち（聖コロンバ、聖コロンバーヌスなど）にあるとされ、今日においては、むしろ彼らのような刷新運動が起こるはるか前の初期アイルランド修道僧たち、その総称として用いられる場合が多い。本論で用いる「カルディ」とは後者、すなわち初期アイルランド修道僧を指すとともに、その名残を留める今日にまでいたるアイルランド修道僧の精神、その象徴的意味を含めて用いている。(3)

さて、前述したカルディの起源は通常、五世紀末にアイルランドに渡来したカトリックの布教者、聖パトリック（Saint Patrick）にあると考えられているようだ。だが、イェイツはこの通説をきっぱりと否定し、聖パトリックは「五世紀ではなく二世紀の終わり頃に渡来したキリスト教徒」、すなわち「ピタゴラスの秘儀」を遵守する「古代のセクト」（「彫像」）、その精神風土から発生した古代エジプト修道会（エジプト・コプト）、その流れを汲むドルイド／キリスト教徒であると捉えている。(4)イェイツは、カルディたちが遵守した「信条」が「聖パトリックの『告白』に記されている信条」に基づくものであり、それは「幾多の絶滅戦争を経験しながらも、保持された古代の『鉱脈』」であると考えている。その「信条」は「ユダヤ教ではなく」、古代エジプトとその精神風土を共有するケルトの「ドルイド教に根ざす精神」から発生したものだ、とイェイツはみているからである。そして、この「信条」に、彼自身の生涯の詩的な「信条」の規範を据えるのである。

そのとき、ヨーロッパはユダヤ教ではなくドルイド教を背景にして立つキリスト、死んだ歴史のなかにではなく、生の流れのなかにある肉体を纏った現象としての一人のキリストのなかに、魅力的な何かを見出すことになるだろう。私はこの信仰のなかに生まれ、この信仰のなかで死んでいくことになるだろう。つまり、私のキリストは聖パトリックの『告白』に記されている「信条」、その嫡男ということになるのだ。（「Ⅱ：主題」"General Introduction for my Work : II. Subject Matter," 1937, *Essays and Introductions*, p.514.）

ここには、当時の他の詩人とはまったく異なるイェイツ独自の詩的スタンスがはっきりとみえている。それは、彼の宗教に対する「強烈な関心」（「サウィン」）であり、この場合の宗教とは学問上の問題ではなく、いわんやたんなる政治的立場の言い換えにすぎないような「宗派」という名の外的・表面的な問題を意味するものではない。彼はいかなる宗派に与する立場も取っていないからである。そうではなく、彼にとっての宗教とは、ウィリアム・ブレイクにとっての宗教が意味するものとまったく同じように、内なる精神の問題、自己内発性によって生じる信仰の問題であるといってよい。イェイツはブレイクに事寄せて、自らの詩人としての立場を以下のように宣言しているからである――「ブレイクは、芸術とは宗教なりと宣言したが、それは彼のまわりの誰一人として夢想もしなかった宣言であった」（「ウィリアム・ブレイクと想像力」"William Blake and the Imagination," 1897, *Essays and Introduciosn*, p.111.）。

あるいは、イェイツはこうも述べている。

深く芸術に想いを抱く私たちは、自分たちこそ忘れかけた信仰を護る僧侶であるとわきまえ知るべきである。太古においては、芸術と宗教は不可分の関係にあった。……

だが、今日の芸術は、私がみるところでは、高慢になりすぎて、宗教をさしおいて芸術だけで、理想的なものを独占しようとしている。(「アイルランドと芸術」"Ireland and the Arts," 1901, *Essays and Introductions*, pp.203-4.)。

つまり、イェイツにとっての「宗教」とは、彼が作品を書く際の土台となる信仰に対する飽くなき探究心それ自体であるといってよい――「芸術が目指すものはそれが要請する強烈な関心事（'the intense preoccupation'）において宗教の目指すところとほとんど変わるところはない」[5]（「サウィン」"Samhain"）。

2　イェイツの「関心事」と詩的感受性／宗教的感覚

それでは、「聖パトリックの『告白』の信条の血統を引く嫡男」と呼ぶ彼自身の「信条」とは具体的にどのようなものなのだろうか。「Ⅱ：主題」の内容からだけでは前述した引用文以外に明示されている箇所が見当たらない。そのためここに記されている「信条」の内実は判然としない。だが、聖パトリックの二つの贖罪巡礼、「ダーグ湖」（'Lough Derg'）の「ステーション・アイランド」の煉獄巡礼と「クロー・パトリック」（'Cro-Patrick'）の贖罪巡礼のあり方について記されている「もしも私が二四歳だったら」（"If I were Four-and- Twenty," 1919）において、その「信条」について彼は、「はじめに」で引用したようにはっきりと証言している――「アイルランド人は、キリスト教徒だろうが異教徒だろうが、原罪を信じるというこの信仰を、揺籠の頃からすでにもっている。すなわち人間は一つの呪いのもとで生き、額に汗して糧を得なければならないというこの信仰をもっているのである」（"If I were Four-and-Twenty," 1919, *Explorations*, p.276.）。

ここに、他者の言動や罪を裁くのではなく、むしろ自己の罪を厳しくみつめて生きることを促し、贖罪の道を説く『告白』の「信条」、その強い影響をみてとることができる。「動揺」（"Vacillation," 1932）に表れる以下の詩行も、このことを前提にすれば、すぐにも理解されるはずである――「心：ホーマーは原罪以外に、何を主題としたというのか」[6]。

ただし、ここでは「この信仰はキリスト教徒だろうが異教徒であろうが」とも記されている。彼のこの見解は、同じ散文のなかの以下の文章からも確かめることができる。

もしも私が二四歳の頃に戻ったならば、偉大なる巡礼、クロー・パトリックの巡礼とダーグ湖の巡礼［聖パトリックの煉獄巡礼］に行くことだろう……ヨーロッパには私たちの巡礼よりも古い巡礼など存在しないのである。私は多くの小抒情詩のなかで願ったものである。アイルランドのキリスト教徒も異教徒もこぞって、あの石ころだらけの山［クロー・パトリック］を日本の聖なる山［富士山］と同じように、三世代にわたって我々のなかの想像力に富む者たちの記憶に鮮明に映るように、若い歓喜をもって描くことができればよいのに、と。（*Explorations*, pp.266-7.）

つまりイェイツは、アイルランド人はキリスト教徒だろうが異教徒だろうが「原罪」（'original sin'）を背負って生きており、だからこそ「キリスト教徒も異教徒もこぞって」、ダーグ湖の聖パトリックの煉獄巡礼とクロー・パトリック山の贖罪巡礼に行かなければならないと考えているわけである。

それではなぜ、「原罪」を贖うために、キリスト教ではない異教徒までもが、聖パトリックゆかりの二つの巡礼地に赴かなければならないのだろうか。それは、彼が聖パトリックを純血のキリスト教徒でもドルイド教徒でもなく、二つの精神・宗教が巧みに融合されたアイルランド独自のドルイド／キリスト教徒だとみているからである。だからこそ、「動揺」における「詩人の心」は、キリスト教が成立するはるか前に書かれたはずの「ホーマー」、その唯一の主題を「原罪」に求めているのである。

一見、単純な読みのようにみえるかもしれない。だが、この理解はイェイツの作品世界の全貌を見定めようとするとき、きわめて重い意味をもっている。彼の作品全体の土台は、まさにこの素朴な信仰のうえに据えられているからである――「信仰がいかに試されようとも、私は己の信仰を　あの岩場生まれの　岩場を流離う足に置き続けるのだ」（「灰色の岩」"The Grey Rock," 1913, *The Poems*, p.152.）。試しに、「Ⅱ：主題」の後半に表れる英国支配（ゲール語の英語化）の問題という、表面的にはいかにも外的で社会的な問題、他者との闘争・対立の問題を扱ったようにみえるトピックを、この理解のもとに読み直してみよう。すると、ここで詩人が述べようとしていること、その真意は「他者との闘争」としての政治的（外的）な問題なのではなく、実は「自己との闘争」としての「原罪」の問題＝内的な魂の問題に帰結していることが理解される。このことを示唆する以下のくだりに目が留まることになるからだ。

レッキーが『十八世紀のアイルランド』の冒頭で記しているように、アイルランドほどに大きな迫害を受けた人々はどこにもいないし、その迫害は私たちの時代においても止むことはなかった。そういった過去がつねに脈打つような私たちの憎しみ、これにまさる憎しみをもつ民はいないのである。こうして私の憎しみは愛によって私を苦しめ、私の愛は憎しみによって私を苛む。つまり、私は自分が野獣に喰われる夢をみて、目覚めたときに、自分が喰らうものにして喰われるものであることを知るかのチベットの修道士のようなのである。（*Essays and Introductions*, p.519.）

このくだりは「動揺」の最終連におけるサムソンの謎かけを敷衍した詩行、「蜜蜂の巣と獅子の謎かけ、聖書はこれを何と語っているか」、あるいはこの文章は、後述するスウィフトの内的な苦しみを想起させるとともに、『告白』に記されている親友の裏切りにより窮地に立たされた聖パトリック、その心中を彼が告白するあの有名な内的な葛藤のくだりを想起させる。

もちろん、それればかりではない。彼の詩人としての一つのモメントをしるしづける傑作詩、「動揺」の「唯一のテーマ」は、まさにこのような信仰（「原罪を信じるという信仰」）とそれによって生じる内的な葛藤の問題といってもよいからだ。しかもイェイツによれば、ここにみられる信仰と葛藤のテーマは初期の詩、『アシーンの放浪』（*The Wanderings of Oisin*, 1889, 1895）からすでに始まっていたという。――私は二十歳になる前の頃、『アシーンの放浪』第一部の終わりで、初めて老いに対して批判を試みました[7]……」。（オリビア・シェイクスピア宛の一九三二年の「手紙」）

聖パトリックの「信条」とそれに対峙する英雄の内的な葛藤、この問題がそのままイェイツの生涯のテーマとなっている。このことは、「月の静寂を友として」（“Per Amica Silentia Lunae,” 1918）で提示された彼の詩人としての根本テーゼ、「他者との闘争からレトリック（詭弁）は生まれ、自己との闘争から詩は生まれる」のなかにはっきりと示されているとおりである。[8]

しかも、この散文の草稿のエピローグには、この「内なる闘争」＝「仮面」の道が「原罪」からの解放を求める聖パトリックの贖罪巡礼の道そのものであることが以下のように暗示的に記されているのである。

一人の僧侶、一人の平信徒の兄弟、一人の巡礼者がコノハトを通って聖パトリックの煉獄巡礼に向かう途中だった。その巡礼者はかつてこの聖地に来たことがあり、彼の記憶によれば、彼はそこに異教的なものを見出したのであるが、それがあまりにも古いものであったために、誰一人それを非難する者はおらず、それ以外のもの［複数形］はあまりに新しいものだったため、いまだ非難されることはなかったという。[9]

ここで暗示されている「異教的なもの」とはドルイド教のことであり、「それ以外のもの」とは「そのほかの（様々な）もの」（‘others’）と複数形になっていることからもわかるとおり、キリスト教を意味しているのではない。ドルイド教とキリスト教が融合されて生まれた様々なアイルランド独自の新しい信仰や風習のことをいっているとみてよい。つまり、ここにもキリスト教徒だろうがドルイド教徒だろうが、聖パトリックの贖罪巡礼の道を歩むべきであることが暗示されている。その意味で、イェイツの墓碑銘が記されている最晩年の詩、「ベン・ブルベンの麓で」（“Under Ben Bulben,” 1939）の草稿過程において、表題が「信条」と記されていたことは注目に値する。これはイェイツ自身の「信条」のことを述べているのではなく、「Ⅱ：主題」で幾度も繰り返されている『告白』に記されている「信条」（‘Creed’）を指すものだからである。つまり、草稿に表れる「私は信じる」あるいは「私は願う」における主語である「私」とは、イェイツ自身のことを指しているのではなく、詩人によって呼び出され、彼の心に憑依する『告白』の信条を語る聖パトリックのことを指しているとみることができる。換言すれば、「ベン・ブルベンの麓で」の裏表題は「聖パトリックの『信条』」ということになる[10]（「第八章」で検証）。

このような信仰を自身の詩作の拠り所とするアイルランドの詩人、イェイツにとって、自己の信仰の起源と詩魂の源流とは完全に一致していなければならない。それゆえその起源にかんする宗教／詩的探究は、彼の詩人としての実存性、その根幹にかかわる最も重要な「関心事」となるのである[11]。

詩人が魂の歌を学ぶために、ビザンティウムに船出し、聖者に師事しようとしたのも、彼にあってはアイルランドの魂（信仰）の探究と詩魂の探究が完全に一致しているからである。

黄金のモザイクの壁、神の聖なる炎にいます賢者たちよ
聖なる炎から　ガイヤーを旋回して舞い降りてきて
我が魂の　歌の師となりたまえ。（「ビザンティウムに船出して」"Sailing to Byzantium," 1927, *The Poems*, p.239.）

しかも、彼にあっては、「ビザンティウムの聖者」は、アイルランドの聖者であるカルディの「仮面」にほかならない。

自分たちの偉大なる教会のことを「聖なる叡智」と呼んでいたビザンティンの神学者たちは、ナイチンゲールについて歌うのである。同じように、かのアイルランド修道僧たちもまた鳥たちや獣たちについて無数の詩を書いており、そのためキリストは人間のなかで最も美しい人であるという教義を広めていったのである。名前は忘れてしまったが、あるアイルランドの聖者は以下のように歌ったのである――「鳥たちのなかに完全なものが一羽、魚のなかで完全な

ものが一匹、人間たちのなかで完全なものが一人いるのだ」、と。（「一人のインド人僧侶」"An Indian Monk," 1932, *Essays and Introductions*, p.431.）

この引用文に表れているとおり、「Ⅱ：主題」のなかで唐突に記されている引用文、「鳥たちのなかに……」の答えがここに示されている。そして、この文章は散文、「発見」（"Discoveries," 1907）においても繰り返し用いられている。さらに『クレージー・ジェーン群』（シリーズ）のなかに掲載されている詩、「クロッカンとクロー・パトリックで踊る者」（"The Dancer at Cruachan and Cro-Patrick," 1931）でも、そのまま用いられている。

鳥のなかに一羽、獣のなかに一匹、
あるいは人間のなかに一人、完全なもの
安らいでいるものがいる、と宣言した私は
風吹きすさぶクロッカンの平原で踊り、
クロー・パトリック山で　高らかに歌った。
森や沼　雲間で走り、跳ね、泳ぐもの、こぞりて
主の御名を　布告し　褒め称えた。（"The Dancer at Cruachan and Cro-Patrick," *The Poems*, p.319.）

そうだとすれば、この詩、ひいては『クレージー・ジェーン』（*Crazy Jane*, 1932）詩群の通俗的な解釈は、読みの転換を大いに迫られることになるだろう。これは『アシーンの放浪』のなかに内的な葛藤、「動揺」を読む代わりに、それをもっぱら古代アイルランド精神とキリスト教精神、二つの外的な対立を前提にして読んでしまう通俗的な解釈にも当てはまることである。なぜならば、「クロッカンとクロー・パトリック」で「踊る者」とは、直接的には「クレージー・ジェーン」

でも「トム」でもなく、「クロッカン」が暗示するドルイド教と「クロー・パトリック」が暗示するキリスト教、その二つの精神の体現者、「ドルイド／キリスト教徒」であるカルディの祖父、クロー・パトリックの守護聖人、聖パトリックを指しているからである（「第二章」で検証）。

『動揺』は、クレージー・ジェーンの仮面を払拭するために書いた」（*The Poems*, p.723.）というイェイツの真意も、これにより理解される。つまり、「動揺」における「仮面」の声が自己に最も接近した「詩人＝心」の声、すなわち英雄の声に最も接近した自己の「心」の声だとすれば、英雄クフーリンの面影に欲情する「ジェーン」、あるいは踊り狂う放浪者の「トム」も、実は「動揺」における「心」と対話する「魂」の声、つまり彼らは英雄の「仮面」ではなく、逆にカルディのもつ信仰者（巡礼者）の「仮面」にきわめて接近して発せられた声ということになる。だからこそ、ジェーンは反対自我である英雄クフーリンに欲情、すなわち自己に英雄を同化＝憑依させることができる。そして、彼女は自分の肉体を「来ては去っていく夜の男たち」や「武装した男たち」の背後に響く『告白』の聖パトリックの微かなリフレインする声に耳を澄ますことができるのである――「万事は神の御心のうちにある」（「クレージー・ジェーン、神について」"Crazy Jane on God," The Poems, p.309.）。

この点については、「クレージー・ジェーン、司教と語る」（"Crazy Jane talks with the Bishop," 1933）に表れる以下の詩行からも確かめることができるだろう――「綺麗と穢いは紙一重／綺麗には穢いが必要なのよ」（*The Poems*, p.310.）。いうまでもなくこの詩文は『マクベス』の魔女のセリフ、「綺麗は穢い、穢いは綺麗」を敷衍させて記されたものであるが、イェイツにとって『マクベス』の魔女が暗示するものは、独自に「カメレオンの道」、すなわちドルイド／キリスト教の道を歩むカルディの姿勢であり、その祖父は聖パトリックに求められる。

もちろん、このことは「トム」にも当てはまる。「クロッカンとクロー・パトリックで踊る者」としての聖パトリックの面影は、この詩と対をなす詩「クロッカンのトム」（"Tom at Cruachan," 1931）において「トム」の姿と二重映しにされており、そのうえで「狂気のトム」（"Tom the Lunatic," 1932）のなかで以下のように記されているからである――「鳥も魚も人も神の不変の眼の前に立てば、血が沸き立つのさ／俺はこの信仰に生き、そして死んでいくのさ」（*The Poems*, p.319.）。ここに「鳥も魚も人も」というカルディを指すコードを詩人が巧みに忍ばせている点に注目したい。

このセリフは未刊の小説『まだらの鳥』（*The Speckled Bird*）のなかに表れるマイケル・ハーンの恋人マーガレット、彼女の夢、あるいは先に述べた「クロッカンとクロー・パトリックで踊る者」における聖者のセリフと同じ意味の別の表現であるとみることができる。しかもこのセリフは、「Ⅱ：主題」のなかでイェイツが自身の「信条」に据える聖パトリックの『告白』の「信条」とも完全に一致している点は見逃せない。「Ⅱ：主題」に表れるすでに引用した「私はこの信仰のなかに生まれ、……」のくだりは、「狂気のトム」の先の詩文を一部念頭に置いて記されたものとみることができるからである。

さらにこのことは、最晩年に書かれた詩、「山の上のクレージー・ジェーン」（"Crazy Jane on the Mountain," 1939）からも確認できるだろう。彼女はこの詩の冒頭で「私は司祭に悪態をつくのにうんざりしている」と語り、むしろ当時のイギリスの政治的な状況を暗示するようなエピソードを縷々語っている。むろん、このことをもって最晩年のイェイツ、その「関心事」が形而上・神学上を含めた魂の問題から政治や時事といった現実の社会問題に移ったことの根拠とする解釈はあまりに短絡的なものである。この詩は「特大の膀胱をもつクフーリン」に欲情するジェーンの語りで終わっているからである。それはむしろ『クレージー・ジェーン』シリーズで彼女が語るところの最大のテーマ、それが実は形而下の問題ではなく、「神学（宗教上）の問題」（オルブライトの指摘、*The Poems*, p.805）、あるいは形而上学の問題の方にあったことを暗黙のうちに認める証言として理解すべきである。つまり、歴史上「復活祭大論争」で知られるカトリックVSカルディの神学論争が『クレージー・ジェーン』の「仮面」を被る詩人の隠れた真のテーマであったことが、ここに暗示されているのである——「復活祭は春分の日の後の満月であった。その日に世界は創造されたのである」（「Ⅱ：主題」）。「Ⅱ：主題」で記されているように、イェイツがカトリックの「司教・司祭」制度に反立するアイルランド独自のキリスト教制度、それを「修道院制度」に求めている点に目を向けたい。

もちろん、このことは本文で詳しく検証していくとおり、『超自然の歌』（*Supernatural Songs*, 1934-5）を語る「仮面」の声の主、「リブ」にも当てはまる。リブは聖パトリックと同様に、カトリックの剃髪法に抗いドルイド教の剃髪法に従う特殊な意味でのキリスト教徒として描かれているからである（「第四章」で検証）。

このような文脈のなかで、「我が作品のための総括的序文」の「Ⅱ：主題」を読み直せば、読者の盲点を突く以下のくだりも無理なく理解できる。

かかる主題［聖パトリックの『告白』の「信条」に記されているアイルランドの魂の歴史］に対する潜在的な強い関心から、私は『ヴィジョン』を書くことになったのだが、そこで展開されたものは、この主題の荒っぽい幾何学、不完全な解釈にすぎない。だが、「アイリッシュ性」というものは、十六世紀と十七世紀を通じて、絶滅戦争と化した幾度の戦争を経験しながらも、今日にいたるまでその古代の「鉱脈」を保持して続けてきたのである。（*Essays and Introductions*, pp.518-9.）

つまり、『ヴィジョン』の真の主題は、実はヨーロッパ全体の歴史にかんするものである前に、ヨーロッパ全体の精神史という「仮面」を被る「不屈のアイリッシュ性（魂）」（「ベン・ブルベンの麓で」）、すなわち自己の詩魂の起源に直接かかわるアイルランドの魂の歴史だということになるだろう。[12] ビザンティウムの聖者がアイルランドの聖者、カルディの「仮面」として用いられているのも道理である。というのも、イェイツにとって「仮面」とは自己の「反対自我」であり、この場合、「極西＝オクシデント」であるアイルランドの方位学的に対立する「仮面」の位相は、ヨーロッパにおける「極東＝オリエント」、ビザンティウムのことを指しているからである。つまり『ヴィジョン』に記されているとおり、イェイツはヨセフ・スチゴーフスキーの説に倣って「東（オリエント）とはインドや中国（アジア）を指すのではなく、小アジア、メソポタミア、エジプトなどヨーロッパに影響を与えてきた東のことを指す（*Vision*, p. 257.）」ものであり、その小アジアの文化・宗教的な影響を強く受けた「ビザンティン帝国」、「西方教会に対する東方教会」を指すものである。

このようにみれば、詩人イェイツにとって、現実の歴史のなかで起こるアイルランドにかんする様々な事象は、この「関心事」と直接結びついたときにかぎり、はじめて意味が生じてくるものである、とここではっきりと結論づけてよいだろう。それならば当然のこと、「Ⅱ：主題」に表れる「主題」（'subject matter'）は単数形とみるべきであり、それを一般文法に照らしてアイルランドにかんする様々な「主題」の総称として用いられているなどと捉えることはできない。それは、イェイツが描く内的な世界を外的な世界に暗黙のうちにすり替えて読む誤読である。イェイツが読者に求めている読みはまったくその逆のベクトルをもっているからだ。つまりイェイツの作品に表れるいっさいの政治や時事といった外的にして表面的な問題、彼がいう「寓意的な事象」は、内的な問題＝内なる葛藤劇の「象徴」として読むべきことを、詩人は強く読者に要請している。

3 「寓意の写実的鏡」から魂を映す「象徴の透視ランプ」へ

イェイツの作品のなかに表れる様々なトピックスを作品全体の間テキストを考慮することなく、そこにみられる政治的な事象だけを便利に切り取って読み解いていくことは（イェイツにかんする伝記的な資料がほぼ完備されている今日）、いかにも容易（たやす）いことである。だが、そのような解釈は、ときにイェイツの作品世界が有する固有の価値（詩的リアリティ）を貶め、「脱神話化」の名のもとに矮小化された「現実」の問題に引きずり下ろしてしまう危険性を伴っている。少なくとも、イェイツの詩的リアリティの内実がいかなるものであるのか、これを問う基本的な研究手続きを踏むことなく（イェイツの詩的リアリティの内実については「第一章」で詳しく検証を試みる）、〈はじめにポリティクス（政治的現実）ありき〉の解釈は、イェイツの作品世界を正当に文学的に評価しようとする真摯な姿勢であるとはおよそいえまい。それはあたかも、イェイツの詩に表れる問題の多くが政治的な事象を風刺的に描いていることだけを根拠にして、彼の詩の最終的な機能を、たとえば当時のアイルランドのジャーナル、『ウィークリー・フリーマン』（*Weekly Freeman*）に掲載された風刺画の機能と暗黙のうちに同格に置くにも等しい誤読に陥っているとさえいえまいか。つまり、風刺画が当時の自治法などの問題を擬人化し、それによって一見、大衆にとってわかりがたい（歴史的文脈のなかにある）政治的な問題を図像（イメージ）をとおして具象化し、読者が一瞬にして容易に理解できることを目的とするように、イェイツの詩はイメージをとおして（アイルランドの近代史に疎い）他国の読者にとって真意が読みづらい政治的事象を寓意化し瞬時に伝える機能であるなどと結論づけるにも等しい読みである。それはイェイツの作品のもつ第一義的な機能をまったく無視した誤読であるといってよいだろう。もしイェイツの作品の機能がそのようなものとして捉えられるならば、彼の作品はメタファーが複雑でわかりがたいうえに、両義性を込めた（肯定と否定いずれにも解釈可能な）曖昧な象徴表現が多用されている分、当時の風刺画よりもはるかに劣るメディアであることにさえなってしまう。[13]

このような、ヒーニーがいう意味での「詩の危機的な状況に陥る」ことを恐れるからこそ、イェイツは詩の寓意的な読みを真っ向から否定し、読者に詩を象徴的な世界の出来事として読むように強く求めているのである。可視化できない魂の歴史は寓意によってはけっしてイメージすることができないからである。以下のイェイツの主張はこのことをなによりも裏づけている。

> ヴィジョンとは「真実、あるいは永遠不変に存在する実在物の表示」であって、寓意とは異なる。不可視の真髄を表そうとすれば象徴を用いるほかない。象徴とは霊の炎のかたわらに置かれた透視ランプである。寓意は具象的な物やありふれた原理を表す際の様々な方法の一つである。それは想像ではなく、空想に属する。前者は啓示であり、後者は遊びである。（「ウィリアム・ブレイクと『神曲』の挿絵」“Blake's Illustrations to Date,” 1897, *Essays and Introductions*, p.116.）

もちろん、この記述は一過性の詩人の気まぐれの奇想に基づいて記されたものではない。イェイツの作品全体におよんでいるとみるべきである。この「透視ランプ」は森の写字僧たちが孤独な修業をとおし「永遠の記念碑」である「墓」、高十字架のなかに見出したものと同種のものに違いないからである——「孤独を知らぬ彼らに　どうしてわかりえよう。真理は学徒のランプが照らしだすところ、そこでのみ栄えるということを。……押し寄せる群衆の希望など日々変るものだ。だが、ランプは墓に灯るものなのだ」（「群衆の指導者たち」"The Leaders of the Crowd," 1918）。そうだとすれば、彼の作品世界の基底をなす詩的な「象徴」によってのみ描くことが可能となる魂の歴史とその相貌、この一大テーマを棚上げにしたまま、それを現実の政治・時事的な「寓意的」なテーマにすり替えて解釈しようとする読み、それは少年イェイツにすぐにも見透かされてしまった、シェリーの詩を政治詩としてしか捉えることのできなかった詩的感受性にも宗教的感覚にも欠ける「あの学者」の読みを、イェイツ詩にまたもや適応しているにも等しい誤読であるといってよいだろう。

『解き放たれたプロメティウス』［*Prometheus Unbound*］の詩行、その背後に潜む信仰体系を発見できるように読み進めていかないかぎり、あの学者が頑なに信じ込んだように、シェリーは時折り大いなる詩想を抱きつつも、それを風変わりな技法で表現する、つかみどころのない思想家ということになってしまうだろう。（「シェリー詩の哲学」"The Philosophy of Shelley's Poetry," 1900, *Essays and Introductions*, p.66.）。

ここにおける「あの学者」とは、『自叙伝』（*Autobiographies*, 1914）などから判断すれば、イェイツの父ジョン（John Yeats）の学友、ダブリン・トリニティ・コレッジのエドワード・ダウデン（Edward Dowden）教授を指しているとみてよいだろう。イェイツが彼に幻滅した最大の理由は、義理を果たすため渋々シェリー論を書いたという逸話に表れる、真理と美の探求に対する文学的情熱を欠いた彼の文学研究に対する姿勢、さらには彼がイギリス文学ばかりに目を向け、自国の文学に目を向けようとしない反ナショナリズムの立場にあった、と通常は考えられているようだ。この点について異論はないが、この引用文にはそれ以上にさらに大きな理由があったことが示唆されている点は見逃せない。このことについては、中期の詩、「学者ども」（"The Scholars," 1915）を吟味していけば、さらに理解がいくことになるだろう。ここでイェイツが痛烈に批判しているのは、「学者ども」（そのなかにはダウデン教授も含まれているだろう）の個人的資質・才能や政治的立場の違いといった問題を超えて、文学作品に向き合う彼らの姿勢それ自体の問題、すなわち詩を自己の生に対峙させ詩人と対話しながら読むという文学の根本的な姿勢を忘れ、他人事・他人任せ、こういってよければ〈先行研究任せ〉という名の客観主義や相対主義、あるいは学閥という権威に群がり知に奢る「学者ども」、その研究姿勢を批判しているのであり、その批判の「背後には」「あの学者」と同様に彼らがまったく関心を示そうとしない「信仰（体系）」＝魂の問題が「潜んでいる」とみることができるからである。

自己の犯した罪をお忘れの、
お年を召し、学があり、誉れ高い禿頭の方々
本を編纂し、註釈をなさるが、
その詩は若者が寝台で寝転がりながら、
無知な美女の耳を喜ばせるために、
失恋の失意から作り出したものなんだ。

そこでみんな足を引きずり　インクに咳き込み、
靴でカーペットをすり減らし、
みんな他人の考えることを考え、
みんな隣人が付き合う男と付き合う方々
……
ああ、こんな方々は何というだろうか　彼らのカトウラス様が、

その道を歩むのを見たならば［お出ましになったならば］。（*The Poems*, p.190.）

ここで詩人の念頭に置かれ、彼らとは対照的に一つの模範とされている人物は、いうまでもなく「カトウラス」の抒情詩（恋愛詩）に表れる詩的精神を真に理解する者たちのことである。したがって、この詩をイェイツとダウデン教授に代表される「学者ども」、トリニティ・コレッジの教授らに対する個人的な恨み――イェイツはこの大学の志望申請書に、'professor' の綴りを間違って記したため、トリニティ・コレッジ教授の資質を疑問視され最終的には門戸が閉ざされてしまったという苦い経験をもつ――に基づく、たんなる風刺詩とみることはできまい。それでは、その者たちとは一体誰のことを指しているのだろうか。この詩文に表れる「学者ども」の姿を裏返しに読めば、その答えはおのずから理解されることになるだろう。その者たちは、他人任せ＝主体なき客観の測りで文学を測らず、権威や学閥のもとに群れることをせず、主体的に詩歌と直接向き合い、孤独のなかで「自己の犯した罪を忘れる」ことなく、むしろ自己の罪を厳しく問う者たちのことを指している。その者たちは、「カーペット」なき板石、その上を「靴」も履かずに素足でその石が「すり減る」まで祈り、贖罪巡礼の「道を歩む」者たちのことである――「素足で……跪いて、板石が擦り切れるまで祈るのだ。彷徨（さまよ）える己の魂のために」（『アシーンの放浪』）。その者たちは、「誉」（'important'）をいっさい求めようとせず、自己を「無学な罪人」（『告白』）と位置づけたうえで、自ら進んで「ドルイド教の剃髪法」（Ⅱ：主題）に従うことで「禿頭」になり、だがそれでも苦行の合間に「寝台に寝転んで」こっそりと写本の余白に自己の秘めたる想い、失恋の苦しみを恋愛詩として書き残した心貧しき巡礼者、森の写字僧＝学僧としてのカルディたちだと推測される。この詩の背景には、イェイツが自らの行為に対し「ある一つの愚業」（「グレンダロッホの渓流と太陽」"Stream and Sun at Glendalough," 1932）と呼んだモード・ゴーン（Maud Gonne）の娘、当時二三歳のイゾルト（Iseult Gonne）への求婚の問題があり、その「自己呵責」からの解放を求めて「ケリ・デ＝カルディ」の刷新運動、その手本として仰がれている聖ケヴィン（St.Kevin）、彼が創設したグレンダロッホ修道院へ、当時五二歳のイェイツが一人赴いたという内情があったからである。つまりこの詩の背景には、詩人が希求する贖罪巡礼という一大テーマが潜んでいるとみることができる（「第二章」で検証）。

　むろん、読者が彼の作品世界をどのように読もうが、それは本人の自由である。だが、その際にイェイツの最大の「関心事」である魂の歴史、この一大テーマを一顧だにすることもなく、ひたすら容易に可視化することができる政治・時事問題、そこにのみ固執する読みや研究のあり方、それは「シェリーの詩をゴドウィンの政治思想を韻文詩に訳したまでだ、と思い込んだあの学者」、あるいは今しがた引用した詩に表れる「学者ども」が行なった他人任せの解釈と同じように、イェイツの作品世界の「背後にある信仰体系を発見するように努める」（*Essays and Introductions*, p.66）作業を怠り、むしろ彼が創造した独自の象徴的な世界を、「客観・実証」という名の「近代の真理」だけを絶対的物差しにして卑小な現実の世界に変換していく作業を行なっているにすぎないだろう。それは最終的には、彼の詩の存在理由、すなわち「寓意」や「小説」においては描くことができないアイルランドの魂の歴史を描こうとする彼の第一義的な詩的責任を暗黙のうちに否定する作業を行なっているにも等しい――「小説家ならば自身が遭遇する人生の偶然性や矛盾を描くこともあるだろう。だが、詩人はそうであってはならないのだ」（「Ⅱ：主題」Ⅰ：第一原理）。

　少なくとも、このような解釈によって、現代の「カトウラス」ともいうべきイェイツ、その作品世界は彼の文学的権威のもとでクレープのように薄くいくらでもその裾野をますます広げていくことになるだろう。だが、そこにはイェイツにかんする知の情報はいくえにも蓄積されたとしても、なに一つ詩的に深まるものはないだろう。またその先にイェイツの作品全体における統語論的な意味はまったくみえてこないだろう。イェイツが「こぼれたミルク」（"Spilt Milk," 1932）で暗示させているのは、まさにこのような憂うべき状況のことであったからだ――「行動し考え、考え行動してきた私たちは　石のうえにこぼれたミルク同然　薄く広がり　消え果ててしまうに違いない」（*The Poems*, p.290. ＊この詩は「月の二十二相」に象徴される想像力を失った現代の危機的状況を表現・予言したものである）。このような想像力を欠いた読みが向かう方向性は、詩人が読者に強く求める読み、その逆のベクトルを志向している。そのような読みは最終的に「現実から象徴へ」、ポリティクス（政治学）からポエティクス（詩学）へ、「他者との闘争」から「自己との闘争」の方に向かうどころか、逆に象徴から現実へ、ポエティクスからポリティクスへ、自己闘争から他者闘争の方へと向かう本末転倒のベクトルに向かっており、それは「ランプ」を再び「鏡」に変えようとする寓意的な読みに陥っている。

だが、「シェリーを読むある学者」が用いた「空想＝遊び」にすぎないような「寓意（リアリズム）の鏡」ではなく、「想像力」そのものである「象徴の透視ランプを傍らに置いて」、外的な政治問題＝寓意的エピソードを内なる魂の問題＝象徴として読み直してみよう。そうすれば、「Ⅱ：主題」で示されている内容、そのすべてが現実のアイルランドの歴史・事象＝アレゴリーの問題、その内奥に潜む「一枚の大いなるつづれ織り」の問題、内なる魂の歴史＝シンボルとしての詩魂のテーマにすべて収斂されている——けっしてその逆ではない——ことがすぐにも理解される。

このことは、前期イェイツの詩に対する当時の批判、「彼の象徴的で作為的な作品構成は政治的現実に無関係である」（*The Poems*, pp.448-9）との批判に対して、その「弁明」として彼が記した「来るべき時のアイルランドに」（"To Ireland in the Coming Times," 1892）からも確認できる。ここに表れる「薔薇」、あるいはこの詩が収められている詩集『薔薇』（*The Rose*, 1892）に表れるいっさいの「薔薇」は「政治的リアリティ」のなかにではなく、詩的リアリティのなかにのみ咲く花として記されているからである——「わかってほしいものだ……神が天使族をつくられる前に　アイルランドの歴史は始まっていたのであり、その歴史に縁取られた紅い薔薇の裳裾の淵、そのいっさいを詩の頁は辿っているのだから」（*The Poems*, p.70.）。ここにおける詩的リアリティとはアイルランドの魂の歴史と同じ意味であり、その歴史はドルイド教的なものとキリスト教的なものとの融合によってのみ成り立つ特殊な歴史を意味している。この詩に表れる「天使族」（'the angelic clan'）と「一つのドルイドの地」（'a Druid land'）の不可思議な融合がその根拠となるだろう。ここにおける「天使族」とは天地創造の前に神が創造した「天使」のことではなく、「創世記」に記されている「ネプリム」、すなわち「人間の女と天使が交わって」生まれた「（半ば天使、半ば人間である）巨人族」のことを意味している。つまり、ここでイェイツは「ドルイドの地」であるアイルランド、その神話に表れる「巨人族＝ダ・ナーン族」と「創世記」に記されている「ネプリム」、二つが同じ種族に属しており、それゆえアイルランド神話と「創世記」はその起源を同じくする、このことを証言しようとしている。その狙いは、他のヨーロッパの歴史には例をみない歴史、すなわちドルイド的な精神と旧・新約的な精神とが一致を見、そのことで発生した一つの歴史、アイルランド独自の魂の歴史とその起源を詩的に宣言するためである。したがってこの詩に表れる三人の詩人、「ディヴィス、マンガン、ファーガソン」はこのことに対する理解が欠けている、すなわち旧約の世界をアイルランド的文脈のなかにうまく結合させていく詩的想像力と宗教的感受性（親和力）に不足するがゆえに、「私が彼らよりも劣る詩人だとは思われたくない」（*The Poems*, p.71.）、とここでイェイツは主張していると考えられる。イェイツが高く評価するファーガソンの作品にしても、この点に関しては、彼が文学的には積極的には評価しない前者二人の詩人、ディヴィス、マンガンとその志向性においてさほど変わるところはないとみているのだろう。つまり、三人の詩人と彼自身が決定的に袂を分かつところ、それは近代精神に欠如しているキリスト教やドルイド教を含めた宗教に対する深い理解とそれらをアイルランド独自の魂の歴史に結びつけ紡いでいくために必要不可欠な詩的想像力、その有無と彼はみていることになる。

もちろん、このような彼の独自の世界観、詩的リアリティはそれがいかに当時の詩人たち、あるいは読者に誤解、批判されようとも生涯いささかも揺らぐものではなかった。それどころか、この独自の詩的リアリティに対する彼の確信は年月を追うごとにますます強まっていくことになったのである。この点についてはすでに「Ⅱ：主題」の読みをとおして、ある程度確認してきたとおりである――「その日にノアの方舟はアララテ山の頂にあり、モーセはイスラエルの民をエジプトから脱出させたのだ。その頃はいまだ古代宗教とキリスト教を結ぶ臍の緒は切れておらず、キリストとディオニュソスは腹違いの兄弟であった」（「Ⅱ：主題」）。

そうだとすれば、「Ⅱ：主題」の全文をとおし、詩人が最終的に何をいわんとしているのかは、もはや明白なものである。すなわちそれは、死を前にした最晩年の詩人が、読者に対して発した一つのスフィンクスの問いに帰結することになるのである――「我が作品全体を総括する唯一つの主題とは何か？」、これである。そしてその答えは、「一枚の大いなるつづれ織り」、一大絵巻のなかに描かれている壮大な魂の歴史の体現者、ドルイド／キリスト教徒であるカルディの系譜、それが「我が作品全体を貫く唯一のテーマ」であり、それを描くことがアイルランドの詩人としての「私」の唯一の読者への「責任＝応答」であるということになるだろう。イェイツの生涯にわたって想い描いた壮大な一大プロジェクト、すなわち作品全体という一つのテキストのなかに、アイルランドの魂の歴史にかんする一編の現代の叙事詩を書きあげようとする大いなる「ヴィジョン」をみてとることができる。

4　「面影の技法」としての「ファンタスマゴリア」

ただし、その一大絵巻には「間テキスト」という見えないテキストのなかで、その姿がぼんやりと浮かび上がってくるという、いわば〈透かし絵〉のような特殊な加工が施されている。そのため、この絵巻の存在に気づく読者は稀である。イェイツ研究、その最大の死角、スフィンクスの謎が生じるゆえんがここにある。各モザイク（各テキスト）の読みの総和がそのままイェイツの作品世界全体の総体に等しいなどと誤解する読者には、モザイクとモザイクの間（間テキスト／メタ・テキスト）に描かれている「ビザンティン芸術に描かれた聖者」、カルディの姿はけっして現れてはこないからである。巨大な地上絵は、それを俯瞰して眺める、作者イェイツが読者に強く求めている「鷹の眼」（「ボイラーの上で」"On the Boiler," 1938)、あるいは見えないものを視る「一人の老人の鷲の心」（「一エーカーの土地」"An Acre of Grass," 1938）をもたないかぎり、けっして眼前に現れてはこないからである——「私は心の眼に呼びかける」（『鷹の井戸』*At the Hawk's well*, 1917）。

ここでいう特殊な技法とは、ひとまず「エンライトメント＝光化」を逆説化する「エンシャドメント＝陰影化」の技法とでもいうことができるだろう。すなわち「理性の光（啓蒙）」の名のもとに自己の実存に深くかかわる魂（信仰）の問題までもが合理・功利・政治的に意味づけされ、安っぽく機械的に記号化（可視化／数値化）されたこの即物的な世界、それを漆黒の闇のもとに晒し、「一本の蝋燭の炎＝謎の光」と「揺らぎ香る一本の線香の煙」（「錬金術の薔薇」"Rosa Alchemica," 1897）＝謎のスクリーンによって陰影（エンシャドメント）化する。その記号を黒く塗り潰されたシルエットのように魂の「暗号／コード」とし、世界を「墓場から照らされた」走馬灯に映る影法師（記憶）の世界へと変化させる技法のことである（「暗号＝コード」の詳細は「第一章」を参照）。

私は　不滅にして穏やか　誇り高き影が　歩くのを夢に視た……
だがそれでいて　人間よりも幸福なる存在、
それらが　影のなか　私のまわりを動くのを　夢に視た。
そして夜には　私の夢は
いくつもの声と炎に　忠誠を誓った。
フォーゲルとデクトラとうつろなる海の水面からなる、
この物語　そこに　私は面影を紡ぐ
それらの面影は　声と炎のなか　私のまわりを動いていた。（『影なす海』*The Shadowy Waters*,1906, *The Poems*, p.113.）

ここに読者の死角が生じるもう一つの理由がある。走馬灯、自己内発的な「透視ランプ」の光に映し出された魂の象徴としての影法師、そこにさながら懐中電灯の光でも当てるように、当時の政治・時事問題、イェイツが「I：第一原理」（'I. The first principle'）において詩とは縁もゆかりもない、ときっぱりと退けている（「朝食のテーブルの話題／ジャーナリズム」*Essays and Introductions*, p.509.）といった外的な現実（リアリズム）の光を当てれば、たちまち影法師は消え去るほかないからだ――「小説家ならば自身が遭遇する人生の偶然性や矛盾を描くこともあるだろう。だが、詩人はそうであってはならないのだ。彼は人間というよりは類型、類型というよりは情念・情熱（パッション）なのである。つまり詩人とは自己自身のファンタスマゴリアの一部なのだ」（「総括的序文」I：第一原理）。

だが、しばらくの間、懐中電灯の光を消して、彼の作品世界に直に対峙しよう。すると読者の前に、世界はもう一度、不条理と疑問符に満ちた深い魂の意味を取り戻し、一つの謎として立ち顕れてくることになるだろう――「天は燃え上がる氷と化したかのようだった。……あれやこれやの雑念は消え去り、ただ面影（記憶）だけが残った……光が謎となって射してきたのだ」（「冷たい天」"The Cold Heaven," 1912）。

そして、その世界のなかで、影法師はもう一度、私たちに寄り添うインマヌエル（「我、汝とともに在り」の意）となって、魂の歴史を雄弁に語り始めることになるだろう。なぜならば、イェイツの作品世界およびそれを描くこの技法、それを彼は「ファンタスマゴリア」（'phantasmagoria'）という名で呼ぶのであるが、その語源は「影法師（幻影）である我は語る」だからである。[14] あるいは、彼はこの「ファンタスマゴリア」の技法を、「仮面」（'Mask'）の詩法とも呼ぶが、その語源は「（穿たれた口＝沈黙）をとおして響く（声）」だからである。

本書では、この彼一流の技法のことを、「面影の技法」とも言い換えて呼ぶことにしている。イェイツの「ファンタスマゴリア」は日本の走馬灯とほぼ同じ意味で用いられており、この技法が使われるすべての詩において、詩人の心という走馬灯のなかを面影が明滅しながら、駆けめぐっていく様がみてとれるからである。イェイツが「詩人自身、ファンタスマゴリアの一部である」と記していることは、このことをおのずから説明するものである。走馬灯に去来する面影は他者の想い出だけではなく、そこに他者とかかわった自己自身の想い出が必ずや含まれているはずだからである。むろん、ここでいう「面影」とは、たんなるイメージの別名などではない。

面影とイメージはけっして同じ意味ではない。イメージは知と情報さえあれば、その動機がいかなるものであれ、場合によっては憎しみだけからでもすぐにも現出され、さらにそれはいくらでも増殖・増幅されていくものである。だが、面影はそうはいかない。親しきものの遺影の前に立つ者の心をもたなければ、いかに優れた知の情報を蓄積し、それを誇ったところで、面影はその人の前にはけっして現われてはこない。その意味で、面影はたんなる記憶、ましていわんや記録とも異なっている。面影は亡き人を愛する者の心にのみ宿る浄化された魂だからである。

イェイツは、遺影を前に佇む遺族が亡き人を愛し偲ぶように、現実の歴史（実体）、その背後に宿るカルディの「巡礼の魂」

を愛し、偲んでいる。そして、巡礼の魂を偲ぶその想いが面影を呼び出し、それを詩的に描いたもの、それが彼の作品であるとひとまずいうことができる。先に引用した「Ⅱ：主題」の後半に表れる詩人の苦悩もこれによって説明できる。「憎しみ」を抱く心には表象・レッテルとしてのイメージはいくらでも容易く現れてくる。だが、面影は憎しみを抱く心にはけっして現れることはない――「私の憎しみは愛によって私を苦しめ、私の愛は憎しみによって私を苛む」。

このことは、『自叙伝』のなかで語られている「カメレオンの道」を歩む詩人の葛藤と苦しみからも確認することができるだろう。イメージはイメージを喚起し、無限に増殖することができる。だがそこに憎しみ、ニーチェがいうセンチメンタリズの裏返しの感情である「ルサンチマン」、つまり「他者との闘争」が伴えば、それは面影にはなりえず、ただたんに他者を打ち負かすためだけに用いられる言語上の武器、「レトリック＝詭弁」と化してしまい、イメージの詩的「迷宮に彷徨う」、すなわち詩的統語論が果たされなくなってしまうからである。

> しかし、今やイメージはイメージを喚起し、無限に発出をくり返すのである。そして私はそれらのイメージから確信をもって選択することができなくなった。私が選択したとしても、イメージはその力を失ってしまうのだ。あるいは他のイメージに変わってしまうこともあった。……マクレガー・メイサーズが見せてくれたカバラの写本が警告していた領域へと迷い込んでしまった。カメレオンの道――ホドス・カメリオントス――での彷徨[15]」（*Autobiographies*）。

この面影の現出を阻む憎しみのイメージ連鎖、それによって生み出された作品のなかに、アイルランド文学がもつ一つの負の連鎖とそこにみられる創造の苦しみを、イェイツはみている――「かかる人生への憎悪こそスウィフトに『ガリバー旅行記』を書かせ、彼自身の墓碑銘を書かせたのだ。否、彼だけにかぎらない。この同じ憎悪が今日なお私たちを極端から極端へ、すなわち自己の正気を揺さぶることになってしまうのである」（「Ⅱ：主題」*Essays and Introductions*, p.519.）。

むろん『ガリバー旅行記』の背景には、当時のイギリスが抱える政治的状況、たとえば英仏の対立やトーリー党とホイッグ党による政治的な対立、こういった問題に対するスウィフトの痛烈な政治的アイロニーが込められている。このことについてはここで改めて取り上げるまでもないほとんど一般常識の類に属する問題である。だが、イェイツはここで『ガリバー旅行記』を、そのような表面的で一定の知識さえあれば文学的な解釈を待つまでもなく容易に理解できるような、政治上のたんなる「アレゴリー」＝風刺の問題として理解するのではなく、その内奥に潜む問題、アイルランドの魂が抱える葛藤の問題、すなわち魂の「シンボル」として理解するように読者に暗黙のうちに促している点に注意を向けたいところである。

あるいはこの同じ「我が作品のための総括的序文」のなかでイェイツが自身の心中がいかなるものであるのかを告白した以下のくだりも同様なことが含意されていることに注意を向けたい――「もしも私が自分の胸のうちにある思いを曝け出すことにでもなれば、勝手に自分の求婚者を妄想し、彼に対して罵る貧民街の気の触れた老婆の言葉にも負けないほど荒っぽい怒りの言葉となってしまうことだろう。エズラ・パウンド、ターナー、ロレンスは見事な自由詩を書いたのだが、それは私には叶わぬことなのである」(「Ⅲ：文体と姿勢」*Essays and Introductions*, pp.521-2.)。イェイツもまたスウィフトや貧民街の老婆と同じようにアイルランド固有の内的な苦しみを抱えていたからである。

当然のことながら、このようなアイルランド人が抱く「強い憎しみ」の感情を「良心」によって押し殺し、平静を装ったところで事態はなんら変わるものではない。そのことによって愛の面影は消えてなくなるほかない、とイェイツはみている――「得られた女というのであれば、自負心、臆病な心、ある愚かな神経過敏な思考、あるいはかつて良心と呼ばれたなにかのせいで、大きな迷路の前で尻込みしたのだと認めるがよい。そんな状態で想い出が蘇るとき、太陽は日食のもと、昼でも真っ暗闇だと認めるがよい」(「塔」"The Tower," 1927, *The Poems*, p.243.)。

したがって、「憎しみが愛によって私を苦しめる、愛が憎しみによって私を苛む」この詩的ジレンマこそ「原罪」(「動揺」)のもとにおかれた詩人の心的状況そのものであり、さらには呪われたアイルランドの精神的状況そのものを象徴するものであるといえる。

このような愛と憎しみをめぐるアイルランド的ジレンマは、恋人ステラを純粋に愛し続けながらも、「一人の女の愛を得られず保つこともできず」(*At the Hawk's well*)[16]、この世で最後まで憎しみを抱え、そこから解放されることなく苦しみ続け、ついには死をむかえた老スウィフト(『窓ガラスの文字』*Words upon the Window-Pane*, 1934参照)、彼に自身の墓碑を書かせた心的状況と同一のものである――「スウィフトはついに憩いにつく。激烈なる怒りも、今や、そこでは己が心臓を引き裂くことあらじ」(「スウィフトの墓碑銘」"Swift's Epitaph," 1931, *The Poems*, p.295.)。

あるいは、『窓ガラスの文字』の半ばペテン師であるヘンダーソン夫人に憑依したスウィフトの唯一の信頼に値する真実の宣言、善人ヨブが発した告白にも等しいものである――「己の生まれた日よ、消え去れ」(*The Collected Plays*, p.617.)。このジレンマを解消するためには、ぜひともイェイツにとって、一つの統合的なアイルランドの魂を体現するイメージが必要となる。それこそまさにアイルランドの魂の痛みの体現者にしてその魂の代弁者、また同時にその救済者(救済の仲介者)でもあるカルディの面影にほかならない。だからこそ、彼は遺影に立つ者と同じ想いをもって彼らの面影の現出を請い願うことになるのである。

ただし、遺族の前に現れる面影が詩人の前に現れるカルディの面影と一つだけ決定的に異なる点がある。イェイツが想い描く面影は、過去から引き出される追憶だけに留まらず、「未来を先取りし、そこから現在に後退りしながら引き出された反復としての追憶」(キルケゴール『反復』)でもあるからだ。すなわちイェイツは若い恋人を前にして、その老婆になった姿、あるいは彼女の死後、遺影になった彼女の亡霊さえも想い描いて、未来から現在の彼女を面影としてみることができる。それは詩人の特権である、と『反復』のキルケゴールはみている。

こうして詩人の前に去来するカルディの面影は、過去、現在、未来を一つに連結させ、意味づけるアイルランドの魂、その象徴的な意味を担っていくことになるだろう。

あなたが年老いて、白髪になって、いつも眠ってばかりになり、

暖炉のそばでこっくり、こっくりしだしたら、
この本をゆっくり読むのです。……
いかに多くの人が、あなたの美貌を愛したことでしょう
その愛が真実のものであれ、偽りのものであれ
でも、一人の男は　あなたに宿る巡礼の魂を愛したのです
あなたの面(おも)に映る悲しみを愛したのです。（「あなたが年老いたとき」"When You are Old," 1892, *The Poems*, p.62.）
（＊ここにおける面影、およびその技法にかんする詳細については「第一章」を参照のこと）

5　「仮面」によって逆説・パロディ化された聖者

ただし、このようなアイルランド的な精神の苦悩の体現者にして、そこからの救済者、あるいは詩的統語論的な意義を担うカルディ、その存在は先述したように、間テキストのなかに透かし絵として微かに描かれているのみである。しかも彼らの存在は多くの場合、すでに『クレージー・ジェーン』の読解をとおしてある程度検証を試みてきたように、逆説化あるいはパロディ化されており、すなわち〈聖なる道化〉の「仮面」を被って表れるのであり、その逆説を念頭にテキストを注意深く吟味していかないかぎり、読者はおよそその存在にさえ気づくことがないだろう。

たとえば、その端的な例を一つ挙げれば、戯曲『鷹の井戸』における「老人」などそうである。ここにみられる「老人」は逆説化され、一部パロディ（俗化）された聖パトリックであると考えられるからだ。それをイェイツの作品全体の間テキストのなかに置いたうえで、概略的に説明すれば以下のものとなるだろう。

『鷹の井戸』の「老人」は、先にみた老スフィフトの内奥の声、あるいはアイルランドの愛と憎しみのジレンマを代弁するように、以下のような印象的な言葉を英雄クフーリンに対して発している――「老人はすでに呪われている。その

呪いとは、一人の女の愛を得ることも保つこともできないこと。あるいは愛のなかにつねに憎しみが混じることだ」（*The Collected Plays*, 211.）。このセリフは『アシーンの放浪』における老いさらばえ、みすぼらしい姿に身を窶した聖パトリック、彼と同様に老いさらばえた英雄アシーンに語る冒頭のセリフを彷彿とさせるに充分である――「腰は曲がり、頭は禿げ、盲目になった汝の心は重く、その想いは彷徨っておるな。魔性の一人の女と戯れ、三世紀を過ごした汝は」（*The Poems*, p.1.）。

そうだとすれば、『鷹の井戸』の「老人」は『アシーンの放浪』の聖パトリック、その俗化したパロディ、すなわち聖なる道化となった一人の老人とみることができるだろう。「はじめに」のなかで引用したイェイツの主張、「スタイルというものをもった偉大なる詩というものには、つねに聖者と英雄がいるのである」という表現をも念頭に置けば、さらにそういってよいはずである。この劇のなかで英雄クフーリンに対峙する存在は「老人」唯一人だからである。

そうすると、「老人」は、若き詩人の「ファンタスマゴリア」の一人である架空の人物「マイケル・ロバーツ」（Michael Robertes）、彼の合わせ鏡としてつねに対置されているもう一人の青年、もう一方の「ファンタスマゴリア」である、ロバーツの片割れ「オーエン・アハーン」（Owen Aherne）、その成れの果ての人生を暗示していることになるだろう。

中年のイェイツ自身の心境が色濃く投影されている「オーエン・アハーンと彼の踊り子たち」（“Owen Aherne and his Dancers,” 1924）に注目したい（＊この詩はすでに引用・言及した「学者ども」や「第二章」で述べることになる「グレンダロッホの渓流と太陽」と一連の詩として書かれたものである）。そこでは「老人」の先のセリフ、「その呪いは一人の女の愛を得ることも保つこともできないこと」、その内実が詩人の「仮面」である「オーエン・アハーン」の独白によって語られている。すなわちこの詩において、一人の女モード・ゴーンの愛に執着した挙句、彼女を彷彿とさせる娘イズルド・ゴーン、彼女を暗示する「若い娘に」愛を迫り、結局「一人の娘」の愛を得ることさえもできず、「心が物狂う五十男」の心境が赤裸々に語られている。[17] つまり、「異端のキリスト教の修道僧」（「錬金術の薔薇」）である「オーエン・アハーン」は、中年をむかえて「物狂う五十男」となり、その成れの果ての姿が不老不死の泉の清水を飲むこと、つまり最後まで生に執着する『鷹の井戸』の「老人」のイメージと重ねられているとみることができる。そしてこの「老人」の姿が逆説化され、パロディ化された聖パトリック、すなわち聖なる道化、その一方の姿（もう一方の聖なる道化としての聖パトリックの姿がロバーツ）であると解すことができる。

このことは、もう一方の聖者・パトリックの「ファンタスマゴリア」の片割れである青年マイケル・ロバーツ、その成れの果ての姿がアハーンのそれと著しい対照を示していることからも確認されるところである。

ロバーツはイェイツの作品世界において若くして死ぬという設定になっている。それにもかかわらず、アハーンの前に死後、生者、つまり文字通り「ファンタスマゴリア＝幻影」としてしばしば現れるという不可思議な存在（青年）である。その意味で、アハーンの死がイェイツの作品世界に描かれていないこととは対照的な関係にあるといえる。

それではなぜ、ロバーツだけが若くして死をむかえなければならなかったのだろうか。その理由は、ロバーツがアハーンや『鷹の井戸』の「老人」とは対照的に、生に執着しない姿勢を詩人が暗示させるために彼に対してだけ若き死を用意したのだとみることができる。そのため、彼はアハーンのように生と性に執着する中年のイェイツの「ファンタスマゴリア」としては用いられていない。その一つのイェイツの狙いは、二人の対照的な存在をとおして、生を象徴するアハーンと死を象徴するロバーツを合わせ鏡とし、これによって「仮面」を創造するためだと考えられる（本書「第一章」参照）。

通常、私たちは修道僧の方が俗世を断ち切って暮らしている分だけ、俗世を生きる人よりもその生への執着心が薄いと考えがちである。そのため、多くの読者は暗黙のうちに修道僧であるアハーンは俗世のなかで生きる神秘主義者であるロバーツ、彼よりも生と性に対する執着心が薄いのではないかと考えてしまうことだろう。だが、イェイツはそのようにはまったく考えていない。むしろ、事は逆であるとさえ彼はみている。生と性に人一倍執着することを知るがゆえにこそ、その執着を断ち切るために人は宗教の道に入るからである。このことは、少年の頃、放蕩した聖パトリックがアイルランド第一の聖者へと変貌したという事実からも首肯できる。「我、汝の主なり」（"Ego Dominus Tuus," 1917）に表れた「キリスト教世界の第一の詩人、ダンテ」に対する「イール」の見立てから判断しても、そういってよいだろう。第一、そのように考えなければ、先の詩が「マイケル・ロバーツと踊り子たち」（"Michael Robartes and the Dancer," 1920）ではなく、なぜ「オーエン・アハーンと踊り子たち」と記されているのか、その理由を適切に説明することはできまい。

この点にかんしては「マイケル・ロバーツと踊り子」からも推し量ることできる。ここでの「ロバーツ」は彼が心を寄せている「踊り子」をまったく口説こうともせず、その代わりに「観念など藁の値打ちもない」という持論を、観念的な美学上のメタファーを用いて延々と語り続けるというなんとも皮肉な結果を招いてしまう。そのことで肉体を象徴する彼女を退屈させてしまっているからである（*The Poems*, pp.223-4 参照）。

だがその彼、すなわちマイケル・ロバーツは、中年としての苦い人生をまったく経験することなく、突然、いまわの際の「気狂い老人」となって蘇り、読者の前に現れることになる。最晩年の散文「ボイラーの上で」に記された二つの詩、「なぜ老人が狂ってはいけないのか」（"Why should not Old Men be Mad ?," 1939）と「邪悪な気狂い老人」（"The Wild Old Wicked Man," 1938）、そこに描かれている「老人」の姿は生に執着しないロバーツのイメージが暗示的に表現されているとみることができるからである。その「老人」のイメージは注意深く読めばわかるとおり、御し難いほど女好きの俗世を生きる者の姿として描かれていることで多くの読者の盲点となっているものの（＊裏を返せば、それは彼が「一人の女の愛を得ること」にまったく執着することのない男であることを暗示している）、最後まで生に執着する『鷹の井戸』の「老人」とは対照的に、自らの俗人としての己の生、その「蝋燭が燃え尽きた」ことを「老母の歌」（"The Song of the Old Mother," 1894）に表れる女性と同じように潔く認め、「天にいる老人（一部、聖パトリックを彷彿とさせる老聖者）にその手で私の眼を閉じてくれることを願って」いる（"The Wild Old Wicked Man," *The Poems*, p.357.）。だからこそ、「老人」は生涯「女に狂う身」でありながらも、「神の御心のままに放浪する者」として捉えられているのである。あるいは、だからこそ「若者」には真似のできない「心を貫く言葉」（'Words I have that can pierce the heart'）、すなわち聖パトリックの『告白』二三章に記されている「私の心の核心を貫いた」（'pierced my heart's core'）言葉を語ることができるのである。

このような対照的な成れの果ての人生をむかえた詩人の二つの「ファンタスマゴリア」、それらは表裏一体をなす合わせ鏡の「仮面」の両極をなすものであり、その鏡に映し出されているものは、『アシーンの放浪』に表れる老聖者としての聖パトリック、その俗化・パロディ化された面影、その各々の半面である、とひとまずみることができるだろう。

少なくとも以上述べたことを考慮すれば、『鷹の井戸』における「老人」を、『アシーンの放浪』に表れる聖パトリック、その逆説化されパロディ化された「仮面」の一方の聖者、すなわちマイケル・ロバーツに対比されるべきオーエン・アハーン、その成れの果ての姿、一人の老聖者、老いたアハーンとみなすことは充分可能なはずである。キリスト教の僧侶であるアハーンがつねに「太古の宗教」に関心を寄せる者、半ばドルイド教の僧侶の側面をもっているように、『鷹の井戸』の「老人」が「枯れた榛の木の側の井戸で待ち続ける者」に暗示されるドルイド僧としての聖パトリックのもう一つの側面を象徴している点も看過できないところである。こうして『鷹の井戸』の「老人」と『アシーンの放浪』における聖なる「老人」は、ドルイド／キリスト教徒としての聖パトリック、その各々の半面を象徴し、二つの作品は合わせ鏡としての「仮面」を形成し、それが最終的には二人の英雄と対峙していることになるだろう――「半面は半面にしてそれで全景をなす」(“Vacillation,” *The Poems*, p.300.)。

以上のことから、二つの作品のテーマはともに聖者と英雄に表れる「原罪――これを暗示するものは『鷹の井戸』においては「園の番人」、すなわちケルビムあるいはケルブを象徴する「鷹の女」である――」を背負う人間の魂の「葛藤」と、それに伴うジレンマに求めることができる（＊『アシーンの放浪』と『鷹の井戸』の最終的テーマは聖者と英雄との〈共生／共死〉とみることもできるが、一方は〈共生〉に、他方は〈共死〉の方にそれぞれ力点が置かれることで、合わせ鏡＝「仮面」となっている）。こうして、『鷹の井戸』の「老人」は逆説の合わせ鏡、「仮面」の詩法をとおして、『アシーンの放浪』の「老人」と同様に、英雄と対峙しながらカルディの祖父、聖パトリックの面影が密かに現出されることになる。

6　一大絵巻に描かれたカルディの系譜、その内実

それでは、イェイツが描く一大絵巻としてのカルディの系譜、それは具体的にはどのようなものだろうか。時系列にし

たがって、その全体図をまずは簡単に眺めておくことにしたい。

　一大絵巻に表れるカルディの系譜、そこに最初に描かれているものは、一見、カルディの系譜とはまったく無関係にもみえる「ピタゴラスの秘儀」を遵守する「かの古代のセクト」（「彫像」"The Statues," 1939）のなかに生きた者たちの姿である。イェイツは彼らをカルディの予表、すなわち新約者（キリスト教徒）にとっての旧約の体現者、エジプト人・モーセに相当するものであるとみている。というのも、彼にとってカルディとはユダヤ教（旧約）に接ぎ木されて生まれたキリスト教徒（新約者）ではなく、ドルイド教＝ケルト＝古代ヨーロッパの精神風土から直接芽吹いた「ドルイド・キリスト教徒」としての新約者であると捉えられているからである。キャサリン・レイン（Kathleen Raine）が「イェイツと聖パトリックの『信条』」のなかで示唆しているように、「ピタゴラスのもとを常若の人、ドルイド僧・アバリスが訪れた際、ピタゴラスは自身が説く知恵と彼の知恵が同種のものだと考えた」という逸話が、イェイツが想い描くドルイド教としての聖パトリック像の念頭にあったと推定される点を指摘しておきたい。

　その際、イェイツが想い描くカルディの起源、その背景になっているものは、モーセをエジプトと結ぶつけるアイルランド教会独自の伝統である。古代アイルランド修道会では、「高十字架（ハイ・クロス）」の多くに出エジプトのモーセの姿が刻まれている。このことからもわかるとおり、エジプト人としてのモーセを崇敬する原始キリスト教＝コプトの伝統があった。そのような伝統の発生には、聖パトリックの『告白』のなかで、彼がアイルランドの渡来を「出エジプト」に擬（なぞら）えて説明していることが大いにかかわっている。つまり古代カルディたちにとって聖パトリックは「アイルランドのモーセ」に位置づけられるべき存在である。多くの聖パトリック伝承において「彼が一二〇歳生きた」と記されているのもこのことによって説明可能である。モーセは「一二〇歳生きた」と聖書に記されているからである。だが、同時に通常のキリスト教の教義とは異なり、アイルランド教会にとってのエジプトとは異邦の地の象徴として捉えられているわけではない点に注意したい。聖パトリックは異邦の地、アイルランドに奴隷として幽閉された後、その地を脱出（＝出エジプト）し、再びアイルランドに渡来したわけだから、通常のユダヤ・キリスト教の釈義とは異なり、エジプトは異教の地であると同時に、約束の地であるカナンでもあるという特殊な意味、つまりそこに一つの釈義上のパラドックスが生じているのである。これゆえに、古代アイルランドにおいては復活祭の日付をカトリックとは異なり、モーセが出エジプトを果たした日、過ぎ越しの祭の日に定めていた。これは通称、カトリック側から「復活祭十四日主義（者）」と揶揄され厳しく批判されたのだが、それはドルイド教の「炎の祭り」とも一致している。このため、古代アイルランド修道会ではこの日付をカトリック式に改めることを頑なに拒んだ。出エジプトを祝う「過越の祭り」は、約束の地であるカナンとしての〈アイルランド／新しきエジプト〉への回帰を祝う祭りの意味合いをも帯びているからだ。[18] イェイツが「十四日主義」に重い象徴的意味をみるのはこの理由によるだろう――「復活祭は春分の日の後の満月であった。その日に世界は創造されたのである」（「II：主題」）。イェイツの作品世界を特徴づける重要な箇所において、しばしばエジプトの賢者である「ピタゴラス」（Pythagoras）が登場しているのもこれにより一部説明できる。「学童に交じりて」（"Among School Children," 1928）や「彫像」に表れる「ピタゴラス」などその好例といえる――「世に知られたる黄金の太腿をもつピタゴラスは弦に指を走らせ、無関心の詩神たちも聞きいる曲を奏でた」（「学童に交りて」）。ここにはアイルランド修道会の知と精神の源泉のみならず、詩魂の源泉としてのピタゴラスのイメージが暗示的に記されている点に注目したい。これにより「ビザンティウムに船出して」において、詩人が古代エジプトの影響を強く受けた東方教会――歴史・神学上、古代エジプトはアレキサンドリアを中心とする、もう一つの東方教会の最大の拠点であった――、ビザンティン帝国の聖者に対し「我が歌の師となりたまえ」と歌う必然性がみえているからだ。あるいは「ピタゴラスの秘儀」が「エジプトのマリオティス湖畔に住むアトラスの魔女」の魔術と等価に置かれていることも、これにより説明される（「シェリー詩の哲学」、「ベン・ブルベンの麓で」参照）。彼にとって「アトラスの魔女」とはピタゴラス学派の別名、あるいはその逆説としての「仮面」にほかならないからである。

ピタゴラスのあとを受けて、次にカルディの系譜に描かれているのは、「古代のセクト」がエジプトの砂漠に開墾した精神の土壌、そこに根を張ることで発生した古代エジプト修道会の創設者、「聖アントニー」（Saint Anthony）の姿である。

イェイツが「聖パトリックがアイルランドに到来したのは五世紀ではなく、二世紀後半である」と主張する一つの意図もここに求められる。「ベン・ブルベンの麓で」で「エジプトのマリオティス湖畔に住む賢者」として描かれているその彼が、同時にそこで「マリオティス湖畔に住むアトラスの魔女」と同格に置かれているのもこれゆえである。アトラスの魔女が用いる魔術と「ピタゴラスの数の秘儀」は同じ意味、すなわちローマ・カトリックが異端とするドルイド教の秘儀＝魔術を指しているからである。このことがわかれば、「悪魔と野獣」（"Demon and Beast," 1920）の最終連、あるいは「ベン・ブルベンの麓で」の冒頭で、なぜ彼、あるいは彼を暗示する「賢者たち」（'sages'）の姿が唐突に表れているのか、その理由もおのずから説明される。カルディの起源は聖アントニー、あるいは古代エジプトの隠修士・聖パウロにあり、彼の修道の精神はローマ・カトリックの支配を免れた、つまりローマ帝国（ローマ・カトリック）はドルイド・キリスト教徒であるケルトの精神までも支配することはできなかったこと、この点をイェイツは密かに主張するために、聖アントニーがこれらの詩に唐突に表れているのである（＊キャッセルドーモット修道会の高十字架に描かれているように、「悪魔と野獣」に表れる「聖アントニーの誘惑」のテーマはアイルランド修道会お馴染みのものである）。あるいは『鷹の井戸』において、アイルランドの表象としてのクフーリンの「仮面」を「古代エジプト風」に作成するように、エドモンド・デュラク（Edmund Dulac）に要請しているのもこの理由によるだろう。

　続いて、古代エジプト修道会の流れを汲むケルト（トゥール＊現在のフランス）修道会の「聖マーティン」（Saint Martin）の姿が描かれている。戯曲『星から来た一角獣』（*The Unicorn from the Stars*, 1908）の主人公の名、「マーティン」はこの聖人に因んでつけられたものである。劇の主人公マーティンの留学先は、聖マーティン修道会の流れを汲むフランスのケルト（旧ガリア）の修道会であったとみることができるからだ。さらに、聖マーティンの伝説によれば、彼はあらゆる動物と会話ができたという伝説が多く残っていることも、この劇の主人公の名を「マーティン」と名づけた理由の一つであると考えられる。つまり、イェイツはこの動物たちのなかに、処女だけしか手懐けることができないとされる「一角獣」を想定し、そのため主人公を「マーティン」（'Martin'）と名づけているとみることができる。すでに引用した「あるインド人僧侶」に表れているとおり、動物たちと語り合う修道僧のなかにイェイツはアイルランド修道僧固有のしるしをみているからである。しかも、この散文にはこの特徴が「他のヨーロッパの教会にはみられないヴィジョンを幻視するアイルランド修道僧の特質である」と記されている点にも注意したい。つまり、イェイツにとって聖マーティンとはカルディの祖に相当し、『星から来た一角獣』の主人公「マーティン」の姿にカルディの面影を重ねているとみることができるのである。散文「発見」のなかに「聖マーティンの従者たち」と聖マーティンゆかりの場所をイェイツが訪ね、そこで幻視体験をしたことが記されている点もこの事情と関係しているだろう。

あるいはまた、この戯曲の草稿作品ともいえる未刊の戯曲『何もないところ』（*Where there is Nothing*, 1902）の主人公、パウロにもこの聖者の面影が偲ばれる点にも注目したい。この作品の主人公、イェイツが「宗教的ドン・キホーテ」と呼ぶ「パウロ」は、聖マーティンの修道精神のルーツ、先の聖アントニーとともに古代エジプト修道会の父とされる隠修士・聖パウロに因んでつけられたものだからである。したがって、主人公「パウロ」はこの戯曲のなかで、ダマスコの途上の使徒パウロと一部重ねられているものの、その基底をなすイメージは使徒パウロのものではない。彼は『聖ブレンダンの航海』の「隠修士・パウロの島」やムルダックの高十字架にその姿が聖アントニーと並んで刻まれていることなどからもわかるとおり、アイルランドでは聖アントニーとほとんど同一視される古代エジプトの聖者だからである。なお、『星から来た一角獣』あるいは『何もないところ』の主人公がカルディの面影を宿していることは、これらの戯曲を書く際にイェイツが念頭に置いている「何もないところに神はいる」（"Where there is Nothing, there is God," 1897）の主人公、その名が「カルディ・聖オィンガス」であることからも確認できる。

パウロのあとをうけて一大絵巻に表れるのは、聖マーティンに師事し、アイルランドにその修道の精神をもたらしたとされる「聖パトリック」の姿である。最も権威があるとされる『聖パトリック伝』の一つ、『三部作』（*Tripartite Life*）にも記されているように、聖パトリックの母コンチェッサが聖マーティンと同族のフランク人だったことから聖パトリックが彼に師事したというアイルランド独自の伝統的な見方が、イェイツの念頭にあったと考えられるからだ。いずれにせよ、イェイツの作品全体のなかで聖パトリックはいくえにも重ね書きされるように入念に描き込まれていることだけは疑いえないところである。アイルランドに古代エジプト修道会の精神が聖パトリックによってもたらされた、あるいは「一九三四年の手紙」によれば、「聖パトリックによって見出された」と考えるイェイツにとって、彼はアイルランドの古代隠修士・カルディの祖父としてきわめて重要な位置を占めているからである。このことは、先のエピグラフに記載した「Ⅱ：主題」を読めば、すぐにも理解されるはずである――「私のキリストは聖パトリックの『告白』に記されている信条、その血統に由来する嫡男ということになるのだ」。もっとも、二世紀後半に聖パトリックが到来したとすれば、四～五世紀に活躍したとされる聖マーティン――彼はウルガータ聖書の翻訳で知られるヒエロニムス、あるいはアウグスティヌスと同時代人――との関係は歴史的には成立しない。だが後述するとおり、イェイツにとって歴史的事実は「悲劇の相」＝神話的真実を有しているときにかぎり意味をなす。彼にとって歴史的事実とは「証拠が変われば、その都度変わる移りゆくものにすぎない」と捉えられているからだ。したがって、イェイツの詩的想像力の文脈＝象徴的意味において聖マーティンは聖パトリックと同時代人とみなされていると考えてよい。「Ⅱ：主題」において「世界の創造」「ノアの箱船」「出エジプト」「キリストとディオニュソス」を悲劇の相のもとで一つの時代のなかで捉えるイェイツ的想像力の営為に注目したい。

実際、このように歴史を越境していく聖パトリックの姿は、初期の詩『アシーンの放浪』から最晩年の詩「ベン・ブルベンの麓で」（「第十章」で検証するように、草稿過程では、この詩の表題は『告白』から取られた「信条」であった）、イェイツ自身の碑文にいたるまで、いたるところで密かに、だが一貫して描き込まれている。「リブ、聖パトリックを非難する」（"Ribh denounces Patrick," 1934）における「リブ」も、実は「仮面」（逆説の合わせ鏡）を被った聖パトリックの「ファンタスマゴリア」の一人である。リブは、カトリック・アーマー教会によって権威づけられた父権的な聖パトリック像を脱構築（破壊）し、カルディの祖父としての彼の本来の愛すべき面影を奪還、再構築すべく詩人によって使わされた使者とみられる。このことは、二世紀に到来したとイェイツが考える聖パトリックが三〇〇年間、三つの異界を旅したアシーンがおそらく（通説によって聖パトリックが渡来したと主張されている）五世紀に再会を果たす描写に密かに暗示されている点からも確認できる。もしかりにイェイツが聖パトリックをアーマー教会、カトリック教会の父権的権威を象徴づけるために彼をこの詩に登場させようとしたのであれば、舞台を彼の郷里である北西ではなく北東にあるアイルランド統一の象徴、ターラの丘に設定し、彼に大司教が着る紫の衣を着せて、アシーンよりも若く力強い父権的な姿で描いたはずである。これにより、放浪するアシーンと統一者としての聖パトリックの対照は鮮明になるからだ。しかし、事実はその逆の描写となっている。彼は北西部の贖罪巡礼の遍路を彷徨う、『鷹の井戸』の「老人」のように老いさらばえたみすぼらしい姿で登場している。なぜか。イェイツは五世紀に渡来したアーマー教会が創りあげた父権的な聖パトリック像と対照をなす放浪する聖パトリック、つまり二世紀に渡来したコノハトの心貧しき巡礼の守護聖者、古代エジプトで用いられた「ミイラ布のような心の放浪に包まれた」（「万霊祭の夜」"All Souls' Night," 1921）カルディの祖父として彼を描こうと企図していたのである。イェイツがカトリックの父権的象徴として聖パトリックを描こうとしたのであれば、彼は『ゲール詞華集』の「古老との対話」（Silva Gadelica "The Colloquy with the Ancients"）を『アシーンの放浪』の下地に用いることはなかっただろう。聖パトリックを老人として描こうとしたイェイツの狙いは、アシーンが異界に旅立つ前に彼が聖パトリックの存在を知っていた、つまり二人は同時代人であることを暗示させるためだと考えられる。

この同じ狙いのもとでアーマー教会の初代大司教に反定立する、もう一つの聖パトリックの面影を描いた作品群が『超自然の歌』である。ここに描かれているものは、聖パトリックの「信条」を守るカルディたち、彼らが有する固有の哲学・宗教観である。つまりそこでの語り手である「リブ」は、先述したように聖パトリックの「ファンタスマゴリア」の一人であるとみることができる。ここでリブが、聖パトリックと同様にカトリックとは異なるドルイド教的な剃髪法に従うキリスト教の僧侶として記されている点が、その一つの根拠となるだろう――「このような剃髪をした私と一度も会ったことのない者に、ボイラとアイリンの話を伝えるにはおよぶまい」（「リブ、ボイラとアイリンの墓のもとで」"Ribh at the Tomb of Baile and Aillinn," 1934）。したがって、この詩を含む『超自然の歌』全体に透かし絵として描かれている面影は聖パトリックのものである。先述したとおり、「クロッカンとクロー・パトリックで踊る者」における「踊る者」の姿にも「鳥に祈りの歌を聴かせる巡礼の隠修士・聖ケラハ」（Saint Cellach ＊十一世紀のカトリック・アーマー教会の大司教聖ケラハとは別人の六世紀初頭のコノハトの聖者である点に注意）や「聖コロンバーヌス」が想い描いたカルディの祖父、聖パトリックの面影が暗示されている。

初期の詩、「イニスフリー湖島」（"The Lake Isle of Innisfree," 1890）にも聖パトリックの『告白』二三章から取られた三箇所の引用文をとおして、聖パトリックの面影が透かし絵のなかに浮かび上がってくるよう巧みに細工が施されている。もっとも、この詩のなかに当時、カルディの面影をみることができたイェイツの読者は、カルディ・聖オィンガスの存在をイェイツに教えた詩人キャサリン・タイナン（Katherine Tynan）、あるいは皮肉を込めてこの詩に表れる修道精神を「湖の島の蜜蜂の巣に閉じ籠る聖ケヴィンの自慰行為」であると揶揄したジェイムズ・ジョイス（James Joyce）ぐらいではなかっただろうか。散文「黄昏の老人たち」（"The Old Men of the Twilight," 1897）や最晩年の詩「巡礼者」（"The Pilgrim," 1937）にも密かに聖パトリックの面影が表れている点を指摘しておくことにしたい。

このように一大絵巻に描かれている聖パトリックの面影は、カトリック・アーマー（Armagh）教会が自らの教会を権威づけるために造りあげたターラ（Tara）の丘に立ち、ダウンパトリック（Downpatrick）に眠る父権的聖者の姿ではない。むろん、イェイツは当時・今日のアーマー教会に対して批判しているわけではない。クロー・パトリックからベン・ブルベンを経てダーグ湖のステーション・アイランドにいたる〈贖罪巡礼の遍路〉を切り開いたカルディの祖父としての彼の面影を現出させようとしているのである。

『アシーンの放浪』から「ベン・ブルベンの麓で」にいたるまで、一大絵巻に表れる彼の姿、その背景に一貫して用いられている地域が、この贖罪巡礼の遍路周辺に限定されており、しかもこれら三つの巡礼地が、『アシーンの放浪』に表れる「三つの島」に対応していることがその一つの根拠となるだろう。ちなみに、聖パトリックが『告白』のなかで記している「アイルランドの声」（'the voice of Ireland'）を聴いた「フォクルーの森」（'woods of foclut'）は、ティレハン（Bishop Tirechain）の『聖パトリック伝』から判断すると、この遍路近辺——現代のスライゴーとメイオの州界——にあたる。（「第二章」で検証）。

『アシーンの放浪』の舞台が聖パトリックの贖罪巡礼地であることは、この詩と鮮やかな対照を示す物語詩、『ボイラとアイリン』（*Baile and Ailinn*, 1903）との対比からも確認することができる。この詩で強調されている場所は「アルア（アルスター）」の首都「エマン・マッハ」（Emain Macha）であり、そこはかつて「ムイルエバナの猟犬＝クフーリン」や「アイリンの父＝ルーイー王」を含めた「赤枝の騎士団」の根拠地であり、この地こそアーマー教会が総本山に定めた地点である。つまり、イェイツは『アシーンの放浪』においては、一般に土着のケルト文化を最も色濃く残すとされる北西＝コノハトに対しキリスト教的精神を強調する一方、逆に初期の頃からキリスト教化が最も進んだとされる北東＝アーマーに対してはドルイド的精神を強調し、これにより互いに逆説の合わせ鏡＝「仮面」を創造し、そのなかにドルイド／キリスト教としてのアイルランド独自の文化を映し出そうとしている。その一方の精神の体現者は「イーンガス」であり、他方の精神の体現者は「聖パトリック」である。「赤枝の騎士団の王」である「ファーガス」と「ドルイド僧」との対話を描いた「ファーガスとドルイド」（"Fergus and the Druid", 1892）、ターラの丘を舞台にした物語詩『二人の王』（*The Two Kings*, 1913）や「ターラの宮殿」（"In Tara's Halls," 1939）、これらの作品に意図的にキリスト教的な要素が退けられ、ドルイド教的精神が強調されていることも、これにより説明できる。すなわち「仮面」の創造の一環とみることができる。『二人の王』においては「ターラの王・オッヒー」（'King Eochaid'）はアシーンを逆説化する「角のある雄鹿」、これと対話するどころか、激しく格闘する様が描かれている点にも注意したい。

さて、聖パトリックによってアイルランドにもたらされた古代エジプト修道会の精神は、イェイツの郷里の守護聖人、聖コロンバ（Saint Columba）によって確立されることになる。そのため、イェイツが描くカルディの系譜においては、聖パトリックの衣鉢を継ぐ第二のアイルランドの聖者、その面影は彼のものである。ただしイェイツは、彼に聖パトリックにはみられない聖者のもう一つの側面をみている点は重要だ。一大絵巻に表れる聖コロンバの姿は、北イ・ニール王国（Uí Néill）の王子にして、全土を二分する〈アイルランドの壇ノ浦／関ヶ原〉ともいうべき「ベン・ブルベンの決戦」（通称「書物戦争」五六一年）を指揮し、勝利した武将、戦う王子の甲冑を身に纏い、ベン・ブルベン山に仁王立ちする聖者／武将としてまずは表れている。だがその彼は、この戦いで「三〇〇〇人の戦死者を出した罪」（『アルスター歴代誌』*The Annals of Ulster*）により、その身に「天使の鞭傷」（アダムナンの『聖コロンバ伝』）を刻印され、その後の生涯を「贖罪巡礼」（ケリ・デ／カルディ）に捧げ、聖書写本というアイルランドが世界に誇る大いなる知と文芸の伝統、その確立者、森の写字僧の父となっていく。そのため、先の彼の姿に続いて絵巻に描かれている彼のもう一つの姿は贖罪巡礼の道を説く心貧しきカルディの姿である。イェイツの最晩年の詩「ベン・ブルベンの麓で」には、彼の辿ったこの苛烈な人生の軌跡が密かに描かれており、イェイツの墓碑の詩文にも、聖パトリックとともに彼の面影が裏書きされている。たとえば、この詩Ⅲに表れる「暴力性を帯びた最高の賢者」、「詩人よ彫刻家よ」と語る「仮面」の声は最終的には彼のものであるとみてよい。アイルランド修道僧のなかで聖コロンバーヌスとともに最も知的な賢者として知られる彼は、同時に古代詩人＝フィリィあるいはバルドの組織（詩人のギルド）の一員にして、高十字架に聖書のレリーフを彫り込む森の写字僧の父に相当する人物だったからである。したがってここに表れる「彫刻家」は「神のもとに魂を誘う揺籠」＝墓である高十字架にレリーフを彫り込む森の写字僧に限定されている。あるいは、「黒い塔」（"The Black Tower," 1939）を語る「仮面」の声、それは「掟に縛られ塔に立て籠もる兵士」が嘲笑する「老料理人」、彼だけが知る名前、「王の角笛」により「子の時代（新約）の訪れ」（「掟の銘板」"Tables of the Law," 1897）を告げる王子・聖コロンバのものである。T・R・ヘン（T. R. Henn）も指摘しているように、「黒い塔」は聖コロンバが創設したとされる「ドラムクリフ修道会のラウンド・タワー」を念頭に記されているに違いないからだ。この塔はかつて「聖コロンバ贖罪巡礼」におけるステーション（巡礼の中心地）的な存在であった点に注目したい。このことは、ドラムクリフのラウンド・タワーの聖域をしるしづける境界の柵に、かつて「天使の石」と呼ばれた石碑が置かれていた点からも確認できる。ステラ・デュランド（Stella Durand）によれば、この「天使の石」には北イ・ニール王国の軍勢を引き連れた聖コロンバの姿が彫り込まれているからだ。[19] なお、これが「天使の石」と呼ばれているのは聖コロンバがこの地で「三〇〇〇人」の戦死者を出したために、天使によって「鞭傷」という贖罪のしるしをその身に刻印されたからだろう。あるいは、この修道院が現在では長老派の教会となっているものの、その教会の正式名称がこの聖者の名残を留める「アイルランド教会　聖コロンバのドラムクリフ教区・教会」（'The Church of Ireland St Columba's' Parish Church, Drumcliff）であり、その境内にイェイツの墓碑がある点からも裏づけることができる。これにより、「ベン・ブルベンの麓で」と「黒い塔」は「道」（現在の国道）を挟んで差し向かいに置かれ、こうして聖コロンバを映し出す合わせ鏡となっている。

この聖コロンバのあとを受けて表れる系譜は、六世紀半ば、海岸線・河川・湖畔といった、いわば〈水辺の巡礼ネットワーク〉を通じてアイルランド全土で水生植物のごとくいっせいに開花したアジール（「レビ記」に表れる罪人たちの「逃れの場」）としての「極西の修道会」（イェイツの墓がある「ドラムクリフ修道院」もその一つ）、その創立者・指導者・後継者たちのものである。キルデア修道会の「聖ブリジット」（Saint Brigit）（『星から来た一角獣』）、「聖コロンバーヌス」（Saint Columbanus）、オーエン・ベル（Eóghan Bel）の息子（王子）であるクロンマックノイズ修道会の「聖ケラハ」、「カルディ・聖オィンガス」（「何もないところ、そこに神はいる」）などのイメージがそれである（＊先のエピグラフに記さている引用文、「鳥のなかに一羽、魚のなかに一匹、人間のなかに一人完全なものがいる」の出典は、イェイツによれば、「聖ケラハか聖コロンバーヌス」のものであるという。*The Poems*, p.741.）。

この修道会は、その後（ヴァイキング襲来の前）、イギリス、ヨーロッパ大陸にまで広がりをみせ、メロリング・カロリング朝ルネサンスにみられる知と愛の精神を牽引し、それにより最盛期をむかえることになった。詩人、文学研究者であるキャサリン・レインも指摘しているように、イェイツはこの時代を「ユスティヌアヌス帝の時代のビザンティン帝国」（『ヴィジョン』）とパラレルに置くことで、アイルランドがヨーロッパに与えた絶大な影響力を密かにしるしづけようとする。彼が「東方の三博士」において、極西の島々に住む西方の謎の三人の修道僧をパリ（ここはかってケルト修道会の拠点の一つであった）に向かわせたのも、この理由によるだろう（このことについては、本文ほか「序章」註（12）を参照）。あるいは、彼が『メイブ女王の老年』（*The Old Age of Queen Maeve*, 1903）において、ケルトの吟遊詩人をビザンティンの地に赴かせ、場違いに自国のメイブ伝説を歌わせたのも、この意図によるものである。もちろん、「ビザンティウムに船出して」や「ビザンティウム」（"Byzantium," 1930）も、この意図を念頭に記されたものである。これら三つの詩は巡礼を空間の移動以外に想定できない読者にとっては文字通り「場違い」に映るかもしれない。だが、巡礼を時間＝精神の移動を前提として捉え直せば、まさに〈時を得た〉ものであるといえるからだ。そこに表れる聖者のイメージには密かにカルディの面影が宿っていることに注意を向けたい。先に引用した「一人のインドの僧侶」のなかで、鳥を愛する心をもつビザンティンの聖者と鳥とともに生きるアイルランド修道僧を並行させている点からも、このことは確認できる――「自分たちの偉大なる教会のことを『聖なる叡智』と呼んでいたビザンティンの神学者たちは、ナイチンゲールについて歌うのである。同じように、かのアイルランド修道僧たちもまた鳥たちや獣たちについて無数の詩を書いており……」（*Essays and Introductions*, **p.431.**）。

だが、このカルディの大いなる系譜は、最終的には「幾多の教会会議と迫害の末に消滅」（「Ⅱ：主題」）していった。少なくとも歴史学者・アーノルド・トインビーの学説を支持するイェイツは、そうみている。

アーノルド・トインビーは『歴史の研究』第二巻の補足のなかで、彼が名づけた「極西キリスト教文化」の誕生と衰退について述べている。それによれば、その文化はウィットビー宗教会議でヨーロッパを支配する好機を失い、十二世紀に「アイルランド・キリスト王国をローマ・カトリックによって徹底的に併合されることで」「最終的な教会制度上の敗北を喫したのだった。だが、この文化は政治と文学の分野においては破壊されることなく十七世紀まで続いていったのである」……トインビーは主張している。「ユダヤのシオニズムとアイルランドのナショナリズムが各々自己の目的を達成したとすれば、それによりユダヤ人とアイルランド人は六十か七十のちっぽけな国家共同体のなかで幾分安らかに、こじんまりとした生を見出すことになるだろうが、一つの独立した社会の名残を留めることを止め、古代アイルランドのロマンスはついに終焉をむかえることになるだろう」、と。（「Ⅱ：主題」*Essays and Introductions*, **pp.516-7.**）

この引用文からも理解されるとおり、イェイツはカルディたちをカトリック教徒の一派であるとはまったく考えていない。この点をここでもう一度、強調しておきたい。イェイツは彼らをドルイド教とキリスト教が矛盾することなく見事に融合されて誕生をみたアイルランド独自のキリスト教徒であるとみているからである。

ドルイド教の僧侶によって剃髪された者ならば、隣人のキリスト教徒から十字を切る作法を学んでも、そこになんの違和感をもたなかった。……氏族たちは一致団結してキリスト教の制度を弱体化させたのだが、彼らは修道僧を受け入れても、司教制度を受け入れることはできなかったのである。(「Ⅱ：主題」*Essays and Introductions*, p.514.)

ここにおける「司教制度」とはカトリック教会を指しており、「修道僧」とはカルディたちによる古代アイルランド修道会のことを指している。すなわち、イェイツはカルディを「復活祭大論争」においてカトリックと激しく対立し(「Ⅱ：主題」)、多くの教会会議で異端の烙印を押され、「幾多の迫害」に耐えながら普遍化を推し進めるカトリック教会に抗い、「ドルイド式剃髪」や「復活祭十四日主義」の風習を堅持し、「古代の鉱脈を保持した」、「不屈のアイルランド魂」、その体現者であるとみているのである。

その精神の継承者としてカトリックが異端に定めた「薔薇十字団」(Rosicrucianism)のローゼンクロイツ(Rosenkreuz)、その末裔として「黄金の夜明け団」(The Hermetic Order of the Golden Dawn)のマクレガー・メイサーズ(MacGregor Mathers)、「神智学協会」(The Theosophical Society)のマダム・ブラヴァツキー(Madame Blavatsky)、さらには彼らに師事したイェイツ自身までもが「マイケル・ロバーツ」や「オーエン・アハーン」といった架空の人物の名を借りて、彼らの系譜に表れているのはそのためである(「ベン・ブルベンの麓で」参照。「第九章」で検証)。その末裔には、彼らの詩魂を継承するイェイツを含む現代アイルランドの文学者たちもしっかりと織り込まれているのである。

あのつづれ織り、その一場面には、現代のアイルランド文学の誕生の時期も織り込まれているのである。それはシングの『聖者の井戸』のなかに、ジェイムズ・スティーブンズのなかに、首尾一貫してグレゴリー夫人のなかに、ウパニシャッドに由来しないすべてのジョージ・ラッセルの詩のなかに、かくいう晩年の詩を除くすべての私の作品のなかに見出せるものである。（「Ⅱ：主題」）

（＊あえてここでイェイツがカルディの系譜が最も鮮明に描かれているはずの自身の「晩年の詩」を外したのは、これらの詩がファンタスマゴリアの技法によって描かれているため、追想＝反復、つまり自己の人生を意味づける内容になっているという理由とともに、むしろ逆説的に自身の作品世界、そのいっさいが一枚の大いなるつづれ織りのなかにあることを読者に改めて気づかせる狙いによると考えられる。）

そのため一大絵巻、その最後を飾る者たちは、彼自身を含む彼らの姿である。

7　アイリッシュ・ルネサンスの規範、カルディ

かくして、イェイツの作品全体、その間テキストのなかに透かし絵として描き込まれたカルディの系譜、それは彼の作品世界の奥底に流れる知と愛と文学の精神的伝統、アイルランドの魂の歴史、イェイツがいう「巡礼の魂」（「あなたが年老いたとき」）、その復権を意味する「アイリッシュ・ルネサンス」の象徴的意義を担うものとなっていく。それゆえこの魂は、彼にとって自己の作品および彼が先導した「ルネサンス」、その詩魂の源流に相当するものとみなされるに充分なものとなる。

ここに、当時ヨーロッパ各地で流行した（博物学的趣味と連動して発生したような）神話・民話のたんなる掘り起こし運動の一つでも、「ルネサンス」あるいは「リバイバル」という名の遅れた「世界の果ての地」の「文芸開化」でもなく、高い知性と文芸性と精神性、それらすべてを兼ね備えた高度な文化を有していた「極西キリスト教文化」の復権、つまりメ

ロリング・カロリング朝ルネサンスを牽引したアイルランド修道会、その魂と知の復権としての「アイリッシュ・ルネサンス」、そのきわめて重い意味をみることができる。ルネサンスが高い知性を伴う「文芸復興」の意であって、たんなる遅れた文化の「文芸開花」の意でない以上、手本となる優れた文化が過去に存在していなければ、「ルネサンス」という名にまったく値しない、と彼はみているからである。「人とこだま」（"Man and the Echo," 1939）で暗示されているように、イェイツにとってルネサンスとは「精神的知性の偉業」（'the spiritual intellect's great work'）でなければならないからである（*The Poems*, p.393.）。その意味では、ルネサンスに代わって昨今好んで用いられる「リバイバル」にしても同様の意で受けとめていかなければなるまい。「Ⅱ：主題」のなかに表れているように、アイルランドの民話・神話の掘り起こし運動は、イェイツが生まれる前からすでに行なわれていたし、オリィアリ（John O'Leary）やグレゴリー夫人（Lady Gregory）のようにそこに深い宗教性あるいは精神性、すなわちアイルランドの魂の歴史をみることなく、たんに博物学的な知的好奇心によって行なわれた掘り起こし運動に対しては軽蔑さえしているのである——「ロマンス漂うアイルランドは滅んで オリィアリとともに墓の下」（「一九一三年九月」"September, 1913," 1913 *The Poems*, p.159）。あるいはナショナル・アイデンティティを作り上げるためのセンチメンタル／ルサンチマン的な表象として神話や、そこに表れる英雄を用いることにイェイツは徹頭徹尾反対し、憎悪しているのである。『鷹の井戸』において自身の名を誇る「クフーリン」に対し、「老人」が「そんな名前は聞いたこともない」（*The Collected Plays*, p.211.）といっているのはそのためである。カルディの系譜の現代の継承者たちを描いた「ベン・ブルベンの麓で」Ⅳのなかに、ウォルター・ペイター（Walter Pater）の『ルネサンス』（*The Renaissance: Studies in Art and Poetry*）を密かに敷衍させている詩人の狙いも、この理由による。イェイツにとっての「アイリッシュ・ルネサンス」はイタリアのルネサンスとあらゆる観点から比較してもまったく遜色のないもの、否、それ以上のもの、「六世紀半ばのユスティヌアヌス帝の時代／存在の統合の時代」と対峙できるようなモデルを提供できるものでなければ、復権・再生＝リバイバルの名にまったく値しないものとみなされているからである（＊『ヴィジョン』における「存在の統合の時代」とは六世紀半ばのアイルランドを意味している点については、「第二章」および先に記した本章の註（12）を参照）。

ここに、イェイツの生涯の夢、「新しい『解き放たれたプロメティウス』」を書く構想を想い描いた際に、彼が主人公を神話上の英雄であるアシーンでもクフーリンでもなく、「聖パトリックか聖コロンバ」に、その舞台をノックナリー（Knocknarea）でもエマン・マッハでもなく、「クロー・パトリックかベン・ブルベン山」に求めた意図を読むことができる。人間的な生の苦悩を体現するプロメティウス（Prometheus）は、「火の使用」が象徴する人間の知性とそれをもつことの苦悩の象徴的存在でもあったからである。

彼は独自に生み出した詩の技法を用いて、その源泉から直に汲み上げて、彼一流の作品世界を創造し、もって現代のアイルランド文学、再生（ルネサンス／リバイバル）を果たそうとした。というのも、イェイツは、「二世紀、（カルディの祖父）聖パトリックがアイルランドに渡来したその日に、世界は創造された」とみているからである。

［聖パトリックが渡来した］その日に世界は創造されたのである。その日にノアの方舟はアララテ山の頂にあり、モーセはイスラエルの民をエジプトから脱出させたのだ。その頃はいまだ古代宗教とキリスト教を結ぶ臍の緒は切れておらず、キリストとディオニュソスは腹違いの兄弟であった……」。（「Ⅱ：主題」*Essays and Introductions*, p.514.）

もちろん、この場合の「世界の創造の日」とは、彼にとって心に映るアイルランドの面影、その創造の日、つまり自身の作品世界全体を意味づける「主題」を見出したまさに「その日」のことを意味している——「『賢者は我のなかに』、『生者と死者を求め、世界が与えぬものを獲得する』、とチャンドジャ・ウパニシャッドはいう（＊この引用のなかに「賢者」が表れている点にも注目したい）。世界はなにも知らない。なぜならば、世界はなに一つ創らなかったからである。我々はすべてを知っている。なぜならば、我々が世界を創ったからである」（「Ⅰ：第一原理」*Essays and Introductions*, pp.509-10.）

このくだりは、「新しい学」を提唱するヴィーコ（Giambattista Vico）の命題、「自然は神が創ったがゆえに真実となり、歴史は人間が創ったがゆえに、真実となる」という命題——反デカルト主義の命題＝反コギト主義の命題——を敷衍していることは明らかである。[20]『ヴィジョン』のなかに以下のようなくだりが記されているからである――「ヴィーコは述べている。私たちに歴史がわかるのは私たちが歴史を創ったからである。だが、自然は神が創ったので私たちはそれを知ることができないのである」(*A Vision*, p.207.)。

したがって、歴史の創造という壮大なプロジェクトは、彼にとってこのあと「第一章」で述べる「月の静寂を友として」に記されている神に対する彼自身の自己内発性によって生じる信仰(「信仰は神に捧げることができる人間からの唯一の贈り物である」という信条)に対する背信行為を意味するものではない。神の摂理=自然の理法に対し人はそれを謙虚に受け入れるべきである一方、歴史は人間が創造したがゆえに、それを意味づける権利を人間は有している、とイェイツは考えているからだ。

それならば、「その日」のなかに、プロメティウスがゼウスから火(知)を盗み、人間にそれを与えた罪でコーカサス山に磔にされ、聖コロンバが修道会の禁忌を犯して「詩篇」を盗写し、アイルランドの民衆に神の知を与えた罪によりベン・ブルベン山で「贖罪」の証、「天使の鞭傷」としてのスティグマを刻印され、流離(さすら)う森の写字僧となった「その日」も含まれているとみるべきである。

実際、「ベン・ブルベンの麓で」において、最終的に語っている〈事の核心〉は、ここに求められる。すなわち、ビザンティウムに船出した詩人は、最後に己の魂が安らう故郷、アイルランドにおける「プラトンのアカデミア」、聖コロンバが創設した彼の郷里スライゴーのドラムクリフ修道会に向かって船出することになるのである。なぜならば、すでに言及したキャサリン・レインも指摘しているように、ドラムクリフ修道会を含むアイルランド修道会が全盛を極めた六世紀半ば、まさにこの時期こそ「プラトンのアカデミアはいまだ閉鎖されておらず、ユスティヌアヌス帝がソフィア寺院を建てた」、歴史上で唯一度だけヨーロッパにおいて「存在の統合が果たされた時代」だとイェイツはみているからである(「第二章」で検証)。

アイルランド人が『ケルズの書』を装飾し、ナショナル・ミュージアムに保管されてある宝石をちりばめた杖を作っていた頃、ビザンティウムはヨーロッパ文明の中心であり、宗教哲学の中心であった。かくして私は霊的探求の中心をこの街への旅として象徴させたのである。[21]（「ＢＢＣ放送の講義」）

このことは、『ヴィジョン』のなかの「ビザンティウム」の「装飾芸術」について記した以下のくだりからも確認できるだろう。ここに記されている芸術は、ビザンティン芸術の様式にはまったくみられないある一つの特徴、すなわちここに表れる芸術は、実は『ケルズの書』（*The Book of Kells*）、『リンデスファーン福音書』（*The Lindisfarne Gospels*）、『ダロウの書』（*Book of Durrow*）など聖コロンバによって確立されたとされる「半アンシャル文字」、それによって記された「蔓草がまきひげのように四方八方に伸び、その葉のなかに奇怪な生き物たち」が蠢く姿が表れるアイルランドの聖書写本固有の芸術様式だからである。

もう一つは私たちを圧倒させ、自制心を喪失させてしまうほどの装飾芸術である。それはどうやらペルシア起源のものらしいのだが、それにふさわしく象徴として蔓草が描かれていて、その巻きひげは四方八方に伸び、その葉のなかには鳥や獣の奇怪な姿が表れている。さらに、それはこれまでに見たどんな生き物とも異なる形象をしており、それ自体が生き物であるかのような一つの形がもう一つの形を産み出していくといった形象として示されているのである。（*A Vision*, **p.280.**）

したがって、「ベン・ブルベンの麓で」を書いた詩人の真意は「ビザンティウムへ船出して」から「ベン・ブルベンへ船出して」への魂の根源回帰とみることができる。すでにみてきたとおり、ビザンティウムの聖者はカルディの、ビザンティン帝国は古代アイルランド修道文化の「仮面」であるからだ。そうでなければ、「黒い塔」と同様に、死の床で書いたこの詩の主題を適切に言い当てる深い内的意味と詩人の決定的な動機を見出すことは、およそ不可能だろう。

8 「憑依の文法」としてのディンヘンハスの呪術

それでは、アイルランドの詩魂の源流、カルディの系譜を描く詩の技法にして、いっさいの対象を陰影化し、記号を暗号化する「面影の技法」とは具体的にはどのようなものだろうか。それは、アイルランド詩の大いなる伝統である「ディンヘンハス」（'dinseanchas'）、その形式を日本の夢幻能の演劇的様式を〈橋がかり〉にして、西洋における近代詩の技法の一つ、「ファンタスマゴリア」にうまく接続させていくことで完成をみたイェイツ一流の詩の技法である、とひとまずいうことができる（「ディンヘンハス」をイェイツがどのように受けとめ、それを近代詩の手法、ファンタスマゴリアに接続させていったのかについての詳細は「第一章」を参照のこと）。

「ディンヘンハス」とは、一般的には地名の由来を述べ、神話の基となった語源を説く形式をもつ詩や散文であると定義づけられているようである。ただし、この定義は近代人による近代人のための定義、近代的思考のパラダイムを基準にしながら、古代的思考を近・現代風に翻訳（再解釈）したものである点を忘れるべきではない。つまりこの定義には、ディンヘンハス本来のもつ古来の宗教的な意味が損なわれている部分が大いにあるということだ。その損なわれた宗教的部分、それは「憑依の文法」ともいうべきディンヘンハスの呪術的な要素、すなわち古代宗教にみられる儀式的な側面であるといってよいだろう。

イェイツにとって「ディンヘンハス」が意味するものとは、むしろこの失われた部分、「ゲール語同盟の詩人たちが固執する文法」（「II：主題」）、それを逆説化するものとしての〈憑依の文法〉、古代にみられる詩の形式のことである。彼にとってのディンヘンハスの形式とは、アイルランドの琵琶法師ともいうべきカルディ、その口を借りて土地に纏わる物語、地名に宿る土地の記憶を、地霊（死者）たち（その多くは騎馬の者たち）が語るアイルランド固有の詩の形式のことを意味している。初期の詩『アシーンの放浪』から最晩年の詩「ベン・ブルベンの麓で」にいたるまでイェイツが作品を書いていく際につねに念頭に置いていたのもこの形式である。これは騎士アシーンと聖パトリックとの対話形式（対話という名の憑依）によって土地の記憶が語られる今日に残る「ベン・ブルベン讃歌」にみられるようなあの詩の形式のことだ（詳細は「第一章」を参照）。

その影響は「ベン・ブルベンの麓で」の最終連に表れるイェイツの碑文にまでおよんでいる。ディンヘンハスの伝統においては、「石塚（ケアン）」や「古代の石の十字架」は地霊が宿る聖なるしるしを帯びているからである。もちろん、イェイツはケルト文化独自の高十字架（ハイ・クロス）に若い頃から強い関心を示し、墓石や石塚（ケアン）に聖なるしるしを見出している。これは、前期の詩「神秘の薔薇」（"The Secret Rose," 1896）の冒頭の以下の詩文からも確認できる――「遥か遠く、深く秘められた　汚れなき薔薇よ、時の時のなかで、我を包みたまえ。聖なる墓（'the Holy Sepulchre'）で汝を見出したその場所で……」（*The Poems*, p.87.）。墓石はディンヘンハスの伝統においては、カルディが地霊を呼び出す依り代として機能しているからである。巡礼の途上、カルディたちは墓石の前に立ち、請願（呪文＝枕詞）により地霊となった騎馬の者たちを呼び出し、彼らを自己の心に憑依させることで対話を試み、こうして聖者・カルディが語る言霊の調べは、日本における『平家物語』のように、アイルランドの魂の歴史を語る一つの詩（うた）となっていった。

むろん、憑依を用いて己の詩神であるミューズを呼び出すこと、それはなにもイェイツ一人にかぎられたことではなく、英詩の伝統でさえある。また、ある種のメタファーの一環として死者を呼び出し、それを自身の作品世界のなかに反映させている詩人たちは現代においても少なくない。だが、彼らとイェイツとの決定的な差異は、一方がそれを半ば形骸化された詩的文法として用いているのに対し、イェイツは文字通りの意味でそれを用いている点にある。憑依の文法により呼び出されたイェイツの詩に表れるメタファーが蠢く生命のように、読者の心の眼に映るのはこのためである。

晩年のイェイツが若き日に記した詩、「イニスフリー湖島」を朗読する際に、ＢＢＣラジオ放送という一つのメディア／メディアムを、いわば現代の〈口寄せのための媒体手段〉として用いて、琵琶法師の語りを彷彿とさせるような独特の調子で吟じたことを思い出したい。ここでイェイツはアイルランドの魂の歴史の証言者となるために、放送というメディアを使って、自らがメディアム（霊媒師＝詩人）となって聖パトリックの霊を呼び出している。それはイェイツがアイルランドの『平家物語』ともいうべきディンヘンハスの伝統を踏まえ、それをたんなるメタファーではなく、真正なものとして信じているからである。つまりイェイツは、この証言が真実のものであるためには、呼び出された霊が聖者のものでなければならない、と古代アイルランド詩人が信じたようにそう信じているのだ。だからこそ、ここでのイェイツの「仮面」の声は、生きながらにして幽霊となった聖者の声のように聴く者の耳に生き生きと響くことになる。

あるいはまた、イェイツの作品世界において、墓石が霊の依り代、古代の一つのメディアとしてしばしば用いられている理由もこのことにより説明される「灰色の岩」、「山上の墓」（"The Mountain Tomb," 1912）、「ラウンド・タワーのもとで」（"Under the Round Tower," 1918）、「古代の石の十字架」（"The Old Stone Cross," 1938）、「霊媒」（"The Spirit Medium," 1938）などがその好例といってよいだろう——「古代の石の十字架の下から黄金の胸当てを纏った武士が語った」（「古代の石の十字架」*The Poems*, p.364.）。「詩と音楽を愛した私だが、死んでまもない者たちの霊が私の魂に取り憑き臨終の時の混乱を免れようとして……」（「霊媒」*The Poems*, p.365.）。あるいは、不当な裁判に対し、死後、戸口を叩くロジャー・ケースメントの幽霊を描いた「ロジャー・ケースメントの幽霊」（"The Ghost of Roger Casement," 1938）からもこのことは確認できる——「私はある村の教会を探して、ロジャー家の墓を見つけだしたのだ。その厳かな暗がりのなか……海の唸りに混ざったあの唸り声、それはロジャー・ケースメントが戸口をドンドンと叩く音」（"The Ghost of Roger Casement," 1938, *The Poems*, p.354.）。もちろん、ここに表れる幽霊はたんなる文学的メタファーではない。文字通り幽霊として捉えられている——「これまで視たのは　十五の幽霊　最悪のものは　衣紋掛けのコートのように　ぶらさがっていた幽霊」（「幽霊たち」"The Apparitions," 1938, *The Poems*, p.391.）。ここでの詩人の狙いは、彼の作品世界に表れる「幽霊たち」がたんなる詩的比喩ではなく、実体として理解されるべきことを読者に促すことに求められるからである。

『アシーンの放浪』において、スライゴーのノックナリーにあるメイブ女王の墓（ケアン）が記されていることも、この理由によるだろう。つまりケアンに眠るアイルランドの民族の魂＝地霊の面影、それは詩人にとって比喩ではなく実体として捉えられており、これゆえにケアンが依り代となって彼らの代弁者であるアシーンをとおして、聖者の心に憑依しようとしているのである。「黒い塔」において「兵士」たちが復権を待ち望む北イ・ニールの「王」、オーエン・ベルが「立ったまま眠る」墓も、おそらくノックナリーのこのケアンであり、したがってこの詩に暗示される墓も同一の機能をもっているとみることができる。「神々の時代」の人である彼は、王子・聖者コロンバの勝利＝「子の時代の到来」によってのみ横たわって安らかに永眠することができるからだ（「掟の銘板」＊「第六章」を参照）。つまりベル王も「掟に縛られた兵士」たちも聖コロンバの心に取り憑くことで、民族の魂の宿命と自らが生きた証を聖コロンバの口（「仮面」の声）を借りて証言・告白しようとしているとみることができる。そういうわけで、ここに表れる面影としての幽霊もたんなる比喩を超えたもの、詩人の心に取り憑く面影として捉えられていることになるだろう。

さらにまた、「月の静寂を友として」において、「影は形によってできる。スタイルをもった偉大な詩というものにはつねに聖者と英雄がいるのである」（*Mythologies*, p.333.）という謎めいた文章の意味もこれにより理解されるはずである。地霊の依り代となる墓石に立つ聖者の心の走馬灯のなかに、英雄の亡霊が「形をなす影」＝面影となって取り憑き、駆けめぐる様を歌うこと、それがアイルランドの『平家物語』、ディンヘンハスの「偉大なスタイル＝形式」だからである。

ここにおける夢幻能の様式とは、地霊であるシテ（主人公）を旅の僧侶（琵琶法師＝霊媒師）であるワキの夢（心）に憑依させることで、夢そのものを一つの聖なる劇空間に変える夢幻能固有の演劇的様式のことである。それはさながら、夢みるワキの心が一つの走馬灯と化し、そのなかを〈生の凝縮〉としての死者の情念が、肉体を纏った面影（影法師）となって駆けめぐり、静寂のなか篝火に照らされて魂それ自体が舞い狂うがごとくである。そこでは、「影を操る」ため十七世紀に考案された近代西洋の光学装置、「魔術ランタン」としての「ファンタスマゴリア」が、地霊を呼び出す日本古来の〈記憶装置〉、東洋のファンタスマゴリアに置き換えられて用いられているかのようである（夢幻能とイェイツの「ファンタスマゴリア」についてのさらなる考察は「第一章」を参照のこと）。

イェイツはこの様式のなかに、ディンヘンハスの詩的形式、その洗練された成就をみたのである。ここに極西と極東の時空を超えた奇跡のめぐり逢いがある。そのめぐり逢いを成り立たせるもの、その背後に覗くものは、文学的形式に宗教的形式としての呪術（儀礼）を、その核心に〈憑依の文法〉をみる、鋭敏な詩的感受性に裏打ちされた、彼一流の深い宗教的感覚である。

こうして、ここにイェイツに与えた夢幻能の影響が戯曲に限定されるものではないことが確認される。イェイツの最晩年に書かれた傑作詩のほとんどがこの技法によって描かれていることが、その成就のなによりの証となるだろう。そこでは、いずれも心という走馬灯のなかを、一つの情念（パッション）と化した面影たちが聖者・カルディの「仮面」を被る詩人の声によって呼び出され、駆けめぐっては消えていく様が、影を操る匠の技によって見事に表現されているからである――「かの者たち　冬の暁のなか／ベン・ブルベンを背にして　駿馬を走らせる」（「ベン・ブルベンの麓で」*The Poems*, p.373.）。

もちろん、夢幻能との出会いがイェイツの戯曲に決定的な影響を与えたことは『鷹の井戸』、『骨の夢』（*The Dreaming of the Bones*, 1919）や『エマーのただ一度の嫉妬』（*The Only Jealous of Emer*, 1919）だけではなく、彼の最後の戯曲、『煉獄』（*Purgatory*, 1939）からも確認できる。この劇において主人公の「老人」は夢そのものに取り憑かれ、彼は自身の意に反し、夢幻能のワキと同じように、死者に自身の肉体あるいは心を貸し、死者に夢の舞台を提供するメディアム、霊媒師になっているからである。

9　イェイツの作品世界の縮図としての「ベン・ブルベンの麓で」

本書は、以上述べてきた仮説を、イェイツの作品全体を間テキストのもとに置いた読みの実践をとおして検証し、いまだイェイツ研究、その最大の死角の一つともなっているカルディ、その存在が彼の作品全体のなかで要の位置にあることを明らかにする。各テキストのなかに一見、なんの脈絡もなく散りばめられているだけのようにみえる様々なメタファーが、間テキストのなかでカルディの身体（面影／イメージ）を要にして連結されていることを検証していくものである。その検証のプロセスは、さながら、エゼキエルが視た「枯骨の夢」を私たち読者もまた追体験するかのようである。路上に「撒き散らされた（ディアスポラの）枯骨」が、聖者の声に応えて連結されて一つの身体、一つの意味となって立ち顕れてくるような印象を読者は受けることになるからだ。

検証にあたっては、まずは「第一章」でイェイツの作品世界全体がどのような構造をもっており、それがどのような技法によって描かれているのか、「ファンタスマゴリア」の技法を説明しながら、さらに詳しく具体的に個々の作品を例に挙げて考察を試みる。そのあと「第二章」から「終章」において、（間テキスト性を充分考慮したうえで）一つの作品に的を絞り、精読・分析を試みることにする。その作業をとおして、「はじめに」あるいはこの「序章」で提示した命題、その検証の作業に代えることにしたい。その作品とはイェイツの碑文がその最終連に記されている彼の最晩年の詩、「ベン・ブルベンの麓で」である。

これは一見、本書で掲げる読みの命題、「各テキストの読みの総和がそのままイェイツの作品世界の総体とはならない」という命題に完全に矛盾しているように思われるかもしれない。だが、そうではない。むしろこの命題を証明するためにこそ、この詩に的を絞るのである。この詩はイェイツの作品世界全体の縮図（氷山の一角）を示す意図をもって記された作品であるとみることができるからだ。すでに、ある程度検証を試みた「我が作品のための総括的序文」の「Ⅱ：主題」に記したものを、この詩において詩人としてイェイツが実践、証明しようとしたと考えられる点、それもこの詩に的を絞った大きな理由の一つである。「Ⅱ：主題」に言及されている各事象が「ベン・ブルベンの麓で」で密かに前提にされているることが、その一つの根拠となるだろう。したがって、二つの作品の書かれたのがほぼ同時期である点は偶然ではないと考えられる。

そういうわけで、この詩は、イェイツの個々の作品を間テキストのもとにおき、彼の作品世界をたんなる総和としてではなく、一つの総体として読み解いていかない限り、一行たりともおよそ理解すること不可能な作品であるといってよいだろう。これほどまでに、自己言及によってのみ構成されているような作品は、他に例をみないほどのものがあるからだ。しかも、各々の引用表現は、さらなるメタ世界、自己言及的な世界へと誘っていくための布石として用意されているにすぎないのである。

このことは裏を返せば、イェイツの作品全体のインターテキスチュアリティがいかなる構造のもとに紡がれているのか、その全貌をこの詩の精読によってある程度理解・確認することが可能となるということを意味している。したがって、このメタ世界を丹念に追っていくプロセスのなかで、先述したすべての命題がおのずから検証されることになるはずである。この詩を精読していく際に、かなりの数に上る作品群が取りあげられることになるのも、この理由による。そういうわけで、「ベン・ブルベンの麓で」の間テキスト性のもとに置かれているすでに提示した作品群のすべては、いずれものちに記す本文、その作品分析の対象となる。

もちろん、このような自己言及化されたメタ世界に読者を誘導すること、それは作家イェイツの意図によるものである。その意図とは、繰り返し述べることになるが、彼の作品世界が各作品のたんなる総和ではなく、一つの有機的な総体として成り立っていること、そこに読者の目を向けさせることにある。この詩は、イェイツの作品世界、その総体が「ファンタスマゴリア」の世界のなかにあり、そこに去来する影法師がアイルランドの魂の歴史の体現者、カルディの系譜であり、それを描くことが彼の作品全体を貫く主題であったことを示す目的により記されていること、このことを証するために記された作品であるということになる。換言すれば、イェイツは個々の作品ではなく、自身の作品世界全体を貫く読み、このことにかんする一つのエピファニー、気づきの瞬間という「贈り物」を、最後に自身の愛すべき読者に密かに届けるために、この詩を記しているとみることができる。

むろん、この「贈り物」は「ハールーン・アルラシードの贈り物」(“The Gift of Harun Al-Raschid,” 1924) であって、サンタクロースからの贈り物ではない。自らの足でベン・ブルベン山に登り、その頂上に置かれた贈り物を自らの手で獲得することを詩人は読者に厳しく要求している。このことは、「ベン・ブルベンの麓で」をとおして、読者を一つの気づきへと誘うイェイツがとった文学的戦略、その入念にしてしたたかな戦略から判断しても間違いないところである。

最初に詩人は、一見しただけでは互いに無関係、ときに矛盾しているようにさえみえる固有名詞や彼一流の特殊表現（名詞・形容詞・熟語・慣用表現）を並列させたうえで、それらを見えないネットワーク（コード）のもとで詩全体のなかに散りばめていく。その狙いは彼の作品全体がこの構造から成り立っていることを読者に気づかせるためである。もちろん、そのコードの存在は読者にはいっさい知らされてはいない。そのため読者は、冒頭からすでに詩人によって巧妙に張り巡らされた、いわば「蜘蛛の巣」（「Ⅱ：主題」）に絡め取られてしまうことになるだろう。このコードは近代文学のパラダイムである「視点の文学」によっては解くことができない。むしろ「視点」という名の近代文学の先入観は「スウィフトのいう自己の腹からひねり出す『蜘蛛の巣（視点の文学）』」（「Ⅱ：主題」）となってこの詩に張りめぐらされたコード（イェイツが仕掛けたもう一つの「蜘蛛の巣」）に絡まりつくという罠に完全に嵌ってしまうことになるだろう。つまり、ここでイェイツは近代文学のパラダイムである「視点の文学」という自己を呪縛するもの、その存在に気づかせるために、あえてこの詩のなかにスウィフトがいう「蜘蛛の巣＝視点の文学」、自己呪縛の罠を仕掛けていることになる。

このような状況のもとで読者に生じる心理的葛藤、そのプロセスを具体的に記せば、およそ以下のものとなるだろう。

この詩を開いた瞬間、読者の目に飛び込んでくるものは、なんの脈絡もないまま同格に置かれた名詞と固有名詞の洪水と畳み掛けてくる命令文である――「マリオティス湖のほとりの賢者たちとアトラスの魔女にかけて誓え」。「［ベン・ブルベンを背に冬の暁のなか、駿馬を走らせる］かの騎馬の男たち　女たちにかけて誓え」。

この表現を前にして、読者はまずはその唐突さに驚き、しばし狼狽してしまうことになるだろう。むろん、ここにおける唐突さはイェイツの作品世界の一つの特徴をそのまま反映しているものでもある。そのあとで、近代人の心をもつハムレットのようにこう自問自答することになるだろう。「詩人の命令に従うべきか、拒否すべきか、それが問題である」。――こんな理解不可能な詩人の身勝手な命令に従うことなどあるまい。「［詩人の命令に］冷たき眼を投げかけて、過ぎ去ってしまえ［読み飛ばしてしまえ］」。実際、多くの読者、とくに近代のパラダイム、「視点の文学」に固執する読者はこの冒頭の詩文を一顧だにすることなしに「冷たき眼を投げかけて」読み飛ばしているのではあるまいか。そのため、この詩を解読するうえで最大の鍵となる問題、冒頭の詩文と最後の詩文＝碑文の関係性の問題は、いまだ不問に付されたままなのである。当然、そのような行為は読みの最終的な拒否を意味していることはいうまでもない。これゆえに、「碑文」に込められた詩人の最終的な境地もいまだ棚上げされたままなのである。

一方、イェイツの従順な愛読者になり、誓う相手の正体さえもわからぬまま盲従（盲読）すればどうなるだろうか。それは読みにおける主体性の放棄を意味している。このアポリオ（袋小路）のなかで読者の選択はもはや一つしかあるまい。互いの関係性を主体的に理解するために、〈猿罠のバナナ〉ともいうべき「近代的自我」（「我、汝の主なり」）が固執する「自らの腹から捻り出した視点の文学」、すなわち先入観を一旦放棄したうえで、何度でもテキストの精読を試みること、これ以外にはないだろう。

結果、腐心して精読を試みた読者は、冒頭文を含めてのべ十四回にもわたって畳みかけるように用いられている命令文の洪水、それが通常のそれとはまったく異なる文法によって記されていることにまずは気づくことになるだろう。すなわち、これらはいずれも通常の命令文なのではなく（したがって詩人は読者に服従を求めているわけではなく）、呪術的な請願によって呼び出された死者（面影／ファンタスマゴリア）たちによる宣言・証言・告白文であると理解されることになるのである。このことは、「ベン・ブルベンの麓で」の冒頭が‘Swear by’（「誓え」）という命令文ではじまり、その終わりが‘pass by’「過ぎゆけ」という韻を踏んだ命令文で完結し、すべてが古代の文法としての呪術的な枠構造のなかに収まっていることからも理解されるだろう。つまり呪術詞（折口信夫がいう意味での「枕詞」、アイルランド詩の伝統に倣えば、「ディンヘンハス」）によって呼び出された〈第三の存在者〉、「仮面」を被った地霊たちこそがこの詩における真の主体者（夢幻能におけるシテ）であり、彼らが詩人（フィリィ）という名のメディア／メディアム、その口を借りて宣言・証言・告白していることに気づくことになる。

とはいえ、詩の文脈の精読からだけでは、その「仮面」の正体はもとより、その存在と並列に置かれているほかの存在者（騎馬の者たち）を紡ぐコード、その発見にまでいたることはないはずである。かくして真摯にこの詩に対峙しようとする読者は、イェイツの作品全体（詩、戯曲、散文、自叙伝、小説、手記ときに草稿メモ）の文脈のなかで、そのコードを探る手立てを各々独自に模索しなければならないことになる。つまり、生真面目な読者はふと気づけば、イェイツが創造した巨大な樹海の森のなかに誘導されてしまった自己をそこに見出すことになってしまうのである。イェイツの作品の特徴の一つが自己言及性にあり、その手口をある程度承知している読者だからといって、その例外者とはならない。ほとんどすべてが自己言及によってのみ構成されているような詩は、他に例をみないほどのものであり、しかも各々の引用表現はさらなるメタ世界（自己言及的な世界）へと読者を誘っていくための布石として機能しているにすぎないからである。

だが同時に詩人は、この巨大な迷路に迷い込んだ読者に対し、一本のアリアドーネの糸を予め用意することも忘れてはいない。自己言及されている引用文、いわば〈点〉としての様々な引用表現は、いずれも一つの方向性を示しており、その点と点を結んでいけば、最終的に一つの星座が現れる絶妙な仕掛けが施されているからである。その星座の名は「カルディ」であり、それが透かし絵として描かれた一大絵巻＝「一枚の大いなるつづれ織り」の内実であるといってよいだろう。しかもこの一大絵巻は、この詩のⅠ～Ⅵのそれぞれ異なる「仮面」の声、その各々の正体をすべて聞き分けることができたときにかぎり、突如、顕れてくるという特殊な〈からくり〉までもが施されているのである。

このからくりの存在に気づき、各々の「仮面」の声を聞き分けることができた読者は、ここに描かれた透かし絵が、さらに壮大なパノラマ、そのほんの一部、氷山の一角にすぎないことに気づき、驚愕することになるだろう。その気づきは、あたかも地上にただ無意味に描かれているだけのようにみえる点と線の羅列が、ベン・ブルベン山の頂上から眺められたとき、緻密な計算のもとで描かれた巨大な地上絵であることを知った考古学者、その驚きの瞬間に比すべきものがある。詩人は自身の愛すべき読者に対し、一つの詩のなかに入念に描きあげた透かし絵をとおし、その目を見えないメタ・テキストを視る心の眼、「一人の老人の鷲の心」（「一エーカーの土地」）へ、あるいは微視にして巨視なる目、「鷹の眼」（「ベン・ブルベン」の原義は「鷹の丘」）へと変貌させる秘儀を自己の死を前にして伝授し、襷を渡そうとしていることになるだろう。このときはじめて、それが詩人から読者に送られた「ハールーン・アルラシードの贈り物」であることに気づくことになるだろう——「詩人の思考とは擬態ではあるまいか……恋するアラビアの男たちのなかで　この私だけが　その刺繍に幻惑されず　闇夜の折り重なる襞の錯綜にも惑わされず　かの武人が語る言葉を　聞き分けることができるのだ」(「ハールーン・アルラシードの贈り物」*The Poems*, p.279.)。

この詩はイェイツが妻ジョージに送った二人の永遠の愛、結婚の誓いとしての贈り物を意味している。そうだとすれば、詩人はその贈り物を私たち読者に対しても提供し、二人だけの秘密の叡智、「ソロモンと魔女（シバの女王）」（"Solomon and the Witch," 1921）の秘儀を独占することなく、読者と共有しようとしていることになるだろう。

もちろん、この気づきにいたるプロセスは、カルディの系譜を視野においてイェイツの全作品の読み直していく必要性を示唆している。あるいはこの読みのプロセス自体が、読者にとってはアイルランドの詩魂、カルディたちの面影を偲ぶ聖地ベン・ブルベンへの巡礼を意味していることはのちに本文で詳しく検証していくとおりである。

10　「ファンタスマゴリア」の世界としての「ベン・ブルベンの麓で」

以上、述べたことから「ベン・ブルベンの麓で」を精読していくことが、そのままイェイツの作品世界の全貌を捉える第一歩であるという理解を、半ば共有することができたのではないかと思う。半ばといったのは、もう一つ、彼の世界が「ファンタスマゴリア」の世界であることが、この詩の精読によって本当に確認できるのか、という問題がいまだ残されているからである。したがって、この点についても予め、ある程度根拠づけておく必要があるだろう。以下、その根拠のあらましを示しておくことにしたい。

この詩が「ファンタスマゴリア」の世界であることは、冒頭に表れる聖アントニーを暗示する「古代の賢者たち」と「アトラスの魔女」が並列されて登場していることからまずは確認できる。

今日的意味における「ファンタスマゴリア」とは、フランス世紀末の象徴詩やヨーロッパ、主にドイツ、フランスなどで流行した幻想小説が幻想的な世界を創造するために好んで用いられた文学的手法を指す特殊用語としておおむね理解されているようである。もちろん、イェイツの「ファンタスマゴリア」の概念は、このような事情を踏まえたうえで考案されたものであることはいうまでもない。リチャード・エルマン（Richard Ellmann）が『イェイツのアイデンティティ』（*The Identity of Yeats*）のなかで指摘しているように、「一八九〇年代にランボー、ボードレール、ポーの影響のもとに」イェイツ一流の「ファンタスマゴリア」は形成されていったものだからである。もっとも、現代人にとって、この技法は、ヴァルター・ベンヤミンがボードレール研究を通じて習得したパリの路地に現れる地霊＝ゲニウス・ロキを描いた『パサージュ』にみられる、かのファンタスマゴリアのことを連想することになるかもしれない。

だが、元来は「魔術ランタン」を意味する光学の装置であり、その発明当初は、幽霊を現出させる見世物小屋（秘密の小部屋）を指すものとして大衆に広く知られるところであった。その出し物として大衆に人気を博したものがほかでもない「ベン・ブルベンの麓で」の冒頭に表れる「聖アントニーの誘惑」や「サバトを行なう魔女」などであった（詳細は「第八章」）。イェイツはこのようなファンタスゴリアが発明された当時の状況を踏まえたうえで、冒頭で聖アントニーやアトラスの魔女の霊を呼び出していると考えてよいだろう。つまり詩人はこの詩に描かれている世界が現実の世界ではなく、そのいっさいが魂の世界、「ファンタスマゴリア」の世界であり、したがってそこに去来する人物たち、そのすべてが「透視ランプ」としての魔術電灯に映し出されるファンタスム＝亡霊（幻影）であることを、予め読者に了解をとっておくための文学上の約束事（手続き）として彼らを冒頭で呼び出しているとみることができる。換言すれば、詩人はこの詩が通常の抒情詩とはまったく異なる性質をもつもの、特殊な意味での〈詩劇〉であることをまずは読者に想起させ、そのうえでベン・ブルベンの麓を巨大なスクリーンに見立て、今ここに夢（映像）の世界が始まることを読者に告知しているとみることができる。

そういうわけで、この詩の世界は、この詩と合わせ鏡の機能を果たしているイェイツの最後の詩、彼の死のわずか一週間前に記された「黒い塔」と同様に、すべて「ファンタスマゴリア」の世界のなかにあるとみてよい。ただし、二つの詩における「ファンタスマゴリア」はそれぞれ性質を異にするものである点にも注意を向けなければなるまい。

「黒い塔」における「ファンタスマゴリア」は、「老料理人」だけが知る、「枯骨が震える」ほど寒い冬の暁、欠けていく三日月の静寂の刻、暁の静寂の刻、静的な影絵のなかで聖者の「仮面」の声がアイルランドの魂の歴史を巧みな暗示を込めて語る〈静的なファンタスマゴリア〉の世界である。一方、「ベン・ブルベンの麓で」におけるファンタスマゴリアは、「暁」の静寂の刻、動的な動きを伴う走馬灯（映像）のなかで聖者の「仮面」の声がその静寂を破り、「王の角笛」の音とともに、アイルランドの魂の歴史を高らかに告白・宣言する〈動的なファンタスマゴリア〉の世界である。もちろん、「静」と「動」は一つであり、二つのファンタスマゴリアは表裏一体である。一方の詩の背景とされる時代は「神々の時代」、他方は「子の時代」であるが、二つの合わせ鏡に映る時代は「黒豚峡谷の戦い」の註に暗示されている「アルマゲドン」としての「聖霊の時代」だからである（この点については「第六章」を参照）。

いずれにせよ、「ベン・ブルベンの麓で」で表れるもの、そのいっさいは「ファンタスマゴリア」の世界にあるとみるべきである。ここに表れる人物のうち誰一人として生者はおらず、すべてが面影としての死者であることがその一つの証左となるだろう。

そこで、まずはこの詩の主要人物であるカルディたちの面影と騎馬の者たちの面影との関係性に目を向けて考えてみよう。

ここに表れるカルディたちは、誰一人、明示されている者はおらず、すべては〈魂の透かし絵〉、面影としてのみ幻出され、にわかにその人物をプロファイリングすることは難しい。一方、騎馬の者たちは明示されている者とそうでない者、二つに区分されている。伝説、あるいは半ば伝説上の人物たちはいずれも影絵に映るシルエットとしてのみ表現されている。他方、多分に政治性を帯びたイェイツと同時代の実在した人物たちは、「ミッチェル」や「ライフル銃に倒れて死んだ者」という露骨な表現からもわかるとおり、（彼の作品全体の文脈を探るまでもなく）当時のアイルランドの事情を知る者ならば誰でも容易にわかるように意図的に明示的に表現されている（＊「Ⅱ：主題」にも彼らが表れていることは、二つの作品が書かれた時期から考えても、けっして偶然ではあるまい）。

ここで早急な読者はこの明示を一つの根拠にして、イェイツにとって最も重要なテーマが、イェイツが否定したはずの可視化可能な時事・政治的な問題、「他者との闘争（劇）」としての外的な問題であるなどと結論づけてしまうかもしれない。だが、事はまったくその逆であるとみなければなるまい。深水に在る詩魂の源泉の問題、詩の核心的な部分は表面にはけっして顕れることはない。したがって明示することなどけっしてできない。もしかりに明示することにでもなれば、詩人が求める真の「主題」が「偶発的」にしていかにも底の知れた表層・外的な時事・政治問題に安っぽくすり替えられてしまい、たちまち彼の創造した「ファンタスマゴリアの世界」は「寓意」と化し、霧散してしまうことになるだろう。つまり、「透視ランプ」に映る走馬灯の世界、魂の世界はリアリズムという懐中電灯の光、その格好の餌食にされてしまう。そのような読みは『鷹の井戸』においてアイルランド独立蜂起に纏わる政治性を帯びたクフーリン、彼だけが固有名詞で示されているという唯一つの理由によって、シテ＝主人公はクフーリンであり、この作品の主題はアイルランド独立蜂起に纏わる政治的な問題であるなどと結論づけてしまう的外れな解釈を行なっているにも等しい。あるいは「ある政治家の休日」に当時のイギリスの政治状況がはっきりと記されているからといって、最晩年のイェイツの最大の関心事は政治にあったなどと解釈するにも等しい誤読である。そのような読みの果てに残るものは、色褪せた新聞記事の切り抜きにも相当する互いになんの関連性もない情報のコラージュ、その殺伐とした風景、ただそれだけである。もはや、それはイェイツの詩の世界を読み解こうとする真摯な作業を行なっているとはおよそいいがたい。否、それどころか、その延長線上には、この詩を「ボイラーの上で」（＊この作品を語る声は、生身のイェイツのものではなく、「怒り狂う老人」の「仮面」の声である点を忘れるべきではない）のなかに表れる例の一節と結びつけられて、詩人のファシズム的な民族浄化を肯定する危険な作品であるという表象が貼られた挙句、無視という名の焚書の対象に晒される恐れすらあるのだ。このような事態の発生を恐れればこそ、イェイツは「怒り狂う老人」の「仮面」を被り、以下のように当時の文学者に対し怒りの警告を発している――「なぜ、老人が怒り狂っていけないのか。［暁に］蝿鉤の手首を返す有能なる釣り師だった［冷たき熱き］若者が、飲んだくれのジャーナリストに成り下がったんだぞ」（「なぜ老人が狂ってはいけないのか」*The Poems*, p.370.）。

その原因はひとえに、魂の問題を政治の問題にすり替えて読むことしかできず宗教的感覚を完全に喪失してしまった文字通り〈心（魂）なき読者〉の誤読によって生じているのである。だが、そんな解釈が成り立つとすれば、いっさいの宗教者は民族浄化を望むファシストであるという解釈も充分成り立つはずである。魂の浄罪を説かない宗教などそもそもどこにも存在しないからである。イェイツの詩を読む場合、まずは「カエサル［外的な政治問題］のものはカエサルに、神［魂＝詩的・内的問題］のものは神に」という金言を私たちは心に刻んでおく必要があるだろう。少なくとも、詩を半ば「新聞」の政治欄と同じ「朝食のテーブル」のうえに並べるようにして読んでしまうならば（『自叙伝』）、イェイツが最も嫌う政治詩の類ならばいざ知らず、イェイツ詩の存在理由は完全に失われてしまうことは必然的である。彼は晩年の詩「老齢への祈り」において自ら充分認めているように、あるいは詩人オーデンが鋭く指摘しているように、政治的あるいは現実的な側面からみれば、いかにも「愚か」な「宗教的ドン・キホーテ」、世界の理想を夢想する一介の老人にすぎないからである――「どうか、私が愚かな情熱の男に映りますように」（＊おそらくオーデンはこの点を踏まえてイェイツの追悼詩において「彼は私たちと同じように愚かであった」と記したのではあるまいか）。あるいは、イェイツは「はじめに」においてすでに述べたように、現実のリアリティに即して作品を描くことにおいては、「ロレンスやパウンドやターナー」に肩を並べることなど望むべきもないことを率直に認めている。だが、裏を返せば、彼の作品世界はジャーナリズムやリアリズム文学においてはけっして描くことのできないものを描くことができるという詩人の誇りがここで示唆されているのでもある。

これゆえにこそ、この世界は明示されることなく、むしろファンタスマゴリアの電灯から射し込んでくる〈魔術光線〉のような不可思議な問いとして提示されなければならない。見方を変えれば、明示されている現実の事象など詩人にとって大した問題ではないのである。少なくとも、死の床にある詩人が様々な当時の外的な時事・政治問題を取りあげて、それを風刺するために呑気に推敲するなどという行為、それをうかがわせるような箇所がこの詩のどこにも表れていないことだけは確かである。

ここに読みのパラドックスが発生していることは明らかである。明示されていないもの、面影（亡霊）として顕れる者こそ、夢幻能の世界と同様に、イェイツの作品の核心をなす唯一の実在者としてのシテ＝リアリティであるというパラドックスである。これが意味するところは、ファンタスマゴリア（走馬灯）に去来する二つの魂（面影）、カルディと伝説上の騎馬の人、その関係性を問うことが作品全体の最も重要な「主題」、魂のテーマであるということだ。この詩のなかで「不屈のアイルランド魂」、「二つの永遠」という名で呼ばれているものも、実はこの二つの間に生じる関係性、その言い換えにすぎない――「この者たち［賢者たち、アトラスの魔女、かの騎馬の男女たち］が意味するもの、そのあらましをいまここに語らん。／いくたびも　人は生き　そして死にゆく／二つの永遠の間を／民族という永遠と魂の永遠との間を」（「ベン・ブルベンの麓で」Ⅱ）。

イェイツにとってアイルランド史のなかで実際に起こった政治の問題を含めたあらゆる事象は、この「二つの永遠の間」に生じる関係性、すなわち詩の「第一原理」に起因しているものにかぎり記すに価するものとなる。換言すれば、歴史の表層に現れるものは、この詩で用いられている表現を借りれば、二つの永遠の間に刻印された「証／しるし」（'proof'）をもっている事象や人物、すなわち「悲劇の相」（'out of its tragedy'「Ⅰ：第一原理」）を有する場合にかぎり、明示されている。しかもこの明示されているものでさえも、イェイツにとって現実の政治や時事問題をテーマにするために提示されているわけではない。この詩において明示された者たちのすべてがすでに故人となった人たち、生前の面影（地霊）として象徴化＝意味づけられたうえではじめて顕れているのはそのためである。しかも、詩人自身でさえもその例外者ではない点にも注意を向けねばなるまい。この詩の最後を飾るⅥにおいて、イェイツ自身がすでに墓地で眠っているという設定、つまり詩人はすでに地霊たちの仲間入りを果たしているという〈オチ〉がついているからである――「ドラムクリフの教会の墓地にイェイツは眠っている」。むろん、このオチはたんなる笑いを誘うためではない。そこには詩人の明白な意図がある。それは、この詩を生身の詩人の声ではなく、死者＝夢幻能におけるシテを憑依させ、彼らを代弁して語る聖者の「仮面」を被る詩人の声であることを読者に想起させるためである。墓碑の草稿に表れる印象的な詩行、「手綱を引いて、息を引け」

を削除したのも、この理由によるだろう。以上のように記してしまうと、詩人は死者の仲間入りがいまだ果たせていないという印象を読者は受けてしまうからである。

したがって、VIを語る「仮面」の声を生身の詩人の声であると決めてかかるのは誤読の基であるといってよい。この詩においては夢幻能と同様に、〈死者に口あり、生者に口無し〉すなわち現実という惰眠を貪る生者に対する、夢に目覚めた死者のリアリティという途方もない一つのパラドックスが発生しているからである──「そこでは、夜な夜な、彼女を夢が覚ますのです」(『骨の夢』)。「夢のなかで責任は始まる」(『責任』*Responsibilities*, 1914 のエピグラフ)。

しかもこの方法はすでに一八九七年に書かれた「錬金術の薔薇」のなかで試みられた方法でもあるのだ──「マイケル・ロバーツは十年、多分二十年前に死んでいた」。こうしてすべては詩という「ファンタスマゴリア」の世界、走馬灯に去来する面影のなかの出来事となり、この世界こそ詩人にとって真のリアリティであることが、ここに宣言されていることになる。それならば、私たちはイェイツの詩という夢＝「ファンタスマゴリア」をもう一度、学び直さなければならないだろう──「我が友よ、己が夢を解き明かし、書きしるすことこそ、これぞまさしく詩人のつとめである。疑うなかれ、人の子のいとも真なる幻影は、夢のうちにこそあらわれるのだ。すべての詩歌、文芸とは真なる夢を解き明かすことにほかならぬ」(ニーチェ『悲劇の誕生』)。

詩人というものはつねに個人的人生について記す。それが彼の最高傑作ともなれば、自己呵責であれ、失恋であれ、たんなる孤独であれ、その悲劇の相から取り出された人生なのである。詩人は朝食のテーブルで話しかける者のように直に話しかけているのではない。そこにはつねにファンタスマゴリアの世界が存在しているのである。(*Essays and Introductions*, p.509.)

以上がこの詩のすべてが「ファンタスマゴリア」の世界にあり、それがイェイツの作品世界の縮図となっていることのあらかたの説明ということになるだろう。

本書の各章（第一章を除く本文）の目的は、まずは「ベン・ブルベンの麓で」をイェイツの作品全体の文脈、つまり、間テキストのなかに置いたうえで、そこに密かに描き込まれている古代アイルランド修道僧の系譜を明らかにすることである。エジプトの聖アントニー／隠修士・聖パウロを源流とし、ツゥール（ガリア／ケルト）修道会の聖マーティンに継承され、その彼に師事したとされる聖パトリックによってアイルランドに伝えられ、聖コロンバによって確立され、薔薇十字団から黄金の夜明け団へと密かに受け継がれていった巡礼の隠修士・カルディたちの詩魂、その〈大いなる巡礼の魂の伝統〉を解き明かすことである。

そのうえで、イェイツの作品全体の底流に潜むこの「巡礼の魂」の伝統が、走馬灯のなかを駆けめぐる「騎馬の男女たち」とどのようにかかわり、これによってどのように彼の作品世界が紡がれているのか、その詩的生成現場の一端を覗くことである。その体験は、「錬金術の薔薇」の優れた表現を借りれば、「覚めた夢のなかで、私はマイケル・ロバーツの姿が巨大な紫の織物を縦横無尽に織るシャトル（杼）のようにみえ、その織物が幾重にも襞をなして部屋を満たしているかのように思えた」ということにでもなるだろう。

もちろん、この考察のプロセスは、イェイツの作品全体に描き込まれているさらに壮大なパノラマの地上絵、その全貌を捉えていくための準備段階、基礎工事として位置づけられるものである。

以上述べたことを、「ベン・ブルベンの麓で」の精読をとおして検証し、イェイツの作品世界、その新しい読みの地平を拓いていくこと、それが本書の最終的な目標である。

第一章　めぐり逢う僧侶たち　西洋の琵琶法師と東洋のカルディ

——西洋の走馬灯、「ファンタスマゴリア」の世界とその技法

私のドルイドは父なる神の子、キリストである。

——聖コロンバーヌス（アーディル『聖パトリック　一八〇年渡来説』より）

アシーンの古代の記憶は過去の幽霊ではなく、強力な呪文によって呼び出された彼の若き日の生きた仲間たちなのである。

——ロビン・フラワー（『アイルランドの伝統』）

筋の進行のうえではワキが前シテを喚び出すことになるのだが、役者は、その肉体を介して、自らの肉体の歴史の底に沈殿している他者を喚起しなければならないのである。

——山口昌男（『文化の詩学』）

1　西洋の走馬灯としての「ファンタスマゴリア」

W・B・イェイツの作品世界は、走馬灯に映る影法師の世界である。そこでは、「理性の光（啓蒙）」の名のもとに、魂のことまでもが安っぽく合理的に意味づけされ、シャミッソーが描く「シュレミール」のように魂を売って影を失ったこの世界は、漆黒の闇のなかに溶けていく。そこでは、リアリズム文学が好む、登場人物たちの「移ろう性格（個性）」も「細かな心理描写」も、ただの「雑念」（「冷たい天」）として削ぎ落とされ、「不変の輪郭」（悲劇の相）に縁取られた「人格」、「不滅の情熱（パッション）」だけが面影となって映し出される――「だが、一人寝の恋の妄想に青ざめし少年・少女らは、移ろう個性を不滅の情熱に変えるもの、数の奥義（ピタゴラスの秘儀）を悟った。そして真夜中、公衆の場で　不変の輪郭に縁取られた一つの面（面影）に　情熱の唇を当てたのだ」（「彫像」*The Poems*, p.374.）。

そこでは、現実の世界を意味づけるいっさいの記号は黒く塗り潰されてシルエットだけとなり、可視化された生の意味、そのすべては不知の暗号＝コードと化し、世界はもう一度、不条理と疑問符に満ちた深い魂の意味を取り戻し、読者の前に一つの謎として立ち顕れる。イェイツの作品世界、「ファンタスマゴリア」の世界においては、「冷たい天」のなかで示唆されているように、魂にかんするあらゆるの事象は明示されること不可能な一つの問い、不条理を帯びた「謎の光」として読者の前に「射し込んでくる」からである――「天は燃え上がる氷と化したかのようだった。……あれやこれやの雑念は消え去り、ただ面影（記憶）だけが残った……光が謎と化して射し込んできたのだ」（「冷たい天」*The Poems*, p.176.）。

「エンライトメント（光化／可視化）」を逆説化する「エンシャドメント（陰影化／不可視化）」のもとで、いっさいがコード（暗号）化されたイェイツの作品世界、それを彼は「ファンタスマゴリア」（魔術ランタン）の世界という名で呼ぶ――「詩人は朝食のテーブルで話しかける者のように直に話しかけているのではない。そこにはつねにファンタスマゴリアの世界が存在しているのである」（「我が作品のための総括的序文」I：第一原理 *Essays and Introductions*, p.509.）。

もちろん、彼独自の世界を描くその独特な詩の技法、それもまた彼にとっては、「ファンタスマゴリア」と呼ばれるものである。すなわち、合理主義と自然主義が差し向ける不自然な光に照らされ、影（魂）を失ったこの世界、それを「目に見える暗黒」（ミルトン『失楽園』）、いわば〈白日の闇〉のもとに晒し、「一本の蝋燭の炎のゆらぎ」によって陰影化し、「ゆらぎ香る一本の線香の煙」（「錬金術の薔薇」）というスクリーンのなかに影法師だけを映し出し、描き出そうとする詩の技法、それが「ファンタスマゴリア」の技法である――「私は霊を呼び出す術とでもいえるような行為を信じ、幻影を生みだす呪術の力を信じる。すなわち目を閉じて心の奥で視る真実なる幻を信じるのである」（「呪術」"Magic," 1901, *Essays and Introductions*, p.28.）。

こうして影法師は、「月の静寂」のなかで、我らに寄り添うインマヌエルとして雄弁に魂の歴史を語り始めることになる。「ファンタスマゴリア」の原義は「幻影（影法師）である我は語る」であり、古代の人々の多くがそう考えたように、イェイツにとって影法師は魂の象徴にほかならないからである。しかも「ファンタスマゴリア」は、「幻」と「我は語る」の合成語、つまり「幻である我は語る」をその原義とするが、直接的には十七世紀に発明された煉獄で苦しむ魂や幽霊などを現出させるための光学装置、「魔術ランタン」のことを意味しているのである。[1] ただしイェイツにとって、それは走馬灯に映る影法師のように、見えざる魂、そのシルエットを読者の心に明滅させる特殊な方法として捉えられている点は予め承知しておく必要がある。

走馬灯に映る影法師は実体を映すことなく、その実体の内に宿る魂だけを映す。このイェイツの発想は、古代人にとってはくだくだしい説明などまったく不要なもの、自明の理として受け入れられていたことだろう。少なくとも、他者の影を踏むことをタブーとする社会に生きた人々にとっては、そうであったに違いない。現代の私たちは影（イメージ）を外界の模造であると考えるが、古代においては「内界の状態の反映」であると考えていたからである。[2]

このような古代的な思考を微かに現代に留める言葉として、「プロファイル」を挙げることができる。プロファイルの原義は「横からみられた輪郭」であるが、現在でも指名手配の犯人を探す際に、正面から撮られた写真に付せて側面の写真を掲示している。それがプロファイルである。これがそのまま犯人探しの方法、「プロファイリング」として用いられていることは周知のとおりである。[3] その底流には、影（シルエット）は正面（実体）には映らない人間の内面（魂）を映すという古代的思考の微かな名残がいまだ潜んでいる。これを影絵の世界として提示する方法が、イェイツの「ファンタスマゴリア」であるとひとまずいってよいだろう。

影絵とは細々として生の表情を映し出す芸術ではない。そこには本来、様々な生を個別化するための色彩すらも存在していない。それは生の表情を暗黒化、死化することで生の輪郭だけを生々しく映し出す、いわば〈プロファイリングの技法〉である。

シルエットだけを映すこの技法は、対象を正面から映すことはしない。影が正面から対象者の顔を映せば、そこには目も鼻も口も消え、各対象者の特徴を捉えることはできないからである。だが、側面から捉えるならば、そこには輪郭線＝シルエットをとおして、側面だけから物象を描くピラミッドに記された古代エジプトのヒエログリフ（聖なる象形文字）のように、側面から不動の相が映し出されるのである。つまり、影絵は移りゆくつかの間の生の表情を捉えることができない反面、不動の相を捉えることができるということだ。イェイツの言葉を用いれば、「喜劇は各人の性格／個性（'character'）」を表現し、「悲劇としてのファンタスマゴリア」は「普遍・不変の相である人格（'personality'）」を表現するものであると言い換えてもよいだろう――「私は性格と人格とを、まったく異なるもの、あるいは何らかの異なる形式のものとして捉えている。ジュリエットには人格があるが、彼女の乳母には性格がある。私は人格を私たちがもつ個人的な形式だと考えている」（『手紙』*The Letters*, p.548.）。「純粋な悲劇とは純粋な情熱（パッション）である。つまり純粋な喜劇には情熱など存在しないのである。もしも純然たる悲劇、たとえば、ラシーヌやギリシア演劇を観たことのある者ならば、そこには何一つ性格など存在しないことがわかるだろう[4]」。

これは影絵の最大の欠点であると同時に最大の利点でもある。影絵はつかの間の偶発的な生の表情に欺かれることがないからである。人は個性を特徴づける正面の表情によって他者を欺くことができる。だが、輪郭＝人格まで装うことまではできない。先述のお尋ね者の側面写真、犯罪心理学で用いられる「プロファイリング」、あるいは観相学が横顔に注目し、ヨハン・カスパー・ラヴァーターのようにシルエットの技法を用いて、隠された魂の真実を映し出そうとする発想が生まれる背景にも、イェイツの「ファンタスマゴリア」と共通する思考がみてとれるのである。(5)

2 面影の技法VSイメージの技法

イェイツがいう「ファンタスマゴリア」は、隠れた人間の内面をプロファイリングし、暴き出すために用いられる技法ではない。そこには詩人の心を駆け抜ける記憶を愛し、それを顕在化させ、不滅の美へと昇華させようとする精神的・詩的な営為が働いているからである。そのため、この本では、イェイツの「ファンタスマゴリア」を「面影の技法」とも言い換えて呼ぶことにする。彼がいう「ファンタスマゴリア」が(日本における)走馬灯とほぼ同じ意味で用いられており、この技法が用いられているすべての詩において、詩人の心という走馬灯のなかを面影が明滅しながら、駆けめぐっていく様がみてとれるからである。

彼の特殊なこの技法を「面影の技法」とみれば、ここに「はじめに」あるいは「序章」のなかで述べたイェイツ研究における死角が生じる要因、そこにさらにもう一つの要因を書き加えることが可能となるだろう。それはこういうことである。

イメージと面影はけっして同じ意味ではない。たしかに、ヨーロッパの言語において厳密には「面影」に相当する言葉がないため、これはイメージの一種として捉えることも可能である。ハンス・ベルティング(『イメージ人類学』)によれば、イメージとは最終的に「媒体(メディア)」を介して不在であるはずのものを現出させること、「不在の現前」にほかならないという。(6)彼のこの考え方は次のようなことを想定すれば、ある程度理解できるだろう。たとえば、私たちの目の前に対象となるある人がいたと仮定しよう。そのとき私たちは、その人のことを一人の他者として意識化することになるだろう。だが逆に、この意識化によって、その人のイメージを想起することがむずかしくなってしまう。本人がそこにいるというこの圧倒的な可視化された実在性（リアリティ）を前にして、イメージは霞んでしまうからである。そうだとすれば、実体が存在するとき、イメージは逆に不在化されるということになる。だが、その人が視界から消え、実体がしだいに霞んでいくとき、そのときはじめて、あるきっかけ、たとえばその人を想起させるような何らかの品々（その人が身につけていた携帯品など）を媒体＝メディアとして私たちの現前にその人のイメージが顕れることになる。ここに実体とイメージにおける存在と不在の不可思議なパラドックスが潜むのである。

　このように考えれば、ベルティングの見解は充分首肯できるところとなるはずである。すなわち「不在の現前」という意味において、面影とイメージは分母を共有していることがここに理解される。

　このことは、イメージに類似する言葉、ラテン語の「シミラークル」、「イマーゴ」、ギリシア語の「エイドーロン（偶像）」の語源を思い出すならば、さらに理解のいくところとなるだろう。「シミラークル」とは「幽霊」のことであり、「イマーゴ」とは「死者の顔を蝋で塗ったもの」、「エイドーロス」とは「死者の幻影＝幽霊」を語源にもっているからである。[7] つまり、面影が亡き人（過去はすでに非存在であるから、それがいまだ現存しようがしていまいが、いっさいの面影は亡き人である）の幽霊であり、それが心に取り憑くという意味で「イメージ」と分母をともにしていることになる。

　この点については、ベルティングも充分認めている。彼によれば、イメージの根本的な作用はプラトン的な意味での想起＝アナムネシスではなく、憑依の作用であり、したがって人間はイメージの所有者ではなく、イメージこそ自己の身体という媒体（メディア）を通じて、人間に取り憑く支配者であるという――「人類学的見地からすれば、人間は所有するイメージの主人ではなく、その正反対であり、人間は『イメージの場所』、つまりイメージのほうが人間の身体を支配しているのである」。[8]

　これと同様なイメージにかんする優れた逆説の卓見、憑依としてのイメージの問題は、ジャック・デリダと「イメージ」にかんする理解を共有するジャン・リュック・ナンシー（『イメージの奥底で』）におけるテーゼ、「イメージとは聖なるものである」とも、それほど遠いところにはないだろう。ここでは「イメージ」は「聖なるもの」として捉えられている一方で、その「聖なるものは超越的（形而上学的）なものではない（ここに現存する何かである）」と捉えられているからである[9]。

ただし、ボードリヤールの定式に倣えば、近代においてイメージは「シミラークル」と化してしまうことで「生と死の交換」が成立しなくなっており、すなわち「象徴交換」が成り立たなくなってしまっているのだという――「近代の社会形成体においては、社会を組織する形式としての象徴交換はもはや存在しない[10]」。

だが、面影は依然として象徴交換が成立していることを忘れてはなるまい。親しき者との離別によって、依然として目の前に亡き人の在りし日の想い出（面影）が想起されるからである。この点を考慮すれば、面影は「イメージ」と根本的に差異をもつところの、内なるある一つの現象（間主観的な事象）であることが理解できる。

要するに、（ボードリヤールがいう「シミラークル」としての）イメージは知と情報さえあれば、その象徴的意味が失われ（「切断され」）、「象徴交換が成り立たなくなって」しまっていようがいまいが、あるいはその動機がいかなるものであれ、場合によっては敵意と憎しみと悪意からでもいくらでも媒体（メディア）を介して現出されるものとしての一つの幻影だということになる。しかもそれらの幻影は、「序章」ですでに述べたように、いくらでも増幅可能なものなのである。イメージの一種、レッテルや表象がその最たる例である。

だが、面影はそのようなものとして捉えることはできまい。なぜならば、親しきものの遺影や遺品の前に立つ者の心をもたないかぎり、生（者）と死（者）の交換＝象徴的意味づけを行なうことができなければ（ボードリヤールが好んで用いている表現を借りれば、生と死が「切断される」ことなく交流が果たされているのでなければ）、いかに優れた知の情報の断片を蓄積し、それを誇ったところで、面影はその人の前にけっして現出されることはない。遺影に写る故人を知らぬ人にとって遺影は人を写したただの写真であり、それにより本人の面影が去来することなどありえない。その意味で、面影は象徴交換を喪失し、実体と切り離され有機的な繋がりをもたない「シミラークル」とも、たんなる記憶とも、ましていわんや記録とも異なるものであるといってよい。面影は亡き人を愛する者の心にのみ宿る浄化された魂だからである。

それならば、遺影が亡き人との結びつき、すなわち自己の生を意味づけするために、大いに美化された写真が選択されるのも当然である。イェイツが作品のなかで亡き人の面影を偲ぶとき、肖像画を頻繁に用いて、それを死者たちの実像よりもはるかに美化し、ときに聖化・神話化しているのも、このことによっておのずから説明される。詩人イェイツにとって詩作とは、読者と共有されるべき面影を現出させるために必要不可欠なメディアの創造、換言すれば、心の依り代である遺影を描くこと、あるいは故人を想起させる依り代としての遺品を創造する行為であり、それを一つのしるし（象徴）として詩的に提示する営為を意味していることになるだろう――「もうすでに、私たちはこの家に馴染んでいるのだから／友を一人一人名指しながら、彼らのことを偲ぼうと思う」（「ロバート・グレゴリー少佐を偲びて」"In Memory of Major Robert Gregory," 1918, *The Poems*, p.181.）。

3　面影の技法＝「ファンタスマゴリア」とイェイツの信仰

しかも、「ダブリン市立美術館再訪」（"The Municipal Gallery Re-visited," 1938）にうかがわれるように、イェイツの作品においては、このような肖像画を飾る「美術館自体が死後の『夢見返し』、想い出を呼び出すための一つのメタファーともなっている」（ダニエル・オルブライトの指摘 *The Poems*, p.799.）場合も少なくない。つまり、ここにおける「美術館」はそれ自体、「ファンタスマゴリア」を映すための秘密の部屋、つまり走馬灯のメタファーとして用いられているということである。

私の周りには三十年間の面影の群、
待ち伏せ攻撃。湖のほとりに集まる巡礼者たち
裁判を受けるケースメント、半ば柵に遮られて……
神のご加護を受けようと跪く一人の革命の兵士。
……

膝がくずれるかと思えるほど、深い感動に襲われ、
しばらく目を閉じていると　高ぶる心臓の鼓動もしずまる。
どこに目をやるときも、私が観ていたものは、
私の永遠の、あるいは一時の心象、
オーガスター・グレゴリーの息子……
さらにオーガスター・グレゴリーの肖像である。（「ダブリン市立美術館再訪」*The Poems*, p.367.）

この詩の冒頭に表れる絵画はジョン・ラヴェリー作「聖パトリックの煉獄」と題するダーグ湖に集まる巡礼者たち（そのなかには「ロジャー・ケースメント」や「跪く一人の革命兵士」たちも含まれている）の姿が描かれている（＊この絵は現在でもヒュー・レイン美術館に展示されているので確認できる）。ここでもイェイツは、三十年間のアイルランド、その表層的な政治史、その奥底に潜むカルディの祖父である贖罪巡礼者としての聖パトリックの面影を幻視し、それをファンタスマゴリアの世界のなかの透かし絵として密かに描いていることになる。

最晩年の詩、「青銅の頭像」（"A Bronze Head," 1939）において老いたモード・ゴーンの頭像の前に立つ詩人が、この像をとおして彼女のなかに「超自然的なもの」を幻視することで、彼女との若き日の想い出を描くことができるのも、この技法によるところが大きい。

あるいは、この詩と同時期に書かれた「それらのイメージ」（"Those Images," 1938, *The Poems*, p.387.）のなかで以下のように語っているのも、自身の詩がこの特殊な技法を用いて描かれていることを改めて読者に気づかせる狙いによるとみてよいだろう。

けっして私はモスクワやローマに行けとはいわない。

そんな卑しい仕事は放棄して、
詩神たちを自分の家に招き入れなさい。
野生を構成するもの
獅子と処女とを
娼婦と子ども
それらのイメージを探しなさい。

中空に翼で飛ぶ鷲を見つけ出しなさい。
詩神たちに歌わせる五感を掴みなさい。（"Those images," *The Poems*, p.366.）

世界大戦の予兆としての生々しい現実、「モスクワとローマ」を見るのではなく、あえて「家のなかに詩神たちを招き入れ」、我が家を秘密の「ファンタスマゴリア」の小部屋に変化させ、そのなかで「獅子と処女／娼婦と子ども」という互いに「仮面」の両極にあるものの「イメージ」――「獅子と娼婦」は行動と経験を「処女と子ども」は非行動と無垢を象徴しているだろう――を去来させたうえで、それらを高みから俯瞰するために「心の洞窟を引き払い、陽光と風のなかに身を晒し」（「それらのイメージ」第一連）、「鷲の翼を見出すことで詩神の五感を掴め」と命じているからである。そうだとすれば、ここに表れる「ファンタスマゴリア」の「イメージ」は過去の経験を前提とする走馬灯に去来する浄化された魂、面影とみてよいだろう。

あるいはまた「美しく気高いもの」（"Beautiful Lofty Things," 1938）もこのような狙いによって記された作品だとみてよいだろう――「美しく気高いもの、オリィアリの顔。……みんなオリンポスの神々。二度と相まみえることのないもの」（*The*

Poems, p.350.)。これはたんなるイメージではなしに、詩人が愛した亡き人の面影であるとみることができる。

それならば当然のこと、イェイツが描く遺影としてのカルディの一大絵巻、これもまたイェイツ一流の技法、「ファンタスマゴリア」によって去来する面影は完全に美化され、神話化されているはずである。しかしだからといって、いっさいの神話を歴史化することを目論む行き過ぎた脱神話主義者、その主張するところに倣って、「彼が描くカルディは実体（歴史）を反映しておらず、大いに美化されている。あのロバート・グレゴリー（Robert Gregory）、グレゴリー夫人、ライマーズ・クラブ（Rhymer's Club）の詩人たちの肖像画や彫像や遺影がまさにそうであるように。それはイェイツの詩的世界の矛盾を露呈するものである」などと批判することはおよそ馬鹿げている。そのような読みは、「その遺影は美化され神話化されているために虚像にすぎない」と遺族を前にして語ることと同じように、愚かにして冷淡な心ない行為であるというほかない。

もちろん、イェイツはこのような悪しきリアリズム、あるいは客観・実証主義に蝕まれた近代的な眼によって詩を読むこと、その愚かしさを充分承知していた。そのようなリアリズムの読みに対し釘を刺すように、「ヴェロニカの布」（"Veronica's Napkin," 1932）において一つの聖化された遺品を用いて自身が求める詩的リアリティのあり方、それがいかなるものであるのかについて示唆的に記しているからである。すなわち、彼が自身の作品において用いている多くのメタファー、それらが〈聖化の方法〉によって創造された特殊な幻影、面影としてのリアリティであり、それらを分析的・歴史的な解釈によらず、奢れる現代の知性が完全に忘却しているもの、素朴な信仰心に基づいて読み解くべきことを暗示的に以下のように記している――「ある者たちは別の支柱を見出した。その支柱には、血の滲んだ布に一つの模様が記されていた」（*The Poems*, p.289.）。

ここに表れる「ヴェロニカの布」とは、キリストの聖衣と信じられているものであり、そこに顕れた「一つの模様」とはキリストの「血の滲んだ布」に偶然に顕われた人の顔のようにもみえる不明瞭な何らかの形状のことである。「ある者たち」、敬虔なキリスト教徒たちは、この「血の滲んだ布」をキリストの顔であると信じ、これを「聖なるしるし」の紛れもない一つの顕現と捉える。

むろん、客観的に判断するならば、それは偶然によって生じた人の顔にも似たシミにすぎないということになるのだろう。この「血の滲んだ布」がキリストの血のついた聖衣かどうか客観的に判断する手立てはもはやないからだ。だが、信者の篤き信仰心は、遺族が故人の遺品である衣類をとおして故人の面影を呼び出すように、この布をキリストの血が滲んだ聖衣だと信じ、そのことを通じてそこにキリストのイメージ（面影）を呼び出すことができる。この場合、視覚的あるいは客観的な側面から、その「シミ」が本当にキリストの顔を映しているのかどうか、それを確認してみようとする作業自体、およそナンセンスな行為である。今や誰一人としてキリストを見たことがない以上、それを客観的（視覚的）に判断することなどできるはずもない。だが信者にとって、それが紛れもなくキリストのイメージとして理解されるのは、これがキリストの「血の滲んだ」ところの「聖衣」、すなわちキリストの肉体が直にその衣に接触したものであると固く信じているからである。つまり、ここにおけるキリストに対して抱くリアリティとは視覚や科学が固く信仰するところの客観という名の新興宗教によらず、むしろ客観性においてはまったく捉えること不可能な信仰心、フッサールがいう意味での「間主観性」（主観と客観の間に生じる現象学的意味）に基づく想像力によってこそ判断されなければならないのである（＊フッサールはこのような学問にみられる悪しき客観万能主義に陥った学問をこそ「諸学の危機」と呼んでいるのではなかったか）。そうすれば、その「聖衣」に、「そのほかはすべて死んでいるのに、何かがそこに漂っているような気配」（「青銅の頭像」*The Poems*, p.387.）を感じ、キリストのイメージがそこに顕れることになる。その意味で、ここにおける「ヴェロニカの布」はそれが信者の抱く信仰心によって聖化されている点を除けば、遺族にとっての故人の遺品とまったく同じ機能を果たしているとみてよいはずだ。遺族にとってこの古びた衣類が唯一無二の価値をもつのは、それが故人の肌身に着けたものだからであり、それをとおして遺族は故人の面影を呼び出すことができるからである。

そうであるならば、面影を呼び出すための絶対条件、それは信者にとってのキリストに対して抱く篤い信仰心、あるいは遺族にとっての亡き人、それを愛する情熱の想いにほかならないことになるだろう。そして、このような「情熱」の想いこそ、イェイツはそれを「信仰」(「月の静寂を友として」)と呼んでいるのであり、これこそ彼がカルディたちの精神に見出したもの、その核心的部分、彼にとっての詩的リアリティの基盤に据えられている聖パトリックの「信条」(「Ⅱ:主題」)にほかならない。

これゆえにこそ、イェイツは遺影を前に佇む遺族が亡き人を愛し偲ぶように、現実の歴史(実体)、その背後に宿るカルディの「巡礼の魂」を愛し、偲ぶことができるのである。彼の心は「ミイラがミイラ布に包まれているように」「心の放浪[巡礼]に包まれて」いるからである(「万霊祭の夜」『ヴィジョン』のエピグラフ "All Soul's Night," *The Poems*, 1921, p.282.)。そしてこの「巡礼の魂」を愛し偲ぶその想いが面影を呼び出し、それを詩的に描いたもの、それが彼の作品になっていく。その面影は、彼にとって紛れもない客観・合理主義(リアリズム)の測りによってはとうてい測ることが不可能なもの、真の詩的リアリティとして受けとめられているからである。

ただし、詩人イェイツの前に現れる面影が遺族の前に現れる面影と一つだけまったく異なる点がある。イェイツが想い描く面影は、過去から引き出される追憶だけではなく、「未来を先取りし、そこから現在に後退り(あとずさり)しながら引き出された反復としての追憶」(キルケゴール『反復』)でもあるからだ。未来から現在を追憶する「面影の技法」としてのイェイツ的「ファンタスマゴリア」、そのもう一つの側面がここにある。

とはいえ、未来から現在を追想することを可能にするこの詩人固有の想像力は、ときに悲劇的側面をも映し出すものであることもまた事実である。「学童に交じりて」に記されているとおり、この想像力は自らの腹を痛めて産んだ赤子を前にして、その成れの果ての面影を追想する破目にもなってしまうからである。

一体、どこの若き母が、膝に抱いた赤子が、
生殖の蜜による仕業でこの世にあらわれ、
……

その後、六十かそれ以上の冬霜を頭に被る赤子の姿が
眼に浮かんだならば、我が息子を産む陣痛の苦しみ
あるいは出産の折の不安、
それに対する償いなどと思うことがあるだろうか。（「学童に交じりて」）

ここに「序章」で述べたスウィフトの「墓碑」、あるいは『鷹の井戸』の「老人」のセリフに表れた詩人の苦しみがある。この同じような詩文が『鷹の井戸』のなかで楽師が歌う詩文のなかに表れている点にも注目したい――「九十年の歳月かけて　腰の曲がった姿を、息子のうえに見た母親はこう叫ぶであろう。『何と虚しかったことか。私のいっさいの希望や恐れ。あの子を産む陣痛は』」。

だがともかく、こうして詩人の前に去来するカルディの面影は、悲喜劇を伴いながら過去と現在と未来を一つに連結させ、意味づけるアイルランドの魂、その象徴的な意味を担っていくことになるだろう。

4　イェイツ的リアリティのもつパラドックス

右の引用にリアリティにかんする一つのパラドックスが生じていることは明らかである。なぜならば、イェイツの作品世界においては、面影（記憶）こそが唯一の実在者（リアリティ）であり、逆に現実の世界はその詩的リアリティとしての面影、それを表象するための比喩にすぎないというさかしまの現象が起こっているからだ。先述した「青銅の頭像」においても前期の詩「あなたが年老いたとき」とは逆に、老いたモードの頭像を前にして彼女の若き日を追想する後期の詩のなかに以下のようなくだりが表れるのもこの同じ理由によるだろう。

彼女の姿はすべて荘厳なる光に満ちて、
（現実の彼女と幻視された彼女）そのいずれが正しき実体なのか、
誰が示しえるだろう。
深遠なる学をもつマクタガートがそう考えたように、
実体とは合成されたものであり、
一息の呼吸のなかに生と死の両極を宿すものなのかもしれない。（「青銅の頭像」*The Poems*, p.387.）

この点について、もう少し具体的に説明すれば、以下のようになるだろう。

通常、比喩はある対象の属性を形容するために用いられるものである。そのため、比喩自体は神話（虚構）の世界から借用されたものであってもいっこうに構わない。だが、対象は実在していなければならない。「彼女はヴィーナスのように美しい」とはいえても、「ヴィーナスは彼女のように美しい」とはいえないことがこれを裏づけている。ところが、イェイツの作品世界で用いられるメタファーは、実は後者の方なのである。つまり、イェイツにとっての対象となるリアリティは、不滅の美の体現者である「ヴィーナス」の方にあり、実在する「彼女」は可視化できないヴィーナスの美、そのリアリティを形容するための比喩として用いられているにすぎない。換言すれば、イェイツの世界に表れる実在の人物たちは、そのリアリティを描く対象として存在しているわけではなく、彼らの内奥に潜む悲劇の相＝不滅の魂を具現化して描くための比喩（シルエット）（モデル）としてのみ存在しているといってもよい。そしてこれを愛する行為は、イェイツの表現を借りれば「この世界が創られる前の本当の私を」愛する（「世界が創られる前」"Before the World was made," 1928）、つまり本当の「世界」、あるいは自己のアイデンティティを探求していく営為に等しい。

もしも、私がまつ毛を黒く塗って、

目元を明るくさせ、唇に紅を差し、
あっちの鏡　こっちの鏡と　覗いては、
これで大丈夫かしら、と鏡に向かって尋ねてみても、
これって　女の自惚れなんかじゃないのよ。
世界が創られる前の
本当の私の顔（面影）を探しているだけなの。
……
私はただ愛して欲しいだけ、
この世界が創られる前の本当の私を（*The Poems*, p.321.）

ここに示されているものは、女性が化粧を施す現場に事寄せながら、イェイツが自身の詩作の現場（いわば「面打ち＝仮面」の創作現場）、自身の詩がどのようにして創作されているのかについて記したものである、とひとまずいうことができる。したがって、ここにおける「世界が創られる前の／本当の私」とは、一見、プラトンがいう「イデア（形而上の理想美）」に接近しているようにみえながら、実はむしろこのプラトニズムの概念そのものに対して鋭くアンチテーゼを投じるものである。プラトンにとって世界とはイデアの影（虚構）にすぎず、その世界に化粧という虚構を施すことで「本当の私」を見出そうとするような行為、それはおよそナンセンスなものだ。こういってよければ、それは〈恥＝虚構の上塗り〉的な営為にも等しい。そもそも、プラトニズムにおいて世界の創造、あるいは「イデア」の創造などという発想自体がナンセンスなものとして捉えらていることはいうまでもない。

一方、イェイツにとって彼女の行為は大いに賞賛に値するものとしてここで捉えられている。この女性の化粧が象徴するものは、イェイツの詩法の核心である「仮面」による創造の営為を意味しているからである。ここではあえてプラトン

が否定的に用いた形而下の現象、それを最も象徴するアイテムである「鏡」が意図的（逆説的）に用いられているのもそのためだ。もちろん、この場合の「鏡」はイェイツが否定する自己を写実的に写すための道具＝「寓意」としての「鏡」を意味するものではない。むしろ、自己を装う、つまり自己を仮面化するための化粧を施すために必要とされるもの、「世界が創られる前の／本当の私を」見出すための道具、すなわち魂を映す「透視ランプ」のメタファーとして用いられている。

このことは、この詩が「仮面」（"The Mask," 1910）、あるいは「仮面」をテーマにした戯曲『役者女王』（*The Player Queen*, 1922）と類似するメタファーが用いられ、その内容がこれらの作品ときわめて類似するものであることからみても間違いない――「あなたの心を虜にし、心臓の鼓動をときめかせたのは仮面であって、仮面の下の素顔なんかじゃないのよ」（「仮面」*The Poems*, p.144.）。

そうだとすると、ここに興味深いパラドックスがまた一つ発生していることになるだろう。なぜならば、素顔のうえに化粧を塗る、この行為が意味する「仮面」の技法、素顔のうえに「仮面」を被るというこの行為（技法）、それはいかにも〈足し算的な美の技法〉のようにみえながら、その実、〈引き算の技法〉であることが巧みに示唆されているからである。「世界が創られる前」の（形而下における）「自己」とは無垢な状態にある根源的な自己を象徴している。この無垢なる根源的な自己になるために、あるいは装った自己を脱ぎ捨てていくために素顔に化粧を施す。この場合、化粧を施すことは仮面を被ることに等しい。したがって、この行為が意味するものは加算ではなく、引き算の方法である。ここに、「仮面」の詩法がもつパラドックスをみることができる。「まつ毛を黒く塗って、／目元を明るくさせ、唇に紅を差」すとは歌舞伎の隈取りの手法にも似て、実は顔の輪郭を明確化することによって個々の顔にみられる個性を消し、それを一つの象徴的な顔に変える方法であって、それは写実的な個性を消していく引き算の技法と同じものだからである。あるいはここにおける女性が用いる化粧の技法は、面打ち師が生の相（個性）を入念に一つずつ消していく作業行程を通じて、能面に死の相（永遠の相）を現出させようとする面打ちの現場、そこにみられる引き算の技法＝象徴の技法に等しい。なお、この詩に表れる「仮面」は今日的なテーマである「トランス・ジェンダー」の問題、自己の容姿、そのアイデンティティを女性に置く男性、「彼＝彼女」が行なう化粧の問題を想定すれば、さらに理解がいくことになるだろう。

したがって、この詩は「鏡」や化粧のメタファーが特殊な意味で用いられていることから、一見、詩人の真意が見え難くなっているものの、実は「序章」ですでに述べた「ウィリアム・ブレイクと想像力」に表れる「鏡＝寓意」と「ランプ＝象徴」の間に横たわる根本的な差異、このことを詩的に表現したものであるとみることができる。

M・H・エイブラムズの名著、『鏡とランプ』で述べていることの核心もここに求めることができるだろう。この著書は、イェイツの詩的リアリティにかんする独創的発想にその淵源を得ているからである。この著書のエピグラフには、イェイツの散文「オックスフォード現代詩選集」の一節から取られた以下の文章が記されている点に注目したい――「さらに先へ進まなければならない。すなわち魂は自らに対する裏切り者、自らを運ぶ配達人、一つの活動にならなければならない。つまり鏡はランプへと変わらなければならないのである」[11]。ここに表れる「魂は自らに対する裏切り者」という表現は、先にみた「世界が創られる前」に表れる化粧を施す行為と同じように、寓意＝リアリズムに反定立する象徴の方法、すなわち写実的な個性を完全に消し去ることで魂の輪郭を描く方法とその意義について示している。と同時に、ここにおける「魂」が暗示しているものは、プラトニズム＝イデアとしての美の概念に対する「裏切り者」、すなわち「イデア論」にアンチテーゼを投じる「仮面」の美学を提示するために用意されたものであるとみることができるからだ。

この「仮面」あるいは「ファンタスマゴリア」の「第一原理」は、イェイツがギリシア神話の「ヘレナ」に喩えた恋人モード・ゴーン、彼女を前にしてもいささかも変わるものではない。むしろ彼は、先に引用したモードをモデルにして書いた「あなたが年老いたとき」において、読者にここにみられる逆説の「第一原理」、その理解を促しているのである。それをもっと具体的に説明すればこういうことになるだろう。

先の引用をもう一度確認すればすぐにもわかるとおり、この詩において（個人としてではなく）詩人としてのイェイツが愛する対象は、彼女がここで体現しているアイルランドの現実の歴史、その慈愛に満ちた表情でも美貌でもない。あるいは彼の恋人モード・ゴーン自身でさえもない。つまり、現代のアイルランドあるいはモード・ゴーンはアイルランドの魂の面影を現出させるためのメディアにすぎない。未来から現在を回想する詩的想像力の眼によってのみ捉えることができる「あなたの面(おも)に映る悲しみ」の面影、「悲劇の相」を愛しているのであり、それが詩人にとっての愛すべき詩的リアリティだとみているからだ。そしてその愛の対象は、「巡礼の魂」に象徴されているアイルランドの不滅の魂、その体現者であるカルディの面影である。この詩を書いた二四歳の頃、イェイツは、彼が当時、カルディの現在の継承者と考えていたマダム・ブラヴァツキーの神智学協会にすでに入会しているが、モードはこの頃、ちょうどこの協会に入会している点を思い出したい。

このようにみれば、ここにおける実体と面影の逆転は、オスカー・ワイルドが「虚言の衰退」のなかで掲げた芸術至上主義のかのテーゼ、「自然は芸術を模倣する」という芸術と自然の関係における逆説とは一線を画すどころか、根本的にまったく異なる次元に立っていることは明らかである。イェイツにとって芸術美でさえ、不滅の魂を形容するメタファーの一部にすぎないからである――「芸術は高慢になりすぎて、芸術をさしおいて、理想を独占しようとしている」[12]（「アイルランドと芸術」）。

その意味で、彼にとってのリアリティとは、「序章」で触れたウィリアム・ブレイクにとってのそれに酷似しており、さらにいえば、宗教的儀式で用いられる仮面を前にして古代人が抱くところのリアリティにきわめて接近しているといえる。換言すれば、イェイツが描こうとする世界は、素朴な信仰によってこそ幻視される魂の世界（「世界が創られる前」）であって、その魂の世界の比喩として用いられるためにこそ現実の世界は存在しているということになる。

イェイツの神話的世界をレヴィ＝ストロースが提唱する「構造主義」的な方法を用いて解こうとする試みが、ことごとく平板で機械的・合理的な解釈に陥り、失敗に終わるのもこれによりすぐにも説明される。唯物論を前提に構築された構造主義は呪術を古代における「科学」であると捉えることで、人間の実存にかかわる信仰の問題を完全に排除してしまっているからだ。もちろん、この作業によって排除されたものは普遍化できない先に述べたフッサールがいう意味での「間主観的」なもの、面影の問題である。

あるいはイェイツの詩に魅せられ、彼の用いた神話・民話やメタファーを盗用し、彼の文体を真似た作家たちの作品が、こういってよければ〈偽札〉のように映るのも、これにより説明することができるだろう。それらの紙幣には「ファンタスマゴリア」の技法によって描かれた〈魂の透かし絵〉が刻印されていないからである――「馬鹿な奴らが　僕の神話の上衣を盗んで　自分で仕立てたとばかりに／粋がって着込んでいやがる。歌よ、そんな上衣、奴らにくれてやれ。／裸で歩く方がいくらもましというものさ」(「上衣」"The Coat," *The Poems*, p.178.)。

上衣を捨て裸で歩こうとも、彼の優れた宗教的感覚を礎にして生み出されたこの詩法、これを身につけた彼の作品世界は、その独創的な価値をいささかも変じることはない。彼のこの詩法それ自体が「ミイラがミイラ布に包まれているように／私が心の放浪に包まれた」「上衣」にほかならないからである。

5　魂のリアリティを凝視するハムレット

世界大戦という文明の滅亡という危機的な現実を前にしてすらも、彼はこの「第一原理」を手放すことはけっしてなかった。「ラピス・ラズリー」("Lapis Lazuli," 1938)や「メルー」("Meru," 1934)に示唆されているとおり、彼にとってのリアリティは、大戦という途方もないこの現実を前にしてすらも、カルディの面影を映す「瑠璃の石に刻まれた中国の隠修士」や「インドのクロー・パトリックとダーグ湖である聖地メルーを巡礼する聖ケラハの生まれ変わりである一人のインドの巡礼の僧侶、シリ・プロヒット・スワミ」(「一人のインド僧侶」)の方にあったからだ。ちなみに、「ラピス・ラズリー」に表れる瑠璃石に彫り込まれた中国の三人の隠者たちの姿に、イェイツは「メルー」の賢者、「聖ケラハの生まれ変わりであるスワミ」の姿を重ねている。それと同時に、高十字架(ハイ・クロス)――そこには各修道会の創始者の姿が彫り込まれていることが多い――に彫り込まれている聖者・カルディたちの姿を重ねているとも考えられる。その「瑠璃の石(ラピス・ラズリー)」にはカルディをしるしづける「一人のインド人僧侶」に表れる「鳥」が彫り込まれているからである――「二人の中国人と、そのあとに従うもう一人が瑠璃に彫り込まれている。彼らの頭上に足長鳥が舞う」。

「それらのイメージ」に表れる以下の詩行も、この文脈のなかで理解されるだろう——「けっして私はモスクワやローマに行けとはいわない。／そんな卑しい仕事は放棄して、詩神たちを自分の家に招き入れなさい。……中空に翼で飛ぶ鷺を見つけ出しなさい。詩神たちに歌わせる五感を掴みなさい」（*The Poems*, p.366.）。ここにおける「モスクワやローマ」が意味するものは世界大戦という途方もない歴史的現実である。これと対比（反定立）されているもの、「中空に翼で飛ぶ鷺」は「ラピス・ラズリー」に表れる「陽気な」「三人の老隠者」の上を舞う「足長鳥」と同じ意味の別の表現だからである。しかもこの老賢者の姿を「ベン・ブルベンの麓で」の草稿の詩文において、お遊戯に興じる無垢な子どもたちのイメージに重ねようとしているところは興味深い——「戦争がモスクワ、ベルリン、ローマから起こったって、それがどうした。子どもたちよ、お手々を繋ぎ、輪になって踊れ」（*Yeats: Last Poems*, p.228.）。

だからこそ、悲劇と対峙する「ハムレットもリアも陽気」、あるいは「老いてきらめく三人の隠者の眼は陽気」でいられるのである。あるいはまた「ライオンを前にしてすら、ハムレットは瞬き一つしない」（*Autobiograhies*, p.93.）のである（＊ドラムクリフ修道会の高十字架に描かれている「獅子の穴のダニエル」からもわかるとおり、ライオンを前にして立つ聖者の姿は、アイルランド修道会お馴染みのテーマであった点にも注目）。

世界の隅々から大砲の音が鳴り響こうと
ミイラがミイラ布に包まれているように
私の心が瞑想に包まれて
身じろぎ一つしない　そんな心をもちたい
……
祝福された者が踊る世界へと向かう

あの思念に結びついてくれるのであれば、
ミイラがミイラ布に包まれているように
私が心の放浪に包まれていてくれるのであれば、
ほかに何もいらない（"All Souls' Night," *The Poems*, pp.280-2.）

（＊ここにおける「心の放浪」と「ミイラ布」は「巡礼の魂」あるいは「祝福され踊る者」としてのカルディの精神とその系譜が暗示されており、その系譜のなかにイェイツ自身やこの詩に表れる彼の「友人」であった「マクレガー・メイサーズ」も含まれている。）

イェイツにとって、現実はリアリティである魂を映す比喩（虚構）としてしか捉えられていないからである。イェイツにとって「ハムレット」は、リアリズムという名の「蝿を食らって痩せさらばえたハムレットに非らず／空なる眼球を持つ中世の肥えた夢想家」（「彫像」）としてのイメージを有しているのであり、彼は「知識など虚構を増すのみ／［リアリズムの］鏡に反射する鏡が写す映像などただの見せかけにすぎぬことを悟った」（「彫像」）「ピタゴラス」の原理に生きる者、その象徴的な存在であると捉えられているのである。

これゆえにハムレットは、人が映画の映像に映るライオンに瞬き一つしないように、彼が「虚像」にすぎないとみるリアリズムの鏡、そこに写るライオンの映像、すなわち現実の「ライオンを前にして瞬き一つしないのである」。もっとも、『自叙伝』に表れるこのくだりは政治的闘争の文脈のなかで表れている。ただし、それは王子ハムレットが「他者との闘争」を意にもかけず、内なる眼で「自己との闘争＝葛藤」を凝視する者、「内的戦いの闘士」（*Autobiograhies*, p.47.）を読者に想起させるためにこそ逆説的に政治的文脈のなかに置かれているのである。

だが、獅子を前にして瞬き一つしないはずのハムレットは、父の幽霊に怯えなければならない。彼にとって死者こそ生者にとっての絶対的他者、己に憑依する「反対自我」としての「仮面」であり、そこに彼は真のリアリティを据えようとしているからである。死後を含めた魂＝生のあり方にこそ、彼の関心事があった。少なくとも、イェイツは『ハムレット』

をそのように読む――「ハムレットは死後どのような夢をみるかわからないとして『短剣の一突き』を断念した。だが、それはたんなる文学的空想ではなかったのだ」（「月の静寂を友として」*Mythologies*, p.315.）。「第四章」のなかで詳しくみていくが、「人とこだま」において、イェイツがかの有名な『ハムレット』の夢について述べた独白のセリフを敷衍させているのもこの文脈のなかで説明できる。

6　イェイツ・コード、魂のリアリティの暗号＝反記号

「アメンボ」（"Long-Legged Fly," 1939, *The Poems*, pp.386-7.）に表れる「皇帝シーザ」もこの文脈のなかで充分説明が可能なはずである。軍事・政治的にケルト（ガリア）の支配者になったシーザは、それにもかかわらず「水面を走るアメンボ」の足先、あるいは「システィナ礼拝堂の天井にアダムを描くミケランジェロの指先」のように、心の面（おも）に虚構の世界地図（精神の地図）を描いている。つまり精神の地図においては、いまだケルトの内なる精神（魂）は皇帝シーザの強大な現実の政治権力をもってしても、その支配下に置くことができない、そのことの証として、詩人はシーザをあえてここに登場させ、彼に心の世界地図を描かせているとみることができる（＊「第八章」で詳しく検証していくとおり、「悪魔と野獣」において最終連で唐突に「聖アントニー」が表れるのもこの同じ理由による）。「カエサル（政治）のものはカエサル、神（魂＝内的詩の世界）のものは神のもの」であり、現実の世界の地勢図を描くことと、魂の世界地図を詩的に描くことは次元の異なるリアリティを前提とする問題だからである。もちろん、二つの異なるリアリティ、その混同は新聞の社説欄（時事問題）と詩とを「朝食のテーブル」のうえに同列に並べて読もうとすることとまったく同じように、詩人にとってとうてい認められるものではない。前者は「証拠が変われば（形相まで）変わってしまう移ろう歴史」の産物、すなわち虚構（リアリズムが描く「個性／性格」）にすぎず、それは「聖者と傴僂（せむし）」（"The Saint And The Hunchback," 1919）における「傴僂（せむし）」の証言によれば、シーザ、彼のもつ絶大な権力も名声も「傴僂（せむし）の瘤」と等価である――「私は失った名声に苦しみ悶えております。ローマ

のシーザがこの背中の瘤の下に抑えられておりますのじゃ」(*The Poems*, p.218.)。一方、後者は「不滅の魂の歴史」、つまり真のリアリティ(ピタゴラスが描く「人格/情熱」)だとみなされている(したがって、「アメンボ」、「ラピス・ラズリー」、「メルー」もまた「ファンタスマゴリア」の技法によって描かれていることがここに確認される)。

とはいえ、この場合の魂の世界は、「世界が創られる前」の読解を通じてすでにみてきたように、プラトンがいう超越的イディア(理想美)の世界を意味していると捉えることはできない。むしろ、その逆であるとみなければなるまい。プラトンにとってこの世はイデアを映すファンタスム、虚像＝影にすぎない。だが「仮面」の詩人であるイェイツにとって、この走馬灯に映る影の世界こそ真に実在する魂の世界、その象徴として捉えられるべきものである。イェイツにとって現実は「透視ランプ」のなかの一本の蝋燭に映し出されるシルエット＝魂の暗号になるためにこそ存在していると言い換えてもよいだろう。

したがって、このテーゼはマラルメ(Stéphane Mallarmé)のかの有名な詩的テーゼ、「世界は一冊の書物に吸収されるために存在している」という象徴主義の命題とも一線を画している。美の純粋性を求め、歴史を濾過・純化させ、世界をモナド化しようと目論むマラルメ、彼が描く詩的宇宙には魂の歴史などまったく描かれていない。そもそもいっさいの歴史を排除することを企む彼にとって象徴とは、歴史を表現するための手段とはなりえない。前期イェイツの象徴詩的な側面においてマラルメが決定的に重要な影響を与えたにもかかわらず、最終的に二人が袂を分かつのも、この歴史そのものに対峙する二人の決定的な違いによるだろう。すなわちイェイツは自身の詩的世界のなかに歴史を受け入れる一方、マラルメはそれを不純なものとして完全に拒否しているということになる。世界を閉鎖的な「モナド(単子)」としてではなく、アイルランドの魂の歴史の「大いなる一枚のつづれ織り」として理解するイェイツ、彼は偶然の時の束でできた現実の歴史に対してはつねに厳しい眼差しを向けている。だが、歴史そのものの存在と意義については否定するどころか、強く肯定している。この点においてイェイツの世界観はニーチェが思い描く世界観にきわめて接近しているとみることができる。事実、イェイツがマラルメの象徴主義から脱することができたのは、一九〇三年以降「目を悪くするまで読み込んだニーチェ」の強い影響によることは疑いえない。時空を浮遊するマラルメ的想像力とは異なり、時空を超えていくことを希求するイェイツ的想像力は、ニーチェと同じように、足場である大地とそこに宿る歴史（土地の記憶）を失えば、そこから飛翔することさえできなくなってしまうからだ。

イェイツがドロシー・ウェルズリー（Dorothy Wellesley）に宛てた「一九三七年五月四日の手紙」のなかに表れるマラルメに対する批判はこの文脈のなかで理解される――「私はロジャー・フライ訳でマラルメを読んでいます。……彼の詩の理念はいま私が歩んでいる道とは異なりますが、合法的な道ではあります。彼は歴史から逃れています。あなたと私は歴史のなか、精神の歴史の只中にあります。あなたの作品「炎」には私の詩「邪悪な気狂い老人」と同様に日付があるのです」（*The Letters*, p.887.）。イェイツが一八九四年にマラルメとの面会を求めてパリに赴いたものの彼に会うことができず、その代わりにその数年後、アルフレッド・ジャリの残酷劇、『ユビュ王』の初演をパリで観劇し、そこに「マラルメのあと凶暴なる神があるのみだ」（「悲劇的な世代」"The Tragic Generation," 1922, *Autobiographies*, p.349.）、すなわちニーチェ的な意味での「野蛮なる歴史」を幻視したことも、この文脈のなかで説明できる。このことは、「レダと白鳥」（"Leda and The Swan," 1924）からも確認することができる。そこでは、たんなる現実の歴史の背後に潜むこのような戦慄あるいは暴力として存在する「野蛮なる歴史」が象徴的に見事に描かれているからである。

そうだとすれば、イェイツにとっての魂の歴史を象徴させるために用いられる暗号の意味、それは通常の暗号の概念そのものをさえ逆説化するものであるとみなければなるまい。通常、暗号には予めそれが指示する明白な現実的な意味や実在物が存在し、すなわち現実のなかにリアリティがあることを前提にしたときにかぎり機能を果たすものである。したがってこの場合の暗号とは、特定の人物以外の者に対する隠蔽を目的とした〈暗い記号〉の意ということになるだろう。一方、イェイツが用いる暗号とは、心の奥底に主体的に存在（実存）する明示しがたい不滅の情念（パッション）である魂の歴史、それを一旦、世界を暗転化することによって顕在化させるところの暗号、いわば〈明るい反記号〉の意とみなされている。本書の表題に掲げた「イェイツ・コード」はこの意味で用いている。要するに、イェイツ的コードは現実の世界のリアリティにその対象をもたず、独自のコード体系、魂の歴史＝「大いなる一枚のつづれ織り」のなかに「ファンタスマゴリア」の技法をとおして顕現されるもの、詩的リアリティのなかにのみ存在するものとして意味づけされた世界、一つの面影といって差し支えない。このようにみれば、プラトンともマラルメとも決定的に異なるイェイツの「仮面」の詩学、それは人間の営為としての歴史性を肯定するところに求められる。

7　古代的呪術＝ディンヘンハスの復権を目指すイェイツ

アイルランドの詩人、イェイツにとって自己の詩魂のルーツがどこにあるのか、それは彼の文学的実存性にかかわる最も重要な「関心事」であって、様々な現実の問題は、この関心事と直接結びついたときにかぎり、はじめて意味が生じてくるものである――「芸術が目指すものはそれが要請する強烈な関心事（'preoccupation'）において宗教の目指すところとほとんど変わるところはない」（「サウィン」）。さらにこのことは、「月の静寂を友として」の以下のくだりにはっきりと主張されている。

だが、ジョンソンとダウソンは人生を見出し、夢から目覚めようとする人の真面目さを備えていたのである。すなわち二人は、一方は人生と芸術において、もう一方は人生はともかく芸術において、一貫して宗教に関心（'preoccupation'）を寄せていた。……私たちは、自分の思考から疑いの種を隠すことによって偽りの信仰を抱いてはならない。なぜならば、信仰とは人間の知性の最も高い成果であり、人間が神に対して捧げることができる唯一の贈り物であり、それゆえ信仰は、誠実に捧げねばならないのである。（*Mythologies*, pp.331-2.）

したがって、複数形の関心事はそこから派生する様々な現象にすぎないといっても過言ではあるまい。「我が作品のための総括的序文」全体にわたって記されていることの真意もこのことに尽きるのであり、その表現にある種の憤りが伴っているのは、このことが未来を担う当時の若い詩人たちにまったく理解されていないという実情に、死を前にする詩人が焦りと苛立ちを覚えているからである――「若いイギリスの詩人たちは夢と個人的感情を拒否している。彼らはあれこれの政治的党派に自らを結びつけるような意見を考案し、複雑な心理を使い……人間はこれまで眠っていた。今こそ目覚めなければならないなどと述べるに終始しているのである」(「総括的序文」Ⅳ：いずこに *Essays and Introductions*, p.525.)。

政治的な問題を詩の主題に持ち込むことを徹頭徹尾否定しているはずのイェイツが、自身の様々な作品のなかで政治問題を(否定するために)多弁に語るというこのパラドックスも、これにより充分説明できる。したがってこのパラドックスを、「否定は関心の裏返し」などといった政治好きの読者にとっていかにも都合のよい心理学上の一般論、これによって結論づけてしまうのはあまりに短絡的である。

このことは先述した「ラピス・ラズリー」、「メルー」にみられるリアリティの逆説、あるいは皮肉を込めて政治と文学の関係を記した「政治家の休日」("The Statesman's Holiday," 1938) や「政治学」("Politics," 1939) で用いられた政治に対する皮肉なエピグラフからも確認できるだろう――「現在では人間の運命のもつ意味は政治用語で表現される」(「政治学」のエピグラフにつけられたトマス・マンの言葉 *The Poems*, p.395.)。詩人イェイツが最も恐れているのは、彼の詩的リアリティが読者に「政治用語で表現される(すり替えられる)」ことによって、彼が描いた魂の歴史が歴史学と政治学の前提となるリアリズム、あるいは実証性によって矮小化されてしまうことだからである。

イェイツはこのような特殊な意味でのコード化された世界、「ファンタスマゴリア」を自身の作品全体に通底する「第一原理」に相当する詩の技法とみている。だが同時に、彼にとってそれは古代的儀礼としての宗教の技法、呪術をも意味していた。彼にとって芸術と宗教、技法と儀礼は表裏一体、けっして区別して考えることができないものだったからである。先に引用した「サウィン」の一節から、このことはすでに確認したところである。その意味で、(先述したマラルメとの違いからも察せられるように)、芸術至上主義を謳う象徴派の詩人たちが用いる「ファンタスマゴリア」とイェイツのそれとを同一視することはできない。象徴派の詩人たちにとって「ファンタスマゴリア」が自身の想像力を自由に操るための詩的技法にすぎないとすれば——「私はファンタスマゴリアを自由に操ることができるのだ」（ランボー『地獄の季節』）、イェイツにとってそれは死者の魂を呼び出すための文字通りの意味での呪術（宗教的儀礼）でもあったからだ——「太古においては、芸術と宗教は不可分の関係にあった」（「アイルランドと芸術」）。

「ファンタスマゴリア」のなかに古代の宗教的儀礼をみようとするイェイツの発想、それは宗教的感覚を喪失して久しい西洋の近代的思考に照らして判断するならば、いかにも奇妙で違和感を覚える奇想にもみえてしまうことだろう。だが、東洋古来の思考に身をおけば、それはけっして奇想とはいえまい。むしろ、馴染み深いものでさえある。〈東洋のファンタスマゴリア〉である「走馬灯」を用いて、死者の霊、面影を呼び出す風習を私たち日本人の多くは、いまだ暗黙のうちに継承しているからである。

たとえば、盆の折、親族や先祖の霊を彼岸から此岸に呼び出すために用いられる走馬灯（回り灯籠）などその一例である。あるいは送別式の折、今は亡き人、自己と隣人の面影を呼び出すために用いられる「枕詞」——「面影（想い出）が走馬灯のように駆けめぐります」なども、その例として挙げることができるだろう（＊折口信夫によれば、枕詞とは元来、地霊を呼び出すための呪文の一つであったという）。

イェイツは「走馬灯」のもつこのような呪術的意味、それをアイルランド詩の伝統的な形式、「ディンヘンハス」のなかに見出す。そして、それを近代の象徴派の詩人たちが用いた手法、「ファンタスマゴリア」にうまく接続させていくことで、彼一流の詩法をつくりあげていった。先述したようにイェイツはそれを「仮面（の詩法）」とも呼んでいる。

「ディンヘンハス」とは、「丘、高み」を意味する「ディンド」（'dind'）と「故事」を意味する「シェンハス」（'senchas'）との合成語であるが、一般的には、地名の由来を述べ、神話の基となった語源を説く形式の詩（ときに説話）であると定義づけられているようだ。そのなかには、最古の稿本とされる『レンスターの書』（*Orgain Denna Rig*）をはじめ、英雄クフーリンの活躍を記した『クワルンゲの牛捕り』（*Tain Bo Cuailnge*）などの叙事詩も含まれている。この定義に対し、ここで異論を挟むつもりはない。ただしこの定義は、近代人による近代人のための定義、すなわち近代的思考のパラダイムを基準にしながら、古代の思考を近代人でも理解できるように、近代的な文脈に移し替えて翻訳（再解釈）したものである点を予め考慮しておく必要がある。つまり、その定義にはディンヘンハスのもつ古来の宗教的な意味が大いに損なわれているということだ。その損なわれた宗教的部分、それは「憑依の文法」ともいうべきディンヘンハスの呪術的な要素、つまり古代宗教にみられる儀式的な側面であるといってよいだろう。

ロビン・フラワーの古典的名著、『アイルランドの伝統』によれば、ディンヘンハスの形式には、アイルランド独自の歴史認識が色濃く反映されており、その認識の方法を近代の歴史認識の基準に照らして測ることはおよそできないという——「過去の事象の不確かな記録を現代の明白な証言によって権威づけるために、その証言を得ようと死者が呼び出されたのである」[13]。その歴史認識とは、一口でいえば、憑依信仰によってのみ成り立つ、死者の証言に基礎を置く古代的な思考である。それはあたかも、歴史自体の真偽（キャノン／正統性）を問うための古代的宗教裁判の様を想起するに充分なものがある。

この点について具体的に説明すれば、次のようになるだろう。古代アイルランドにおいては、正統なる歴史は目撃者の証言に基づくものだけである。だが、証言者はすでにこの世を去っている場合が少なくない。このような場合には、死者の霊を証言台に呼び出すことのできる特別な存在が必要となってくる。キリスト教文化圏において、それが許されるのは聖職者だけに限られる。キリスト教においては、心象史学（アナール学派）の重鎮であるジャック・ル・ゴフが『煉獄の誕生』においてすでに検証しているとおり、「煉獄の概念」が誕生する十二世紀までは、非聖職者の前に幽霊が現れることさえ許されていなかったからである[14]（＊「煉獄の概念」が発生したのは、アイルランドである）。

ただし、各々の土地固有の歴史を証言する地霊を呼び出す聖職者は、一定の教区内に留まってその任務を果たす修道院長、司教、司祭のような者たちでは、その責任を負うことがむずかしい。そこで意味をもってくるのが、日本の琵琶法師のように諸国をめぐる巡礼の修道僧たちの存在である。その巡礼の修道僧こそ、本書で繰り返し話題にしている「カルディ」

と呼ばれる者たちである。彼らは地霊たちが宿る墓場や井戸を訪れ、そこで「死者のための祈り」を捧げる。[15]多くの『聖パトリック伝』にも、死者のための祈りを行なう聖パトリックの姿が描かれているのも、そのためである。すると、そこに地霊が現れ、土地に纏わる自身の生前の出来事について語り始め、僧侶は地霊と対話を試みることになる。この場合、修道僧に現れる地霊の多くは騎馬の者たちである。その死者の証言や生者と死者の対話がやがて詩歌となるとき、そこにアイルランド詩の大いなる伝統、ディンヘンハスの形式が誕生することになる。アイルランドの最古の叙事詩がすべてこの形式によって記されているのはそのためである。それがのちに対話形式から独立して神話・伝承となっているものなどが多く含まれているものの、そのような神話・伝承は意外にも新しいものであり、『オシアン』がそうであるように、近代が生み出した創作品である場合も少なくない。ディンヘンハスの一つであるアシーン神話、その最古のものがほぼ例外なく聖者パトリックと騎士アシーン、二人の対話形式で記されているのもこの理由によってうまく説明できる。

したがって、「民話や神話がキリスト教よりも古い」、あるいは「キリスト教によって本来の神話が捻じ曲げられている」などといった発想自体、アイルランドにかぎれば、きわめて近代的な思考に基づく一つの言説（偏見・幻想）にすぎない。なぜならば、ディンヘンハスは文学である前に、死者の証言に基づく歴史そのものなのであり、その歴史の証言に妥当性・正当性を与えるものは死者であり、その証言を語る者は、個性とは無縁の琵琶法師＝霊媒師、カルディたちだからである。つまりアイルランドにとってのディンヘンハスは、日本人の読者にとっての『平家物語』とほぼ同じことを意味していることになるだろう。それならば、これらの神話群のなかにキリスト教のバイアスやカルディたちの各個性を読むこと、その無意味さは、『平家物語』のなかに仏教によるバイアスや琵琶法師たちの各々の個性を読むこと、その無意味さとなんら変わりはない。イェイツが「我が作品のための総括的序文」の「Ⅲ：文体と姿勢」において、語気を荒らげて以下のように強く主張する背景にもこの理解がある。すなわち彼の主張の背景には、自己を無にして、イェイツの言葉を用いれば「自己を放棄して」（『ヴィジョン』「大車輪」）心を死者に貸す琵琶法師、カルディの面影が映っているということである。「はじめに」と「序章」においてすでにある程度検証を試みたとおり、この「Ⅲ：文体と姿勢」で語られている彼の作品全体を通底する唯一つの主題とは、「Ⅱ：主題」で語られている聖者パトリックに体現されるカルディの系譜にほかならないからである。

私は視点の文学というものを憎んでいたし、その憎しみは、現在、ますます増すばかりである……個性的なもののすべてはすぐに腐るものだ。だからそれはぜひとも氷漬けにするか、塩漬けにすべきだ。……かくして私は、伝統的な詩歌を選ぶ。私が変更する作品でさえ、伝統的にみえなければならないのである。……私に向かって独創性について云々する者があるならば、私はその者たちに向かって怒りをぶちまけることになるだろう。（*Essays and Introductions*, p.522.）

イェイツの初期の作、『アシーンの放浪』が対話形式によって記されているのも、ディンヘンハスのこの伝統を踏まえているからである。したがって彼は、互いに異なる教義をもつキリスト教の宗派、その各々の差異をまったく無視し、「キリスト教」という名のもとにいっさいの宗派を一元的に捉え、そのうえで古代アイルランドとキリスト教の精神を二項対立させるために対話形式を採用しているわけではない。[16] すでに「序章」に引用したオリビア・シェイクスピア（Olivia Shakespear）に宛てた手紙のなかで彼自身がはっきりと証言しているように、この作品の「唯一のテーマは『動揺』と同じように」、二つの精神の間の対立ではなく、「葛藤」にあるからだ。

この作品のなかで、異界めぐりを語るアシーンがまず聖パトリックに請願を立てているのが、その一つの根拠となるだろう——「ああ、パトリックよ、汝の真鍮の鐘にかけて誓うが……」（'O Patrick, by your brazen bell.....', *The Wanderings of Oisin, The Poems*, p.3.）。ディンヘンハスの伝統においては、請願は最初に聖者に対して行なわなければならず、この場合、請願は聖者に憑依したことの証となる。これゆえにアシーンは、自己を含むいまは亡き者たちの記憶、幽霊としての面影を聖パトリックの心に憑依させ、自身の面影と「いまや雪のように白く、青ざめた幽霊となった騎士たち」の面影（土地の記憶）を呼び出し、聖パトリックの心という走馬灯のなかを駆けめぐらせているのである（*The Poems*, p.4.）。この作品のなかにイェイツ自身の郷里、スライゴーの地霊が宿る場所、ノックナリー（メイブの墓＝ケアンがある山）を巧みに忍ばせているのも、この大いなる伝統を踏まえているからにほかならない――「積石の塚、草生す小山にさしかかった。情熱の血をたぎらせた女王メイブもいまはその塚のなかで石のように静か」（*The Poems*, p.1.）。ケアンは、聖者に土地の記憶を体現する地霊たちが宿る地点を知らせるためのしるしなのであり、そのしるしを前にして、はじめて聖者パトリック（カルディ）は霊媒師／詩人、すなわちアイルランドの琵琶法師としての聖なる務めを果たすことが可能となるからだ。

あるいはこの詩において、アシーンの異界の「舞踏の島」で過ごした面影の背景として、いかにも森の隠修士・カルディの修道の庵を象徴する「編み枝、粘土、獣皮できた家」「編み枝作りの殿堂」（'A house of wattles, clay, and skin'; 'wattled hall'; *The Poems*, p. 7,9.）が対立することなく共存している様子が描かれているのも、このためである。ここでは「ドルイドの深い眠り」のなかで、踊る若者たちが「編み枝作りの殿堂をすり抜けていった」様子が記されている点に注意したい。ここには「舞踏の島」にも森の隠修士たちが若者を訓練するための「編み枝作りの殿堂」＝修道院学校が存在し、彼らはそれをサボって踊りに興じている様が暗示されている。つまり、この「編み枝作りの殿堂」は一方において、生まれたばかりのアイルランドの「魂を神のもとに正しく誘う（小枝で編んだ）揺籠」（「ベン・ブルベンの麓で」）の意味でも用いられている。だからこそ、「汝［聖パトリック］の教会」は「編み枝作り」（『アシーンの放浪』）であるとアシーンは証言しているのである。

この点を踏まえると、アシーンが「今では大嫌いな断食と祈祷の二つだけだ」は意味深長なものとなるだろう。つまりアシーンは以前に「断食と祈祷」が存在しなかったといっているわけではなく、修道僧＝教師たちが若い学僧たちに勧める断食と祈祷を行なうキリスト教的な時間だけではなく、野原で自由に遊べるドルイド教的な（あるいは英雄神話の）時間もあった、つまりかつてはドルイド教とキリスト教、英雄と聖者とが〈共存＝共生・共死〉した豊かな文化をもつ時代であったと主張していることになる。

ちなみに、「イニスフリー湖島」のなかに「編み枝」、あるいは「蜜蜂の巣」が登場するのも、この同じ理由による。ディンヘンハスは、英雄神話（ドルイド教）の時代とキリスト教の時代が葛藤を伴いつつも〈共生・共死〉することができた時代、そのなかで発生したアイルランド詩の伝統的な形式だからである。つまりイェイツは、アシーンが異界への旅路に赴くとき、すでに英雄・騎士の時代、ドルイド教の時代はキリスト教と共存していたことを暗示させるために、「編み枝の家」「編み枝作りの汝の教会」というメタファーや「今では大嫌いな断食と祈祷の二つだけだ」という暗示を用いていることになる。その前提には、聖パトリックが五世紀にアイルランドに渡来したカトリックの司祭ではなく、そのはるか以前に渡来したドルイド・キリスト教徒、すなわちカルディの祖父である、というイェイツ独自の歴史認識がある。

8　聖パトリック五世紀渡来説VS聖パトリック二世紀渡来説

かかる歴史認識を、詩人が自己の詩的世界を正当化するために抱いた妄想にすぎない、と嘲笑することはできまい。そのように批判するためには、まずは聖パトリックが五世紀にカトリックの司祭としてアイルランドに渡来し、彼の布教によってアイルランド全土が瞬く間にキリスト教化されていったというかの言説、その歴史的根拠を示す必要があるからだ。五世紀キリスト教伝播（カトリック布教）説こそ、なんの根拠もない妄想であるのかもしれないのである。

実際、ここ最近の聖パトリック研究においては、五世紀、そのはるか以前からすでにアイルランドがキリスト教文化圏にあったことが、いまや歴史学・考古学・神学上の常識にさえなりつつある。[17] エジプトのプトレマイオスが『ゲオグラフィア』（二世紀）のなかで記しているように、古代アイルランドは海路によって大陸（外部）に開かれた十五の海岸交易地域（その各々の位置まで測定、数値化されている）と内部を河川・湖水による水路で結ばれた多くの散所（集落）をもつ開かれた文明の島として知られていた点をも看過すべきではないだろう。あるいは『告白』のなかにアイルランドにすでにキリスト教徒がいたことが明示されている点にも注目したいところである。

またいまや、聖パトリックにかんする歴史認識も一変していることにも注意を向けたい。最近の最も支持されている学説の一つによれば、聖パトリックがあえて「地の果ての地」（『告白』）、アイルランドに渡来した理由は「この世の果てまで神の福音が述べ伝えられるとき、キリストの再臨の日が来る」（「私はすぐに来る」）という「マタイによる福音書」に記されている言葉を文字通り信じる、強烈な終末論的な思考を彼が抱いていたからであり、そのあまりに情熱的にして過激な教義のゆえに、彼はむしろ教会から異端視され、迫害・弾圧されていた（『告白』のなかに教会からの弾圧・迫害の模様が示唆されている）というものである[18]（＊アイルランド教会のもつ最大の特徴の一つ、強烈な終末意識、あるいはイェイツ詩の特徴である終末論的感覚も、これにより一部説明が可能ではないだろうか）。最も保守的な立場を取るとされる「オックスフォード派」の歴史・神学者のなかにおいてでさえ、たとえばこの領域における第一人者、チャールズ＝エドワード（T. M. Charles-Edwards）のように、この学説を取る研究者も散見されるのが実情なのである[19]。

イェイツはこのような現代の聖パトリック研究をめぐる動向など知るよしもなかったことはいうまでもない。だが、いくつかの著書をとおして、聖パトリックが五世紀よりはるか以前（二～三世紀）に渡来したという学説を承知していた点にも留意したい。たとえば、「Ⅱ：主題」に記されているように、彼は「ケンブリッジ大学のバーキット教授の示唆」により、R・アーディル（Rev. John Roche Ardill）著『聖パトリック　一八〇年渡来説』を熟読しており、そのことは「Ⅱ：主題」からだけでも裏づけることが充分可能である。この著書を踏まえて記している箇所が随所に表れているからである。「大論争」「復活祭（論争）」「ドルイド剃髪」「司祭（制）に対立する修道僧（修道会制度）」「（アウグスティヌスによるカトリックの三位一体と一線を画す）聖パトリックの『告白』の「信条」に表れる三位一体」、「ドルイド／キリスト教徒としての聖パトリック」、「ドルイド／ケルト的残虐性（＝供犠の問題）」、「七世紀のウィットビー宗教会議と古代アイルランド教会の消滅」、「古代アイルランド教会に対する（カトリック）による迫害（宗教会議＝異端諮問）の歴史」、いずれの問題もアーディルがその著書のなかで詳しい歴史考証に基づき徹底的に論じている歴史的な事象である。これが偶然の一致とはおよそ考えられない[20]。

また、これに先立って一八六八年に出版されたR・S・ニコルソン（R. Steel Nicholson.）著『聖パトリック 紀元三世紀のアイルランド使徒』を彼は初期の頃（おそらく『アシーンの放浪』を書いていた頃）にすでに読んでいた可能性が高いことも指摘しておきたい（W・H・オドネールの編纂による『イェイツ　後期散文集』*Later Essays Volume V* の註 **p.412** にもこの点についての指摘がある）。ちなみに、この著書ではアシーンと聖パトリックは同時代人と位置づけられているが、この歴史的真実が捻じ曲げられたのは「聖パトリック五世紀渡来説および近代の捏造品である『オシアン』による」という。なお、イェイツがマックファーソンの『オシアン』に対立する「古老との対話」を『アシーンの放浪』に下敷きに用いた理由は、『聖パトリック　三世紀のアイルランド使徒』の影響によるかもしれない[21]。「オシアンの捏造説」については先述のロビン・フラワーも同じ見解に立っている点に注目したい。これらの著書には、現代の聖パトリック研究や古代アイルランド研究を先取りするように、一般に「英雄・神話時代」に位置づける時代の古代アイルランドが、実は高度な知を有し、英雄と聖者が仲良く共生した時代であったことが強調されている。

もちろん、イェイツにとってそのような歴史的な根拠など存在しなくとも、彼のカルディ像はいささかも変わることはなかったはずである。彼は歴史的事実などというものに、そもそもなんの信頼も寄せていないからだ――「『金枝篇』や『人格論』を知る近代人ならば、聖パトリックの信条を歴史上のキリストや古代ユダヤ、あるいは歴史的な推移や移ろいゆく証拠などに左右されるいかなる考え方などに目もくれず、何度でも繰り返すことができるし、信じることさえもできるのである」（「Ⅱ：主題」）。

イェイツが当時、無名の学者、アーディルの著書を高く評価しているのも、これによって説明することができる。この書物はたんなる歴史の実証的考察の書ではなく、アイルランドの魂の歴史（宗教性）にまで深く踏み込んだ稀有なる歴史研究書だとイェイツがみているに違いないからである。そうでなければ、自らの作品全体を総括するために記されたきわめて重い意味をもつはずの「Ⅱ：主題」、そのなかであえて当時まったく無名の研究者の学説を持ち出す理由を説明することは難しい。「序章」で言及した詩「学者ども」からもわかるとおり、イェイツは当時の学者たちが抱いていた文学観や学問的な姿勢に対して大いに批判的な見方をしていた。この点から判断しても、自らの作品全体を総括するこの重要な散文においてアーディルの学説を取り上げて、自説の後ろ盾にするために言及することは異例の処置であったといえる。

9 「ファンタスマゴリア」と夢幻能

ディンヘンハスの大いなる伝統である聖者と英雄の対話形式、この様式によって現出される走馬灯の面影、それはイェイツ詩の「スタイル」そのものを特徴づけるものである――「影は形によってできるのである。スタイルをもった偉大な詩というものには、つねに聖者と英雄がいるのである」（「月の静寂を友として」）。ここでいう「影」とは走馬灯を駆けめぐる面影（記憶）のことであり、「聖者」とは聖パトリックを祖父とするカルディたちのことであり、「英雄」とはアシーンに代表される騎馬の者たちのことだからである。

このような文脈のなかで、改めてディンヘンハスを近代詩の技法、「ファンタスマゴリア」に接続させようとした詩人の意図を探れば、そこに顕在化されるものは、もはや一つしかあるまい。古代にみられる詩と宗教の技法が一体化したもの、呪術としての憑依の技法、これである。

ただし、イェイツ的「ファンタスマゴリア」の完成には、二つの異なる技法を一つに結び合わせるための架け橋となる存在、それが不可欠の条件であった。「ファンタスマゴリア」のスクリーンに憑依する（映る）霊たちは、西洋の光学装置、魔術ランタンによって生み出されたある種の見世物の要素を多分に帯びており、そこにはイェイツが求める素朴な信仰心に根ざす宗教的儀礼の要素が著しく欠けている。「Ⅱ：主題」の表現を借りれば、それは「郷里の幻影を一片の冗談に変えてしまう代物でしかない」のかもしれない。イェイツの最晩年の詩、「サーカスの動物たちの逃亡」において、彼の前期の作品世界が、一方においてサーカスの見世物小屋に喩えられているのはそのためである。

だが、イェイツは次元の異なる二つの技法、その狭間の架け橋になるものの存在をのちに知ることになった。それこそ、夢幻能の様式である。すなわちイェイツ固有の詩の技法としての「ファンタスマゴリア」、その成就には中世アイルランドと中世日本、ディンヘンハスの形式と夢幻能の様式、その奇跡のめぐり逢いが不可欠の条件であった。

この場合の夢幻能の様式とは、地霊であるシテ（主人公）を旅の僧侶（琵琶法師＝霊媒師）であるワキの夢（心）に憑依させることで、夢そのものを一つの聖なる劇空間に変える夢幻能固有の呪術／演劇的様式のことである。それはさながら、夢見るワキの心が一つの走馬灯と化し、そのなかを〈生の凝縮〉としての死者の情念が、肉体を纏った面影（影法師）となって駆けめぐり、静寂のなか篝火に照らされて魂それ自体が舞い狂うがごとくである。イェイツはこの夢幻能の様式のなかに、東洋の「ファンタスマゴリア」＝「走馬灯」を視、そこに生の凝縮としての面影を視たのである。それをもう少し具体的に説明すれば、以下のようになる。

イェイツが夢幻能のなかに見出したものは、まずは生を異化する死者の逆説であるといってよい。「日本のある高貴なる戯曲」で記されていることの要点は、以下のくだりに集約されているとみることができるからである――「真の生命は死せる人々によってのみ保持されている。このことを認識すればこそ我々はスフィンクスや仏陀の顔を深い感動をもってみつめるのである」（"Certain Noble Plays of Japan," 1916, *Essays and Introductions*, p.226）。

イェイツにとって、「死せる人々」としての「スフィンクスや仏陀の顔」、そこに映る生は現実の偶発的出来事の束なのではない。死せる人々は生のすべてを一点に凝縮するある原初的な出来事、煩悩あるいは業（西洋的に置き換えれば原罪）そのものを映し出しているからである。イェイツはそのことを夢幻能の死者たちの舞のなかに見出す。夢幻能の死者たちは生前の出来事のなかのある一点に舞い降りてきて、自己を呪縛する唯一つの出来事、生前の自己の生のすべてがその一点に凝縮されているある一つの記憶に降り立つ。それを軸に〈悪夢（トラウマ）の舞〉を舞う。そこでは、劇のプロットでさえも死者たちの舞のために必要な道具立てであるにすぎない。呪縛された霊たちにとって唯一つの願いは成仏することをおいてほかにはなく、そのためには自己の歩んだ生前の人生のすべてをある一瞬のなかに凝縮させて意味づけなければならない。その際、様々な偶発的に起こった生前の現実の出来事は成仏を妨げる不純な混ぜ物にすぎないと映るからである。すなわち、自己の生に対する唯一の統語論的な意味づけがなされなければ、成仏が果たされないことを死者たちは熟知しているのである。かくしてイェイツにとって、夢幻能の死者たちの死の面は生が凝縮された一瞬の出来事を映し出す鏡、生の逆説としての死の鏡、「仮面」となっていく。

ここからすぐにもわかるとおり、死者（幽霊）の視点から生を凝縮させて捉えるこの「仮面」の詩法は、「我が作品のための総括的序文」の冒頭に記されているイェイツの詩作の「第一原理」に位置づけられている「ファンタスマゴリア」の技法、その同じ意味の別の表現である。つまり「仮面」と「ファンタスマゴリア」はほぼ同じ意味であり、それはイェイツの詩作の「第一原理」にして、彼の作品にみられる一貫した「スタイル＝形式」そのものである。それは一見、夢幻能となんの関係もない「ビザンティウム」を表現する際にも、夢幻能の様式に見出した「仮面」＝「ファンタスマゴリア」の詩法が暗示的に記されている点からも確認できる――「死して化すは舞踏、舞踏は恍惚の激情と化し／死して、袖口一つ焦がさぬ炎の激情と化す」（「ビザンティウム」＊したがってこの詩もまた「ファンタスマゴリア」の技法を用いて記された詩の一つだとみることができる）。

このような夢幻能の様式のなかに、イェイツは地霊となった者たちが、〈アイルランドの琵琶法師〉ともいうべき巡礼の隠修士・カルディ、その口を借りて土地に纏わる物語、すなわち地名に宿る土地の記憶を語るディンヘンハスの伝統、その詩的形式の成就をみたのである。先述の「サーカスの動物たちの逃亡」において、先にみたとおり、自らの作品世界をサーカスの見世物小屋に喩えた詩人が、一方でそれを同じ詩のこの文脈において「夢の舞台」と記しているのはそのためだろう――「完璧な演技を身につけたからこそ／主役を任された／これらの夢の舞台の面（影）たち／彼らは純な心で育ったが、生まれたのはどこからか／……すべての梯子がはじまるところに我が身を横たえねばなるまい／心という汚れたぼろと骨で作られた　間に合わせのこの屋台小屋に」（"The Circus Animal Desertion," 1939, *The Poems*, p.395.）。

あるいは、『ヴィジョン』の「裁きを受ける魂」のなかでイェイツが、死後の魂は浄罪の第二段階、生前の行為を追体験する「夢見返し」（'dreaming back'）の状態に入るが、その状態を「ファンタスマゴリア」に置き換えたうえで、その世界を描いたものが『錦木』であり、この同じ状況がアラン島の司祭に憑依する幽霊の物語にもみられる、と記しているのもそのためである（*A Vision*, p.222 参照）。

アイルランド詩の大いなる伝統は、夢幻能の様式を媒体にして近代詩の文脈にたくみに接続され、こうして近代西洋の光学と詩学の技法、「ファンタスマゴリア」は、アイルランドと日本、極西と極東、二つの古代的叡智の奇跡的なめぐり逢いを通じ、一つの詩法となって再生・復権を果たすことになった。真の意味での面影の技法としての「ファンタスマゴリア」が発生した瞬間がここにある。

最晩年のイェイツの詩のほとんどがこの技法を用いて描かれているのは、その成就のなによりの証といえるだろう。「ベン・ブルベンの麓で」、「黒い塔」、「彫像」、「人とこだま」、「サーカスの動物たちの逃亡」、「慰められたクフーリン」（"Cuchulain Comforted," 1939）、「アメンボ」、「一本の線香」（"A Stick of Incense," 1939）、「デルフォイの託宣に寄せる知らせ」（"News for the Delphic Oracle," 1939）、「ダブリン市立美術館来訪」「青銅の頭像」「それらのイメージ」「失われたもの」（"What was Lost," 1938）みなそうである。そこでは、いずれも心という走馬灯のなかを、一つの情念と化した面影たちが聖者・カルディの「仮面」を被る詩人の声によって呼び出され、そのなかを駆けめぐっては消えていく様が、影を操る匠の技によって見事に表現されているからである。夢幻能がイェイツに与えた影響が戯曲に留まらず、詩作品においてもきわめて重要な意味をもっていることが、ここに確認される。

10　「ファンタスマゴリア」のスクリーン＝依り代としてのカルディの役割

走馬灯の世界としてのイェイツ的世界、あるいはその世界を描く「面影の技法」としての「ファンタスマゴリア／仮面」、その核心にはつねにアイルランドの琵琶法師、巡礼の隠修士・カルディたちの存在がある。メディア／メディアムである彼らの存在なしには、地底深く眠る地霊たちは此岸に現れる（呼び出される）術はなく、かりに運よく自力で現れることができたとしても、彼らが自己を表現する夢の舞台、憑依する心の居場所はどこにもないからである。彼らの「心」が巡礼の途上、路傍で拾い集めた「ボロ屑と骨」（'rag and bone' は「寄せ集め／ブリコラージュ」を意味する熟語）で作られた「サーカスの見世物小屋」の前に設置されたあの「あばら屋の露店」であろうが、その重要性はいささかも変ずるものではない。彼らの「心」という「夢の舞台」なしに、地霊たちは自己を表現（証言）する場所、「橋（がかり）を失ってしまう」（「サーカスの動物たちの逃亡」）からである。

その意味で、彼らは自らの心を夢の舞台として提供する夢幻能の旅の僧侶と同じように、イェイツの作品世界にとってきわめて重要な役割を果たしている。彼らの心そのものが、時空を超えて自在に駆けめぐるアイルランドの魂、面影（地霊）たちを映す詩的な場所、あるいは心のスクリーンの役目を果たしているからである。このことは先に触れた「月の静寂を友として」に表れるなんとも唐突なくだり、それをもう少し丁寧に読んでいくならば充分理解のいくところとなるだろう。

キリスト教の聖者と英雄はただ不満を抱くのではなく、自ら進んで犠牲を払うのである。……彼らはできることならば、自分自身と対立する自己（アンチ・セルフ）に似ることをつねに願っているのである。形（タイプ）によって形の影ができるのである。スタイルをもった偉大な詩というものには、つねに聖者と英雄がいるのである。

ここにみられる「反対自我（アンチ・セルフ）」、「影」、「聖者」、「英雄」、これら四つの奇妙な関係を一つに結びつける磁場、それは、「ファンタスマゴリア／走馬灯」に影法師を映すスクリーン以外には想定できない。「反対自我」とは「仮面」のことであり、「仮面」とは「ファンタスマゴリア」のことであり、そこに「英雄」の面影＝「仮面」を映すものは、「自ら進んで犠牲を払い」、「自己を進んで放棄し」（『ヴィジョン』）、走馬灯のスクリーンになる「聖者」の「仮面」だからである。『ヴィジョン』のなかで「月の二七相に」に位置づけている「聖者」をイェイツが以下のように定義している点を想起したい――「聖者は自己放棄を心がけるのである」。

夢幻能におけるワキとしての彼らの存在は、映し出された影法師の存在を邪魔することなく、むしろ引き立てるための特別な配慮のもとで、スクリーン全体にわたって薄っすらと描き込まれている。能舞台の背景となる依り代を象徴する聖なる樹木としての「松の木」(「松」という言葉には聖なるものの降臨を「待つ」という意味があるだろう)が描かれているように、イェイツの作品全体のスクリーンには、影法師の依り代となるカルディ、その大いなる系譜が、いわば透かし絵の手法を用いた一大絵巻として、「水面を走るアメンボ」の足使い=「ミケランジェロの指先の筆遣い」(「アメンボ」)によって巧みに描き込まれている。つまり、イェイツの「ファンタスマゴリア」の世界を現出させる絶対的な要素として、巡礼の修道士カルディは聖なる場所、「ディンド」(死者が眠る墓場のある「丘、高み」)をしるしづけるものと一体化し、そのことで彼ら自身が生きた依り代とならなければならない。イェイツの散文、「発見」に表れる以下のくだりはこのことを示唆するに充分である。

芸術の主題が宗教的なものになればなるほど、いわば巡礼の聖地のようにますます定着したもの(ステーショナリー)になっていくだろう。そしてそれが喚起する感情、あるいは私たちの眼前に現出される状況はますます古代的なものになっていくだろう。中世において、聖パトリックの煉獄巡礼に赴く巡礼者が湖の岸辺にいるとき、巡礼者はウロの木で作られた小舟を見つけ、それに巡礼者が乗ってかの幻視の洞穴へと向かったのはそのためである(*Essays and Introductions*, p.285.)

中世において、聖パトリックの煉獄巡礼に赴く者は聖職者に限られるのであり、しかもその巡礼者はドルイド教を象徴する「ウロの木で作られた小舟に乗って」ステーション・アイルランドに向かう。その目的は「幻視の洞窟」という名の聖なる「ファンタスマゴリア」に入り、そこで煉獄で苦しむ様々な亡霊(魂)たちと出会い、この霊たちを自身の心に憑依させ、彼らのために贖罪の祈りを捧げるのである。少なくとも、ここでイェイツが示唆しようとするところはそのようなものである。

この聖なる職務は命がけの勤めである。なぜならば、この幻視の洞窟から帰還できる者は少ないとされているからである。十二世紀に書かれた『聖パトリキウスの煉獄』によれば、たんなる好奇心や功名心を抱いてこの洞窟のなかに入る者は生還できないという。つまり、この職務はキリスト教的な意味での殉教とドルイド教的な意味での供儀、それらが融合されて発生したアイルランド独自の宗教体系の核心を象徴している。そうであるならば、この聖なる勤め、それを行なう巡礼者は浮かばれぬ霊たちの人柱としての依り代となるべく定められた者、「進んで自ら犠牲になる者」だということになる。

それではこの責務を果たしえる者は一体誰なのか。イェイツの作品世界においてその該当者を探すならば、それはキリスト／ドルイド教の僧侶、カルディ以外には該当者はいないはずである。これゆえにこそ、イェイツはここでカルディの祖父、聖パトリックの名がしるしづけられた巡礼の聖地、「聖パトリックの煉獄」を例に挙げて、アイルランド固有の巡礼の意味を問おうとしているのである。

11　透かし絵として描かれたカルディの系譜

先の「月の静寂を友として」の引用文においてイェイツは、「アイルランドの歴史」に事寄せながら、自身の作品世界を映す「一枚の大いなるつづれ織り」、すなわち走馬灯のスクリーンについて語っている。さらに、その全体に透かし絵として描き込まれる（織り込まれている）もの、それが彼の作品全体を貫く総主題であったことを暗黙のうちに告白している。

そうであるならば、ここで重い意味をもってくる課題は、カルディの系譜が織りなすこの「大いなるつづれ織り」、それが「透かし絵」として描かれているという仮説についての検証である。かりに「つづれ織り」が「透かし絵」として描かれているとすれば、それはイェイツによって意図的に秘められていることになり、これによりイェイツの作品世界の総主題がいまだ読者の盲点になっている最大の要因が明らかになるからだ。だが、果たしてそうなっているのか。このことを検証するためには、まずはすでに「序章」のエピグラフで掲載した以下のくだりを省略した部分を記したうえで、細かく吟味していく作業が求められるだろう。

アイルランドのいっさいの歴史、その背後には一枚の大いなるつづれ織りが垂れ下がっている。それはキリスト教といえども認めざるをえないもので、実際のところ、キリスト教自体、そこに織り込まれて描かれているものなのである。そのくすんだ折り重なりを眺めていると、一体どこでキリスト教が始まり、どこでドルイド教が終わったのか言い当てることはできまい――「鳥のなかに一羽、魚のなかに一匹、人間のなかに一人完全なものがいる」。かりに、このことについて……。

ここに表れているとおり、このくだりに引用されている括弧内の文章には出典が示されておらず、半ば暗号として提示されている。つまり、「つづれ織り」に描かれている「ドルイド／キリスト教」、その根拠として提示されているはずの括弧内の引用文、その出典をあえて伏せておくことで、彼の作品全体に描かれたものが明示されることなく、透かし絵として密かに描かれたものであることがここで巧みに示唆されていることになる。もちろんその前提には、この引用文が何を意味しているのか、読者は承知しているはずだという作者イェイツの暗黙の了解があるだろう。この引用文はすでに言及した箇所や草稿の文章を含めるとイェイツの作品中、少なくとも五回は用いられている彼の常套句であり、この句が指示するものはカルディにほかならないからである。

この句の出典については、他の箇所で「聖ケラハ――巡礼中、ビザンティンの聖者のように鳥に祈りの詩歌を聴かせた聖者か、聖コロンバーヌスが語ったものだと記憶している」[22]と曖昧性を残しているものの、これが表れる他の箇所との相互補完、すなわち間テキストのなかにおいて読めば、イェイツが彼らをカルディの象徴的存在として捉えていることは明白である――「『鳥のなかに一羽、魚のなかに一匹、人間のなかに一人完全なものがいる』と記したのは聖コロンバーヌスか別の聖者だっただろうか」（「発見」*Essays and Introductions*, p.291.）。

このことがわかれば、「Ⅱ」のなかで「聖パトリックの『告白』の信条」を繰り返し語る作家の意図もすぐにも理解されるはずである。カルディの精神、その伝統は聖パトリックの『告白』に表れる「信条」に淵源をもっているといいたいのである。換言すれば、「つづれ織り」、走馬灯のスクリーンに透かし絵として描き込まれた彼の作品全体の総主題、それはカルディの系譜であることを〈隠しつつ開示する〉ために、「Ⅱ：主題」にみられるこの箇所は周到に用意されたものであるとみてよいだろう。

12 『ヴィジョン』のなかの透かし絵、「蜜蜂の巣」が暗示するカルディ

ここでもう一点、イェイツがカルディを「透かし絵」として記そうとしている根拠を挙げておく。その端的な例は『ヴィジョン』のなかにみられるものである。

「序章」で少し触れた「Ⅱ：主題」で暗示されているように、『ヴィジョン』を記した真の目的はヨーロッパ全体の精神史を描くことではなく、彼の生涯にわたる壮大なプロジェクト、カルディの精神の系譜に具現化されるアイルランドの不屈の魂の歴史、それを彼の作品世界全体という一編の叙事詩に描きあげるためのものであった。だが、このことはいまだイェイツ研究の死角にあるといってよいだろう。なぜか。それは、この魂の歴史がこの作品において透かし絵として描かれているからである。

その最大の根拠となるのは、『ヴィジョン』の最初の部分の挿話として掲載されている物語、「マイケル・ロバーツとその友人たちの物語」（"Stories of Michael Robartes and his Friends," 1937）に求めることができる。

この物語は、イェイツの「ファンタスマゴリア」であるマイケル・ロバーツやオーエン・アハーンが登場していること

が示唆しているように、「ファンタスマゴリア」の世界である。

この挿話の最後の場面はダブリンに設定されており、そのことによって新しい時代が始まることが暗示されている。この物語は最終的な時代の予兆を「カッコウの巣作り」に求め、カッコウがダブリンで巣作りを始めたことで結ばれている。カッコウは自分で巣作りをせず、他の鳥の巣に卵を産みつける、つまり他の鳥を犠牲にすることで自己種を保存するという習性をもっている。カッコウの雛は他の鳥たちの雛たちを巣から落として殺してしまう習性をもっているからである。

鳥を愛でる生き方はすでに「一人のインド人僧侶」の引用文で説明したように、イェイツにとって古代アイルランド修道僧、カルディの生き方を象徴するものである――「かのアイルランド修道僧たちもまた鳥たちや獣たちについて無数の詩を書いており、そのためキリストは人間のなかで最も美しい人であるという教義を広めていった」。先述したロビン・フラワーの『アイルランドの伝統』のなかでも、森の隠修士たちが愛する鳥の詩やその巣の卵が心ない少年によって荒されたことを嘆き悲しみ、そこに人間の原罪をみる詩が掲載されている点は興味深い――「悲しきクビワツグミよ　我にはよくわかる　雛鳥を失いし　汝の悲しみの調べを　卑しき欲望の　魂なき輩により　汝の心は　炎に変わってしまった　愛子と卵を失い　空巣となりし汝の心（の叫び声）は　残忍な牧童の胸には　響かなかったからだ」[23]（「ある隠修士の詩」）。

おそらく、イェイツがここで鳥の生態に興味を寄せるジョン・ボンド（John Bond）を登場させ、カッコウに巣作りをさせようとして腐心する姿を描こうとしているのも、この同じ狙いによると考えられる。ここでのジョン・ボンドは、マイケル・ロバーツやオーエン・アハーンと同様に、カルディの「ファンタスマゴリア」＝面影を宿しており、彼らが希求しているのは原罪からの解放であるといってよい。そうでなければ、「鳥たちや獣たちについて無数の詩を書くアイルランドの修道僧たち」が、なぜ「キリストは人間のなかで最も美しい人であるという教義を広めていった」のか、その答えを見出すことはできまい。答えは原罪とその解放以外に求めることができないからである。「キリストは最も美しい人」（ここにおける「美しい」とはいうまでもなく精神的な意味）であるのは原罪から唯一解放されている者であるとカルディたちがみており、同様に鳥たちと獣たちをアイルランドの修道僧たちが歌うのは、「鳥や獣のなかに一匹、完全なもの」、つまり原罪から解放されたものがいると彼らがみている、そうイェイツは読むからである。裏を返せば、鳥たちのなかにおいて最も原罪を負った鳥、その象徴的な存在はカッコウであるとイェイツはみていることになる。以下の「マイケル・ロバーツとその友人たちの物語」のなかのジョン・ボンドのセリフからも、このことはうかがい知ることができる。

鳥や獣、物言わぬあらゆる種類の畜生どもが互いに盗みあい、殺しあっているように思うのです。そこで私は冒涜行為なしに彼らの性質を改めることができるはずだと思ったわけです。……アダムの情念（パッション）がその胸からむしり取られることで、エデンの鳥や獣になったのです。原罪に加担したものたちであれば、その救済にも与ってよいはずです。……そういうわけで私はカッコウたちのために生涯を捧げようと決意した次第です。（*A Vision*, p.48.）

もちろん、彼の見解は、鳥の巣を荒らす少年のなかに原罪の象徴をみた森の修道僧と一致した見解を示しているとみてよいだろう。

一方、イェイツの作品世界のなかでこの「カッコウの巣」と対照的に表現されている存在は「蜜蜂の巣」であり、彼にとってきわめて重要なイメージをもっている。彼はポリフィリオスの『ニンフたちの洞窟』（*On the Cave of Nymphs*）に倣い、彼らを永遠回帰する浄化された魂の住処、その象徴と捉えているからである。『ヴィジョン』のなかにも『ニンフたちの洞窟』についての言及がある点にも注意を向けたい（*A Vision*, p.292参照）。このことは、「内戦時の瞑想」のなかでリフレインされる詩文からも確認できる――「蜜蜂よ、椋鳥の空き巣に来たりて、巣を作れ」。椋鳥はカッコウと同じように他の鳥の巣に卵を産みつける習性があるからだ。つまり、『ヴィジョン』の挿話に表れる「カッコウの巣作り」が意味するものは「蜜蜂の巣」と同じことを意味している。ここにイェイツは原罪からの解放のしるしをみているのである。

このことは、以下の記載に目を凝らせば、さらに理解がいくことになる――「庭に面した窓辺にいってみると、そこに蜜蜂（ビー・ハイブ）の巣箱にしては四角の箱がいくつもあることに気づいた」（*A Vision*, p.47.）。つまり、ここでイェイツは「カッコウの巣」

と「蜜蜂の巣」を対比させて読むように読者に密かに促しているのである。

しかも、この住処が象徴するものがイェイツ、あるいはアイルランド人にとって何を意味しているのかを想起すれば、このくだりはさらに重い象徴的な意味が潜んでいることに気づくことになる。この住処が象徴するものは森の隠修士、カルディなのである。彼らは「蜜蜂の巣」（'beehive huts'）と呼ばれる庵で修業に励む者たちだからだ（このことについての詳細は「第五章」を参照）。

そうだとすれば、この物語でイェイツが語ろうとしていることの真意は、「カッコウの巣作り」に事寄せた六世紀半ば、ビザンティン帝国に対峙する古代アイルランド修道会、その復権＝ルネサンスについて暗示的に記すこと、ここに求められるだろう。そして、それが『ヴィジョン』の冒頭部分の挿話に密かに記されているというわけである。ここに表れる一つのメタファーをとおして、イェイツは『ヴィジョン』全体に大きな影を落とす一大絵巻の透かし絵の存在について、読者に密かに開示しようとしていることになる。

前述したことからもわかるとおり、アイルランドの魂の歴史を体現するカルディたちの系譜、それは細部に宿るいと小さき生き物のメタファーによって表現されている。したがって、その真の意味に読者が気づくためには、読者は上空から「蜜蜂の巣」を見出すことができる「鷹の眼」、微視にして巨視的なる眼をもってすべてのメタファーを彼の作品世界全体のなかで位置づけていく必要に迫られていることになる。換言すれば、カルディの系譜は個々の作品内に描かれているというよりは、「ビザンティン芸術に描かれた聖者」のように、「モザイクとモザイクの間／テキストとテキストの間」、すなわち「間テキスト」（行間）という見えないスクリーンのなかに描かれているのである。イェイツの作品、そのキャンバス全体に、彼らの系譜が壮大な一大絵巻のパノラマとして描き込まれているにもかかわらず、その姿が個々のモザイク（個別的テキスト）ばかりに目を奪われた読者、その完全な死角となっている理由もこれによっておのずから説明される。

そうだとすれば、『ヴィジョン』において、「カッコウの巣作り＝蜜蜂の巣」のメタファーは詩人にとって「幾何学による荒っぽい解釈にすぎない」月の満ち欠けの二八相の区分や太陽の周行などといったメタファーより、実ははるかに重要な意味をもっており、むしろこの「蜜蜂の巣」の秘儀を伝える一つの道具として、それらの幾何学的なメタファーは用いられているとさえいえるかもしれない。

そういうわけで、「カッコウの巣作り＝蜜蜂の巣」が象徴しているカルディの存在、このことに気づくことの意義はきわめて大きい。またその驚きも大きいはずである。イェイツの作品世界を一つの総体として読み直し、各テキストのなかに散りばめられている特殊なメタファーを間テキストにおいて連結させて読む術を習得する道が拓けてくるからである。このような読みによって、たとえば、後述する『ヴィジョン』の冒頭に記されている「エズラ・パウンドに宛てた文集」("A Packet for Ezra Pound," 1937）のなかに何気なく記されている「ホテルの周りをうろつく骸骨のように痩せたブチの野良猫」(*A Vision*, p.6.）、それが実はカルディの面影を宿す重要な暗示が込められている点に読者は改めて気づくことにもなるだろう。

13　壮大な一大プロジェクトはいつ発生したのか

それでは、「一枚の大いなるつづれ織り」に喩えられる彼の作品世界、そこに「ファンタスマゴリア／仮面」という特殊な詩の技法を用いて、アイルランドの魂の歴史を体現するカルディの系譜を描きあげようとする彼の壮大なプロジェクト、それは一体いつの頃、着想を得たのだろうか。(24)

これまで述べてきたように、イェイツは初期の『アシーンの放浪』において、すでに「ディンヘンハス」に着想をえて、聖パトリックの心という走馬灯のなかを、アシーン自身と騎士たちが駆けめぐる様を意識的に描いている。これは一種の「ファンタスマゴリア／面影の技法」であると捉えることも可能である。この詩の出版は彼二四歳のときであるから、このとき（実際にこの詩に着手したのは彼二十歳の頃、出版に向けて本格的に着手した時期はおそらく二三歳頃だと考えられる）、すでに、彼のなかにはこの技法についてある程度意識されていたともいえる。

それでは、それ以前の作品はどうだろうか。私見では、これに相当する技法で描かれていることをはっきりと裏づけるに足るだけの作品は見当たらない。

もっとも、イェイツが〈東洋のファンタスマゴリア〉ともいうべき能を受容する資質を生来的に有していたことは間違いないところである。このことは、処女詩集、『十字路』(*Crossways*, 1889) に収められている「ゴル王の狂気」("The Madness of King Goll," 1887) からも確認できる。

この詩の主人公である「ゴル王」はかつて勇敢な武将であった(「ゴル」の原義は目にスティグマをもっていることを暗示するゲール語で「片目」を意味する)。だが、「今では一人で森を彷徨い」、「侘しく古ぼけた琴」を奏でるばかりの侘しい老人と成り果てている。その姿は彼と同じ「イヒ(エマン・マッハ)」を拠点に活躍したイェイツ後期の英雄、クフーリンの姿に継承されていくことになる。イェイツ最晩年の戯曲『クフーリンの死』(*The Death of Cuchulain*, 1939) や最晩年の詩「慰められたクフーリン」の姿がゴル王の姿に重なるからである。興味深いことに、この成れの果ての彼の姿は、能の演目『景清』に表れる「景清」の姿と酷似している。景清もまたかつて勇猛な武将であったが、のちに盲目の琵琶法師となり、侘しい老後をむかえることになったからである(＊後期イェイツが『景清』を承知していた事情を考慮すれば、『景清』を橋渡しにして、イェイツはゴル王のイメージを後期のクフーリンのイメージに移植していったということになるだろう)。「ゴル王」の以下の一節と『景清』のセリフの類似点からだけでも、このことは少なからず確認できる――「鎮まらぬは　舞う木の葉　老いて久しきブナの木よ」(「ゴル王の狂気」*The Poems*, p.43.)。「消えぬ便りは風なれば、消えぬ便りは風なれば、露の身いかになりぬらん」(『景清』)。

しかも、以下の点を考慮すれば、イェイツが生来的に夢幻能を受け入れる資質を有していたことが理解される。観阿弥の作と考えられる『景清』、その構成が成れの果て(終着点)から人生を振り返るというプロットで構成されており、そこから観阿弥の息子、世阿弥が確立した複式夢幻能の様式、死後から報われぬ前世を振り返るという様式の誕生はあと一歩のところまできているからである。その意味で、この詩は『アシーンの放浪』と類似する老いのイメージやテーマをもっていることになるだろう。

とはいえ、この最後の一歩、死の逆説によって生を描くという生者と死者の役割を逆転させるという、生の表現に対するコペルニクス的な転換を示す夢幻能の様式への気づきは、世阿弥という一人の天才、その誕生を待たなければならなかった。同様に、「ゴル王」の延長線上にそのまま「ファンタスマゴリア」の技法の完成があるわけではなく、やはりその完成には夢幻能の様式との奇蹟の出会いを待たなければならなかったはずである。

しかも、この「ゴル王の狂気」が収められている『十字路』全体を通読すればわかるとおり、この詩が醸し出す詩的情緒はこの詩集全体の基調をなすものであるとはおよそいえない。たしかに、老いの侘しさを歌う「狐狩人の唄」("The Ballad of the Foxhunter," 1889) や水面に自身の幼年期の面影を映し出す「老漁師の瞑想」("The Meditation of the Old Fisherman," 1886) などには「ゴル王」に類似する枯れた老いのイメージや「ファンタスマゴリア」の微かな予兆を感じさせる基調をもっていることは否定できない。「サリーの園の近くで」("Down by the Salley Gardens," 1889) の語る声の主を老婆だとみれば、これを含めることも可能だろう。だが、これらの詩はむしろ例外的な作品だとみるべきであって、この詩集のその他の詩は、その背景が無国籍的（インドやギリシアやイタリア的なイメージの集まり）な詩群とアイルランドを背景にもつ詩群（その多くは恋愛詩）とが渾然一体化し、詩集全体が一つの基調のもとに統合されているとはおよそ言いがたいものがある。

この点にかんしては、「アイルランドと芸術」に表れる以下の文章は示唆的である――「十六年ほど前の私のように、芸術には人種も国籍もなく、芸術とは無人地帯で摘まれる花であるなどと信じている人たちに対して語っておきたい。世界のなかで、唯一完全なる芸術家ともいうべきギリシア人たち、彼らの心は国境の内側に向かっていたのである」(*Essays and Introductions*, p.205.)。

この散文が書かれたのが一九〇一年であるから、その「十六年」前といえば、一八八五年、イェイツが二十歳の頃ということになる。しかもこの同じ散文のなかで、「当時、私の文体は様々なところから流れ込んだヨーロッパの本流によって形づくられていた。それから除々に新しい文体がもてるようになったのだが、シェリーの表れるイタリアの光を払拭できるようになったのは数年前のことである」とも記されている (*Essays and Introductions*, p.208.)。したがって、この頃のイェイツはいまだ「ファンタスマゴリア」の着想を得た時期ではなかったとみてよいだろう。

右に述べてきたこと、あるいは先の引用文などを手がかりに総合的に判断して、この技法の着想を得たのは、彼が二三～四歳の頃であり、そこから次第にはっきりとこの技法の発展、完成に向かっていったのではないかと推測される。この点については、この仮説を裏づけるきわめて示唆的な散文もあることをここに指摘しておきたい。それは、散文集『探求』(*Explorations*) に収められている「もしも私が二四歳だったら」である。

この散文によれば、「二三、四歳の頃」、イェイツの脳裏に突然、当時彼が抱いていた三つの関心事、すなわち「文学の形式」と「哲学の形式」と「民族への信仰」、それらを「ハンマーで打ち叩いて一つに統合せよ」との一つの命題が浮かんできたという[25](*Explorations*, p.263 参照)。この命題の解決法こそ、この散文の文脈からみて「仮面」の詩法といってよいが、その表れの一環が「ファンタスマゴリア」(の方法) であるとみることができる。

ただし、この時点、すなわち二四歳の頃のイェイツは、自身の詩の技法を「ファンタスマゴリア」とも「仮面」とも呼んでいない点にも予め注意が必要である。おそらく、イェイツはこの時期は「ディンヘンハス」の古き伝統を、近代詩にうまく接続させてゆく手立てを彼なりに必死で模索していた時期ではなかっただろうか。

その頃の彼にとって、重要な意味をもつのは、彼が「巡礼の魂」と呼ぶカルディの現代の継承者、神智学協会のマダム・ブラヴァツキーの存在であったと推定される。彼女の心霊術(降霊術)とディンヘンハスの形式の背後にある呪術(降霊術)は重なるところ大であり、イェイツは彼女の心霊術に現代のディンヘンハスともいうべき呪術的な要素をみたと考えられるからである。

このようにみれば、「あなたが年老いたとき」において、なぜイェイツがモードの「面(おも)」、その背後に「巡礼の魂」であるカルディの面影を幻視したのか理解できる。この頃、彼女はすでに神智学協会の会員になっていたのである。そうであるならば、ディンヘンハスの近代詩への移植の方途としての近代詩の技法、「ファンタスマゴリア」が彼の脳裏に浮かんでくるのはきわめて自然な経緯である。「ファンタスマゴリア」は本来、光学(科学)を用いたある種の降霊術的な要素をもっているからだ。そして、これがのちに「文学の形式」と「哲学の形式」と「民族への信仰」という三つの関心事を一つに統合する「仮面」と等価に置かれることになったのではないかと考えられる。ちなみに「面影の技法」としての「ファンタスマゴリア」が降霊術と結びつき、それが夢幻能の様式との出会いによって完成をみた一つの作品として戯曲『窓ガラスの文字』を挙げることができる。

とはいえ、イェイツが一体どの時点で、「ファンタスマゴリア」の技法を明白に意識しながら、自身の作品世界の「一枚の大いなるつづれ織り」にカルディの系譜の一大絵巻を描きあげようとする壮大なプロジェクト、その具体的な着想、その見取り図を得たのか測定することは依然としてむずかしい。だが少なくとも、一八九七年（彼三二歳）の頃までには、その見取り図を想い描いていたはずである。というのも、一八九七年の作、先述の散文「錬金術の薔薇」には、このプロジェクトの鍵となる言葉や必須アイテムである「ファンタスマゴリア」、「仮面」、「つづれ織り」、「異端的な修道僧」、「影」、「蝋燭」、「線香」がすでに出揃っているからだ。その最も端的な表れを以下引用することにしたい。

このくだりは、詩人自身の「ファンタスマゴリア」である異端の修道僧・オーエン・アハーン、彼の部屋に掛けられている「つづれ織り」を描写（一八九七年）したものである。

> 孔雀の羽を描いた青と青銅色に満ちたつづれ織りを扉に垂らし、美と静寂に無関係な歴史や世の中の活動はすべて閉めだした。……覚めた夢のなかで、私はロバーツの姿が巨大な紫の織物を縦横無尽に織るシャトル（杼）のようにみえ、その織物が幾重にも襞をなして部屋を満たしているように思えた。部屋はまるで織物と織り手のほかのいっさいが世界の終わりのときをむかえたかのように、言い尽くせぬ静寂に包まれているようだった。（*Mythologies*, p.268, 275.）

ここに表れる「孔雀の羽」は「移ろう偶発的時間の束」としての現実の歴史に対するアンチテーゼとして用いられている。現実の歴史によるつづれ織りが、明日にはその情報の鮮度を失い暖炉で燃やされ、一瞬で灰になる「朝食のテーブルの話題」を提供する「新聞紙」（『自叙伝』）の束であるとすれば、魂の歴史としての「孔雀の羽」の「つづれ織り」は、「へラの鳥たちのように、火のなかで輝く」不滅の素材からできている。

イェイツはこの「つづれ織り」を、この散文において「ビザンティンのモザイク芸術」に喩えているのだが、実際にここで彼が想定しているものは、アイルランドの「森の写字僧」が描いた『ケルズの書』を典型とする聖書の写本だと考えられる。というのも、「孔雀の羽」の特徴をなす無数の眼、すなわち渦巻き文様はビザンティンのモザイク芸術にはまったくみられない、アイルランド独自の写本文様といってよいからである。このような聖書の写本にみられるアイルランド独自の文様について、イェイツは詩「孔雀」("The Peacock," 1914)のなかで以下のように暗示的に記している点にも注意を向けたい――「彼の亡霊は朗らかな自身の目の誇りにかけて、羽を一枚一枚増やすのだから」(*The Poems*, p.172.)。

雄の孔雀は、この無数の目の模様によって雌を魅了するとともに、外部者(ライバルの雄)を締め出すことができる。それはちょうど、写本が信心深い者たちを魅了するとともに、外部の侵入者に対する魔除けとしても用いられたことと同じ関係にあるだろう。あるいは孔雀の羽の「つづれ織り」がオーエン・アハーンを魅了するとともに、外界を締め出すために用いられていることと同じ機能をもつものである。そしてもちろん、写本を描く森の写字僧とはカルディの一つの典型であり、したがって「神秘の薔薇」の「つづれ織り」は、「Ⅱ:主題」の「一枚の大いなるつづれ織り」と同じ絵柄、カルディの面影が密かに描かれているとみることができる。

14　オントロギー/分身の術VSアントロギー/憑依の術

「錬金術の薔薇」は、「ファンタスマゴリア」と「仮面」が同じ一つの詩の技法として、イェイツが意識的に用いた最初の作品であるという点でも注目に値する。そこでは、詩人自身の「ファンタスマゴリア」であると位置づけられているオーエン・アハーンとマイケル・ロバーツ、二人の顔が「仮面」として描かれているからである。

しかしマイケル・ロバーツの顔は、興奮した私［オーエン・アハーン］の心には、顔というよりも一つの仮面（'a mask'）のように見えた。この男は彼ではない。マイケル・ロバーツは十年、多分二十年ほど前に死んでいたのだ。……その夢のなかで私自身［オーエン・アハーン］が東洋の小さな店の棚に置かれた仮面（'a mask'）であるかのように思えたのである……」（*Mythologies*, p.279, 286.）

「ファンタスマゴリア」と「仮面」、通常、二つは異なる概念として理解されるものである。だが、それがイェイツにとって一つの詩的技法として結びつくのは、二つがともに呪術、すなわち憑依の技法として理解されているからである。「仮面」は古代の儀式、「聖なるもの」の憑依を前提とする呪術として用いられることは周知のとおりである。一方、「ファンタスマゴリア」は神智学協会が用いる降霊術と結びつけられていくことで、イェイツにとってディンヘンハスの古代的形式、呪術の復権を意味するものになっていったと考えられる。

このように措定してみると、イェイツが特殊な意味で用いている「ファンタスマゴリア」を、多くの読者がいまだ誤解して捉えていることにすぐにも気づくことになるはずである。その誤解とは、「ファンタスマゴリア」をイェイツの分身と捉えているという人口に膾炙する例の誤解である。「分身」という概念自体、憑依現象の否定を前提に成立するきわめて近代的思考＝心理学の産物である。分身をテーマとする物語、幻想文学が近代の心理学の台頭と時を同じくして誕生したという事実がそのなによりの根拠となる。だが、彼にとって、それは分身ではなく、憑依として捉えられている。

分身とは自己であるが、憑依とは自己に取り憑くことで半ば自己の一部と化しているものの、それでもなお憑依するものは絶対的他者＝死者だ。ジャック・デリダがいうように、一方は「オントロギー」（存在論）の範疇のなかで捉えられるものであり、他方は「アントロギー」（憑依論）の範疇のなかにあり、デリダと同様、イェイツにとって二つの混同は認められない。[26] 彼が「仮面」を実体の影（虚像）とはみなさず、むしろ実体そのものとしての「反対自我」とみるのもこのためである。「反対自我」とはたえず自己が対峙しなければならない絶対的他者（自己の反対者）であり、生者にとっての絶対的な反対者とは死者（地霊）にほかならないからである。だからこそ、この散文において、生者として描かれているオーエン・アハーンの「反対自我」＝「仮面」として描かれているマイケル・ロバーツは死者として登場しているのである。

このことは、そのままイェイツにとっての面影についてもいえる。彼にとって面影とは「ファンタスマゴリア／仮面」であるから、それはたんなる実体なき幻想としての記憶とは異なり、自己に憑依することで半ば自己化しているものの、それでもなお絶対的な他者、死者の魂であるとみることができる。私たちが「面影が走馬灯のように駆け巡る」というとき、その面影のなかにアシーンが幻視した面影がそうであったように、自己自身の面影も必ずや含まれている。その場合、自己の面影とはいまは亡き人であるという意味で、それも一つの死者、すなわち亡霊であるとみるべきであるだからである。

イェイツは「ファンタスマゴリア」を心理学でいう「自己投影」としての分身、たとえばジキルとハイド的な意味での詩人の「分身」というものを、「近代的自我」の一種と捉え、これを一蹴している。彼にとって、「近代的自我」とは「目と耳」に半ば頼る貧困な想像力による「中途半端な創造〔リアリズム〕の産物」にすぎず、それは「近代の願望にすぎない」とみている[27]――「イメージの力を借りて、私は自らの対立者に呼びかけ、自己の感触や眼差しに最も疎遠の者のいっさいを呼び出すのだ」（"Ego Dominus Tuus," *The Poems*, p.210.）。

ここにおける「呼びかけ」「呼び出す」という表現は注目に値する。イェイツの「ファンタスマゴリア／仮面」が分身ではなく、憑依の技法であることが、ここにはっきりと示されているからだ。ここに知（哲学）と魂（宗教）、すなわち薔薇十字団や黄金の夜明け団、神智学協会といった近代の神秘主義（哲学）を古代カルディの伝統（宗教）のもとに時空を超えて詩的に連結させていこうとするイェイツ一流の手法＝「ファンタスマゴリア」の発生（一八九七年頃）をみることができる。

イェイツの「ファンタスマゴリア」の技法が〈分身の術〉ではなく、〈憑依の術〉であることがわかれば、イェイツの作品世界は一変し、読者の傍らで絶えず語りかけてくる謎の影法師の正体が、インマヌエルとしてのカルディの面影であることに私たちは気づくことになるだろう。

そのわかり易い例として、『神話学』(*Mythologies*) に登場する主人公たちが挙げられる。彼らのほとんどは社会から見捨てられた「放浪者」('outcast')、あるいは自己追放した者なのだが、その真の正体は巡礼の放浪者、カルディのイメージを多分に帯びている。『ケルトの薄明』(*The Celtic Twilight*, 1893)、『神秘の薔薇』(*The Secret Rose*, 1897)、「錬金術の薔薇」、「掟の銘板」、「東方の三博士の礼拝」("The Adoration of the Mage," 1897)、「赤毛のハンラハンの物語」("Stories of Red Hanrahan," 1897)、「月の静寂を友として」などみなそうである。そこに登場する主人公たちはイェイツの分身ではなく、いずれもカルディの「ファンタスマゴリア」、その面影を帯びているといってよい――「マイケル・ロバーツとオーエン・アハーンは自分が人生や死の哲学を解明するときのファンタスマゴリアなのだ」("Michael Robartes and the Dancer" につけたイェイツ自身の註 *V.P*, p.821.)。

「人生や死の哲学を解明」しようとする姿勢、それはなにもこの詩にかぎられたものではなく、イェイツの作品全体におよんでいる。したがって、ここでいう「ファンタスマゴリア」をマイケル・ロバーツやオーエン・アハーンにだけ限定して捉えることはできない。「幻を視る者」("A Visionary," 1893) のなかの「ある青年」、オスカー・ワイルドが高く評価した「流れ者の礫」("The Crucifixion of the Outcast," 1897) の「コーマックの息子・クール」、「泉の核心」("The Heart of the Spring," 1897) の「老師」、異端者「オーエン・ハンラハン」(「赤毛のハンラハンの物語」)、流離いの老隠修士＝「カルディ・聖オィンガス」(「何もないところに神はいる」)、無名の「聖ヨハネ老騎士団」(「薔薇のために」"Out of Rose," 1897)、「青鷺」に暗示されている「新しいドルイド僧である聖パトリック」(「黄昏の老人たち」)、「東方の三博士の礼拝」の「(西方の) 三博士」はもとより、『神話学』に登場する放浪の主人公たち、そのほとんどが放浪するカルディの面影を帯びて描かれている者たち、詩人の心に映る＝憑依する「ファンタスマゴリア」の一部であるとみることができる。その意味で未完の小説、『まだらの鳥』の主人公マイケル・ハーン、『ジョン・シャーマン』(*John Sherman*, 1891) の主人公ジョン・シャーマンもまたイェイツの「ファンタスマゴリア」、カルディの面影を宿しているといってよいだろう。

15 「カメレオンの道／ホドス・カメリオントス」を歩むカルディ

イェイツにとって、カルディは古代ケルトの宗教、ドルイド教の精神を堅持しつつも、古代エジプト修道会にその起源をもつ由緒正しき原始キリスト教徒である。彼らは生粋のドルイド教徒にしてカトリック以上に正統なるキリスト教徒（原始キリスト教＝コプト）であり、両極に置かれたこの二つの精神の間で引き裂かれつつも独自に「仮面の道」を歩んだ者たち、「不屈のアイルランド魂」、その象徴的な存在である。

だが、カトリック教徒にとって、彼らはドルイド教という「レギオン」（悪霊）に取り憑かれた神秘主義者とみなされる存在である（「錬金術の薔薇」、「掟の板」参照）。そのため、彼らはカトリックの公会議において幾度も異端の烙印を押され、幾多の迫害に耐えねばならなかったのである（その詳細は本章の註（20）を参照）。

一方、古代ケルト的世界を擁護する非（あるいは反）キリスト教徒にとって、その魂はキリスト教という外来の宗教をアイルランドに持ち込み、その悪の種を全土に撒き散らした半ば文化的犯罪者と映ることは必然的である。だが、「自然詩」「悔恨詩」などを通じ「アイルランド詩の大いなる伝統」を築き上げたのは彼らであり、『アシーン神話群』をはじめアイルランド神話を最初に編纂し、後世に伝えたのも彼らの功績による。このことは紛れもない歴史的事実として受けとめることができる。それにもかかわらず、ケルト神話ピューリタンともいうべきケルト文化純血主義者たちのなかには、この歴史的事実を忘却の淵に追いやり、彼らのことを「キリスト教的なバイアスによってケルト神話を捻じ曲げた者たちである」、となんの歴史的根拠もなく、偏見に基づいて批判することさえ辞さない者たちまでもがいる。

こうして、ここに百年にわたるイェイツ研究、その最大の死角が発生する最後の要因が示されることになるだろう。この死角の発生するメカニズムは、文化人類学者メアリ・ダグラスが提唱するフロイトを援用して解いたかの有名な学説によって、ある程度以下のように説明することが可能だろう。

彼女によれば、ある領域（カテゴリー）とある領域を分ける境界線を曖昧にするもの、たとえば「コウモリ」（イェイツが好むメタファー、「カメレオン」や「蛇」や「カエル」もこれに該当する）のような存在は「不気味なもの」であり、不気味なものは文化的に排除される宿命を負っているという。つまり「不気味なもの」（フロイト）は「見慣れたもの」であるために、その存在に本来気づかないはずもない。だが、逆にその「身近さゆえに」、それが自身の規定する心理的カテゴリーのなかに侵入し、自身が抱く価値体系が脅かされる可能性が生じてくる、と彼女は指摘している（フロイトによれば、「不気味なものとはつねに身近なものである」という）。このことを恐れる文化は、境界線を脅かすこの不気味にして身近な存在を「意図的に忘却」することで「隠蔽＝排除」（フロイト）するというわけである。[28]

これがそのままイェイツ研究という一つの文化圏にも当てはまるだろう。つまり両極のいずれかの立場・視点に傾斜してイェイツの作品を読む研究者にとって、二つの異なる精神を跨ぐこのカルディの存在は、自らが想い描くイェイツ観、その領域を曖昧にし、瓦解させる不気味な領域侵犯者に映り、そのため無意識のうちにその存在を「意図的に忘却＝排除」しようとしているということだ。少なくとも、イェイツの作品全体にわたって影法師のようにつねに傍に寄り添う身近な存在であるはずのカルディ、その存在にほとんどの研究者がなんの関心も寄せていない（あるいは気づかない振りをし隠蔽しているのかもしれない）この不可思議な現象は、これによってうまく説明することができる。

もちろん、イェイツはこの「不気味なもの」としてのカルディの存在、それが読者に意図的に忘却＝無視され、これにより自身の作品全体が大いに歪められ、誤解されている実情を充分承知していた。というのも、「Ⅱ・主題」において、自身の作品全体の主題が「ドルイド／キリスト教徒」である「古代アイルランド修道僧」が説く「信条」にほかならない点を繰り返し強調したうえで、「その信条は知的に理解することなどできないが、身近に偏在するものであり、これゆえに「イモリの眼、カエルの足指」（*Macbeth* 中のケルトの魔女の呪文）さながらに、彼らは生の苦しみと邪悪さとを我が身に引き受けるのである」と語っているからである、ここに表れる「イモリ」も「カエル」も、メアリ・ダグラスの規定から判断すれば、「コウモリ」と同じカテゴリーに属している点は興味深いところである。

それを承知したうえで『マクベス』のケルトの魔女たち（すなわちシェイクスピア）は、これを自分たちの存在形態を象徴する呪文として用いている。イモリの眼は両極に引き裂かれ乖離した二つの眼であり、カエルの足は一方で、陸で歩くための足であるとともに、他方で水面を泳ぐための水掻きをもつ足だからである（泳ぐ尾びれをもたないからである）。これゆえに、「身近に偏在する」存在、「不気味なもの」として、二つの精神の両者から異端者、裏切り者として「幾多の迫害を受け」、「彼らは生の苦しみと醜悪を我が身に引き受けるのである」。すなわち、一方の精神から「ケルトの魔女」＝異端者として迫害され、他方において、土着の精神を捨ててキリスト教に改宗した裏切り者とみなされ迫害されるのである。

16 「彫像」の「闇間を這いずり廻る」不気味な存在、カルディの宿命

「彫像」に登場する「仏陀（仏像）の空を這いずり廻る（マクベスの魔女の同伴者である）牝老猫＝グリマルキン（グレーマルキン）」もこの同じ意味の別の表現として理解することができる——「今、行くよ、グレーマルキン」（『マクベス』の魔女のセリフ）。すなわちイェイツは「グリマルキン」が意味不明で不気味な存在として読者の目に映ることを充分理解したうえで、あえてここで「グリマルキン／グレーマルキン」を登場させているとみることができる。「イモリ」も「カエル」も「グレーマルキン」、いずれも『マクベス』のケルトの魔女のセリフから取られたものだからである。

ここで、イェイツが関心を寄せる「イモリ」や「カエル」や「グリマルキン」、これら三つの生き物に共通する特性、それをしるしづけるいかにも暗示的な一つの詩句に注目してみたい。その詩句とは、「彫像」に記されているある一つの表現、「仏像の空を這いずり廻る」（'crawls to Buddha's emptiness'）における「這いずり廻る」（'crawls'）という、このなんとも不気味な身体表現である。このことについては、「はじめに」であらかた述べたが、さらに詳しくみておこう。

周知のように、「這いずり廻る」という表現は、キリスト教においては呪われたもの、蛇の象徴として捉えられている。エデンの園において蛇は足で歩行する最も美しく知的（狡猾な）動物であったが、エバを誘惑した罪で呪われ、神により「地

を這う」ものに変えられた、と「創世記」に記されているからだ。

この「創世記」、あるいは「レビ記」に記されている表現を、先述のメアリ・ダグラスは文化人類学の立場から独自に解釈し、蛇や爬虫類が「不気味なもの」として人から排除されるのは、彼らが地を這いずり廻りながら歩くからであるという。すなわち彼らの「歩行」は通常の足による歩行を逸脱して腹を地につけたまま歩き、そのことで「歩く」という行為について人が前提にしている概念、つまり「歩行という概念」を大いに脅かすことになるからだという（カエルも蛇もイモリと同様に腹ばいになって歩行する生物である）。つまり、這いずり廻るこれらの生物は、文化人類学上のカテゴリーにおいては「不気味なもの」であると定義されるとともに、キリスト教的な立場からみれば、呪われたものの象徴だということになる。そしてまさにそこにケルトの魔女としてのカルディの宿命のしるしをイェイツはみている。

右のことを理解したうえで、「グリマルキンが這いずり廻る」その場所、そこが彫像（仏像）であることに注目してみるならば、ここにはある深い暗示が込められていることに気づくことになる。[29]すなわちここでの「彫像」（一九三九年）のイメージには、ほぼ同時期に書かれた「ベン・ブルベンの麓で」Ⅵと同様に、アイルランド独自の「高十字架」のイメージが密かに想定されていることに気づく。

というのも、高十字架（ハイ・クロス）の多くには猫やカエルや蛇やイモリが這いずり廻る姿で彫り込まれているのだが、高十字架のこの特徴をイェイツは充分念頭に置いたうえで、「這いずり廻る」という詩句をここで用いているとみることができるからである。このことは、「彫像」の最終連に表れる彫像、すなわち「中央郵便局」に「現れる」像、「死にゆくクフーリンの像」に密かに対比されているもう一つの彫像、その存在に読者が気づくことができるならば、さらに理解のいくところとなる。その彫像とは、「古代のセクトを生きた我らアイルランド」、その体現者であるカルディ（森の写字僧）たちが掘って立てた高十字架にほかならない。

この点が読者の盲点になっているのは、高十字架がイェイツにとって、地霊の依り代としての石碑＝墓であるとともに、

「ベン・ブルベンの麓で」にも表れているように、彫像をも意味している点が完全に見逃されているからだ。だが、以下に示す「彫像」の最終連の最終行、そこに密かに暗示されているものが高十字架であることに読者が気づくことができれば、このような高十字架がパトリック・ピアスの死を悼んで立てられた中央郵便局の「死にゆくクフーリン像」と鮮やかな対照を示していることが理解される。なぜならば、クフーリン像は一つの「彫像」であるとともに、アイルランド独立蜂起に散った者たち、彼らの墓＝記念碑として立てられたものだからである。そしてもちろん、高十字架もまた記念碑として森の修道僧によって立てられたものであり、それをイェイツは充分承知していた——「あれは老人に相応しい国ではない。／……魂が歌を学ぶためには、魂の荘厳が刻まれた記念碑の技を／学ぶほかない」（「ビザンティウムに船出して」）。

ピアスがクフーリンを味方につけて、宣言した際、
一体、何が郵便局に姿を現したというのか
いかなる知性、数、測定が応答したというのか。
かの古代のセクトに生まれし、我らアイルランド人
この汚れし現代潮流に投げ出され、
形相なき放卵する激怒の波に難破してしまっている。
だが、我らに相応しい闇間をよじ登り、
そうして、計測された像の面［面影］に沿って
その輪郭を辿ることになるだろう。（「彫像」*The Poems*, pp.384-5.）

「ピタゴラスの数（原理）」をとおし、壮大なヨーロッパ精神史の歩み（悲劇の相）をヨーロッパの「彫像」の様式の変遷のなかで捉え、それを「ファンタスマゴリア」の技法を用いて一つの詩に凝縮して描いたものが「彫像」である、とひ

とまずいうことができるだろう。そしてその最終連に記されているものが、一見、なんとも唐突に表れるこの詩連である。その最終的な詩人の狙いは、先述の『ヴィジョン』と同様に、広範なヨーロッパの精神史を描くことをとおして、そのヨーロッパ史の背後に潜む自己の詩魂の歴史そのものを象徴するもの、「かの古代のセクトに生まれし、我らアイルランド人」の魂の歴史、カルディの系譜を描くことにある。もちろん、ここにおける「古代のセクト」はこの詩の文脈からみて、「ピタゴラスの数＝計測された像」を守る古代エジプトに発生したピタゴラス学派を起源とするアイルランド修道会を指していることは明らかである。

とはいえ、そのアイルランドの魂の伝統は、ここで「ピアス」に象徴される「近代が放卵する」ナショナリズムの「激流」、「形相なき放卵する激怒の波に難破してしまっている」。したがって、当然、この連の冒頭に暗示されているオリバー・シェパード（Oliver Sheppard）の手による「死にゆくクフーリン像」、それはイェイツにとってなんら肯定されるものとはみなされていない。そればかりか、真っ向から否定されるべき「彫像」のイメージであると解することができる。ここに表れる「何か？」は疑問形ではなく、反問とみなければならないからである。つまり「一体、何が郵便局に姿を現したというのか／いかなる知性、数、測定が応答したというのか」と記した詩人の真意は、「その像にはいかなるピタゴラスの知性、数、測定、すなわちイェイツが求める魂の歴史としての悲劇の相をまったくもっていない。そこにみられるものはナショナリズムを煽る殉教に仮装された感傷的なヒロイズム、ルサンチマンとしての形相なき放卵する激怒、ヒステリカ・パッショにすぎないからだ」と理解することができる。

これに対し、「かの古代のセクトに生まれし、我らアイルランド人」の修道僧、その「不屈のアイルランド魂」、カルディの精神はこの「形相なき憤怒（＝ナショナリズム）の波」に飲み込まれることなく、最後まで「古代の鉱脈を保ち」（Ⅱ：主題）、「瑠璃に掘られた中国の修道僧たち」（「ラピス・ラズリー」）のように、あるいは「アイルランドの聖地メルーであるクロー・パトリック山とダーグ湖に赴く巡礼の僧侶」（「一人のインド人僧侶」と「メルー」を参照）のように、己の定め、贖罪巡礼の道を「計測された像の面［面影］に沿って／その輪郭を辿ることになるだろう」、と詩人はみている。今やアイルランドの精神は「激怒の波に難破している」、あるいは「発作的情熱」というアイルランド特有の風土病に冒されているものの、そのあとで現実の歴史によって可視化できない魂の歴史において再生＝ルネサンスを果たすことになるだろう、と詩人はここで預言していることになる。

したがって、この連に表れる「計測された像」が意味するものは、「他者との闘争」としての「死にゆくクフーリン像」（＊この彫像はイェイツが嫌うリアリズムの作風によって制作されている点にも注意）に反立する「ベン・ブルベンの麓で」Ⅵに表れる「自己との闘争」としての「彫像」、つまり「グリマルキン」や「カエル」や「イモリ」が「這いずり廻る」姿が描かれているかのアイルランド独自の高十字架、これを指すものであるとみることができる。猫が腹ばいになっている姿は、有名なムルダックの高十字架にみられるように、アイルランドの高十字架、そのお馴染みのモチーフであることを思い出したい。あるいは「ベン・ブルベンの麓で」に表れる「ドラムクリフの古代の十字架」にはイモリは描かれてはいないものの、その「北と南のより細い壁面にはカエルやアザラシ」、南側面の上段パネルには猫が這いずり廻るような姿で描かれている点に注目したい。それらは文字通り、「彫像」である「高十字架のまわりを這いずり廻る」生き物として描かれている。(30)

つまり、イェイツはアイルランドの写字僧が高十字架に彫り込んだ這いずり廻る生物たちの姿に、ケルトの魔女／ドルイド／キリスト教徒としてのカルディ、彼らが歩んだ独自の道、「ホドス・カメリオントスの道」を象徴させようとしているとみることができる。彼らは置かれた状況、すなわち見る者の「視点」によって色合いが「不気味に」変わる保護色を纏う「カメレオンの道」（'hodos chameliontos'『自叙伝』）＝「仮面の道」を、這いずり廻るように「生の苦しみと邪悪さとを我が身に引き受け」ながら歩まなければならなったからである。これがドルイド／キリスト教徒、アイルランドの修道僧、カルディの悲劇の宿命である。だからこそ、「私たち（アイルランドの精神）が登るに相応しい」場所は啓蒙主義（エンライトメント）者たちが勧める昼間の刻ではなく、「ファンタスマゴリア＝エンシャドメント」の刻である「闇間」（'Climb to proper dark'）の時であると記されている。そしてその「闇間を」足で歩くのではなく、「グリマルキンが仏像の空、あるいは高十字架という「彫像」を這いずり廻る（這いずり登る）」ように「計測された像の面影、あのピタゴラスの輪郭に沿って（カメレオンの道を）辿りながらよじ登ることになる」（'we may trace/ The lineaments of a plummet-meaured face'）と記されているのである。なぜならば、森の写字僧であるカルディたちの使命は、高十字架に「激怒の波」、「発作的情熱」（「パーネルの葬儀」"Parnell's Funeral," 1934）に任せて自己の雄叫び（ヒロイズム）の言葉を掘り刻むことではなく、逆に「自己を放棄し（自己を「仮面」化し）」（「ヴィジョン」）、伝統的なアイルランド独自の芸術様式にしたがって、そこに「槌や鑿（のみ）でもって（「彫像」第二連）」、「悲劇の相／計測されたピタゴラスの不変の輪郭＝様式を辿る（'trace'）」ことで、魂の歴史を刻み込むことに求められるからである。つまり、ここにおける「辿る」には二重の意味でカルディの悲劇の相、すなわち彼らの悲劇の宿命と森の写字僧としての彼らの使命とが暗示されていることになる。

このことは、イェイツにとってグリマルキン、すなわち猫が意味するものが何であるかを省みるならば、さらに明らかなものとなるだろう。戯曲『猫と月』に表れているとおり、イェイツにとって猫が意味するものは、その眼が象徴する変幻自在性にあるからである。

猫があちこちと彷徨いて廻れば
月は独楽の芯のように回る
月に最も近い親類　這いずり廻る猫は空を見上げた
（猫の）黒ミナロウィッシュは月を見つめた
……
猫のミナロウィッシュは草むらを這いずり廻り
一人で　ひとかどの賢者のように
変幻自在の自分の瞳を上げて

変幻自在の月に向かって顔を上げた（「猫と月」*The Poems*, pp.217-8.）

ここで「変幻自在な猫」（'the changing cat'）が「這いずり廻る」（'creeping'）「賢者」（'wise'）として表現されている点に注意を向けたい。

この変幻自在性により、かつてヨーロッパにおいて猫は不気味な存在として魔女の友として忌み嫌われる異端者の表象となる。一方、古代エジプトにおいては太陽神、ラーの使者（媒体者）、ギリシア神話におけるヘルメス的な象徴として崇拝される存在となる。したがって、ここにも密かに古代エジプトに起源をもつカルディの面影が密かに描かれているとみることができる。ロビン・フラワーが『アイルランドの伝統』のなかで指摘しているように、野鳥を愛でるアイルランドの隠修士たち、その最良の友はケルトの魔女や古代エジプトの賢者たちと同じように猫であり、その姿を彼らは多くの詩に記しているからである――「私と私の猫のパングール・バンは　一つの仕事に従事する。　ネズミを捕えるのが彼の喜びならば　夜通し座して　言葉を捕えるのが私の仕事」[31]（＊ロビン・フラワーはここに表れる彼らの姿を「巡礼の情熱」と呼び、写字僧にお供する猫の行動を「猫の巡礼」とも呼んでいる）。少なくとも、「彫像」において、「ピタゴラス」と「グリマルキン」と「かの古代のセクト」が結びつく必然性をここに見出すことができるはずである。

これゆえにこそ、イェイツが想い描いたカルディの姿は、当時の詩人たちにとって、荒唐無稽な発想から生じた「不気味なファンタスマゴリア／ホドス・カメリオントス」以外のなにものにも映らなかっただろう。時代錯誤もはなはだしい「宗教的ドン・キホーテ」（父ジョンに宛てた「手紙」より）の姿に映っていたことだろう。だが、このような複眼的なイェイツがいう「カメレオン」の眼、あるいは「変幻自在な猫の眼」をもたないかぎり、なぜキリスト教の聖者が地霊となった英雄の詩を歌い、後世にそれを残そうとしたのか、というアイルランド詩にかんする根本的な問いは、依然として謎のままである。

あるいは、彼らが多くの場合、詩人（フィリィ）でもあり、アイルランドの詩の起源は彼らに求められること、現在の私たちがアイルランドの英雄神話を読むことができるのも、聖なる務めに従事した彼らのお陰であるというこの紛れもない歴史的真実、すなわち彼らが果たした歴史的重要な意義は正当に評価されないままである。そしてそれは同時に、カルディの深い詩的な意味と意義に唯一人気づいたイェイツ、彼の作品全体を正当に評価されないこと、このことにも当てはまるのである。

以上が、「序章」で述べたことをさらに肉づけしながら、具体的に作品をとおして検証を試みた「ファンタスマゴリア」の世界とその技法の内実である。また、そこで起きた時空を超えた東西の僧侶たちの奇跡のめぐり逢い、その内実ということになる。

第二章　アイルランドのコーカサス、ベン・ブルベン

――プロメティウスとしての聖パトリック／聖コロンバ

我がまた心から愛す　西方のクルキーネの浜辺、ドラムクリフよ

——（「聖コロンバに寄せる詩」）

最近、私は『解き放たれたプロメティウス』を読んで、真に崇高なる一日を過ごしました。もしこの詩人が真の天才でないとしたら、私は天才とは何なのか理解できません。これはまったく素晴らしいものです。そしてそのなかで、私はあたかも自分自身に出会ったような気がします。高められ、神々しくなった自分に出会ったような気がするのです。

——ニーチェ（アービン・ローデ宛の「手紙」）

基盤というものは、民間伝承や迷信、異教的であると同時にキリスト教的な思考や風習からできた半ば失われた体系を支えるものである。土地に根ざすほとんどの植物は、文字通り「宗教」の語源である「かたく結ぶ」ことで、「宗教的な」力を宿しているのである。

——シェイマス・ヒーニー（「土地の感覚」）

この章から「ベン・ブルベンの麓で」の精読を通じて、本書が掲げる命題を検証していくことにする。ただし、この詩はイェイツの郷里であるスライゴーのベン・ブルベンにかんする歴史や神話・伝承を背景にして描かれている。そのため精読にはおのずと詩の背景にあるものの理解が前提条件となってくるだろう。そこで本章では、その背景を『アシーンの放浪』との比較をとおして眺めておくことにする。二つの詩はともに贖罪巡礼の遍路、すなわちクロー・パトリック山からベン・ブルベン山を経てダーグ湖のステーション・アイランドにいたるアイルランドを代表する贖罪巡礼の遍路の歴史的経緯や伝承を背景に描かれていると考えられるからである。さらに同じ背景をもつこれらの詩は、一方がイェイツの初期の詩、他方が最晩年の詩であるため、イェイツの作品全体の相貌を捉えていこうとするとき、二つの詩の比較は意義深いものになるはずである。この点も二つの詩の比較考察を試みようとするもう一つの理由である。

なお、以下の本文は「ベン・ブルベンの麓で」からの引用文はカルディの系譜がどのように描かれているのか、その輪郭を示すことが主な目的であるため、各連を時系列にしたがって記すことはしていない。そのため全文訳を註に掲載しているので、参照していただければ幸いである。[1]

また以下本文は、「序章」と「第一章」ですでに引用した箇所およびそれについて言及した部分と重複するところも一部ある点を、ここにお断りしておく。すでに引用した箇所は検証のためではなく、本書全体のアウトラインを示すことを主な目的として提示されたものである。そのため以下検証にあたっては確認の煩雑を避けるため、一部省略した部分を加えて適応、再度引用・言及を行なっていくことにする。

1　アイルランドのコーカサス、ベン・ブルベン

イェイツにとって聖コロンバゆかりの地、ベン・ブルベン山は、プロメティウスゆかりの地、コーカサス山に相当する聖なる伝説の山であった。イェイツは『自叙伝』のなかで以下のように記しているからである。

もしも、健康と援助の機会に恵まれたならば、私は新しい『解き放たれたプロメティウス』を書くことにならないだろうか。プロメティウスの代わりに聖パトリックか聖コロンバを、コーカサスの代わりにクロー・パトリックかベン・ブルベンを背景して作品を書くことにならないだろうか。(*Autobiographies*, pp.193-4.)

イェイツが「目を悪くするほど熱心に読んだ『悲劇の誕生』」のニーチェにとって、「プロメティウス」は、ギリシア悲劇の核心である人間的生の苦悩、その体現者である[2]（ニーチェのイェイツに与えた影響については註を参照のこと）。一方、『解き放たれたプロメティウス』を書いたシェリーにとって、「プロメティウス」はこの生の苦悩の体現者であるとともに、その解放者でもある（＊この詩を読んだ若きニーチェはこの章のエピグラフの引用にみられるとおり、「崇高なる一日を過ごした」と記している。その影響がニーチェの処女作『悲劇の誕生』に表れていることは間違いないところである）。もちろん、シェリーに決定的な影響をうけたイェイツもこのようなシェリー的な生に対する深い認識のもとで『プロメティウス』を読んでいたことはいうまでもない。このことは、「第四章」で言及する「シェリー詩の哲学」を一読すればすぐにも理解されるはずである。「ベン・ブルベンの麓で」Ⅰの冒頭に表れるシェリーの詩から取られた「アトラスの魔女」が意味するものも最終的にはこのこと、すなわち生の苦悩からの解放であるとみてよいだろう。

ただし、ここにはさらに問わなければならない重要な問題がいまだ残されている。この引用文においてイェイツは、アイルランドのプロメティウスをニーチェが好む英雄、戦士クフーリンでも、騎馬の人アシーンでもなく、アイルランドの

聖者、聖パトリックと聖コロンバに求め、アイルランドのコーカサスをクフーリンとその騎士団の牙城、エマン・マッハでも、アシーンゆかりのノックナリーでもなく、パトリックの聖地、クロー・パトリックとコロンバの聖地であるベン・ブルベン山に求めているからである。なぜだろうか。かかる設定は、通常の読者にとって大いに違和感を覚えるものである。というのも、とくに後期のイェイツの作品、とりわけ戯曲においてはその中心となっているイメージは悲劇を生きる英雄クフーリンの姿であり、しかもクフーリンのような英雄の世界を描いた「ホーマー」の「キリスト教化されない心」（「動揺」）こそ、彼が「手本」として描きあげようとする世界のはずだからである。

結論から先に述べると、それはこういうことになるだろう。イェイツはコーカサスで磔にされ、生きながら永遠に内臓を引きちぎられるプロメティウスの生の苦悩を、古代アイルランド修道僧の厳しい修業＝「緑の殉教」のなかに幻視し、それを聖パトリックと聖コロンバに体現される贖罪巡礼の苦行と等価においたとみることができる。イェイツが挙げた二つの聖地は、いずれもキリスト教徒と異教徒、その双方にとって贖罪巡礼の聖地にあたり、[3]さらに二つの聖地をドニゴールのダーグ湖の煉獄巡礼と結べば、そこに一直線に延びる〈贖罪巡礼の道〉が形成されることになるからである。[4]

前述した仮説を根拠づけるための重要な鍵は、同じ詩「動揺」のなかで聖者の「仮面」を被って語りかける「魂」に対して「心」（詩人）が応答する以下のセリフに求めることができる――「心：ホーマーは原罪以外に、何を主題としたというのか」（"The Heart: What theme had Homer but original sin?," *The Poems*, pp.302-3.）。

このセリフは歴史的にみればナンセンスな応答である。いうまでもなく、ホーマーは前キリスト教時代の詩人であるから、ここでキリスト教の中心的教義、「原罪」を持ち出す詩人は明らかに時代錯誤に陥っているからだ。だがイェイツは、まったくそうは考えていない。彼はアイルランドがキリスト教を受け入れるはるか以前の異教（英雄神話）の時代からすでに原罪の概念を硬く信じ続けていたと考えている。

アイルランド人は、キリスト教徒だろうが異教徒だろうが、原罪を信じるというこの信仰を、揺籠の頃からすでにもっている。すなわち人間は一つの呪いのもとで生き、額に汗して糧を得なければならないというこの信仰をもっているのである。（"If I were Four-and-Twenty," *Explorations*, p.276.）

しかも、かかる独自の原罪意識を示したこの散文のなかで、イェイツは原罪を贖うためのアイルランド独自の巡礼のあり方、すなわちキリスト教的な巡礼と異教（前キリスト教）的な巡礼が不可思議に融合された独自の巡礼のあり方までも提示しているのである。

もしも私が二四歳の頃に戻ったならば、偉大なる巡礼、クロー・パトリックの巡礼とダーグ湖の巡礼［聖パトリックの煉獄巡礼］に行くことだろう……ヨーロッパには私たちの巡礼よりも古い巡礼など存在しないのである。私は多くの小抒情詩のなかで願ったものである。アイルランドのキリスト教徒も異教徒もこぞって、あの石ころだらけの山［クロー・パトリック］を日本の聖なる山［富士山］と同じように、三世代にわたって我々のなかの想像力に富む者たちの記憶に鮮明に映るように、若い歓喜をもって描くことができればよいのに、と。……もし、私が二四歳だったら、ダーグ湖の司祭を説得し羽のない翼をもつ長足鳥のかたちをした悪霊にかつて包囲されたことのある聖パトリックの穴に宿るヴィジョン、その封印を解くように促しただろう。（"If I were Four-and-Twenty," *Explorations*, p.267.）

あるいは、「文学におけるケルト的要素」（"The Celtic Element in Literature," 1902）のなかで、ドルイド教とキリスト教が融合されて誕生したアイルランド固有の贖罪巡礼について以下のように語っている。

エルネスト・ルナンは、ダーグ湖の巡礼者が視た幻が――巡礼者を聖なる島に運ぶ船がウロのある木で作られていることからだけでも充分立証できるように、この幻はかつて異教徒が視た異界の幻なのである――ヨーロッパの思考に豊かな懺悔についての新しい象徴を与え、その影響の大きさについて記している。曰く――「ヨーロッパは数多くの詩のテーマをケルトの天才から借り受けているのだが、『神曲』もその一つに加えられることにいささかの疑いを挟む余地はない」、と。（"The Celtic Element in Literature," *Essays and Introductions*, p.185.）

あるいはまた、「超自然の歌」を説明する目的でアイリッシュ・プレス宛てに書いた手紙のなかで、以下のようにも述べている。

わたしに関していえば、しばらくは、初期アイルランドのキリスト教徒をインド人と結びつけて考えることにしている。シリ・プロヒット・スワミは遠くヒマラヤの寺院へ巡礼に行く際に、大きな奇妙な番犬を連れていったが、危険がなくなると番犬はいなくなった。彼は臨終の床で鳥や獣の歌を歌った、かの聖者ケラハの生まれ変りなのかもしれない。それならば、バグワン・シリ・サラミによる伝説の聖地メルーであるカイラス山とマナス・サロワ湖への巡礼は、クロー・パトリックとダーグ湖の巡礼を暗示していたことになる。（*The Variorum Edition of the Poems*, pp.837-8.）

これらの引用文からもわかるとおり、イェイツが取りあげるアイルランドの贖罪巡礼地は、たえずキリスト教の贖罪巡礼と異教の贖罪巡礼、その交点に位置づけられている。このことを踏まえて考えるならば、先の「心」のセリフは充分理解のいくところとなるだろう。さらには「心」が宣言する「ホーマーが我が手本、彼のキリスト教化されない心が」もなんら矛盾を感じることなく受け入れることができるはずである。つまり、「動揺」の最終連の聖者の仮面＝「魂」と詩人の「心」の対話は「原罪」を軸に展開し、原罪に対する贖いをキリスト教に求めるか、それとも原罪を承知しながらも、あえてキリスト教的な贖いの道を拒否し、もう一つの異教の贖罪巡礼の道に求めるかをめぐるものだということになる。換言すれば、死後、「（天国で憩い）安んじていられる」キリスト教の聖者の遍路に対し、「盲人の溝、カエルのはらごのごとき生を何度でも生きるような」(「自我と魂の対話」"A Dialogue of Self and Soul," 1929, *The Poems*, p.286) 悲劇のなかの生、騎馬の人の〈贖罪の永遠回帰〉の遍路を選択するかをめぐる「魂」と「心」の「対話」であるといえよう。つまり「魂」と「心」の葛藤の内実が「動揺」のテーマだということになる。だからこそ、「ホーマーが我が手本」と宣言する「心」はその但し書きとして以下のように記さなければならないのである——「もし、私がキリスト教徒になり、自分の信仰にとって、/墓に最も安らかにむかえられるものを選ぶならば、/心も安んじていられよう。だが、運命の定めるところを演じよう/ホーマーこそ我が手本。そのキリスト教化されない心こそが」(「動揺」*The Poems*, p.303.)。そもそも「心」が「原罪」そのものを否定するのであれば、このような但し書きをわざわざここで記す必要はないからである。要約すれば、「動揺」の最終的なテーマは、贖罪に対する二つの巡礼のあり方、すなわち聖者の贖罪巡礼と騎馬の人に体現される古代ケルトの贖罪巡礼のあり方、その両極の間を揺れる「心」の「動揺」であるとみてよい。

このことを前提にすれば、先の引用にみられる不可解な設定もおのずから理解されるはずである。すなわちギリシア的生の苦悩のアイルランド的体現者を聖パトリック/聖コロンバ、コーカサスをクローー・パトリック/ベン・ブルベンに求めたイェイツの意図が理解されるのである。つまりアイルランド的な生の苦悩をとりなし贖う者=聖パトリック/聖コロンバのイメージ。その表裏であるアイルランド的生の苦悩者、騎馬の人・アシーン/クフーリン。そして、この聖と俗とがめぐり逢いを果たす聖なる場所、二つの贖罪巡礼の道(キリスト教的な遍路とケルト・ドルイド教的な遍路)、その交点に位置するもの、それがイェイツにとって聖地クローー・パトリック/ベン・ブルベンであるとみることができる。

2　北西と北東によるイメージ戦争——二つの聖パトリック像をめぐって

前述した散文の引用以外に、イェイツが贖罪巡礼をキリスト教と異教の交点に求めていることは、すでに「序章」で引用した「クロッカンとクローー・パトリックで踊る者」からも根拠づけていくことができる。この詩の舞台は「クローー・パトリック」と「クロッカン」、すなわちいずれも北西コノハトに属する地域であり、二つはキリスト教とドルイド教の聖地に当たっているのだが、二つの並在は、ドルイド／キリスト教徒の「ダンサー」としての聖パトリックを象徴するものだからである。この場合、「ダンサー」が象徴しているものは、二つの精神のいずれの精神にも教義にも支配されないアイルランドの魂が有する孤高の精神とその自由ということになるだろう。

ただし、ここにみられる北西の精神のあり方は、アイルランド史の文脈を念頭に置くならば、北東の精神のそれと著しく対照を示していることにも注意を向けねばなるまい。一方はキリスト教の聖地、クロー・パトリックと対比されているメイブ女王の宮殿があったとされる「クロッカンの丘」であり、そこはこの地に隣接する名僧で知られる聖キアラ（Saint Ciara）やイェイツが注目する「聖者ケラハ」が拠点としたクロンマックノイズ修道会（彼はのちに述べるコノハトの王オーエン・ベルの息子＝王子である）とのちに結びつくことで、西＝コノハトの繁栄の象徴となっていく。他方、北東の繁栄の象徴は、ターラの丘と対比されるアーマー教会とダウンパトリックである。方位学的にみると、アイルランドの極西の海岸線に位置するクロー・パトリックと極東の海岸線に位置するダウンパトリックは鮮明な対照を示している点に注目したい。つまり、北西のクロッカンの丘VS北東のターラの丘、クロンマックノイズ修道会VSアーマー教会、そしてクロー・パトリック（聖パトリックの贖罪巡礼にしてフォクルーの森に隣接する彼の聖地）VSダウンパトリック（聖パトリックの永眠の聖地）という鮮やかな対照を示していることになる。ここにうかがわれるものは、北西＝ドルイド／キリスト教徒としてのカルディ、すなわち古代アイルランド修道会と北東＝ローマ・カトリック教会（直轄地）という対立の構図である。これが最終的に示唆しているものは、「アメンボ」における「シーザ」と「悪魔と野獣」における「聖アントニー」の対照と同じ意味、すなわちローマあるいはローマ・カトリックの精神的支配に抗う不屈のケルト／アイルランドの孤高の精神ということになるだろう。そしてこの不屈のアイルランド魂の象徴的舞台がキリスト教とドルイド教、二つの精神の交点にあたる贖罪巡礼の遍路ということになる。

「動揺」に暗示されている聖者と騎馬の人による二つの贖罪巡礼のあり方、その両極の間で「動揺」する詩人の立場、それはイェイツが二四歳のときに出版した詩、『アシーンの放浪』を書いた頃にすでに前提とされていた。イェイツがオリビア・シェイクスピアに宛てた以下の手紙の内容はその一つの根拠となるだろう。

私は二十歳になる前の頃、『アシーンの放浪』第一部の終わりで、初めて老いに対して批判を試みました。その同じ批判がこの度の本（“Vacillation”）の最後の頁に表れています。そこでは武人は終始、聖者を拒否しているのですが、心に動揺を覚えずにアシーンは聖者を拒否できないのです。おそらく、「動揺」の唯一の主題は「アシーンとパトリック」と同じ主題ということになるのでしょうか。つまり「（我ら似た者同士ながら、別れねばなるまいか。）フォン＝フューゲルよ、さらば。だが、汝の頭には神の祝福があるだろう」ということにでもなるでしょうか。

ここには、「サーカスの動物たちの逃亡」のなかで記されている『アシーンの放浪』に詩人が求めた「一つの（真の）主題」、それが何であったのかが示唆されている。「一つの主題を求め……虚しい陽気さ（「舞踏の島」）、虚しい戦闘（「勝利の島」）、虚しい安息（「瞑想の島」）」を駆けめぐったアシーンが、なぜ「虚しく主題を求める」（*The Poems*, p.394.）羽目に陥ったのか、その理由がここに示されているのである（＊イェイツによれば、この時期の彼は「主題を見出すのが困難になり、五週間、私は一行も書けなくなってしまっていた」*The Poems*, p.840. という）。いかに彼が三つの異界の島へ逃避し、そこを情感溢れる筆遣いで描こうとも、そこには詩人が求める真の「主題」は存在しないからである。「原罪」こそが唯一の主題であったからである。だからこそ、アシーンは「心に動揺を覚えずには拒否できない」のであり、彼は異界の島を語るくだりのなかで、逆に「死すべき者」である人間の老い、その寂寥の想いを語ることになってしまうのである。そして、まさにこの老いの孤独を語ったくだりこそ、先の引用のなかに表れる「私は二十歳になる前の頃、『アシーンの放浪』第一部の終わりで、初めて老いに対して批判を試みました」に相当する箇所なのである――「子どもか、友か、兄弟の家で／長く居候しようと望む老人／それに相応しいつとめは火起こし。／それが果たせぬとなれば／疎まれるのが落ちだ。／日毎、侘しさはつのるばかり……火に身を屈め、寒さに震え……／老いて色褪せ　足を引きずって歩く身となるのだ」（*The Poems*, pp.11-12.）。ここに異界の描写に目を奪われた『アシーンの放浪』の読者、その盲点を突く真の主題がある。

『アシーンの放浪』についての通俗的な解釈は、前キリスト教のケルト英雄神話の時代の象徴をアシーン、キリスト教の時代のアイルランドの象徴を聖パトリックに求め、二人を単純な二項対立の図式のもとで捉え、イェイツが全面的に前者を肯定し、後者を否定することで古代ケルトの神話的世界を描き上げようとしたという類のものである。そこに完全に欠落している観点は、先にみた「『アシーンの放浪』第一部」に表れる詩人の想い、対立の背後に潜む心の「動揺」、「原罪」のなかに置かれた人間の宿命に対する魂の葛藤の問題である。あるいはその「動揺」の背後にある聖パトリックに体現される古代アイルランド修道会、その孤高の精神に青年の頃から死の間際にいたるまで強く惹かれ続けた詩人の「信条」＝信仰の問題である。このような通俗的な解釈が多くの場合、前期イェイツが描く「ケルトの薄明」、ひいてはイェイツが中心的な働きをすることで誕生をみた「アイリッシュ・ルネサンス」にまで暗黙のうちに持ち込まれているとすれば、それはアイルランド文学研究全体にとって一つの不幸でさえある。

通俗説にみられるこのような読みの不幸を避けるためには、まずは『アシーンの放浪』における「流離い」（‘wandering’）を〈ケルトの異界めぐり〉の意に限定して捉えるのではなく、「動揺」にまで一貫して続く、魂の浄罪を求める「心の放浪」（‘mind's wandering’「万霊祭の夜」）、現世を含めた魂の贖罪巡礼の意であると解す広い視野をもつ必要があるだろう。『アシーンの放浪』の背後には、先の手紙の文面からも充分にわかるとおり、たえず「聖パトリックの放浪」が意識されているからである。『アシーンの放浪』において、現世に戻り老人となってしまったアシーンはそれでもなお生の苦悩を問い続ける流離いの旅を続けているのであり、老いた聖パトリックもまた然りであることを念頭に置いてこの詩は再読されてしかるべきである。すでに述べたように、アシーンの異界の三つの島めぐりが、スフィンクスの謎かけ、すなわち赤子から青年から老年にいたる人間の生の三つの段階に各々対応しているとみれば、異界自体が死ぬ者——これを暗示するものは三つの島を形容する先にみた「サーカスの動物たちの逃亡」に表れる「虚しい」（‘vain’）——としての人間の宿命そのものを暗示しているという逆説が異界の島めぐりに潜んでいる点にも注意を向けたい。

このような二項対立を前提とする通俗的な読みの不幸を払拭するために、ここでぜひとも行なっておくべき読みの作業は、『アシーンの放浪』の背景はどこか、すなわちアシーンと聖パトリックの対話が行なわれている場所は具体的にはどこであるのか、その措定である。これは異界めぐりにばかり目を向ける読者の盲点を突く問いだと思われるだけに、さらに注目に値する課題となるはずである。

ここで予め結論を述べておくと、その背景は先述の「クロッカンとクロー・パトリックの丘で踊る者」や「ベン・ブルベンの麓で」の背景となっているところと同じ場所、贖罪巡礼の遍路であると考えられる。すなわちメイオ州にある伝説の「フォクルー森」にほど近いクレア州のクロー・パトリック山、そこからスライゴー州のベン・ブルベン山（「ベン・ブルベンの麓で」の背景）を経てドニゴール州のダーグ湖のステーション・アイランドに一直線に延びる北西に位置する贖罪巡礼の遍路に、その背景をもっていると措定される。これら三つの贖罪巡礼のステーションは各々、アシーンがめぐった三つの島に対応している点がその一つの根拠となるだろう。すなわちクロー・パトリックはすでに述べたとおり、聖パトリックが「踊る」山、つまり「舞踏の島」に、ベン・ブルベン山は聖者の信仰、その勝利の山にして武士たちの決戦の舞台、つまり「勝利の島」に、ダーク湖のステーション・アイランドは聖パトリックの瞑想と祈りの島、つまり「瞑想の島」に各々対応している。そして、この対比される英雄と聖者による「放浪」の対比が先述したスフィンクスの謎における人生の三つの段階にともに対応していると考えれば、二人の放浪はいずれも原罪（「死ぬ者」としての人間の宿命）からの解放を求めての贖罪巡礼の旅のイメージが示唆されていることになる。

このことがさらに重い意味をもつことになるのは、この北西の聖パトリックのイメージは、アーマー教会が支持する北東の聖パトリックのそれと激しく対立していたという歴史的な背景をもっているからである。このことは、巡礼のあり方を異にする聖パトリックの巡礼が北西と北東にあり、その両者がいずれも現存する有名な聖パトリックの遍路になっている点からも確認される。北西の聖パトリックの贖罪巡礼の遍路に対して、北東はクフーリンと赤枝の騎士団の根拠地、エマン・マッハ付近にあるアーマー教会（「Ⅱ：主題」のなかで皮肉を込めて「赤い枝」と記された赤枝の騎士団の根拠地）とダウンパトリックを結ぶ聖パトリック巡礼の遍路をもっているということである。[5] だが、この北東の聖パトリックの巡礼の遍路は贖罪巡礼の意味合いをもっておらず、イェイツの作品にこの北東の聖パトリック巡礼にかんして言及されている箇所がまったく見当たらない点は看過できない。なぜだろうか。北東の巡礼のイメージには聖パトリックの父権的イメージがその発生の歴史的経緯から必然的に伴っているのであり、そのためイェイツは北東の聖パトリックの姿を作品に持ち込むことを避けたと考えられる。

そうだとすれば、もしかりに『アシーンの放浪』に二項対立を読む解釈が成り立つとすれば、その解釈は暗黙のうちにアーマー教会が支持する父権的パトリック像を前提に行なわれていることになるのではあるまいか。つまりこの詩の舞台を暗黙のうちに北東に置いていることになるだろう。果たして『アシーンの放浪』の舞台は北東と北西、そのいずれに設定されているのだろうか。以下、この点について少し紙面を割いて確かめてみることにしよう。

3　『アシーンの放浪』の舞台、聖パトリックの贖罪巡礼の遍路

ヨーロッパには様々な聖人伝説があり、その聖人が国の守護聖人とみなされている例も少なくない。だが、一人の聖人がかくも長きにわたり民衆に敬愛され、そのことで聖人が一つの国家表象となるまでに崇められた例は、アイルランドを除けばヨーロッパにその類をみないはずである。少なくとも、いまや紛れもなく聖パトリックがアイルランド共和国、そのアイデンティティを体現する一つの国家表象となっていることは間違いないところである。このような次第で、アイルランドにおいては、いまだ聖パトリックの存在とその偉業を根本から否定するような見方はほとんど存在しないといってよいだろう。

聖パトリックの命日にあたる三月十七日、アイルランドでは国を挙げて彼の偉業を讃える祝祭日、「聖パトリック祭」

が盛大に行なわれている。しかも、この光景は国内だけに留まらない。たとえば、合衆国では祖国を離れたアイルランドの移民たちが、ニューヨーク、シカゴ、ピッツバーク、サンフランシスコの河をアイルランドのナショナルカラー、「緑」に染め上げ、おのおの帽子やジャケット、スカーフやネクタイからハイソックスにいたるまで緑一色に身を包み、街を練り歩く「聖パトリック祭」のパレードを盛大に行なう。アイルランド系アメリカ人、ハリソン・フォード主演の映画、『逃亡者』のなかでシカゴを舞台に象徴的に描写された、あのお馴染みの光景である。

聖パトリック祭を象徴する色、緑がアイルランドのナショナルカラーとなっていく背景には、聖パトリックにかんする一つの有名な伝承の存在がある。初めてパトリックがアイルランドに渡来し、キリスト教を布教したとき、緑に萌える三つ葉のクローバー（シャムロック）を摘んで民の前に指し示し、それをもとに三位一体を説いたというかの伝説がそうである。そのとき、聖パトリックはこのように語ったという——「この野辺に萌える三つ葉こそ、三位一体の神がこの地を祝福しておられることの何よりの証である。あなた方が信じる三つの神はこの三つ葉に象徴される三位一体の神、その別名にほかならない」。こうしてアイルランドは、一人の殉教者さえも出すことなく、ドルイド教に象徴される土着信仰を新教にうまく融合させることに成功し、以後、民は敬虔なキリスト教徒になっていったのだという。

むろん、これは伝承であって史実ではない。したがって当然のことながら、このような話が聖パトリックの『告白』に記されていないことはいうまでもない。だが紛れもなく、アイルランドの国家成立に不可欠の〈聖なる伝説〉であり、「国家」という一つの虚構が実体化していく際に働く伝説の作用、その問題を考えるうえで、重要なモデルを提供していることだけは確かなことである。

イェイツもかかる聖パトリックの伝説を半ば肯定的にみている。このことは、前期の散文、「黄昏の老人たち」のなかの以下のくだりからも確かめることができるだろう——「ドルイド僧たちが、パトリックという新しいドルイド僧のことをわしらによく話していた。彼らのほとんどがその新しいドルイド僧に怒っていたのだが、そのなかの幾人かは、彼の教義は自分たちの教義を新しい形式で表現したものにすぎないと考えて、彼を歓迎しようとする者たちもいた」（*Mythologies*, p.193.)。

ただし、この伝説が伝えるところによれば、三つ葉によって三位一体を説いた聖パトリックは、そのとき同時に蛇がこの地にいないことを民に告げ、「それは三位一体の神がこの地を祝福していることの証である」とも述べたのだという。あるいは別の伝説によれば、そのとき彼は蛇をこの地から追い出したのだという。この点にかんしては、ニーチェと同様に蛇を聖なる生き物とみなすイェイツは、聖パトリックの説教（伝承）を批判的に捉えている（このことについては「第四章」で記すことにする）。

さて、もしかりに『アシーンの放浪』が二項対立を前提とするアイルランド精神の世界をテーマに描いたものであるとすれば、青年イェイツはアイルランド人のなかでおそらく初めて民族のアイデンティティを象徴する守護聖人のイメージ、その脱構築を企てたことになるのかもしれない。だが、そんなことは現実的に考えてもありそうもない話である。その企ては、若き詩人としての将来の夢を自ら絶つにも等しい行為だからである。そのような企図をもつ作品は、少なくともアイルランドにおいては受け入れられるはずもない。ではなぜ、この作品はアイルランドで受け入れられたのか。アイルランドの当時の読者は、この作品を二つの精神の対立としては読まなかったからであり、イェイツ自身もそのような目的でこの作品を書いたのではなかったからである。もっとも、のちにみるように、この作品に込められた英雄と聖者に体現される二つの魂、そこにみられる深い葛藤のドラマを読み解くことができた読者は当時ほとんどいなかっただろう。たんに消えゆくケルト的情緒に対する若い詩人のノスタルジックな想いが込められた抒情豊かな作品、この程度にしか受けとめられていなかっただろう。

とはいえ、聖パトリックにかんするイメージがアイルランド内において、たえず一枚岩であったとはいえない。むしろ歴史的にみると、とくに七〜十二世紀にかけて聖パトリックの聖地をめぐって二つの修道会の覇権の構図があり、二つの勢力は彼のイメージをめぐって激しく対立していたとみることができる。その一方の修道会における地政学上の中心はアイルランド北西部にあり、他方は北東部にある。北西の修道会は聖パトリックが最初に布教した地を『告白』に記されている「アイルランドの声」の発信地、「フォクルーの森」に求め、それをティレハンの『聖パトリック伝』などの説話を後ろ盾にして、スライゴー州とメイヨ州の境辺に定め、彼の聖地に定めたと考えられる。[6] おそらく北西部勢力はその根拠を、先にみた『告白』に記された「この世の果ての異邦の地」、すなわち極西の地、アイルランドのなかの極西の地の「伝道」に求めたと推測される。つまり、彼らは聖パトリックのなかに強烈なパッション（殉教精神）と終末意識を伴う「巡礼の魂」をみようとしたと考えられるのである。こうして、アイルランド修道会の大いなる伝統としての「贖罪巡礼」、その創始者としての聖パトリックにかんする一つのイメージが誕生することになった。伝説の聖地、現在のメイヨ州のあったとされるフォクルーの森に近いクレア州北部の海岸線にある「クロー・パトリック」が巡礼の聖地とされていることはその証左となるだろう。キリストが布教に赴く前に荒野で四十日間の断食を行ない、そこで悪魔の誘惑を退けたように、聖パトリックもまた布教に赴く前に石ころだらけの荒野の山、クロー・パトリック山で四十日間の断食を行ない、そのあとで怪物（悪魔）を退けたのだという伝説が数多く残っているからである。

あるいは、北西部のドニゴール州にあるダーグ湖の「ステーション・アイランド」の巡礼、聖パトリックの煉獄巡礼も同様の意味をもっている。二つはいずれも聖パトリックの贖罪巡礼地であり、伝承においては「羽のない翼をもつ大きな鳥（怪物）」によってクロー・パトリック山と密接に結びついているからである。このことは、イェイツが「羽のない翼をもつ大きな鳥」の伝承を二つの巡礼を結びつけるメタファーとして用いていることからも確認できる。先に引用した「もしも私が二四歳だったら」の一節をもう一度吟味したい——「もし、私が二四歳だったら、ダーグ湖の司祭を説得し羽のない翼をもつ長足鳥のかたちをした悪霊にかつて包囲されたことのある聖パトリックの穴に宿るヴィジョン、その封印を解くように促しただろう」（*Explorations*, pp.266-7.）。

あるいはまた、このことは詩「巡礼者」からも確認することができる。『鷹の井戸』や「邪悪な気狂い老人」と同様に聖パトリックを逆説（パロディ）化する「老人」、詩人の「仮面」の声は以下のように証言しているからである——「船で巡礼地に向かっていると、一羽のみすぼらしい黒い鳥が現れたぞ。そいつは羽を伸ばすと二〇フィートもある鳥だったぞ」

(*The Poems*, p.360. ＊なお、「巡礼者」のなかに表れるもう一人の寡黙な正体不明の「老人」には多分に聖パトリックのイメージを帯びている点をここで指摘しておきたい)。

これに対して北東部の修道会は、聖パトリックの最初の布教地を北東部のタ－ラの丘に求め、その聖地を聖パトリックの聖没地とされ、彼の墓地があるアーマー教会に定めた。こうして北東部と北西部の修道会は各々の豪族を後ろ盾にして激しく覇権を争うことになったと推測される。だが、争いに勝利した北東の修道会はのちに(十二世紀後半、アーマーの大司教マラキにより)アイルランド全土の修道会をローマ・カトリック教会の傘下におくことでアイルランド教会の統合を果たすことになった。以後、聖パトリックはカトリックの最初の布教者、初代アーマーの大司教に位置づけられるようになった。かくして、北東の修道会にとっての聖パトリックのイメージはカトリック教会の秩序と権力と統一の象徴＝父権的なものの象徴と密接に結びつくものとなっていき、今日にいたっている。

興味深いことに、聖パトリックに纏わる数々の聖人伝説群には北西起源のものと北東起源のものとで起源を異にする二つの伝説群があり、これに伴って二つの対立する聖パトリック像が描かれている。一方は北西部が支持する聖パトリック像、周縁(極西)の贖罪巡礼者としての聖パトリックのイメージであり、他方は北東部が支持する中央集権的な統合者としての彼のイメージである(＊むろん、アイルランド全土の各地方に残るすべての聖パトリック伝説がこれら二つのイメージによって完全に二分されているわけではない)。

さらに興味を引くところは、起源を異にする聖パトリックの聖人伝説に並行するように、アシーン伝説もまた北西起源と北東起源という異なる起源をもつ二つのアシーンが並在しているという事実である(＊ただし、アシーン伝説の場合、聖パトリックの伝説のように起源の違いによってイメージが二分されるものではない)。

二つの伝説がともに北西と北東の起源をもっているのは次のような事情を考慮すれば、たんなる偶然ではなく、歴史の必然とみることもできるだろう。元来、アシーン伝説はすでに述べたように、単独の伝説として伝えられたものではなく、聖パトリックとアシーンとの対話が先にあって、その後、対話から切り離されることで新たなアシーン伝説群が生まれたという事実である。

この点にかんしては「第一章」ですでに触れたロビン・フラワーの『アイルランドの伝統』のなかで展開された論考は大いに参考になるだろう。彼がいうには、現存するアシーン伝説は古代アイルランドの修道院時代に生まれた聖パトリックとの対話の物語に由来し、その際、二人の対話は対立ではなく共存を前提に描かれていたという。したがって、二人の対話を対立として読むのはアイルランドの文学的伝統を完全に無視した（あるいは知りえなかった）近代のヨーロッパ人による誤読であるという。彼の怒りの矛先がマクファーソンの『オシアン』に向かうのも当然である。

あるいは、先述のR・S・ニコルソン著、『聖パトリック　三世紀のアイルランドの使徒』(*Saint Patrick: Apostle of Ireland in the Third Century*) によれば、アシーンは神話上の人物ではなく、三世紀に実在した歴史上の人物――彼はフィアナの騎士である前に詩人であったという――であり、数々のアシーンと聖パトリックの対話伝承の背景には、実在した同時代人としての二人のイメージが重ねられているという。つまり彼によれば、アシーンはアルスター北東部の特殊なゲール語で親族の戦いのエピソードを口承により語っていたが、マクファーソンはかかるアイルランドの歴史的背景、文学的伝統も歴史的な文脈もまったく理解することができず、真のアシーン伝説を歪め、それが世界に流布されてしまったのだという。

ともすれば、現代の読者は、『アシーンの放浪』にみられる対話をアシーンと聖パトリックの世界観の違いを鮮明にするためにイェイツが独自に考案したものだと素朴に考えてしまう向きもある。だが、彼らの見解から判断すると、それはまったくの誤解だということになる。アイルランドの伝承に明るい初期のイェイツが、フラワーがいう「アイルランド文学の大いなる伝統」を知らずに『アシーンの放浪』を書いたとはおよそ考えられないからである。このことは、『アシーンの放浪』の背景となる場所を措定することによって検証することも充分可能である。

この作品においてイェイツの念頭にあった場所は、アイルランドの北西部であるに相違ない。もっと具体的にいえば、二人の対話はイェイツの郷里、スライゴー州に近い先述の「フォクルーの森」を中心に、二つの聖パトリック巡礼地、「クロー・パトリック山」から「ベン・ブルベン山」を経てダーグ湖の「ステーション・アイランド」を結ぶ北西部、いわば〈聖パトリック贖罪巡礼の遍路〉で行なわれていると措定される。その根拠は先に示したものを加味したうえで、少なくとも以下の五点に求めることができるだろう。

1：イェイツはアシーン伝説の起源を郷里である北西部スライゴー付近に求めたと考えるのが最も自然な見方であると思われる点。というのも、アシーンが船出した異界＝ティル・ナ・ノーグは西の果ての海底にあり、スライゴーは極西の海岸線をもつと同時に、クロー・パトリック山のあるクレア州の北部の海岸線とも隣接しているからである。すでに述べたように、イェイツの郷里、スライゴーのノックナリーが『アシーンの放浪』のなかに表れている点も、その一つの証左となるだろう。あるいは前期の詩「彼、自身と恋人の変化を嘆く」や最晩年の詩「猟犬の声」に耳を澄ませば、さらにこのことが理解されるはずである。これらの詩の「仮面の声」は贖罪巡礼の聖者パトリックに呼びかけるアシーンのものであり、その背景はベン・ブルベンに設定されていると推定されるからである（「第十章」で検証）。

2：アシーンが航海から戻った可能性のあるスライゴーの海岸と聖パトリックの聖地、フォクルーの森（スライゴ州とメイオ州の境界辺り）が隣接している点。もっとも、アーマー教会側はフォクルーの森を聖パトリックの最初の布教地だとは認めることはないだろう。アントリムのスレミッシュ（スレアブ・ミス）辺りに求めるだろう。だが、少なくともイェイツがフォクルーの森を郷里スライゴー付近に求めたことは想像に難くない。

3：『アシーンの放浪』に表れる聖パトリックの姿は、アーマー教会の初代大司教、あるいはタ－ラの丘に君臨する父権的権力者の姿ではなく、老いて巡礼（贖罪巡礼）を行なうみすぼらしい僧侶の姿として描かれている。そのことから、イェイツは北西起源の贖罪巡礼の聖者、パトリックのイメージを支持したと考えられる点――「アシーン：聖者よ、泣いているのか。語ってくれ。あなたもまた想い出を抱えた老人、夢に囲まれた一人の老人だろうが」。この点については、イェイツの最晩年の詩、「タ－ラの宮殿」からも、逆説的に理解される。もしかりに、イェイツが聖パトリックにタ－ラの丘に君臨する父権的支配者のイメージをみていたとすれば、この詩のなかに聖パトリックの父権的なイメージを持ち込み、タ－ラの丘で魔性の女の愛を求め、異界を放浪した英雄アシーンの行ないを厳しく糾弾する裁き主の姿勢が暗示的に記されてしかるべきである。少なくとも、ここに聖者と英雄のイメージが僅かなりとも暗示されてしかるべきだ。だが、むしろこの詩はターラの丘から聖者と英雄のイメージを意図的に排除（不在化）させており、その代わりに「一人の男」、一〇一歳の「王」を登場させ、彼を「女性に愛を与えて愛を求めない」ことで「老いることのないまま」死をむかえようとする（「棺に入る」）者として描かれている。ここに不在化されているものは『アシーンの放浪』、あるいは『鷹の井戸』に表れる〈呪いとしての老い（生に執着する呪われた老人）〉、〈一人の女に執着する愛の希求〉、〈聖者と英雄の葛藤〉などのテーマである。つまり『アシーンの放浪』と鮮明な対照を示すために「ターラの宮殿」は描かれているとみることができる。あるいは、すでに「序章」のなかで言及した『ボイラとアイリン』『二人の王』や「ファーガスとドルイド」も、この同じ狙いのもとで記されているとみることができる。このことからもイェイツが聖パトリックのイメージに、ターラの丘に君臨するアーマー教会の初代大司教のイメージをみていないと考えられる（＊これらの詩群に『影なす海』も含めることができるが、場所は不明）。

4：「もしも私が二四歳だったら」（『アシーンの放浪』の出版年は彼二四歳の時）において、イェイツはクロー・パトリックとダーグ湖、二つの巡礼を取り上げ、これらをアイルランドがヨーロッパに誇るべき象徴的な巡礼地として高く評価している点。つまり、イェイツはこの散文において聖パトリックのイメージを暗黙のうちに北西部に求めていると考えられる点。その一方で、イェイツの作品のなかに、北東の聖パトリック巡礼を示唆する箇所がまったく見当たらない点（この点についてはすでに述べたとおりである）。

5：アシーンと聖パトリックはともに異界の旅人、すなわち一方が北西部の海底・ティル・ナ・ノーグを、他方が北西部（ドニゴール）の地底（湖低）にある煉獄を巡った異界の旅人として描かれている点。なお、『アシーンの放浪』のなかの聖パトリックが「ステーション・アイランド」の煉獄巡礼者のイメージをもっていることは以下のセリフから確認することができる――「素足で……跪いて、板石が擦り切れるまで祈るのだ。彷徨える己の魂のために」（'S. Patrick. Where the fresh of the footsole clingeth on the burning stones is their place;……S. Patrick. ……But kneel and wear out the flags and pray for your soul that is lost/

Though the demon love of its youth and its godless and passionate age.')。このセリフは、ダーグ湖のステーション・アイランドの贖罪巡礼以外には用いられない特殊なコロケーションによって表現されていることに注目したい。現在まで継承されている「引き籠り」('Retreat') と呼ばれるダーグ湖島の巡礼は六つの岩穴に置かれた通称「板石」("flags") と呼ばれる「懺悔の寝台」('Stations')、「懺悔の寝台」('penitential beds') を素足で各々めぐり祈りながら自己の罪を懺悔し、あるいは隣人の魂をとりなすための苦行を行なうものだからである。このような巡礼のあり方はアーマー教会が勧める聖パトリック巡礼と著しい対照を示しているとともに、ヨーロッパにおいてほかには例をみない特殊な巡礼の典礼のあり方である。(7) なお、イェイツがダーグ湖巡礼のイメージを強く意識していたことは晩年の詩「巡礼者」の以下の詩行からも確認することができる――「ダーグ湖の聖なる島で巡礼したとき、わしは岩場のうえで／各留を回るたびごとに、跪いて祈ったぞ。／そこで一人の老人に出会ったが、わしが一日中、祈っておるときに……」("The Pilgrim," 1937, *The Poems*, p.360.)。

以上のことから、『アシーンの放浪』がアイルランド北西部を念頭に記されていることはほぼ間違いないところである。そうだとすれば、この作品を書いていた頃の初期イェイツは「Ⅱ：主題」に記された聖パトリック、その祖型となるイメージをすでに抱いていたとみて間違いないだろう。

4　イェイツのグレンダロッホ／聖ケヴィン巡礼

『アシーンの放浪』から「動揺」にまで通底するモチーフが二つの贖罪巡礼のあり方をめぐるものであること、このことをさらに根拠づけるために、先のオリビア・シェイクスピア宛ての手紙をもう少し細かくみていくことにしたい。

この手紙の日付は「一九三二年六月三十日」と記されており、引用した文面の前文には次のようなくだりがある――「この家から貴方宛に送る手紙はこれが最後になります。妻ジョージはすでに新居（ウイルブルークのリバデール）にいます。……これから私は多分ウィックロー州のグレンダロッホのホテルに二、三日滞在することになるでしょう」。

一見、たわいもない私事を述べたまでの文面にも読めるが、オリビアはこれを引用の文面と一続きに読むことで一つの暗号として受けとめたはずである（＊ここで用いた「暗号」とは表題で用いている「イェイツ・コード」の意味ではなく、通常用いられる暗号の意味である）。その暗号の意味は、「動揺」を書くにいたった詩人の直接の動機、「自己呵責」（'remorse'）、その内実ということになるだろう。

そこでさっそくこの暗号の内実を解読していくことにするが、これを解く鍵は「グレンダロッホ」という一つの巡礼地に求められるだろう。グレンダロッホはアイルランド屈指の景勝地として知られているのだが、妻ジョージが待つ新居に行く前に、あえて一人でこの場所に滞在しようとするイェイツの目的はたんなる観光のためではなかったはずである。聖ケヴィン巡礼の聖地、グレンダロッホ修道院（跡地）を訪ね、過去に犯した過ち、愛欲の罪によって生じた「自己呵責」からの贖いを求め孤独な精神的な巡礼を行なうこと、それが真の目的であっただろう。この愛欲の罪の結果生じた「呵責」こそ、「動揺」第五連で象徴的に描かれ、さらに「グレンダロッホの渓流と太陽」全体にわたって示唆的に描写された秘められたイェイツの心情、その内実であるとみることができるからだ（＊ここには明らかにのちに引用するヒーニーが注目する、隠修士に端を発するアイルランド詩固有の「悔恨詩」の伝統が認められる）。

この文脈において詩人の念頭には二人の女性が想定されていると考えられる。一人はいうまでもなく手紙の宛先人であり、彼が「ダイアナ・ヴァーノン」（'Diana Vernon'）という仮面の名で呼んだ女、オリビア・シェイクスピアである。もう一人はモード・ゴーンの娘、イゾルト・ゴーンである。この詩が書かれたのが一九三二年六月二三日、この手紙が書かれたのがそのわずか一週間後の六月三十日であるという事実は、この解釈の妥当性を裏づけるものである。「グレンダロッホの渓流と太陽」は次のような詩行で始まる。

入り組んだ動きをしながら走る渓流と
滑るように流れる太陽を眺めていると

我が心のすべてがなんだか陽気になってくるようだ
やってしまったある愚業のせいで注意散漫たるこの心が

悔やむ気持ちで不純なままの我が心
だが、かく思う我とは一体何者であるというのか
人よりは善行をなし、
普通の人よりは優れた感性を持ち合わせているなどと
自惚(うぬぼ)れ、夢想するこの我とは（"Stream and Sun at Glendalough," *The Poems*, p.305.）

ここに暗示的に描かれている詩人の心を苛む呵責とは、直接的にはイゾルトに絡む「愚業」から生じたものである。すなわちモードに求婚し拒まれたイェイツは彼女の面影を慕うあまり、今度は年の差およそ三十歳、親子ほども離れた彼女の娘イゾルトの立場、心情への配慮もないままに、二度にわたって求婚し、[8]彼女に断られるという「ある愚業」（'some stupid thing'）がもとで生じた「呵責」である。それを「グレンダロッホ」に求めたのは、そこが彼女との苦い想い出を想起させる象徴的な場所だったからである（新妻となったイゾルトは小説家である夫フランシス・スチュアート Francis Stuart とともにこの地の近郊に居を構えていた）。

妻にも本心を語ることができない[9]「ある愚業」を前にして思い悩むイェイツの胸中、その最大の理解者こそオリビアであった。[10]なぜならば、人妻であった彼女はかつて若きイェイツと不倫の関係にあったが（＊前期の詩のなかで唯一セクシャルなニュアンスをうかがわせる「受難苦」"Travail of Passion," 1896 のモデルは彼女であるとされる）、詩人の瞳にモード・ゴーンの姿が映るのを見て、泣きながら立ち去っていった女性だったからである――「私には麗しい一人の女友達がいた……これで昔の失恋も幕引きになると想っていたのに、ある日、その友は私の心の奥をのぞき　あなたの面影がそこにあるのを見て

涙ぐんだまま立ち去っていったのでした」（「恋人、愛の失われしを嘆く」"The Lover mourns for the Loss of Love," 1898, *The Poems*, p.78.）。

とはいえ、一九三二年当時のオリビアにとってみれば、「グレンダロッホ」という暗号の意味は、もはや二つのモードの面影、詩人の瞳に映るモードの面影とイゾルトという肉体に宿るモードの面影をとおして、かすかに想起される程度のセピア色のほろ苦い想い出ほどのものでしかたなかっただろう。だが、イェイツにとってはそうではなかった。この場所は、依然として彼にとっては「人よりは善行をなし、／普通の人よりは優れた感性を持ち合わせているなどと／自惚れる我、すなわち七つの大罪のなかの最大の大罪＝フューブリス（高慢）から生じた愛の「愚業」を想起させる己が荊の野辺として受けとめられていたことだろう。と同時に、その野辺は己が咎を贖う巡礼の聖地＝煉獄の地という二重の意味を帯びていたことだろう。というのも、グレンダロッホ修道院は、元来、女性とのあらゆる交わりを断とうとする聖ケヴィンの禁欲の精神に基づいて建てられ、その苦行・巡礼もそこに重きが置かれていたからである。

のちにこの場所は、聖ケヴィンがローマから聖ペテロと聖パウロの遺骨を持ち帰り、この地に埋葬したという聖人伝承などを通じて、八世紀前半に起こった刷新運動、「ケリ・デ」運動の象徴的巡礼の聖地となっていった（＊この巡礼はハリウッドの街からグレンダロッホ湖のステーションにいたる山岳巡礼で、現在でも行なわれている）。この運動の一つの趣旨は、ローマ巡礼の流行に対するアンチテーゼの意味合いがあったからである。聖ペテロと聖パウロの聖骨はここアイルランドにあるのだから、あえてローマ巡礼を行なう必要などどこにもないというものである。そしてこの「ケリ・デ」運動が「カルディ」の直接の由来だとすれば、ここにまたもう一人のカルディの面影がイェイツの作品のなかに潜んでいることになる。[11]

この女人禁制の禁欲の聖ケヴィンの「ケリ・デ＝カルディ」の精神、それが生まれる経緯には、彼にかんする次のような有名な逸話の存在がある。甘い美声で「詩篇」や「雅歌」を歌う聖ケヴィンの周りには、その美声に魅せられて集まってくる多くの尼僧たちの姿があった。[12]このようないわば〈詩歌の野外コンサート〉を修行の妨げになると思い悩んだ聖者は、最終的に人里離れた湖のほとりの洞窟に一人身を引き、それがグレンダロッホ修道院の始まりと解す逸話（伝説）である。これは史実に基づくものであるかどうかは定かではない。だが広く人口に膾炙するものであったことから、当然、イェイツもこの伝説について承知していたはずである。先の「手紙」のなかで騎馬の人アシーンを自らに同化させながらオリビアに語る彼の胸中にもこの伝説の存在が透けてみえる。

妖精の女王・ニィアブ（Niamh）に誘われるまま異界をめぐった末に、老いて哀れな騎馬の人となり果てたアシーン、彼の人生にイェイツは自身の詩人としての人生を重ねながら先の「手紙」を書いていたに違いない。彼もまた、モードやオリビアやイゾルト、すなわちファム・ファタールの女たちに惹かれる宿命を負い、そのことで想像の駿馬に乗って独自の詩的宇宙を駆けめぐることができた。だがその反面、はたと気づけば、老いし自己の姿をさめざめと眺めなければならない心的状況に詩人はこの時期陥ってしまっていたからである。

この〈老いへの突然の気づき〉、それを象徴する事件こそ親子ほど離れたイゾルト、彼女に求婚し拒まれるという「愚業」であり、その「愚業」がそのまま「グレンダロッホの渓流と太陽」のテーマとなっているのである。[13]このことは、イェイツの「ファンタスマゴリア」の一人、「オーエン・アハーン」に仮託された「二人の娘」、イゾルト・ゴーンへの詩人の想いを語った「オーエン・アハーンと彼の踊り子たち」のなかの以下の詩行からも確認できるのである。

「お前の思いのすべてをぶちまけてみよ」、と我が心は歌う

どんな饒舌で口説いたところで、

あの娘の純なあどけない謝意を　愛と勘違いさせて

五十男に添わせることなどできるものか、

そうぶちまけてみるがよい。（*The Poems*, p.267.）

「序章」で述べたように、この詩は「学者ども」と対をなしている。したがって「学者ども」に表れる「学者ども」に対する罵りと同時に詩人の自暴自棄とも取れる「学者ども」に表れる以下の詩行——「その詩は若者が寝床で転がりなが

ら、無学な美人の耳を喜ばせようと、破れた恋の失意からひねって書き上げたもの」の背後にも自己呵責に苦しむ詩人の想いが暗示されていることになる。つまり、当時の文学研究者たちに対する痛烈な非難――「自己の犯した罪をお忘れの、／お年を召し、学があり、誉れ高い禿頭の方々」とは直接的には愛の痛みによる〈老いへの気づき〉＝目覚め、この実存的な苦悩を知らずに、恋愛詩を他人事のように呑気に論じる頭でっかちの学者たち、青白きインテリに向けられたものであると解することができる。

要するに、騎馬の人アシーン／イェイツの極に対峙する他方の極に聖ケヴィン／聖パトリックを、異界の楽園＝ティル・ナ・ノーグに対峙する現世の聖なる巡礼地＝煉獄をグレンダロッホに置き、この二つの極の間で「呵責」し「動揺」する詩人の心のあり様、それがこの詩、ひいては「動揺」の「唯一のテーマ」であるとみることができるのである。

しかも、先の手紙の文面を考慮すれば、この〈老いの呵責〉のテーマは『アシーンの放浪』を書いていた時点ですでに予兆的に語られていたことになる。ゲッサは禁忌であるとともに自己の運命に対する予言の意でもあり、アシーンにかけられたかのゲッサは〈老いへの突然の気づき〉にほかならなかったからである。

最終的にこの手紙は、彼自身が犯した過ちへの老いの告白とそれを贖うための巡礼、その意味合いを込めて記されたものであると理解される。贖罪巡礼の道を説いた散文、「月の静寂を友として」がイゾルト・ゴーンに捧げられていることは、このことを裏づけるものである。この散文のエピローグの草稿には「序章」ですでに引用し説明した贖罪巡礼者のエピソードが記されており、最終稿ではこれに代えて彼女にかんするエピソードが記されているからである。つまり、イゾルトのエピソードにはイェイツ自身の贖罪巡礼の旅が裏書きされていることになるだろう。

この場合、贖罪巡礼で彼が聖ケヴィンに請おうとする教えは、『アシーンの放浪』のなかで聖パトリックがアシーンに語ったかの一喝のセリフ、それと同種のものであったに違いない。この詩に表れるアシーンのゲッサは、イェイツ自身の運命の予言＝ゲッサでもあったからだ――「それゆえ、板石が擦り切れるまで祈れ。若さと無神がもとで魔性の女の愛の虜になり、あるいは情念の時代のために迷子となった汝の魂のために祈れ[14]」（*The Wanderings of Oisin, The Poems*, p.31.）。

むろん、ここにおける巡礼の目的は、この忠告を詩人がすべて受け入れてキリスト教の聖者の道を選択するためのものではない。そんなことをすれば、「詩人は声を失う」（「動揺」）ほかないからである。そうではなく、「原罪のほかホーマーは何をテーマとしたのか」と信じる詩人はこの巡礼をとおし、自己の罪（業）を凝視することで「動揺」を覚え、その動揺を逆説の原動力＝鞭として、老いの「欲情と激情の滑車」（「滑車」"The Spur," 1938）を激化させ、老いし詩的駿馬をさらに走らせようとしたのだろう（＊イェイツが老年に受けた不可解な「回春手術」もこの文脈のなかで説明可能ではあるまいか）。そこには、のちに引用するヒーニーが指摘した森の写字僧＝隠修士を源泉とするアイルランド詩固有の「悔恨詩」の伝統が流れているとみることができる。

5　アイリッシュ・ルネサンスの底流に潜むもの、カルディの面影

このささやかな手紙の文面、その大雑把な分析からだけでもある程度うかがい知ることができるように、イェイツの詩に表れる聖者と英雄は安易な紋切り型の二項対立の図式をけっして許さないものである。彼の作品に表れる英雄の裏にはたえず聖者が、聖者の裏には英雄が潜んでおり、それらすべての営為を一旦、魂の巡礼の相のもとで捉え、大いなるアイルランド詩の伝統、「悔恨詩」の伝統を引く〈魂の葛藤劇〉として読み直す必要があるからだ。この読み直しをとおして、イェイツの作品世界は底知れぬ深まりをもって読者に迫ってくることになるはずである。また同時に、この細かな作業の積み重ねによってイェイツが主導したアイリッシュ・ルネサンス、その底に流れるものの真の相貌がみえてくるように思われる。

その意味で、『イェイツとアイリッシュ・ルネサンスの勃興』（*Yeats and the Beginning of the Irish Renaissance*）の著者、P・L・マーカス（P. L. Marcus）の研究は高く評価されてしかるべきだろう。彼の研究は、イェイツの作品と当時のアイリッシュ・ルネサンスの作家たちとの関係を実証的に緻密に分析していくことに終始するだけではなく、イェイツが当時の作家と異

なる独特の詩的リアリティからアイルランド民話・神話を捉えていたことに目を向けさせてくれる優れた論考だからである。その意味で、イェイツが構想したルネサンスおよび詩的リアリティを当時の現実の社会・政治的な文脈のなかで読み解こうとするシェイマス・ディーン（Seamus Dean）の『ケルティック・リバイバル』（*The Celtic Revival*）とは対照的なものがある。

マーカスの独自の考察、その要点は、イェイツが他の当時の作家とは異なり、アイルランド／ケルト神話、古代文学のなかに深い宗教的要素を、いうなれば、神話（'saga'）のなかに聖者（'sage'）、すなわち「神話の仮面の下に」「古代の啓示（叡智）」（'the ancient revelation'）をみていたと解している点に求められるだろう。彼がイェイツにみた宗教的要素とはドグマ・制度・政治化されたものとしてのそれではなく、古代のアイルランド文学、その深層に横たわる、詩的象徴をもってしか表現できないもの、要するに土地に根ざす民衆が抱く素朴な信仰心のことである。彼がイェイツの詩にみた宗教的側面、その論考のくだりを概略的に示せば次のようになるからである。

イェイツは『アシーンの放浪』で描きあげた真の世界が読者に大いに誤解されたまま受け入れられているのではないかと危惧していた。[15] そこで、イェイツはこの作品を正しく評価してくれると確信していたキャサリン・タイナンに書評を依頼しようと考えていた。彼女はイェイツの親しい友人にして敬虔なカトリック信者であったが、一八八七年当時、「アイルランド詩の女王」としての地位をすでに確立していた才女でもあった。イェイツは彼女の詩の特徴であるロセッティ風の「装飾過多な文体」や少なからず感傷的な内容をもつ自然描写を必ずしも好ましいものだとは感じてはいなかった。だが、彼女の詩に表れる「素朴で簡素」な一面、静謐にして敬虔な信仰心から滲み出てくるような詩の基調を高く評価していたという。そこには、イェイツの真摯なアドバイスによる彼女の作風が変化していった点も認められる、と彼は指摘している。たとえば、一八八九年に彼女の地元のタラ（Tallaght ＊ターラ 'Tara' とは異なる地名）の修道僧、「カルディ・オィンガス」（'Oengus the Culdee'）の清貧な人生を抒情豊かに描いた詩、「大聖堂のなかで」（"In the Cathedral"）などは、イェイツが彼女の作風が良い意味で変化していると評価する作品の一つであった。[16]「カルディ・オィンガス」の姿にイェイツは神智学協会のマダム・

ブラヴァッキーのイメージを重ねて読むことができたことも、イェイツがこの作品を積極的に評価する要因の一つであったという。イェイツの散文「何もないところに神はいる」は彼女の「大聖堂のなかで」から受けた強い影響が認められるともいう。イェイツが彼女に宛てた手紙には「あなたからカルディのことを知ることができましたこと、嬉しく思います……」と記されていたという。このような彼女との手紙を通じた交流のなかで、生まれた名詩の一つが「イニスフリー湖島」である。[17]そういうわけで彼女は、「イニスフリー湖島」を多くの読者が誤解しているような、故郷を離れた孤独な青年が抱く望郷の想い、それを巧みな表現で情緒的に詠いあげた抒情詩であると解すのではなく、その背後に潜む隠修士カルディの詩魂の伝統をみようとしていた。このことは､彼の「イニスフリー湖島」と彼女の「アイオナにて」や「大聖堂」とを合成したような一部剽窃にも近いノラ・ホッパー（Nora Hopper）の「コノハトの哀歌」（"A Connaught Lament"）に対し、イェイツがこの事実を承知しながらも批判することなく、むしろこの作品を弁護していた点からも確認できるという。すなわち二つの詩に表れる望郷の念、その背後にある隠修士の精神をホッパーが正しく理解したうえで「コノハトの哀歌」（ここにおける「コノハト」が象徴しているのは聖コロンバの望郷の想い）を記していること、このことに対しイェイツは一定の評価を与えたのだという。中世の道徳劇の復権を狙って、タイナンとの共作で「東方の三博士の礼拝」と題する劇を創作しよう、とイェイツが持ちかけたことも、優れた宗教的感覚を有する二人の親密なやり取りのなかで芽生えた一つの出来事であったという。ただし、この計画は実現せず、イェイツは単独でこの題名をもつ散文を出版することになった。

もっとも、マーカスは前述したような宗教的な側面に絞ってイェイツとアイリッシュ・ルネサンスの関係を論じているわけではない。これに対し、『秘儀参入者　イェイツ』（*Yeats the Initiate*）のキャサリン・レインは、この方面に徹してその論を展開している点で目を引くものがある。

彼女によれば、妖精説話、ケルト神話、オカルト、ネオ・プラトニズム（プラトン、ピタゴラス、プロティノス、ブレイク、バークレー、スウェーデンボルグ、ウパニシャッド哲学など）、あるいは古今東西の宗教・哲学・文学など広範にわたる、一見なんの脈略もないイェイツの分野、時代、場所を異にする各々の学問領域の関心は、いずれも「魂の浄罪＝煉獄のメタファー」

を表現しようとする詩人の想像的営為の一環であり、この一点にすべてのイェイツの関心は収斂されているとみなければならないという。しかもその関心は「ベン・ブルベンを背景に置くこと」（'Ben Bulben sets the scene'）、すなわち郷里としてのアイルランド（スライゴー）を背景に展開されているという。換言すれば、彼の作家としての関心はアイルランド的＝個人的であるとともに普遍的な「信仰」――唯一の実在物である魂、その浄罪を希求する土着の浄土信仰――のあり方とその詩的表現の問題に尽きるという。「聖パトリックの『告白』の信条」に彼が共鳴するのもそのためだという（＊この書物には「聖パトリックの信条」と題する章も設けられている点は興味深い）。あるいは、『ヴィジョン』のなかで、「ユスティアヌス皇帝時代の聖ソフィア寺院が創設されプラトンのアカデミアが閉鎖されるわずかな間のビザンティン帝国」を「存在の統合」（'Unity of Being'）が果たされたヨーロッパ文化の最盛期だとイェイツがみなすのもそのためであるというのである。なぜならば、この時期（六世紀半ば）は古代アイルランド修道会の最盛期と完全に重なるからであり、その象徴が『ケルズの書』に表れているとイェイツがみているからだという。[18] 存在の統合を語った『ヴィジョン』に表れる文脈において、アイルランドからカロリング朝のフランク王国に渡った「神学者エリウゲナ」を持ち出すのも、この理由によるという。換言すれば、イェイツは「カロリング朝ルネサンス」の核心に大陸に渡った聖コロンバーヌスをはじめとするアイルランド修道僧の活躍を見、それをアイリッシュ・ルネサンスの手本に据えようとしたということになるだろう。[19]

著名な詩人でも知られる彼女の深い読み、イェイツの感受性に密着した作品のその捉え方は、アイリッシュ・ルネサンスにかんする一つの盲点に気づかせてくれるという意味で意義深いものがある。その盲点とは以下の点に求められるだろう。

「ルネサンス」とは本来、知と文芸の復興運動の意であって、文芸開化運動の意ではない。この意味で、学問において「ルネサンス」という言葉を用いる場合、学術的にはきわめて慎重でなければならないはずである。むろん、「ルネサンス」をより広い社会的文脈のなかで捉え直そうとするために、「リバイバル」という言葉に変更したところで、そこに「再び」（'re'）という接頭語がついている以上、その意味するところはなんら変わるところはない。だが、遺憾ながら文芸開化まで含めた広義の意味で漠然と用いられているのが実情である。そのため、多くの学問上の混乱を招いているのではあるまいか。たとえば「アメリカン・ルネサンス」はすでにアメリカに存在しているはずのいかなる知と文芸的な伝統――ネイティブ・アメリカンの伝統文化の復権とでもいうことになるのだろうか？――を「復興」させようとしたのか、明示されているだろうか。たんなる文明・文芸開化の意味で用いられていないだろうか。したがって復興する手本が過去に存在していないのであれば、そもそも「再び」が含意されている「ルネサンス」あるいは「リバイバル」という言葉を安易に用いることはできないはずである。

それでは、ケルト神話やアイルランド妖精説話が文芸復興の象徴的意味を担うことになっているのだろうか。それは大いに疑問である。それらをもって知と文芸の復興運動の規範と捉えるにはあまりにも不十分といわざるをえないからである。このような意味での復興運動であれば、それはなにもアイルランドにかぎられたものではない。半世紀も前にグリム兄弟によって行なわれた民話の掘り起こし運動にすでにみられるように、当時のヨーロッパ各地で流行している民俗学的研究、その二番煎じでしかないのかもしれない。前期のイェイツの詩に大きな影響を与えたフランス象徴主義の中心的な詩人、すでに「第一章」で述べたマラルメもマザー・グースをはじめ、多くの民話に大いに関心を寄せていたことはいまや周知の事実であろう。しかも、民話・神話の研究には、大陸のルネサンスが手本としたようなギリシア・ラテン古典文化に張り合うだけの知的要素が欠けていることは否めない。

その意味で、メロリング・カロリング朝のルネサンスを牽引した古代アイルランド修道会、その知と文芸の偉業はあらゆる観点に照らして判断しても、アイリッシュ・ルネサンスの手本となるに充分な資質を備えているといっても過言ではない。古代アイルランド修道会はギリシア語、ラテン語のアイルランド語への翻訳、それに基づいた聖書の釈義学はもとより、写字学、修辞学、文学、幾何学、天文学、法学、工芸の技術、教育にいたるまで、当時のヨーロッパにおいて最先端の知としてのリベラル・アーツを有していたからである。そのため、アイルランドは大陸からの留学生を受け入れていたことも、最新の歴史・神学研究のなかでしだいに明らかにされている（＊先述した「神学者エリウゲヴァナ」が知の拠点であったはずのアイルランドの地を離れ、あえて知の蛮化著しい大陸に渡ったのは、チャールズ＝エドワードによれば、ヴィキングのアイルランドへの侵略を恐れたからであるという）。

イェイツがベン・ブルベンを「アイルランドのコーカサス」と呼んでいるのも、先述した理由のほかに、この地が知の象徴的拠点の意味合いをもっていることを看過すべきではない。なぜならば、プロメティウスは「火」、すなわち人間に文明＝知を与えたことによって「コーカサス」で刑を受けたのであり、つまりコーカサスは知とその闘争の根源的な象徴ともなるからである。だからこそ、「知的美」（'Intellectual Beauty'）を自身の詩の根幹に据えるシェリーは、この地を背景に『解き放たれたプロメティウス』を書いたのであり、それがイェイツの心弦に触れることになったのである。

もしかりに、イェイツが「知的美」の要素をまったく考慮することなく、アイルランド民話・神話の掘り起こしを基軸にアイリッシュ・ルネサンス運動を展開しようとしたのであれば、なぜ彼はこの運動を、（ダグラス・ハイドとは異なり）同時に薔薇十字団をはじめ、きわめて知的（哲学・神学的）な運動、たとえば神秘主義運動と結びつけようとしたのか、その必然性に応えることはまったくできないだろう。

要するに、彼女が気づかせてくれる盲点とは、アイリッシュ・ルネサンスの底流にあるきわめて知的にして深い宗教（精神）性を有するアイランドの詩魂、「人とこだま」に記されている「霊的（精神的）な知性の偉業」、その在処、あり方という根本的に重要な問題である。

キャサリン・レインのこの見解が真正のものであることは、イェイツがＢＢＣ放送の講義のなかで語った以下のくだりから確認できる。

アイルランド人が『ケルズの書』を装飾し、ナショナル・ミュージアムに保管されてある宝石をちりばめた杖を作っていた頃、ビザンティウムはヨーロッパ文明の中心であり、宗教哲学の中心であった。かくして私は霊的探求の中心をこの街への旅として象徴させたのである。

「ビザンティウムに船出して」でイェイツがいわんとすることもこのことの言い換えにすぎないだろう。

あれは老人に相応しい国ではない。若者は
抱き合い、木立の鳥たちは――死を背負う世代の者たち――歌うたう。
鮭が遡る滝、鯖が群がる海
魚か獣か鳥か、皆、一夏中、賛美している
孕み生まれ死にゆくものの一切を
官能の音楽に捕われたものは皆
不滅の知性を疎かにする。

……

魂が歌を学ぶためには、魂の荘厳が刻まれた記念碑の技を
学ぶほかない。かくして、私は七つの海を渡り
聖なる都、ビザンティウムにやってきたのだ。（"Sailing to Byzantium," *The Poems*, p.239.）

この詩の第一連に表れる「老人に相応しくない国」とは第一義的には「不滅の知性の記念碑を疎かにする」当時のアイルランド詩の風潮のことである。当時のアイルランドの若い詩人たちは、かつてのカルディたちと同様に「魚か獣か鳥」=自然を「歌っている」ものの、そこにはその背後に潜む「不滅の知性」を幻視することがまったくできなくなってしまっている。これに対し、第二連で「老人」がはるばる「七つの海を渡って」やって来たのは、現在のイスタンブールではな

く、六世紀半ばのビザンティウムである。そのとき、アイルランドは「『ケルズの書』を装飾し、ナショナル・ミュージアムに保管されてある宝石をちりばめた杖を持っていた頃であった」からだ。すなわちヨーロッパの極東＝日が昇る（オリエント）の地、ビザンティン帝国が「宗教哲学の中心」であったまさにそのとき、極西＝日が沈む（オクシデント）の地もまた修道院文化の黄金時代、ヨーロッパの「宗教哲学の中心」であった。これゆえにこそ、詩人は「霊的中心の探求をこの街（ビザンティウム）へ旅として象徴させたのである」。したがって、この巡礼の旅は、オリエント／オクシデントが暗示する太陽の周行によって生じる時間、つまりこの旅は空間の移動によって生じる文化間の影響関係の問題ではなく、時間の移動、タイム・トラベリングとしての心の旅、時の巡礼の問題を意味していることになる。かくして、詩人は現代のアイルランドを船出して、「霊的中心の探求を象徴」するこの時間に向かって帆を揚げたのである。この時間こそ、日が昇る地と日が沈む地が奇跡的に「宗教哲学の中心」となった「ヨーロッパにおいて唯一度、存在の統合」が果たされた時間であった、とイェイツはみている。「日が沈む地＝オクシデント」であるアイルランドが、日の沈むことのない「不滅の知性」を獲得した唯一の時代だった、と彼はみているのである。イェイツにとって巡礼が意味するものは、空間の旅ではなく、精神としての時間の旅、メンタル・トラベリングであったからだ。つまり、沈んだ日は必ずまた昇る、と彼は預言し、そこにアイリッシュ・ルネサンスの未来を展望し、規範を据えたことになるだろう。

イェイツが『メイブ女王の老年』において、ケルトの吟遊詩人をビザンティウムの地に赴かせ、場違いに自国のメイブ伝説を歌わせたのも、これによって説明できる。「場違い」と認識するのは、巡礼の旅を空間移動に限定して捉えているからである。だが、彼にとってケルトの吟遊詩人のビザンティウムへの巡礼はオリエントとオクシデントによる太陽の周行を前提とする時間軸の回転、つまり時間の移動を意味しているのである。したがって、空間認識においては場違いな詩人の旅ではあっても、時間＝精神の移動を前提とすれば、まさにこの旅は〈時を得た〉ものであるといえる——「異国の服を纏ったある詩人があるビザンティウムの路地で群衆を集めて、自国と自国の人々の話を語り、その場にいる誰もがはじめて目にする弦楽器に合わせて歌った」（*The Poems*, p.92.）。そうだとすれば、この詩行をビザンティウム文化がアイルランド文化に与えた歴史的影響を語ったものであると解すことは、詩人が希求している精神＝時間の旅、これを空間の旅にすり替えてしまうことで生じる誤読であるといってよいだろう。[20]

以上のことを踏まえて、改めて「アイリッシュ・ルネサンス」についてもう一度考え直してみるならば、次のような仮説も充分成り立たつはずである。

イェイツの墓碑が立つドラムクリフの教会には、かつて「ドラムクリフ修道院」が建っていた。この修道院は『ケルズの書』を最初に描いたとされるアイルランドで最も高明な学僧、その名が遠く大陸にまで届いていた聖コロンバによって建てられたものである。したがって、そこは彼を師事する多くの若い学僧たちの学業と修業の場、一つの〈アカデミア〉であったとみてよい。このことは最新の歴史学によっても充分根拠づけることができる。[21]ちょうどその同じ時期の六世紀半ば、ビザンティウムでは、ユスティヌアヌス帝によって「聖ソフィア寺院が建設され、プラトンのアカデミアはいまだ封鎖されておらず」、多くの若い学僧たちが学業と修業に励んでいた。かくして、「霊的探求を求めてこの街へと旅立った」イェイツは、最後に己が魂の帰還する知的美を有する「歌の学校」＝アカデミアをこの地に求めて、日が昇る地（オリエント）であるビザンティウムから、日が沈む地（オクシデント）であるアイルランド、そのまた極西の地であるベン・ブルベンに向かって生涯の最後に魂の船出をしたとみることができる。詩魂の帰還としての〈うなぎの巡礼〉としての「ベン・ブルベンに船出して」（'Sailing to Ben Bulben'）、ということになるだろう。

6　聖コロンバの修羅の聖地、壇ノ浦としてのベン・ブルベン

ただし、イェイツにとって聖地とはたんに聖者が祀られているだけの巡礼地ではなかった。聖と俗、聖者と騎馬の人、キリスト教と異教との交点に位置し、そのことで二つのものが「動揺」を覚えつつも激しく火花を散らしせめぎ合う魂の修羅場、戦場でもあったとみるべきである。その意味で、イェイツが「アイルランドのコーカサス」だとみなす「ベン・

ブルベン山」は、まさにそのように呼ぶに相応しい場所であるといえる。ここは、象徴的・精神的な意味においても、現実の歴史においても、文字通り〈修羅の聖地〉、アイルランドの〈関ヶ原〉、あるいは〈壇ノ浦〉だったからである。

この場所を体現する人物、すなわち血に染まった聖地ベン・ブルベンというディンヘンハス、その地霊（守護聖人）こそイェイツが「アイルランドのプロメティウス」とみなす「聖コロンバ」である。彼に纏わる数々の伝記・伝説を知る者ならば、このイェイツの選択がまったく正しいものであることがすぐにも理解できるはずである。彼は一方で聖パトリックのような緑の殉教者としての聖者の一面をもちながらも、他方で、聖地で戦う武人でもあったからだ。その意味で、彼は聖者パトリックの要素と騎馬の人アシーンの要素を併せもつ稀有なる人物、内なる自己の世界のなかで「魂」（'Soul'）と「心」（'Heart'）が対話し葛藤し、二つの精神がぶつかり合う聖者、聖パトリック以上に〈プロメティウス的なものの体現者〉と呼ぶに相応しい人物である。

プロメティウスは人間に文明の知である火をゼウスから盗み与え、そのためコーカサス山でゼウスから聖なる刑罰に処せられ、抉られた内蔵が永遠に回帰するという拷問の傷を凝視しながら生の苦しみに身悶え続けねばならなかった。同じように聖コロンバも、信徒の知の成熟のために叡智の書を密かに筆写しコノハトの民に与え、そのため彼の師の一人である聖フィアナンからブレーガのタルトゥ教会会議において破門の刑に処せられ、それを不服として彼はベン・ブルベン山の麓、クール・ドゥレムネで「書物戦争」を挑み勝利した。だが、これにより生涯残る「天使の鞭傷」を刻印され、その後、我が身の傷、スティグマを生涯みつめながら、戦に没した「三〇〇〇人」の霊を贖うために各修道院を転々とする琵琶法師の巡礼苦行を続けなければならなくなってしまった。こうして、彼はアイオナ修道院をはじめ、様々な修道院を建てては経巡り流離（さすら）うことで、各修道会の守護聖人となっていった。ベン・ブルベンのドラムクリフ修道院もその一つであり、だからこそ、そこはイェイツにとって「アイルランドのコーカサス」と呼ぶに相応しい知の修練と苦悩の舞台だとみなされているのである。この場所にまさにイェイツの墓碑が立っているのであり、その地底には、いまだこの戦いで死亡した「三〇〇〇人」の騎馬の者たちの骸が眠っているからである。

のちにみるように、「ベン・ブルベンの麓で」Ⅰの第二連に描かれている「騎馬の者たち」（'horsemen'）にも、このような戦人のイメージが一部投影されている。救いを求めてベン・ブルベンを流離うこのような亡霊たちへの償いこそが、聖コロンバを贖罪巡礼に駆り立てたものの核心であると聖人伝説は語っているからである。それならば、この修道院の起源はこの聖コロンバ、その贖罪の精神＝ケリ・デ＝カルディに求めてよいだろう。

しかも、ドラムクリフ修道院にかぎらず初期のアイルランドの修道院、そのほとんどすべてがかかる贖罪巡礼の精神を根本理念として発生したことは、いまや歴史的にも充分根拠づけることができる。

現代におけるアイルランド修道会史における第一人者、「オックスフォード派」のチャールズ＝エドワードが大著『初期アイルランド・キリスト教』（*Early Christian Ireland*）のなかで見事に検証しているように、六世紀半ばの各修道院は学僧という優れた知の職人たちのギルド（治外法権の場）であるとともに、旧約聖書「レビ記」に記されている「逃れの場」をモデルにしてつくられた罪人・流れ者たちの「アジール」でもあった。[22] したがって各修道院の通行の際に必要な万能の許可書とは、自らに「罪人」の烙印を押す者たちだけに与えられる〈逆説の印籠〉にほかならない。たとえば、戦に敗れた者たち、王をはじめ多くの者たちは、殺人犯の刻印を押されたあとで各修道院に保護されたという。それは文字通り「流刑」を意味するものであっただろう。なぜならば、六世紀半ばの各修道院はほぼ例外なく、海岸線・河川・湖畔といった水辺に建てられており、それらはいわば〈水辺の巡礼ネットワーク・システム〉によって互いの交易が切り結ばれていたからである。[23] 巡礼の修道僧たちは、「カラフ」（'curragh'）（海路用の船）と「コラクル」（'Coracle'）（河川・湖用の枝で編んだ携帯の小舟）をうまく使い分けながら、水辺伝いに経巡っていった。[24] 聖コロンバが各地を転々とすることができたのも、彼が北イ・ニー王家の直系であったこと以上に、流刑の印籠をもっていたからであり、これを携えて彼は二つの船をうまく使い分けながら水辺伝いに漕いで各修道院を経巡っていったのである（＊「ドラムクリフ」の原義は「小枝で編んだバスケット」であると考えられるが、これは小枝で編んだ修道院の庵を意味しているとともに、小枝で編んだ「コラクル」に由来しているのではあるまいか）。「神の下僕」を意味する「ケリ・デ＝カルディ」も実は、この印籠をもつ者の別名であり、彼らは「神の奴隷」

で、かつ「罪人」であることを自ら宣言することによってこそ逆説の自由が保障されていたのである。こうして「カルディ」という名の「奴隷の罪人」たちの「逃れの場」、修道院が発生することになった。そしてこのベン・ブルベンの麓、クール・ドゥレムネの地に建つドラムクリフ修道院は、その発生の地点にあるといってよい。この場所は海岸線に近く、ドラムクリフ川もある点で初期修道院が発生するのに最適な条件を備えていることに注目したい。

7 北西と北東による天下分け目の決戦

クール・ドゥレムネ（Cuil Dremne）の地は「書物戦争」の現実の舞台であるとともに、もう一つの戦争、二人の聖者をめぐる天下分け目の〈イメージ（＝虚構）の決戦〉の舞台でもあったことをも忘れることはできない。そうであれば、この決戦の経緯をさらに歴史的に辿ってみることもけっして無駄ではあるまい。

先述したT・M・チャールズ＝エドワードの指摘するところでは、聖パトリック自身の手による二つの書物、『告白』と『コロティカスへの書簡』が初めて公開され、これに伴い二つの『聖パトリック伝』が書かれた七世紀末のアイルランド修道会、その地勢図において、コノハト（シャノン河北西部一帯）を中心に北西部の教会裁権を握る聖コロンバ派の修道会とアーマー教会を中心とする北東部の聖パトリック派の修道会、加えて聖ブリジッド派のキルデア（Kildare）修道会の間で密かな覇権争いがあったという。この時期に『聖ブリジッド伝』や『聖パトリック伝』群や『聖コロンバ伝』ほか、多くの聖人伝が集中的に書かれた背景にもこのような事情があった、と彼は多くの資料を駆使して検証している。[25]

六世紀半ば～七世紀半ばの教会の地勢図の背景には、「ハイ・キング」と呼ばれる二つの権力者の存在があった。聖コロンバ派のコノハトの各修道会は「王のなかの王」と呼ばれた北イ・ニールの王、セニル・コネル（Cenél Conaill）を後ろ楯に教会勢力を伸ばしていた。[26] セニル・コネルの嫡男が聖コロンバだったからである。一方、アーマー教会はコノハト教会のように王権の繋がりはなかったが、聖パトリックの栄光を頼りに、[27] 北イ・ニールの支持を受け、確実に教会勢力を固めていた。ただ、聖コロンバに絡むクール・ドゥレムネの戦いにより、南イ・ニールの王、ディアルマートから北イ・ニール王がアイルランド全土の支配権を意味する「ターラの王」の称号を奪還したことで、アーマー教会はコノハト修道会に対し劣勢に立たされることになった。北イ・ニール王家は聖パトリックの権威よりも、自らの直系である聖コロンバを重要視するようになり、そのため彼に師事するコノハト修道会を強力に後押しするようになっていったからである。ティレハンが『聖パトリック伝』Ⅱ部において、聖パトリックの『告白』に記された「アイルランドの声」が響く「フォクルーの森」をはじめ、聖パトリックの布教巡礼の中心をシャノン河北西部一体に求めてその軌跡を描き上げようとした経緯にもかかる事情があったと推定される。[28] すなわち、当時、聖コロンバ派の修道会の聖地となっている場所は、元を正せば聖パトリックの聖地であったと証言することで、地勢図の線分の引き直しを図ったというわけである。

この点については、チャールズ＝エドワードも認めるところであるが、『聖パトリック　再発見』(*Rediscovering Saint Patrick*) のマーカス・ロサック (Marcus Losack) はさらにこの点を強調し、ティレハンの矛先は聖コロンバ派の修道会に向かっていると明言している。以下のティレハンの記述は彼の仮説の妥当性を裏づけるものといえるだろう。[29]

アイルランドにはいまだ創設者、聖パトリックの領土権を認めようとしない者たちがいる。それは、彼らがかつて聖パトリックに属していた領土を横領したため、彼を恐れているからである。パトリックの継承者がその領土を調査すれば、アイルランド全土におけるパトリックの権威を主張できるだろう。[30]

とはいえ、ティレハンのこの〈マーキング戦略〉はその真偽のほどがどうであれ、のちの歴史的経緯を踏まえると、評価に価するものがある。なぜならば、このマーキング戦略によってティレハンの思惑とは裏腹に、聖パトリックの贖罪の遍路がはっきりとしるしづけられたのであり、そこから先述のルナンも認めるダンテの『神曲』にまで影響を及ぼす「ヨーロッパに誇るべき贖罪巡礼」(「文学におけるケルト的要素」)、その大いなる伝統が発生したとも考えられるからである。[31]

ただし、ここで盗賊呼ばわりされている者たちが、かりに聖コロンバ派のコノハトの各修道会までもが含まれているとすれば、それはアーマー教会によるコノハト修道会への宣戦布告の意味合いを帯びており、これに伴って聖者の贖罪巡礼のイメージが二分化されてしまう恐れが生じることにもなりかねない。ここに記された「領土の横領」が、聖コロンバが起こした「あの事件」を念頭に置いて語られているとすれば、その恐れはさらに増幅されるだろう。

その事件とは、すでに指摘してきたとおり、聖コロンバの師にあたるモヴィル修道会の聖フィアナンがローマから持ち帰ったドラムフィン修道会が所蔵するラテン語『詩篇』、それを聖コロンバが無断で筆写した事件のことである。聖フィアナンは彼を咎め、筆写したものをすぐにドラムフィン修道会に返還するよう求めた。しかし、彼はその要請にいっさい応じようとはしなかった。そのため、聖フィアナンはブレーガのタルトゥ教会会議を招集し、彼を破門の刑に処することにした。この破門は、二年後、アラン島修道会、クロンマックノイズ修道会の聖キアランも師事したとされる高僧・聖エンダ（Saint Enda ＊一説ではクロンファート修道会の聖ブレンダン Saint Brendan of Clonfert）のとりなしで解かれることになった。だが、火種はいまだ残っていた。モヴィル修道院を保護・支援していた南イ・ニールはこの件を北イ・ニールによる知的横領だとみなし、南イ・ニールは密かに進軍を北イ・ニールに走らせることになった。これに対し聖コロンバは、北の各王たちを説得し、北イ・ニール連合軍を募って迎え撃ち、彼の指揮のもとで戦いに勝利することになった。ある伝説によれば、聖コロンバの霊力により戦場は霧が立ち込め、地の利を得ない南イ・ニールの軍勢は士気を喪失し、敗北したのだという。この戦いが南北のイ・ニール王家による天下分け目の決戦、ベン・ブルベンの麓で起こった五六一年のクール・ドゥレムネの決戦である（この決戦が「書物戦争」と呼ばれるのは、この経緯による）。これにより聖コロンバ派の修道院の教会勢力はコノハトから現在のアルスターの北東部、アーマーの付近にまで拡大することになった。つまり、先述の〈贖罪巡礼地帯〉を含む地域一帯は北イ・ニールの領地であったことから、聖コロンバの巡礼地とみなされるようになったのである。

完全に劣勢に立たされたアーマー教会は、この戦争のおよそ百年後、六六三〜四年に開催されたウィットビー（Whitby）公会議においてキルデア教会とともに、いち早く復活祭の日付や剃髪（ドルイド教の剃髪の風習にもとづくアイルランド独自のもの）をローマ教会に改めることを誓う方針を取り、教会の保護をアイルランド王家からローマ教会に変更する姿勢を強く打ち出した。これに対して、聖コロンバ派の修道会ではローマ教会への帰属に最後まで抵抗した。アイオナ修道会やデリー修道会の抵抗などその典型的な例である。このローマ教会帰属の方針により、ローマ教会を後ろ盾に、アーマー教会はその勢力を全土に拡大していった。十二世紀、アーマー教会の大司教聖マラキ（Saint Malachy）はアイルランド教会全体をローマ・カトリック直轄領とする制度を確立させ、ダーグ湖巡礼を、シトー派修道会を通じてアーマー教会の管轄下に置くことで、北西部の巡礼地を聖パトリックによる贖罪巡礼地とみなすように図った。こうして、贖罪巡礼地帯は聖コロンバから聖パトリックへとイメージの変貌を遂げることになったのである。これが二人の聖者をめぐるイメージの攻防、そのおよその経緯ということになる。

ただし、贖罪巡礼地帯の中間点にあたるベン・ブルベンだけは、先の経緯からもわかるように、あまりにも強く聖コロンバのイメージが刻印されていたため、このイメージ戦略が必ずしも成功したとはいえない。もっとも、のちに述べるヒーニーが高く評価する伝統詩、「ベン・ブルベン讃歌」からもわかるとおり、ここを聖パトリックゆかりの巡礼地とみる詩歌や伝承も多く残されている。したがって、この地はいまだ二つの聖者のイメージの間で揺れ動いているといえるだろう。

以上が、「ベン・ブルベンの麓で」を描いた際にイェイツが念頭に置いていたと考えられるアイルランドの歴史、伝承、そのおよその輪郭である。人間がもつ「知と精神と肉体、その葛藤の舞台、すなわち「あまりにも人間的」な生の苦悩の象徴的意味を担う「アイルランドのコーカサス」、ベン・ブルベンが彼にとって、生の苦悩を象徴し、あるいはその魂を浄化する煉獄の地を意味していたことは、以上の歴史的経緯からみても、もはや明らかだろう。そうだとすれば、死を前にした詩人は、最後に若い頃から死の間際にいたるまで抱き続けてきた一つの見果てぬ夢、すなわちアイルランドを舞台とする新しい『解き放たれたプロメティウス』を書きあげようとする夢、それを「ベン・ブルベンの麓で」という一つの抒情詩に託して描きあげようとしたとみることもできるだろう。この点については、のちに詳しく検証していくことで明らかになるはずである。

ドラムクリフはベン・ブルベンの麓にある広大な緑の谷である。ベン・ブルベンは、この谷の古い遺跡の多くを築いたかの偉大なる聖コロンバが自ら天国に近づくために祈りながら登った場所である。(*"Drumcliff and Rosses," 1893, The Celtic Twilight*)

聖コロンバはクゥール・ドレムネの決戦の償いのため、ドラムクリフ修道会の聖モライスに対し、その生涯を贖罪巡礼に捧げ、「二度とアイルランドを我が目で見ることはない、その地を我が足で踏ふことは二度とない」と誓ったという[32]。だが、決戦の十四年後、彼はドラムクリフに戻ったことが知られている。ただし彼は伝説によれば、誓いを果たすため、目隠しをして、足にはスコットランドの芝を巻きつけてこの地を踏んだのだという。おそらくここに表れる「天国に近づくために」という表現は、この伝承を踏まえたものだとも考えられる。死期を悟った彼は地を踏むことなく天国の階段を使って郷里のベン・ブルベンの山を登り、ドラムクリフの地を見ることなく、心の目でこの地を幻視しながら天を見上げて郷里の地から「祈りながら登っていった」、すなわち昇天していったという暗示がこの箇所には込められているように思われるからである。

第三章　墓碑に宿るアイルランドの琵琶法師、カルディの面影

——諸行無常の響きに聖なる道化の笑いを聴く

最も深いものは仮面を必要とする。そればかりか、あらゆる深い精神のまわりには絶えず仮面が生まれ育つ。

——ニーチェ（『三巻の作品』）

死はまた生きた顔のうえに一つの仮面をかぶせる。死とは絶対的仮面なのである。

——ガストン・バシュラール（『夢見る権利』）

1　ベン・ブルベンの麓に立てられた巨大な走馬灯のスクリーン

ベン・ブルベンの麓に立つW・B・イェイツの墓碑、そこに刻まれた碑文には古代アイルランドの巡礼隠修士、カルディの面影が宿っている。その碑文が掲載されているイェイツの最晩年の詩、「ベン・ブルベンの麓で」には、その全文にわたって「不屈のアイルランド人」の魂の歴史、すなわちカルディの系譜が一大絵巻、あるいは「一枚の大いなるつづれ織り」のように密かに描き（織り）込まれている。その様は、さながら「ベン・ブルベンの麓で」という名の走馬灯、イェイツがいう「ファンタスマゴリア」のなかに、時を渡る法師（カルディ）たちの面影が時代（各連）ごとに装いを変えながら去来し、各々個性的な琵琶の調べを奏で、その調べに誘われて騎馬の者たちの地霊が顕れ、走馬灯のなかを駆け巡っては消えてゆくかのごとくである——「かの者たち　冬の暁のなか／ベン・ブルベンを背にして　駿馬を走らせる」（「ベン・ブルベンの麓で」）。

一人の詩人がベン・ブルベンの麓を巨大なスクリーンに見立てて幻出させた「ファンタスマゴリア」の世界、そこに顕れるカルディの面影、そのなかにはこの地ゆかりの二人の聖者、聖パトリックと聖コロンバのシルエット（影法師）が映し出されている。そのなかには、彼らの教義上の祖父にあたる聖アントニーや聖マーティン、さらには一見カルディの系譜とは無関係にもみえる「薔薇十字団」の「アダム」、ローゼンクロイツやその継承者「黄金の夜明け団」のマクレガー・メイサーズ、「神智学協会」のエバ＝「マダム」に相当するマダム・ブラヴァツキーの面影（シルエット）までもが含まれている。

一方、騎馬の者たちの面影のなかには、伝説上の人物であるアシーンやフィアナ騎士団、半ば伝説と化した「ベン・ブルベンの決戦」の武士たち、「スライゴーの戦い」（'The Battle of Sligo'）に破れ、ノックナリーから下山してベン・ブルベンの麓のラウンド・タワーに立て籠もった「掟に縛られ兵士たち」（「黒い塔」）、売国奴のレッテルを貼られたディアミードとダボーギラ（「赤毛のハンラハン」）ほか、イェイツと同時代の実在の人物である政治犯として投獄された革命家マルコヴィッチ伯爵夫人、政治犯（革命家）のＪ・ミッチェル、アイルランド独立蜂起に散ったパトリック・ピアス（Patrick Henry Pearse）ほか十六名の革命家たちも含まれている。

とはいえ、ここに描かれているカルディの系譜は、この詩（一九三九年）とほぼ同時期に書かれた詩「一本の線香」に表れる「聖ヨセフの指に匂う（一本の線香の）香り」と同じように、かすかに薫る程度の微妙な筆遣いで暗示的に描かれているにすぎない。その筆遣いはこの詩と同年に記された「アメンボ」（一九三九年）の表現を借りれば、「水面の上を走るアメンボのように、静寂のまま自由自在に思考をめぐらせ、それを指先に伝えるミケランジェロ」の指先の技のごとくである。そのため、一見してその面影の存在に気づく読者はほとんどいないのではあるまいか。だがヒーニーによれば、「アメンボ」における詩人のこの筆遣いは「歴史に肉体的といってよいほどの圧力をかける詩人の精神」、現実の歴史の背後に働くもう一つの時間＝魂の歴史、それを顕在化させるための詩的な「圧力」に相当する営為を意味している。そのため、カルディの存在を無視して「ベン・ブルベンの麓で」の全体像を理解しようとすることは、およそ不可能である。そのような試みは、「線香の香り」を嗅別することなく「一本の線香」の真意を探ろうとする試みと同じように、この詩の核心的部分を棚上げにしたまま〈つまみ食い的な解釈〉に満足するほかあるまい。というのも、二つの詩はともに〈謎かけ〉の意味合いを多分に帯びた作品であって、その謎解き自体が詩を解読するための前提・必須条件となっているからである。

あの激憤、そのすべての源はどこにあるのか
空になった墓場か、処女マリアの子宮か？
この世は溶けてなくなるものだと考えたのは聖ヨセフ
だが、その彼は、自分の指に匂うものを好んで嗅ぐ癖があった。(1)（"A Stick of Incense," *The Poems*, p.388.）

この詩にかぎらず、中期以降のイェイツ詩は疑問符が多用される作品が多いことからもわかるとおり、個々の詩自体がおのずから一つの謎かけとして提示される場合が少なくない――「光明が謎として射してきた」（'Riddled with light', "The Cold Heaven," *The Poems*, p.176.）。

それでは、二つの謎かけにおける問いとは何か。その一方は「香りの源は何か?」であり、他方は「面影の正体は何か?」ということになるだろう。しかも二つの答えは、結局のところ同じものを指しているといっても過言ではない。一方の答えが「カルディの香り」、他方が「カルディの面影」だからである。もちろん、二つの答えが一致しているのはけっして偶然ではない。二つの謎かけはともにイェイツの作品全体の最も深いところにあるもの、彼の詩魂の源流、そこから汲み出されたものに違いないからである。

ここでもう一度、私たちは先述の「冷たい天」の謎かけの表現、隔絶された冬空に「光明が謎として射してきた［謎が光とともに射してきた］」の詩句を想起する必要があるだろう。なぜならば、のちに本文のなかで詳しく検証していくとおり、この句自体がここで表現されている世界、そのいっさいがファンタスマゴリア＝魔術ランタンから発せられた謎の光に映る世界であることが密かに語られているからだ。しかも、この謎かけの内容が、この詩句に続いて以下のような問いとして提示されていることを考慮すれば、なおさらそういってよいだろう――「ああ、亡霊が蘇り、臨終の混乱も終わりを告げようとするとき／物の本がいうように、路上に裸のまま送り出されて／天上の不当な裁きによって苦しみをうけるのであろうか?」（*The Poems*, p.176. ＊なお「ベン・ブルベンの麓で」Ⅳの「我らの思考に混乱が襲う」という表現はこの詩行を念頭に記されたものである）。

ここからすぐにもわかるとおり、この謎かけは現世・現実の問題について語っているのではない。死後を含めた魂のあり方の問題、すなわち煉獄をめぐる深い宗教的な問題を語っているのであり、それがそのまま「ファンタスマゴリア」の世界の一大テーマとして問われているのである。[2]『ヴィジョン』の「裁かれる魂」のなかに記されているとおり、イェイツにとって「ファンタスマゴリア」の世界とは「煉獄（自己呵責に苦しむ魂）」の世界にほかならないからである（*A Vision*, pp.219-40参照)。

2 イェイツの碑文に諸行無常の聖なる笑いを聞く

さて、ここでようやくイェイツの聖地、ベン・ブルベン山に登る準備が整ったようである。これから先は、「ベン・ブルベンの麓で」の精読に努めることにしたい。そこでまずは、「ベン・ブルベンの麓で」の頂上に置かれているイェイツの墓碑の詩文が記されているⅥから始めることにする。通常、テキストを精読していくのであれば、Ⅰから始めるのが筋というものだろう。だが、想像力の翼を借りてまずは「鷹の丘」の「頂上」に降り立って、この山の全貌を眺めておくことにする。そのあとでもう一度、この箇所を改めて精読していくことで墓碑に込められた詩人の最終境地を探っていくことにしたい。「ベン・ブルベン」の原義がディンヘンハスの伝統にしたがえば、「鷹の丘」あるいは「ガルバンの頂上」であることを思えば、このさかしまの方法も必ずしも否定されるものではないだろう。

ドラムクリフの教会の墓地にW・B・イェイツは静かに眠っている。教会の名は「アイルランド教会　聖コロンバのドラムクリフ教区・教会」('The Church of Ireland St Columba's Parish Church, Drumcliff')。かつてここに修業と学業に励む学僧たちの〈アカデミア〉、聖コロンバゆかりの「ドラムクリフ修道院」があったことを偲ばせる由緒ある名前である。あるいは聖コロンバが流離いの「贖罪巡礼（＝ケリ・デ）」の果てに昇天したという伝説が残る地であることを想起させてくれる名前である。むろん、イェイツはこのことを充分に承知したうえで詩を記している――「ベン・ブルベンは、この谷の古い遺跡の多くを築いたかの偉大なる聖コロンバが自ら天国に近づくために祈りながら登った場所である」(*The Celtic Twilight*, "Drumcliff and Rosses," *Mythologies*, p.88.)。

とはいえ、ここが長老派の教会となって以降、その佇まいは大いに様変わりすることになった。この教会の境内にはイコンも聖像も十字架さえもないからだ。そのためか、ここがかつて聖コロンバの起こした〈筆写事件〉を発端に勃発したアイルランド全土を二分する王国、南北イ・ニール王家による天下分け目の決戦、五六一年に起こったかの「クール・ドゥレムネの決戦」（'the Battle of Cúl Dreimhne'）の舞台であったことを知る読者はアイルランド人の読者を除けばいまでは少ない。古代アイルランド史において「ベン・ブルベンの麓」とは「クール・ドゥレムネの決戦」あるいは「書物戦争」の別名であり、イェイツがこの歴史を充分踏まえたうえで、その詩のタイトルを思案の末に「ベン・ブルベンの麓で」と名づけていることを知る者はさらに少ないだろう。だが、いまだ教会の墓地の地底深くには、この決戦に没した騎馬の人たちの屍が群れ重なるように横たわっている実情は少しも変わらない。この地が知と精神と肉体、その葛藤の舞台、人間的生の苦悩、その象徴的意味を担う「アイルランドのコーカサス」であることになんら変わりはない。

このような深くあまりにも重い人間的生の苦悩を象徴する悲劇的な歴史を抱えた「ベン・ブルベンの麓」、そこにイェイツの墓石は立っている。墓石には、この地の墓地に立つ他の長老派の墓石群と同様に、十字架は掲げられていない（イコンを否定する教義をもつ長老派の多くは十字架を墓や教会に掲げない）。「満足か？」（"Are You Content?," 1938）において、「（祖父が）スライゴーのドラムクリフに古い石の『十字架』を立てた」（'He that in Sligo at Drumcliff/ Set up the old stone Cross' *The Poems*, p.368.）と記しているにもかかわらずである。[3] なに一つ装飾さえも施されていない。墓石の素材は故人が切望した「地元で切り出された石灰岩（古代アイルランドの墓石に多く用いられた石材）」ではなく、故人の意に反して「大理石」が用いられている点でも周囲の長老派の墓石群となんら変わるところはない。[4]

とはいえ、この詩VIに表れる「大理石ではなく、地元で切り出された／石灰岩」および「道の側には一つの古代の十字架」いう詩句には、ベン・ブルベンにかんする特殊な事情が念頭に置かれている点は看過できないところである。ベン・ブルベン山は、バリウムの原料となる重晶石が発見された一八五九年以降、重晶石の採掘地として広く全土に知られるようになったというのが、それである。もちろん、ドラムクリフ教会の境内にある「この地で切り出され石灰岩」の墓石（「一つの古代の十字架」）群にも重晶石をはじめとするこの土地固有の岩石の成分が多く含まれている。VIの草稿段階にみえる

「一つの古代の十字架」のあとに付記されている「失った郷土の誇り」および「地元で切り出された石灰岩」のあとに付記されている「失ったアイルランドのあの場所」、これらの詩句には、この事情を踏まえて記されていることを裏づけるものがある。というのも、この採掘は詩人が希求する「魂の不滅の記念碑」を立てることに資するどころか、むしろこれによりベン・ブルベン山は切り崩され、採掘された石は砕かれたうえ世界中に撒き散らされ、「アイルランドのあの場所」（'that spot'）は「失われ」、「郷土の誇り」も「失われる」ことになっていったからだ。(5)

イェイツは当時のこのような特殊な事情を充分念頭に置いたうえで、これらの詩句をさりげなく挿入しているとみることができる。その狙いは、「道の側には一つの古代の十字架がある」に対し「地元」のベン・ブルベンで「切り出された石灰岩」を素材とする自らの墓石を対置させることで、二つの墓石をベン・ブルベンという地の固有性、ディンヘンハスをしるしづける象徴へと変化（へんげ）させるためである。つまりここにおける墓は、地霊を呼び出すための詩的依り代としての象徴的意味を帯びている。

そういうわけで、この墓石に暗示されているディンヘンハスの伝統によってしるしづけられたこの土地固有の意味を以後考慮に入れながら、ともかくまずはⅥを一読することからはじめることにする。

Ⅵ

禿げたベン・ブルベン山の天辺の麓
ドラムクリフの教会墓地にイェイツは眠る
近くには　その昔　先祖が　そこで
教区牧師をしていた　教会がある
道の側には一つの古代の十字架がある。
大理石ではなく、地元で切り出された

石灰岩の墓石には　ありきたりの碑文の言葉もない

Under bare Ben Bulben's head
In Drumcliff churchyard Yeats is laid,
An ancestor was rector there
Long years ago; a church stands near,
By the road an ancient Cross.
No marble, no conventional phrase,
On limestone quarried near the spot（*The Poems*, pp.375-6.）

ただし、彼の遺言により次のような詩文が刻まれていることだけは他の（現存する）長老派の墓石群とは大きく異なり、いかにも個性的なものである。

彼の銘により次なる言葉が刻まれている

冷たき眼を投げかけよ
生と死に
騎馬の人よ、過ぎゆけ！

By his command these words are cut:

Cast a cold eye
On life, on death.
Horseman, pass by!（*The Poems*, p.376.）

イェイツの読者ならば誰もが知る、イェイツの作品全体のなかで最も有名な詩文の一つである。読者はそこに詩人に寄せる各々の想いを投影し、多くの研究者はそこに詩人の最後の境地を見定めようと様々な分析を試みている。

むろん、すべての研究者が諸手を挙げてこの詩文を賞賛しているわけではない。T・R・ヘンは『孤高の塔』（*The Lonely Tower*）のなかで「この碑文は偉大な詩ではない」（*Yeats: Last Poems*, p.116.）と記しており、ときには批判的な読みも散見される。詩人シェイマス・ヒーニー（Seamus Heaney）による『関心事』（*Preoccupations*）に収められている「イェイツは模範たりうるか？」（"Yeats as an Example?," *Preoccupations*）などその一例である。[6] この散文でヒーニーは、イェイツの詩全体の基調をなす二つの特質、その一方の極の典型的な一例を示すために真っ先にこの碑文を取り上げている。とはいえ、彼はそこに模範たりうるイェイツ詩の特質をみているわけではない。むしろ、彼にとってこの詩は必ずしも好ましい作品とは捉えられていないようである。そこに表れるイメージには「ベン・ブルベン」に立つ「騎馬の人」に象徴される「父権的」なものの姿が表れており、その口調には「勝ち誇ったような」「断言的」で「冷徹」な語気が感じられるからだという。これゆえに彼は、この碑文が『イェイツ詩全集』の最後を飾ることをよしとはしない。これに対して、彼が「模範たりうる」と考えるイェイツの詩は、「母性的本能が染み出てくるような」詩、「内戦時の瞑想」（"Meditation in Time of Civil War," VI, 1923）、あるいは「支配的な声を生者と死者の共通の声へと溶け込ませ、自らのヒロイズムを種族の臆病さと混ぜ合わせるうちに、最後には灰色の死の胸に白髪頭を横たえるクフーリン」の姿を描いた「慰められたクフーリン」であり、彼はこのような詩にイェイツの優れたもう一つの詩的特質をみようとしている（*Preoccupations*, pp.112-4 参照）。

ここでヒーニーの解釈の是非について詳しく論じる余裕はないが、唯一点にかぎりその卓越した深い読みに対し疑問を呈しておきたい。この碑文に響く「仮面」の声は、彼が受けたような印象、勝ち誇った英雄＝「騎馬の人」（'horseman'）に自己を同化させ命令形をもって断じる声とは異質の調べが聞き取れるからだ。むしろそこには、ヒーニーが「模範たりうる」と考えるイェイツの優れた詩的特質が滲み出ているという印象をさえ受ける。ここにおける「仮面」の声は、のちに詳しく検証していくとおり、アイルランド詩の源泉、ヒーニーが愛して止まない「森の写字僧＝隠修士」、その声の成分を多分に帯びており、しかもその声が地霊を鎮める琵琶法師の調べのように、碑文および詩全体の主旋律を奏でているように耳に響くからである。その声が〈アイルランドの壇ノ浦〉ともいうべき「ベン・ブルベンの麓」／「クール・ドゥレムネ」の地から発せられたものであることを知る読者であれば、なおさらそのように響いてくるだろう。すでにみてきたように、イェイツにとってベン・ブルベンとは郷里スライゴーの地であると同時に、知と精神と肉体、その葛藤の舞台、「アイルランドのコーカサス」であるとみなされているからである。

ここでイェイツは、アイルランドの「コーカサス」を「クロー・パトリック」と「ベン・ブルベン」に求めている。そこで磔にされ生きながら永遠に内臓を引きちぎられるプロメティウスの生の苦悩を吸血鳥に生き血を吸われるクフーリン（Cuchulain）のような騎馬の者ではなく（＊この意味では本来、クフーリンの姿は禿鷹に内臓を引きちぎられるコーカサスのプロメティウスの姿と重なるところ大であるにもかかわらずである）、「聖パトリック」と「聖コロンバ」に求めている。なぜだろうか。ここで挙げられている二つの聖地はともに贖罪巡礼の聖地であり、二人の聖者は「緑の殉教」と呼ばれる流離（さすら）いの「贖罪巡礼」という苦行をとおし、騎馬の者たちの生の苦悩の代弁者となり、かつ彼らの贖罪の仲介者となる聖なる使命を負っているからである。これはまさに琵琶法師の業と呼んでもよいだろう。

ただし、決戦の様を語るこの聖なる「仮面」の声には、張り詰めた厳正・荘厳な装いとは裏腹に、どこか写本の余白に森の写字僧が記した〈聖なる落書き〉、あるいはイェイツ自身の言葉を借りれば「宗教的ドン・キホーテ」（'religious Don Quixote'）の語り口調を偲ばせるような「陽気」（「ベン・ブルベンの麓で」V）で戯けた調子が伴っている。この点で儚げに『平家物語』を吟じる琵琶法師の哀悼の口調とは一線を画すものがある。

「ベン・ブルベンの麓で」のなかで、のべ十四回にもわたって畳み掛けるように用いられる命令文の声の調子もまた然りである。そこでの〈諸行無常の響き〉は強弱・四歩格（trochaic tetrameter）の韻律をもっている。この韻律は、オルブライトも指摘しているように、一方で『マクベス』の魔女たちが唱えたあの呪文、'Eye of newt and toe of frog,'（「イモリの眼とカエルの足指」*Macbeth* IV, i 14）、ケルトの魔女たちの悲劇の宿命を暗示するリズム、それと同一のリズムが用いられている（*The Poems*, p.808 参照）。したがって、このリズムはすでに「第一章」で検証した「Ⅱ：主題」に表れる「イモリとカエルの道」、すなわち「ドルイド／キリスト教徒」という独自の道を歩むカルディたちの悲劇の宿命、「醜悪と苦悩を我が身に引き受ける」両極に引き裂かれた巡礼の道を示唆していることになるだろう。「Ⅱ：主題」でマクベスの魔女の呪文を記した際に、イェイツの脳裏にはその内容と同時にこの強弱・四歩格の特殊なリズムも浮かんでいたとみることができるからだ。この意味でも、つまり韻律においても、この詩と「Ⅱ：主題」は間テキストのなかで密かに結びついているといえる。

だが、他方においてこの韻律は、半ば戯けた童謡のリズムと同一のもの（trochaic tetrameter）でもある点を忘れるべきではない。童謡で用いられるこのリズムは、「大きな栗の木の下で」の 'Under the Spreading chestnut tree/ Where I hold you upon my knee……'（「大きな栗の木の下で／そこであなたを私の膝にのせたのよ……」）にみられるリズムと同一のものであるが、おそらくイェイツはこの詩の韻律を思い浮かべた際に、この童謡も念頭に置いて、韻律を入念に練っていったはずである。

というのも、この詩の草稿には「子どもたちよ、お手々を繋ぎ、輪になって踊れ」（'Children, ……/ Catch their hands & dance in a round'）という詩句が表れており、これは「大きな栗の木の下で」の歌にあわせてお遊戯に興じる児童・学童たちの姿を想起させるに充分なものがあるからだ。イェイツはすでに「学童に交じりて」の最終連に表れる「偉大な根を張る栗の木で」を描いた際に、この童謡に表れるイメージを用いているのである。(7)

興味深いことに、この「お手々を繋ぎ」の詩句にみられるお遊戯の踊り歌に興じる子どもたちの姿は、すでに「ビザンティウムに船出して」Ⅱのなかに表れているのだ――「魂がお手々を叩き、歌い／もっと大きな声で歌うのでなければ」（'unless/ Soul clap its hands and sing, and louder sing'）。

この詩句は、「老いぼれ案山子」となった詩人が、教師である聖者の教える魂の歌の学校に通うため、「はるばる七つの海を渡」ってきたという文脈のなかに表れるものである。しかも、ほぼ同時期に書かれた「学童に交じりて」と「ビザンティウムに船出して」は「仮面」の詩法によって合わせ鏡を形成し、そこに「宗教的なドン・キホーテ」の戯けた面影が現出される仕掛けが施されているのである。[8] そうだとすれば、草稿にみえる「子どもたちよ、お手々を繋ぎ……」という「大きな栗の木の下で」を彷彿とさせる童謡のこのリズムには、密かにビザンティウムの聖者の「仮面」をつけたアイルランドの聖者＝カルディの姿が暗示されていることになるだろう。

これゆえに、鎮魂歌を吟じるその声は同時に悲劇の人である「ハムレットやリアのように陽気」（'They know that Hamlet and Lear are gay', "Lapis Lazuli," *The Poems*, p.341）な一面、およびそれを表すに相応しい童謡のリズムを伴っている――「歌え　安酒煽る酔っ払いの猥雑な笑いを／歌え　陽気な領主たちとご婦人方を」（'Porter-drinkers' randy laughter;/ Sing the lords and ladies gay……'＊この詩文は強弱・四歩格のリズムを取っている）。

3　「ベン・ブルベンの麓で」Ⅴのなかの「陽気な」聖なる笑い

むろん、この詩行にかぎって、詩中の「仮面」の声が「陽気」であるわけではない。少なくとも、この詩行を含むⅤを語る詩人の声は、この連全文にわたって陽気な笑いに満ち溢れている。しかもこのⅤを語るその声は、先にみた碑文が記されているⅥを語る最後の「仮面」の声、そのすぐ前に用意されているものなのである。それならば、碑文を語る「仮面」の声のなかに、陽気な「仮面」の声を聞き取り、それを検証してみることが可能であるかもしれない。そういうわけで、まずはⅥの前に置かれているⅤを精読することからこの問題を考えていくことにしよう。

V

アイルランドの詩人よ、汝の生業を学べ
なんとしてでも　出来のよいものだけ歌え
今台頭しつつある輩
つま先から頭の天辺まで　不細工な形をした
作品など　蔑むがよい
忘れん坊の　心とおつむ
下等な寝床で種つけされた
卑しい作品を　賎しむがよい
まずは農民を歌え　ついで、
せっせと乗馬にいそしむ　田舎紳士たちを歌え
歌え　修道僧の神聖を　そのあとで
歌え　安酒煽る酔っ払いの猥雑な笑いを
歌え　七〇〇年間の英雄の時代にわたって
打ちのめされ　土くれと化した
陽気な領主たちとご婦人方を
投げかけよ　汝の心を　かの過ぎ去りし日々に
来たるべき日々に我らが
なおも不屈のアイルランド人［魂］であるために

Irish poets, learn your trade,
Sing whatever is well made,
Scorn the sort now growing up
All out of shape from toe to top,
Their unremembering hearts and heads
Base-born products of base beds.
Sing the peasantry, and then
Hard-riding country gentlemen,
The holiness of monks, and after
Porter-drinkers' randy laughter;
Sing the lords and ladies gay
That were beaten into the clay
Through seven heroic centuries;
Cast your mind on other days
That we in coming days may be
Still the indomitable Irishry.（*The Poems*, p.375.）

散文「ボイラーの上で」を知る読者のなかには、この連のなかに詩人が抱く優生学的な思考を読み取ろうとする読者があるいはいるかもしれない。だが、そのような解釈はいささか滑稽である（＊「ボイラーの上で」自体も一つの作品である以上、生身の詩人の声と決めてかかるのは拙速な判断であるというべきだろう）。というのも、そのような読み方はイェイツの詩に時折表れる狂言的な要素、すなわち洒落・笑いといったイェイツ詩にみえるもう一つの側面、喜劇性を完全に見落とし、この連に表れるユーモアを字義通りの意味でしか捉えようとしていないからである。

イェイツの作品中、喜劇的要素が典型的に表れている作品例として、戯曲においては『役者女王』、『大時計の塔の王』（*The King of the Great Clock Tower*, 1935）、詩においては『クレージー・ジェーン』群や『超自然の歌』、あるいは本章註（8）に記した「ビザンティウムに船出して」IIを挙げることができる。

また最晩年の詩に限定して例を挙げても、老賢人か老聖者の俗化したパロディとしての「老人」の姿を描いた「巡礼者」や「邪悪な気狂い老人」、おどけたバラッド形式で書かれた「ジョン・キンセラのメアリ・ムア夫人の哀悼」（"John Kinsella's Lament for Mrs.Mary Moore," 1938）、アイルランドの初代司教・聖マラキの予言を半ば茶化して語る「高らかな語り」（"High Talk," 1938 ＊表題の "High Talk" には「ホラ話」も含意されているだろう）、ピタゴラス、プラトン、プロティノスの姿をパロディ化して描いた「デルフォイの託宣に寄せる知らせ」、一番目能の「翁」の呪言の舞や小林一茶の川柳的な要素を帯びた俳句など日本の文学的影響を受けて記された詩、「日本の詩歌を真似て」（"Imitated from the Japanese," 1938）などみなそうである。そしてこのような〈聖なる笑い〉を多分に帯びた詩文を語る詩人の声、それはほとんど例外なく詩人の生の声ではなく、「仮面」の声であるとみてよい。もっとも、「日本の詩歌を真似て」については、イェイツが自身の古希を祝う呪言であるため、「仮面」の声ではないとの反論もあるだろう。だが、日本の催事の伝統から判断すれば、呪言は翁面を被る者たちによって行なわれる通過儀礼＝一つの祭りの意味を帯びており、翁面とは老賢者＝聖者の幽霊、面影＝「仮面」であることを忘れるべきではない。

ともかく、Vにおける多分に笑いを帯びた詩人の声は生身のイェイツの声ではなく、「仮面」の声であり（＊後述するとおり、「ベン・ブルベンの麓で」のなかで生身の詩人の声によって語られた詩文は一つもない）、その「仮面」の正体は、いわば〈聖なる道化〉、イェイツがいう「宗教的ドン・キホーテ」のものである。以下、その根拠をこの連の分析をとおして検証していくことにしよう。

Vの声は、まずは詩人の天職をあえて「商売／生業」（'trade'）と呼ぶことで半ば茶化すことから始まっている。さらに詩人の「生業」によって生じたもののことを、「作品」（'works'）と呼ぶ代わりに、あえて「生産物」（'products'）と呼ぶことで詩人の天職を少なからず貶めている。しかも、この「生産物」のうち「出来のよいもの」、すなわち商品価値のあるものだけを、あたかも山積みにされた農作物の籠、そのなかから選りすぐって消費者（読者）に届けるように、「アイルランドの詩人たち」に促す念の入れようである――「なんとしてでも　出来のよいものだけを歌え」。ここにおける「生産物」は「まずは農民を歌え」や「今台頭しつつある」（'now growing up'）、あるいは「土くれ」（'clay'）などに暗示されているように、農作物のイメージをもっている点に注意を向けたいところである。

ここからすぐにもわかるとおり、Vにおける詩人の声は、生身のイェイツの声ではない。詩集『責任』のなかで繰り返し示唆されているように、イェイツが詩人という職業を「商売（飯の種）」、その作品である自らの詩のことを「生産物」などと呼ぶことなどまずありえない。生身のイェイツ自身にきわめて接近した以下の詩とVを比較すれば、このことはおのずから理解されるだろう。

――「令名」は今日では廃れて久しく
古代の儀式の一部にすぎないのだから――
汚名被せられたかの極悪の仕打ち
おかげで私の大事な作品たちは　いまでは
通りすがりの犬に穢される電柱にすぎないのだ。（*The Poems*, p.179.）

それでは、「下等な寝床で種つけされた／卑しい作品を　賎しむがよい」をどうみればよいのだろうか。ここに優生学的な要素を是が非でも持ち込むことを欲する（ポエティクスよりは、内心ではポリティクスを愛している）読者は、イェイツ詩にみられるもう一つの側面、文学的洒落と頓知を「忘れている」（'unremembering'）いささか「おつむ」の硬い読者にかぎられるだろう。そのような読みに陥らないためにも、ここでの詩句が「卑しい人間」とは記されてはおらず、「［下等な寝床で種つけされた］卑しい生産物［作品］」と記されている点に注意が必要である。つまり、ここにおける「卑しい出自」（'base-born'）とは人の血統の卑しさを問題にしているのではなく、「忘れん坊の　心とおつむ」によってつくりあげられた（でっちあげられた）「作品＝新種／珍種の作物」が卑しいといっているまでのことである（＊'sort'を文脈の流れからとりあえず「輩」と訳しておいたが、これはかならずしも人間を指しているとはいえず、「成長しつつある新種＝珍種の作物」とも訳せる）。そしてこの場合の「卑しさ」とは'unremembering'（「物忘れのひどさ」）、すなわち己の個性＝自己表現ばかりを主張・強調し、詩の伝統的な「形式から外れた（形式を無視した）」（'out of shape'）、つまり詩の伝統を「忘れて」（無視して）好き勝手に「あれこれの政治的党派と結びつけ」（「総括的序文」Ⅲ）、それを自身の詩に反映させて作品を描き上げようとする流行かぶれの作品、つまり現代詩にみられる個性と政治重視の風潮（＝成長しつつある珍種の作品形式'now growing up'）、このことを鋭く風刺しているのである。この点については、「総括的序文」の「Ⅲ」の以下のくだりからも確認できるだろう。[9]

個性的なもののすべてはすぐに腐るものだ。だからそれはぜひとも氷漬けにするか、塩漬けにすべきだ。……かくして私は、伝統的な詩歌を選ぶ。私が変更する作品でさえ、伝統的にみえなければならないのである。……私に向かって独創性について云々する者があるならば、私はその者たちに向かって怒りをぶちまけることになるだろう……若いイギリスの詩人たちは夢と個人的感情を拒否している。彼らはあれこれの政治的党派に自らを結びつけるような意見を考案し、複雑な心理を使い……人間はこれまで眠っていた。今こそ目覚めなければならないなどと述べるに終始しているのである……。（*Essays and Introductions*, p.522, 524.）

「あれこれの政治的党派に自らを結びつけ」、自身の作品の「個性」ばかりを主張する作物は、どんなに「成長しても」（'growing up'）「つま先から頭の天辺まで　不細工な形」をしており、伝統のもつ形式美に欠けるため商品価値を落としてしまう。あるいは備蓄用の商品として出荷されても、「塩漬け」の防腐処置が施されていないため、「すぐに腐ってしまう（すぐに忘れ去られてしまう）」というわけである。刊行物において鮮度が求められるものは政治・時事問題を扱う「新聞記事」＝「朝食のテーブルの話題」の類にかぎられるが、イェイツにとって詩、あるいは文学作品が意味するものはすでに「序章」において検証したとおり、ジャーナリズムの正反対の概念でさえあるからだ。それゆえ、作品には「塩漬け」か「氷漬け」の防腐処置がぜひとも必要となる。「塩漬け」「氷漬け」とは詩の伝統的形式の謂いだからだ。そうでなければ、イェイツが「Ⅱ：主題」で告白しているように、「個人的生活」に基づいて描かれた彼の作品は「貧民街の気が触れた老婆と同じように荒っぽい怒りの独白と化し、侘しいものとなってしまう」。

この詩行のすぐあとに、貴族でも英雄でも修道僧でもなく、「まずは農民を歌え」となっているのもこの文脈において理解される（＊ただし、ここにも「歌え　修道僧の神聖を」と詠われているように、カルディの系譜が失念されることなくしっかり記されている点にも注意しておきたい）。詩は〈精神の農産物〉であるがゆえに、詩人がはじめに歌うべきは農民でなければならないというわけだ。言い換えれば、農民はこれまで土地に根づいた伝統として培われてきた各々の土地独自の農法という知の資産を踏まえてはじめて自身の農作物を産出することができるのであって、己の個性や政治的主張を誇示するために作物、すなわち自己主張のために作品を栽培する農民（生産者）などどこにもいないといっているのである。そんなことをすれば、「つま先から頭の天辺まで　不細工な新種・珍種の作物に成長してしまう」のが落ちだからだ。もちろん、農民の生活は「個人的生活」にしてそれがそのまま伝統文化になっているわけだから、個人と伝統は矛盾するどころか、完全に一致している。

これゆえに、Ⅴの最後に詩人の「仮面」の声は「七〇〇年間の英雄の時代にわたって／打ちのめされ　土くれと化した／陽気な領主たちとご婦人方」を歌わねばならない、と語っているのである。農民にとって土こそ命であり、その土を豊かにする肥やしこそ、七〇〇年にわたる英雄の時代を要して「[最良の]土くれと化した領主とご婦人方」の熟成された貴い遺体だからである。むろん、ここにおける「土くれ」（'clay'）は「耕作すべき」（'cultivate'）「文化」（'culture'）の比喩であることはいうまでもない。とはいえ、そのよく肥えた「土くれ」（詩の題材）のなかには騎馬の者たちも修道僧たちも「安酒煽る酔っ払いの猥雑な笑い」を好む陽気な民衆の遺体も含まれている（＊「安酒煽る酔っ払いの猥雑な笑いを歌え」にみえるこの命令形の使用は父権的権威を示すどころかそれを否定するためのもの、すなわち人間が築き上げた権威というものを茶化すことで瓦解させるために用いられている）。

それればかりか、この「土くれ」はこの詩のなかに表れる人たちを含むあらゆる人間を包摂するものであることが詩中に示唆されている。この連の前連のⅣに表れる「アダム（＝人間の祖）」、その原義は「土くれ」にほかならないからである。つまり、Ⅴはこの「アダム」を前提に記されていることになる。もちろん、ここにみられるⅤの「土くれ」とⅣの「アダム」の並列は詩人の意図のもと、周到に用意されたものである。

このことは、「打ちのめされ　土くれと化した」（'beaten into the clay'）という同じ表現が用いられている「クロムウェルの呪い」（"The Curse of Cromwell," 1937）における以下の詩行との鮮やかな対照により、さらに明らかとなるだろう――「クロムウェルの館とクロムウェルの殺人一団がいただけさ／恋人と踊り子は打ちのめされ　土くれと化した（'The lovers and dancers are beaten into the clay,'）／長身の男たち、武人と騎馬の者たちは　いま何処」[10]。

二つの詩に共通して用いられている詩句、「打ちのめされ　土くれと化した」（'beaten into the clay'）は、一見、ともに否定的な意味で用いられているようにみえるが、実はそうではない。一方は「アダムの呪い」（「アダムの呪い」"Adam's Curse" 参照）、すなわち土から生まれ原罪を負う「人間＝アダム」は土に還るべき宿命＝原罪の呪いを帯びている。これは自然の理法に適うものであるから受け入れるほかないし、またそうあるべきだと詩人は考えている。だからこそ、彼らがよく肥えた土くれ＝文化となるまでに「七〇〇年間」を要すると述べているのである。

他方はイェイツの郷里であるコノハトの地をアイルランドで最も痩せた土地とみなし（「地獄か、コノハトか」）、土に根ざすアイルランド文化を一瞬で根絶やしにしようと企んだピューリタン革命の首謀者である「クロムウェル」、その「呪い」であり、およそ容認できるものではないと詩人は考えている。だからこそ、半ば（中途半端に）韻を踏む'(murderous) crew' と「殺人一団」によって「打ちのめされた」「土くれ」('clay')、すなわち 'crew' の 'clay' は、バリウムの原料に使われたベン・ブルベン山の岩石のように、郷里の土地に根ざすことができず、地を彷徨う者＝カイン／クロムウェルの呪い（地の呪い）を受けねばならないのである――「いま何処」('Where are they?')。これに対し「ベン・ブルベンの麓で」Vに表れる土地に根ざす「土くれ」、「アダムの呪い」は、'clay' と 'gay' とが綺麗に韻を踏んでいることが暗示しているように、「七〇〇年」を要し、だからこそ熟成されたこの「土くれ」は「陽気」なのである。

土から生まれ、土に帰るアイルランドの伝統文化、これをイェイツはきわめて重い意味で受けとめている。このことは、この詩と同時期に記された「ダブリン市立美術館来訪」の最終連に表れる以下の詩行からも確認できる。

ジョン・シング、私、オーガスタ・グレゴリーは考えた
我らのいっさいの行為、語り歌うすべてのことが
土との触れ合いに根ざすべきであり、その触れ合いから
万事はアンタイオスのように力を帯びるのだ、と。
現代という時代において　我ら三人だけがすべてを
土におろし、その方法のみにより、万事を吟味し直し、
高貴な人と乞食の夢を持ち込んだのだ。

かくして「土」に帰るすべての人間とそのヒエラルキー（「高貴な人と乞食」）は自然の理法のなかで無化され、あるいは熟成され、「陽気」な笑いに包まれながらその魂は永遠回帰することになる。一部スウィフトを彷彿とさせるようなこ

の笑いが、この詩にみられる（イェイツの詩的信条を帯びた）「仮面」のもう一つの聖者の声の正体、〈聖なる道化〉としての「宗教的ドン・キホーテ」（後述）の声である、とひとまずいうことができる。

第四章　魂の永遠回帰　墓場(トゥーム)から揺籠／子宮(ウーム)へ

——男と女と子の新三位一体論／パトリック・リブの「信条」

私は死んでいて、生まれつつある。

——サミュエル・ベケット（『反古草紙』）

ゴボウ巻きになった糸巻きがぐにゃぐにゃと
解きほぐれるように
揺籠から墓場へと突っ走ったその反対に、
おいらのいっさいの仕事が墓場から揺籠へと突っ走るならば……

——W・B・イェイツ（「英雄と少女と道化」）

1　墓場(トゥーム)から揺籃／子宮(ウーム)へ

「ベン・ブルベンの麓で」全体にわたって響く張り詰めた厳正・荘厳な聖なる者の悲劇の声、その背理には、〈土の笑い〉を帯びた聖にして俗なる者の喜劇の声が潜んでいる。このことは、この両極の間を取りもち統合する一つのイメージの存在に気づけば、さらに明白なものとなるだろう。

そのイメージとは、最後に置かれた碑文そのものが象徴しているもの、「墓」である。この詩における墓のイメージは、「第三章」ですでにみてきた「ベン・ブルベンの麓で」Ⅴに表れる「土（くれ）」のように、人間のすべての生の営為、そのいっさいを無化・死化する悲劇の象徴であるとともに、死して回帰する「魂」をすこやかに育む「整えられた揺籃」（Ⅲ）の喜劇的なイメージをもっている。この点でも死して新たな生を育む鍬で「打ちのめされた＝耕作された」「土くれ」＝文化のイメージと見事に重なり合っている。というのもこの詩全体は、魂の子宮としての墓、この詩Ⅳと密接にかかわる「一本の線香」の表現を借りるならば‘tomb or womb’＝「墓／子宮」としての死と生の連環のイメージ、サミュエル・ベケット（Samuel Beckett）がいう‘tombwomb’（「墓胎」）のイメージをもっているからである。もちろん、ここにおける「墓胎」には死と生の連環イメージとともに男と女の交合のイメージ、〈魂の男根〉である「墓石」（‘tomb’）と〈魂の子宮〉としての‘womb’、これら二つの結合のイメージが重ねられている。こうして「墓」と「子宮」の結合のイメージをとおして死と生、男と女の結合が図られる。かくして、地霊を鎮める鎮魂歌の響き（強弱・四歩格）を主旋律とするこの詩は、同時に生まれたばかりの魂を揺籃で陽気にあやす童謡の響き（強弱・四歩格）をもつことになる。このことは「英雄と少女と道化」（“The Hero, the Girl and the Fool”）の「路傍の道化」が「少女」に語ったセリフからも確認できるだろう。この「道化」によれば、「墓」と「揺籃」は同じ一つの「糸巻き」運動のなかにあるのだと記されているからである。

ゴボウ巻きになった糸巻きがぐにゃぐにゃと
解きほぐれるように
揺籠から墓場へと突っ走ったその反対に、
おいらのいっさいの仕事が墓場から揺籠へと突っ走るならば……　(*The Poems*, pp.265-6.)

この点を踏まえると、この詩全体にわたって男女が各ペアをなして登場している理由もおのずから説明されるだろう。すなわち「マリオティス湖の賢者たち」には「アトラスの魔女」(Ⅰ)が、「かの騎馬の男たち」には「かの騎馬の女たち」(Ⅰ)が、「彼の仕事」には「彼の配偶者」(Ⅱ)が、「アダム」には「マダム」(Ⅳ)が、(ローゼンクロイツの)墓石＝男根のイメージには「マダム」(マダム・ブラヴァツキー)の「熱くなった下腹部」＝子宮のイメージ(Ⅳ)が、「陽気な領主たち」には「陽気なご婦人方」(Ⅴ)が、仲睦まじく各ペアをなして顕れる、その必然性が理解される。

このように仲睦まじく男女のペアを登場させるイェイツの意図は、「ベン・ブルベンの麓で」を永遠回帰の相のもとで連関させて読ませることに求められるだろう。とはいえ、この連関性に目を向ける読者は少ないのではあるまいか。この詩Ⅱに描かれている「男」だけの世界がこの連関性を断ち切っているように、読者の目には映ってしまうからである。実際、Ⅱでは'man','men','him'と五回にわたり「男(たち)」が意図的に畳みかけられている。

だが、実はこの〈男たちの世界〉にも、詩人は密かにある一人の女の面影を忍ばせている点を看過すべきではない。「ラピス・ラズリー」において、「陽気なハムレットとリア」に対して陽気な「オフィーリアとコーディリア」を登場させているように、詩人は女性のイメージを描くことをこの連においてもけっして忘れてはいない。したがって、この詩全体に表れる永遠回帰の相への気づきは、Ⅱのなかに女性の面影を読者が思い描くことができるかどうか、ここにかかっているといってもよいだろう。そうでなければ、Ⅱの冒頭に示されている二つの永遠の間を生きる'man'は「人」ではなく文字通り「男」だけを意味することになってしまい、女性はこの「永遠」の相から完全に排除されてしまうことになるだろう。

結果、男と女による永遠回帰の連関性はここで完全に断ち切られてしまうことにもなりかねない。

2 「ベン・ブルベンの麓で」と「人とこだま」の間で

ともかく、Ⅱを精読することで、このことを確かめてみよう。

Ⅱ

いくたびも　人［男］は生き　そして死にゆく
二つの永遠の間を
民族という永遠と魂の永遠との間を
古代のアイルランド人は知っていた
このすべてのことを
人［男］がベッドのうえで死のうが
ライフル銃に撃たれて死のうが
人［男］が恐れねばならない最悪のものといえば
たかだか愛する者とのしばしの別れ
どんなに墓堀人夫の労苦が長く
どれだけ鍬の刃を磨き、筋肉を鍛えたところで
しょせん、埋葬された人々（男たち）の死骸を突っついて
もう一度　人の心に戻してやることぐらいが関の山なのだ

Many times man lives and dies
Between his two eternities,
That of race and that of soul,
And ancient Ireland knew it all.
Whether man dies in his bed
Or the rifle knocks him dead,
A brief parting from those dear
Is the worst man has to fear.
Though grave-diggers' toil is long,
Sharp their spades, their muscle strong,
They but thrust their buried men
Back in the human mind again.（*The Poems*, pp.373-4.）

Ⅱはおのずから「人とこだま」第一連を念頭に置いて読むように詩人から予め促されているようである。いずれの詩も銃殺刑に処せられたアイルランド蜂起の十六名の革命家たちの姿が強く暗示されているからだ。

ただし、この者たちに対峙する詩人の立場は、二つの詩において著しい対照を示している。「人とこだま」においては、この者たちに対し、詩人は大いに責任を感じ、自己呵責に悶え苦しんでいる――「ついに私は不眠のため、ぶっ倒れて死ぬのだろうか」（*The Poems*, p.393.）。一方、Ⅱでは「ベッドのうえで死のうが／ライフル銃に撃たれて死のうが」という表現に端的に表れているように、詩人は少しも彼らに対して自己呵責を感じてはいない。それどころか、彼らの死と通常の自然死とを同一線上に置いたうえで、永遠回帰の相のもとに彼らの生と死を意味づけようとさえしている。同じ詩人の一つの口から発せられたとは、とうてい考えられないほどの食い違いをみせる二つの声である。
　この違いはどこに起因しているのだろうか。一方は生身の詩人に接近した声、他方は「仮面」のなかの聖者の声、一方は生者の声、他方は死者（亡霊）の声と考えるほかあるまい。そうでなければ、ここでの詩人の声は「人とこだま」の詩人の声と完全に齟齬が生じてしまっている。そのため詩人の声は不誠実である（「人とこだま」の告白は偽証であったのか？）との誹りを免れまい。あるいはロバート・グレイヴズ（Robert Graves）が批判しているように、「イェイツの仮面は不誠実である」ということになってしまうのかもしれない。むろん、そのような批判は妥当なものではない。このことは二つの詩を間テキストに置いてもう一度読み返してみれば、明らかとなるはずである。

人

アルトと命名されし、岩の裂け目　崩れた巌のたもと
昼の強き光さえ届かぬ裂け目の淵にたたずみて
私は石に向かって、一つの秘密を叫ぶ。
私の言ったこと　行なったことのすべてが、老いて病む今
一つの疑問と化し　ついには夜な夜な　眠りを覚ます
だが、答えが得られないのだ。ある者たちを英兵の射殺へと導いたものは、
私自身のあの劇であったのか。
私の言葉があの女のめくるめく頭脳に大きな負担をかけたのか。
私が口を閉ざせばあの事態が防げ、
あの家が没落せずにすんだのか。

そしてすべては悪夢と化し、
ついには　私は不眠のためぶっ倒れて死ぬのだろうか
　　　　こだま
ぶっ倒れて死ぬのだ（死ね）（*The Poems*, pp.392-3.）

「人とこだま」において生者である詩人の生身の声は、エコーに対して「ぶっ倒れて死ぬのだろうか」（'Lie down and die'）と問い、これに対しエコーは「ぶっ倒れて死ぬのだ（死ね）」（'Lie down and die'）という託宣（予言）をもって応答する。果たせるかな、詩人は、彼女の予言通り、「ベン・ブルベンの麓で」のⅥにおいて、なんとすでに死んでエコー（死者）の仲間入りを果たしている――「（教会の墓地に）イェイツは横たわる」（'Yeats is laid'）。

そういうわけで、二つの詩の声を同列に並べて解釈することは生者の声と死者の声を混同する誤読であるといって差し支えないだろう。

それでは、Ⅱを語る「仮面」の声は一体誰のものだろうか。Ⅰの最後に記されている以下の詩文に注目したい――「この者たちが意味するもの、そのあらましをここに語らん」。この詩文は全能の視点から語られていることは明らかである。そうだとすれば、このような視点から語ることができる者、それはこの作品を創作した作家自身を除けば（だが、すでにその作家は死んだことになっている）、死者となって歴史の推移を知り、正しくそれを評価することができる唯一の存在、聖者以外に該当者はいない。少なくとも、ディンヘンハスの伝統を踏まえれば、そういうことになる。つまり、Ⅰの歴史を証言している者は、聖者の霊であるとみることができるのである。それでは、その聖者の名は何であろうか。その名前については、Ⅰの精読を待つこととして（＊「第八章」参照）、ここでは先に挙げた問題、ある一人の女の面影の存在について考えてみることにしよう。

その際、まず注意を向けるべきは、二つの詩がいずれも『ハムレット』を念頭に記されているという点である。「人とこだま」では「短剣」（'bodkin'）に暗示されているように、劇中の「（Xが）存在するのかしないのか、それが問題である」（'To be, or not to be: that is the question'）に始まる夢をめぐるあの有名な独白のセリフが踏襲されている。この独白は夢をめぐるものであるから、「人とこだま」に表れる「不眠」（'sleepless'）や「だが、肉体を失えば、人はもはや眠ることがない」（'But body gone sleeps no more'）もこの独白の捩りであるとみることができる。ちなみに、この独白のなかで「短剣」のイメージも表れているのだが、イェイツが夢をめぐるこの独白に表れる「短剣」のイメージを重くみている。この点については、「月の静寂を友として」の以下のくだりにみるとおりである――「ハムレットは死後どのような夢をみるかわからないとして『短剣の一突き』を断念した。だが、それはたんなる文学的空想ではなかったのだ」（*Mythologies*, p.315.）。もちろん、ここにおいてイェイツが前提としている『ハムレット』の独白のくだりは第三幕一場の以下のものである。

しょせん、人は死ぬのだから。そして人は眠りにつくのだから。
いや、死ねば眠りにつく。それだけだ。眠ればすべてが終わる、
心の痛みも、この肉体が受けねばならない数々の悲しみも。
死んだら眠る、ただそれだけならば、
こんな幸福な幕引きもあるまい。
なに、眠るだと！　眠れば夢を見るではないか。
そうだ、そこが厄介なのだ。
人の命をこの世に繋ぐ縄目が解かれて、死の眠りについたとして、
それからどんな夢が訪れるのだろう。
それを思うと、どうしても躊躇してしまうのだ。

……
短剣の一突で、人生を清算して楽になれるというのに。
……

一方、Ⅱの描写には、『ハムレット』の墓掘人夫の場面を想起させるように充分配慮がなされている。もちろん、二つの詩において読者に『ハムレット』を想起させることは、詩人の意図による。王子であるハムレットの死は個人的な死である前に、〈国体〉にかかわる死を意味しており、その意味でアイルランド独立蜂起に散った十六名の革命家の死とパラレルな関係にあるからだ。

ただし、詩人はいずれの詩においても、彼らの死を国家に殉じた尊死であるなどとはまったく考えてはいない。一方の詩においては、彼らの死に強い責任と呵責を感じており、責任と呵責を覚える裏に覗くものは、「復活祭、一九一六年」のなかにすでに表れているように、彼らの行動を「犬死」ではなかったのかとの強い疑念である——「否、夜ではなく死なのだ。／結局、彼ら死は犬死だったのか」（"Easter, 1916," 1917, *The Poems*, p.230.）。他方、「ベン・ブルベンの麓で」においては、彼らの死を「ベッドで死ぬ者」と同一視することで彼らの〈殉教の死〉を半ば貶しめているからである。「もしも私が二四歳だったら」ではっきり語られているように、近代の産物（発明品）にすぎない「国家」（'nation'）などといういかにも抽象的な概念を、イェイツはまったく認めていない点を思い出したい（*Explorations*, pp.263-80 参照）。あるいは「我が作品のための総括的序文」の「Ⅳ：いずこへ」の最後の以下のくだりに目を向けたい。

そもそも国家（nation）や国（state）などというものは人間の知性の産物にすぎない。それ以前と以後に何が存在し、何が到来したか考えてみれば、ビクトル・ユゴーがおよそ語っているように、国家や国などというものは紅雀の巣のために神がお与えになった草の葉一枚にも値しないものなのである。（*Essays and Introductions*, p.526.）

近代的思考によって人工的に生み出された「国家」というたんなる抽象概念にすぎないものとしての虚構、その代わりをなすものとしてイェイツが認めているのは、土地に根ざす「家族」や伝統文化を核に発生する有機的なつながりをもつ「民族」の魂とその核心にある「情念・情熱」（'passion'）だけである――「永遠とは情熱のことじゃ」（「どこから来たのか」"Whence had They come?," 1935, *The Poems*, p.337.）。この点についてはヒーニーが「土地の感覚」のなかで高く評価している「我が娘のための祈り」（"Prayer for my Daughter," 1919）の以下の詩行を吟味すればさらに理解できるだろう――「ああ、どうか、一つの場所を生涯大切にして、根づく緑なす月桂樹のように生きてほしい」（*The Poems*, p.237.）。あるいはこのことは、先にみたこの詩Ⅴの描写からも確認できるはずである。したがって、イェイツにとってそもそも存在していないはずの「国家」、近代政治によって生み出された幻＝抽象概念のために殉じる行為自体、「犬死」でしかないことは明らかである。ただし、二つの詩において、彼らの死を犬死から救出する手立てを詩人は忘れてはいない点にも注意を向けるべきだろう。その手立てとは、彼らの死を殉教のヒロイズム（こういってよければ〈男戦士＝マティズム〉によるセンチメンタリズム／ルサンチマン）によって祀り上げることで生の意味づけを行なうことではない。「愛する者たち」（'those dear'）にうかがわれるように、〈男と女の愛の原理〉によって彼らの生を意味づけることである。

このことは、のちに示す「リブ、パトリックを避難する」からも確認できる。そこでイェイツは「男性中心主義の三位一体」を強く否定しているからである。要するに、「男」の世界だけでは抽象概念としての「国家」を発生させることができたとしても、「我が娘のための祈り」において「豊穣の角」に喩えられている「子」に象徴される＝永遠なる民族の未来を誕生させることができない、つまり「緑なす月桂樹のように」土に根ざす家族・民族としての生を意味づけることができない、とイェイツはみている。二つの詩にともに「男（たち）」のなかにオフィーリア＝女の面影が顕れるのはそのためである。

「人とこだま」において夢を暗示する「洞窟」のなかで詩人が秘密を告白する相手である「エコー」にはオフィーリア

のイメージがある。「夢」をめぐるかの独白の場面において、ハムレットの声を密かに聞いていたのは、「ニンフ」に喩えられている「オフィーリア」唯一人だったからである――「いや、なんだ。しっ、静かに。／美しきオフィーリア、ニンフよ、汝の祈りのなかに、我がすべての咎が思い出されますように（許されますように）」。これゆえに、洞窟のエコーに向かって発せられた「人とこだま」の問いは深刻である。「男」の声は女＝エコーによって拒絶されているからである――「人：ぶっ倒れて死ぬのだろうか／こだま：ぶっ倒れて死ぬのだ（死ね）」。

一方、Ⅱにおいて墓掘人夫が掘る墓穴から『ハムレット』の墓掘りの場面を念頭に置くならば、〈三途の河〉を流れていったオフィーリアの遺体のために用意されていることになるだろう。もっとも、ここにおける墓掘人夫が掘る墓穴に入るのは銃殺刑に処せられた「男たち」であることが強く示唆されている。つまり『ハムレット』の文脈に引きつけて解釈すれば、ハムレットが墓に埋められる現場をオフィーリアが目撃するというさかしまの場面がここで起きていることになる。そうすると、Ⅱには女性はやはり不在であるという解釈が成り立つのだろうか。だが、その解釈はいささか早急な判断であるといわねばなるまい。かりにオフィーリアがハムレットの墓を目撃することになったとすれば、彼と同じ墓に入ることを彼女は強く願ったはずだからである。つまり、ここにみられるさかしまの『ハムレット』墓掘り場面は、「男たち」の墓をとおして逆にオフィーリア（女性）の存在を読者に強く意識させ、男女仲睦まじくペアをなす墓のイメージを想起させるために用意されているとみることができる。その意味で、この詩は詩人の生の声に接近して記されている「人とこだま」における「エコー」としてのオフィーリアのイメージと対照的なものがある。そうだとすれば、Ⅱで「男たち」だけを登場させた詩人の狙いは、ここでの「仮面」の声が最初に呼びかけている対象、それが恋人や夫、あるいは息子の死を悼む女性たちに向けられていることを読者に想起させるためであるとみることができる。

このような次第で、ここで想定されている墓のイメージは、ハムレットとともに眠ることを願いつつも孤独のうちに自死したオフィーリア、その願いを叶える男女が共存する墓のイメージ、すなわち墓をとおして〈共生／共死〉する者たちのイメージを読者に強く意識させるものであるとみてよい。このことは、先に少し触れた「復活祭、一九一六年」の最終連に表れる詩文の内容を思い出せば、さらに理解のいくところとなる。

この詩の最終連でまず詩人は以下のように独白する――「ああ、この犠牲はいつまで続けばよいというのか。それを決めるのは天の役割。我々の役割は名前を一人ずつ口ずさんでやることだ。やんちゃした子どもの体についに眠りが訪れたとき、母親が我が子の名前を呼んでやるように」。この詩文における「眠り」（'sleep'）は「人とこだま」と同様に、先に引用した『ハムレット』の独白の「眠り」にかんするハムレットのセリフが念頭に置かれていることは間違いない。とはいえ、ここではハムレットの孤独な眠り＝死とは対照的に、我が子を一心に愛する母親（こういってよければ『ハムレット』の息子に対して無情なる母親ガートルードとは対照的な母のイメージ）に看取られて永遠の安らかな眠りにつく彼らの姿が描かれている。前期の詩「揺籠の歌」（"A Cradle Song," 1890）に表れる母親と幼子の関係性の延長がここにもみられるだろう。だが当然、『ハムレット』の独白のセリフを敷衍するこの連はこれで終わっているわけではない。ハムレットが死後の眠りの恐怖に気づき――「なに、眠るだと！　眠れば夢を見るではないか。／そうだ、そこが厄介なのだ」と考えて「短剣の一突を断念したように」、無神論者ではなく死後の世界を信じる詩人（「短剣の一突を断念したのは、たんなる空想ではなかった」と信じる詩人）は、死後の彼らの苦しみが想起され、母を真似て優しく彼らの名を口ずさむことなどおよそできない――「ただ夜のとばりが落ちるだけではないか。否、夜ではなく、死ではないか」。

だが最後に、詩人は森の写字僧である聖者が彼らの魂の贖いを願いつつ、墓碑あるいは高十字架に騎馬のものたちの名前を一人ずつ刻み込むように、彼らの名前を一人ずつ自身の詩のなかに刻み込もうとする――「あまりに激しく愛に燃えて、血迷って死んだってそれでよいではないか。／私はそれを詩に刻み込もう。／マクドナ、マクブライド、コノリー、そしてピアス。／今、そして未来に、緑を纏う場所なら何処でも」（*The Poems*, p.230.）。

もっとも、この詩行は以下のあの有名なリフレインで締め括られている点にも注意が必要である――「変わってしまったのだ。まったく変わってしまったのだ。恐怖の美が誕生したのだ」（'Are changed, changed utterly:/ A terrible beauty is born.'）。

ここに暗示されているものは、彼らの死を永遠の相のもとで意味づけしようとする詩人の声――これを示唆するものは

「母親が我が子の名前を呼んでやるように」（'To murmur name upon name,/ As a mother names her child'）――にみえる無常なる肉体から発せられた儚くも柔らかなリズム、これと対比される石に刻み込むような硬質なリズム、「私はそれを詩のなかに刻もう」（'I write it out in a verse......'）、そこに内在されている躊躇いの声である。もちろんここでこのような躊躇いが示唆されているのは、この詩が「人とこだま」と同様に、「仮面の声」ではなく生身の詩人の声にきわめて接近して語られているからである。その声は、彼らを墓碑に刻み永遠の相のもとに置こうとする詩人の目論見とは裏腹に、読者の耳には朝食のテーブルのうえに置かれた新聞記事をただ棒読みしているかのように、どこか空々しく彼らの名前の列挙が響くことは否定できまい。それは、ここに詩人が抱く躊躇い、彼らの行為を永遠の相のもとに置くことを詩人が躊躇う気持ちを暗示させるためである。つまり、このように彼らの名が読者の耳に響くようにあえて写実的に実名で記しているのは詩人の意図によるとみることができる。要するに、彼らの行為は新聞記事の見出しを飾るには充分なものであっても、アイルランドの魂の歴史、「一枚の大いなるつづれ織り」のなかに織り込むに価するのかどうか、詩人は大いに躊躇しているということだ。本来、新聞の見出しのトップを飾るべき「パトリック・ピアス」の名、それがここでは意図的に最後尾に置かれているというこの事実が、そのなによりのしるし（根拠）である――「マクドナ、マクブライド、コノリー、そしてピアス」。

だがともかく、「人とこだま」や「復活祭、一九一六年」を語る生身の詩人の声とは逆に、聖者の「仮面」の声によって語られる「ベン・ブルベンの麓で」においては、アイルランド独立蜂起に散った彼らはけっしてアイルランドの魂の歴史から排除されることなくその名が刻まれ、こうして彼らは「騎馬の男女たち」とともに、〈共生／共死〉する者として数えられている。つまり彼らは墓掘り人夫が掘ったオフィーリア（女性）の墓、「神のもとに魂を誘う正しく整えられた揺籠」のなかで眠るハムレット、その一員に数えられているのである。

ただし『ハムレット』においては、彼女の墓はその死が自殺であったため、信者が眠る教会墓地（正統としての墓地）からは排除され、半ば異端者の烙印を押された周縁の場所に置かれている、この点も注意しておかなければならない。もちろん、イェイツはこれについても忘れていない。

かくして、Ⅰに暗示されている生と死の河、いわば三途の河をわたる「マリオティス湖のアトラスの魔女」、その周縁的（ヨーロッパの精神史において異端視されている）魂の軌道が、Ⅱに暗示されているオフィーリアの墓穴の「しるし」に顕れることになる。そしてこの墓穴の「しるし」がⅣの「アダム」の「マダム」、その異端的（神秘主義的）な子宮に顕れることで、すべては男女ペアをなす永遠回帰の「証」となっていくことだろう。このことについては、本書第九章でみるとおりである。

3　男と女と子の新三位一体／パトリック・リブの信条

男女がペアをなし、墓／子宮のイメージを生み出すこの詩の特徴は、イェイツが想い描いたカルディのイメージを理解するうえできわめて重要な意味をもっている。なぜならば、これこそ「リブ」の「仮面」（逆説としての「仮面」）を被った聖パトリック、彼が高らかに宣言するカルディ独自の信条、その核心だからである。

それでは、イェイツが考えるカルディ、その独自の信条とは一体どのようなものだろうか。かりに一口で述べることが許されるならば、それは〈アンチ・男性中心主義の三位一体〉ということになるだろう。「リブ、パトリックを非難する」において、リブは以下のように「男性中心主義の三位一体」に対しアンチテーゼの狼煙を上げているからである。

ギリシアの抽象的不条理がその男を狂わせたのだ——
男中心の三位一体を撤回せよ。
男と女と子［娘と息子］
この三つによって

自然界と超自然界のいっさいの物語は、一つに紡がれておるのじゃ。
自然界と超自然界は一つの己が同じ輪に結びついておる。
人間、野獣、蜻蛉と同じように、神も神を生むのじゃ。
「大エメラルド表」がいうように
下界のものは模写だからじゃ。
ただ、それらは模写を模写せねばならず、同族を増やすのみ。
情念の火が肉体か精神によって水をかけられ衰えりゃ、
奇術［魔術］のもつ本性が山をつくり、その抱擁に絡みついてきて
とぐろを巻くのじゃ。

鏡のうろこをもつ蛇は多様性を意味しておるが、
地と洪水と空気のなかで　つがいをなすもの
そのいっさいは　三様だけの神の性を共有しておるのじゃ
神と同じ愛さえもつことができれば、
自らを孕み、自ら産むこともできるのじゃがな。（*The Poems*, pp.334-5.）

早急な読者はこの詩を、「リブ」の「仮面」を被った詩人が聖パトリックの『告白』の「信条」に表れる「三位一体」を否定するために用意されたものだと結論づけてしまうかもしれない。だがそれは誤読といわなければなるまい。すでに何度も繰り返し述べたように、イェイツはむしろ「私のキリストは聖パトリックの信条（三位一体）から生まれた嫡男で

ある」（「Ⅱ：主題」）とまで言い切るほど、彼が説く三位一体を全面的に支持している。しかも、この三位一体の「信条」が説かれている『告白』のなかで聖パトリック自身が証言しているように、彼の布教は女性を中心に行なわれたものであり、そのため彼が建てた教会は家庭中心の小さな教会であったとされているのである。

「第二章」で触れたチャールズ＝エドワードもこの点を強調している――「聖パトリックにとって独身女性が重要であったことは、とくに印象深いものである。彼が試みた民の育成にかんする最大の成果といえば、それはアイルランドの貴婦人たちを改宗させ聖職者に任命したことに求められるだろう」[1]。この家庭教会の形態がのちのキルデア修道会の聖ブリジットをはじめ、聖イタ、聖サヴァンに代表される、他のヨーロッパの修道会に例をみないほどに充実をみせたアイルランド女子修道会、その大いなる伝統の礎を築いたのである。少なくとも、そのように考える歴史・神学者は多い点をここで指摘しておきたい[2]。

アイルランドの古代修道院の歴史に強い関心を示すイェイツがこの事情にまったく無知であったなどとはおよそ考えられまい。すでに「序章」で述べた「Ⅱ：主題」の内容を思い出せば、そのことはすぐにも理解されるはずである。「学童に交じりて」のなかで描かれているように、イェイツが上院議員として訪問した学校、それがモンテッソーリー系の女子修道会が経営する学校であったこともここで思い出したい。むしろ、このアイルランド独自の修道会の伝統を充分踏まえたうえで、この詩において聖パトリックの「信条」をリブによってあえて逆説化したと解すのが自然である。なぜならば、イェイツの詩学の核心である「仮面」の詩法、その根本は逆説（互いが互いの逆説となって合わせ鏡を形成する方法）にあるからだ。つまり、マイケル・ロバーツの逆説の鏡がオーエン・アハーンであるように[3]、リブの逆説は聖パトリックであると考えることができる[4]。そうだとすれば、ここでの「仮面」の声は「Ⅱ：主題」で記されている「ドルイド／キリスト教徒」、いわば〈パトリック／リブ〉のものであるとみるべきだろう。

この点については、散文「黄昏の老人たち」に記されているある老人のセリフの以下の言葉にも注目したい。

パトリックという新しいドルイド僧のことをわしらによく話していた。彼らのほとんどがその新しいドルイド僧に怒っていたのだが、そのなかの幾人かは、彼の教義は自分たちの教義を新しい形式で表現したものにすぎないと考えて、彼を歓迎しようとする者たちもいた。(*Mythologies*, p.193.)

あるいは、『鷹の井戸』における「老人」が「榛の木の下で五十年間居る」という、いかにもドルイド僧を彷彿とさせる姿で表れている点にも留意しておきたい。この戯曲は『アシーンの放浪』におけるキリスト教の聖パトリックに対する合わせ鏡になることによって、ドルイド/キリスト教徒としての聖パトリックの面影を映し出している。

リブが「仮面」を被った聖パトリックであることは、「リブ、パトリックを非難する」が収められている『超自然の歌』、そのⅠに相当する「リブ、ボイラとアイリンの墓のもとで」のなかに表れる以下の詩文からも確認できるだろう――「私のこの托鉢の頭を見たことがない者に、ボイラとアイリンの物語を語るにはおよぶまい」('To those that never saw this tonsure head/……/ Of Baile and Aillinn you need not speak.' *ここにも墓という依り代によって死者を呼び出し、伝承を語る「ディンヘンハス」の伝統をイェイツが踏まえていることが暗示されている点にも注意)。ここに示唆されているのは、「この托鉢」を見たことのある者ならば「私」が何者であるのか一目瞭然である、つまりリブが通常のカトリックとは異なる剃髪の方法、ドルイド教の剃髪の風習を守るキリスト教という特殊な修道僧であることが暗示されているのである。頭部の天辺をくり抜くカトリックの剃髪法に対して、アイルランド修道会は七世紀半ば頃まで前頭部を剃り残髪を後ろに長く伸ばすドルイド教の剃髪法を採用していたからである。このため、アイルランド修道会とカトリックとの間で、「復活祭論争」で知られる大論争が起こったほどである(*剃髪の違いも復活祭を行なう日付の違いとともに大論争の火種の一つとなった。その際、アイルランド修道会最大の論客は聖コロンバーヌスであった)。

イェイツはこのようなアイルランドのドルイド教の風習を堅持するアイルランド独自のキリスト教の「信条」の確立者こそ聖パトリックであるとみている。彼は通説に倣って聖パトリックを五世紀にアイルランドに渡来したカトリックの最初の布教者とは捉えずに、一八〇年頃にアイルランドに渡米したドルイド／原始キリスト教徒＝コプトであるとみているからだ。「Ⅱ：主題」に記されている以下のくだりがその根拠となるだろう。

「鳥のなかに一羽、魚のなかに一匹、人間のなかに一人完全なものがいる」……ドルイド教の僧侶によって剃髪された者ならば、隣人のキリスト教徒から十字を切る作法を学んでも、そこになんの違和感ももたなかったし、彼らの子どもたちも違和感をもたずに済んだはずである。氏族たちは一致団結してキリスト教制度を弱体化させたのであるが、彼らは修道僧を受け入れても、司教制度を受け入れることはできなかったのである。（「Ⅱ：主題」*Essays and Introductions*, p.514.）

「序章」ですでに述べたように、「鳥のなかに……」は散文「一人のインド人僧侶」（"An Indian Monk," 1932）でも用いられているのだが、そこではインドの巡礼の僧侶と古代アイルランド修道僧の宗教観が一致する根拠として用いられている。この発想がそのまま『超自然の歌』の最後を飾る「メルー」に表れる聖地メルー巡礼の描写に反映されている点は重要である。イェイツはすでに引用したこの散文に表れる一文のなかで、インドの聖地メルー（エベレスト）の巡礼は、アイルランドのクロー・パトリック巡礼と聖パトリック・ダーグ湖巡礼に等しい旨のことを記しているからである。

4　巻きつく蛇の鱗に映る新三位一体

それでは、ここでの聖パトリックに対するリブの非難をどうみればよいのだろうか。鍵は冒頭に表れる「ギリシアの抽象的な不条理」（'an abstract Greek absurdity'）に求められるだろう。

もしかりに、イェイツが通説に倣って、聖パトリックをアイルランド初のカトリック布教者だとみているとすれば、リブの非難こそ「不条理」な信条に基づいた暴論であるといわなければなるまい。そもそも三位一体論とはアウグスティヌスによって提唱されたローマ・カトリックの中心的教義であって、ギリシア起源の教義ではないからだ。すなわちビザンティン帝国を中心とする東方教会／ギリシア正教における三位一体論は、ローマ教会／西方教会の三位一体論、父＝子↓聖霊の逆三角形の三位一体とは異なり、プラトニズム、ネオ・プラトニズムの影響を強く受けた父↓子＝聖霊による「単性論的」な正三角形の三位一体論を取っている。この二つの三位一体論の根本的な違いにより、のちに「フィリオ・クェ論争」を経て東西教会の大分裂＝「大シスマ」が起こったのである。したがってこの詩における「ギリシアの抽象的な不条理」とは東方教会の単性論的三位一体論を指しているとみてよい。

リブが「ローマ・カトリックの抽象的な不条理」と述べる代わりに、「ギリシアの抽象的な不条理」と述べているのはそのためである。イェイツはそもそも聖パトリックをカトリック教徒とはみなしておらず、聖アントニーに体現されるエジプトを起源とする初期キリスト教の一人の修道僧とみているからである。つまりここで述べられているのは、エジプト＝小アジアに起源をもつはずの三位一体論が、ギリシア哲学の影響を受けることによって狂いが生じてしまったということになるだろう。このことは、「塔」の第一連に表れる「この不条理（愚かしさ）」（‘this absurdity’）と「抽象的なもの」（‘abstract things’）として否定されている対象が「プラトンとプロティヌス」であることからも確認できる（*The Poems*, p.240参照）。

文脈から判断して、その矛先はまずはプラトニズムの「イデア論」に求めてよいだろう。プラトンは『国家論』のあの有名な洞窟の比喩によって、この世（形而下）のあらゆる現象は天上（形而上）＝イデア（実体）の影（ファンタスム）にすぎないと説く。ところがリブが主張するところでは、「自然界と超自然界のいっさいの物語は、一つに紡がれ」ており、互いは互いを映し合ういずれも実体（あるいは実体の逆説＝「仮面」）であるという。つまり『国家論』を捩っていえば、水面に光が映るように、天上の水面にもこの世の生が映っていることになる。それならば、天上においても生の営みがあり、「神は神と交わり子を孕む」ことになるだろう。ただし、神は自己が自己と交わって子を孕むことができる一方、自然界においては他者との交わりをとおしてしか子を孕むことができないのだという。したがって、地上における三位一体は即座に「男中心の三位一体を撤回」し、「男と女と子」の三位一体を信条としなければならなくなる。天上でこれが可能であるのは、神が両性具有だからである――「神は神同士で、発作的な性の激情に駆られ神を身ごもったのじゃ」（「恍惚のなかのリブ」"Ribh in Ecstasy," 1935, *The Poems*, p.335.）。

しかもリブによれば、これは「天使」にまで当てはまるのだという――「天使たちの交接は一筋の光／交接の瞬間に光の中で両者は自らを消失し、消尽するようじゃ」（「リブ、ボイラとアイリンの墓のもとで」*The Poems*, p.334.）。したがって超自然界においてもやはり「男性中心の三位一体は撤回しなければならない」ことになるだろう。リブが「男性中心の三位一体」を「抽象的不条理」と説くのはこのためである。男だけで子を孕むような自然／超自然の理法に反するようなこの思考はいかにも具体性を欠く「抽象」にすぎず、およそ「馬鹿げている」（'absurdity'）というわけである。

それではここにおける「男と女と子による三位一体」とはいかなるものであるか。後半の詩行が「とぐろを巻く蛇」のイメージで描かれている点に注意を向けたい。リブの主張するところによれば、この世の生は、聖パトリックがアイルランドから追い出した、あるいはいないはずの悪魔の化身である「蛇」、その「鏡のうろこ」に映っているのだという。

リブのこの発言は、アイルランドに広く知られる伝承を念頭に語られていると考えられる。その伝承によれば、ターラの丘に生える三つ葉＝シャムロックを摘んで三位一体を説いたキリスト教の最初の布教者である聖パトリックが、そのとき蛇を追い出し、こうして悪魔の化身、蛇はアイルランドからいなくなったという。おそらくリブの発言は、この伝承を念頭にそれを批判したものだろう。

ともかく、ここではギリシア正教の三位一体論の教義はもとより、プラトニズムまでも否定されていることは明らかである。もちろんローマ・カトリックの三位一体論は、「ギリシアの抽象的な不条理」という記述からもわかるとおり、最初から問題にさえされていない。ここで問題にされている三位一体論は、ギリシア正教VSエジプト・コプト教、ギリシア的思考としてのプラトンのイデア論、あるいはギリシア的単性論VS古代エジプト的思考としてのピタゴラスの原理（三平方の定理）としての三位一体論である。というのも、先述したように『国家論』においては、イデアは水面の鏡に映るものとして捉えられている一方、ここではイデアを映し出すものは「蛇のうろこの鏡」である、と説かれているからである。

ニーチェに倣えば、蛇は脱皮を繰り返す動物であるため、永遠回帰を体現する聖なる生き物である。それをイェイツ流に言い換えれば、蛇は永遠回帰＝「ウロボロス」を象徴する血を這いずり廻る「蛇の道」を歩むものであるということになる――「火の状態から死者たちは鏡に映る生を受け入れるのだが、〈蛇の道〉と呼ばれる曲がりくねった道へ流入が行なわれ、それは人間にも動物にも到来する流入であって、〈自然的流入〉と呼ばれるのである」（「月の静寂を友として」*Mythologies*, p.361.）。この詩に表れる「[男と女の]抱擁に絡みついて['twined']／とぐろを巻く['coil']」という表現はこの「蛇の道」、あるいはウロボロスの蛇を念頭に記されていると考えられる。

この蛇のように絡みつく男と女の抱擁のイメージがリブ的「三位一体」の核心をなすものである。このことは「リブ、ボイラとアイリンの墓のもとで」の以下の詩文からも確認できる――「この恋人同士、悲劇により清められた身なれば、急ぎ互いの腕のなかに飛び込むのじゃ」。

あるいはこの点については「三本のいばら」（"The Three Bushes," 1937）のあの印象的な最終連のくだりを想起すれば、さらに理解がいくことになるだろう――「司祭は侍女の亡骸を淑女の男のそばに葬らせてやり／その墓にも一本の薔薇を植えるように命じた／その薔薇の一本を摘んだって／今じゃ　誰にもわからない／その薔薇がどの根から生えたものかなんて／オヤマア、オヤマア」（*The Poems*, p.345.）。ここで「淑女」に喩えられている肉体の交わりを否定するプラトニズム＝「精神のいばら」と肉体に生きた「侍女」＝「肉体のいばら」（ニーチェ的なもの）はともに「男の亡骸」に蛇のように絡みつくことで大地に根ざす男と女による三位一体を創り出し、こうして「一本の薔薇」に喩えられるアイルランドの魂は「魂の揺籠」である墓で健やかに育つ「子」＝永遠の未来になっていくというわけである。これがリブ的「男と女と子の三位一体」の一つのかたちということになるだろう。

しかもリブによれば、「このとぐろを巻く蛇」の「うろこ」、それは天上の神の三位一体を映し「模写する」「鏡」だというのである。このとき、読者の心象にある形象が浮かんでこないだろうか。「ベン・ブルベンの麓で」の冒頭に暗示されている「アトラスの魔女」の魂、それが永遠に回帰する場所としての石鉢のなかの「蜜蜂の巣」（'beehive huts'）、およびこの冒頭で魔女と同格に置かれているマリオティス湖の隠修士が住む修道院の形態、すなわち「蜜蜂の巣」である。黒灰色の幾何学模様のうろこが「とぐろを巻く」ことで群れ重なって一つの「山をつくる」（'mounts'）この形象、それはアイルランド独自の古墳であるケアンの形象（これが象徴するものは死と英雄の戦い）に類似しているとともに、修道僧の住処、「蜜蜂の巣」の形象（これが象徴するものは生と平和）に酷似しているからである。イェイツが永眠するドラムクリフの地域にあるイニスファーレンには、六世紀に建てられたとされる男女ペアをなす「蜜蜂の巣＝修道院群」があった点を思い出したい。あるいは、ドラムクリフ修道院をしるしづける「一つの古代の十字架」（「ベン・ブルベンの麓で」）、すなわち高十字架（ハイ・クロス）、その東面のシフトの部分には原罪を知ったアダムとイブが並び立ち（原罪は二人が恥部を隠していることで表現されている）、その間には原罪を負った二人を取りなすように「なんともしなやかに蛇が巻きついている」[5]姿で描かれている点に注目したい。

こうして、「うろこの鏡」は脱皮を繰り返し男女に絡みつきながら永遠回帰する（生成を繰り返す）「男と女と子の三位一体」を象徴するものとなっていく。そしてこの男と女にとぐろを巻いて絡みつき、山をつくる蛇のうろこからなる〈蜜蜂の巣型〉が象徴する三位一体、その形象は、北東のターラの丘に立つ父権的な聖パトリックが説いたとされる「シャムロック」の三位一体、すなわち三つの同種・同性＝男だけによる同一性の象徴としての男性中心主義の三位一体、これに対しアンチテーゼを投じるもう一人の聖パトリック、「蛇」や「猫」や「イモリ」や「カエル」のように北西の贖罪巡礼地を「這いずり廻り」ながら「苦痛と醜悪とを我が身に引き受ける」巡礼者、ドルイド／キリスト僧侶としての聖パトリックを象徴する形象となっていく。

おそらくこのようなイメージが、ここで詩人が思い描いている「ドルイド／キリスト教徒」としての〈聖パトリック／リブ〉、その彼が説く独自の三位一体論の信条の具体的イメージであり、同時にその内実ということになるだろう。

第五章　「蜜蜂の巣」／聖者と魔女の共生の住処

――蜜蜂よ、熱き冷たき暁の

甘美なる目をもて巣を作れ、生と死の間に

獅子と蜜蜂の巣、その謎かけを聖書は何と語っているか

——W・B・イェイツ（「動揺」）

子どもたちよ、お手々を繋ぎ
輪になって踊れ……
過ぎゆく瞬間は
出会いのときを甘美なものにする……
時を超えていくもの　この蜜蜂よ！

——W・B・イェイツ（「ベン・ブルベンの麓で」の草稿の詩文）

蜜蜂よ、椋鳥の空き巣に来たりて、巣をつくれ。

——W・B・イェイツ（「内戦時の瞑想」）

冷たき眼を投げかけよ／生と死に／騎馬の人よ、過ぎゆけ！

——W・B・イェイツ（「碑文」）

1 聖アントニーとアトラスの魔女の共生の庵、「蜜蜂の巣」

これまで述べたことを踏まえて、「ベン・ブルベンの麓で」を読み返してみれば、詩全体において、すべての「男と女」たちが仲睦まじくペアをなして登場することで男性中心主義の三位一体が撤回され、それによって「子」としての新しい「魂」の誕生＝再生が暗示的に語られていることがわかる。さらに、この「男と女と子の三位一体」を統括するイメージが死と生、男と女の両性具有的なイメージ、先述した〈墓／子宮＝揺籠〉（'tomb or womb'）として密かに提示されていることも理解される。

それならば、詩全体を支配する〈魂の子宮〉、あるいは「魂の揺籠」としての「墓場」のイメージは碑文にまでおよんでいると解すのが自然な読みというものである。そして実際そうなっている。碑文にみえる 'cold (eye) on life, on death' という表現がそのなによりの根拠となるだろう。この表現は、この詩Iの第一連に表れる「マリオティス湖のアトラスの魔女」が暗示するポルフュリオス（Porphyrios）の『ニンフたちの洞窟』、そのなかで記されている「地上に回帰する魂の軌道」のことを指す特殊表現、いわば熟語を踏まえたうえで、それを巧みに捩って「碑文」のなかに反映させた表現にほかならないからだ。それはこういうことである。

イェイツは「シェリー詩の哲学」のなかで『ニンフたちの洞窟』に倣って、「蜜蜂」に喩えられる「アトラスの魔女」その魂が船出し回帰する場所が「蜜蜂の巣」（"beehive"）に喩えられる「冷たく」「蜂蜜のように甘美」なる「地上」であると定義している。つまりアトラスの魔女の住処、「洞窟にある石造りの混ぜ鉢のなかの蜜蜂の巣」（'The beehive in the mixing bowls and jars of stone'）はその魂が出航する港＝墓であるとともに、帰還する港＝子宮だとイェイツはみている。この場合、「冷」（'cold'）が意味するものは、「シェリー詩の哲学」によれば「この世に生命を生じさせる」甘美なる蜂蜜の状態＝「地上」のことであるという。一方、「熱」（'heat'）は「神々の間に生命を生じさせる」浄化された魂が昇る完成体の状態＝天上を指すとポリフュリオスはみている、とイェイツはここで記している（"The Philosophy of Shelly's Poetry," *Essays and Introductions*, pp.82-4 参照）。

ちなみに、最晩年のイェイツがポルフュリオスの『ニンフたちの洞窟』を強く意識して作品を書いていたことの一つの根拠として「ベン・ブルベンの麓で」とほぼ同じ時期に書かれた詩、「デルフォイの託宣に寄せる知らせ」を挙げることができる――「テティスの腹は聞き耳を立てる。パンの神の洞窟のあたりから山壁を伝って衝動とめがたき音楽が降り注ぐ／……／ニンフらとサテュロスが海の泡のなかで交わっている」（*The Poems*, p.386.）。

このように考えれば、墓碑に表れる'cold'には「冷徹さ」「冷淡さ」の意はまったく含まれていないことは明らかである。あるいは草稿の碑文に「冷たき」のあとにつけた「無関心な目」（'the indifferent eye'）という表現を、誤解を避けるために削除した狙いも、これにより説明できる。イェイツにとって、（天上ではなく）地上における理想的な生は「ベン・ブルベンの冬の暁」（「ベン・ブルベンの麓で」Ⅰ）のように「冷たく熱い」（'cold and passionate'）（「釣り師」"The Fisherman," 1916, *The Poems*, p.198.）ものとして捉えられているからだ。

この世には存在しない男
ただ夢のなかだけに存在する男
そして私はこう叫んだ――「老けこむ前に
この男のために　一つ詩を書くことにしよう
暁のように　冷たく　熱い　詩を」（"The Fisherman," *The Poems*, p.198.）

この詩の着想にはグレゴリー夫人の遺言的な以下の言葉があったことが「総括的序文」の「Ⅲ：文体と姿勢」のなかに記されている点は重要である――「グレゴリー夫人が言ったことを聞いたことがある。『悲劇というものは死んでいく人間にとって喜びともならなければならないのです。』……何代も歌い読み継がれてきたような詩はなにもそれが苦痛を与えたためではないのだ。……それならば氷という言葉は相応しい言葉といえるだろうか。そんなわけで、私は父の手紙の文句を引用して『私は暁のように冷たく熱い』詩を一編書くことになるでしょうと語ったのである」（*Essays and Introductions* p.523.）。つまり、イェイツは「死んでいく者」に対し、「氷」のような「冷徹さ」ではなく、むしろ慰めとなるような「暁のように　冷たく　熱い　詩」を書くことを目指したということになる。

「釣り師」にみられる詩人のこの信念は、「ベン・ブルベンの麓で」に記された碑文と対比される〈もう一つの碑文〉、「老齢への祈り」（"A Player for Old Age," 1934）の最終連の以下の詩文からも確かめることができる――「祈れ――流行の言葉が尽きれば、祈りがまた戻ってくるのだから――老いて死にゆく我が身なれど　どうか私が一人の愚かな情熱の男に映りますように」（'Pray—for fashion's word is out/ And prayer comes round again—/ that I may seem, though I die old,/ A foolish, passionate man.' "A Prayer for Old Age," 1934, *The Poems*, p.333.）。

このようにみれば、「暁のように　冷たく　熱い」詩人の「姿勢」は、この碑文にまでおよんでいるとみるのが道理だ。「ベン・ブルベンの麓で」の背景は「暁」の刻に設定されているからである。

詩を書く際のイェイツのこの「姿勢」は、草稿に目を凝らすならば、さらにはっきりと根拠づけることができる。そこには、『ニンフたちの洞窟』を下敷きにして記された「甘美」と「蜜蜂」という言葉を含むすでに一部引用した以下のような詩文がみえるからである――「子どもたちよ、お手々を繋ぎ、手と手を繋ぎ　輪になって踊れ／……過ぎゆく瞬間は［出会いの］ときを甘美なものにする／……　／時を超えていく者　この蜜蜂よ」[1]（'Catch their hands & dance in a round/……/ The passing moment makes it sweet……/ Timeless man's this honey bee.'）

以上のことを考慮すれば、碑文は次のように裏書きされているとみることができるだろう――「甘美なる　熱き冷たき眼を投げかけよ／生と死に／蜜蜂よ、騎馬の者よ、子どもたちよ、来りて　過ぎよ」（'Cast a sweet passionate cold eye/ On life, on death./ Honey bees, Children, and Horseman, come in, pass by.'）。

これはまさに、ヒーニーが「模範たりえるイェイツの詩」の典型詩として挙げる「内戦時の瞑想」中の時「窓辺の椋鳥の巣」("The Stare's Nest by my Window," 1923) と同じ意味の別の表現といっても過言ではあるまい——「ああ、蜜蜂よ、ムクドリの古巣に来りて　巣を作れ」('O honey-bees,/ Come built in the empty house of stare.')。この詩行が「内戦時」の状況を描いた描写のなかに表れ、一方、先に引用した「子どもたちよ……」の草稿詩文が「耳をつんざく大砲の音、爆弾が落ちる」[2] 戦火を描いた文脈のなかに表れていることを考慮すれば、なおさらそういえるだろう。

しかも、興味深いことに、ヒーニー自身この同じ散文、『関心事』に収められている「樹木の中の神　初期アイルランド自然詩」("God in the Tree: Early Irish Nature Poetry") のなかで、この詩に表れる「勤勉な蜜蜂」の様に、「蜜蜂の巣」で修業に励む「森の写字層＝隠修士」の姿をみているのである。それならば、なおのこと、この碑文はヒーニーにとって模範たりうる詩に属するものになるはずだ。以下のヒーニーの「エピファニー」の体験はそれをなによりも雄弁に証するものといってよいだろう。

ちょっとしたエピファニーの瞬間を体験した想い出話をさせていただきたいと思います。あれは、今から十一年前のことです。ケリー州・ディングル半島のガラルス礼拝堂での体験です。そこには泥炭を掘り出した一山積みぐらいの大きさの、初期キリスト教の乾いた石造りの礼拝堂 [beehive huts 型の礼拝堂] でした。なかに入って、何世紀にもわたり床のうえで瞑想と贖罪を行なった隠修士たちと同じように身を屈めていると、なんだか大いなる圧力がかかってくるのを感じたのです。あらゆる観点から自己を戒めるようなキリスト教の重圧を感じたのです。その感覚は自己否定と自己放棄、高慢な肉体と傲慢な精神を謙虚なものにするように促す重力なのです。しかし、石造りの冷たい中心から外に出て、太陽のもとで、目眩がするほどの草と海を目の当たりにした瞬間、私は心に高揚感を覚えたのです。この押し寄せてくるような高揚感は幾世紀も前にこの同じ敷居をまたいだ隠修士たちが幾度も、幾度も感じたあの経験と同じものなのです。心が賛美へと向かう大波、突如、世界を真理と光明として理解するようなこの感覚、この体験こそアイルランドで最初に書かれた自然詩の中心にあり続けるものであり、私たち自然詩を固有の遺産たらしめているものなのです。[3]

2 「イニスフィリー湖島」に表れる「蜜蜂の巣」

ヒーニーと同様に、イェイツはガラルス礼拝堂にみられるような建造物の形態、通称、「蜜蜂の巣」と呼ばれる小石を積み重ねて建てた礼拝堂に大いに想い入れをもっていた。

そういうわけで、先にみたポルフュリオスの『ニンフたちの洞窟』に表れる「蜜蜂の巣」も、実は古代アイルランド修道僧が建てた「蜜蜂の巣」が密かに重ね書きされているとみるのがいかにも自然である。[4]

イェイツは「蜜蜂の巣」を持ち出す際、つねにポルフュリオスの『ニンフたちの洞窟』を念頭に置いていた。このことは、「学童に交じりて」につけた「生殖の蜜」にかんする註からも確認できる――「私はポルフィリオスの『ニンフたちの洞窟』から「生殖の蜜」を取った。だが、そこにはポルフィリオスが生殖の蜜を生前の自由についての「記憶」を破壊する忘れ薬であると考えていることを根拠づけるものは見当たらないのである」(*The Poems*, pp.669-70.)。なお、ここに表れる「忘れ薬」とは、プラトンの「レーテの河」の言い換えであり、したがってこの註は、反プラトニズムとしてのイェイツの立場、永遠回帰する魂を「蜜蜂の巣」に象徴させて語ったものであるとみることができる。

このようなアイルランド建造物の形態は、迫害を逃れてエジプトやエチオピアに住み着いた原始キリスト教徒（コプト）を起源にもっていることが考古学者の間で広く知られている。[5]そうだとすれば、「ベン・ブルベンの麓で」の冒頭に表れる「エジプトの賢者たちとアトラスの魔女」は「蜜蜂の巣」で仲睦まじく共生し、その形態が古代アイルランド修道僧の風習に残っていることを暗示していることになるだろう。実際にベン・ブルベン山の付近にあるイニスムーレ(島)にある「クランナグ」（'Cranog'）にも、このような修道院の男女ペアをなす「蜜蜂の巣」が存在していたことが確認されている点を付記しておく。

古代のアイルランド修道会がエジプト起源の蜜蜂の巣型の礼拝堂を好む社会的な背景には、古代アイルランドでは牧畜と並び称されるほど養蜂が盛んに行なわれていたという特殊なアイルランドの文化的な事情も大いにかかわっている。このことは、六世紀頃に成立したとされる「蜜蜂法」（'Bechbretha'）の細部にわたる条文からも理解される。(6) 当然、森の隠修士たちも「蜜蜂法」に則り、好んで養蜂を行なっていたことが知られており、イェイツもこの事情を若い頃から充分承知していたはずである。「イニスフリー湖島」がその一つの根拠となるだろう——「イニスフリーの小島に小さな庵を建てよう。土と小枝で編んだ小さな庵を。九つの豆を植える畝を作り、蜜蜂の巣を作ろう」（*The Poems*, p.60.）。

イェイツはこの詩に生涯強い思い入れをもっていた。このことは、晩年の一九三一年に妹リリーに「この詩のイメージを刺繍にして欲しい」と依頼している点からも理解される。アイルランド国立図書館（イェイツ博物館）にその刺繍が収められているのだが、そこには修道僧のように小豆色の麻布を着て寝そべる詩人、その周りを小枝で編んだ壁と一部蜜蜂の巣を思わせるような二つの庵が編み込まれている。イェイツが自身の初期の詩にかくも愛着をもった理由の一つは、この詩のなかに表れる「蜜蜂の巣」や「小枝で編んだ庵」、それが古代アイルランド固有の文化的価値を象徴するものとして捉えられているからだろう。

ただし、この詩に表れる「蜜蜂の巣」はアイルランドにおける養蜂の伝統を語っただけのものではない点にも注意が必要である。そこには「蜜蜂の巣（ビーハイブ・ハッツ）」に住む森の隠修士の伝統が念頭に置かれている。とはいえ、この詩に森の隠修士のイメージをみることができる読者は現在でも稀である。だが、少なくともイェイツの友人キャサリン・タイナン、あるいはこの詩から大きな影響を受けて「コノハトの哀歌」を書いたノラ・ホッパー、さらにはこの詩を「湖の島の蜜蜂の巣に閉じ籠る聖ケヴィンの自慰行為」であると鋭く揶揄したジェイムズ・ジョイス、彼らはすでにこのことを充分理解していたのである。(7)

興味深いことに、この詩はその伝統が聖パトリックによって生まれたことを『告白』に表れる三つの表現を捩って密かに語っている。

さあいま立って、イニスフリーに行こう。
土を練って小枝を組んで小さな庵をそこに建てよう。
九つの畝に豆を作り、蜜蜂の巣箱を作り、
蜜蜂の唸る空き地に一人住もう。

そこで僕は安らぎを得る、安らぎはゆっくりと滴り落ちる。
朝の帳から蟋蟀が歌う地上へと滴り落ちてくる。
そこでは真夜中は星々がみなきらきらと輝き、
昼はヒース色に映え、
夕暮れには紅ひわが群れなして飛ぶ。

さあいま立って、行こう。そこは昼も夜も絶え間なく
ひたひたと岸辺のそばに低い湖水の音が聞こえてくるから。
道路にか、または灰色の舗道に佇むときに、
私はその音を深い心の核心に聞く。

I will arise and go now, and go to Innisfree,
And a small cabin build there, of clay and wattles made:
Nine bean-rows will I have there, a hive for the honey-bee,

And live alone in the bee-loud glade.

And I shall have some peace there, for peace comes dropping slow,
Dropping from the veils of the morning to where the cricket sings;
There midnight's all a glimmer, and noon a purple glow,
And evening full of the linnet's wings.

I will arise and go now, for always night and day
I hear lake water lapping with low sounds by the shore;
While I stand on the roadway, or on the pavements grey
I hear it in the deep heart's core.（"The Lake Isle of Innisfree," *The Poems*, p.60）

「土を練って小枝を組んで小さな庵をそこに建てよう。／……蜜蜂の巣箱をつくり、……／一人住もう」にまずは注目したい。ここには先述の『アシーンの放浪』における「小枝で編んだ家」、あるいは『ヴィジョン』の挿話のなかに表れる「蜜蜂の巣箱」と同じように原罪からの解放を求めて日々苦行に励む古代アイルランド修道僧、その独自の修道僧のありようが巧みに暗示されているからである。

イェイツは『自叙伝』のなかで、この詩にソローの『森の生活』の影響を認めたうえで、それを以下のように記している——「肉体への欲望と女性と恋愛を求める自己の心的傾向を制御するために、ソローのように叡智を探究する生活をおくることができればよいのにと思った」（*Autobiographies*, p.71.）。ここにみえるソローは、豊かな自然のなかで隠棲生活をおくる者の姿、あるいは基地遊びに熱中する無垢な少年の姿だけによって単純に片付けることができない、さらに大いなるイメージをうちに秘めている。そこには、アイルランド独自の湖島文化の伝統、「クランノグ」の伝統を継承する修道僧たちが建てた「蜜蜂の巣」とその周りに小枝を組んだ貧しき庵のなかで、自己の欲望を厳しい苦行によって律し、叡智を求める緑の殉教者、学僧の面影が重ねられているからである。第二連で詠われている湖島の自然美も、一部この文脈のなかで捉えることができる。この詩に表れる自然美は先述のロビン・フラワーが『アイルランドの伝統』のなかで引用している古代アイルランドの写字僧、すなわち古代詩人たちが写本の余白に密かに書いた詩文に表れている自然描写と酷似するイメージをもっているからだ。(8) したがって、その美は、一般に多く誤解されているような、たんなる望郷の念によって生じる自然美ではない。湖水の島における湿地帯（ボグ・ランド）の厳しい環境に身を晒す学僧たちの苦行、その代償として得られるところの自然美、先のヒーニーが「蜜蜂の巣」であるガラルスの礼拝堂、あるいはジョイスがこの詩にみた「湖の島の聖ケヴィンが蜜蜂の巣（ビー・ハッツ）」で体験したような緑の学僧のエピファニーと同種のものだと考えてよいだろう。ちなみに「イニスフリー」の原義はゲール語で「ヒースの島」を意味するが、イェイツがこのことを充分理解してこの詩を記していることは、詩のなかに「紫＝ヒース色」が表れていることから理解される。ヒースがボグに咲く野花の典型であることを考えれば、この詩に表れる小島の自然描写はボグ・ランドを念頭に描かれていることがわかる。

3　「イニスフリー湖島」と「黒豚峡谷」の間に映るもの

「イニスフリー湖島」の基調音をなすものは水の音である。このことは、詩の着想が「ロンドンのデパートのショーウインドーのなかの噴水の上で回る玉を眺めているときに浮かんできた」というイェイツ自身の証言からも裏づけることができる。実際、この詩には朝露がゆっくり落ちてくるように、「安らぎ［平和］はゆっくりと滴り落ちる。／朝の帳から蟋蟀が歌う地上へと滴り落ち」、「そこは昼も夜も絶え間なく／ひたひたと岸辺のそばに低い湖水の音が聞こえてくる」といった水の滴り落ちるイメージとともにその音（リズム）が読者の耳に届くように巧みな比喩と韻律法が用いられている。もちろん、ここにおける水の音が直接意味しているものは、二度にわたって用いられている「平和」（'peace'）であり、それが緑の写字僧のイメージを暗示するものとなっているのだ。

ただし、この水の音の裏には、密かに血の滴り落ちるような戦争の不穏な音が潜んでいることは看過できないところである。ジェファーズが『コメンタリー』で指摘しているように、「そこは昼も夜も絶え間なく」（'for always night and day'）は「マルコによる福音書」五章五節に記されている悪霊レギオンに取り憑かれたゲラサの青年のくだりのなかに表れる一節、「彼は夜昼となく、墓場や山で叫び続け」（'And always, night and day, he was in the tomb and the mountain'）から取られたものであり、「レギオン」とは「ローマの軍勢」だからである。

この詩に表れる水の音に暗示されている「平和」、その裏にはつねに戦争が潜んでいる。このことは、イェイツにとって「スタイルをもった偉大な詩というものには、つねに聖者と英雄がいるのである」（「月の静寂を友として」）という表現を思い出すならば、さらに首肯できる。アイルランドにおいて、聖者とは平和の象徴としての「緑の修道僧」を、英雄とは戦争をもたらす騎馬の者を意味しているからである。そして、その修道僧を象徴する建造物が「蜜蜂の巣」であり、一方騎馬の者たちのそれはケアンである。

そこで一つ注目したい作品は、「イニスフリー湖島」と合わせ鏡の関係にあると考えられる詩、「黒豚峡谷」（"The Valley of the Black Pig," 1896）である。というのも、この詩は「イニスフリー湖島」と同じように、イェイツの郷里であるスライゴーの「波打ち際」（'shore'）で「露がゆっくりと落ちてくる」（'The dews drop slowly'）水の音を聞きながらも、その音に詩人は「平和」の訪れを夢想するどころか、むしろ「未知なる」戦争、「アルマゲドン」（「黒豚峡谷」の註）の訪れを幻視しているからだ。つまり二つの詩を「仮面」の詩法のなかにおけば、修道僧が知る〈緑（平和）のエピファニー〉、その背後につねに騎馬の者たちが知る戦慄の〈赤血（戦争）のエピファニー〉が潜んでいることに読者は気づくことになる。

露はゆっくりと落ち、そして夢が群集う。

突然、未知の槍が夢に目覚めた私の眼の前を飛んでいく
それに続いて　落馬した騎馬の者たちのぶつかり合い、
滅びゆく未知なる軍勢の叫び声が私の耳に響きわたる。
渚の側の柱石墳や丘の灰色の石塚(ケアン)の辺りで
なおも労苦する我らは　この世の王国に倦む果てて
陽が露に沈むとき
静かな星々や焔の天の門の支配者　御身に平伏す。（「黒豚峡谷」*The Poems*, p.83）

詩の冒頭は「露はゆっくりと落ち、そして夢が群集う」（'The dews drop slowly and dreams gather:'）と「イニスフリー湖島」を彷彿とさせるような抒情的で緩やかな基調で始まっている。それにもかかわらず、その具体的な説明として用意されているはずのそれに続く二行目は、読者を大いに裏切るように、「突然、未知の槍が夢に目覚めた私の眼の前を飛んでいく」と戦慄の予兆で表現されている。だが同時に、「イニスフリー湖島」を知る読者にとって「槍が」ブーンブーンと「飛び交うこの音は、「蜜蜂」がブンブンと飛び交う羽音と同種のものであることに気づく。つまり、「イニスフリー湖島」において平和の訪れを意味する「蜜蜂」、その背後には「槍」が飛び交う戦争の到来があることがわかる。そしてこれに続く詩文は、畳み掛けられるように続く戦慄のリリシズムである。もちろんそれらの詩文も、「イニスフリー湖島」の逆説、「仮面」として機能している。このことは平和と生の営みを象徴する森の写字僧、緑の殉教者たちが住む「蜜蜂の巣」と同じ形状をもつ「灰色の石塚(ケアン)」に表れている。もちろん、「ケアン」とはアイルランド文学の伝統的文脈においては武士たちの墓、すなわち戦争と死の象徴であることはいうまでもない。つまり、聖者と英雄、平和と戦争、生と死、その営為はたえず表裏であり、互いに逆説の合わせ鏡、「仮面」であることが示唆されているのである。このことは、この詩の終わりの三行からも理解される。それらは冒頭の緩やかな抒情的な基調に戻り、最後に隠修士の宗教的な瞑想と祈りを彷彿とさせるよ

うな、「焔の天の門の支配者　御身に平伏す」で終わっているからである。

4　透かし絵のなかに描かれた聖パトリックの面影

このように「イニスフリー湖島」を「黒豚峡谷」と対比させたうえで、間テキストのなかに置いて読めば、この詩がたんなる望郷の念を青年詩人の生身の声で歌ったものではなく、そこには「仮面」の声をとおして、何かさらに深い意味を読者に告げようとしていることに読者は気づくはずである。

それでは、「イニスフリー湖島」における「仮面」の声の正体、それは一体は何であろうか。緑の殉教者としてその身を供し、アイルランドの「緑の殉教」の精神を確立した聖パトリックの声だとみることができる（＊この詩の表裏に「黒豚峡谷」の死の戦慄が潜んでいると述べたのは、この意味すなわち供儀のイメージ、「Ⅱ：主題」の表現を用いるならば、「残酷性」が潜んでいるからだ）。この詩に表れた三つの引用文を結べば、そこに一つの透かし絵が現出されることになるのだが、そこに描かれているものは、『告白』をとおし贖罪巡礼の道、「信条」を説いた彼の姿だからである。それでは、三つを結んで透かし絵をまずは現出させてみよう。

一つ目は「ルカによる福音書」一二：二十節の放蕩息子の一節、「さあ、立って父のもとに帰ろう」（'I will arise and go to my father'）、二つ目は先述したように「マルコによる福音書」五：五に記されている湖の向こう岸、ゲラサの男に憑依する悪霊レギオンの叫びの一節、「彼は夜昼となく、墓場や山で叫び続け」（'And always, night and day, he was in the tomb and the mountain'）、三つ目は、「使徒行伝」二：三七、「人々はこれを聞いて、心を刺された」を受けて聖パトリックが『告白』のなかで記した一節、「アイルランドの声に心の核心が完全に刺し貫かれた」（'I was utterly pierced to my heart's core'）である。[9]

一見すると、これらは互いに無関係な聖書の引用、そのモザイクのような印象を受けるかもしれない。だが、これら三つの引用文はすべて『告白』二三章から着想を得たものであることに気づけば、この詩は二三章を糸巻きの軸にして巧みに紡がれた一つのテキスチュアルであることに気づくはずである。イェイツが『告白』のなかで二三章に絞ってこの詩に引用させた一つの狙いは、アイルランド人にとってこの章は、彼らの魂＝精神そのものの起源、民族のアイデンティティをしるしづける最も重要な〈聖なる章〉であることをイェイツが承知していたからだろう。このことを『告白』にそって検証してみよう。

「ブリトン」で誘拐されアイルランドに奴隷として売られた少年パトリックは、この地を脱出し帰郷することになった。『告白』二三章によれば、「両親は私を長い間失ってしまった息子のように歓迎してくれた」「あんなにつらい目にあったのだから、もうけっしてここを離れないでね」、と彼の両親は嘆願する。この箇所は明らかに、「失った息子」を「走り寄ってむかえる」父と放蕩息子の描写を念頭に置いて記されていることは明らかである（＊聖パトリックは誘拐されてアイルランドに連行されたのだが、『告白』によれば、それは彼の少年時代に犯した「罪の報い」であるという）。だが、帰還したその彼に「ある日」、「一つの夢が顕れる」。それは「心の核心を貫く」「フォクルーの森」から発せられた「アイルランドの声」であった。その声は「多数」を意味するレギオンに取り憑かれた男の叫びのように、「多数の叫びでありながら一つの声のようであった」と『告白』は記している。[10]

こうして『責任』のエピグラフの表現を捩っていえば、聖者の「夢のなかで責任は始まり」、彼は「日が沈む地の果て」（『告白』）、アイルランドに戻ることを決意する。とはいえ、この決意は完全に転倒している。放蕩するために郷里を離れたのではなく、誘拐されて奴隷として連れて来られた地、そこを脱出し郷里に戻ったその彼が、「さあ、立って異教の他国の地に帰還しよう」といっているようなものだからである。換言すれば、出エジプトを果たした聖パトリックは、もう一度、エジプトを約束の地、カナンに定めて新しいエジプト、アイルランドに帰還しようとするのである。この心境は、有名な「聖パトリックの賛美歌」、そのスタンザの冒頭で繰り返される「さあ、今立って」（'I arise today'）にも響いている声である。[11]「イニスフリー湖島」の冒頭句、「さあ、立って」（'I will arise'）の背後にも、ここにおける聖パトリックの言葉が響いているとみることができるだろう。この〈逆しまの放蕩息子〉の姿、そのなかにアングロ・アイリッシュとしてのイェイッツ自身の複雑な心境が重ねられていると考えられるからである（＊この詩は「舗道」に暗示されているロンドンから記されたものである点にも注意したい）。

湖に怪物が潜むアイルランドへの聖パトリックの帰還、それが意味しているものは供犠である。供犠の祭りタルゲーリア祭にパルマコスとして魔物に供されるものは、本来、文化の周縁者、外国人の奴隷だったからだ[12]。そうでなくとも、通常、脱出した外国の奴隷に待ち受けているものは死刑ということになるだろう。聖パトリック自身、そのことを承知して『告白』において「帰還は私を死の淵に追いやるだろう」と記している。祖国に帰り、郷里で暮らすこと、それ自体を放蕩生活とみなし、奴隷として「地の果ての地」を魂の故郷、約束の地カナンとして帰郷し、厳しいボグ・ランドの自然環境と迫害に耐えて布教し、供されてアイルランドをしるしづけること、それが「戻る」ことの意味であり、ここに「緑の殉教」の伝統をみればこそ、イェイツはゲラサの悪霊レギオンの箇所を聖書、あるいは『告白』二三章から引用したとみることができる。彼は「掟の銘板」や「神秘の薔薇」において、現代のカルディともいうべき「異端の修道僧、オーエン・アハーン」の姿に、「レギオン」に供される聖者の姿をみているからである[13]――「思うに、アハーンはレギオンと呼ばれ、茫漠たる深淵に玉座をもつ霊たちによってどこか遠い国に駆られていき、彼らの命に服しているのだ」（「掟の銘板」）。「レギオンという名の者が戸口の前に現れている」（「錬金術の薔薇」）。

「Ⅱ：主題」における最も唐突にして難解な表現――「それは一つの具体的な残酷性として到来したのであった」もこのこと、つまりドルイド教の供儀の伝統によって供される聖パトリックのことを念頭に記されているとみてよいだろう。この文脈のなかで、例のイェイツの「信条」、要するに「私はこの信仰のなかで生まれ、死んでいくことになるだろう。つまり私のキリストは聖パトリックの『告白』の信条、その血統に由来する嫡男ということになる」が語られているからだ。

さてアイルランドに帰郷した聖パトリックは、そこに残された最後の異邦の地・ゲラサ、極西のなかの極西の地、「フォクルーの森」を求めて「神の愛のための流刑／巡礼」を開始し、次々と「蜜蜂の巣（ビーハイブ・ハッツ）」を建てていったはずである。またその「巣」の周りには、この詩に記されているような、師を慕う弟子たちの「土を練って小枝を組んだ小さな庵」が点在していたことだろう。

だが様々なアシーン・サイクルによれば、湖の湖島には怪物が棲んでいるという。キリスト教徒である聖パトリックにとってその怪物は湖畔に棲む「ゲラサのレギオン」、聖パトリックの『書簡』に倣えば、それは「悪魔の軍団、コロティカス」を意味していた。「レギオン」とは「多数の軍勢」を意味しているからである。

ただし、ここにおける怪物が意味しているものを土着のドルイド教徒であると解すことはできまい。『書簡』に暗示されているとおり、「コロティカス」は実はキリスト教徒だったのである。キリスト教徒でありながら、キリスト教徒を奴隷として異国に売りさばく者（たち）であるからこそ、聖パトリックはその行為をけっして赦すことができず、『書簡』において彼らに激しく抗議している。もちろんイェイツにとっても「レギオン」はドルイド教徒を意味してはいない。レギオンはむしろドルイド教であるケルトを支配した「ローマの軍団」の名だからである。

「イニスフリーの湖島」で引用されている「マルコによる福音書」五：五によれば、多数の悪霊は多数者に取り憑くのではなく、一人の青年に取り憑くと記されている。聖パトリックもこの箇所を念頭に、「アイルランドの声は様々な声でありながら、一つの声のようだった」と記しているのだろう。

一人の男に多数が取り憑くこと、これはルネ・ジラールに倣えば、ゲラサの男が村人の「身代わりの山羊であることのしるし」ということになる。[14]「石で自分の身体を傷つけていた」、これも供犠の典型例、「石打の刑＝集団リンチ」を暗示するものだとジラールはみている。ただし、村人は彼を生かさず殺さずの状態におくことで、すべての災いを彼に帰せることになる。

それならば、彼の狂気の叫びは供犠の叫びとみることができるだろう。その叫びは湖畔の地ゲラサから波に反響し、その「波音」は遠く西方のなかの西方、「フォクルーの森」の「アイルランドの声」となって聖者の「心の核心を貫いた」ことだろう。かつて、ゲラサの叫びをガリラヤ湖畔で聞いたイエスは、ゲラサ人にとっての異邦人として「船を漕いで」、向こう岸に渡り、そこでエクトライ（内なる航海）を始めた。聖パトリックもまた湖に船を漕ぎ出しエクトライを始めるのである。むろん、エクトライの聖パトリックはターラの丘に立つアーマー教会の初代司教、イェイツが否定するもう一人の聖パトリックのように、異邦の民を父権的ローマの権力によって屈服させることはしないはずである。怪物レギオンと対峙し、囚われた男の身代わりになることだろう。

実際、聖パトリックにかんする聖人伝説のなかには、聖アントニー伝説や聖マーティン伝説のように、山賊に取り憑いた悪霊にその名を語らせ、犯した罪を告白させる聖パトリックの姿が様々なかたちで描かれている。[15]「聖パトリック」の胸当てに用いられているイコンの一つが「イサクの燔祭」と呼ばれているのも肯ける。[16] つまり、聖パトリックは悪魔たちが憑依する男の前に面を上げ、レギオンという名の疫病に感染した男の病原菌のすべてを一旦、自己の心に憑依させるわけである。したがって、聖パトリックのこの行為が意味しているのは、ソクラテスのように自らの意志でパルマコン＝毒を飲む行為にほかならないだろう。[17]

このように「イニスフリー湖島」に密かに描かれている〈透かし絵〉に目を凝らし、詩人の内なる声に耳を澄ませば、そこに顕れる者が「緑の殉教者」であるカルディの祖父、『告白』の聖パトリックの面影であることに気づくことになる。また、この面影を暗示する重要な象徴が「蜜蜂の巣」であることに読者は気づくことになるのだ。

5 「ベン・ブルベンの麓で」の冒頭に表れる「蜜蜂の巣」の謎かけ

さて、前述した「イニスフリー湖島」の解釈を踏まえて、もう一度、「ベン・ブルベンの麓で」の冒頭に暗示されている「蜜蜂の巣」を吟味してみよう。そうすれば、そこにみられる両極にある二つのもの、〈男と女〉と〈キリスト教と魔女（異端者）〉とを繋ぐ結節点の存在がおのずからみえてくる。二つのものを密かに結び合わせているものは「蜜蜂の巣」のイメージということがわかるはずである。この点を冒頭の詩文からまずは確認しておくことにしよう。[18]

I

誓え　賢者たちが語った言葉にかけて
アトラスの魔女も知りて、語り
雄鶏に時をつくらせた
マリオティス湖のほとりの
賢者たちの言葉にかけて。

Swear by what the sages spoke
Round the Mareotic Lake
That the Witch of Atlas knew,
Spoke and set the cocks a-crow.（*The Poems*, P.373.）

「序章」で述べたとおり、「ベン・ブルベンの麓で」はそれ自体一つの〈謎かけ〉の要素を多分に帯びているのだが、この冒頭の詩文はこのことを裏づけるに充分なものがある。この一文は「光明［答え］を孕んだ謎」として用意されているからである。すなわち、詩人が命じる誓いの対象「マリオティス湖の賢者たち」の「語った言葉」（'what the sages spoke'）、その内容が何であるのか、詩の冒頭から読者に厳しく問われているのである。言い換えれば、「マリオティス湖の賢者たちが語った言葉は何であるか？」がここにおける「謎として射し込む光」ということになるだろう。むろん、冒頭で提示されている謎はこの詩全体におよんでいる。したがってこの謎を解くことができなければ、この詩全体は依然として謎のまま、光明が射し込んでくる可能性はほとんどないといってよいだろう。少なくとも、その誓いの内容がわからなければ、読者は「賢者たち」に対して誓いようがなく、冷たき眼を投げかけて、読み飛ばしてしまうほか術がない。

そこで少し注意深くこの冒頭の詩文を読んでみることにしよう。するとまず気づくことは、この詩文が文法的に不思議な構造をもっている点である。というのも、ここに示されている誓う相手は、文法的には「賢者たち」に限定されているようにみえながら、それが「アトラスの魔女」にもかかっているようにも読めるように巧みな構造をとっているからである。この不思議な文章構造を成り立たせているものは、賢者たち（の言葉）とアトラスの魔女の結節点として用意されている接続詞の 'that' と、賢者たちと魔女、その両方に用いられている 'spoke' である。これにより読者はおのずから「賢者たちが語った言葉」はアトラスの魔女が予め「承知していた」（'knew'）言葉でもあり、しかもその言葉によって時が誕生した（「雄鶏に時をつくらせた」）ことを知ることになる（＊次章で一部検証する「イーヴァ・ゴア＝ブーズとコン・マルコヴィッチを偲びて」の最終連に「すべての賢者たちに知れわたるまで」'till all the sages know' と記されている点にも注意を向けたい）。

それでは賢者たちと魔女、両者がともに「知り」、それを「語ること」で「時が産声を上げる」魔法の言葉、それは一体何だろうか。

その最大のヒントは、シェリー（P. B. Shelley）の詩、「アトラスの魔女」（"Witch of Atlas"）について解説した先にみた散文において、イェイツが用いたポルフュリオスの『ニンフたちの洞窟』に求めることができる。というのも、「アトラスの魔女」を『ニンフたちの洞窟』の影響のもとに読むのはイェイツ独自の解釈であって、シェリーがこの詩、あるいは『生の勝利』（*Triumph of Life*）や『モンブラン』（*Mont Blanc*）を書いたとき、この作品が念頭にあったという実証的な根拠は、実際のところどこにもないからである。もっとも、イェイツによれば、シェリーはプラトニズムの優れた研究者であるから、『ニンフたちの洞窟』についても当然知っていたはずだと主張している。だが、プロティノスの弟子、ポルフュリオスはネオ・プラトニストであって、少なくとも学問上はプラトニズムとネオ・プラトニズムを同一視することはできないはずである。「シェリー詩の哲学」のなかで、イェイツはシェリーの「アトラスの魔女」が住む洞窟を「ナイル河」付近の「マリオティスの湖」と述べているものの（*Essays and Introductions*, p.85 参照）、ポルフュリオスの『ニンフたちの洞窟』における洞窟は海岸線にあることが示唆されており、少なくともこの著書の基調をなすイメージは湖ではなく、「オデッセイアの航海」、すなわち強烈な海のイメージである。[19]

だが、イェイツは彼一流の詩的直観力によりそう確信しており、それを前提にしながらシェリーの独自の世界観（哲学）を、他に類をみないほど見事に深く読み解いてみせる。そこに覗くものは、ハロルド・ブルーム（Harold Bloom）の『イェイツ論』（*Yeats*）の表現を借りれば、「［影響の不安による］意味のずらし［＝誤読］」ということになるだろう。[20] すなわち先行者（師）であるシェリーに対して「影響の不安」を覚え、彼の文学的支配（影響）から逃れるために、「遅れてきた詩人イェイツ（弟子）」は「クリナーメン（意図的に本来の意味を「ずらす」という誤読）」、そのことでフロイトがいう「師（シェリー）殺し」を行なったということになるだろう。裏を返せば、この意図的誤読にこそ師シェリーを超えようとするイェイツの独自の詩的個性が鮮明に表れているとみることができる。そうだとすれば、この散文においてイェイツ独自の詩的世界（個性）を最もしるしづけているもの、それは「蜜蜂の巣」のイメージだということになるはずである。イェイツのシェリー詩の読解において、最も唐突にして違和感を覚える箇所は、この「蜜蜂の巣」のイメージであり、逆にいえば、このイメージの描写こそ、この散文において、シェリーにはみられないイェイツ独自の優れた個性、それがしるしづけられていることになる。

このことは、『ヴィジョン』のなかの「鳩か白鳥か」（"Dove or Swan," 1922）に表れる以下のくだりからも裏づけることができる。

> 一千年の昔、修道僧は金箔のビザンティン芸術のモザイクの下地のうえに自身の変貌した姿を描いたのだが、それは競技者の姿ではなく、競技者が夢見た労苦のない自身の姿であった。つまり第二のアダムは最初［原罪を知る前］のアダムに戻ったわけである。……フィレンツェのプラトニストの誰かがボッティチェリにポルフュリオスの『ニンフたちの洞窟』を読み聞かせなかっただろうか。（ロンドンの）ナショナル・ミュージアムにある彼の『キリスト降誕』には伝統的に描かれた飼い葉桶に似せて、手前の入り口に藁葺き屋根をかけた奇妙な洞窟が描かれているように私に

は思えるからだ。(*A Vision*, pp.291-2.)

この文章はのちにみる「ベン・ブルベンの麓で」Vに表れるミケランジェロがシスティナ礼拝堂に描いた「目覚めたばかりのアダム」と密接にかかわる記述であるため予めおさえておく必要がある(Vについては「第十章」参照)が、ここで問題にしたいのは『キリスト降誕』の背後に隠れている『ニンフたちの洞窟』の影響をみようとするイェイツの思考(詩的想像力)、それが先述したシェリー詩を読む彼の思考と一致している点であり、さらにこの思考が発動するための絶対条件となる「しるし」(「ベン・ブルベンの麓で」)、それを『アシーンの放浪』や「イニスフリー湖島」に表れる「小枝で編んだ建物」に類似する「藁葺き屋根をかけた奇妙な洞窟」に求めている点である。この箇所につけたイェイツ自身の註には「信心深い水夫たちと僧侶たちが用いたもので、そこには明らかに象徴性が認められる」(*A Vision*, p.292.) と記されている点に注目したい。もちろん、この「藁葺き屋根をかけた奇妙な洞窟」が「象徴」するものとは、その洞窟の核心である回帰するネオ・プラトニズム的な魂の象徴、先述した「洞窟にある石造りの混ぜ鉢のなかの蜜蜂の巣」(「シェリー詩の哲学」)にほかならない。つまり、「小枝で編んだ建物」も「藁葺き屋根の洞窟」も「蜜蜂の巣」もイェイツにとって同一の意味であり、それは「ビザンティウムの修道僧たち」という「仮面」の正体、つまり古代アイルランド修道僧の祖、「マリオティスの湖畔に住む賢者たちとアトラスの魔女」、彼らが夢見た「[原罪を知らない]アダムの姿=人間のなかで唯一人完全な者」であるとひとまずいうことができるだろう。

少なくとも、この冒頭に表れる謎の詩文に、ポルフュリオスが語った「蜜蜂の巣」、その謎の意味を重ねて読むことは充分可能なはずである。この詩の最後を飾る詩文(碑文)、「冷たき眼を投げかけよ/生と死に……」が先述したように『ニンフたちの洞窟』に表れる特殊表現を捩った詩句であることを考慮すれば、なおさらそういうことになるはずである。

かくして、「ベン・ブルベンの麓で」の冒頭の詩文と最後の詩文は、透かし絵として密かに描かれている「蜜蜂の巣」のイメージによって一つに結び合わされていることが理解される。先に引用したとおり、草稿においては、「超えていくもの、この甘美なる蜜蜂」という表現がみられる点を想起すれば、なおさらそこにカルディの住処、「ビーハイブ・ハイツ」のイメージをみることができる。

6　「動揺」との間テキストに表れる「蜜蜂の巣」の謎かけ

これまで述べてきたこの詩自体のなかから「蜜蜂の巣」、それが一体何を意味しているかについて探ることはおよそ不可能である。

そこでイェイツの作品全体、間テキストに目を向けてみることにしよう。すると、この「蜜蜂の巣」、その意味を謎かけとして提示されている作品が少なくとも一つあることに読者は気づくことになるだろう。それは「動揺」である。この詩の最後を飾るⅦのなかに、次のように「蜜蜂の巣」の謎かけが記されているからである——「獅子と蜜蜂の巣、その謎かけを聖書はなんと語っているか」（'The lion and the honeycomb, what has Scripture said?', *The Poems*, p.303.）つまり、'what the sages spoke'（「賢者が語ったこと」）が 'what has Scripture said?'（「聖書はなんと語っているか?」）と疑問形に言い換えられることで、その問いが「獅子と蜜蜂の巣［の謎かけ］」にほかならないことがここに暗示されていることになるのである。確認のため「動揺」の最終連を以下に引用しておく。

フォン＝フューゲルよ、聖者の奇蹟を受け入れ、
神聖を尊しとする我ら似た者同士ながら、別れねばなるまいか。
聖テレジアの遺体は奇蹟の聖油に浸され、
墓で朽ち果てもせずに横たわる。
墓からは芳香ただよい、文字刻まれた石板は疾患を癒す。

かつてファラオのミイラを掘りだしたあの同じ手が
近代でも聖者の肉体を永遠にしたのであろう。
もし、私がキリスト教徒になり、自分の信仰にとって、
墓に最も安らかにむかえられるものを選ぶならば、
心も安んじていられよう。
だが、運命の定めるところを演じよう――
ホーマーが我が手本、そのキリスト教化されない心こそが、
獅子と蜜蜂の巣、その謎かけを聖書は何と語っているか
しかれば　フォン＝フューゲルよ、さらば
だが、汝の首には祝福あらん。（「動揺」*The Poems*, pp.302-3.）

これまで述べてきたことから判断してもわかるとおり、「動揺」と「ベン・ブルベンの麓で」は、生と死の意味づけをめぐる詩人のスタンスの取り方によって、鮮やかな対照を示す二つの詩であるとみることができる。すなわち詩人はここで二つの「仮面」によって二つの詩を両極のもとに置いて読ませようとしている。その「仮面」の一方の極には「騎馬の人」が、他方の極には「聖者」がいる。つまり、詩人は両極に置かれた逆説の〈合わせ鏡＝「仮面」〉のなかに生と死の相貌を映し出そうとしていることになるだろう。したがって、その相貌は各々の詩のなかにあるというよりは、その間（間テキスト）のなかに現出されているとみなければなるまい。もちろんそれは、イェイツの詩的戦略としての「仮面」の詩法、その一環であるから、先にみた二つの詩文に表れる謎（謎かけ）の類似性も必然的であるとみてよいはずである。

二つの詩を間テキストとして読ませることは詩人の企図による。このことは、たとえば「動揺」に表れる **'Between extremities/ Man runs his course'**（「両極の間を　人は己が道程を走る」）に対して、「ベン・ブルベンの麓で」ではこれに類似す

る表現を用いて'Many times man lives and dies,/ Between his two eternities'（「いくたびも　人は生き　そして死にゆく／二つの永遠の間を」）として提示されている点からも確認できるだろう。ただし、二つの詩に表れる「間」（'between'）に映るものを、前者が「死」（'death'）あるいは「自己呵責」（'remorse'）と「呼び」、後者が「永遠」（'eternities'）あるいは「陽気」（'gay'）と呼んでいる点で、互いに相対立する「仮面」のスタンスをとっている。前者の「仮面」の声が騎馬の人に接近した詩人のものであり、後者のそれが聖者に接近した詩人のものだからである。

この同じ対極の構図が二つの謎かけにも当てはまる。一方の謎かけは旧約の英雄サムソンが語ったものであり、他方はエジプトの新約の古代修道僧が語ったものだからである。それでは二つの謎かけの答えは何か。それは、二つのものの共通項にあたる「(旧約)聖書」（'Scripture'）のなかに求めなければなるまい。

7　サムソンと賢者の謎かけとその答え

旧約の英雄、サムソンが問う「獅子と蜜蜂の巣」の謎かけは、聖書の「士師記」に記述されている。その謎かけとは、「食らうものから食べ物が出、強いものから甘いものが出た」というものである。その意味するところは次のようになるだろう。サムソンは、聖なる部族ナジル人であったが、タブーを犯し、異邦の女デリラに逢うために、ペリシテに向かっていた。その道すがら、一匹のライオンに出会ったが、彼は聖なる力でそのライオンを引き裂いて殺した。しばらくして、彼がその地を訪れてみると、その死骸から蜜蜂が巣をつくり、蜂蜜を出していた。得意がって、サムソンはこれを一つの謎として、ペリシテ人に問うたものがこの謎かけである。だが、実はこの謎かけは、供犠として自らをイスラエルのために捧げなければならない自己の運命を予兆するものであった。なぜならば、彼は、恋人デリラの裏切り、すなわち彼女がこの謎かけの答えを彼から聞き出し、それを漏らしたことによってペリシテ人の手に落ち、眼を潰され盲目にされたあとで鎖に縛られ、見世物にされるため宮殿の柱と柱の間に置かれたからである。だがサムソン（獅子）は、最後に柱を倒して、宮殿を破壊し、自己の死をもってペリシテ人の前に果て、ペリシテからイスラエルを守る救済者（人柱）となったのである。すなわち自己が象徴する獅子の死をもって、イスラエルに同胞愛を示した（愛としての蜜を生じさせた）ということになるだろう。これが「獅子と蜂蜜の巣」の謎かけの真の意味ということになる。つまり英雄サムソンは自己が問うた謎かけ、その真の答えが自己の運命そのものの予兆となっていることを知らぬまま、すなわち質問者であるサムソン自身がその答えを知らぬまま謎かけを他者であるペリシテ人に問うたことになる。英雄とはたえず行為によって運命を切り開く者の謂いであり、〈知る者＝賢者／聖者〉ではないからである。これゆえに、彼は謎かけに秘められた己が人生の悲しみも知らぬまま、すなわち自己の運命に対して「盲目」のままなのである――「彼は自分が知るところを知らぬが、悲しみも知らぬだろう」（「動揺」II、*The Poems*, p.301.）。

この自己の運命を予兆する「蜜蜂の巣」の謎かけ、その真の意味を承知したうえで、人々にサムソンの謎かけの真の意味を示すために、自ら進んで死に殉じた者がいた。十字架の磔に供されることで、愛という蜜を生じさせた者、救世主としてのキリストである。少なくとも、旧約のいっさいの意味を新約の「予表（兆候）」とみる新約者ならば、サムソンの謎かけの唯一の模範解答をキリストに求めることは必然的である。「動揺」に表れるキリスト者である「フォン＝フューゲル」もそのように解すこと必然的である。これゆえにこそ、イェイツはこの謎かけをここで彼に対して問うているのである。こうして、旧約の「蜜蜂の巣」の意味は新約者が「知り、語り、そして雄鶏をして夜明けの時（新約の時）を告げ知らせる」（'knew, spoke and set the cocks a-crow.'）ことになる。新約者とは、旧約者が自らの行動によってその意味を知らぬままに示したもの、そのすべてを預言（未来の予表＝予徴）と解し、その成就をもって新しい時の誕生であると理解し（＝「知り」）、それを新約の「良き訪れ」＝福音として人々に告げ知らせる（＝「語る」）者の謂いにほかならないからだ。

すでに引用したこの詩VI、そこに表れるイェイツの石碑があるドラムクリフ教会の境内、その四隅の一角に置かれている「一つの古代の十字架」、その別の四隅の一角にはかってもう一つの高十字架（ハイ・クロス）には「獅子を殺すサムソン」のモチーフが「獅子の穴のダニエル」のモチーフと並んで描かれている。[21] しかも、興味深いことには、その「古代十字架」の表側には「キリストの十字架の死と復活」が描き込まれているのである。[22] そうであるならば実証的に裏づけることは難しいものの、二つの詩の背後にある「獅子と蜜蜂の巣」と「キリストの死と復活」の暗示が、一部ここにみられるような高十字架に描かれた伝統的なモチーフを念頭に記されているのではないだろうか。高十字架に大いに関心を示すイェイツがダブリンのナショナル・ミュージアムにかつて展示されていた様々な高十字架を観覧し、そこから詩的メタファーの淵源を一部得ていたとみるのはきわめて自然な見方だと考えられるからである。

ただ注意しておくべきは、「蜜蜂の巣」の謎かけの意味を「知り語り時を告げ知らせる」という記述の主語は、'that'と'spoke'によって巧みに同一視されているように緻密に計算されて記されてはいるものの、実のところ、文法的にみれば「アトラスの魔女」に限定されているという点である。それはどういうことだろうか。先述の「リブ、パトリックを非難する」の解釈ですでに検証したように、イェイツにとって古代アイルランド修道僧、あるいはその起源であるエジプト修道僧はオーソドックスな意味での「キリスト教徒」とは捉えられておらず、「ドルイド／キルスト教徒」として捉えられているからである。逆にいえば、ドルイド教徒もここでいう「アトラスの魔女」も、ともに半ばキリスト教徒として捉えられていることになる。この点はいくえにも強調しておく必要があるだろう。[23] イェイツ研究の死角が生じる最大の要因がまさにここにあると考えられる。エジプトの賢者たちもアトラスの魔女たちと同じように、それがいかに特殊な意味であるにせよ、聖書に記されている「蜜蜂の巣」の謎を「知ったうえで」「語った」ことにより、「新しい時＝新約の到来を告げる」者たちであることがここに暗示されていることになるからである。[24]

「ベン・ブルベンの麓で」との間テキスト性を考慮したうえで、この点について確認しておくための最良の作品の一つは、一九三四年の戯曲、「大時計の塔の王」(*The King of the Great Clock Tower*) である。この戯曲はオスカー・ワイルドの『サロメ』(*Salome*) を彷彿とさせるプロットをもつが、ヨハネの首の代わりに道化／聖者である「旅芸人」の首を王がはねて殺し、「旅芸人」の預言通り、その首を盆に載せたまま謎の女王が踊り、(旅芸人の預言通り) その首に口づけするというのがおよその内容である。

イェイツによれば、この戯曲は「殺害された王と新しい王の台頭」をテーマにしているというのだが、『サロメ』が念頭に置かれていることからもわかるとおり、「新王の台頭」が新約の時代の到来と重ねられているとみてよいだろう。むろん、旧約の終焉と新約の到来は、なにもこの戯曲に始まったわけではない。少なくとも、一八九七年に書かれた散文、(ジェイムズ・ジョイスに強い影響を与えた作品とされる)「掟の銘板」にすでにこのようなキリスト教固有の時間概念が鮮明に描かれている。そこでは、フロレスのヨアキムの禁断の書、『黙示録解説』を聖典に掲げる「薔薇十字団のマイケル・ロバーツ」がその書に記されている「神々の王国は去り、子の王国は去りつつあり、やがて聖霊の王国が到来するという予言」をオーエン・アハーンに熱く語るという内容となって表れている。[25]

ただし、この戯曲において「大時計」が告げようとしているのは、「神々の王国の終焉」と「子の王国＝キリスト教王国」の到来である。この戯曲のなかでリフレインされる表現、「大時計、塔のなかの時計は何と語っているか?」(‘What says the Clock in the Great Clock Tower?’) も直接的にはこのことを意味している。ここにおける「大時計は何と語っているか」(‘What says the Clock’) と冒頭の「ベン・ブルベンの麓で」に表れる「賢者たちが語った言葉」(‘what the sages spoke’) の響き合いは悪戯に生じているわけではないからだ。その意味で、戯曲の最後に表れる「旅芸人の首の歌」(“Alternative Song for the Severed Head,” 1934) はいくえにも注目に値する詩といってよい。

ある男が言ったことを聞いたことがあるぞ
ベン・ブルベンとノックナリーから
馬にまたがり駆けて来る
大時計、塔のなかの時計は何と語っているか?
かのすべての悲劇の登場人物たちが馬で駆けて来る
だが、ロセスの浜で向きを変え

山の斜面でみな集う
ゆっくりと低く時を告げるは　鐘の音

この「首の歌」に「ベン・ブルベンの麓で」と「黒い塔」を結ぶ重要な結節点をみたのはT・R・ヘンである。そこから彼はきわめて興味深い論考を展開している。「黒い塔」において「掟に縛られた兵士たち」が「立て籠もった塔」をイメージした際、イェイツの念頭には、「バリリー塔だけではなく、〔自身の墓がある〕ドラムクリフの教会墓地に隣接して建つラウンド・タワーがあっただろう」というのである。その根拠として彼は、スライゴーの戦いで、アルスター（南イ・ニール）王国の前に敗北を喫したコナハト（北イ・ニール）王国のオーエン・ベルが伝説の女王、メイブの墓（ケアン）のあるノックナリーに埋葬されることを望んだという伝承があり、一方、「騎馬の者たち〔この戦いに敗北した兵士たちもそこに当然含まれるだろう〕はノックナリーの斜面からベン・ブルベンの麓に降りてきた」と想定されるからだというのである。[26] その根拠として挙げているのが、先にみた「首の歌」である。

このことを踏まえると、「黒い塔」のなかに表れる「塔の料理人が聞いた王の大いなる角笛」は聖コロンバの父であるコノハトの王であるセニル・コネルが吹いた勝利の角笛であるとみることができるだろう。つまりこの角笛が象徴しているものは、「神々の王国」の間で起こった五三七年の「スライゴーの戦い」、ヨアキム／マイケル・ロバーツがいう「神々の王国の終焉」と「子の王国の到来」ということになるだろう。[27] なぜならば、「スライゴーの戦い」の二四年後、五六一年の戦いこそ、「神々の王国」＝アルスター／南イ・ニール王国と「キリスト教王国」＝コノハト／北イ・ニール王国の間で起こった「ベン・ブルベン／クール・ドゥレムネの決戦」だからである。そしてこの決戦の英雄こそコノハト王国の王子にしてキリスト教の賢者、聖コロンバである。

歴史的にみても、スライゴーの戦いとクール・ドゥレムネの決戦、二つの戦争の間にあたるちょうどこの時期に、アイルランド全土に次々と修道院が建設され、「神々の王国」は終焉をむかえていった。したがって、「ベン・ブルベンの麓で」

と「黒い塔」の背景となるこの時代は、まさにアイルランド史におけるクリティカル・ポイントに相当する時代を意味している。イェイツがここにアイルランドの歴史における象徴的意味、時のしるしをみるのも道理である。

第六章　北イ・ニールの王子・聖コロンバ、騎馬の聖者

──「神々の時代」と「子の時代」の際で「王の角笛」を吹く者

イェイツのことを考えれば考えるほど、語源的にはまったく離れた二つの言葉、ミステリィ（神秘）という言葉とマスタリィ（統御）という言葉、二つの間の溝がますます狭まってくるのである。

——シェイマス・ヒーニー（「イェイツは模範たりうるか？」）

やがて訪れる神秘の人に私は呼びかける。
私に瓜二つで、私の分身とさえいえるが、
それでいて、想像しえるいっさいのもののうちで、
私とは最も異なり、私の反対自我である人に
その人はこれらの形象の傍らに佇んで、私が求めるもの
すべてを明らかにし、それをそっと囁くことになるだろう。

——W・B・イェイツ（「我、汝の主なり」）

1 「ベン・ブルベンの麓で」Ⅲを読む

「ベン・ブルベンの麓で」Ⅰに表れる「アトラスの魔女が雄鶏に時をつくらせた」における「時」が直接意味しているものが、新約の時代＝「子の時代」の到来であることを確認したところで、サムソンの「蜜蜂の巣」の謎かけの問題に戻して、さらに考察を進めていきたい。

すでに確認したとおり、「ベン・ブルベンの麓で」の冒頭で密かに提示されている「蜜蜂の巣」の謎かけ、それはこの詩の最後に記されている碑文にまでおよんでいる。それならば当然、この〈謎かけ〉は、この詩全体におよんでいるとまずは考えてみるのが筋というものだろう。とはいえ、実際にその根拠は果たしてあるだろうか。二つの詩文以外に、「蜜蜂の巣」の謎かけが密かに描かれている箇所はこの詩のなかにみられるのだろうか。あるといいたい。Ⅲ全体にわたって裏書きされているのは、サムソンの「獅子と蜜蜂の巣」の謎かけを念頭に記されているとみることができるからである。Ⅲを精読して、このことを確かめてみよう。

Ⅲ

「ああ神よ、我らの時代に　戦をもたらし給え」という
ミッチェルの祈りを耳にした人ならば　わかるだろう。
人間は　最後のどん詰まりまできて
それこそ死に物狂いで　戦うときには
永らく盲となっていた眼から鱗が落ちて
半端な精神も完全なものとなり

しばらくは　くつろいで立ち
心は安んじて　大声で笑っていられるものだ
最高の賢者でさえ、運命を全うし
己が士業を悟り　配偶者を選ぶ前には
ある種の暴力性を帯びて
心がピンと張り詰めてくるものなのだ。

You that Mitchel's prayer have heard
'Send war in our time, O Lord!'
Know that when all words are said
And a man is fighting mad,
Something drops from eyes long blind,
He completes his partial mind,
For an instant stands at ease,
Laughs aloud, his heart at peace,
Even the wisest man grows tense
With some sort of violence
Before he can accomplish fate,
Know his work or choose his mate.（*The Poems*, p.374.）

この詩のなかで、Ⅳに列挙されているイェイツに影響を与えた画家たちを除いて、実名でその名が記されているのは、ここにみられるミッチェル（John Mitchel）だけである。彼は『ネーション』（*Nation*）を牽引したトマス・ディヴィス（Thomas Davis）に代わって、一八四三年に『アイリッシュ・インデペンデンス』（*Irish Independence*）を引き継いだ人物である。彼の出自はイェイツと同じように長老派のアセンダンシー（アングロ・アイリッシュ）であったが、イギリスに対する交戦を提唱する過激な論評（その論評は『監獄ジャーナル』*Jail Journal* に掲載されている）と活動により投獄され、五年間獄中で暮らすことを強いられることになった。その後、彼はアメリカに亡命し、のちにアイルランドに戻って独立運動の活動家になった。[1] このような経歴をもつ彼に対し、イェイツは一定の評価を与えている。ただし、「Ⅱ：主題」のなかで、彼の文体についてはカーライルの影響を受けすぎている点を指摘しており、イェイツは文学的には彼をあまり評価していない。したがって、彼に似た経歴をもつオリィアリのように、イェイツに決定的な影響を与えるほどの重要人物であったとは言いがたいものがある。「Ⅱ：主題」において、最初に言及されている人物はオリィアリであることからも、そう考えてよいだろう。

2　サムソンの「ファンタスマゴリア」としてのJ・ミッチェル

ではなぜ、ここで彼だけが実名で記されているのだろうか。「仮面」の詩法の一環、「ファンタスマゴリア」の手法を用いてこの詩を描こうとする際、詩人にとって彼は最適な人物であると映っていたからに違いない。すなわち詩人の心の「走馬灯」のなかに映る彼の面影は、一部「獅子と蜜蜂の巣」の謎かけを問うサムソンの「悲劇の相」を帯びていたとみることができる。[2] ではなぜ、ここで彼だけが実名で記されているのだろうか。「仮面」の詩法の一環、「ファンタスマゴリア」の手法を用いてこの詩を描こうとする際、詩人にとって彼は最適な人物であると映っていたからに違いない。すなわち詩人の心の「走馬灯」のなかに映る彼の面影は、一部「獅子と蜜蜂の巣」の謎かけを問うサムソンの「悲劇の相」を帯びていたとみられる。このことは「ベン・ブルベンの麓で」Ⅱの精読によっても、ある程度確認することができる。

ミッチェルは『監獄ジャーナル』のなかで「ああ神よ、我らの時代に　戦をもたらし給え」とは語っていない。そう「祈っている」と記されている。これはこの詩にみられる「ファンタスマゴリア」、その手法の内実を理解するうえで見逃せない箇所である。というのも、ディンヘンハスの伝統を踏まえた「ファンタスマゴリア」においては、祈りによる請願によって、まずは死者を呼び出すという手順を踏まなければならないからである。

この際にイェイツが用いた修辞法はなんとも巧みである。J・ミッチェルについて知らない読者（アイルランド人でなければ、彼の名を知る読者はきわめて少ないはずである）に対して彼の名を用いることで、ある種の錯覚が起きるように詩人は巧みに誘導しているからである。すなわち「ミッチェルの祈り」（'Mitchel' prayer'）を悪魔の軍団と戦う騎馬の天使、「ミカエルの祈り」（'Michael's Prayer'）と読ませる（誤読させる）ように意図的に詩人はこの詩句を用意しているとみることができる。草稿の段階では「J・ミッチェル」（'J. Mitchel'）と明記されていたものが、最終稿で消去されているのもうまく説明がつく。換言すれば「ああ神よ、この世に平和をもたらし給え」と祈る天使のなかにあって、唯一ミカエルだけが「ああ神よ、我らの時代に　戦争をもたらし給え」と祈る特権を有していること、このことを詩人は承知したうえで、この詩文を'J'をあえて省略し記しているといえるだろう。ここには天使ミカエルと士師サムソンをパラレルな関係にみようとするイェイツの思惑が働いているだろう。平和の天使たちと戦争の天使ミカエル、その関係性は『士師記』に表れる「士師たち」とサムソンの関係に平行しているからである。平和を愛するユダヤの聖なる指導者、士師たちの列伝のなかにあって、彼だけが唯一人戦いを愛する炎の士師だったのである。こうして、ミッチェルとミカエルの名前の類似性を通じて、サムソンのイメージが表れることになる。

名前の類似性、あるいは同一性によって、読者に半ば錯覚を与え、それによって自らの詩的世界へと誘導していくレトリックは、イェイツの詩のなかではすでにお馴染のものである。たとえば、この詩と同年の一九三九年に書かれた「一つの畳句の三つの歌」（"Three Songs to the One Burden," 1939）において、現実に起こったアイルランド独立蜂起を自らが創造した「ファンタスマゴリア」の世界のなかに移し替え、文学的に意味づけていくために、蜂起の中心人物コノリーを舞台俳優コノリーと同一視している。したがってこの詩もまた「ファンタスマゴリア」の技法によって描かれた詩だということになるだろう。

彩どられた舞台の上から飛び出して
郵便局に立て籠もった者たち
……その日、最初に銃殺された者は誰か
かの役者コノリーだ。市役所の近くで死んでいったのさ……（*The Poems*, p.378）

「ミッチェルの祈り」に「ミカエルの祈り」の暗示があるとすれば、ここにおける「戦争」とは、たんに英国に対するアイルランドが起こそうとした独立戦争に留まらず、世界中を巻き込んだ戦争、前章ですでに言及した「黒豚峡谷の戦い」にみた「アルマゲドン」、すなわち「掟の銘板」に表れる「聖霊の王国の到来」の意味合いをも帯びていることになる――「貧しいスライゴーの女性にとって黒豚峡谷の戦いはアイルランドと英国の間の戦争に思われたかもしれない。だが、私にとっては再び先祖たちの暗黒のなかでいっさいのものを奪うアルマゲドンのように思えたのである」（*The Poems*, p.464.）。実際、このことを裏づけるように、Ⅲの草稿には、「もしも戦争がモスクワ、ベルリン、あるいはローマ、ロンドンから起こることが確実だとしても……」という詩句がみられるのである。(3) この削除された詩行は「ベン・ブルベンの麓で」とほぼ同時期に書かれた詩、「ラピス・ラズリー」の以下の詩行を彷彿とさせるに充分なものである。

ヒステリックな女性たちがこう叫んだ
……もしも過激な処置が施されなければ、
飛行機とツェッペリンが飛んできて、

ビリー王みたいに爆弾を投下して、
街はぺっしゃんこになっちゃうじゃないの。(*The Poems*, p.342.)

あるいは「メルー」における以下の詩行とも重ねられていることがわかる。

むさぼり食い、荒れ狂い、根こそぎにし、
ついには　人は荒涼の現実のなかに入っていくのだ。
エジプトよ、ギリシアよ、さらば。さらばローマよ。(*The Poems*, p.339.)

ともかく、表面的にはⅢにおいて半ば騎馬の天使・ミカエルのイメージを帯びることになったJ・ミッチェルの霊が、ここに呼び出されていることになるだろう。

ただし、そこで真に呼び出されている者を彼の霊とみることはできない。戦士サムソンの霊とみるべきだろう。イェイツの「ファンタスマゴリア」に映る面影は、悲劇の相を纏った伝説・神話上の人物に限られるからだ。過言を承知で述べれば、彼がⅢで登場するのは、ミカエルに類似する彼の名とその祈りが詩人にとって「ミカエルの祈り」を読者に連想(誤読)させ、それにより彼が創造しようとしている「ファンタスマゴリア」の世界を現出させるためにすぎないとみることができる。Ⅱに記されている表現のすべてが「獅子と蜜蜂の巣」の謎かけを前提にして記されているとみることができるからである。つまりⅢはそれ自体、「ファンタスマゴリア」で発せられる一つの謎かけ(謎の光)であるといってもよいのである。

その一つの根拠となるものは、Ⅲにみえる「心は安んじていられる」('his heart at peace') といういかにも宗教的なニュアンスを含意するこの表現である。これは、前章でみた「動揺」最終連に表れる「獅子と蜜蜂の巣、その謎かけを聖書は何と語っているか」の前に表れる詩句、「心も安んじていられようが」('I – though heart might find relief') を彷彿とさせるに充分なものがあるからだ。つまり、イェイツはⅢにおいて「動揺」の最終連に表れる「獅子と蜜蜂の巣」の謎かけを改めてここで読者に問おうとしているとみることができる。Ⅲで問われていることを裏返しに一続きに読めば、以下のような一つの問いとして受けとめることができるからだ——「ある種の暴力性を帯び（'with some sort of violence'）、衝動に任せて事を起こすことで自己にかけられた呪いの運命それ自体を意味する謎かけを思いつき、そのため敵を前にして仁王立ちしながら「大声で笑い」（'Laughs aloud'）「大言壮語」（'all words are said'）をし、恋人（'mate'）に裏切られ盲目（'blind'）にされて牢獄に閉じ込められ、くつろいで立って（'stand at ease'）いられない状況、つまり鎖に縛られたまま柱の前で見世物として立たされ、自身の士業が何であるかを知る（'know his work'）こともなく、自らの運命を全うした（'accomplish fate'）ものの、配慮選び（'choose his mate'）に失敗した者、それは誰であるか?」という謎かけである。もはやその答えは一つしかあるまい。答えは戦士サムソンである。

これを詩の文脈に沿ってもう少し丁寧に説明すれば以下のようになるだろう。'when all words are said' の箇所を「最後のどん詰まりまできて」と訳したが、これは直訳すれば「すべての言葉が言い尽くされたときに」となるだろう。ここにはサムソンがペリシテ人たちに対し自信満々、大声で冷笑を浴びせ大言壮語しながら「獅子と蜜蜂の巣」の謎かけを問い、デリラの裏切りによりその答えが漏れてしまったため、ペリシテ人が「いっせいに正解を述べ」（'when all words are said'）、今度は逆に彼に対して大言壮語をし冷笑を浴びせたために狼狽した姿である。すなわち「双方のすべての言葉が言い尽くされ、どんづまりにきたとき」、「怒り狂って暴力に訴えた一人の男」（'a man is fighting mad'）、それにより「伴侶選び」に失敗したものの「自らの運命を全うした男」＝「己が民族のために蜜を生じさせ、愛を全うした」男、サムソンの姿がみてとれる。

ただし、「ベン・ブルベンの麓で」全体がディンヘンハスの伝統を前提とする「ファンタスマゴリア」であるとすれば、ぜひとも考慮しておかなければならない点がある。まずは、呼び出される霊はこの地ゆかりのものでなければならないという点である。その意味で、サムソンの人生は、イェイツの「ファンタスマゴリア」においては適任であったとしても、ディンヘンハスの伝統からみれば、適切な人物とはおよそいえまい。本書三三七頁で引用した草稿にみられる世界戦争を暗示する詩行が削除されたのも、これによって説明することができるだろう。世界戦争は「ベン・ブルベンの麓を背景にして」起こる(起こった)戦いではないからである。だが、このことは裏を返せば、詩人にとって「ベン・ブルベンの決戦」は世界戦争の縮図＝象徴となっていると解すこともできる。だからこそ、スライゴーの伝説である「黒豚峡谷の戦い」は詩人にとって「イギリスとアイルランドの間で起こった戦争というよりはアルマゲドン」の象徴となるのである。

3　直立したまま死する者、サムソンとしてのオーエン・ベル

そうだとすると、Ⅲのなかには、サムソン的な悲劇の相を有するこの地ゆかりの人物が密かに描かれていることになるはず。だが、果たしてそのような人物がⅢのなかに潜んでいるのだろうか。もちろん、その人物はクフーリンではないはずである。彼はこの地、コノハト王国と激しく覇権を争う敵軍、アルスターの英雄だからである。ただし、「動揺」の最終連においてアイルランドのサムソンとして想定されている英雄はクフーリンだ。そのためであろう、先にみた世界戦争を暗示されている草稿の詩文のなかに「クフーリン」の姿が描写されている――「我が傲慢なる心のなかで見出したのはかの偉大なるクフーリン／そこには私が意志しないものはなに一つないのだ[4]」。

それでは削除されたクフーリンに代わってこの連で想定されているのは一体誰なのか。「スライゴーの戦い」でアルスターの前に敗北したコノハト王国の英雄、オーエン・ベル王とみるのが道理というものだろう。詩人が彼を特徴づける一つのしるしを読者に用意している点からもこのことが理解される。すなわち「しばらくは　くつろいで立ち」('For an instance stand at ease')という表現である。この詩句は、Ⅲに表れている詩行のなかで最も読者に違和感を覚えさせる一文で

はないだろうか。なんとなれば、ここにおける「くつろぎ」はアイロニーでしかないからである。通常、くつろいでいる状態として読者が想起するイメージは、寝そべっているか膝を伸ばしてゆったり座っている状態以外にありえないからだ（「くつろいで立っていて下さい」という表現は皮肉でしかない）。しかも「しばらくの間」だけ「くつろぐ」状態とは、綱渡りの曲芸師の静止状態を思い起こさせるに充分な表現であり、その意味で逆に読者に緊張感を与える表現である。要するに、この一文は二重の意味で撞着表現であるといってよいだろう。むろん、このオキシモロンは詩人によって意図的に記されたものであって、その意図とは違和感（異化）を生じさせることで読者に一つの気づきを促す〈しるしづけ〉を行なうことである。こうして、自然、読者はこのしるしをとおして、それが指し示しているある作品のある表現に思いがいたることになるだろう。「黒い塔」における以下の表現、「墓のなかでは死者が直立している」（'There in the tomb stand the dead upright'）、これである。

墓のなかでは死者が直立している
だが、風が浜辺から吹き寄せてきて
風吹が唸り声をあげるとき　死者は震える
山の上で　古き枯骨たちが　震えている

『聖ケラハ伝』によれば、クロンマックノイズ修道院の修道士ケラハの父はコノハトの王、オーエン・ベルであった。王はアルスターの王グアレ・アドネ（Guarie Aidne）に領土を攻められ、スライゴーの戦いで痛手を負い、最後にアルスターの敵軍に睨みを利かせたまま果てようとして、手に赤へラコウモリ（'red Javeline'）を握りしめ、直立したままノックナリーにあるケアン（ダ・ナーン族のメイブ女王と彼女の兵士たちが眠る墓）に埋葬されたという。彼の埋葬は「コノハトの呪文」と呼ばれ、王の埋葬場所を探り当て、遺体を掘り出すことができないかぎり、呪文は解けず、コノハトは敗北しないのだという。だが、アルスター軍は埋葬場所を探り当て、王の遺体を掘り出すことに成功した。こうしてコノハト王国は完全に敗北を喫したのだという。

あるいは、別の伝承によれば、父の王国の敗北を目の当たりにし、思い余ったケラハは修道院長の許しを受けずに修道院を去り、父の後を継ぐが、結局、弟ムレダハに支配権を譲り、修道院に戻ったものの、グアレの四人の部下に殺害される。ムレダハはこの四人を討って兄の復讐を果たすが、彼自身もグアレに討たれ、こうしてコノハト王国は完全に滅亡したのだという(5)。

おそらく、イェイツはこのような聖ケラハに纏わる伝説を念頭に置いて「黒い塔」を記したと推測される。すでに何度も述べてきたように、イェイツはカルディを象徴する表現、「鳥のなかに一羽、魚のなかに一匹、人間のなかに一人完全なものがいる」という詩文を全作品のなかで呪文のように何度も用いているのだが、彼によれば、この表現は「聖ケラハが述べたように記憶している」と記しているからである（＊ここにおける「聖ケラハ」はアーマー教会の初代大司教聖マラキの後を継いで大司教になった十一世紀の聖ケラハとは別人である）。あるいはすでに引用した「あるインド人僧侶」において、聖ケラハは「鳥を愛する古代アイルランド修道僧」の象徴的人物として捉えられているのである。そういうわけで、イェイツは先述の『聖ケラハ伝』ほか彼に纏わる数々の伝承を熟知していた可能性がきわめて高いと推測される。

少なくとも、イェイツがコウモリの叫びに英雄の時代の終わりを告げる象徴的なしるしをみていることは、『アシーンの放浪』第二巻の以下のアシーンのセリフからも確認できる。英雄の時代を象徴する「勝利の島」、その終焉をアシーンはコウモリの叫び声に聞いているからである――「その百年も終わりを告げた。かつてアルウィンのブナの木のしたで白髪頭のフィン王が横に立ち、コウモリのか細い叫び声を聞いたのを思い出したからだ」（*The Poems*, p.18.）。

とはいえ、通常「黒い塔」を念頭に置いた伝説として挙げられるのは、アシーン伝承（スタンディッシ・オグラディ Standish O'Grady の『フィンと仲間たち』*Finn and his Company*）とアーサー王伝説（E. K. チャンバー E. K. Chamber の『ブリテンのアーサー王』*Arther of Britain*）であり、イェイツがこれらのケルト神話を念頭に置いてこの詩を記したことは、ほぼ間違いないところである。だが、この点だけをあまりに強調しすぎる解釈は、もう一つの護教主義である〈ケルト神話中心主義〉によってある一つの盲点が生じる恐れがあるため用心が必要である。それはこの詩の最後に登場する「老料理人」に込められた深い象徴的な意味が看過されてしまう恐れがあるということだ。

この盲点に注意しながら「黒い塔」を再読したい。そうすれば、読者はまずは以下のことに気づくことになるだろう。すなわち「老料理人」を「無能の嘘つき野郎」呼ばわりする「掟に縛られた兵士たち」（そこに密かに重ねられているのはアイルランド独立蜂起に散った十六名の革命家たち）に対するイェイツの厳しい批判がここに込められているということである。つまり、ここにみられるケルト神話を下敷きにしたイェイツの狙いはきわめて逆説的なものであるとみることができる。

その点で、「オーエン・ベル伝説」は、この盲点、「老料理人」に込められた深い象徴的意味に改めて気づかせてくれるという意味で重要である。少なくとも、この伝説を踏まえると、「黒い塔」はさながらだまし絵のように、見方次第で逆転する特殊な詩であることが理解される。

この詩においてまず注意すべきは、虎岩正純の見事な解釈に倣えば、「かすんでゆく月光」（‘faint moonlight’）や「暗闇はしだいに深まりゆく」（‘The dark grows darker’）が暗示しているように、「月は新月に向かってか細く、暗くなって」いく時期、『ヴィジョン』に記されている「月の諸相」（“The Phases of the Moon,” 1919）における「第四クォーター」にこの詩は設定されているということである。『ヴィジョン』によれば、この諸相を支配する「仮面」は「聖者と愚者」のものである[6]（「　」内は虎岩正純の指摘）。そうだとすれば、この「黒い塔」の真の支配者は騎馬の者＝「兵士たち」ではなく、聖者／道化、すなわち「宗教的ドン・キホーテ」としての「老料理人」だということになるはずである。

「老料理人」は「頑強な我ら［兵士］が体を伸ばして寝ているとき」、永眠を拒み直立したまま埋葬された死者（オーエン・ベル）を除き、塔のなかで唯一人直立姿勢を取っている人物＝「猟犬」（‘hound’）として描かれている。そしてその彼だけが「王の大いなる角笛を聞いた」と記されている。

塔の老料理人は　朝露の落ちる刻
頑強な我らが体を伸ばして寝ているときに
小鳥を捕まえに階段を昇り、塔を這い登るのが務め
そいつときたら、王の大いなる角笛
その音を聞いたのだ、と宣言しやがる
だが　料理人は　タダ飯食らいの　嘘つき猟犬
掟に縛られた我ら兵士は　立って警備につくぞ

The tower's old cook that must climb and clamber
Catching small birds in the dew of the morn
When we hale men lie stretched in slumber
Sears that he hears the king's great horn.
But he's;
Stand we on guard oath-bound! (“The Black Tower,” *The Poemes*, p.379.)

彼の仕事は朝露の降りる頃に「塔の階段を昇り、小鳥を捕まえる」ことである。だが小鳥を捕まえるためには、彼は階段が途切れた塔の天辺を「彫像」における「グリマルキン」や「古代のセクトに生きる闇間の我らアイルランド人」のように「這い登る」（‘clamber’）といういかにも不安定な状態を強いられることになるだろう。この状態は遺体のまま直立姿勢を取る「死者」のそれに比すべきものがある。塔を「這い登る」ためには、自然、背筋をピンと伸ばした直立姿勢を取らなければならないからである。それは皮肉にも、黄昏から夜の間、立ちっぱなしの警備の任務を終えた「朝露の降りる

頃」、夜明けの刻に「体を伸ばして寝そべっている」猟犬＝「兵士たち」、彼らの盲点を突く時刻に取る彼のもう一つの姿勢、すなわち彼の特殊な立場を「表明／宣言する」象徴的な姿勢である（＊すでに述べたように、この詩の背景に置かれているドラムクリフのラウンド・タワー、その差し向かいに立っている「一つの古代の十字架」には直立姿勢で這いずる姿で猫が描かれている）。

だが、自己の盲点に気づかない兵士たちは、彼を「一匹の寝そべる猟犬」（'a lying hound'）、すなわち「タダ飯食らい野郎」と呼ぶのである。もちろん、ここにおける「寝そべる」（'lying'）は「嘘つき」との掛詞である。したがって、ここにおける'lying'には一つのアイロニーが潜んでいることになる。すなわち老料理人を「寝そべる猟犬」＝「嘘つき猟犬」呼ばわりする兵士たちの証言こそ、「嘘つき」「証言」だというアイロニーである。黄昏の「神々の王国の時代」を生きる彼らは夜明けの刻を知らないからである。その時刻に「寝そべって」おり、したがってその時刻のことを「宣言」すれば、それはすべて「嘘をつく」ことになるからである。その意味でこの刻を告げる真の証言者が'cook'（[kuk]）であることは興味深いものである。「ベン・ブルベンの麓で」Ｉに表れるアトラスの魔女が「セットした」「雄鶏時計」（'cock a-crow'）は、「朝露降りる」夜明けの刻に'cock-a-doodle doo'（「コケコッコー」）と新しい時代の到来を告げるはずだからである。「ベン・ブルベンの麓で」の草稿で'cook crow'であったものを'cock a-crow'に改めたのもこのため、すなわち夜明けの雄鶏が鳴く声を読者に想起させるために周到に推敲・用意されたのだろう。ヨーロッパ精神の文脈においては、ここでの雄鶏の声はキリストがペテロに対して最後に告げた（彼の裏切りに対する）予言、「あなたは鶏が鳴く前に三度、私を知らないというであろう」と理解されるはずだからである。つまり夜明けの刻を告げるこの声は、兵士たち（ペテロ）が老料理人（キリスト）に対して述べた「嘘」の証言を暴くとともに、それはキリストの死と復活、すなわち旧約の掟に縛られた者たちに対し、新しい約束の時代の到来を告げる声にほかならないからである。

それではなぜ、彼は夜明けの時間に小鳥を捕獲しなければならないのだろうか。素直に読めば、料理人である彼は調理用に小鳥を捕獲していることになるだろう。あるいは、イェイツが『フィンと彼の仲間』に記されているエピソードをそのまま素朴に受け入れているとみるならば、そのような解釈が成り立つだろう。立て籠もったフィアナ騎士団は小鳥を捕獲して食べたと記されているからである。

だが、兵士たちの立場からではなく、老料理人の立場からこの詩を再読すれば、その解釈は完全に逆説化されるはずである。その際、「老料理人」の仕事を「小鳥を捕まえることだ」と証言しているのは、彼自身ではなく「兵士たち」であることを忘れるべきではない。つまり料理人を「嘘つき」呼ばわりすることで、逆説的に自分たちこそ嘘つきであることを証言した兵士たち（ペテロ）の証言などまったく当てにならないということだ。しかも、彼らの証言のなかには、老料理人が何もしていないという真実の証言（'a lying hound'）が含まれている点にも注意を向けねばなるまい。この詩第一連に表れる「我らは山羊飼いと同じものしか食っておらず／金は使い果たし、酒は酸化している」という詩行も彼が小鳥を調理していないことを根拠づけるに充分なものがある。山羊飼いが食うものといえば、山羊肉と山羊のミルクであって、小鳥の肉ではないはずだからである。だからこそ、兵士たちは彼を「タダ飯食いの猟犬」と呼んでいるのである。

それでは老料理人は朝露が降りる頃、「塔に這い登り」、一体何をしようとしているのだろうか。闇夜（新月）の夜に夜通し飛び回り、一時塔の天辺にぶら下がって羽を休めるコウモリ、そのなかに赤へラコウモリが混じっていないかどうかを彼は確かめようとしているのではあるまいか。この行為は同時に小鳥たちの巣が夜の支配者であるコウモリやフクロウ、彼らによって襲撃されていないか日々観察していたことを意味しているとみることができる。イェイツは「人とこだま」の最終連で、フクロウに襲撃され断末魔の声をあげる兎にアイルランドの魂の叫びを聴いているからである――「高みの空からか、岩場からか、鷹かフクロウが急降下し、襲撃する。／襲われたのは手負いの兎、兎は断末魔の悲鳴をあげている。／その悲鳴に我が思いは錯乱する」。あるいは巣立った小鳥の巣に蜜蜂が巣を作っているかもしれないと彼は期待していたのかもしれない。月の第四クォーターを聖者／愚者と共有する一人の詩人が内戦時に塔に立て籠もりながら、そう期待したようにである――「蜜蜂よ、ムクドリの空巣に来たりて巣を作れ」。

この老料理人の奇人的な行動のゆえに、兵士たちは彼のことを狂人呼ばわりしているのではあるまいか。そうだとすれば、彼は『クレージー・ジェーン』のなかの「トム」のように狂人化した聖なる道化のイメージをもっており、したがって彼に対する兵士たちの嘲りの言葉は、逆説的に小鳥を愛でるカルディの面影が暗示されているとみてよさそうである。彼が小鳥を捕ろうとするのは、赤ヘラコウモリ＝鳥に時のしるしを幻視しようとしているためであったと解すことができるからだ。そしてもちろん、ここにおける彼による赤ヘラコウモリの発見が意味しているのは、敵軍によって王の遺体が掘り出され、「コノハトの呪文」が解かれたことを意味している。これゆえに、兵士たちは彼が「誓って述べた」（＊ここでも「誓う」'swears' が用いられている点に注目）証言にいっさい耳を貸さず、彼を「嘘つき野郎（寝そべる猟犬／タダ飯食い）」呼ばわりするのである。呪縛からの解放は彼らにとってコノハトの敗北を意味しているからである——「だが　この料理人は　タダ飯食らいの　嘘つき猟犬／掟に縛られた我らは　立って警備につくぞ」（'But he's a lying hound/ Stand we on guard oath-bound'）。

だが、『大時計の塔の王』の「旅芸人」と同様、聖なる道化＝カルディのファンタスマゴリアである老料理人は、逆に「コノハトの呪文」を掟（＝旧約）に呪縛された者たちに対する解放の夜明け、新しい約束の時代、新約の到来の時と解す。すなわち「スライゴーの戦い」が象徴する「神々の王国の時代」の戦いはすでに終わりを告げ、いままさにクール・ドゥレムネの決戦が象徴する「子の王国の時代」が到来していることを「老料理人」は宣言していることになる。この場合の「子」が意味しているのは神の子＝キリストであるとともに、コノハト王国の王子＝聖コロンバということになるからだ。

ここにおける「老料理人」の姿にカルディの面影をみようとする解釈は、少々強引ではないかとの指摘に対しては、世界大戦を舞台として描かれた「ラピス・ラズリー」と「メルー」との間テキスト、すなわち二つの詩に賢者たちの姿がはっきりと表れている点から反証しておきたい。あるいは「彫像」最終連に表れる、「黒い塔」の「兵士」たちとパラレルな関係にある「クフーリン像（＝パトリック・ピアス像）」、それに対比される「闇間をよじ登る我らアイルランド人」、「這いずり登る（よじ登る）」者としてのカルディのイメージとパラレルな関係にある「黒い塔」の「老料理人」の「よじ登る」イメージ、その類似性から反証しておきたい。この塔の階段をよじ登る老料理の姿は、この詩とほぼ同時期に書かれた「ドローシー・ウェルズリーに」（"To Dorothy Wellesley," 1938）に詩人が勧めた姿勢（文学的姿勢）であったことも思い出したい

――「樹木が茂る新月の真夜中に向かって手を伸ばしなさい／樹木が立ち並ぶところまで、手が届けとばかりに／……書籍でいっぱいのあなたの書斎に登って待ちなさい……／階段を昇ってくるものは一体何でしょう」(*The Poems*, p.351.)。「階段を昇ってくる者は一体何でしょう」、その答えは、猫のようによじ登ってくる新しい夜明けを告げる者、カルディだと考えられるからである。

あるいは、すでに何度も言及したとおり、イェイツは「偉大なる詩にはつねに聖者と英雄がいる」と記している点をも考慮したい。つまり、「黒い塔」における「兵士」が英雄のパロディだとすると、聖者のパロディに該当する者、それは「老料理人」だということになる。

さらにもう一点、ここにおける「兵士たち」が待ち焦がれる「王」がベル王であり、その息子が「小鳥を愛でる聖ケラハ」(「一人のインド人僧侶」)であることも指摘しておくべきだろう。つまり、この「老料理人」の姿には多分に聖ケラハの姿が重ねられているとみることができるということだ。聖ケラハにかんするいくつかの伝説によれば、彼は父の王国の敗北を目の当たりにし、クロンマックノイズの修道院長の許可なく、やむなく一時、王の領地に戻ったのだという。もちろん、修道士＝聖職者である彼の任務は兵士としてのそれではない。コノハトの王、あるいは自身の領土内を守り戦う兵士たち、その心身の健康を気遣い守ることであっただろう。その意味で「老料理人」の任務と重なるところ大である。しかも、老料理人と聖ケラハを重ねて読めば、彼らはアイルランドにおける旧約(英雄)の時代の終わりを象徴する人物(旧約と新約の狭間に置かれた人物)とみることができる。これゆえに、彼は新約の王子を象徴する人物、聖コロンバの予表(雛形)にもなりえるのである。だからこそ、「聖ケラハは臨終の床で鳥や獣を歌った」(「アイリッシュ・プレス宛ての手紙」)とイェイツはみているのではあるまいか。すなわち、聖ケラハが臨終の床で新しい時代を告げる鳥の歌を預言して歌ったように、塔に籠る者たちのなかで「老料理人」だけが新約の時代を告げる「王の角笛」を聞くことができたとイェイツはみているといえるだろう(＊聖ケラハに纏わる伝承をそのまま受け入れるならば、聖ケラハと聖コロンバはコノハト王国を継承する血の繋がりをもつ、いわば「ジェシーの系図」、その直系ということにもなる)。

4 「ベン・ブルベンの麓で」Ⅲの「仮面」の声の主、聖コロンバ

前述したことを踏まえて、改めて「ベン・ブルベンの麓で」Ⅲに表れる「しばらくは　くつろいで立ち」の詩行を眺めてみよう。そうすれば、ここに暗示されている直立したまま果てたサムソンのイメージが、直立したまま埋葬されたこの地ゆかりのオーエン・ベルのイメージと重ね合わされていることに気づくことになるだろう。眼を抉られたサムソンが問うた「蜜蜂の謎かけ」の答えに盲目のまま死をむかえ、その答えがキリストによって解かれた（成就された）ように、彼もまた睨みを利かすはずの眼が土に覆われ、さらに死によって盲目となり、自らがかけた「コノハトの呪文」の真の意味を知らぬまま自己の遺体が掘り起こされることで眼を覆う鱗が落ち、聖コロンバによってその呪縛から解放された、つまりコノハト王国の復権を〈死して視る〉ことになったからである。

この解釈が妥当なものであるとすれば、「ファンタスマゴリア」の方法を用いて描かれている「黒い塔」を語る「仮面」の声（「終章」で検証）と「ベン・ブルベンの麓で」Ⅲの声は同一のものであり、その声は聖コロンバのものであるという仮説が充分成り立つはずである。ディンヘンハスの伝統を踏まえるならば、なおさらそういうことになるだろう。この伝統によれば、詩人が最初に呼び出す霊はこの地ゆかりの聖者でなければならず、その聖者が騎馬の者たちの霊を呼び出し、彼らの代弁者となるという手続きを踏まなければならないからである。しかも、呼び出された聖者は彼らの代弁者とならなければならないため、彼らの人生とその心情を最も理解できる聖者のなかから入念に選び出されなければならないのである。

その意味で聖コロンバは適任者である。その身に「天使（ミカエル）の鞭傷」をもつ〈騎馬の者〉にして、ベン・ブルベンの守護聖人である者こそ聖コロンバだからである。少なくとも、先述したⅡの謎かけをもう一度裏返しにして、その答えを問えば、彼以外に該当者はいなくなるはずである。彼の生涯については、すでに「第二章」でおおよそのところを

述べたが、この解釈の文脈にそって、その要約を記せば以下のようになるからである。

彼は高名な修道僧でありながら、彼が起こした「筆写事件」（アイルランド修道会におけるタブー＝ゲッサを犯したことを意味している）のためアイルランド修道会から追放（除名）の処分を受けることになった。[7] それを不服としてベン・ブルベンの地で戦いを挑み、戦いに勝利する。これにより、彼が支持した王国、北イ・ニール王国の者たちや埋葬されたオーエン・ベルとともに、彼は南イ・ニール王家に対し「しばらくの間、安んじて立っていられる」ことになった。すなわち戦士としての彼は、凱旋を高らかに歌い、「大声で笑っていられた」のである。だが、他方において、聖者としての彼は、この戦により「安んじて立ち、大声で笑って」いられない深刻な事態がすでに生じていたことを改めて「知る」ことになった。この戦は「三〇〇〇人」におよぶ死者を出し、彼自身負傷し、それはのちに「天使の鞭傷」（おそらくこの天使は人に鞭打つ特権を有する戦士ミカエルのことだろう）と呼ばれることになったからである。こうして彼はスライゴーの修道僧、聖モライスの勧めにより（史実ではない）自身と戦死者の償いのため、英雄と聖者の間で揺れる「半端な精神が完全なものとなり」、流離いの「贖罪巡礼（ケリ・デ／カルディ）」の旅に赴くことになった。その間、次々と国内外に修道院を建てていった。国外（スコットランド）に彼が建てた有名なアイオナ修道院もその一つである。あるいはベン・ブルベンの「ドラムクリフ修道院」もまたその一つである。

世に最も知られる彼の業績は『ケルズの書』、『リンデスファーン福音書』、『ダロウの書』をはじめとする写本の数々であり、そのため彼は、アイルランドが世界に誇る（ドラムクリフにも点在した）男女ペアをなす「蜜蜂の巣」、その「森の写字僧」、その大いなる伝統の祖父に数えられることになった。かくして、彼は「強いものから甘いもの、食らうものから食うもの」、すなわち愛を生じさせる（愛を実践する）ことになったのである。

しかも、イェイツが『聖ケラハ伝』をも念頭に「ベン・ブルベンの麓で」を記したとすれば、ここにおける「半端な精神も完全なものとなり」という表現には、修道院と王国を行き来し、修道士と武士の任務において「中途半端」な姿勢を取った聖ケラハ、彼の煮え切らない姿勢に対して、「両極の間を走る」（「動揺」）聖コロンバの「完全」な姿、聖ケラハの人生の完成形＝成就、旧約に対する新約の成就としての彼の人生がイェイツの念頭にあったと考えることができるだろう。聖ケラハが「臨終の床で歌った鳥と獣の歌」、その内実をイェイツは旧約者、「掟に縛られた者」の人生を成就する者の到来、つまり旧約の新約に対する予言として受けとめているはずだからである――「鳥のなかに一羽、獣［魚］のなかに一匹、人間のなかに一人完全なものがいる」（「Ⅱ：主題」）。

それでは、ここにみられる「伴侶選び」をどのように捉えればよいだろうか。彼は巡礼の修道僧であるため、独身者であることはいうまでもない。だがステラ・デュランドの指摘によれば、ドラムクリフには聖コロンバの時代にイニスムーレ（'Inishmurray'）を典型とする男女ペアをなす蜜蜂の巣型の修道会がすでにいくつか存在していたという。[8] このように女子修道会を重視するドラムクリフ修道会の伝統が聖コロンバの修道精神にあった。彼の精神を継承するアイオナ修道会の聖アダムナンが六九六年の公会議において定めた「無垢者の法」（'Law of Innocents'）、すべての女子修道会を支援する立場から、男性の聖者に加え女子と子どもを戦者としないという法を定めた点からも確認できるだろう。このような事情から、彼と同時代人のキルデア修道会の高女僧・聖ブリジットとの師弟関係を伝える数々の伝承が生まれることになったのではないかと推測される。

聖コロンバと聖ブリジットは同時代人であることから、二人の聖者の関係に繋がりがあったことを伝える伝説は多く残されている。とはいえ歴史的にみれば、二人はアイオナ修道院とキルデア修道会（カトリックの制度をいち早く受けいれたキルデア修道会に対し、これに最後まで抵抗を示したアイオナ修道会）の確執から、実際に二人の関係性に接点を求めることは難しい。[9] だが、イェイツ的「ファンタスマゴリア」の世界ではともに同じカルディの道を歩む同伴者として捉えられているとみるべきだろう。むろん、修道僧であった二人、あるいは彼らの精神を継承する男女の修道僧たちの関係は、夫と妻の関係にあるわけではない。その意味ではテーベの「賢者たち」と「アトラスの魔女」が夫婦でないのと同様である。だが、イェイツがここで聖者の「仮面」の声によって宣言しているのは、リブがいうところのカトリックの三位一体とは異なるアイルランド修道会、その独自の「三位一体の信条」、「男と女と子による三位一体」とその歩みのことである。つまり、聖コロンバは精神的（霊的）意味において「伴侶選び」に成功したとイェイツはみていると考えてよいだろう。だからこそ、カルディたちがなした「大いなる偉業」（「人とこだま」）は精神の「子」を産み、育て、それが魂の大いなる歴史、「不屈のアイルランド魂」（「ベン・ブルベンの麓で」）として現代にまで継承されていくことになったとイェイツはみているに違いない。

このような聖コロンバの生涯を踏まえたうえで、改めてⅢを読み直してみれば、ここに表れる「最高の賢者」が聖コロンバを指していることはもはや疑う余地がない。彼は当時、アイルランドで最も博学な修道僧として知られていたのだが、「筆写事件」により「ある種の暴力性を帯びて／心がピンと張り詰める」ことにより、アイルランドを二分するベン・ブルベンの決戦を起こし、その後、彼を盲目にしていた「鱗が落ちて」、衝動に生きる武士と静謐を愛する聖者の間で揺れる「半端な精神が完全なものになり」、こうして贖罪巡礼者＝カルディとしての「己の運命を全うし」、森の写字僧、「彫刻家」としての「己の士業を知り」、「詩人」として「語り」、新しい時を告げ知らせる新約者の模範である「緑の殉教者」となり、魂の「揺籠を正しく整える」者、高十字架にレリーフを彫り込む写字僧の父となっていったからである。

このように彼の生涯はサムソンの生涯をおのずから逆説化するものであり、「獅子と蜜蜂の巣」の謎かけの真の答えを、身をもって示している聖者であるといってよい。Ⅲの全体にわたって記されているものが、「動揺」に記されている「蜜蜂の巣」の問いと、聖コロンバの歩んだ人生そのものが示すその答えであることがこうして理解される。

第七章　ディンヘンハスの大いなる形式、憑依／面影の技法

——聖者に取り憑く騎馬の男女たち、その行方

彼の人の眠りは、除かに覚めていった。まつ黒い夜のなかに、更に冷え圧するものの澱んでいるなかに、目のあいてくるのを、覚えたのである。した、した、した。……おれは、このおれは、何処にいるのだ。

——折口信夫（『死者の書』）

イェイツがいう追想の最上階には明らかに場所にかかわるものがあり、それは地霊の感知に大いにかかわっている。そこにいかにもイェイツらしい意味が込められているように思われるのです。

——シェイマス・ヒーニー（「土地の感覚」）

そこでは、夜な夜な、彼女を夢が覚ますのです。

——W・B・イェイツ（『骨の夢』）

1　地霊を呼ぶ出す呪文／枕詞としての「投げかけよ」

すでに検証を試みてきたとおり、「ベン・ブルベンの麓で」の最後を飾る碑文は、冒頭に密かに表れている「蜜蜂の巣」のイメージによって巧みに連結されていた。この「蜜蜂の巣」のイメージは、Ⅲにおいて「獅子と蜜蜂の巣」の謎かけとして裏書きされているものでもあった。そしてその謎かけを問う「仮面」の声は、サムソン／ベル王／ミッチェルの心情を代弁して語る聖者コロンバのものであった。そうだとすれば、「ベン・ブルベンの麓で」Ⅰ～Ⅵ、その各々の詩連を語る「仮面」の声、そのいずれもが聖者の声であり、その聖者が騎馬の者たちを呼び出し、彼らの心情を代弁して語っていると措定することはできまいか。すなわち、冒頭の詩文で呼び出された聖者が次の連に表れる「騎馬の男女たち」の霊を呼び出し、この同じ構図がこの詩の最後を飾るⅥに記されている碑文にまでおよんでいるのではないか、という仮説である。かりにこの仮説が正しいとすれば、碑文を語る声は詩人の生の声ではなく、聖者の「仮面」の声とみなければなるまい。

ともかく、一見矛盾を孕みつつも底知れぬ深いところから響いてくるようなこの碑文の声、その正体を突きとめるために、碑文に記されている最初の言葉、「投げかけよ」（'cast'）に注視してみたいと思う。すなわちこの言葉の語感がもつどこか古代宗教の呪文を想わせるような独特の響きに耳を澄ますことにしたい。そうすれば、この詩文が通常の命令文とはまったく異なる文法によって記されたものであることにすぐにも気づくはずである。

この言葉はヒーニーが先述の散文を含む散文集『関心事』中の「土地の感覚」（"The Sense of Place"）のなかでアイルランド詩固有の特徴として挙げている「ディンヘンハス」（'dinseanchas'）、その詩的形式、地名に暗示されている地霊を請願により「呼び出し」（'invocate'）、それを詩人の心に憑依させ、そのことで死者（その多くは聖者）に証言・宣言させる独特の形式（文法）を踏まえて用いられていると考えられる。この形式は我が国の和歌における折口信夫がいう意味での「枕詞」、地霊を呼び出すための呪文詞にきわめて類似する響きをもっているからだ。その形式は『アイルランドの伝統』のなかでロビン・フラワーも述べているように、「森の学僧＝隠修士」に端を発するアイルランド詩、その「大いなる伝統」に属するものである。(1)

この同じ文学的形式を、「第一章」ですでに述べたように、イェイツは日本の能（夢幻能）のなかに見出すことになる。能においては、地霊である主人公（シテ）が琵琶法師（地霊を呼び出し鎮める霊媒師）ともいうべき旅の僧侶（ワキ）の夢のなかに、すなわち僧侶（ワキ）の心に取り憑くことで、自己の秘めた想いを表現しているからである。イェイツは『ヴィジョン』のなかで、能の演目『錦木』にみられる僧侶に憑依する地霊が、アラン島に残る伝承のなかにもみられるとも述べている。すなわちアラン島のある司祭（ワキ）の心に地霊となった女（シテ）が憑依し、女は司祭をとおし生前に不用意に約束してしまった老人との婚約の解消を嘆願したのだという（*A Vision*, p.222 参照）。この記述には、イェイツがアラン島をたんにアイルランド特有の古代のケルト文化を留める孤島としてだけではなく、古代アイルランド修道会、その伝統文化の名残を色濃く留める修道僧の拠点として理解していたことをうかがわせるものがある。実際、聖エンダによって六世紀初頭、一説によれば五世紀半ば、あるいは末（通説がいう聖パトリックが布教したとされる時期）に建設されたアラン島修道会は、古代アイルランド修道会のなかでも最も古い修道会の一つとして知られている。(2) このことをイェイツが承知していたことは、「呪術」に表れる女呪術師が視せる幻のなかに十字架が立つ石の家を「アラン島で見た小さな庵（セル）［庵は「蜜蜂の巣」のこと］に似ていた（*Essays and Introductions*, pp.34-5）」というくだりからも確認することができる。つまり、イェイツにとってアラン島は修道僧であると同時にディンヘンハスの呪術を行なう霊媒師であるカルディたちの共同体、その一つのステーションとして理解されていたということになるだろう。

2 『ハムレット』とディンヘンハスの伝統

このディンヘンハスの呪術的形式、すなわち地霊を呼び出す「枕詞」は、アイルランド文学に留まらず、やがてイギリス文学にも影響を与えることになった。『ハムレット』中の王子ハムレットが語る以下のセリフはその一つの表れとして受けとめることができる――「聖パトリックにかけて誓っていうが、ホレイショーよ、いや、それがあるのだ。しかも大いに悪いことが。さっき見た幻のことだが、あれは本物の幽霊だったのだ」[3]（'Yes, by Saint Patrick, but there is, Horatio,/ And much more offence, too. Touching this vision here, / It is an honest ghost, that let me tell you.' ＊ここにおける 'by Saint Patrick' は枕詞である）。

ここでハムレットは煉獄で苦しむ父の幽霊、それが真正のものであるかどうかを確かめるために、暗黙のうちに煉獄の守護聖人、聖パトリックの霊を証人として呼び出すという呪術、すなわちディンヘンハスの行為を半ば受け入れている。『アシーンの放浪』において自らの異界巡りを語るアシーンが、まず聖パトリックに請願を立てているのも、この伝統を踏まえている――「ああパトリックよ、汝の真鍮の鐘にかけて誓うが……」（'O Patrick, by your brazen bell......'）。

「半ば」といったのは、ハムレットがこの請願としての枕詞を完全に受け入れるためには、聖パトリックが守護する煉獄とそこで苦しむ亡霊たちの存在を信じていなければならないからである。だが、ハムレットはマルティン・ルターが教鞭を取ったプロテスタントの牙城、「ウィッテンブルグ大学」の留学生であり、カトリック固有の教義、煉獄を信じる立場にはない[4]。ハムレットがここで語りかけている彼の友人、ホレイショーも同様である。彼もまたこの大学の留学生だったからである。したがって、このセリフは完全に矛盾していることになる。煉獄を否定する立場にあるハムレットが請願を立てて煉獄の聖パトリックの霊を呼び出し、煉獄を信じないホレイショーに幽霊である聖者の力を借りて、煉獄と幽霊の存在証明を試みていることになるからである。むろん、シェイクスピアは意図的にこのパラドックスを生みだすことで、近代人の心の揺れを巧みに表現しているのである。

ただし、もしかりにハムレットが内心では「聖パトリックの煉獄」の存在を信じたうえでこのように述べているとすれば、ここでの状況は一変することになるだろう。「いや、それがあるのだ、ホレイショー……」以下のセリフはハムレット自身が語っているのではなく、枕詞によって呼び出された煉獄の守護聖人、聖パトリックがハムレットの口を借りて証言していることになるからだ。そうでなければ、ハムレットの証言は偽証にあたり、完全に無効となってしまう。少なくとも、「聖パトリックにかけて誓う」ことの意味は完全に失われてしまうことになる。なお、『ハムレット』が上演されていた当時、イギリスとアイルランドで「九年戦争」が起きていたことを考慮するならば、このセリフはさらに意味深長なものとなるだろう。プロテスタント・エリザベス朝イギリスはカトリック・アイルランドが肯定する煉獄の存在——ヨーロッパにおける煉獄の概念は十二世紀、アイルランドで誕生した——を強く否定しているからだ。つまりこのセリフは、アイルランドの文学的伝統としてのディンヘンハスを受け入れるか否か、あるいは煉獄を信じるか否かによって語る主語が変わってしまう巧みな〈だまし絵〉的な手法を用いて表現されていることになる。

そうだとすれば、ここに示されている「この幻」('this vision') は、夢幻能にみられるシテ（幽霊＝俗なる者）とワキ（聖なる者）の関係が一部逆転している、つまりワキである聖パトリックの幽霊が俗なるハムレットに憑依しているために見え難くなっているものの、能にみられる「夢幻」のあり方とそれほど遠いところにはない。ハムレットに呼び出された聖者パトリックの幽霊の心に父の霊が取り憑いて己の無念を生者・ハムレットの口をとおして語る、いわば〈二重化された憑依〉（二重化された夢幻能）によって現出された「幻」('vision')、イェイツがいう「二重化された幻」('double vision') だと考えられるからである。

この憑依の観点については、T・S・エリオットがはじめて能を観劇したときの以下の記述も同様な見解を示している点にも目を向けたい。

オレステースやマクベスの亡霊・心理学は、『葵上』のそれにも比すべき優れた面があるが、亡霊をリアルに描く方法はまったく異なっている。前者の場合には亡霊は取り憑かれた心のなかに存在しているのである。だが、後者の場合には呵責に苦しむ者は、亡霊のリアリティから推測されるのである。(5)

もっとも、ここで二重化された憑依のことをイェイツの「二重化された幻」と同一視して述べるのは単純すぎるのではないかとの批判を受けるかもしれない。確かに、イェイツは『ヴィジョン』のなかで、'double vision' のことを「二重螺旋咬合」（'double corn'）とも呼び、きわめて特殊な意味でこの表現を用いている。螺旋の一方を「主観」（'subjectivity'）、他方を「客観」（'objectivity'）とみなし、一方が支配的なとき、他方は影に隠れるという永遠回帰の運動として表れ、それが複雑な幾何学的な図式によって説明されているからだ。

だがそもそも、「幻」とは夢と同様に、いかにも「主観」的なものであるから、〈客観的な幻〉などという表現自体、一つの撞着言語にも等しい。あるいは逆に、〈主観的な幻〉という表現は同語反復にも等しい。ただし、もしかりに〈客観的な幻〉なるものが存在するとして、そのような超常現象を万人にわかるような表現を用いて説明することが求められるならば、「憑依現象」をもって説明するほかあるまい。憑依する者は死者であるがゆえに生者からみれば〈絶対的な他者＝絶対的な客観〉でありながら、その他者が主観的に幻を視ることができると同時に、それを憑依した者に対して客観的に主観的なものを視せることができるからである。

夢幻能における僧侶（ワキ）に取り憑く幽霊（シテ）が自己の幻を自身で視ると同時に、僧侶にもその幻を視せることができるのもこのことにより説明できる。「二重化された幻」という表現が初出する「マイケル・ロバーツの二重の幻想」（"The Double Vision of Michael Robertes," 1919）において、「幻」が詩人自身によって直接幻視されているのではなく、詩人の「ファンタスマゴリア」である「マイケル・ロバーツ」がまずは呼び出され、その彼が視る幻をとおして、つまりロバーツが詩人の心に憑依することによって詩人が間接的（＝客観的）に幻を視ている（表現されている）という手順を踏んでいる理由もこれにより充分説明できる。

この点を考慮するならば、アイルランドの聖人伝説において、聖人の地霊がしばしば登場する理由も説明できるのではあるまいか。すなわち、ロビン・フラワーも指摘しているように、アイルランド聖人伝説では、しばしば歴史の証言者として聖人の地霊が呼び出され、過去に起こった事件の真相を確かめるためにディンヘンハスの方法が用いられているその理由がこれにより説明できる。[6] ディンヘンハスの方法とは二重化された憑依の方法を取ることが少なくないからである。

こうして、近代の歴史のパラダイムとは異なるアイルランド固有の歴史認識（＝パラダイム）に基づいて生者と死者との深い連関性のなかで歴史は魂の物語（イストワール）＝歴史として人々に語り継がれていくことになるだろう。

3 地霊を呼び出す呪術としての命令文

ディンヘンハスの伝統を踏まえて再読を試みるならば、ハムレットの先述のセリフ、「聖パトリックにかけて誓う」と同様に、碑文の「投げかけよ」（'cast'）にも聖者の地霊を呼び出す呪文詞の要素を多分に帯びているとみてよさそうである。このことは、碑文が記されている「ベン・ブルベンの麓で」の冒頭が請願の命令形、先にみた「誓え」（'Swear by'）で始まっていることを思い出すならば、さらに首肯できるものとなるだろう――「誓え／……マリオティス湖のほとりの／賢者たちが語った言葉にかけて」（'Swear by what the sages spoke/ Round the Mareotic Lake'）。つまり「ベン・ブルベンの麓で」全体は呪文の命令文「誓え」（'Swear by'）で始まり、呪文の命令文「過ぎゆけ」（'pass by'）で終わる、いわば〈呪文の枠構造〉のなかにきっちりと嵌め込まれた詩歌、ディンヘンハスの一変容詩であるとみることができる。冒頭の 'by' が呪文の誓いの前置詞であり、それを最後に受けとめる 'by' が通過を意味する前置詞、すなわち誓いの継続をもって完結しているからである。こうして、この詩の構造はいわば〈呪術的誓いの枠構造〉のなかにすべてが収まる仕掛けになっていることに思いがいたるのである。のべ十四回にわたって用いられている命令形も、この枠構造のなかに収まっていると解すのが自然である。それはあたかも「ベン・ブルベンの麓」という地で呪縛霊となった騎馬の者たちが潜む〈鬼門〉の地の只中に立つ墓碑の前で、詩人が請願を立てて地霊を呼び出し、その者に歴史の真実を証言させている様を連想させるに充分なものがある――「ベン・ブルベンの南側の山腹の平野の数百フィートのところに、玄武岩の白い真四角なところがある。……おそらくこの世のなかで、これほど近寄りがたく、これほど恐怖の雰囲気を醸し出し、人に不安を与える場所はないだろう」（「人さらい」*The Celtic Twilight*, "Kidnappers," 1893, *Mythologies*, p.70.）。

その際、最初に呼び出される地霊〈面影〉が先の『ハムレット』のセリフと同様に呪われた霊〈父の霊〉ではなく、まずは守護聖人として祀られている霊であること、この点はこの詩固有の特性を予めおさえておくうえで重要である。むろん、その特性をイェイツ詩の一つの特徴といってもよい詩人の内的な真実を独白する方法に求めることはできない。アイルランドの魂の歴史をいわば〈裁判官〉の前で、偽りなく聖者が証言するというディンヘンハスの大いなる伝統は、ここに求められるだろう。『アシーンの放浪』において、自らの異界めぐりを語るアシーンがまず聖パトリックに請願を立てているのも、この伝統を踏まえているからである。

この場合、証言の真偽は近代の裁判のように客観的な証拠の積み重ねによって審議が行なわれるわけではない。魂の歴史を客観的に測る「測り」（'measurement'「ベン・ブルベンの麓で」）など、そもそもこの世には存在しないからである。証言の真偽は誰がそれを語っているのか、この一点に求められる。むろん、数千年にもおよぶ魂の歴史の証言者が生者であるはずがない。すべての証言者は死者の霊である。

とはいえ、折口信夫がいうように、枕詞によって呼び出された地霊たちのなかには必ずしも善良な者たちの霊だけではなく、邪悪な霊や恨みを募らせ公正な証言ができない呪縛霊も多く混じっていることだろう。[7] もちろん、降霊術に明るいイェイツはこのことを充分心得ていた。このことは、『窓ガラスの文字』に表れるマレット夫人の以下のセリフからも確認できる――「ジョンソンさんがおっしゃった妨害霊のことはほんとうなのです。前の会ではこの者によって降霊が妨害されてしまいました」。したがって、彼らの証言は証拠として採用するにはあまりにも危険である。その意味で絶対的な動かぬ証拠となるもの、それは聖者の霊による証言だけである（＊半ば近代人であるハムレットでさえ、幽霊が現れたことの証言者に選んだ人は聖パトリックの霊であった点に注意したい）。この詩で幾度も繰り返される「証拠／証」（'proof'）はこの意味で理解されなければなるまい。

そういうわけで、この詩の冒頭で詩人がまず聖者の霊を呼び出したのは、ディンヘンの伝統を踏まえた正しい選択であったというべきだろう。先にみたⅢにおいて、J・ミッチェル／サムソンの霊を呼び出し、彼らを代弁して語る者が詩人ではなく、聖コロンバの霊であったことも、これにより充分説明できるのである。

4　贖罪の聖地、ベン・ブルベンを彷徨うディアミードとダボーギラの幽霊

それではなぜ、イェイツはこの詩の冒頭で、『ハムレット』のように「聖パトリックにかけて誓え」とは記していないのだろうか。それは、聖パトリックが体現するカルディの系譜、その起源がエジプトの古代修道僧にあることを冒頭で予め読者に示しておく必要がぜひともあるからだ。そのことは「ベン・ブルベンの麓で」Ⅳで記されている「荒涼とした砂漠のエジプト思想」('a stark Egyptian thought')、すなわちピタゴラスの「測り／規律」('measurement') という表現が、この二人の修道精神、そのさらなる源泉を前キリスト教時代の前五世紀にまで遡って捉えるべきことを読者に想起させている点からも確認できる。

このことを踏まえるならば、「ベン・ブルベンの麓で」の冒頭で呼び出された聖者の霊に続いて、騎馬の男女たちに請願している理由も理解されるはずである——「あの騎馬の男たち、女たちにかけて誓え」('Swear by those horsemen, those women')。すなわち騎馬の男女たちの証言が最初に呼び出された聖者の口をとおして証言されているということになる。つまり先のハムレットのセリフと同様に、二重の憑依、「二重の幻想」という現象がここで起こっている。そうでなければ、彼らの証言は「証拠」として採用することはできない。「赤毛のハンラハンの物語」に記されているように、ベン・ブルベンを彷徨う霊たちのなかには、呵責に苦しみ「魔物」に取り憑かれたディアミード (Diarmuid) とダボーギラ (Dervorgilla) も含まれているとすれば、なおさらそういうことになるだろう。

だが当然、ここに一つの疑問が生じてくることは避けられまい。Ⅰに表れる「騎馬の男女たち」は聖なる「超人のしるし」をもって登場しており、その意味で彼らは聖者たちの仲介などなくとも、詩人によって直接呼び出されている可能性はないのかとの疑問である。多くの研究者による指摘、ここにおける「騎馬の男女たちは、『自叙伝』(p.266.) のなかで

描写されているジョージ・ポレクスフェン（George Pollexfen）の女中メアリー・バトル（Mary Battle）がイェイツに語ったあの世の者たちのこと（超人＝聖なる存在となった者たち）を指しているのではないのかという見方も無視できないところである（＊ *The Poems*, p.809. のオルブライトの指摘を参照）。

さらに、本当にイェイツはこの詩におけるベン・ブルベン山を〈鬼門〉の地とみなしているのだろうか、という根本的な疑問も当然湧いてくるはずである。少なくとも、一見すればⅠの第二連に表れる「冬の暁のなか／……駿馬を走らせる」聖なる者のごとき「騎馬の男女たち」の姿、そこから受ける印象は、ここがいかにもハレの地であるというものだろう。少なくとも、Ⅰの描写を読んで、ここが呪いの地として描かれているという印象をもつ読者は稀ではなかろうか。果たしてどちらの判断が正しいのか。この箇所を精読して確かめてみることにしよう。

Ⅰ（第二、三連）

誓え　かの騎馬の男たち　かの女たちにかけて
その顔艶にその姿　超人のしるしなり
己の情念を全うし、不滅の生を身に纏う
青白き面長の騎馬の人たちにかけて
いまや　かの者たち　冬の暁のなか
ベン・ブルベンを背にして　駿馬を走らせる。

この者たちが意味するもの、そのあらましをここに語らん。

Swear by those horsemen, by those women,

Complexion and form prove superhuman,
That pale, long-visaged company
That airs an immortality
Completeness of their passions won;
Now they ride the wintry dawn
Where Ben Bulben sets the scene.

Here's the gist of what they mean.（*The Poems*, p.373.）

一見、ここで請願を立てて「騎馬の男女たち」を呼び出す声は詩人の声のようにみえる。だが、ディンヘンハスの伝統を踏まえて考えるならば、Ｉの冒頭で呼び出された「賢者たち」が詩人に憑依して彼らの霊を呼び出しているとみなければなるまい。彼らがいかに聖なるもののしるしを帯びているとしても、そうなのである。なぜならば、騎馬の者たちは、それがいかなる理由によるものであれ、またそれが直接的なものであれ間接的なものであれ、人を殺めねばならないというこの行為は彼らの士業からみて避けることができないのであり、「黒い塔」の表現を用いれば、それが「掟に縛られた」（'oath-bound'）彼ら、その士業の悲しい性だからである。

さらに民俗学的見地から判断すれば、呼び出されたこれらの霊たちを、額面通りに「超人のしるし」を帯び、「己の情念を全うし、不滅の生を身に纏う」完全に成仏した霊であると解すのは、いささか素朴にすぎる見方であるといわなければなるまい。先述した折口信夫の見解を踏まえると、呼び出された地霊たちのなかには、無念を抱えたまま浮かばれぬ魑魅魍魎と化した霊たちも多く混じっているはずだからである。本来、ベン・ブルベンがクール・ドゥレムネの決戦で、無念を抱えたまま戦死した無数の屍が埋もれた地であることを考え合わせると、なおさらそういうことになる。実際、先の引用文からもわかるように、ベン・ブルベンには身の毛もよだつ「恐怖の場所」が存在していることを詩人は充分認めている。

さらに、イェイツは「赤毛のハンラハンの物語」のなかで、その恐怖の様を以下のように証言している点にも注意を向けたいところである。

……次に（ベン・ブルベン）に現れた影のごとく淡い体の女たちです……各々不幸を抱えた者たちばかりですが、とりわけ最も不幸な者はこの私です。私の名はダボーギラ、この人の名はディアミードです。二人で犯した罪によって、ノルマン人がアイルランドに侵入することになってしまいました。私たちが罰せられたような方法で罰せられた人は、いまでは一人もいません。私たちは互いに、男の花と女の花を愛したのです。でもそれらは、一時の花、永遠の花なんかじゃありません。私たちが死んだとき、周りの世界はいっさいが汚されてしまいました。私たちが招いてしまった戦争と苦しみを糧に育った魔物どもが、二人の運命を宣告したのです。……」ハンラハンは大きな恐怖に襲われた。(8)

ここに描写されているベン・ブルベンを彷徨う呪われた二人の地霊の様を想定すれば、Ⅰの第二連に表れる「超人のしるし」をもつ「騎馬の男女たち」、その「姿」は一変することになるだろう。一変することがない、あるいはそれを認めないとすれば、その解釈は、予め詩人が彼らのような呪われた霊たちを自身が創造した「ファンタスマゴリア」の世界から完全に排除、あるいは隠蔽していることを認めなければなるまい。だが、そんなことはあるまい。「ベン・ブルベンの麓で」のⅢとみられる草稿のなかに表れる以下の文章（覚書）に注目したい。

呵責に身悶えるのだ。思うに死者は私が描いてきたように、呵責に苦しみ、私が描いてきたように、かつての生を再び創造するのだ。この主題は近代の大衆演劇に表れ、すべての世界の民話のなかに多く表れている。そこで彼らは遊び、遊戯に興じ、呵責に苦しむのである。なぜならば、破壊された古代の家々のなかで、死者は生者とその生をわかち合う一方、生者は破壊された古代の家々のなかで……。[9]（*Yeats: Last Poems*, p.225.）

この覚書は、先に見た血と暴力による死臭が漂うⅡやⅢの描写に充分反映されているとみることができる。そうだとすれば、イェイツにとって本来、ベン・ブルベンとは颯爽と「騎馬の者が駿馬を走らせる」〈ハレの地〉であるとはみなされておらず、むしろ〈ケガレの地＝煉獄〉とみなされていると考えるべきだろう。

さらに以下の点に注意を向けるならば、このことはもはや疑いえないものとなるはずである。ディアミードとダボーギラはこの地の出身の人物ではないという歴史的事実である。ディアミードはレンスターの王であり、ダボーギラはミースの王の娘だ。つまり、ベン・ブルベンとは無縁のはずの二人の霊がわざわざこの場所に赴き、ここで苦しみを受けているのは、この地が己の生前の罪を贖う特殊な場所、煉獄の地であるからだ。少なくとも、二人の霊をこの散文においてこの地に登場させた（呼び寄せた）イェイツはそう考えていることは先の草稿の覚書の文章からみても疑いえない。

5　ベン・ブルベン山を駆ける騎馬の女、マルコヴィッチ伯爵夫人

だがこれに対し、Ｉ第二連には「ある政治犯に寄せて」（"On a Political Prisoner," 1920）における以下の描写が詩人の念頭に置かれており、この点を考慮していないのは偏った見方であるとの批判をうけるかもしれない。

幼い頃から、我慢というものをほとんど知らなかった彼女も
いまではすっかり辛抱強くなり、

一羽のカモメが恐れることなく　彼女の独房に舞い降りてきて
彼女の指に触れられても　じっとしたまま
指から餌をついばんだ。

その孤独な羽を撫でてやりながら　彼女は
過ぎ去りし年月を心に呼び起こしただろうか
いまの彼女は　一つの苦々しき抽象的観念に凝り固まり
その思想は　あの大衆の敵意に同化することで
盲人となり、盲人の指導者となり、
盲人の寝そべる溝の汚水を飲む身ではあるが。

その昔、彼女が　馬に跨がり　狩場に向かって
ベン・ブルベンの麓を駆けていくところを　見たとき
わたしは思ったものだ
田園地帯に育った彼女の美しきその姿
いっさいの若き野性に駆り立てられ
彼女は　岩場育ちの　海を渡る鳥のように
清らかで　甘美な人に成長するだろうと。

ここにおける「彼女」とはマルコヴィッチ伯爵夫人（Countess Markievicz）のことである。彼女はシン・フェイン党に入会し、

左派のジェイムズ・コノリーとともに、一九一六年のアイルランド独立蜂起に加わり、政治犯として投獄され死刑宣告をうける。だが、死刑を猶予され刑に服したあと、独立を遂げたアイルランド共和国に議会で重要な地位を得、その後、彼女の晩年はダブリンのスラム街で貧困者とともに労働の日々をおくることになった。この詩は一九一九年、彼女が政治犯として独房に入っていた頃に書かれたものである。

このことからもわかるとおり、イェイツはこの詩において若き日の彼女の生き方を賞賛する一方で、アイルランド独立蜂起に加わった彼女を「苦々しい」想いを抱きながら述懐している。このようにみれば、この詩に描写されている「ベン・ブルベンの麓を馬でかけていく彼女の姿」は一つのアイロニーであると理解されるだろう。この詩に描写されている彼女の姿は存命中の若い頃の姿である一方、「ベン・ブルベンの麓で」Ⅰの「騎馬の女たち」は死後のものだからである。しかもこの「騎馬の女たち」のなかに、ダボーギラが含まれているとすれば、なおさらそう解釈できるだろう。

それでは、このアイロニーをとおして、詩人は一体何を示そうとしているのだろうか。「ベン・ブルベンの麓で」と「ある政治犯に寄せて」との間テキストのなかで発生する自己呵責としての煉獄の世界、これである。このことについて具体的に説明すれば以下のものとなるだろう。

先述したとおり、Ⅱに表れるアイルランド独立蜂起に散った十六名の革命家、彼らの取った行動をイェイツはまったく評価していない。その意味で彼女の取った行動も評価されていないことはいうまでもない。彼女ものちに恩赦が与えられたものの、当初は彼らと同様、死刑宣告を受けていたからである。このことは以下の詩行からも充分確認できる――「いまの彼女は　一つの苦々しき抽象的観念に凝り固まり／その思想は　あの大衆の敵意に同化することで／盲人となり、盲人の指導者となり、／盲人の寝そべる溝の汚水を飲む身」。あるいは、このことは「復活祭、一九一六年」に表れる彼女の過去と現在を対比的に示した以下の詩文からも理解されるだろう――「夜は議論に明け暮れ、ついには声が金切り声になってしまった／若く美しく猟犬を連れて馬で兎狩りをしていたときの彼女／その声の美しさに勝る美しい声があるだろうか」。

ただし、「独房」のなかの彼女は、詩人のファンタスマゴリアの世界において、若き日の「岩場育ちの　海を渡る鳥のように／清らかで　甘美な」姿、いわばエデンの園から追放される前の無垢なるエバの姿を取り戻そうとしているようにもみえる。

このことは、この詩に表れる「辛抱強くなり、孤独なカモメ」を愛でる彼女の行動についての印象深い描写からも理解される。「孤独なカモメ」とはこの詩のなかで暗示されているとおり、「清らかで　甘美なる　海を渡る鳥」にほかならないからである。それならば、この「独房」のなかで彼女は「中央郵便局に立て籠もり」散っていった十六名の革命家、あるいは「黒い塔」に表れる牢獄のごとき「塔」に立て籠もった「掟に縛られた兵士たち」のなかにあって、一人孤高の行動を誇り「小鳥を捕まえる」のではなく、小鳥を愛でる「黒い塔」に表れるあの「老料理人」、あるいは「臨終の床で鳥の歌を歌う聖ケラハ」、すなわち一人の現代のカルディへと変貌を遂げようとしていることになるだろう。少なくとも、詩人はこの詩においてそう予感しているとみることができまいか。

とはいえ、彼女の死の直後に書いた詩、「イーヴァ・ゴア＝ブーズとコン・マルコヴィッチを偲びて」（"In Memory of Eva Gore-Booth and Con Markiewicz," 1927）から判断すると、必ずしも彼のこの予感は当たらなかったようである。この詩のなかで彼女は「死刑を宣告され、赦免されたが、無知な輩と陰謀をたくらみ孤独な余生をおくった」と記されているからである。だが、他方で詩人はこの詩の最終連を以下のように締めくくることで、最終的に彼女の人生を肯定的に意味づけている点にも目を向けねばなるまい。

立って　私にマッチを擦り
時の火が灯るまで何度でもマッチを擦れと命じなさい
もし大きく火（'conflagration'）が燃え上がったなら
すべての賢者たちに知れわたるまで走りなさい

私たちは偉大なる東屋を建てたのだから
私たちを有罪に宣告したのは彼らなのだから
私に命じなさい　マッチを擦り　火を起こせと

ここには「マッチ売りの少女（老婆）」のようになった最晩年の彼女の姿が印象的に描かれている点は見逃せない。そして実際、彼女の晩年はそのようなものであった。彼女は刑が解かれたあと独立当時のアイルランド、その国会で重要な役割を果たしたのであるが、最後に彼女はダブリンのスラム街で貧しき者たちとともに労働の日々をおくることになったからだ。そうだとすれば、ここにおける「大火」（'conflagration'）は「浄罪の炎」（'purgation'）、すなわち煉獄の炎を意味していることになるだろう。アイルランドの心貧しき「賢者たち」が建てたものは「偉大なる東屋」（'the great gazebo'）としての「蜜蜂の巣」あるいは「小枝で編んだ庵」であり、そこで彼らが願ったことは煉獄の炎によって自己の魂が贖われることだったからである。しかも、この「火」は「時」を灯す「火」、すなわち冬の曙の冬空に灯される詩人の走馬灯、詩的に意味づけされた「ファンタスマゴリア」の「火」であることが暗示されている。こうして、彼女は最後にもう一度「海を渡る甘美なる鳥（魂）」に変貌を遂げることになる。「私たちは……」に暗示されているように、この詩において彼女は十六名の革命家たちに絶えず批判的であったイェイツの仲間に数えられていることが、その証である。

どうしてそのようなことが彼女の身に起こったのだろうか。カモメにとっての鳥籠にも等しい「独房」は一つの煉獄であると「ある政治犯に寄せて」の詩人は考えているからだろう。つまり彼女は、ディアミードとダボーギラが死後に入ることになった「自己呵責」＝「独房」という名の「煉獄」を生きながらにして経験し、そのなかで贖罪の務めを果たしている、とイェイツはみていることになるだろう。こうして彼女は死後若き日の自己の本来の姿を取り戻し、煉獄のなかで贖罪を果たしたダボーギラとともに、「暁のなか、ベン・ブルベンの麓を背に、駿馬を走らせる超人、騎馬の女たち」の一人になっていくことだろう。こうしてアイルランドの過去と現在は煉獄の名において一つに結ばれることになるだろう、とこの詩の詩人は予言しているのである。少なくとも、このように読まなければ、この詩は彼女のなした行動を裁き、嘆いているだけの底の知れた作品ということになってしまう。

6　呪縛霊の解放者としての聖者

このようにみれば、Ｉ第二連に表れる「騎馬の男女たち」を語る「仮面」の声は、彼らの霊を呼び出し、その無念を代弁する声、聖者のものであることはもはや疑いえない。聖者の使命とは、罪を犯した者たちを裁くことではなく、その罪を赦すことで自己呵責に呪縛され鳥籠＝独房に監禁され苦しむ者たちの魂を解放してやることだからである。すなわち聖者が彼らの罪が贖われたことを彼らに理解させるために、彼らに顕れている「超人のしるし」を示してやることは聖者として当然の職務といえるのである——「その顔艶にその姿　超人のしるしなり／己の情念を全うし、不滅の生を身に纏う／青白き面長の騎馬の人たち」。したがって、この表現は以下のように言い換えることができるだろう——「汝らの罪はすでに赦されている。汝らがもつ超人のしるしこそその証。騎馬の者たちよ、安んじて　この煉獄の地、ベン・ブルベンを　過ぎゆけ」。

ここにおける聖者が行なった贖罪の儀式は、民族の魂の浄罪においても有益な機能をもっている。なぜならば、彼らを宥め、ときには彼らの生前の行為を賞賛してやることで、彼らが体現するアイルランドの魂は自己の生前の生を肯定的に意味づけることができ、自己呵責から解放されることになるからだ。こうして呵責に苦しむ地霊たちは生者に幸をもたらす「御霊（ごりょう）」へと昇華することにもなる。民俗学者、谷川健一が説く「御霊信仰」の効果、その典型的な一例がここにも当てはまる。[10] そうでなければ、浮かばれぬ霊たちは地霊どころか「怨霊」と化し、その土地は彼らが抱く怨念によって完全に呪いの地へと変貌してしまうことにもなりかねない。

実際、ダボーギラはこのことを暗示するように、次のように告白している点は看過できない——「私たちが死んだとき、周りの世界はいっさいが汚されてしまいました。私たちが招いてしまった戦争と苦しみを糧に育った魔物どもが、二人の運命を宣告したのです」（'When we died there was no inviolate world about us, the demons of the battle and bitterness pronounced our doom.' ＊初版に表れるこの部分は『神話学』に収められているのちに編纂された「赤毛のハンラハンの物語」のなかでは削除されている）。つまり、死後の二人は「世界を汚す」霊となり、そのため彼らの「苦しみを糧に魔物どもは育っている」、すなわち彼ら自体が魔物と化しているという深刻な事態がすでにこの地に発生していることを、彼女はいい難き嘆きをもってここで告白していることになる。

この連の後半に表れる騎馬の男女たちに対するお世辞にも響くほどの少々大げさな聖者による讃美も、このことによってうまく説明が可能となるだろう。むろん、この魂の浄化の方法は、アイルランド全体の呪いを解放する最良の術であるとイェイツはみている。二人を主人公とする劇、『骨の夢』との鮮やかな対照に目を配れば、さらにこのことは明白なものとなるだろう。

7 『骨の夢』と「ベン・ブルベンの麓で」の間で

周知のように、『骨の夢』は『錦木』に着想を得、夢幻能の様式を取り入れた作品である。この劇は「はじめに」と「序章」で述べたエゼキエルの幻、すなわち「散らされた＝ディアスポラ」のユダヤの民を暗示する「散らされた枯骨」が一つの身体、民族として再生する「枯骨の夢」を念頭に描かれた作品であるとみることができる。イェイツはここでエゼキエルの幻に表れる散らされたユダヤ民族の歴史に、散らされたアイルランド民族の歴史を重ねてみていることは、この戯曲のテーマからみて明らかだからである。むろん、このことは「黒い塔」における「立ったまま震える枯骨」にも適用される。

この劇のなかで二人は、パトリック・ピアスを思わせるような青年革命家の前に現れ、彼に赦しを請う設定になっている。

この者たちは、愛のほか、なにも考えてはおりません。また喜びにしてもこの二人の罪への呵責の苦しみが極みにいたり、もし幻が張り裂けるものならば、二人の心の覆いがまさに張り裂けようとするその瞬間に、彼と彼女のまなざしが交わるという喜び以外にはありえないのです。また、二人のまなざしが交わる時ほどのつらい痛みもないでしょう。呪われているがゆえに。（*The Collected Plays*, p.440-1.）

しかし、許しを請う二人に対しこの青年は二人がアイルランドの売国奴であることを知り、「お前たちをけっして、けっして赦しはしない」と怒りのセリフを吐露する。こうして、二人は青年が象徴する現代のアイルランドによって赦しを拒まれ、自己呵責としての煉獄の世界（自己が自己を裁くという煉獄）のなかで永遠の苦しみを受けなければならなくなってしまう――「二人は眠りをひっつかむようにその手をあげた。それは空の深淵のなかに、いつもぶら下がっているものだ。でも、彼らはけっして眠りを捕まえることなんかできやしないのだ」（＊ここに表れる「眠り」にも先述した『ハムレット』の独白のセリフが敷衍されている点にも注目）。つまりアイルランドの呪いはいまだ除霊されていないことがここに示唆されているわけである。以上がこの戯曲のおよその筋ということになる（*The Collected Plays*, pp.435-55 参照）。

この戯曲が夢幻能の様式を取り入れて創作された作品であるという前提に立てば、彼らはシテとして旅の僧侶であるワキの前に現れ、その無念を僧侶の夢（心）に憑依して彼に語ってしかるべきだっただろう。先述したディンヘンハスの伝統に照らしてもそういえるはずである。だが、イェイツはこの劇においてアイルランド蜂起の意味を改めて問おうとする目的により、パトリック・ピアスを一部彷彿とさせるような青年革命家の前に彼らをあえて登場させている。要するに、イェイツは二人に赦しを請う相手を意図的に取り違いさせているのである。それゆえ、彼らに赦しが与えられないのは当然のことであるといえる。

一方、「ベン・ブルベンの麓で」においては、どうやら二人に同じ轍を踏ませなかったようである。彼らは夢幻能のシテと同様に、僧侶（聖者）の前に現れているとみることができるからだ。[11] それゆえ、彼らには赦しの証、超人のしるしが与えられているのである。

ここにおける描写は、イェイツの立場が青年革命家の心情の方にあるのか、聖者の方にあるのか、彼が志向する民族の魂、その再生の根本理念をルサンチマン的な裁き、イギリスへの復讐心に求めるのか、赦しの心に求めるのか、そのいずれにあるのかを見極めるうえで見逃せない箇所である。もちろん、イェイツの立場は、聖者の立場と同様に、アイルランドの魂の再生、リバイバルの方途を復讐にではなく魂の贖罪による赦しにおいていることはいうまでもない。つまり、「愚かな情熱の男」である詩人は、アイリッシュ・ルネサンスの鍵を状況次第で変化する対処療法にすぎないような政治によってではなく、抜本的な内なる対処法、魂の方法に求めていることになるだろう。イェイツは『ヴィジョン』の「裁かれる魂」のなかで、魂が呪縛された自己煉獄の世界に陥るのは、生前の自己の過失に呵責し、赦しの確信がもてないからである旨のことを述べている点からみてもそう判断してよいだろう。

このことは、先のⅡの解釈からも理解できる。アイルランド蜂起に散った革命家たちをベッドで死んだ者たちと同列に並べ、逆に二人のような贖罪を求めてベン・ブルベンという煉獄の地を彷徨う霊に「超人＝赦しのしるし」をみているからである。

むろん、以上試みた読みの前提には、「ベン・ブルベンの麓で」に描かれている魂の再生を、通常の意味でのネオ・プラトニズム的な永遠回帰、あるいはニーチェ的な意味での永遠回帰でもなく、贖罪を伴う煉獄としての永遠回帰であるという見方がある。だがその前提自体は、削除された「ベン・ブルベンの麓で」の草稿や覚書を手がかりに他の作品との間テキストのなかで検証を試みたものであり、いまだ「ベン・ブルベンの麓で」からの精読をとおして直接テキストから検証したものではない。この点は率直に認めなければなるまい。

それでは、この詩に描かれている永遠回帰が、煉獄(贖罪)としての魂の永遠回帰に限定されているという明白な根拠＝しるしをテキストのなかに見出すことができるのだろうか。のちにみるⅣの三十〜三一行に表れる「しかしそのあとで我らの思考に混乱が襲ってきたのだ」('but after that/ Confusion fell upon our thought')の一文がその最大の根拠となるだろう。

ネオ・プラトニズムの半ば楽観論的＝予定調和的な永遠回帰の概念と一線を画す、悲劇＝煉獄としての生の永遠回帰がここで宣言されているとみることができるからだ。しかも、この煉獄としての永遠回帰こそが、イェイツがこの詩で想い描こうとしている古代アイルランド修道僧、その「信条」の核心であることがここに示されている。

第八章　カルディの起源としての聖アントニー
——「ファンタスマゴリア」の技法と「仮面」の声

夢と責任――諸君はあらゆることに責任をとろうとする！　ただ諸君の夢だけには責任をとろうとしない！なんというみじめな弱さなのだろう。なんという首尾一貫した勇気の不足なのだろう。

――ニーチェ（『曙光』一二八）

夢のなかで責任は始まる。

――イェイツ（『責任』のエピグラフ）

詩人は失意のなかで己が仮面を、敗北のなかで英雄を見出し、かつ創造するのである。

――W・B・イェイツ（「月の静寂を友として」）

我々の人格そのものが深き自己矛盾でなければならない。唯我々が自己自身を否定して現実の世界の底に絶対者の声を聞くことによってのみ生きるのである。

――西田幾多郎（『弁証法的一般者としての世界』）

1　「ファンタスマゴリア」のなかの古代エジプトの賢者とアトラスの魔女

これまで述べてきたことを考慮すれば、ここに一つの命題を提示することぐらいはできるだろう。その命題とは、この詩を語る「仮面」の声、そのいっさいが聖者のものだというものである。Ⅰにおける「仮面」の声は、それが誰のものであるかについてはのちの検証を待つことにして、聖者のものであることだけは間違いないところである。Ⅱの「仮面」の声も文脈からみて、おそらくⅠの声と同じものであると判断される。そのため、やはり聖者のものであると措定される。Ⅰを総括するように、Ⅰの最後で「この者たちが意味するもの、そのあらましをここに語らん」と記されていることがその根拠となるだろう。先述したように、この表現は全能の視点から語られており、このような視点から語ることができる者は、作者自身を除けば、聖者の霊以外には該当者はいないはずだからである。Ⅲは先述したとおり、聖コロンバのものであり、Ⅴは「宗教的ドン・キホーテ」＝聖なる道化としての聖者のものである。

だが、たとえば先にみたⅢの「仮面」の声である聖コロンバとⅤの声である聖なる道化である「宗教的ドン・キホーテ」、二つの声を比較すればすぐにもわかるとおり、一括りに聖者の声であると呼ぶには、あまりにも各々の声は異なっていることは否めない。

そういうわけで、この点について、いまだ検証されていないⅠ、Ⅱ、ⅤとⅣ、各々の声を作品の精読をとおして以後確認していくことにする。そこでまずは、Ⅰの声である「賢者（聖者）たち」、その「仮面」の正体について検証していくことにしたい。Ⅰの声は、Ⅱと同じ声である可能性がきわめて高いことから、Ⅰの「仮面」の声が特定できれば、Ⅱの声もおのずから特定できることになるはずだからである。

Ⅰにおける「仮面」の声は冒頭で呼び出される「賢者たち」のものである、とまずは措定してみることができるだろう。それではここにおける「賢者たち」とは具体的には一体誰を指しているのだろうか。それは直接的には「カルディ」と呼ばれる古代アイルランド修道僧、そのルーツにあたるエジプト・テーベの修道僧、聖アントニーおよび彼の師である、『聖ブレンダンの航海』の「隠修士パウロの島」などでもお馴染みの隠修士・聖パウロ、彼らのことを指しているとみてよいだろう。

ただし、この詩の冒頭で呼び出されている者たちは、二人の賢者だけではない点には予め注意が必要である。「賢者たち」とともに「アトラスの魔女」も呼び出されているからである。なぜだろうか。その理由を内容の面から考えてみれば、それはすでに試みた「蜜蜂の巣」の謎解き、その検証をとおして説明したとおりである。

だがここでは、別の側面、手法の面からこの問題をさらに考えてみることにしたい。すなわちこの詩で用いられている独特の手法、「ファンタスマゴリア」の側面から考察を試みることにする。「賢者たち」と「アトラスの魔女」が並列されて冒頭において登場しているのは、詩人のしたたかな文学的戦略によるとみることができるからである。その戦略とは、この詩全体が一つの「ファンタスマゴリア」の世界であることを予め読者に想起させることに求められるだろう。言い換えれば、ディンヘンハスという古代詩の形式を用いて描こうとするこの詩、それを現代詩の形式にうまく馴染ませていくための巧みな戦略がここに透けてみえるということだ。

今日的意味における「ファンタスマゴリア」とは、ランボーをはじめフランス世紀末の象徴詩人が幻想的世界を生み出すために好んで用いた文学的手法を指す特殊用語としておおむね理解されているようである――「僕はファンタスマゴリアを意のままに操れるのだ」(ランボー『地獄の季節』)。だが、元来は「魔術ランタン」を意味する光学の装置であり、その発明当初は、幽霊を現出させる見世物小屋、秘密の小部屋を指すものとして大衆に広く知られるところであった(1)。その出し物として大衆に人気を博したもの、それらがほかでもない「聖アントニーの誘惑」や「サバトを行なう魔女」などであった(2)。

イェイツはこのようなファンタスマゴリアが発明された当時の状況を踏まえたうえで、冒頭で聖アントニーやアトラスの魔女の霊を呼び出していると考えられる。すなわち詩人は「ベン・ブルベンの麓で」が「ファンタスマゴリア」の世界であり、そこに去来する人物たちが、すべてファンタスム＝亡霊（幻影）であることを、予め読者に了解をとっておくための文学上の約束事（手続き）として彼らを冒頭で呼び出しているとみることができる。換言すれば、詩人はこの詩が通常の抒情詩とは異なる性質をもつもの、特殊な意味での〈詩劇〉であることをまずは読者に想起させ、そのうえでベン・ブルベンの麓を巨大なスクリーンに見立て、今ここに夢（映像）の世界が始まることを読者に告知しているとみることができるのである。

この詩の時刻を予め「冬の暁」の刻に設定しているのもこの狙いの一環であるといってよいだろう。昼の時刻に設定すれば、野外スクリーンに幻影を映すことはできない。一方、暁の刻であれば、幻影を現出することが可能となる。さらに人は身を切るような冬の暁、その寒さのなかで、現実（リアリズム）という名の詩的・宗教的な惰眠状態、イェイツがいう「寓意」の状況から読者は〈夢（象徴の世界）に目覚める〉ことになる。[3] こうして「ファンタスマゴリア」という夢の舞台が整い、「透視ランプ」の幻視の炎がそこに点火されることになる――「そこでは、夜な夜な、彼女を夢が覚ますのです」（『骨の夢』）。イェイツの作品中、はじめて「ファンタスマゴリア」の手法が取り入れられた「錬金術の薔薇」において、すでにみたとおり、主人公オーエン・アハーンは自身が視た幻のことを「覚めた夢」（'waking dream'）と表現している点にも注意を向けたい。あるいはこの散文と大いに関連をもつすでに引用した「黒豚峡谷」の表れる詩句、「夢に目覚めた私の眼」（'my dream-awakened eyes'）という詩句も同時に想起したいところである。

かくして「寓意の鏡に写る」「時の偶然の束」にすぎない現実、リアリズムというまどろみのなかにある生者の魂、その虚ろな惰眠状況から「夢に目覚め」、一つのエピファニーを覚えた読者の前で、亡霊は秘められた内なる歴史＝魂の歴史、その真相を雄弁に証言することになるだろう。なぜならば、「ファンタスマゴリア」の語源は「ファンタスム＝幻影」と「我は語る」の合成語（術語）、「幻影である我は語る」の意だからである。ここに、アイルランド詩の大いなる伝統、カルディによるディンヘンハスの古き文学・宗教的伝統が、近代に誕生した「ファンタスマゴリア」の手法へと受け継がれていく結節点をみることができる。むろん、この結節点は偶然の産物によって生じているものではない。一人の詩人の緻密な文学的戦略によって詩的に創造されたものである。

2 「猟犬の声」に表れる聖パトリックと英雄アシーン

もっとも、ディンヘンハスの伝統を踏まえるならば、エジプトの「賢者たち」も「アトラスの魔女」も、聖パトリックや聖コロンバのように直接ベン・ブルベンゆかりの聖人ではない。そのため、この地の守護聖人として呼び出される霊としては必ずしも相応しい存在であるとはいえない。したがってここで真に呼び出されている者の正体は、この地ゆかりの別の聖人に求めなければなるまい。その聖人の名は、この詩全体の文脈、すなわちカルディの系譜の順序から判断して、祖父にあたる「賢者たち」の「仮面」を被って登場する聖パトリックであるとひとまずは措定することができる。

その一つの根拠として、ヒーニーが大いに注目するベン・ブルベン山にかかわるディンヘンハスの典型的な詩の一つ、「ベン・ブルベン讃歌」を挙げることができるのではないか。この「讃歌」はアシーンと聖パトリックとの対話形式によるベン・ブルベン山を背景にもつ詩だからである――「今は悲し、ベン・ブルベン／カルペウニウスの息子よ／この山の頂きにいたときの楽しかった日々よ……／勇士たちが力を競い合った／あの高き山の背で」(「ベン・ブルベン賛歌」)。

もちろん、イェイツはベン・ブルベン山が聖パトリックとアシーン、二人のゆかりの地であることを充分承知している。このことは、「ベン・ブルベンの麓で」とほぼ同時期に書かれた詩、「ベン・ブルベン賛歌」を彷彿とさせる騎馬の者たちの「凱旋歌」('chants of victory') を歌う「猟犬の声」("Hound Voice," 1938) からも確認できる。ただし、その声は過去を懐かしむ「ベン・ブルベン賛歌」の声とは異なり、未来を展望しており、しかもその未来は、はるかに血生臭い基調を帯びていることも予め念頭に置いて読み解いていく必要がある。

そういうわけで、ここでは「猟犬の声」を再読・吟味することにしておきたい。

我らは禿げた丘、萎縮したような樹木を愛し
デスクワークも鍬仕事もうんざりで
定住の地を選ぶことなどできない性分だし
それに　長い年月　猟犬を仲間に過ごしたものだから
声が遠くまで通るし、眠気に縛られながらも
ある者は半ば目覚め、ある者は半ば己が選んだ道を再生しながら
吠える舌が与えられて、己が秘密の名を宣言するのさ――「猟犬の声」

僕が選んだ女たちは低く美しい声をもっていたが、
みな吠え猛る「猟犬の声」の主だった。
僕らは互いに遠くからでも通じ合い　知っていたのさ
恐怖の時間が訪れ　魂を試すことを
その恐怖の名のもとに　呼び声に従うことを
それで、悟ったのさ　いまだ誰も理解していないものを
血のなかに目覚めた　それらのイメージ［面影］の意味を

いつの日か　僕らは暁の前にすっきりと目覚め
戸口の前に古（いにしえ）の猟犬を見出し
はっきりと目覚めて　知ることになるだろう
狩りがいまだ進行中だってことを

黒ずんだ血の小道を　またもつまずきながら
やがて　岸辺で殺した獲物につまずき
そこで傷口を洗浄し　包帯を巻いて
取り囲む猟犬に混じって勝利の雄叫びを上げることになるだろう。（"Hound Voice," *The Poems*, p.388.）

この詩の時制は第一連が現在形、第二連が過去形、第三連が未来形で構成されている。そうだとすると、詩人はここで自身の心の走馬灯に去来する「それらの面影」（'those images'）をとおして、過去、現在、未来にいたるアイルランド民族、その「魂」の歴史を、時を超えていく〈面影の技法〉、ファンタスマゴリアを用いて意味づけしようとしていることになるだろう。もちろん、ここにおける詩人の声は生身の詩人の声ではなく、「仮面」の声であることはいうまでもない。それでは、ここでの「仮面」の声の主は一体誰だろうか。

多くの研究者も指摘するとおり、この詩は『アシーンの放浪』を念頭に書かれたものであるとみてよいだろう（*The Poems*, p.834 参照）。そうすると、ここでの「仮面」の声は、フィアナ騎士団であるアシーンのものだとまずは考えてみるのが道理ではないか。このことは「猟犬の声」という表題が、アシーンの運命について語った前期の詩、「彼、自身と恋人の変化を嘆き、世の終わりを願う」を相互補完させて読んでいけば、さらに理解がいくことになるだろう――「榛の杖を持つ男が音もなく現れて、／ちょっとよそみしている間に、その男は突然、私を／片耳の赤い猟犬に変えてしまった／今や私の呼び声はただの猟犬の声」（"He mourns for the Change that has come upon him and his Beloved, and longs for the End of the World," 1897, *The Poems*, p.79. ＊ここでの「私」はアシーンのことであり、「榛の杖を持つ男」とはイーガスと聖パトリック、二つが巧みに合成された特殊なイメージをもつ人物である）。

さらにこのことは、「猟犬の声」に表れる「己が秘密の名」自体が密かに証言しているところでもある。「秘密の名」（'hidden name'）とはアイルランド文学の文脈においてはゲッサ（禁忌）を指すものであり、ゲッサは多くの場合、誕生のとき、運命の女神の化身である妖精――フェアリーの原義は「運命」――やケルトの魔女により、その子の未来の予言、すなわち運命を告知する名前としてつけられる。アシーンの場合、「子鹿」を意味する「アシーン」という名そのものがゲッサである。もちろん、イェイツは「アシーン」が「子鹿」を意味していることを充分承知したうえで彼を描いている。『アシーンの放浪』の以下のくだりに注目したい――「姫はいった、『どうして英雄たちはみんな、うなだれているのでしょう。かの角無しの鹿はいつになく悲しげ。角無し鹿は、かつては風に揺らぐ羊歯の野で……』」（*The Poems*, p.2.）。

しかも、イェイツは「角無し鹿＝子鹿」を意味する「アシーン」という名前そのものが、「秘密の名」、すなわち彼の運命を予兆する名前＝ゲッサであることも承知したうえで『アシーンの放浪』においてすでに以下のように記している点にも目を向けたい――「角無し鹿がそばを通っていった。片耳だけが赤く、全身が真珠のように白い猟犬がそれを追っていった」（*The Poems*, p.5.）。この詩行は彼にかけられたゲッサを暗示させる意図をもって記されているとみることができるからである。ここには、アシーンが猟犬とともに追っているもの、それが実は「角無し鹿」、すなわち彼自身であり、自身によって追われる彼には立ち止まることも休むことも許されないというゲッサの呪いをかけられていることが暗示されている。他者に追われているのであればそのハンターがいかに有能な者であれ、うまく隠れ逃げおおせることも、あるいは可能かもしれない。だが、その追っ手が自分自身であるならば、自己が自己に対して隠れることはできない。つまり、彼はひと時も休むことも立ち止まることも許されず、自分を追い続ける自身から逃げるために走り続けなければならないのだ。止まった瞬間、たちまち彼は自分自身と猟犬の餌食になってしまう。これが彼の運命にかけられた呪い、すなわちゲッサにほかならない。

このことは、「猟犬の声」の最終連に巧みに示唆されているところでもある。そこでは「獲物」を仕留めたはずの「僕ら」（'we'）が「黒ずんだ血の小道を　またもつまずきながら／やがて　岸辺で殺した獲物につまずき」「傷口を洗浄し　包帯を巻く」瀕死の姿で表現されているからである。ここにおける「僕ら」は半ば「勝利の雄叫びを上げる」「取り巻く猟犬に混じる」ことで猟犬と同化しているとともに、半ば「喰い殺した獲物」（'the kill'）に「つまずき」、つまりはそこで一瞬倒れ込むことで、「獲物」と同化してしまっている様が巧みに暗示されている。しかも彼が深い傷を負い、「つまずきながら」死の「岸辺」に横たわる「獲物」に向かう姿で描写されているとすれば、なおさらそういってよいだろう。したがって、これはアイルランドの英雄の運命としての悲劇を語ったものだとみることができる。獲物を仕留めて勝利の雄叫びを上げる猟犬（武士）たちのなかで、彼だけが「血のなかに目覚めた　それらのイメージ［面影］の意味」を悟ってしまう者、それがゲッサの呪いを背負うアイルランドの英雄の悲劇だからである。言い換えれば、真の英雄である彼だけが「血に目覚めた」心に映る「それらのイメージ」、そのなかに自己の壮絶な死を幻視することになるのである。そうだとすれば、この連に暗示されている英雄の姿にはアシーンとともに、ベン・ブルベンの決戦に勝利しつつも、自ら負傷した聖者＝武士である聖コロンバの姿が重ねられているとみることが可能かもしれない。

このようにみれば、「猟犬の声」は『アシーンの放浪』とある程度、パラレルな関係が成り立っていることが理解される。だが、同時に二つの詩を明白に区分する線分がそこに引かれていることにも気づくのである。初期の詩『アシーンの放浪』に表れる英雄は過去を懐かしく回顧する老人であるのに対し、最晩年の詩である「猟犬の声」に表れるこの英雄は人間（自己）の現存在を厳しく凝視する「血に目覚めた」（‘waken in the blood’）、あるいは「［己が未来の］ファンタスマゴリア」（第三連の冒頭の詩文に注目）をとおして己の運命に「はっきりと目覚めた」（‘wide awake’）血に猛ける〈あまりにも若き老人〉として描かれているからだ。ここにイェイツの詩人としての生涯、そこにみられるパラドックス、ニーチェが描く「超人ツァラトゥストラ」のように、スフィンクスの謎を逆説化する老人の姿（＊「駱駝＝老人」から「獅子＝青年」から「赤子＝超人」へと変貌する「超えていく者」、「ツァラトゥストラ」の姿）、すなわち老詩人イェイツの詩的成熟の一端をみることができる。イェイツの詩神、すなわちロバート・グレイヴズがいうケルトの残忍な「白い女神」は、「動揺」に表れているように詩人の生贄の血を吸って若返る「宿り木＝金枝」、「血膨れした心臓」をもつ吸血樹としてのケルトの詩神であり、これゆえに、T・S・エリオットの言葉を借りれば、イェイツの詩神は「老いてますます若くなっていく」からである。そしてそれが、この詩にみえる「己が選んだ道を再生する」（「猟犬の声」）ことの意味、すなわち「血のなかに目覚めた　それらのイメージ

（面影）の意味」するところである。

だが、ここで忘れてはならないことは、実はこの逆説、それはすでに『アシーンの放浪』に予兆的に表現されているという点である。その逆説は、アシーンのセリフのなかにではなく、むしろ彼に贖罪巡礼の道を説く超人・聖パトリックのセリフ、その詩的基調のなかに密かに表れている。『アシーンの放浪』に表れるアシーンの語りが現在から過去を回想し、その基調が叙情的であるのに対し、聖パトリックのセリフは現在から未来を展望し、その基調は演劇的だからである。すなわち前者が前期イェイツの特徴である「ケルトの薄明」（リチャード・エルマン）に喩えられるとすれば、後者は後期の特徴である「ケルトの夜明け」に喩えられるものである。そうだとすれば、ここにおける「仮面の声」の主であるアシーンが「猟犬の声」をもって呼びかける者、それは彼の「反対自我」である聖パトリックにほかならず、しかもここにおける英雄と聖者、「心」と「魂」の距離は『アシーンの放浪』に比べ、はるかに接近しているとみることができる。これゆえにこそ、「夢に目覚めた」（『骨の夢』）英雄アシーンの心の「動揺」あるいは「葛藤」は『アシーンの放浪』よりさらに深刻であり、さらにいっそう深いところ、詩魂の源流から「詩の発生」を促していることになるだろう。そして、血に飢えた詩人の詩神は老いてますます若くなっていくのである。つまり、詩人は詩神に自己の血を日々捧げることにより肉体は（常人以上に）日々老けていくが、その代償として詩神から老いてますます若い詩的インスピレーションを受けることができるのである。これが英雄と聖者の呪いの宿命としての原罪を歌う詩人に負わされた宿命であり、その宿命に対する敗北必至の詩的挑戦である。

3　「彼、自身と恋人の変化を嘆く」に表れる聖パトリックと英雄アシーン

いずれにしても、「猟犬の声」における「仮面の声」の主はアシーンであり、その声が呼びかける者、それは聖パトリックである。したがって、ここにおける核心的テーマは二人が共有する「唯一の主題」、己が運命としての「原罪」である

とみてよいだろう。

このことは、先に触れた「彼、自身と恋人の変化を嘆く」("He mourns for the Change that has come upon him and his Beloved, and longs for the End of the World," 1897) からも充分確認することができる。そこでは聖パトリックによって「猟犬」に変えられたアシーン、彼自身の足が自分の名前である「角無しの白い鹿」を、「夜も昼も追い立てる」様子が以下のように巧みに表現されているからである。

角無しの白い鹿よ、私の呼び声が聞こえないのか
私は片耳の赤い猟犬に変えられてしまったのだぞ
今や私は「石ころ道」や「荊の森」を彷徨う身の上
なぜって、誰かが私の足の裏に
憎しみと希望と欲望と恐れを隠してしまったので
この足が夜も昼もお前を追い立てることになったからだ
榛の杖を持つ男が音もなく現れて、
ちょっとよそみしている間に、その男は突然、私を
片耳の赤い猟犬に変えてしまった。
今や私の呼び声はただの猟犬の声
今や「時」「誕生」「変化」は急ぎ足に過ぎてゆくばかり
それならば、針毛のない「猪」が「西」からやってきて
空から太陽と月と星々を根こそぎにして、
闇間で鼻息をたて、寝返りうって休むことを　今は願うばかりだ。(*The Poems*, pp.78-9)

イェイツはこの詩につけた長い註のなかで、これを書いた際、念頭に『アシーンの放浪』があったことを認めたうえで、「榛の杖を持つ男は『愛の師匠』であるイーンガスであったのかもしれない」と指摘している（*The Poems*, p.460.）。だが、この註はそのまま鵜呑みにできないほどなんとも奇妙なものである。というのも、他人がつけた註ならばいざ知らず、これは作家が自らつけた註であるにもかかわらず、「〜であったのかもしれない」（'may have been'）と明言を避けているからだ。断言調を好むイェイツがあえてこのように記したのは意図的であるとみるのが自然な見方である。この詩と同年に書かれた一八九七年の「彷徨うイーンガスの歌」（"The Song of Wandering Aengus," 1897）、あるいは物語詩『影なす海』を知る読者であれば、さらにこの註に首を傾げるほかあるまい。なぜならば、アシーンとイーンガス（'Aengus'）、二人はともに愛を求めて「彷徨う者」のイメージを共有する人物として描かれているのであり、そうだとすれば、イーンガスがアシーンの愛の歩みを止め、逆に彼を「角無し子鹿」を追い立て喰い殺す「猟犬」に変えてしまうとはおよそ考えられないからである。それは「愛の師匠」としてのイーンガス、彼自身の生き方を自ら否定しているようなものである。イーンガスは『アシーンの放浪』にも記されているように、アシーンの恋人、ニィアブの父親である点をも考慮すれば、さらにそういえる――「私の父と母はイーンガスとエドインです」（*The Poems*, p.2.）。

それではこの奇妙な註の指摘をどのように捉えればよいのだろうか。それはまず、アシーンとイーガスが同類の意味をもつ象徴的な人物であること、すなわちこの註は、アシーンを「猟犬」に変えたものが彼自身、つまりこの呪い＝ゲッサが自己呪縛であることを暗示させるために用意されたものであるとみるべきだろう。そのうえで、『アシーンの放浪』を知る読者に対して誤解を避けるために、この註は記されているとみることできる。つまり「榛の杖を持つ男」が誰を指しているかは、『アシーンの放浪』を知る読者にとってあまりに明白であり、そのために一元的に読まれてしまうこと、すなわちドルイド教（古代アイルランド）の時代とキリスト教の時代という二項対立の概念のもとに単純化されて読まれてしまうことを避けるために註であえて「イーガスであったのかもしれない」と記し、釘を刺しているとみることができる。

もちろん、「その男」とは『アシーンの放浪』においてアシーンが「その杖にかけて誓った」人物、聖パトリックにほかならない。つまり聖パトリックである「その男」の姿、そこに同時にイーンガスを重ねて読むように、註をとおして詩人は読者に促していることになる。そうでなければ、断言調を好むイェイツであれば、「註」において「かもしれない」ではなく、「である」と記したはずだ。キリスト教徒の聖パトリックは同時にイーガスと同じドルイド教徒でもある、この点に読者の注意を促すためにあえて「註」で「かもしれない」と記していることになる。聖パトリックの表象である「杖」の前にドルイド教の象徴である「榛の」を抜かりなく付記しているのもこの同じ狙いによるだろう。

少なくとも、この詩に聖パトリックを想定して読まないかぎり、ここで詩人が何を問い、何を読者に伝えようとしているのかは判然としないままである。それでは、この詩で詩人は一体何を読者に伝えようとしているのだろうか。以下、そのことについて考えてみることにしたい。

ドルイド／キリスト教徒である聖パトリックは「角無しの白い鹿」という名前をもつアシーン、彼を「片耳の赤い猟犬」に変えてしまった。こうしてアシーンは、自分自身にほかならない「角無しの白い鹿」、すなわち自己である「お前」に対し、自身の足にほかならない「片耳の赤い猟犬の足が夜も昼も追い立てる」身の上となってしまったというのである。そしてそのことを猟犬である自己が角無しの鹿である自己に対して「猟犬の声」で呼びかけているのである。これがアシーンの名前に秘められたゲッサ、すなわち自己の宿命である、とこの詩は密かに伝えていることになる。

だとすれば、このような悲劇へと駆り立てる呪いをかけた張本人、それは「榛の杖を持つ男」、すなわち聖パトリックだということになるのだろうか。そうではあるまい。そのように誤解されないためにこそ、イェイツはあえて先にみた「註」において、アシーンに類似する象徴的な人物、「イーンガス」が「榛の杖の男であったのかもしれない」と釘を刺すように記しているのである。すなわちアシーンを猟犬に変えた者、その張本人は、実は本人であるアシーン、つまり彼自身の宿命であることを示唆しているのである。このことは、すでにみた『アシーンの放浪』のくだりのなかで、ニィアブに誘われて異界の島に赴くために海を渡っていく際、「片耳だけが赤く、全身が真珠のように白い猟犬がそれを追っていった」

という自らの姿をアシーンが目撃するという意味深長な描写からも確認できるはずである。

それならば、聖パトリックがアシーンを「猟犬」に変えた理由、それは彼に己の名前に秘められた真の意味を開示するためであったといえる。何処に逃げようとも最終的には聖者も英雄もともに原罪を背負い「死ぬ者（モータル）＝人間」である以上、宿命から逃れる術などない、このことをアシーンに気づかせ、前もって彼に過去に逃避することなく現在を凝視する道、贖罪巡礼に赴かせるためであったとみることができる。この詩の表題そのものがその最大の根拠である。「彼、自身と恋人の変化を嘆く」とは、この詩のテーマが抗うことができない人間の宿命としての時の流れであることを明記しているに等しいからだ。実際、この詩のなかで「今や『時』『誕生』『変化』は急ぎ足に過ぎてゆくばかり」と記されている。あるいは『アシーンの放浪』において聖パトリックがアシーンに対して以下のように戒めている点も、この文脈のなかで読み解くことができる――「誇るでない。うなだれて嘆くではない。遠の昔に呪われ死んでいった仲間たちのことを。幾世紀も前に塵と風と化した猟犬のことを」（*The Poems*, p.4.）。

したがって、「今や私は『石ころ道』や『荊の森』を彷徨う身の上」とは原罪を背負ったアシーンが向かう巡礼の道を暗示していることになるだろう。この詩に表れている「なぜって、誰かが私の足の裏に／憎しみと希望と恐れを隠してしまったので」という詩句に注目したい。「憎しみと希望と欲望」とは（のちに言及する「悪魔と野獣」のなかで検証していくとおり）、イェイツにとって自己と自己を取り巻く世界を回す車輪、「ガイヤー」のことを意味しており、したがってそれを「隠す」、すなわち厳しい苦行により心のなかにそれらを封印して「彷徨う身の上」になる、これが意味するところは、巡礼の道を歩むドルイド／キリスト教徒としての隠修士になることにほかならないからである。[4]

それならば、ここにおける「石ころ道」や「棘の森」（'the Path of Stones and the Wood of Thorns'）はただ漠然と老いの「身の上」や巡礼苦行の「身の上」を形容するために用いられているのではなく、ある具体的な巡礼地を暗示させるために用意されたものだとみるのが筋である。

それでは、その巡礼地は具体的にいかなる場所を指しているのだろうか。「石ころの道」とは聖パトリックの贖罪巡礼地である「石ころだらけの山」(「もしも私が二四歳だったら」)である「クロー・パトリック」を、「荊の森」とは普遍的意味においては「創世記」に記されている「荊が生えるエデンの東、ノデの地」を暗示しているとともに、アイルランド的意味においてはもう一つの聖パトリックの贖罪巡礼地、ベン・ブルベン山を指しているとみることができるだろう。この詩の舞台が「針毛のない『猪』が『西』からやってきた」ことに暗示されているように、「西」(先のこの詩の註においてイェイツは、「西は日の沈む場所、闇と死を象徴している」と記している)という方位学的位相を喚起させている点に注意を向けたい。そしてもちろん、クロー・パトリックとベン・ブルベン、二つの地はともに(これに加えてダーグ湖の聖パトリックの煉獄巡礼)、「針毛のない『猪』」が指す地、「日の沈む場所」＝オクシデントとしての北西に位置する贖罪巡礼の名だたるステーションである。

このことを念頭に置けば、この詩においてイェイツは、かつて「片耳の赤い猟犬」を友として鹿を追って野原を彷徨ったアシーンが、今や自身が「猟犬」となって聖パトリックを道の同伴者として、つねにその心に葛藤を伴いながらも贖罪巡礼の地を彷徨っていることを暗示させていることになる。アイルランドにおいては、猟犬はなにも騎馬の者の友であるだけではなく、聖者の友でもあることを忘れてはなるまい(＊「序章」で引用した「ある一人のインド人僧侶」のくだりを思い出したい)。したがってここにも、ともに原罪を背負う英雄と聖者、二人の〈共生／共死〉の道としての贖罪巡礼が密かに記されていることになるだろう。

以上を踏まえると、『アシーンの放浪』に記されているイーンガスの娘、ニィアブによってかけられたゲッサ、これも結局のところ同じ意味の別の表現にすぎないということに読者は気づくはずである。彼女が彼にかけたゲッサとは「馬から降りて地に足をつけてはならない」ということ、すなわち立ち止まることが許されない彼の宿命を予兆するものだからである。もちろん、このゲッサは「彼、自身と恋人の変化を嘆く」にみられるゲッサと同様に、「散らされた骨」＝ディアスポラの民としてのアイルランドにかけられた宿命を象徴しているとみることができる。

これらのこと一つの文脈に置いたうえで、改めて「猟犬の声」を読み直せば、ここに表れる「定住の地を選ぶことなどできない性分」、「猟犬を仲間に過ごしたもの」である彼の名前が意味しているのかはもはや明白である。すなわち「片耳の赤い猟犬」に変えられ、その「吠える舌」で「宣言」した「己が秘密の名」、それは自己呪縛としての掟（ゲッサ）に縛られた者、「アシーン」という名それ自体を意味していることになる。したがって「猟犬の声」を語る詩人の「仮面」の声、それはアシーンだと結論づけてよい。

それならば、ここにおける「仮面」の声＝「猟犬の声」が語りかけている者、それは聖パトリック以外にはもはやありえないはずである。自己呪縛を解く聖者はアシーンにとって聖パトリックを除けば該当者はいないはずだからである。「黒い塔」で「掟に縛られた兵士たち」の呪縛を解くことができる聖者、それが聖コロンバ以外にありえないと同じように、そうなのである。だからこそ、この詩のなかで「ある者は半ば目覚め、ある者は半ば己が選んだ道を再生しながら」と記されている。すなわち異界の眠りから「半ば目覚めた」アシーンは、「己が選んだ」巡礼の道を歩むことで己が人生の「再生」を試みようとしているのである。先述したように、三連構成のこの詩は、第一連が現在形、第二連が過去形、第三連が未来形で表現されていることからもわかるとおり、この第一連が現在のアシーンの姿であり、その姿は巡礼者のそれにほかならないからである。この連に表れる「眠気に縛られながらも」（'though slumber bound'）はこの詩とほぼ同時期に書かれた「黒い塔」に表れる「掟に縛られた」（'oath-bound'）と著しい対照を示していること、それが一つの根拠となるだろう。「黒い塔」の「掟に縛られた」兵士は、敵兵の襲撃を恐れ、「眠気に縛られる」余裕などないが、異界から帰還し老人になった騎馬の人アシーンは、不本意な贖罪巡礼に対しては「あなたが年老いたとき」の老婆のように、ときに「こっくりこっくり」と「眠気に縛られ」、あるいは逆に「黒い塔」の「老料理人」のように昼間は「寝そべる猟犬」でしかない。だが、その昼行灯の「寝そべる猟犬」は「暁」の刻になると一人目を覚まし、新しい時の訪れを告げる「王の角笛を聞く」者となり、かつ「掟に縛られる」＝アイルランドにかけられたゲッサ、その真の意味を知る者となるように、彼は自身の「反対自我」である老いた聖パトリックにお供する巡礼の猟犬となって「半ば目覚め／半ば己が選んだ道を再生」することになるのだ。そして、最後に彼は「暁の前にすっきりと目覚め」、つまり眠りから「夢（ファンタスマゴリア）に目覚め」、「血に目覚めた者」、つまり現実の反乱ではなく「魂の反乱」の意味を知る者のみが幻視する「それらの面影」、己が運命としてのゲッサの真の意味を知る者となる。彼は巡礼をとおし、高みから万事を俯瞰する「詩神の五感」、「鷲の翼」を得ることになるはずだからである――「けっして私はモスクワやローマに行けとはいわない。／そんな卑しい仕事は放棄して、詩神たちを自分の家に招き入れなさい。……中空に翼で飛ぶ鷲を見つけ出しなさい。詩神たちに歌わせる五感を掴みなさい」(「それらのイメージ」)。

そういうわけで、「猟犬の声」、そこにも一人のカルディ＝聖パトリックの面影が見えない他者として密かに描かれていることが理解される(＊後述するとおり、この文脈のなかで「碑文」に表れる「騎馬の人よ、過ぎゆけ」を読み直すならば、ここにはアシーンにかけられたゲッサが巧みに暗示されていることが理解されるはずである)。

さてここで改めて問うべきは、この「猟犬の声」、それは一体どこの場所から発せられた声であるのかという問題である。これを解く鍵はこの詩の冒頭に表れる以下の詩文に求められる――「我らは禿げた丘、萎縮したような樹木を愛し……」('Because we love bare hills and stunted trees')。'hills'(複数形)で示されているものの、これは「ベン・ブルベンの麓で」を想起するに充分なものである。「ベン・ブルベン山」は天辺に小さな瘤のようにみえる複数の「禿げた丘」からなっているからである。「ベン・ブルベンの麓で」Ⅵのなかで、ベン・ブルベン山を形容する言葉として「禿げたベン・ブルベンの麓で」('Under bare Ben Bulben')、すなわちこの詩に表れる「禿げた」('bare')が用いられている点に注目したい。しかも、'stunted trees'(「萎縮した／成長が止まった樹木」)に注意を向ければ、さらにそのような印象を強く受けるのである。一度でもこの山を登ったことのある人ならすぐにも気づくだろうが、氷河の侵食によってできたエスカー(氷堆丘)、あるいはドラムリン(氷堆山)の典型であるベン・ブルベン山、その土地は石灰岩を主成分とするために森林には適しておらず、そのため樹木は成長を阻まれ、その先が寸止まりになったような印象を受けるからである。さらに、この点を踏まえると、先の「彼、自身と恋人の変化を嘆く」に表れる「荊の森」としてのベン・ブルベン山(＊ベン・ブルベン山の麓に生える短い樹木の森のなかには多くの荊が現在でも群生している)、それが楽園を追放されたノデの地、原罪を象徴する「闇と死」の場所であるとともに、それを贖う煉獄の場所でもあるという暗示が込められていることがわかるだろう。

むろん、エスカーやドラムリンはアイルランド西部の特徴的な風景であって、なにもベン・ブルベンに限られたものではないし、「萎縮した樹木」もベン・ブルベンの樹木に限られものではない、との異論もあるだろう。だが、その際に忘れてはならないことは、ここでこの詩句をあえて持ち出した詩人の意図についてである。それは、この詩句になんらかの〈しるし〉を帯びさせることによって、読者にある気づきを与えることだとみることができる。つまり、この詩はある特定の地を背景にもっており、それは「禿げた丘」に「萎縮した樹木」が生えるアシーンゆかりの地、その地の名が何であるのか、ここで詩人は問うていることになる。イェイツの作品世界でその答えを求めるならば、答えはベン・ブルベン以外にはないはずである。本来、颯爽と駿馬を走らせるフィアナの騎士・アシーンのイメージを想起させるための背景として「禿げた丘」に「萎縮した樹木」をもつ場所を選択する（「愛する」）のは必ずしも適切な選択とはいえまい。それにもかかわらず、このように記している詩人の意図を読み解きたい。すなわち大海原を駿馬に跨り走り抜けたアシーンが、今や樹木も「萎縮し」、腰が曲がって「瘤」ができるほどの狭い精神の牢獄、煉獄の地、ベン・ブルベンにいることを詩人は読者に想起させているとみることができる（＊「はじめて老いに対して批判した」「『アシーンの放浪』の第一巻の終わり」に表れる「老人」、その姿が「火」の側で「腰を屈める」姿で描写されている点にも注意したい）。しかもこの場所は「ベン・ブルベン賛歌」に暗示されているように、若い二人が出会い語り合った想い出深い場所でもあるのだ。

「猟犬の声」の舞台がベン・ブルベンであることをさらに根拠づけるものがある。それはこの詩第二連に表れる以下の詩行である――「僕が選んだ女たちは低く美しい声をもっていたが、／みな吠え猛る「猟犬の声」の主だった」。この声の主の一人は、アシーンの恋人ニィアブに重ねられた一人の女性、すでに前章の「ある政治犯に寄せて」で検証したように、ベン・ブルベンを駿馬で疾走する若き日のマルコヴィッチ伯爵夫人に違いないからである。――「若く美しく猟犬を連れて馬で兎狩りをしていたときの彼女／その声の美しさに勝る美しい声があるだろうか」（「復活祭、一九一六年」）若いときベン・ブルベンを駿馬で駆け抜けた彼女は、「掟に縛られた兵士たち」の一人になったあと、恩赦を受け生きたまま独房という名の煉獄の苦行を通過して、最後にもう一度若き日の「海を渡るカモメ」の翼を得ることになったからである。

4 「ベン・ブルベンの麓で」Iの草稿の詩文に表れる聖パトリック

このようにほぼ同時期に書かれた二つの詩を、前期の詩、『アシーンの放浪』や「彼、自身と恋人の変化を嘆く」をも念頭に置いたうえで、それらを一つの文脈のなかで再読すれば、「ベン・ブルベンの麓で」Iで「騎馬の男女たち」を呼び出す聖者が聖パトリックであること、このことはもはや疑義を挟む余地のないところである。

さらに、I第一連の草稿に目を配れば、よりいっそう首肯できるところとなるだろう。というのも、「ベン・ブルベンの麓で」は草稿の最初の段階ではそのタイトルは「信条」(“Creed”)であり、この場合の「信条」とは、イェイツ自身の信条のことを指しているのではなく、以下に示す「II:主題」に記されている聖パトリックの『告白』に表れる「信条」を指しており、したがって草稿の冒頭にみえる「私は信じる」(‘I believe’)における「私」はイェイツ自身のことではなく、聖パトリックであるとみることができるからである。

信条

I

私は信じる　キリスト誕生の一〇〇〇年前の
古代の聖者たちのごとく
棕櫚の木の下に座り
マリオティス海の辺りで
永遠から永遠を動く［歩む］人、古代の賢者の姿を

私は信じる　新しい死者たちが
ここかしこに現れ……遊んだり……そこで競技したり
路上の人たちと俗人とともに……
私は願う　老婆たちと乞食たちと交じわる
預言者たちや賢者たちが……知る……[5]（……部分は推敲中のため不明である）

みられるとおり、この詩行は推敲中のいかにも不完全な詩文であり、文法も韻律もまったく整えられていない。そのため、全体のイメージは判然としない。だが、少なくともここで設定されている場所が「マリオティス海の辺り」、「キリスト誕生、一〇〇〇年前の／古代の聖者たち……」、つまり紀元前一〇〇〇年の古代エジプトである程度のことはわかる。さらに「新しい死者たちが／ここかしこ［路上］に現れ」（'the newly dead show themselves here & there'）の詩句から、どうやらこの詩文を語る者、「私」は目の前にある現実を見ているのではなく、心のスクリーンに顕れる幻影、「ファンタスマゴリア」を幻視していることぐらいわかる。このことは「私は信じる」という詩句からも推し量ることができるだろう。何かを「信じる」ということは、心に映るものが可視化できないもの、あるいは可視化されていない何かが前提とされていることはいうまでもないからである。

それでは「信条」（'Creed'）という表題をもつこの草稿文に二回にわたって記されている「私は信じる」における「私」とは一体誰のことを指しているのだろうか。そのためにまず確認しておくべきは、「私は信じる」あるいは「私は願う」という表現から少なからず理解されるとおり、これは祈祷文として用意されたきわめて宗教的な要素を帯びた文章だということである。それでは、イェイツはいかなる宗教を想定しているのだろうか。ここで「今から三千年前」とは記さず、「キリスト誕生の一千年前」と記していることからわかるとおり、詩人はキリスト教との繋がりをもつある宗教のことを暗示させようとしている。その宗教とは何か。最後の行に表れる「預言者」（'proffets'）に注目すれば、それが旧約＝ユダヤ教のことを詩人が想定していることがまずは確認されるだろう。「預言者」は旧約の世界を象徴する人物だからである。ここに「私」の「願い」が「老婆たちと乞食たちと交じわる預言者たちと賢者たちが……知る」と表現されていることを考慮すれば、なおさらそういってよいだろう。というのも、ここにおける「願い」は自己にかかわるものではなく、生者と死者を含めたすべての民衆の幸福、つまりここにおける「願い」あるいは「祈り」の対象は個人的なものでもなく、公にかんするものであり、それこそまさに神の言葉を預かり、民衆を正しく導く指導者、旧約の預言者（ナービー）が願うものだからである。そういうわけで、ここで「願う」の主語にあたる「私」がイェイツ自身でないことは明らかである。

ただし、この詩の背景が古代エジプトである点は看過できないところである。そうすると、旧約の預言者のうち、エジプトに関係をもつ旧約の預言者だということになるだろうが、これに該当する預言者は一人しかいないはずである。エジプトの王子にして「出エジプト」を果たした「預言者のなかの預言者」とされるモーセ、彼である。

では「私」とはモーセを指しているのだろうか。それは違うだろう。この詩文の最終稿を考慮すれば、この詩の真に想定されている舞台はアイルランドのベン・ブルベンということになるからである。それでは、ベン・ブルベンゆかりの「私」とは一体誰のことを指しているのだろうか。古代エジプトに起源をもつカルディの祖、ベン・ブルベンにゆかりの聖者、『告白』のなかで自身の「信条」を記した「アイルランドのモーセ」、聖パトリック以外に該当者はいないはずである。『告白』の「信条」に記されている聖パトリックの唯一つの「願い」とは、まさにこの詩文に表れているような路上の貧しい「老婆や乞食たち」、あるいは彼自身と同じ身分であるアイルランドに連行された奴隷たち、彼らとともに「交わり」、彼らに幸福の訪れを知らせ、神の叡智をともに「知る」者となることだったからである（＊モーセの時期のユダヤ人はエジプトの奴隷であったことを想起したい）。言い換えれば、「出エジプト（出アイルランド）」を果たした「アイルランドのモーセ」、彼が信じ願ったことは、もう一度エジプト＝アイルランドへ帰還し、アイルランドを約束の地、新しいエジプトとしてのカナンに変えることだったのである。

このことは、この草稿文を推敲する過程に表れる「私は一なる神を信じる」（‘I believe in one God’ ＊ジョン・ストルワージーの指摘。*Yeats: Last Poems*, p.219.）に注目すれば、さらに理解のいくところとなるだろう。というのも、この文章は『告白』の「信条」に記されている聖パトリックの「三位一体」を踏襲させたものと推測されるからである――「我らキリストに告白してかくいうなり。キリストは三位一体の聖なる名において我らが拝し祀る一なる神なり、と」（『告白』＊「信条」に記されている聖パトリックの「三位一体」については、「第一章」の註（20）に全文を記載し、一部検証を試みているので参照のこと）。イェイツは「Ⅱ：主題」において聖パトリックの「信条」に表れる「三位一体（論）」を「『すみやかに』という言葉を除けば、否定するものを何一つ見出せないし、信じることができる。そしてそこにウパニシャッドの『我』を想起する」と記していることを思い出したい。ここにうかがわれるものは、「Ⅱ：主題」に暗示されているアーディルの著書『聖パトリック　二世紀渡来説』の一部影響が見て取れるからである。この著書では、聖パトリックの『告白』の分析を通じて、彼がドルイド教の供儀の風習を継承するケルトのキリスト教の僧侶であると解し、さらに彼が説く「三位一体」のなかにウパニシャッドの「我」、「一なる神」と共通する信仰体系があることを指摘している（＊この点の詳細についても「第一章」註（20）を参照）。先にみた草稿文の他のヴァージョンには、「シュロの木」と同格に「菩提樹」という仏陀を含めたインドの「古代聖者（賢者とも記されている）」を彷彿とさせる言葉が置かれていることも、これにより説明可能である。

以上述べたことを鑑みれば、草稿詩のタイトル、「信条」は聖パトリックの「信条」を指すものであり、ここにおける「私は信じる」における「私」の声は詩人の生の声ではなく、イェイツ自身が自らの生涯の信仰、その規範に据えた『告白』の「信条」、そしてそれを語る「仮面」の声の主は聖パトリックのものであるとみることができる。

このようにみていけば、すでに述べた「Ⅱ：主題」に表れる聖パトリックにかんするイェイツの文章に対してもまったく違和感を覚えることなく、すぐにも理解することができるはずである。

近代人ならば、聖パトリックの信条を歴史上のキリストや古代ユダヤ、あるいは歴史的な推移や移ろいゆく証拠などに左右されるいかなる考え方などに目もくれず、何度でも繰り返すことができるし、信じることさえもできるのである。……私はこの信仰のなかに生まれ、この信仰のなかで死んでいくことになるだろう。つまり、私のキリストは聖パトリックの『告白』に記されている「信条」、その嫡男ということになるのだ。(*Essays and Introductions*, pp.514-5.)

以上述べた文脈のなかで、もう一度、この詩の冒頭で呼び出されている「賢者たち」の姿を吟味すれば、それは先にみた『ハムレット』とまったく同じ地霊、すなわちダーグ湖＝煉獄の守護聖人、聖パトリックであると理解されるのである。もちろん、この一致もまた偶然ではない。冒頭の **'Swear by'**（「誓え」）は『ハムレット』の「聖パトリックに誓って」（**'By Saint Patrick'**）という枕詞を念頭に、半ばそれを捩って記されているとみることができるからである。先述したとおり「ベン・ブルベンの麓で」Ⅱは『ハムレット』の墓掘人夫の描写を念頭に置いて記されたものであるが、最晩年のイェイツが「ラピス・ラズリー」、「彫像」や「人とこだま」など『ハムレット』を意識的に自身の作品に取り入れている点にも注意したいところである（＊晩年のイェイツが『ハムレット』を意識的に取り入れている一つの理由は、彼の晩年の作品世界が「ファンタスマゴリア」の世界であり、その際、ある種の幽霊劇ともいえる『ハムレット』が一つの手本となる、とみていたからだろう）。

ここにおける「仮面」の声が煉獄の守護聖者、パトリックであることについては、以下の点からもさらに根拠づけることができるだろう。

オルブライトの指摘にしたがうならば、散文「ボイラーの上で」を知る一部の読者にとって、この詩にはどこか「優生学的」な危険な匂いが漂っているという印象（*The Poems*, p.808）を受けるかもしれない（「第三章」で検証したとおり、その根拠をこの詩Ⅴに求めることはできない）。ただしそのような読みは、この詩が問おうとしている問題を現実の政治的レベルに置き換えて解釈しようとするときにかぎり生じてくる問題であるといってよい。だが、繰り返し述べることになるが、この詩に表れるすべての事象は詩人が創造した「ファンタスマゴリア」の世界、そのなかでのみ生起するものである。したがって、ここでの浄化の問題は「リアリズムの鏡に写る」現実のアイルランド人（民族）を対象にしているわけではない。死者を含めた魂の浄罪＝贖罪の問題に厳しく限定して捉えなければならないのである。つまりこの詩に幻出されるファンタスマゴリアの世界は、イェイツ最後の戯曲『煉獄』と同じように、救済を求める魂（死者）たちが住む煉獄の世界に限定して捉えなければならないのである。

このように捉えたとき、はじめてこの詩の背景を「ベン・ブルベンの麓で」においた詩人の優れた意図がみえてくるのである。「第二章」で述べたように、アイルランド北西部のベン・ブルベンはクロー・パトリックとダーグ湖を結ぶ中間地点に位置し、三つを結べばそこに一直線に延びる〈聖パトリックの贖罪巡礼〉の遍路ができるからである。むろん、聖パトリックゆかりの巡礼地であれば、それらは北東部にあるアーマー教会を中心にアイルランド全土に数多く点在している。だが、〈聖パトリックの贖罪巡礼〉に限定すれば、北西部にあるこれら三つの聖地以外にはアイルランドにおいては存在しないはずである。そのため聖地ベン・ブルベンは、二つの巡礼地と同様に、浄罪を求めて彷徨う魂が集まる贖罪の地、すなわち煉獄であるとみなされているのである。先にみたように、ディアミードとダボーギラの霊がベン・ブルベンを彷徨っているのも、この地が贖罪の地であるからにほかならない。そしてもちろん、アイルランドにおいて、煉獄の地の守護者として捉えられる人物、その筆頭に挙げられるべきはいうまでもなく聖パトリックである。海峡を隔てた他国の人、『ハムレット』を書いたシェイクスピアの耳にさえ、このことが届いていることがその何よりの根拠となるだろう。だからこそ、この文学史的な事実を踏まえて、イェイツは「ベン・ブルベンの麓で」Iの冒頭において、ハムレットと同様に煉獄の聖者・パトリックの霊を呼び出したとみることができるのである。つまり、冒頭の真意は先のハムレットの誓いのセリフと同様に、「聖パトリックにかけて誓え」ということになる。

さて、以上述べてきた理解は、イェイツの作品を読む際にもきわめて重要な意味をもっている。彼が問題にする巡礼とは今日流行しているような観光を含めた「聖地巡礼」の意ではなく、キャサリン・レインが強調しているように、魂の浄罪を希求する〈贖罪巡礼＝ケリ・デ／カルディ〉に厳しく限定されていること、この点に改めて読者に注意を促してくれるからである。この点についてさらに説明すれば、以下のようになるだろう。

通常、多くの西洋にみられる「聖地巡礼」は聖地という空間、ステーションに向かって「直線的に到達する」、いわゆる「プログレス」（'progress'）としての「巡礼」に基づいて行なわれるものである。換言すれば、このような意味での「巡礼」は、〈空間移動＝スペース・トラベリング〉を前提とするものであるといえる。だが、すでに「ビザンティウムに船出して」あるいは「あなたが年老いたとき」や『メイブ女王の老年』などで確認してきたように、イェイツにとっての「巡礼」とは精神、もしくは円環的な時間の移動を前提としている。その意味で、イェイツ的巡礼は東洋的な円環的な巡礼に類似するイメージをもっているともいえる。少なくとも、イェイツにとって巡礼とは、聖地＝ステーションに到達することそれ自体に目的があるのではなく、むしろ彼独自の象徴体系のなかで聖化されたある場所、そこに到達するまでの円環的なプロセスのほうに力点が置かれている。そして、そのプロセス自体こそが巡礼の目的であるということになる。その意味で、「煉獄巡礼」は時間移動の最良のメタファーになるのである。

5 「悪魔と野獣」と「ベン・ブルベンの麓で」の間で

以上、前節で述べたことから判断して、煉獄の地、ベン・ブルベンに最初に呼び出された守護聖人は「マリオティス湖の賢者たち」の「仮面」を被る聖パトリックであると結論づけて差し支えない。すなわちハムレットのセリフと同様に、冒頭の詩文は「煉獄の守護聖人、聖パトリックにかけて誓え」ということが暗示されていることになる。そうだとすれば、Ⅱを語る聖者の声もまた、聖パトリックであるとみてよいはずである。

聖パトリックが「マリオティス湖の賢者」たちの「仮面」を被って呼び出されている理由は、イェイツがカルディのルーツ、それがエジプトの古代修道僧にあることを冒頭に暗示させせようとしているからである。そして、この場合のエジプトの修道僧とは、具体的には聖アントニーおよび彼の師である隠修士・聖パウロを指しているとみることができる。その一つの根拠として、彼らの苦行の様子を描写した「悪魔と野獣」の最終連に表れる以下の詩行を挙げることができるだろう。

かの狂喜する聖者アントニーが二〇〇〇人以上の者たちとともに
岸辺で絶食し、骨と皮になるまで身を窶すとき、
ああ　なんという甘美が砂漠のテーベを渡り、
マリオティス湖のほとりを流離ったことか。
皇帝たちは王冠のほかに何を得たというのか？（*The Poems*, p.235）

「悪魔と野獣」はイェイツの幻視的なエピファニーがどのような状況のもとで発生するのかを描いた作品である、とひとまずいうことができるだろう。そういうわけで、この詩は彼の作品の最も特徴的な要素、「ヴィジョン（黙示）」を論じる際にしばしば引き合いに出される作品の一つである。ただし、ここに引用した最終連に表れる、この描写のもつ唐突性、これについてその必然性を解き明かそうとする論考を、筆者は寡聞にして知らない。これと同じことが、「ベン・ブルベンの麓で」の冒頭が、ベン・ブルベンの地とはまったく無縁のはずのエジプトの「賢者たち」から始まっていること、その必然性についてまったく論じられない実情にも当てはまるだろう。

「悪魔と野獣」において、詩人はダブリンのナショナル・ギャラリーに掲げられているアイルランドの名士たちの肖像画を次々に目で追うように、ぼんやりと眺めている。すると、その肖像画が突然詩人に「微笑みかけてきて」、幻視的なエピファニーの瞬間が訪れる。したがって、この詩も「ファンタスマゴリア」の技法によって描かれていることになる。とはいえ、この「無上の喜び」を詩人は持続することができないまま、最終的に彼はこの世の勝利が「野獣と悪魔」のものであることを知ることになる。だが、その直後、野獣と悪魔を語るこの同じ最終連のなかに唐突に表れるのがこの詩文である。

この詩文はすでに述べた「ファンタスマゴリア」の演目、いわゆる「聖アントニーの誘惑」のモチーフを念頭に記されているとみることができるのだが、これが最後に置かれている詩の構成から判断すれば、最後の勝者は聖者であることに

なるだろう。だが、タイトルに暗示されているのは、むしろそのような楽観的な解釈を大いに裏切るものとなっている。

　それでは、最終的に「悪魔と野獣」の最後を飾るこの引用文をどうみればよいのだろうか。おそらく、ここでの詩人は悪魔と野獣を登場させることによって、この世の支配者は彼らのものであり、彼らが象徴している憎しみ（「悪魔」）と欲望（「野獣」）が人間の心、あるいは世界を回している基軸であることを一方において認めつつも、それでもなおそこに一瞬ではあるにせよ、ある者たちにはエピファニーの瞬間が訪れることがある。それが悪魔と野獣からの一瞬の解放を意味しているのだ、と詩人は宣言しようとしていることになるだろう。

　したがって、いっさいの憎しみと欲望を断とうとする聖アントニーの厳しい修行は、偶発的に一瞬詩人に訪れたエピファニーを、必然的で持続的なものに変えようとする宗教的な営為であるとみてよい。キャッスルダーモット修道院の高十字架などに描かれているように、「聖アントニーの誘惑」の主題は高十字架のお馴染みのモチーフである点にも注意を向けたい。このようにみるならば、この最後の連は一見すれば、一瞬、ただ偶発的に詩人に訪れたかのようにみえる幻視、その根にあるものが審美的なものではなく、きわめて宗教的なものであること、つまりその訪れは偶然発生したものではなく、宗教的な営為によって必然的に発生したものであること、このことを語ったものだと解することができるだろう。

　いずれにせよ、ここには「ベン・ブルベンの麓で」の冒頭の詩文を解く重要な鍵が示されていることだけは明らかだ。なんとなれば、ここに描写されているアイルランドの名士たち、「ルーク・ウォディング」（Luke Wadding）、「オーモンズ」（Ormondes）、「ストラフォード」（Strafford）、彼らはいずれも「悪魔と野獣」に支配されるこの世において、強い宗教的な信念・信条をもってアイルランドの精神を正しく導いていった〈魂の引率者〉として描かれており（そうでなければ最後の聖アントニーの描写は完全に意味を失う）、それを通じてイェイツは教育（Luke Wadding）と血統（Ormondes）と政治（Strafford）といった目にみえる現実の歴史、その背後に潜むアイルランドの魂の歴史を読者に想起させせようとしているからである。

　それならば、「ベン・ブルベンの麓で」と「悪魔と野獣」は一つの文脈、間テキストのなかで読み解いていくことができるはずである。そしてそのことにより、この間テキストのなかに顕現されるものが、アイルランドの魂の系譜とその起源であることを読者は知ることになるだろう。もちろん、その系譜とはカルディの大いなる系譜であり、その起源とは「マリオティス湖のほとり」に住まう古代エジプトの修道僧にほかならない。(6)

しかも、ここでもう一人の人物についても密かに語られていることにも気づくことになるだろう。先述した「蜜蜂」に喩えられる「アトラスの魔女（の魂）」、それを直接指す言葉、「蜂蜜」の「甘美さ」（'sweetness'）がここでさりげなく用いられているからだ。すでにみたように、「ベン・ブルベンの麓で」の草稿には 'sweet'（「甘美」）と 'bee'（「蜜蜂」）という表現がみえる点をここでもう一度思い出したい。

このように考えれば、「悪魔と野獣」の最終連と「ベン・ブルベンの麓で」の冒頭に表れる古代エジプトの修道僧、二つの描写のもつ唐突性は計画的なもの、すなわち同じ文学的戦略のもとに描かれたものだと理解されるはずである。しかもこの詩がイェイツ一流の幻視について記しているものである点をも考慮すれば、さらに重要な暗示がそこに含意されていることに気づくことになる。すなわちイェイツの作品、ひいてはアイルランド文学の優れた一つの特質である神秘的な黙示性、その源流がエジプトに起源をもつカルディにある、との暗示がここに込められていることに思いがいたるのである。

6　言霊としての名前、呪文の〈数珠玉連鎖〉

さらにこの点を踏まえるならば、ここにいまだほとんど手つかずの状況におかれているイェイツ研究における重要な課題、『ヴィジョン』に代表される壮大なヴィジョンと（妻ジョージに体現される）憑依現象、その関係性を解く重要なヒントが与えられていることにまで思いがいたるのである。(7)

かかる関係性についてここで深く考察する余裕はとてもないが、その端緒となるものにかぎり先の引用から少し探ってみたい（この問題にかんしてはすでに「序章」の註（12）である程度考察を試みている）。これにより、カルディに端を発するアイルランド詩の伝統＝ディンヘンハスとイェイツの黙示性、二つを結びつける磁場、その存在が多少なりともみえてくると思われるからである。

この連で問題になるのは、最終行に表れる「皇帝たちは王冠のほかに何を得たというのか？」にみられる唐突な問い（唐突な最終連のなかのさらに唐突な問い）が文脈のなかで占める位置とその意味についてである。「カエサルたち」と聖アントニーは時代も場所も大いに隔たりをもつ人物だからである。だがここでイェイツは、彼一流の詩法、〈憑依の文法〉によって二人を奇跡的に結びつけることに成功している。すなわち語音の類似による連想記憶術、つまり言霊（ことだま）という数珠玉の呪術的連鎖をとおして、聖アントニーからローマの武人アントニーの霊を呼び出し、さらにその連鎖のなかでクレオパトラ、ガリア（ケルト）の支配者、皇帝シーザ、さらには皇帝オクタビアヌスの霊を呼び出すという〈詩的離れ業〉を披露している。[8] これにより、ケルトの支配者シーザも、そのあとを受けた武人アントニーも、アントニーとクレオパトラの連合軍を滅ぼした皇帝オクタビアヌスも、物質的にはケルト・エジプトの支配者にはなれたものの、聖アントニーに宿るエジプト／ケルト修道僧の魂、その支配者にまではなれなかったことを、〈言霊＝地霊〉となった魂（たま）たちを呼び出し証言させているのである。なお、ここでイェイツが〈言霊の術＝呪文〉をとおして聖アントニーの名により武人アントニーの霊を呼び出そうとするもう一つの理由は、ローマの武人のなかで彼だけがエジプトを征服しようとせず、むしろクレオパトラへの愛のゆえにエジプトの地を愛し、征服を拒んだことに求められるだろう。つまり、イェイツはアントニーを〈ローマのディアミード〉であると捉えているとみることができる。

このような文学＝呪術的戦略をとおして、詩人が最終的に聖者の霊たちに証言させようとしているのは次のようなものだろう。

聖アントニーとローマ皇帝たちの関係は聖アントニーと古代アイルランド教会の関係に等しい。なぜならば、古代アイルランド修道会の起源は、ローマ・カトリック教会にあるのではなく、古代エジプト修道会に求められるからである。すなわちローマ＝カトリック教会は物質・政治的にはアイルランドのキリスト教徒を支配することができたかもしれない。

だが、その精神までも支配することはできなかった。だからこそ、私のような現代のアイルランド詩人はこうやって、いまここに「悪魔と野獣」というカルディの伝統を引く正統なる詩（ローマ・カトリックからみれば異端的な詩）を書くことができているのである、と。

ここにも近代の歴史の論理を苦もなく越境していくアフォリズムの離れ業（詩的な戯れ）、それを可能にするものこそアイルランド詩固有の〈憑依の文法〉＝ディンヘンハス、その大いなる伝統であることが示唆されている。

第九章　イェイツの墓石と古代の高十字架

——カルディの末裔　異端者たち、その行方

古代の石の十字架の下から黄金の胸当てを纏った武士が語った。

——W・B・イェイツ（「古代の石の十字架」）

我々の高十字架のパネルに描かれている場面は、アイルランドのものであれ、スコットランドのものであれ、イングランドのものであれ、一連の宗教美術群に属するものであり、キリスト教の体系がこのなかに集約されている。

——マーガレット・ストークス（『アイルランドの初期キリスト教芸術』）

私たちが門や門番としてしか呼びようのない擬人化された霊がある。というのも、彼らの劇的な力をとおして彼らは私たちの魂を境界線上の状況に連れていくからである。すなわち仮面、あるいはイメージに。

——W・B・イェイツ（『自叙伝』）

1　イェイツと高十字架(ハイ・クロス)

このようなアイルランド詩の伝統に直接かかわる問題として、ここで一つ注目したいのは、碑文の前置きとしてまたも唐突に記されているこの詩Ⅵに表れる「第三章」で引用した詩句、「……イェイツはここに眠る。／……道の側には一つの古代の十字架［高十字架］がある」（'By the road an ancient Cross.'）という表現である。この表現はいかにもディンヘンハス的なものを暗示させるに充分な「しるし」を帯びているからだ。この場合の「一つの古代の十字架」が含意しているものは、イェイツが夢幻能における「聖なる井戸」や「塚」に見出した、地に刻印された〈聖なるしるし〉であり、つまり地霊の依り代となる聖なる地点をこの「十字架」は象徴していることになる（"Certain Noble Plays of Japan," *Essays and Introductions*, pp.221-237 参照）。

この同じ〈依り代のしるし〉は、「ベン・ブルベンの麓で」とほぼ同時期（一九三九年）に書かれた詩、すでに述べた「古代の石の十字架」や「霊媒師」（"The Spirit Medium," 1938）にもみられるものである（*The Poems*, pp.364-5 参照）。これら二つの詩において詩人は、聖なるしるしをもつ高十字架の前に立って地霊を呼び出し、自己の心に「憑依させて」、地霊に語らせようと試みている。確認のため、前述した詩から一部引用しておく――「古代の石の十字架の下で、黄金の胸当てを纏った男が語った」（「古代の石の十字架」*The Poems*, p.364.）。「詩歌、音楽を　私は愛してきた。だが、私の魂に憑依し、臨終の床の混乱を避けようとする死んだばかりの者たちのために……」（"The Spirit Medium," *The Poems*, p.365.）。あるいは、このことはイェイツが自身の墓として想定していたと思われる「古代の石の十字架」について記した「満足か？」に表れる以下の詩行からも引用しておく（＊彼はこの墓をしるしに見立て、『責任』の「序詩」と同様に、先祖の霊を呼び出そうとしている）――「私を息子、孫、曽孫と呼んだ先祖たちよ、お出ましあれ。……スライゴーのドラムクリフで　古い十字架を立てた先祖よ……」（*The Poems*, p.368.）。

イェイツが高十字架に高い関心を示していたことは、実証的にも充分裏づけることができる。イェイツの『未収集散文集』(*Uncollected Prose by W. B. Yeats*, 1973) に収められている「アイルランドの高十字架」("High Crosses of Ireland") と題する散文がその根拠となるだろう。[1] これは一八八九年に書かれたものだが、この散文はマーガレット・ストークスによるアイルランドの高十字架に描かれたケルト文様の意味についてイェイツが彼女の講演を聴いたあとに記されたものである。そのため、彼女の高十字架にかんする講演の影響が彼女の見解に対する反発を含めて色濃く反映されているのだが、ここにはイェイツが「高十字架」をケルト文化の象徴として捉えていたことが明白に表れている。[2]

このようにみれば、この詩で一見唐突に持ち出されているようにみえる「一つの古代の十字架」、それは詩人の意図によって記された意味深長な詩句であることがわかるだろう。

それでは、ここでの詩人の意図とはなにか。それは、自らの墓碑（十字架を掲げない典型的な長老派型の墓碑）をメディア=依り代としての一方の鏡に見立て、もう一方の鏡を古代の高十字架に見立て、二つを対置させる「仮面」=合わせ鏡をつくりあげ、そのなかで自らの詩魂の源泉である古代アイルランド修道僧の系譜を映し出すことに求められるだろう。二つの墓石を鮮やかな対照として示すために、イェイツが自身の墓石の素材を「一つの古代の十字架」と同じもの、すなわち「先祖が立てた古い石の十字架」(「満足か?」) と同じ「地元で切り出された石灰岩」を用いるように詩のなかで注文をつけているのも、この狙いによるだろう（＊詩人の意に反し、墓石の素材に大理石が用いられているために鏡の素材が異なってしまい、二つの対照が一部曖昧なものになってしまっているのは遺憾である）。Ⅲの冒頭でアイルランド独立戦争を提唱した長老派のジャーナリストであるJ・ミッチェルと「最高の賢者」聖コロンバが対置されているのも、先述した理由のほかに、このことによっても説明できるだろう。つまり対照的な二つのものの対置による逆説の合わせ鏡の創出であるとみることができる。というのも、検証はのちに試みるが、ここに表れる「一つの古代の十字架」は直接的には聖コロンバゆかりの高十字架を意味しているからである。かくして、詩の背景となるドラムクリフの二つの墓地にある対照的な暮石の形態は、きわめて象徴的な意味を帯びることになる。

そこにおける詩人の狙いは以下のようなものであろう。実際にベン・ブルベンの麓には複雑なケルト文様によって装飾が施された「一つの古代の十字架」の周囲にケルト十字の墓石群がある。一方、『鷹の井戸』の「枯れ井戸」で用いられる「一つの布」にも比すべき、なんの装飾も施されていない彼の墓碑の周囲にはその墓碑と同類の長老派型の墓石群がある。この二つの対照的な墓石の形態をとおして、イェイツはカトリックとプロテスタント、そのいずれの掟＝ドグマにも縛られないアイルランド独自のキリスト教の歩みを映し出そうとしているとみることができる。あらゆるイコンを否定する長老派のドグマに反し、「満足しているか」において先祖が立てた墓をあえて「古代の石の十字架」と記していることも、この詩人の意図によるとみることができる。先祖が長老派の教義に固執する牧師であるならば、彼の先祖は「古代の石の十字架」を選択することなどありえないはずだからである。

2 「道の側の古代の十字架」が意味するもの

アイルランドに現存する高十字架、そのレリーフの最も特徴的なモチーフの一つは上段に「出エジプト」を成し遂げたモーセの姿を描くことである。[3] このモーセは古代アイルランド修道会においては、聖パトリック自身の手による『告白』のなかで「出エジプト」にかんする言及があることなどからほとんど聖パトリックと同一視される聖書上の人物である。しかも、同類の「高十字架」のなかには、現存する最も有名なモナスターー・ボイス修道院にあるムルダックの十字架に典型的にみられるように、このモーセのレリーフのさらに上段にエジプトの二人の修道僧、聖アントニーと隠修士・パウロを並べて掲げるというイコンの伝統がある。[4] このイコンはアイルランド固有の高十字架を特徴づけるものであるが、アイルランド修道会の起源をエジプトの古代修道会に求める固有の立場を表明するために掲げられたものだと推定される。実際、六世紀半ばに建てられたドラムクリフ修道院にもこのような伝統、すなわち彼ら自身の修道会の起源を古代エジプトの修道会に求める伝統があったとされている。このことは、『ドラムクリフ』の著者、神学者ステラ・デュランドが指摘

しているとおりである。(5)

このようなアイルランド高十字架にみられる固有のイコンの伝統をイェイツが充分承知したうえで「道の側には古代の十字架がある」と記していることは間違いないところである。その一つの根拠として、先述した「古代の石の十字架」や「霊媒師」からもわかるとおり、最晩年のイェイツが高十字架を含めアイルランド固有の墓石のイメージに強い関心を示している点を挙げることができる（*The Poems*, pp.364-5.）。イェイツの最後の詩「黒い塔」に表れる塔が「塔」という名の巨大な墓石と化していることもこの文脈において説明可能である。

さらにこのことは、詩全体の精読によって確かめることも充分可能なのである。そこでこの章ではその根拠としてⅣを取り上げて、墓碑の問題をもう少し掘り下げて検証を試みることにしたい。これにより、Ⅳを語る「仮面」の声の正体を特定することもできるはずである。さらにこの作業を通じて、イェイツが思い描いたカルディの系譜、その輪郭を知ることもできるだろう。

Ⅳ

詩人よ、彫刻家よ、己が士業をなせ
流行かぶれの画家に　優れた先祖たちが
なした偉業を避けて通れぬようにせよ
人間の魂を神のもとへといざなえ
揺籠をきちんと整えさせよ。

測定［規律］が我らの力の起源なり
これぞ　荒涼とした砂漠のエジプト思想の形象

その規律穏やかになりし　フィディアスの形象なり。

ミケランジェロはシスティナ礼拝堂の屋根
そこに　一つのしるしを残したり
そこには　半ば目覚めかけたアダムが
世界を流離うマダム　その心をかき乱し
ついには、秘めた働きなす精神を前に
彼女の腹部が熱く疼くことになる
これぞ　一つの目的の果たされたことの証
人間が俗界において果たしうる完成のしるしなり。

Poet and sculptor, do the work,
Nor let the modish painter shirk
What his great forefathers did,
Bring the soul of man to God,
Make him fill the cradles right.

Measurement began our might:
Forms a stark Egyptian thought,
Forms that gentler Phidias wrought.

Michael Angelo left a proof
On the Sistine Chapel roof,
Where but half-awakened Adam
Can disturb globe-trotting Madam
Till her bowels are in heat,
Proof that there's a purpose set
Before the secret working mind:
Profane perfection of mankind.（*The Poems*, p.374.）

このⅣの第二連の冒頭で、詩人は先述の「荒涼とした砂漠のエジプト思想」、すなわち古代アイルランド修道会＝「古代のセクト」のルーツをピタゴラスの「数」の秘儀、「測り、規律」に求めている。同時にこの描写は、Ⅳの第三連に暗示されている「薔薇十字団」の「アダム」ともいうべき創始者、エジプトの寺院で修業したローゼンクロイツとその流れを汲む「神智学協会」の「エバ＝世界を流離うマダム」であるマダム・ブラヴァツキーにいたる神秘主義の系譜、それがカルディの系譜に附合するものであることを示す布石として用意されていると考えられる。この連のなかに「薔薇十字団」の暗示があることについては、すでにT・R・ヘンが指摘しているところだが[6]、ここにおける薔薇十字団のなかには、若き日のイェイツが師事した「黄金の夜明け団」、「マクレガー・メイサーズ」（'MacGregor Mathers'）も想定されている点にも目を向けたい――「マクレガー・メイサーズも　墓からお出ましあれ　私の最初の多難な青年時代の友よ……」（"All Souls' Night," *The Poems*, p.281.）。つまり、詩人はここで二つの時空の異なる系譜の起源をともに紀元前五世紀のエジプト思想に求めることで、一つの系譜のもとに収めようとしていることになる。

その際、まず念頭に置くべきは、その系譜を語る「仮面」の声の正体、それが一体誰なのかという問題である。結論をここに示せば、その声はⅢで呼び出された「森の写字僧」の「アダム」に相当する「最高の賢者」、聖コロンバのものであるとみてよいだろう。「詩人よ、彫刻家よ」「人間の魂を神のもとに運ぶ揺籠を整えさせよ」「士業をなせ」と宣言する資格を有する「最高の賢者」でありながらも、同時にそこに武士(もののふ)特有の「ある種の暴力性を伴って」（Ⅲ）少々語気を荒げて聴衆に対し戒めるように命令形で語る者、そのような人物を古代アイルランド人のなかに求めるならば、それは情熱の聖者にして勇猛な武士、聖コロンバをおいてほかにはいないからである。

古代アイルランドにおいて写字僧は「半アンシャル文字」という優雅にして独自の筆写体を用いて写本を写し取り、そこに見事な装飾を施す技術を身につけていたが、同時に彼らはその技術を応用して高十字架に見事なレリーフを刻む技術をも身につけていた。すなわち彼らは「彫刻家」でもあった。[7]そしてその技術の確立者こそ聖コロンバである。もちろん、このことをイェイツが意識したうえで「詩人よ、彫刻家よ」と記していることは、ここにおける「彫刻家」が通常の彫刻家の意ではなく、高十字架にレリーフを彫り込む写字僧に限定されていることからも理解される。この連は「人間の魂を神のもとに運ぶ揺籠を整えさせよ」で結ばれているからである。すなわちここにおける「魂の揺籠」において詩人が具体的に想定しているものは、墓としての「高十字架」、この詩の最終連に表れる聖コロンバゆかりの「道の側にある一つの古代の十字架」にほかならない。

もしかりに、ここにおける「詩人」がイェイツ自身のことを指しているとすれば、つまりこの連を語る声が詩人の生の声であるとすれば、「詩人よ」のあとに、「彫刻家よ」を付記せず、せいぜいのところ「画家よ」あるいは「芸術家よ」と付記したはずである。彼は自らを「彫刻家」であるとみなしたことなど一度もないからである（＊ただし、ここにおける「彫刻家」は、次章でみていくこの連を受けたⅤに表れる「ブレイク」との関連性をも考慮したうえで記されているだろう。ブレイクは版画家＝彫刻家にして、そのテーマは魂の救済の問題だったからである）。だからこそ、「彫刻家」が対象としている人物が「流行かぶれの彫刻家」となるべきところ、なぜか「流行かぶれの画家」となっているのである。あるいは「詩人よ、彫刻家よ、己が士業をなせ／流行かぶれの画家に　優れた先祖たちが／なした偉業を避けて通れぬようにせよ」における「避けて通れぬ」（'shirk'）が「人とこだま」においても用いられ、そこではその「避けて通れぬ」ものが、「霊的知性の偉業（偉大なる作品）」（'the spiritual intellect's great work'）とカルディの偉業を暗示する表現が記されているのである。

さらにこのことは、聖コロンバが優れた詩人でもあった点を思い出すならば、もはや疑う余地のないところである。たとえば、詩人としての彼の立場を代弁し、ある詩人は望郷の想いを抱く聖コロンバの心情を以下のように彼の霊を憑依させて歌っている——「我が心からまた愛す　西方のクルキーネの浜辺、ドラムクリフよ」（＊「第二章」で言及したノラ・ホッパーの「コノハトの哀歌」に対して、イェイツが評価したのも、一つには彼女が聖コロンバを詩人として正しく捉えていたからだろう）。しかもステラ・デュランドの指摘によれば、「聖コロンバはフィリィ、すなわち古代アイルランドの詩人あるいはバルドの組織のメンバーであり、五七五年に開かれたドルゥイムセット宗教会議に参加するためアイルランドに帰還し、そのことで、詩人の組織は解体の危機を免れることができた」のだという。(8) したがって、彼は「詩人よ、彫刻家よ」と語る資格を有している唯一人のベン・ブルベンの守護聖人ということになる。つまりⅢの「仮面」の声をそのまま引き継いだ声はⅣの聖コロンバであるとみてまず間違いない。

3　「一つの古代の十字架」とシスティナ礼拝堂の壁画のなかの「しるし」

そういうわけで、Ⅵのなかで「一つの古代の十字架」を記した詩人の狙いを、ケルト的な古（いにしえ）の情緒をただ朧げに醸し出すための通常の修辞法のなかに求めることはできない。この十字架は強いメッセージ性を帯びたきわめて限定された表現であるとみなければなるまい。この十字架はベン・ブルベンの守護聖人・聖コロンバゆかりの高十字架にほかならないからである。しかも、この十字架を記したそのすぐ後に用意されているものが、自らの石碑についての実質上の遺言状の説明書きである点も忘れてはなるまい。「一つの古代の十字架」と碑文は対比的に捉えなければならないことが、ここに暗示させているのである。換言すれば、イェイツ自身の碑文の真意は対比的に置かれている二つの墓石、イェイツの墓石と聖コロンバゆかりの墓石、その二つのものの間に生じる関係性（間テキスト）のなかで読み解かなければならないことがここに示唆されているのである。そしてまさに、この二つの関係性、その内容を具体的に記したもの、それがⅣの第三連の描写であるとみることができる。

Ⅳ第三連の冒頭において、このきわめて限定された文脈のなかで聖コロンバ＝「仮面」の声は、ピタゴラスの「しるし」（'proof'）が「ミケランジェロがシスティナ礼拝堂の屋根」に描いた「半ば目覚めかけたアダム」のフレスコ画にも表れているのだと証言している。これは一見すると、いかにも歴史の論理を超越するイェイツ一流の詩的飛躍の典型的な一例を示しているような印象を受ける。聖コロンバとミケランジェロはおよそ一〇〇〇年の開きがある人物たちだからである。だが先述したとおり、これはアイルランド詩の伝統、ディンヘンハスの文法によって、カルディの「しるし」が真正のものであることを証言する聖者の霊を呼び出すために用意されたものである（＊イェイツの詩的世界において聖者はつねに時空を超える存在として捉えられている）。もちろん、この「しるし」が「ベン・ブルベンの麓」に立つ、かの「高十字架」に刻印されていることを詩人が承知しているがゆえに、「仮面」はこのように証言しているのである。

聖コロンバゆかりのこの「一つの古代の十字架」には聖書中の各モメントを象徴する様々な人物のエピソードが描かれており、そのなかには「アダム（とエバ）」の姿も含まれている。その高十字架の「屋根」にあたる上段の部分が欠けているため実証的に裏づけることはできないものの、おそらくイェイツはその上段のレリーフにモーセを想定し、そこにアイルランドのモーセである聖パトリックの姿を幻視していたはずである。'proof'（「しるし」）と'roof'（「屋根」）は韻を踏んでいることから、破損した高十字架の「屋根」を思い描くように、読者に注意を促しているとも読めるからである。そうだとすれば、破損した「高十字架」の「屋根」、その上段にムルダックの高十字架に刻まれたものと同じ「マリオティス湖のほとりの賢者たち」を幻視したのではないかとみてよさそうである。イェイツの想像力は、あるものよりは欠けて喪失されたもの（失ったもの）、見えるものよりは見えないものを前にしてこそ、その翼を広げる特性をもっているからだ

──「奇妙な話だが、その歌を作ったのは盲人だった。だが、よく考えてみると、それは少しも奇妙な話じゃない。悲劇はホーマーとともに始まったが、ホーマーは盲人だったからな。……想像力が最も居つく場所、それは手にした女か、失った女か?」(「塔」*The Poems*, p.241, 243.)。この文脈のなかで「第三章」で言及した「ベン・ブルベンの麓で」の草稿の詩文、「道の側には一つの古代の十字架、失ったものの誇り」も理解できるだろう。

一方、システィナ礼拝堂はその屋根にアダムのフレスコ画が描かれているほか、壁の側面には聖書の各モメントを象徴する様々な人物のフレスコ画がミケランジェロの手によって描かれている。そのなかにはモーセのフレスコ画も含まれている。

興味深いことに、この様々な壁画は、ミケランジェロがローマ教皇ユリウス二世から受けた当初の依頼では壁画を描くことではなく、巨大な墓石にレリーフを刻むことであったという。画家ではなく彫刻家を自らの天職と考えていたミケランジェロは快諾するものの、予算の都合により墓石ではなく、礼拝堂の屋根に壁画を描くように再依頼を受け、渋々承諾したのだという。(9) したがってこれらのフラスコ画は、ウォルター・ペイターが『ルネサンス』のなかで示唆しているように、審美的な観点からみれば「墓の装飾のために制作された作品」、一つの彫刻品とみることができる。(10) この連に表れる「アダム」の描写は明らかに『ルネサンス』のなかの「ミケランジェロの詩」("The Poetry of Michelangelo") から一部着想を得ていることは間違いないからである。『自叙伝』のなかに記されているように、イェイツ、とくに前期のイェイツは『ルネサンス』から大きな影響をうけていることも指摘しておくべきだろう。

当然のこと、この経緯についても、『ルネサンス』についても充分承知していたイェイツは、システィナ礼拝堂を巨大な墓石=高十字架とみなしていたことは文脈からみても疑いえない。そのうえで、彼はそこに描かれた「アダム」、さらにいえば「アダムの指が指し示すもの」(『ルネサンス』)のなかに、「道の側にある一つの古代の十字架」に刻まれているものと同じ「しるし」を幻視したとみることができる。すなわちネオ・プラトニストである「ミケランジェロの指先」(「アメンボ」)で描かれている「アダム」、その指先が指し示す「しるし」、つまり神の手によって創造された「完成された」

人間の姿＝「熱の状態にある人間の姿」ではなく、再生（復活）を希求する「未完の人間の姿」（『ルネサンス』）、言い換えれば、「冷たき甘美なる状態」にある生成する人間の生のあり様、〈地上に回帰する魂の軌道〉をイェイツは幻視しようとしているのである。

システィナ礼拝堂に描かれた「アダム」の指先が再生を希求する「未完」の姿を表現していることは、礼拝堂のこの壁画自体からもある程度確認することができる。そこに描かれた「神」はアダムの指に触れることを望むかのように、アダムの方にまっすぐ指を伸ばしている様子がうかがわれる。一方、アダムは無意識に神の指に触れることを拒み、この世を支配する重力の法則にしたがうかのように、その指を地上の方に向けてだらりと下げている。

この指先が示しているものをⅣの第二連の最終行では、「〔天上の完成に対する〕人間が俗界において果たしうる完成のしるし〔天上においては未完のしるし〕」と呼んでいる。そして、この「指先」が『ケルズの書』を描き、「一つの古代の十字架」のアダムを刻んだ聖者コロンバの指で刻まれたもの、それと同じ「しるし」を帯びていると詩人は捉えているとみることができる。むろん、歴史的にみれば、聖コロンバが『ケルズの書』を描き、「一つの古代の十字架」のレリーフを彫ったと考えることはむずかしい。だが、イェイツ的想像力の世界、「ファンタスマゴリア」に去来する聖コロンバの面影は、そのような姿で詩人の心の眼に映っているとみてよいだろう。

この点について「アダム」の壁画に「しるし」をみた「世界を流離うマダム／……彼女の腹部が熱く」なるという表現からも確認できる。[11] なぜならば、ここで「仮面」が証言していることの内実はおそらく以下のものになるからである。

ネオ・プラトニストである「ミケランジェロ」、その手によるアダムの壁画は、死後に回帰する魂の子宮としての墓場、「墓か子宮」（'tomb or womb'「一本の線香」）か、「魂を神のもとにいざなう揺籠」（Ⅳ）の象徴であり、それは「ベン・ブルベンの麓」の「道の側にある一つの古代の十字架」に刻印された「しるし」と同じもの、すなわちこの「しるし」は、肉体の「墓場」が魂の「子宮」あるいは「揺籠」を意味している。『ルネサンス』によれば、「アダムがサテュロスを想わせるような荒削り＝未完の姿」で描かれているのは、ミケランジェロが生命原理を、創造ではなく復活・再生の原理に力点を置いて描いているためであるという指摘にも注意したい。

Ⅳ連における「世界を流離うマダム」とは、修業のためヨーロッパ各地、インド、チベットなど世界を流離ったあとで「神智学協会」の〈エバ〉となったマダム・ブラヴァツキーを指しているとみることができる。アダムの相手をエバと記さず、あえて「マダム」とし、しかもその前に「世界を流離う」と付記した詩人の狙いは彼女を読者に想起させるためのものであるとみることができるからだ。したがって、エバのことを「マダム」としたのは、たんに「アダム」に対して韻を踏させるためだけではない。もちろん、普遍的意味においては、「マダム」はエデンの園を追放され、アダムの人妻となって世界を流離った女の元型的苦悩の体現者、未完の女であるエバを意味していることは明らかである。したがって「下腹部」としての魂の子宮は直接的には彼女のものを指すものと考えてよいだろう（＊この詩の冒頭に表れる「アトラスの魔女」がこのⅣでは「世界を流離うマダム」に置き換えられていることからもわかるとおり、イェイツはエジプトの魔女の現代の継承者を彼女にみている）。

一方、マダム・ブラヴァツキーの子宮に対峙する「墓石」とは聖コロンバの「高十字架」であるとともに、黄金の夜明け団、神智学協会のルーツに相当する薔薇十字団の〈アダム〉であるローゼンクロイツ、その「墓石」（"The Mountain Tomb," *The Poems*, pp.172-3 参照）が重ねられているとみることができる。さらに、彼の後継者にあたるマクレガー・メイサーズもこの「墓石」のイメージに含まれているだろう。

こうして〈墓石（男根）／墓穴（子宮）〉のイメージ、すなわち男と女のネオ・プラトニックな交合のイメージ、あるいは〈パトリック・リブ〉がいう「男と女と子の三位一体」をとおし、カルディの系譜が薔薇十字団から黄金の夜明け団、神智学協会（ローゼンクロイツからマダム・ブラヴァツキーからイェイツ）を通過して現代にまで脈々と受け継がれ、それこそが「不屈のアイルランド人」の魂の「しるし」であることを「仮面」の「最高の賢者」、聖コロンバは時を超えて証言・宣言していることになるだろう。「ベン・ブルベンの麓で」の草稿にみえる「過ぎゆく瞬間は出会いのときを甘美なものにする男と女の臓器が出会う時、……超えてゆく者、この蜜蜂よ」という詩文もこの文脈のなかでうまく説明できるだろう。

4 「一本の線香」に表れるカルディの香りを嗅ぐ

この聖者の指先に宿る「しるし」は、「第三章」で少し触れた「一本の線香」のなかに表れる「聖ヨセフの指」についた「線香の香り」が指し示すものと同じ意味をもつものである。つまりイェイツは、ほぼ同時期（ともに一九三九年）に記した二つの詩を相互補完させることで、暗号にも等しい「しるし」の意味（謎かけの答え、あるいは「光明とともに射し込んでくる謎」）を読者に密かに伝えようとしているとみることができるだろう。

このことは、先に示した「しるし」の解読を試みた私論が、暗黙のうちに「一本の線香」を前提にしている、前提にせざるをえないという解読のこの内情からもおのずと察することができる。むろん逆もまた然りである。つまり「しるし」の真意は、各々の詩（テキスト）、それ自体のなかに内在しているというよりは、二つの詩、ジュリア・クリステヴァがいう意味での「モザイクとモザイク」の間、すなわち「間テキスト」のなかに現出されていることになる。

そういうわけで、二つの詩を相互補完させながら、さらには、この詩と密接に関連する散文、「錬金術の薔薇」のなかにみえる「線香」についてのマイケル・ロバーツの証言をも考慮しながら、ここにおける「しるし」の真意を「一本の線香」の読解をとおしてさらに探ってみることにする。これにより、「ベン・ブルベンの麓で」が間テキスト、一つのテキスチュアルのなかで、どのように具体的に編み込まれているのか、その一端を覗くことも可能となるだろう。

あの激憤、そのすべての源はどこにあるのか
空になった墓場か、処女マリアの子宮か？
この世は溶けてなくなるものだと考えたのは聖ヨセフ
だが、その彼は、自分の指に匂うものを好んで嗅ぐ癖があった。

Whence did all that fury come,
From empty tomb or Virgin womb?
Saint Joseph thought the world would melt
But liked the way his finger smelt. （"A Stick of Incense," *The Poems*, p.388.）

イェイツの作品全体のコンテキストにおける「線香」がもつ固有の意味を失念している読者にとって、この詩は猥雑な性交の生々しい匂いが聖ヨセフの指に漂っていることを詠ったまでの詩であるなどと安易に解釈されてしまうかもしれない。だが、そのように解釈してしまうと、この詩のタイトルがなぜ「聖ヨセフの指の香り」ではなく、「一本の線香」となっているのか説明することはできまい。つまりここでの最大の問題は、聖ヨハネの指の匂いと詩のなかで一度も表れない表題の「一本の線香」という宗教的なものとがなぜ結びついているのかという問題であり、それが解けなければ、この詩は依然として謎のままである。

もしかりに、ヨセフの指についた匂いを先のように解釈するならば、この詩のタイトルである「一本の線香」は、詩人がキリストの両親であるマリアとヨセフ、二人の性交の匂い隠しのために用意されていると解されてしまうだろう。すなわち、ここにおける線香は、宗教（キリスト教）にみられる聖化作用、その裏にある宗教的な隠蔽工作、それを暴露するために用意されたもの、いわば「線香」という名の〈一本の反宗教的信条の狼煙〉といういかにも生臭い政治的な文脈のなかで理解されてしまうことになってしまう。

だが、事はそれほど単純なものではない。ここにみられる「墓」は「空」であり、「子宮」は「処女」のものであると記されていることに細心の注意が必要である。つまり、「墓」（あるいは「マタイによる福音書」に記されている「墓石」）が暗示するヨセフの肉体（男根）と「子宮」が暗示するアリアの肉体、二つは「空」＝「処女」であり、つまり二人に肉体の交わりはなかったことが前提とされているのである。むしろ、直接的にはここでの「空になった墓場」はキリストの蘇り＝再降誕を、「処女マリアの子宮」は降誕を意味していることはいうまでもない。

ただし、この詩文は「空になった墓場か、処女マリアの子宮か?」という疑問形で終わっている点も看過できないところである。この疑問文を反問であると解せば、当然、聖ヨセフの指にはマリアという一人の女性の肉体の生々しい匂いが付着しているとも解すことができる。だが、この疑問形は反問ではない。冒頭の詩文の表れる疑問文と対比されるように巧みに構成されているからである――「あの激憤、そのすべての源はどこにあるのか」ここに表れる「あの激憤」(‘that fury’)は、おそらくギリシア神話のなかの戦争・病気・嵐の女神である「フィアリーズ／エリニュエス」(‘Furies’)――彼女は復讐の女神「ガイア」(‘Gaea’)の三人娘の一人であるが、「ドローシー・ウェルズリーに」に‘the proud Furies’と明記されている――を読者に想起させるために用意されているのであり、つまり二つの疑問文はこの世の支配者が戦争・災いの女神「エリニュエス」にあるのか、それとも平和の「マリアの子宮」から誕生し、「墓を空にした」者、キリストが象徴する愛にあるのか、あれかこれかを問うものであることになるだろう。[12]

そうだとすれば、「聖ヨハネの指」に付着しているものは、この世に戦争をもたらす種である「復讐心」、あるいは「激憤」を鎮めるための「一本の線香」の香りだということになる――「だが、その彼は、自分の指に匂うものを好んで嗅ぐ癖があった」。それではなぜ、この最後の文は、「それゆえ」ではなく「だが」(‘but’)という接続詞が用いられているのだろうか。それは、「聖ヨハネ」が「この世が解けてなくなる」とき、すなわち「最後の審判」のときまでは、この世の支配は先にみた「悪魔と野獣」に記されているように、悪魔と野獣の手のなかにあることを認めているからである。二行目の詩文に暗示されているキリストの愛が、一行目の「フィアリーズ」の起源であるのかと問われていること、すなわち愛が激情のなかに包摂されている詩の構造から判断しても、そう考えてよい。イェイツが世界の糸巻きを回す時間軸としての‘gyre’を「ジャイヤー」とは呼ばず、あえて先述の女神「ガイア」を想起させるように「ガイヤー」と呼ぶのも、このことと関連しているだろう。このあとの「第十章」で述べるように、Vに表れる「ガイヤーは依然として旋回している」という詩行も、このことと密接にかかわっている。その意味で「線香」は聖アントニーの苦行と同様に、「悪魔と野獣」からの一瞬の解放＝エピファニーを求める宗教的営為を意味している。「父ヨセフ」ではなく、通常、あまり用いられない「聖ヨセフ」と表現されている理由も、彼が聖アントニーと同様に、苦行を行なう聖者の一人であることを読者に想起させる狙いによるとみることができる。

そういうわけで、「一本の線香」はわずか四行の詩であるにもかかわらず、読者に誤解が生じかねないような特殊な表現と複雑な構造をもつ作品であるといえる。

それではなぜ、詩人はこのような危険を冒してまで、この詩をかくも複雑な作品に仕上げているのだろうか。それは、「線香」に詩人が込めた深い宗教的な意味を読者に気づかせるためである。この一本の線香の香りこそ、カルディに源を発しているからである。つまりこの詩をとおして詩人は、読者に自己の詩魂の源流がカルディにあることを想起させようとしているのである。

その意味でこの詩は、イェイツの作品全体のなかで読者に対して最も厳しい警告を促す詩であるといってもよいだろう。というのも、この詩は「線香」の意味を棚上げにしたまま解釈を進める読者に対して「見方」（'perspective'）次第で解釈が一変するという特殊な罠が仕掛けられており、その見方自体があたかもロールシャッハ・テスト、あるいは「マクベス」の秘めたる内面を暴露する「丸裸の赤子」（＝智天使ケルビム）」（『マクベス』）のように、読み手自身の潜在的なものの見方、ときにそれを解釈する読者の世界観（内的なリアリティ）さえもが映し出される＝白日のもとに晒されるように巧みな細工が施されているからである。近代文学の思想のパラダイム、「視点の文学」（「Ⅱ：主題」）に対して『マクベス』に表れる「ケルビム」の「廻る炎の剣」を投じるイェイツの巧みな文学的戦略をここにみることができる。先述の二つの疑問文の対置、反問ともとれる二行目の疑問形、「墓（石）」（＝男根）と「子宮」の対置、「聖ヨハネが指を嗅ぐ癖」の意味が曖昧にされている点、表題の「一本の線香」が詩中に表れていない点、いずれも「視点の文学」を欺くだまし絵という罠、その一環である。したがって、もしかりにこの罠の存在に気づくことなく、読者がこの「線香」をキリスト教の隠蔽工作を暴露するために用意されているなどと安易に解釈してしまうことにでもなれば、暴露されているものは宗教のもつ隠蔽作用の問題なのではなく、実はむしろ読者自身の内面・心情・信条、あるいは作品に向かう姿勢であることになる。この詩が読者に対して最も厳しい作品であると述べたのはこの意味である。

逆にいえば、慎重な読者であれば、かりにもこのような解釈を施したとしても、そのあとで、イェイツの作品全体のコンテキストに照らしたうえで、かかる解釈が成り立つはずがないことにすぐにも気づくはずである。このような読みは、死期が迫る詩人が、呑気になんとも子どもじみた低俗なレトリックを用いて、イェイツが嫌う社会派の作家を真似て暴露文という文学上の悪趣味を、最後に公に得意気に披露しようとしていることを認めるにも等しいものだからである。そればかりか、これによりほぼ同時期に書かれた「ベン・ブルベンの麓で」はもとより、「動揺」、「錬金術の薔薇」や「我が作品のための総括的序文」、ひいてはイェイツの作品全体はその基軸となる彼一流の優れた宗教性が完全に損なわれてしまい、全体の整合性が取れないまま瓦解してしまう恐れすらあるのだ。自己の死を前にした詩人がそんなことを述べるためにこの詩を記したとはとうてい考えられない。若い頃ならばいざ知らず、自己の死を前にする人間にそんな呑気が許されるはずもないからである。

5　「錬金術の薔薇」に表れた「線香」、その意味

いずれにせよ、この詩の謎かけは聖ヨセフの指に付着する香りの源とは何かを問うものである。したがって、鍵はタイトルである「一本の線香」と聖ヨセフが指に付着したものの関係性のなかにその答えがあるはずだ。そうだとすれば、まずはイェイツの作品全体のなかで、「線香」が意味するものは何であるのか、その確認から始めなければなるまい。

「線香」のイメージが最も強烈な香りを放つ作品は、散文集『神話学』に収められている「錬金術の薔薇」といってよいだろう。

この散文は、イェイツが自身の「ファンタスマゴリア」であると認める「オーエン・アハーンとマイケル・ロバーツ」という二人の架空の人物を主要人物とする物語である。つまり、この作品自体がイェイツにとって一つの「ファンタスマゴリア」の世界だということになる。そしてこの走馬灯の世界を成り立たせるための必須アイテムこそ「線香」なのである。この幻想的な物語の基軸となっているものが「線香」にほかならないからである。「線香」がこの物語の前半、中盤、最後に描写されている点がその証左である。

物語は、カトリック信者でありながらも、異端的な「（薔薇の）錬金術」の奥義の解明に生涯を捧げる主人公オーエン・アハーン、彼の前に神秘主義者・マイケル・ロバーツが突然、訪問することから始まっている。アハーンが錬金術に強烈な宗教的関心を寄せる理由は、「錬金術」により「この移ろいゆく世界を溶解させることで、物質界の金と霊界の間に恍惚が生じ、不朽の実体（エッセンス）の只中で暮らしていく」ことができると信じているからである（＊「錬金術の薔薇」に表れる「世界が溶けてなくなる」という詩句と同じ表現が「一本の線香」で用いられている点にも注意を向けたい）。アハーンの部屋の壁には「ベン・ブルベンの麓で」Ⅳに表れる「前期ルネサンスの画家たち」（'Quattrocento'）の絵画があちこちに掛かっている。ただ、壁に掛けられたこのような芸術品のなかで、とりわけ目を引くものは、「孔雀の羽が描かれたつづれ織り」といってよいだろう。

孔雀の羽を描いた青と青銅色に満ちたつづれ織りを扉に垂らし、美と静寂に無関係な歴史や世の中の活動はすべて閉めだした。……覚めた夢のなかで、私はロバーツの姿が巨大な紫の織物を縦横無尽に織るシャトル（杼）のようにみえ、その織物が幾重にも襞をなして部屋を満たしているように思えた。部屋はまるで織物と織り手のほかのいっさいが世界の終わりのときをむかえたかのように、言い尽くせぬ静寂に包まれているようだった。（*Mythologies*, p.268, 275.）

この孔雀の羽のつづれ織りがイェイツの作品全体のなかで重い意味をもっているのは、これがイェイツにとってカルディの「ファンタスマゴリア」=面影であるアハーンとロバーツと同化するように描かれているからだ。すなわち、この孔雀のつづれ織りに透かし絵として描かれているものは、カルディの面影（亡霊）であるとみることができる。このことは「II：主題」に表れる以下のくだりと重ねて読めばさらに一層理解できる。

アイルランドのいっさいの歴史、その背後には一枚の大いなるつづれ織りが垂れ下がっている。……そのくすんだ折り重なりを眺めていると、一体どこでキリスト教が始まり、どこでドルイド教が終わったのか言い当てることはできまい。（"General Introduction" II, *Essays and Introductions*, pp.513-4.）

このつづれ織りによって外界から完全に閉ざされたアハーンの小部屋は、それ自体幻想を現出させるための「ファンタスマゴリア」の空間と化している。事実、二人の再会は「蝋燭の炎」の揺らぐ「きらめき」のなかで「その姿が定かならぬ虚空の闇から、ゆっくりと形をなす原初の存在がみえてくるような」魔術ランタンの光だけが灯る秘密の小部屋のなかで果たされることになる。

6　カルディ／薔薇十字団としてのロバーツとアハーン

ところで、ロバーツ（実は彼はすでに死んでいるためロバーツの幽霊というべきか）の訪問の目的は、かつて拒否された「薔薇十字団」へのアハーンの再勧誘にあった。その際、ロバートは再会早々、このように切り出す――「君が今でも香が好きなことを承知しているよ。だから君が知っているものよりもっと高貴な香を教えてあげようと思っているのさ」。彼が話している間、アハーンは「線香の香りが部屋いっぱいに広がり、二人の思考を満たしている」かのように感じた。ロバーツによると、彼が持参した線香は「あるシリアの老人から手に入れたもので、その老人の話では、これはその紫の重い花弁がゲッセマネの園にいたキリストの手足や髪を覆い、キリストが十字架と自身の定めに向かって叫び声をあげようとするそのときまで、彼を濃い匂いで包んでいたものと同じ種類の花からつくられたものだという」。マイケルが線香に火をつけると、「青い煙が天井まで立ちのぼり」、その香りでアハーンは眠気を感じた。蝋燭のきらめく炎のなかに映し出された線香の青い煙は、彼の記憶によって生じる幻影のように思われた。あるいはその幻影は、「地上の太陽の夜よりもさらに太古に属する夜の影」のようにも思われた。つまりこの線香の香りと青い煙は、原始キリスト教とそれ以前の太古の宗教とが錬金術的な混合によって出来たもの、「ドルイド／キリスト教」的なものの象徴的意味をもっていることになるだろう。[13]

こうして、二人は夢遊病者のように部屋から外に出て、そのまま列車に乗って旅に出ることになる。その目的地は、アイルランドの西の果ての海岸線にある薔薇十字団の聖堂であった。旅の途中、彼はロバーツが「十年前、おそらく二十年前に死んでいた」ことをふと思い出すことになるのだが、すでに死んでいるロバーツの顔は「仮面」のようにみえた。目的地に到着し、薔薇十字団の入会を果たすため、聖堂のなかに入ったアハーンは、香炉を手渡され、取手に手にかけた瞬間、またも幻覚に襲われ、彼は自分が「一つの仮面」であるかのように感じるのであった（＊つまりこの物語は夢幻能と同じようにアハーンの心にロバーツの幽霊が取り憑くある種の幽霊劇だということになる）。香が漂うなかで、彼は「自身がまるで世界の中心にいるかのように私を包み、幾世代が過ぎていき、衣の襞と女の重い髪のなかで嵐が起こっては消えてゆくように思われた。……二十人ほどの人々が衣を乱したまま横たわっていたが、彼らの顔は空ろな仮面を想像させた」。我に返ったアハーンは、最後に「ロザリオを心臓に押し当てこういって」この物語は終わる――「レギオンという名の者が戸口に現れ、美によって心を高ぶらせ、我らの知性を欺こうとしている。だが、私は神のほかはいかなるものも信じない」。[14]

このように「錬金術の薔薇」は「ベン・ブルベンの麓で」において一貫して用いられている「仮面」の詩法、およびその一環である「ファンタスマゴリア」の方法の祖型をなすものが見事に表れているのだが、ここで忘れてはならないのは、「仮面」と「ファンタスマゴリア」を結びつける機能を果たしている「線香」（'incense'）の存在である。ここにイェイツの意図、つまり「ファンタスマゴリア＝仮面」の詩としての「ベン・ブルベンの麓で」と「一本の線香」を間テキストのもとに読ませようとする詩人の狙いをみることができる。もちろん、その最終的な詩人の意図は、この間テキストのなかでカルディの面影を現出させることにある。そういうわけで、もう一度、「線香」の香りに注視しながら、二つの詩を間テキストに置いたうえで、「一本の線香」という詩の解読を以下、試みることにする。

7 「聖ヨセフの指」と「ミケランジェロの指」に顕れる「しるし」

キリスト教の教義にしたがうならば、ヨセフと処女マリアは、血統（肉体）においてはキリストと無縁のはずであり、そのことは「空の墓」（'empty tomb'）と「処女マリアの子宮」（'Virgin womb'）が示唆しているとおりである。つまりここにおける「墓（石）／男根と子宮」（'tomb or womb'）の交合は肉体ではなく、聖霊による交合（聖霊によってキリストが身ごもったこと）を意味していることになる。だからこそ、キリストは世界中で唯一人「［封印された墓石を開け］墓を空」にして肉体の復活を遂げたあと天に昇り、「この世が溶けてなくなる」とき、すなわち最後の審判の日に裁き主（神の子）として再臨する特権を有するのである。[15]

このようなオーソドックスなカトリック教義を「聖ヨセフ」は頭のなかで信じようとしている。それにもかかわらず、その彼は、肉体においては「ミケランジェロの指先で描かれた」（「アメンボ」）「アダム」、その指先が示すネオ・プラトニズム的な魂の地上への回帰を無意識に希求している（＊「指先」の「しるし」によってこれら三つの詩は巧みに紡ぎ合わされている点に注目したい）。「アダム」の指先は彼の方に指し向けられたぴんと伸ばした「神」の指を無意識に拒み、地上を指差してしまっているからである。そして当然、「アダム」が指差している地上、この「土くれ／アダム」の大地、それは「墓か子宮」（'tomb or womb'）のイメージにほかならない。だが、そこにはもう一つの意味、死と生の永遠回帰がおのずから含意されている。

象徴的意味においては、アダムが人類および旧約の父だとすれば、ヨセフは新約の父である「新しいアダム」=キリスト、その「アダム」のアダム、あるいは最後の〈旧いアダム〉に相当する。だからこそ、彼は（天の父なる神とではなく）息子イエスとこの地上で再会し、この世において「一緒にいる者（インマヌエル）」を切望しており、その願望がその指先（指の匂いを嗅ぐ癖）のなかに「しるし=証拠」として表れているのである。その指に付着しているものは一本の線香の香りであり、この香りを嗅ぐと一方で「ゲッセマネの園」で「血の汗をかいた」我が息子の匂いと「キリストが十字架と自身の定めに向かって上げた叫び声」（「錬金術の薔薇」）、すなわち「エリ、エリ、レマ、サバクタニ（我が神、我が神、なにゆえ、我を見捨てたもうや）」という我が息子の生々しい肉の声が想起され、他方で太古の神々の記憶としてのドルイド教の香りが想起されるからである。

ここには同性愛的な香りが一部漂っているという印象を読者は少なからず受けることになるだろう。指先に香るものが異性ではなく同性のものだからである。実際、この匂いを嗅いでいるのがマリアではなく、あえて「聖ヨセフ」と記しているイェイツの狙いの一つもそこにあるだろう。この詩と密接にかかわる「ベン・ブルベンの麓で」において、ミケランジェロが描く「アダム」、「アダムの指先」（「ルネサンス」）にイェイツが同性愛的な香りを嗅ぎ分けている点からも、このことは理解できる。先にみたⅣに表れる「半ば目覚めかけたアダム」は草稿段階では「彼（アダム）の同性愛」（'his homosexual' ＊ *The Poems*, p.812.）と記されている点に注意したい。すなわち、「ベン・ブルベンの麓で」に表れる「半ば目覚めかけた」が意味するものには「同性愛のアダム」も含意されており、これが象徴しているものは〈女性を知らない旧約のアダム〉である。一方、「一本の蝋燭」の「空の墓（石）」が象徴するものは〈女性を知らない新約のアダム（ヨセフ）〉であり、つまり二つの詩句は間テキストにおいて、新旧二人のアダムを象徴していることになる。(16)

ここにみられる「同性愛」の問題は、本論の筋から大きく逸れてしまうため、これ以上の検証は控える。ただし一点にかぎり指摘しておくことにしたい。このことを前提にすれば、「聖ヨセフ」が嗅いだ匂いがマリア=女性のものであるという先述した解釈が成り立たなくなってしまうという点である。(17)

だがともかく、このインマヌエルの「しるし」は、キリストの父としてどんなに祀りあげられたとしても、彼が肉体をもつ人間であるかぎりにおいて避けることができない、そのことの逆説の「証」となる。[18] なぜならば、願望も欲望も呵責も「激憤」も、「その起源」は「情念」にあり、情念は「民族の魂」であるがゆえに（「ベン・ブルベンの麓で」Ⅱ）、永遠に肉体が回帰することを願って止まないからである。これがイェイツの思い描くキリストのイメージであるとともに生と死にかんする基本的な捉え方ということになるだろう。以下の「Ⅱ：主題」に表れるキリストにかんするイェイツ独特の見方も、この文脈のなかで捉えることができるはずである。

そのとき、ヨーロッパはユダヤ教ではなくドルイド教を背景にして立つキリスト、死んだ歴史のなかにではなく、生の流れのなかにある肉体を纏った現象としての一人のキリストのなかに、魅力的な何かを見出すことになるだろう。私はこの信仰のなかに生まれ、この信仰のなかで死んでいくことになるだろう。つまり、私のキリストは聖パトリックの『告白』に記されている「信条」、その嫡男ということになるのだ。（*Essays and Introductions*, p.518.）

そして、このような特殊な意味でのキリスト教（カトリックにとって異端のなかの異端＝「極西キリスト教文化」）の信条の提唱者こそ、「リブ」、「マイケル・ロバーツ」、「オーエン・アハーン」、「マイケル・ハーン」、「ハンラハン」といった様々な「仮面」の名をもつ「ドルイド／キリスト教徒」としての「聖パトリック」、すなわちカルディの祖父としての面影であり、その継承者をⅣでは聖コロンバに求めていることになるだろう。したがって、「一本の線香」の謎かけの答え、それは最終的には「カルディの香り」ということになる。だからこそ、Ⅳのなかで、時を超えて聖コロンバの霊を呼び出し、彼をして「アダム」の「しるし」の信憑性を証言させる意味が生じてくることになるのである。

以上が「錬金術の薔薇」を念頭に置いたうえで、二つの詩を相互補完させながら解読を試みた「しるし」の意味である。

第十章　贖罪巡礼の聖地、ベン・ブルベン

——騎馬の者たちへの祈り　聖パトリックの鎮魂歌

幸いなるかな、自らの生命を捧げて、聖なる浄化をもたらす山頂の／祝宴の席に連なり、魂を浄める者こそは。

――エウレピデス（「錬金術の薔薇」のエピグラフ）

そこは、「次第に消え去りゆく者たちの渦のなかにある」亡霊たちの住む場所であり、彼らは日本の劇（『錦木』）のあの恋をしている亡霊のごとく、こう叫ぶのである――「妙なる一乗妙典のくりきをえんとする懺悔のすがた、夢中にあらはすなり」。

――W・B・イェイツ（「月の静寂を友として」）

ピタゴラスがそれを計画したのだ。なぜ、民衆は凝視したのか／……／かの古代のセクトに生まれし、我らアイルランド人……。

――W・B・イェイツ（「彫像」）

1　二世紀に渡来した聖パトリック

以上、これまで述べてきたことを踏まえて再読を試みるならば、詩の冒頭を「聖者たちが語ったことにかけて誓え」（'Swear by what the sages spoke'）から始めた詩人の意図はいくえにも意味深長なものとなるだろう。さらに、アイルランドで広く知られる以下の歴史・伝承を踏まえるならば、さらにそういうことになるはずである。

古代アイルランド修道会においては、そのルーツを聖アントニーと隠修士・聖パウロ、これら二人のエジプトの修道士に置いたうえで、その流れを汲むガリア地方（ケルト）の修道僧、聖マーティンを祖父とし、その彼に師事した聖パトリックを父、尊師と考える特殊な教義的な伝統がある。たとえば、最も権威ある『聖パトリック伝』の一つとされる『三部作』によれば、聖パトリックの母は聖マーティンの親族にあたるフランク族であるという。[1] つまり、この詩の冒頭でイェイツは古代アイルランド修道会のルーツが古代エジプト修道会にあることを証言させるために、「マリオティス湖のほとりの賢者たち」を呼び出そうとしているとみてよいだろう。イェイツのアイリッシュ・プレス宛ての手紙（一九三四年二月、「超自然の歌」シリーズの説明のための文書）は、このことを裏づけるものである。

アイルランドにおける最初のキリスト教の布教者は聖パトリックではなかった。そうだとすれば、聖パトリックは間違いなくアイルランドのなかにエジプト起源のキリスト教徒を見出したはずだし、その信徒の特徴がさらに古い信仰形態を留めていることに彼は気づいたはずである。このことは私たちの創作活動にとってきわめて重要な意味をもっている。おそらくは、才能に恵まれた若者ならば発見することになるだろう。自身の尊敬できる男女の姿がそこにあることを……かくいう私はその最初の一歩を踏み込んだことになるのだ。[2]

そして、そのさらなる源泉をピタゴラスの秘儀（「数」の秘儀）のなかに求め、彼の霊を呼び出そうとしている――「測り／規律が一つの荒涼とした砂漠の思想をつくりあげたのだ……」（Ⅳ）。しかも、この詩句をこの詩とほぼ同時期に書かれた「彫像」との間テキスト性のなかにおけば、この「規律」が古代修道僧の秘儀に受け継がれていることが理解される――「ピタゴラスがそれを計画したのだ。なぜ、民衆は凝視したのか／……／かの古代のセクトに生まれし、我らアイルランド人」（'Pythagoras planned it. Why did the people stare?/ ....../ We Irish, born into that ancient sect'/......, "The Statues," *The Poems*, p.384.）。

イェイツがこのようなカルディの大いなる系譜をたえず念頭に置いて作品を書いていたことは、たとえば戯曲『何もないところ』の主人公の名がエジプト・テーベの隠修士・聖パウロに因んで「パウロ」（'Paul'）となっていることからも一部理解される。

この戯曲のタイトルは散文集『神秘の薔薇』中のほぼ同名の散文「何もないところに神はいる」から取られたものであるが、この散文における主人公は謎の乞食の老隠修士、「カルディ・聖オィンガス」として描かれている（*Mythologies*, pp.184-90.）。つまりイェイツは、二つの作品を同名に近いタイトルに設定し、読者に二つの作品を相互補完的に読むように促すことで、「パウロ」から「聖オィンガス」にいたるカルディの系譜を彼の作品全体の間テキストのなかで密かに現出させようとしていることになるだろう。

2 『星から来た一角獣』に表れるカルディの先祖としての聖マーティン

ただし、この作品はジョージ・ムーア（George Moore）との共作であり、主人公のイメージをめぐり二人が激しく対立したために未完のまま終わってしまった。ムーアはイェイツに手紙を送りつけ、そのなかで「あなたがこの作品を一人で書きあげようとするつもりならば、控訴手続きをとらせてもらう」と強く抗議するという事件が起こったからである。これに対し、イェイツは『責任』のなかでムーアのとったこの行動をすでに引用した詩にみられるとおり、「極悪の仕打ち」と呼び、憤慨している。(3)

二人の対立の背景にあるものは、ムーアが「パウロ」の生き方にカルディの面影（宗教的側面）をみることなく、彼をたんなる社会劇におけるパロディ的な一人の人物（奇異な革命論者）としてしかみなかったことによるといってよいだろう。いってみれば、ムーアがパウロの姿に喜劇の〈社会的ドン・キホーテ〉を、イェイツが悲劇の「宗教的ドン・キホーテ」のイメージを思い描いていたことに求められる。実際、イェイツは父ジョンに宛てた手紙のなかでこの「パウロ」のことを「宗教的ドン・キホーテ」と呼んでいる。(4)

イェイツにとって、ここにおけるムーアとの対立は彼の詩人としての根本的スタンスにかかわる重要な問題であったため、生涯にわたって禍根を残すものとなった。このことは、「我が作品のための総括的序文」の以下のくだりからもうかがい知ることができる。

個性的なもののすべてはすぐに腐るものだ。だからそれはぜひとも氷漬けにするか、塩漬けにすべきだ。かつて私は肺炎で混乱状態に陥ったとき、口述でジョージ・ムーアに手紙を書き、塩は永遠の象徴だから塩を食べるようにと書き送ったものである。塩は古ければ古いほど防腐作用があるものだ。(*Essays and Introductions*, p.522.)

（＊ここにおける「塩」には、「あなたがたは世の塩である」というキリストの言葉が敷衍されていることはいうまでもない。すなわちイェイツはここでジョージ・ムーアに対し、共作の劇は社会的にではなく宗教的な意味において理解されなければならないことを暗示させようとしているのである。）

この作品を改変した戯曲『星から来た一角獣』において、主人公マーティンが以下のように語るセリフ、その背景にもかかる二人の対立の構図、すなわち社会VS宗教、「社会的改革」か「宗教的（詩的）啓示」かの対立の構図が透けてみえる——「僕の仕事は時間の野蛮な心臓を射止めることなんだ。改革なんかじゃなくて、啓示の意味を明らかにすることなんだ」（*The Collected Plays*, p.378.）。このセリフは『何もないところ』のポールの以下のセリフとも符合している——「私たちは武力でもって世界を滅ぼすことはできない。滅ぼされるべきは、私たちの内なる心である」[5]。

このような戯曲の改変において、ここで一つ注意を要するのは、前作の主人公の名を「パウロ」から「マーティン」（'Martin'）に改めている点である。ムーアが突きつけた「控訴事件」に絡む複雑な事情があったため、主人公の名を改めなければならなくなったことは当然の処置といえる。だが、その際、その名を聖マーティンに因んで「マーティン」と名づけたのには、イェイツ独自の思惑が働いているとみることができるからだ。その思惑とは、「パウロ」（エジプトの隠修士・聖パウロ）に暗示される「マリオティスの賢者たち」の継承者を聖マーティンに求めることで、カルディの系譜を密かに現出させることであったと考えられる。このことは作品の内容を吟味すれば、すぐにも理解できる。

そこでまずは、主人公マーティンが本当に聖マーティンを念頭に名づけられているのかどうか、作品をとおして検証していくことにする。

この戯曲において「マーティン」の信仰の良き助言者は「追放を受けた貧乏神父」、ジョン神父という設定になっている。その彼の生き方に対し、劇中のトマスは以下のようなセリフを語っている——「先の大飢饉で死に損なった哀れな連中の面倒などみているのだ。あれほど学があるのに、あんなぼろを着なければならないのには、それなりの理由があるに違いねぇ」（*Collected Plays*, p.334.）。

その理由は、当時のアイルランド人であれば誰もが承知している聖パトリックの師である聖マーティンを想起させる清貧のイメージを思い浮かべれば、明白なものとなるだろう。すなわちジョン神父はフランスのモン・サン＝ミッシェル（シャトー）やツゥールを拠点に活躍したガリア修道会の聖者マーチィン、その清貧の勧めに忠実だったということである[6]。

アイルランドで広く知られる聖マーティンが有するこのイメージは、歴史的にも充分根拠のあるところだ。というのも、実際、聖マーティンは当時の司教の称号、紫の衣を着ることを頑なに拒み、乞食のような荒布を纏いながら信者に清貧を勧め、そのため『ウルガータ聖書』の編纂者で知られるヒエロニムス（彼はアウグスティヌスの友人である）ほか多くの当時の有力なカトリックの司教たちから異端視される人物だったからである。これは歴史的資料から裏づけられている。(7)

さらに多くの伝説によれば、荒布を纏ういわば〈野生人〉である聖マーティンは、貧富の分け隔てなくあらゆる人々と気軽に話しかける清貧の修道僧というだけではなく、あらゆる動物とも分け隔てなく自由に会話することができ、そのため猛獣でさえも手懐けることができたという。そのなかには処女しか手懐けることができないとされる劇中に表れる伝説の「一角獣」も含まれていた、とイェイツは夢想していたはずである。(8) というのも、すでに述べたように、アイルランドにおいては、聖マーティンは聖パトリックと同一視されることもしばしばだからである。(9) さらにイェイツは聖マーティンに由来する自然との共生を希求するこの伝統を、カルディの伝統にみていたはずである。イェイツは散文「一人のインド人僧侶」のなかで、自然を愛し、そこに棲む生き物のすべてを愛おしむ大いなる伝統が、古代アイルランド修道僧の特徴であり、その伝統が脈々と受け継がれ、それがアイルランド固有の「幻視の特徴」を形づくることになったことを以下のように力説しているからである。

　ロシアの隠修士はほとんどのヨーロッパの隠修士たちと同じように、幻視（ヴィジョン）の存在を認めているものの、幻視に対し不信感を抱いており、自然に対しても関心をもっていないようである。……一方、インドの巡礼の僧侶は幻視をとおして神に近づき、［巡礼の際には］偉大なる山々の美と恐怖を語り続け、自身の祈りを鳥たちに聞かせてやるため祈りが中断されるのである。……四世紀のキリスト教徒たちはこの考え方を共有していたのである。すなわち自分たちの偉大なる教会のことを「聖なる叡智」と呼んでいたビザンティンの神学者たちは、ナイチンゲールについて歌うのである。同じように、かのアイルランド修道僧たちもまた鳥たちや獣たちについて無数の詩を書いており、そのためキリストは人間のなかで最も美しい人であるという教義を広めていったのである。名前は忘れてしまったが、あるアイルランドの聖者は以下のように歌ったのである——「鳥たちのなかに完全なものが一羽、魚のなかで完全なものが一匹、人間たちのなかで完全なものが一人いるのだ」、と。[10]（"A Indian Monk," *Essays and Introductions*, p.431.）

3　聖アントニー、聖マーティン、聖パトリックから薔薇十字団へ

それでは次の問題、イェイツが本当に聖マーティンを「エジプトの賢者たち」を起源とするカルディの系譜のなかに位置づけているのかどうか、この作品から検証してみよう。その根拠となるのは、昏睡状態に落ちたマーティンを気遣うジョン神父の以下のセリフに表れている——「私たち信仰の道を歩む者が、昏睡状態や幻視について悪言を言う権利などないのだ。……聖ベネディクトも聖アントニーも聖コロンバもシエナの聖カタリナも、まるで死んだように長時間横になっておられることとしばしばだったからな」（*The Collected Plays*, p.328.）。つまり、ジョン神父はマーティンの「昏睡状態や幻視（癖）」を暗黙のうちに聖アントニーから聖コロンバに脈々と流れるカルディの系譜のもとで捉えていることになる。[11]しかも当然、この系譜のなかに主人公の名が暗示する聖マーティンも含まれているわけだから、このくだりには聖アントニー／隠修士・聖パウロ、聖マーティン、聖コロンバから現代の神秘主義者にいたるカルディの大いなる系譜が暗示されていることになるだろう。さらに、先述した『三部作』の記述を踏まえるならば、聖パトリックは母の親族にあたる聖マーティンに師事したのであるから、この系譜のなかにおのずと聖パトリックも含まれることになるだろう。[12]

ここで想起すべきは、イェイツの詩と戯曲において初めて「幻視」が鮮明に表れる作品、それが『何もないところ』、およびその改訂版に当たる『星から来た一角獣』だという事実である。このことが密かに証しているのは、先にみた「悪魔と野獣」最終連の解読で得られた結論と同じもの、すなわちイェイツの黙示の起源はカルディの系譜に求められるということになるだろう。[13]

このようにみれば、詩の冒頭に記された「賢者たち」には、（エジプトのモーセ、ピタゴラスや）聖アントニー／隠修士パ

ウロから聖マーティンへ、聖マーティンから聖パトリックへといたる一連の隠修士のイメージの流れが暗示されていると、もはや確信をもって措定することができる。

ただし、「誓え　賢者たちが語った言葉にかけて」（'Swear by what the sages spoke……'）で始まるこの冒頭文は、次の連では「誓え　かの騎馬の男たちに」（'Swear by those horsemen'）に置き換えられている点をも看過すべきではない。これが示唆しているところは、一つにはすでにみたとおり、〈二重化された憑依現象〉をとおして幻視される彼らの魂の浄罪の問題である。とはいえ、ここではもう一つ重要な問題が示唆されていることを指摘しておかなければならない。イェイツの作品のなかでたえず両極の立場にある二つの存在、聖者と英雄の関係性の問題である。つまり、聖者の系譜の表裏にはもう一つの聖なる存在＝「騎馬の人たち」の列伝があり、二つはたえず対比されながらイェイツの聖なるものの一つのイメージを形づくっているという側面である。

この統合された両極のイメージについて、一例を挙げて端的に示せば、それはジョージ・ムーアとの確執によりしだいに鮮明になっていったかの近代の人物の姿、すなわち（時代遅れの）騎馬の人にして聖者でもある「宗教的ドン・キホーテ」の姿ということになる。

「宗教的ドン・キホーテ」としてのカルディ、このイメージは『神話学』に表れる数多くの主人公たちの姿を吟味していけば、おのずと理解されるのだが、ここではベン・ブルベンゆかりの人物にかぎり、一例を挙げて説明しておくことにする。「薔薇のために」に登場する主人公、無名の老騎士の姿がそれである。彼は、聖パトリックを暗示する「豚飼いの老人」[14]が住む「ベン・ブルベン」を守る者、スペインの「聖ヨハネ騎士団」（＊ここに時代遅れのスペインの騎士、ドン・キホーテのイメージが重ねられていることは見易いところである）の一人として登場する。「聖ヨハネ騎士団」とはテンプル騎士団のことであり、その流れを汲むものが「薔薇十字団」であることを思い出したい（*Mythologies*, pp.157-64 参照）。つまり、「薔薇のために」に表れる「聖ヨハネ騎士団」は半ば聖者、半ば騎士（英雄）である聖コロンバに象徴されるイメージ、そのパロディ化された姿、「宗教的ドン・キホーテ」とみることができるのである。

4　薔薇十字団とフリーメーソン

この薔薇十字団と現代にまで継承されているフリーメーソンとの関係はフランシス・イェイツをはじめ、しばしば多くの研究者の指摘するところである。だが、イェイツが、薔薇十字団を継承するものの一つとしてフリーメーソンをみていたことは、たとえば、「呪術」に表れる以下の文章に暗示されているとおりである。

霊媒師によれば、石造りのような家を建設しているところに違いないという。霊媒師は、この秘儀に与るものはみなそうであるように、つねに神秘の石工術のことが念頭にあるため、思いがけない場所でそれをみかけるのだという。……どのような文句であるかは忘れたが、ある呪文の言葉を述べて、幻影を消した。夕食が済むと女呪術師は叫ぶような声で、私たちが食事をしている間にも彼らは建設工事を続け、すでに石造りの家ではなく、大きな石の十字架を立てたことについて述べていた。（*Essays and Intoroductions*, p.34.）

ここにおける「神秘の石工術」が暗示するものがフリーメーソンであることは見易いところである。歴史的には誤りとされているが、彼らは石造り大工のギルドから発生したと伝えられているからである。しかも、この建設の模様が「錬金術の薔薇」の最後にみられるアイルランドの西の果てに建設中の「薔薇十字団の修道院」であったことを思い出すならば、ここにさらなる系譜がみえてくる。すなわちイェイツは薔薇十字団を経て「黄金の夜明け団」へと継承されていったカルディの系譜、これと並行させて薔薇十字団からユダヤ神秘主義を経てフリーメーソンへといたるもう一つの系譜をみているのである。このことは、この引用文に「神秘の石工術」により「大きな石の十字架を立てた」と記されている点からも確認できるだろう。

むろん、薔薇十字団あるいは黄金の夜明け団とフリーメーソンを同一視することはできないし、イェイツがフリーメーソンのメンバーではなかったことはいうまでもない。したがって、イェイツはフリーメーソンあるいはユダヤ神秘主義者を直接カルディの系譜のもとで捉えているわけではない。このことは、「Ⅱ：主題」のなかでなんとも唐突に表れる以下のくだりを吟味していけば、さらに理解できる。

［私も聖パトリックの『告白』に記されている］「信条」を何度でも繰り返し、そしてそこにウパニシャッドの「我」を想起する。この伝統は文書のものであろうが口承によるものだろうが、孤独な人間の心を満足させずにはおかなかったのである。かかる伝統、それはのちにネオ・プラトニズムの断片やカバラ［ユダヤ神秘主義］の言葉――私はダナレイルで謎の四文字、テトラグラマトン、アグラを聞いたことがある――さらには中世の思想が描かれた漂泊物の断片に流れてこんで……。（*Essays and Intoroductions*, pp.514-5.）

ここには、カバラの影響のもとでイェイツの作品を読み解こうとする研究者（ハロルド・ブルーム）、その盲点となっているイェイツ独自の知見が示されている点で看過できないものがある。ここには、『告白』の伝統のなかにネオ・プラトニズムもユダヤ神秘主義も包摂されているのであって、その逆ではないことが明示されている。そしてその一つの根拠としてここで挙げられているもの、それがこの引用文のなかで挿入されているユダヤ神秘主義の最も神聖なる言葉、「謎の四文字、アグラ」、それをイェイツが「ダナレイルで聞いた」という体験＝証言である。

それでは、その体験とはいかなるものであったのか。『自叙伝』「登場人物」のなかに、これを示唆するようなくだりがある。イェイツが「ダナレイルの老羊飼いにビリー・アーリーという有名なクレアの魔女について尋ねたところ、彼の顔色が変わり、野原でハーリングする幽霊を幻視しながら路上で立っている」彼の姿を描いた文章である（"Dramatic Personae," *Autobiographies*, p.401 参照）。おそらく、このダナレイルの老羊飼いは、「Ⅱ：主題」に表れる、イェイツに「テトラグラマトン＝アグラ」のことを告げた人物であるとみてよい。というのも、散文「魔法使いとアイルランド民間伝承」（"Witches and Wizards of Irish Folk-Lore," 1920）のなかに表れる「羊飼い」と彼は同一人物に違いないからである──「［アイルランドの人々］はしばしば魔力をオレンジ党員やフリーメーソンに帰すのであるが、私はダナレイルのある羊飼いがテトラグラマトン　アグラと記された魔法の杖について語るのを聞いたことがある」[15]。このくだりは、「幻視」や「魔術」がアイルランド固有のものであることを示すための根拠として示されたものである。つまり「謎の四文字」を知る素朴な人物、カバラなど知るはずもない老羊飼いについてここで言及されているのは、先の「Ⅱ：主題」を念頭に置くならば、『告白』の「信条」の伝統がユダヤ神秘主義の影響によらず、『告白』の「信条」の伝統に根ざすアイルランド固有の神秘主義の精神によることの証として記されているのである──「そのとき、ヨーロッパはユダヤ教ではなくドルイド教を背景にして立つキリスト、死んだ歴史のなかにではなく、生の流れのなかにある肉体を纏った現象としての一人のキリストのなかに、魅力的な何かを見出すことになるだろう。私はこの信仰のなかに生まれ、この信仰のなかで死んでいくことになるだろう。つまり、私のキリストは聖パトリックの『告白』に記されている「信条」、その嫡男ということになるのだ」（「Ⅱ：主題」）。ここにユダヤ神秘主義と密接にかかわる「フリーメーソン」が表れているのもそのためである。この点については、「ダナレイル」という地の特殊な背景を知れば、さらに理解がいくことになるだろう。

コーク州にあるダナレイルとは、イェイツに大きな影響を与えたエドモンド・スペンサー（Edmund Spenser）が『妖精女王』（*The Faerie Queene*）を記した城（現在は廃墟となっている）をもつ地域として知られている。だが同時に、この城はカトリックの農夫たちの反乱により、焼き討ちにあったことでも広く知られている場所である。[16]

この城はフリーメーソンの密かな牙城であった点でも知られており（この地の立て看板にもそのことが記されている）、スペンサーもフリーメーソンの一員であったとする説も伝説や憶測を含めて広く知られている。おそらくこのようなスペンサーに纏わる歴史的経緯、あるいは伝説を踏まえたうえで、イェイツは「ダナレイル」、「オレンジ党」、「フリーメーソン」「テトラグラマトン＝アグラ」についてあえて並列に置いて言及していると考えることができる。もちろん、ここでイェイツが「オレンジ党」を持ち出すのは、プロテスタントVSカトリック、あるいはユニオニストVSリパブリカンといった政治的な対立の構図を示す狙いによるものではない。逆に、そういったいかにも表面的な政治上の二項対立の図式とは彼が信じる「聖パトリックの信条」は縁もゆかりもない、このことを強調するためにこそ、そうイェイツは記しているのである。換言すれば、聖パトリックの信条について語っている「Ⅱ：主題」の文脈のなかで、この文章を挿入している理由は、聖パトリックの信条を継承する現代のカルディたち、彼らがプロテスタント、カトリック、異教徒（ドルイド教徒、ユダヤ教徒）の別なく、アイルランドの魂の歴史のなかで継承され、それが現在でも黄金の夜明け団などへと継承されながら、その「血統」が純血のアイリッシュではないアングロ・アイリッシュである彼自身あるいは他国人を含めた神秘主義者たちへと脈々と受け継がれている、このことを密かに主張するためであったとみることができる。つまりイェイツにとって血統とは、骨肉の問題ではなく、精神的なものであることがここに示唆されていることになる。イェイツが「私の信仰は聖パトリックの血統を引く嫡男である」と信じるカルディの祖父、聖パトリックはアイリッシュの血を引いていなかったということの紛れもない事実、それがそのなによりの証である。

このような間テキストの文脈のなかで、改めて先の散文「薔薇のために」を読み直してみれば、ここで対置されている二人の人物は「（神秘の）薔薇の名のもとで」（'out of the Rose'）結束され、こうして彼らは相互補完的な関係のなかで聖地、ベン・ブルベンをともに守護していることが理解されるはずである（*Mythologies*, p.156-64参照）。なぜならば、生前における「聖ヨハネ老騎士団」の使命は聖パトリックとその聖地である「ベン・ブルベン」を剣によって盗賊から守ることである一方、死後における聖パトリックの使命は守護聖人となって、剣に倒れた巡礼の騎士たちの霊を守護・救済し、この聖地を見えない霊的な武力によって守ることだからである。

それならば、ベン・ブルベンに立つ詩人の務めはどういうことになるのだろうか。それは、ベン・ブルベンの地霊となった二人を請願により呼び出し、二重化された憑依の文法、つまり「ファンタスマゴリア」の技法を用いて、この地に纏わる内なる歴史＝魂の歴史、その真実を証言することになるだろう。少なくとも、ディンヘンハスの大いなる伝統を踏まえると、詩人の責任は魂の証言に帰結する。

5 ディンヘンハスとしての「ベン・ブルベンの麓で」

興味深いことに、以上述べてきた命題は、イェイツの碑文、あるいは「ベン・ブルベンの麓で」を一部否定的にみているはずのヒーニー、彼自身の指摘によっても裏づけることができるのである。というのも、彼はすでに述べた「樹木の中の神――初期アイルランド自然詩」において、「ベン・ブルベン讃歌」を聖パトリックと騎馬の人アシーンの面影を宿すディンヘンハスの伝統のもとで捉え、そのうえで「ベン・ブルベンの麓で」を描くイェイツの心象風景のなかに二人の面影が映っていることを暗黙のうちに（あるいは逆説的にというべきか）認めているからである。

初期アイルランドの自然詩が発展していくのは、初期アイルランド教会の隠世の伝統においてである。……張りつめた禁欲生活から生まれた悔恨詩、季節の変化を一人で体感することから生まれた自然抒情詩、この二つの水脈は、のちにフィアナ騎士団を題材にした詩のなかで鮮やかに劇化されていく。聖パトリックがキリスト教に改宗しない自然児アシーンと口論する場面はその一つである。……愛した土地からの追放を嘆くことはケルト的感受性にあるもう一つの水脈といってよい。そのため、私はこのようなジャンルの典型として、アシーンのベン・ブルベン讃歌を選んだのである。イェイツがスライゴーの風景にそびえる姿を賛美した有名な詩によって、あの山が現代世界の想像力を担うことになったのであるが、その姿が早い時期に表現されているからである――「カルペウニウスの息子」とあるのは、もちろん聖パトリックのことである――「今は悲し、ベン・ブルベン／カルペウニウスの息子よ／この山の頂きにいたときの楽しかった日々よ……／勇士たちが力を競い合った／あの高き山の背で……」[17]。

ここでヒーニーはディンヘンハスが用いる典型的な地名としてベン・ブルベン山を捉え、その山を背にして立つ聖者パトリックと騎士アシーンの面影を「ベン・ブルベン讃歌」をとおして想い描いている。しかも、このような伝統と対置させて「ベン・ブルベンの麓で」を捉えている――「イェイツがスライゴーの風景にそびえる姿を賛美した有名な詩によって、あの山が現代世界の想像力を担うことになったのである」。

それならば、ベン・ブルベンの麓に立つこの石碑に刻まれた詩文にも、「猟犬の声」に応答して、「騎馬の人」＝アシーンに語りかける聖者パトリックの面影をみてもよさそうである。なんとなれば、ディンヘンハスそのものを象徴するものこそ石碑[18]なのであり、隠修士・カルディを源流とするアイルランド詩の「大いなる伝統」にしたがうならば、そこを訪れる巡礼の修道士＝詩人たちはしばしば石碑をメディア（媒体としての依り代）に見立て、いまは地霊＝面影となった亡き聖人を呪文の請願によって呼び出し、故人を自己の心に憑依させ、死者をもって語らせているからである。ここにみえる彼らの役目は日本の琵琶法師のそれときわめて類似するものである。なぜならば、彼らは歌人であると同時に地霊を呼び出す巡礼の法師＝霊媒師でもあったからだ。

「ベン・ブルベンの麓で」にかぎらず、イェイツ詩のなかには、この呪術の伝統を踏まえて記されている詩が散見される点にも注意を向けたいところである。この点については、すでに具体的に作品のなかから引用しながら検証したとおりである。あるいはそれらの引用に加えて以下の詩から引用することもできる――「お赦したまえ、先祖たちよ、もし今もここに留まりて、我が家系の顛末の話が聞き届くどこかにおられるならば……」（『責任』の「序詩」*The Poems*, p.148.）。あるいはまたこの詩が掲載されている『責任』のなかの「灰色の岩」からもこのことは確かめることができるはずである――「居酒屋の飲み仲間たちよ、あなた方は死んでしまったのだから、ただの骨や筋肉などかなぐり捨てて、おそらくは自身がイメージした通りの者、あるいは善なる者になって　かの部屋にたむろしながら立っていることでしょう」（*The Poems*, p.150.）。

右に述べたこと、あるいはヒーニーの「ベン・ブルベン讃歌」に対する見解を考慮すれば、次のような解釈が充分成り立つだろう。すなわち「ベン・ブルベンの麓で」においてイェイツは、ベン・ブルベンの麓に立つ自己の碑文を（生きながらにして、あるいは死者の「仮面」を被ったうえで）想定し、それをメディア（依り代）に見立て、この地ゆかりの聖者、パトリックの地霊を呼び出し、自己に憑依させ、そのうえで、彼の「仮面」を被り騎馬の人アシーンに呼びかける〈琵琶法師〉＝歌人になっているのだ、と。したがってその石碑に刻まれた言霊に映る面影は、ゲッサ（禁忌）を破り老人となった騎士アシーン、彼と対話を試みる贖罪巡礼（ケリ・デ）の尊師である修道僧、聖パトリックのものである、と。

ということになれば、ここに響く「仮面」の声には、人間的悲劇の宿命をみつめながらも、それを最終的には喜劇へと転換しようとする戯けた狂言的な調子、イェイツがいう「宗教的ドン・キホーテ」、あるいは「リブ」としての聖パトリック（「第四章」で検証を試みた「リブ、パトリックを非難する」を想起）、すなわち〈聖なる道化〉、その「仮面」の声が潜んでいるとみることもできるはずである。なぜならば、この墓碑を前にして地に足をつけ跪いて彼のために祈れば、騎士アシーンはゲッサ、すなわち地に足をつけてはならないという禁忌を破り、たちまち老人になってしまうという〈オチ〉がついているからである。このオチはここにおける「墓（トゥーム）」が詩の文脈から回帰した魂が産道をとおって産声をあげるための「整えられた揺籠」、すなわち「子宮（ウーム）」のイメージをもっているとすれば、なおさらである。つまりこの碑文には、二重のオチがついていることになる。再生を果たしたアシーンはこの〈墓／子宮〉のなかで胎児のまま老いて死をむかえるわけにはいかないからである（＊「第九章」で検証したように、この詩を書いていた頃のイェイツがアシーンにかけられたゲッサを強く意識していたことは、同時期に書かれた「猟犬の声」からも確認できる）。したがって、碑文にみえる「投げかけよ」（'cast'）が意味するものは、戯けたリズムをもつVの詩連のなかに表れる「投げかけよ」（'cast'）と同じ意味の別の表現とみることができる――「投げかけよ　汝の心を　かの過ぎ去りし日々に／来たるべき日々に我らが／なおも不屈のアイルランド人であるために」（'Cast your mind on other days/ That we in coming days be/ Still the indomitable Irishry.'）。

それならば当然、碑文にみられる「騎馬の人」のなかには様々な人物の面影が宿っているとみなければなるまい。なぜならば、この「過ぎ去りし日」のなかには、アシーンのような騎士たちが駿馬を走らせた「英雄の時代」だけではなく、「安酒煽る酔っ払いの猥雑な笑い」を好む大衆や「陽気な領主たちとご婦人方」の時代も含まれているからである。

そうであれば、この二重のオチが最終的に意味するところは、これまで読み進めてきた詩全体を総括して解釈すれば、以下のようなものになるだろう――「私の死を悼むなかれ。生と死を流離う緑の殉教者、パトリックはここにいない［永眠などしていない］。ベン・ブルベンの冬の暁のなか　熱く冷たき眼を投げかけよ／生と死に／過去と現在と未来に。我らがなおも不屈のアイルランド魂であるために。宿命を負いながらも超人のしるしが与えられた汝、騎馬の者アシーンよ、安んじてこの地を過ぎゆけ。永遠（とわ）に緑の巡礼の騎士の業をなせ。そして蜜蜂よ、騎馬の者の古巣［空の墓］に来たりて巣をつくれ[19]」。

ここに読者は、鮮やかな対照を示す、自己の死を直視する詩人が取った二つの身振り＝「仮面」の二つの側面をみることができるだろう。その極の一方には「動揺」の最終連の対話にみえる聖者と騎馬の人との悲劇的な生の離別があり、他方の極には碑文に記された二人の喜劇的な生の離別がある。なぜならば、「動揺」においては、聖者の「仮面」を被る「魂」に対し、騎馬の人を支持する詩人の「心」は互いに惹かれ合う「似た者同士ながらも」、最後に「心」は悲劇的生の遍路を選択するからである――「我ら似た者同士ながら、別れねばなるまいか。／……ホーマーが我が手本、そのキリスト教化されない心こそが、……だが汝の首には祝福があらん」(*The Poems*, pp.302-3.)。これに対して、碑文のなかで呼びかける「仮面」の声は「魂＝聖者」の方であり、その声は「心」との離別を祝う戯けた喜劇の声だからである――「［熱き］冷たき［甘美なる］眼を投げかけよ、生と死に／騎馬の人よ、過ぎゆけ[20]」。

もちろんここにおける「騎馬の人」とは、未来を担う若きアイルランドの詩人たちであるとともに、最終的にはアシーンに事寄せられた「心の巡礼者」('mental traveler')あるいは「心の漂泊」('mind's wandering')者である読者だということになるだろう。

6　煉獄としてのベン・ブルベン

以上、「ベン・ブルベンの麓で」のⅠ～Ⅵにおける各々の「仮面」の声の正体、およびそれが語る内容について検証を試みてきた。ただし、一つだけその声について検証を控えた箇所がある。すでに引用・解読を試みたⅣの十五行目、それ以降の十六行目から三一行目までの詩文を語る「仮面の声」についてである。あえて、この箇所の引用およびその解読を控えたのにはそれなりの理由がある。その理由とは、この箇所に記されている詩文に倣っていえば、その声によって「我らの思考に混乱が襲ってくる」ことになるからである。

むろん、この箇所に目を伏せて解読を試みることは、この詩を正当に評価しようとする真摯な読みの姿勢とはいえまい。裏を返せば、この「混乱」の意味を解読することは、この詩における詩人の真意を探る最善の道だということになるだろう。この「混乱」のなかにこそ、この詩の核心であるカルディの真の面影が宿っているとみることができるからである。

そういうわけで、Ⅳの十六～三一行目を冷たき眼を投げかけることなく、熱き冷たき眼をもって凝視してみたいと思う。

Ⅳ（Ⅰ．十六―三一）

ルネサンス前期の巨匠たちは、神や聖人の背景に
魂の安らぐ　花園を描いた。
そこでは　花、草、曇りなき空など
目に触れるもの　いっさいのものが
眠る者が目覚めつつも、それでもなお夢みるときに
思い描くもの
実在するか　あるいは実在するかのようにみえる

あの形象に似ている
やがて　目にうつる形象が消え
そこには　寝床と寝台掛けだけが残ったときに
それでもなお　天国が開かれし、と
宣言するときの　あの形象に似ている。

螺旋(ガイヤー)は旋回し続けている――

かの偉大な夢が過ぎ去るとき
カルバート、ウィルソン、ブレイク、クロードは
パーマーの言葉を借りれば、
神の民のために　安息を用意したのだ
だが　そのあとで
我らの思想に混乱が襲いかかってきたのだ。

Quattrocento put in paint,
On backgrounds for a God or Saint,
Gardens where a soul's at ease;
Where everything that meets the eye,
Flowers and grass and cloudless sky,

Resemble forms that are, or seem,
When sleepers wake and yet still dream,
And when it's vanished still declare,
With only bed and bedstead there,
That Heavens had opened.

Gyres run on;
When that greater dream had gone
Calvert and Wilson, Blake and Claude,
Prepared a rest for the people of God,
Palmer's phrase, but after that
Confusion fell upon our thought.（*The Poems*, p.375.）

少し乱暴な解釈が許されるならば、ここに引用されたⅣ、十六行目から三一行目までが意味するものは、すでに読解を試みたⅣの一行目から十五行目までに顕在化された聖コロンバゆかりの「古い十字架」のしるし＝「アダムのしるし」をイェイツ、あるいは彼の「ファンタスマゴリア」であるマイケル・ロバーツとオーエン・アハーン、彼らは「ルネサンス前期の絵画」のなかに同じしるし（「錬金術の薔薇」参照）、精神の血統をみようとしている、とひとまず解釈することができるだろう（＊「学童に交じりて」のなかにも、「ルネサンス期の巨匠たちの指」'Quattrocento finger'という表現があることから、やはりこの連でも「指」あるいは「指先」に「しるし」をみようとする詩人の狙いがみてとれる）。「眠る者が目覚めつつも、それでもなお夢みるときに」（'When sleepers wake and yet still dream'）はⅣ一行目に表れる「半ば目覚めかけたアダム」と同じ意味の別の表現とみることができるからである。

ただし、若干二つの表現が異なるのは、ここに描写されているものがイェイツが愛し、大いに影響を受けた芸術／芸術家であることから、ここでの「仮面」の声は、十五行目までに比べて、彼自身の声にかぎりなく接近しているという側面がみられるという点である。その意味でそれは半ば詩人自身の心情に同化された声であるとみることができる。

当然のこと、この同化は詩人の意図によるものである。その意図とは、上段一～十五行目までに暗示されている薔薇十字団や黄金の夜明け団の精神が現代の詩人であるイェイツ自身の詩的（芸術的）精神に脈々と流れていることを伝えるためである。この場合の伝統の起源は、アイルランド詩の大いなる伝統の起源であるカルディにあり、そのカルディの信条は「ミケランジェロ」の「アダム」の「しるし」に顕現されているネオ・プラトニズム的な永遠回帰だということになるだろう。むろん、ここにおける永遠回帰とは天上ではなく、ミケランジェロが描く「アダムの指先」が指し示す場所、地上において起こっているのである。地上の糸巻き運動を意味する「螺旋(ガイヤー)は旋回し続けている」からである。

あの〈巌の顔〉がいとおしむ者たち
乗馬と女を愛する者たち、くずれた墓場の大理石のもとから
イタチとフクロウとの間を隔てる闇のなかから
豊潤なる暗黒の無から、
匠の者と貴き者と聖者が掘りだされる時がくるだろう
かくして　万象が再び　かの時代遅れのガイヤーを走りめぐるのだ（「螺旋」"The Gyres," 1938, *The Poems*, p.340.）

（＊この詩でガイヤーが一つの走馬灯＝ファンタスマゴリアとして描かれ、そのなかで匠の者と貴き者と聖者が一体のものとして捉えられることでカルディの面影が密かに表れている点に注目したい。あるいはこの「ガイヤー」が「かの時代遅れ」と記されてい

ることによって、「宗教的ドン・キホーテ」のイメージが暗示されている点にも注目したい。）

ただし、ここでの最大の問題は、Ⅳの三一行目で彼らの現代にまでおよぶ脈打つ精神、その伝統を根底から覆す唐突な一つの問いが発せられている点、さらにそれによりⅣが一つの終焉をむかえている点である――「だが　そのあとで／我らの思想に混乱が襲いかかってきたのだ」。

この「混乱」の内実について、ここで詩人はいっさい語ろうとはしない。むしろこの混乱が一時の気の迷いにすぎず、それがすぐにも解消されているかのように、Ⅴの例の「陽気」でおどけた聖なる道化＝「宗教的ドン・キホーテ」の「仮面」の声が読者の耳に響きわたることになる。この唐突な三一行目の詩文の意味を一体どのように理解すればよいのだろうか。この声はⅤと無縁の声であろうか。そうではあるまい。この声はⅤの声と同じ者から発せられた一つの声であり、それがそのまま「碑文」が記されている最後のⅥにまでおよぶ声であるとみることができるからである。オルブライトも指摘しているように、この詩行は「冷たい天」の以下の詩行を念頭に置いて読まなければなるまい。

光明が謎として射してきた［謎が光とともに射してきた］
ああ、亡霊が蘇り、臨終の混乱も終わりを告げようとするとき
物の本がいうように　路上に裸のまま送り出されて
天上の不当な裁きによって苦しみをうけるのであろうか？

Riddled with light. Ah! when the ghost begins to quicken,
Confusion of the death-bed over, is it sent
Out naked on the roads, as the books say, and stricken

By the injustice of the skies for punishment? (“The Cold Heaven,” *The Poems*, p.176.)

二つの詩の文脈からみて、あるいはともに「［臨終を暗示する］ベッド」と「混乱」が用いられている点からみても、Ⅳ三一行目を記したとき、イェイツの念頭にはこの詩文があったと推測される。「謎となって光が射してきた」（‘Riddled with light’）という詩句には「冷たい天」に描かれている世界が現実の世界ではなく、「ファンタスマゴリア」の世界であることの暗示が込められている点でも、二つの詩文は共通の基盤をもつものであるといえる。「隔絶された［夕暮れの］冬空」（この詩についてモード・ゴーンに尋ねられたとき、イェイツが語った言葉）としての「冷たい天」とは通常の自然の冬空を意味してはいない。鈍い光が霞んでいく夕暮れに天から突然強烈な光が射し込んでくるなどということは、自然界ではありえない現象、ある種の超常現象にほかならないからである。それでは隔絶された空間のなかで射し込んでくるこの謎の光とは一体何を意味しているのだろうか。魔術ランタンから発せられる幻視的な光、「ファンタスマゴリア」の光線を念頭に置けば無理なく理解できるだろう。

それでは、そこに映る幻影は一体何を意味しているのだろうか。楽園で神と聖者が安らぐヴィジョンの逆説、煉獄で苦しむ魂たちの幻影（ヴィジョン）、これである。だからこそ、「亡霊が蘇り」「裸のまま路上に投げ出され」「不当な裁き」を待つために用意された特別な場所を想起させるイメージをもつものとして描かれている。そして「冷たい天」のこの描写の延長線上にV三一行の詩文は置かれている。三十行目まで記されている安らかに憩う天上の庭のヴィジョン、あるいはネオ・プラトニズムの楽観的な永遠回帰の夢を突如破壊し、それらを「混乱に陥れる」、暴力を秘めた煉獄の悲劇的ヴィジョン、その相貌がここにある。

だとすれば、最終的に詩人は、自身の精神の血脈に流れる薔薇十字団や黄金の夜明け団、あるいは師ブレイクの精神に対してさえも一線を引き、半ば決別する独自の「信条」をここに逆説的に宣言していることになる。ではこの信条は、イェイツの孤高の精神を反映しているものであるのか。そうではなかろう。古代アイルランド修道僧、カルディに起源をもつものとして描かれているはずである。Ⅲでみたように、古代アイルランド修道僧のなかには「ある種の暴力性」を内に秘めている者もいたからである。したがって、三一行の「仮面」の声はやはりアイルランドの聖者のものであり、それは聖コロンバのものであると措定することができる。

終章 「ベン・ブルベンの麓で」と「黒い塔」の間で
——合わせ鏡に映る聖コロンバの面影

真理は逆説として応答する

——キルケゴール（『後書物』）

一つの仮面……それが私には必要だった。

——ウンベルト・エーコ（『薔薇の名前——覚え書き』）

1　聖なる道化、「宗教的ドン・キホーテ」としての「仮面」の声

それでは、ⅣとⅤの「仮面」の声の関係性はどうなっているのだろうか。言い換えれば、聖コロンバと「宗教的ドン・キホーテ」の関係性はどうなっているのか、という問題である。

そこでまず確認しておくべきは、先にみたⅤに表れる「宗教的ドン・キホーテ」の声である。そこには、いかに「陽気」な聖なる笑いが伴っているとはいえ、その笑い自体がイェイツの言葉を借りれば、「神の最強の敵」、「大声で笑いながら、世界を粉砕する」一つの「［野獣のもつ最強の］暴力」（以上、『何もないところ』）だという点である。それは、ウンベルト・エーコの『薔薇の名前』のなかで描かれているように、秩序が最も恐るものであるといってよい。中世のカトリック世界が最も恐れたもの、それは革命でも反乱でも争いでもなく、アリストテレスの『詩学』に記されたとされる失われた（隠蔽された）「笑いの章」であったからだ。[1] つまり峻厳なる秩序を根底から覆すもの、それは武力などではなく、むしろニーチェや『何もないところ』のパウロもいうように、「神の最強の敵」「笑い」なのである。イェイツが「ライオンを前に瞬き一つしない」悲劇の人、ハムレットを「陽気」であると考えるのも一部そのためだろう。狂気の仮面を被ったときのハムレットは、陽気にしてシニカルな笑いを連発し、そのことによって王の権威を大いに揺さぶっているからである。

ところで、「宗教的ドン・キホーテ」という名前は、先述したように戯曲『何もないところ』の主人公パウロ、およびこの戯曲を改定した『星から来た一角獣』の主人公マーティンについて父ジョンに宛てた手紙のなかで説明する際につけられた名称である。その二人の主人公は、ともに戯曲のなかで突然思考の混乱に襲われ、その後、暴力的なヴィジョンを幻視することになる。そしてその幻視のなかで語ったセリフが「第十章」でみた「パウロ」のセリフである。そういうわけで、Ⅳの三一行目とⅤの「仮面」の声は連関された声として捉えることができるはずである。

2　聖者の二つの笑い

すでにみてきたように、Ⅰ、Ⅱにおける聖パトリックの「仮面」の声には聖なる道化としての陽気な笑いを伴っていた。ただし、その笑いには暴力的なものをほとんど感じさせるものはなかった。たとえば、Ⅰにみられる聖パトリックの声には、半ば誇張した表現を用いて、呵責に苦しむ者たち、その浄化された魂の姿を語ってみせる。そこには浮かばれぬ魂たちの救済を素朴に信じる陽気な笑み（ある種の微笑ましさ）が感じられる。Ⅱにおける死を凝視する聖パトリックの声にも笑いは潜んでいる。たとえば、「しょせん、埋葬された人々の死骸を突っついて／もう一度　人の心に戻してやることぐらいが関の山なのだ」の詩文などそうである。そこには一方で、あたかも肉塊を串刺しにして墓場という〈煉獄の釜〉に放り込み、浄化された魂の焼き上がりをじっくり待っているかのようなダーグ湖の煉獄の聖者、パトリックのイメージを彷彿とさせるものがある。確かに、そこには不謹慎とも思えるほどの、こういってよければ、スウィフト的な辛辣な笑いを帯びている。したがって、そこには秩序が最も恐れる『薔薇の名前』における中心的なテーマ、聖なる道化の笑いをうちに秘めていることになる。

だが、そのシニカルな笑いには、同時に魂の再生を心から願う心情、いっさいの者の生に対する聖者のいとおしみの心情がうかがわれる。なぜならば、その表現は「控えめな提案」におけるスウィフトに表れる辛辣な笑いと同じように、哀れみの根本が何であるかを思い出させるための異化としての逆説表現にすぎないからである。したがってそこにみられる笑いは、聖コロンバにみられる暴力的なものとは一線を画すものである。その声は、いかに惨めな死をむかえようと、死後には安息の「アブラハムの懐」が用意されていることを前提に語られているという印象を読者に強く与えるからである。実際、『アシーンの放浪』に表れる聖パトリックのセリフには「アブラハムの懐」を暗示させるくだりがみてとれるのである。[2]もちろん、この「アブラハムの懐」はⅤ連に表れる「ルネサンス前期の巨匠たち」が描いた「神や聖人の背景に／魂の安らぐ　花園」と同じ意味の別の表現である。イェイツがすでに引用した「我が作品のための総括的序文」の「Ⅲ：

文体と姿勢」のなかで、グレゴリー夫人が語った以下の言葉を記すのも、この同じ理由によるだろう――「近代風の劇の台本を否定したグレゴリー夫人はこのように語ったことがある。『悲劇というものは死んでいく人々にとって喜びとなるものでなければならない。』……かくして私はかつて父の手紙の一通からそのまま借用して、『夜明けのように冷たく情熱的な』一編の詩を書くことになるだろうと語ったのである」（*Essays and Introductions*, p.522. ＊ここにも碑文に表れる「冷たき」の表裏につねに「熱き」があることが暗示されている）。

他方、この詩のⅢにおける聖コロンバの「仮面」の声に潜む笑いには、聖パトリックの笑いとは異なる死後の安息を半ば拒絶する「ある種の暴力性が伴って」いることは否定できない。そして、この暴力性を帯びた笑いが最終的にⅣ三一行目に表れる煉獄のヴィジョン、すなわち「安息」としてのネオ・プラトニズム、その予定調和論的な永遠回帰の「夢」（ヴィジョン）を「混乱に陥れる」のである。おそらく、すぐれて詩的にして宗教的な嗅覚の持ち主である詩人ヒーニーが「ベン・ブルベンの麓で」の碑文のなかに最終的に嗅ぎ分けたものは、ここにみられるような聖コロンバの声に潜む死後の魂までも傷つけるような「冷徹」で不遜な暴力的な笑いではあるまいか(3)。そうだとすれば、碑文ひいてはこの詩全体を正当に評価する最後の鍵は、聖コロンバが握っていることになるだろう。この碑文の面（おも）に映る影法師には、アイルランドを代表するもう一人の重要な巡礼の修道士、聖コロンバの姿が重ねられていることは疑いえないからである。そういうわけで、この最後の章では聖コロンバについてもう少し立ち入って考えてみることにする。

3　「黒い塔」と聖コロンバのラウンド・タワー

「第二章」ですでに述べたとおり、イェイツが眠る「ドラムクリフの教会」、その正式名称は「聖コロンバのドラムクリフ教区・教会」であり、この教会は聖コロンバが六世紀中頃に建てたとされる「ドラムクリフ修道院」、その境内の跡地に建っている。その場所は、「道の側にある一つの古代の十字架」と道を挟んで差し向かいに建つラウンド・タワーによってしるしづけられた贖罪巡礼（聖コロンバ巡礼）の聖地(ステーション)である。

したがって「一つの古代の十字架」の前にあえて「道の側にある」（'by the road'）を付記したイェイツの狙いには、道の向こう側にある聖コロンバゆかりのこのラウンド・タワーを想起させるためであったと推定される。同年に書かれたイェイツの最後の詩、「黒い塔」に表れる「塔」のイメージがその一つの根拠となるだろう。すでに述べたように、このラウンド・タワーの境内には軍勢を率いた聖コロンバの姿が描かれている「天使の石」が、かつて置かれていた点をここでもう一度思い出したい。

一般的には、「黒い塔」を描く際、イェイツが念頭に置いている「塔」は、ゴールウェイにあるイェイツが所有する「ソール・バリリー塔」（'Thoor Ballylee'）であると理解されているようである（*The Poems*, pp.378-9参照）。たとえば、ヒーニーは散文集『創作の現場』において、「バリリー塔」を「黒い塔」のモデルであるという前提に立って論考（講演）を進めているようである。[4] オルブライトも「塔」Ⅱの ll.70-2 に表れる「荒れくれた兵士たちのイメージ」を根拠に、この詩に表れる塔のイメージを一部バリリー塔に求めている節がある（*The Poems*, p.814参照）。だが、オルブライトが指摘している「塔」Ⅱの数行との類似性をもって「黒い塔」のモデルがバリリー塔であると結論づけるのは少々拙速な判断というべきだろう。たしかに、「塔」（II, ll.70-2）には「荒くれの兵士のイメージは『大いなる記憶』のなかに貯蔵される」と記されている。したがってこの塔には地霊となった兵士たちの霊が棲みついていることが暗示されている。だが、オルブライト自身の指摘によれば、この兵士たちの幽霊は「ノルマン人の兵士たち」のものであるという。それならば「黒い塔」における「兵士」と「塔」における「兵士の亡霊」とを同一視することはできないはずである。なぜならば、「黒い塔」における「兵士」はアイルランド固有の「掟＝ゲッサに縛られた」（'oath-bound'）アイルランドの兵士たちの亡霊だからである。この詩に描写されている「黒い塔」の置かれている状況を考慮すれば、さらにそういってよいだろう。

バリリー塔は、詩人の個人の内省的な心を表現する際の象徴として用いられる場合が多い。その端的な例が先に触れた「内戦時の瞑想」のなかの「窓辺の椋鳥の巣」である。ここで詩人は「内戦」の最中、次々と「人々が殺されていく」状況下において、不安を締め出すかのように塔の「鍵を締める」。だが、このことによってかえって外部との情報が絶たれ不安と恐怖が増幅するという皮肉な結果を招いてしまう。このような閉塞的な状況下における存在の限りない不安のなかで、祈りにも等しい「蜜蜂よ、椋鳥の古巣に来たれて、巣を作れ」の名句、リフレインが生まれてくる。

一方、「黒い塔」においては詩人の声は、「塔」の内部からではなく、戦争の全体の状況を見渡す全能の立場から発せられているように描かれている。このようなことが可能となるためには、詩人の声は「ベン・ブルベンの麓で」の場合と同様に、詩人が死者の霊を憑依させ、死者をもって語らしめ証言させていると考えるのが自然である。この点で、ヒーニーの「黒い塔」に対する見方は、彼の卓越したこの詩自体の読みの深さに教えられるところ大ではあるものの、およそ同意できない。彼の解釈は「黒い塔」を語る詩人の声を生身のイェイツの声に接近させているという印象を強く受けてしまうからである。あるいは「老料理人」についての彼の見方も支持できないものがある。彼の解釈は「老料理人」よりは「兵士たち」の内面に接近して「黒い塔」におけるイェイツの心情を重ねようとしているようにみえるからである。

むろん、詩人の心に憑依する死者の霊は「兵士」のものではない。彼らは「掟に縛られた」戦争の当事者であり、全知の視点から自分たちの置かれている状況を客観的に語れる立場にも心理的な状況にもない。では、誰が詩人の心に憑依しているのだろうか。「ベン・ブルベンの麓で」と同様に、聖者が詩人に憑依しているとみるべきだろう。つまり、ディンヘンハスの伝統を踏まえる詩人は、「黒い塔」という名の「墓」に立って、それを依り代に見立てて請願を立て、まずは聖者を呼び出し、聖者が「兵士」たちの霊を呼び出し、彼らの胸の内を代弁して語っているとみることができる。

ここからもわかるとおり、「黒い塔」に表れる「塔」と「窓辺の椋鳥の巣」の背景に用いられているバリリー塔は、一方が過去の歴史、他方が現在の歴史に力点が置かれ、一方が聖者の「仮面」の声、他方が生身のイェイツ＝詩人の声に接近し、一方が歴史的建造物としての塔のイメージ、他方が個人の住居としての塔のイメージをもっているというように、二つの「塔」のイメージは著しい対照を示している。したがって詩人の心象風景のなかで、二つの塔は同一視されているどころか、両極のイメージをもつものとして捉えられているとみなければなるまい。このようにみれば、むしろ二つの塔は互いに逆説の合わせ鏡、すなわち「仮面」として機能しているとみることができる。

それでは詩人に憑依する聖者の名は何であるのか。この詩に描写された兵士たちに対し、その死後の魂にまで突き刺さるような声（これを暗示する表現は「山の上で枯骨は震える」）を発することができる唯一の聖者は、「我らの思考に混乱」を招くⅣの三一行目の「仮面」の声の主、「天使の石」に描き込まれたその身に「天使の鞭傷」、スティグマを持つ聖コロンバをおいてほかにはあるまい。そうだとすれば、「黒い塔」に表れる「塔」とは、具体的には「道の側にある高十字架」の向こう側に立つ聖コロンバゆかりのラウンド・タワーではなかったかと考えられる。以下、このことをさらに検証してみよう。

「黒い塔」は個人的（実存的）な生のあり方の問題を扱っている作品ではない。むしろ「掟に縛られた」が暗示するアイルランド民族の魂、すなわち民族としての実存のあり方（あるいはそこにみられる葛藤）について問うている作品である。とはいえ、この詩は一九三九年一月二一日、イェイツが死去したわずか一週間前に完成した最後の詩であることを忘れるべきではない。つまりこの詩は「ベン・ブルベンの麓で」と同じように、自己の死を強烈に意識しているとともに、死後における自己の魂のあり方についても意識し、そのため自己が埋められる墓場まで想定したうえで描かれた作品であるとみることができる。

それならば、その墓場が郷里スライゴー州ではないゴールウェイ州に想定されていると捉える解釈、それはかなり無理がある。むしろ郷里スライゴー州の地にあるベン・ブルベンを想定していると捉える方がよほど自然な見方といえるだろう。実際、イェイツは自身の遺体をバリリー塔ではなく、「ベン・ブルベンの麓」に埋葬するように、「ベン・ブルベンの麓」のなかで遺言として明白に記していることはこの詩自体がなによりも雄弁に証しているとおりである。

これに対し、バリリー塔はイェイツと家族が住む目的、あるいは自身の詩の象徴的なモニュメントにする目的で購入したのであって、死後の自身の魂の住処とするために購入したわけではない。このことは「バリリー塔の石に刻まれる」（"To be carved on a Stone at Thoor Ballylee," 1921）の詩文からも察することができる――「我、詩人ウィリアム・イェイツ、我が妻、

ジョージのために　この塔を修復せり。万事が再び荒廃に帰するとも　これらの文字　永遠に消えずあれ」（*The Poems*, p.238.）。つまり、この塔に「刻み込まれた文字」は自身の生きた証が刻み込まれているではなく、あくまでも「妻ジョージのため」、あるいは家族への永遠の誓いの言葉が刻み込まれているのである。「塔」に纏わる様々な歴史・伝承を語る前に、なぜか、詩人が第一連で「釣竿を下げて、ベン・ブルベンの尾根を登った少年時代」の回想から始めていることも、これにより説明できる。「塔」の冒頭にはここがイェイツ自身の面影が宿る場所ではないことが暗示されているのである。あるいは「塔」に棲みつく幽霊たちをお払い箱にし、「だがハンラハンだけは残せ」（*The Poems*, p.243.）と記しているのも、この同じ理由によるだろう。詩人が創造した「ファンタスマゴリア」の一人であるハンラハン、彼の活躍の舞台は詩人の郷里スライゴーであり、彼が最後に幻を視た場所はベン・ブルベン山だったからである。[5] 要するに、イェイツにとって自身の魂が帰還する場所はバリリー塔ではなく、彼の面影が宿るベン・ブルベンの麓、その境内にラウンド・タワーをもつドラムクリフ教会に予め設定されていたということになるだろう。

　とはいえ、「塔」Ⅲには「遺言を書くときが来た……白鳥はいまわの際で、最後の歌を歌う」（*The Poems*, p.244.）と記されているではないかとの反論もあるだろう。たしかに、このように記されている以上、「塔」を記す際、詩人の念頭には自己の死が半ば意識されていたとみるべきである。だが、ここに表れる自己の死はある種の詩人独特の身振りであるような印象を受け、「黒い塔」に表れているような差し迫った死に対する危機意識はそこにはない。これに対し、バリリー塔を背景にして記されている「内戦時の瞑想」には強烈な死のイメージが表れているではないか、との反論があるだろう。だが、そこに表れているのは人間の宿命、「アダムの呪い」としての死ではなく、戦争による不慮の死のイメージである。つまりそこに描かれているところの死は、死それ自体のイメージではなく、死への不安のイメージということになる。「塔」に表れる「胸壁」や「銃眼」が暗示する戦争のイメージもこれに等しい。そこには、もしこういってよければ、「塔」における詩人は自身の死に対して「黒い塔」に比べれば、どこか他人事のように読者の耳に響いてくるものがある。その意味で、いまだ「黒い塔」の詩人よりも、自己の死に対してはるかに呑気であるという印象をさえ受ける。

たとえば、「塔」の最終連には暗黙のうちにこれからも詩人が生き続けることを前提にして記されていることをうかがわせる以下のような詩行が表れている点は見逃せない——「さあ、我が魂をなんとしてでも学び舎で学ばせねばならぬ。最後に肉体の破滅、血が鈍重になり、衰え、……さらに悪いことには………」(*The poems*, p.245.)。ここに記されている詩文は「ビザンティウムに船出して」第二連に記されているものの同じ意味の別の表現であることを思い出したい。つまり、ここに表現されているものは死の備え(猶予)としての老いの問題であって、詩人自身が「いまわの際の最後の歌」を歌おうとしているのではないのである。老いは死の予兆ではあっても、死そのものの象徴ではないからだ。

このような点から総合的に判断して、「黒い塔」で詩人が想定している塔は、郷里の「海岸線」沿いの地、ベン・ブルベンの麓にある塔、「海風」が直撃し、クール・ドゥレムネの決戦で「軍旗」がかつて旗めいたことのある歴史的建造物であるこのラウンド・タワーであると措定することができる。実際、「黒い塔」にはこの塔が「海岸線」にあることが示唆されているのだが、バリリー塔はむしろ内陸に入り込むように建っており、そのため海岸線のイメージは希薄である。もっとも、「我が娘のための祈り」には「大西洋から」バリリー塔に直撃する「海風」のイメージが表れてはいる。だが、これは「嵐」という特殊な状況下に置かれた詩人の心理を描いたものであることを看過すべきではない。しかも、嵐の日に軍旗が靡くことなどありえないことも忘れるべきではない。ヴァイキングの襲来を恐れるアイルランドの隠修士たちにとって、嵐は彼らの心に平安を与えるものでさえあったからだ——「苦々しき波風は　今夜は高い。それは海の白き鈍前を　高く引き上げてくれる。こんな猛り狂う冬の嵐のなかでは　野蛮なヴァイキングの恐怖に悩まされることもない」(ある隠修士が残した詩)。

また、以下の点にも注意したい。アイルランド独自の「掟＝ゲッサに縛られた騎馬の者たち」、あるいは隠修士たちが「海岸線沿いから(攻め)上ってくる風」('But winds come up from the shore')のごとき敵軍やヴァイキングたちから身を守るために「立て籠もる」塔としてまず読者に想起されるイメージは、ラウンド・タワーであるという点だ。(6)

さらに、「黒い塔」には死者が「直立」('stand upright')の状態で埋葬されていることが示唆されている点も看過すべきではない。その狙いは一つには、攻めてくる敵軍に備えて、立ったまま往生を遂げた弁慶のごとき勇猛な武士（もののふ）のイメージを想起させるためのものだろう。その象徴的な人物こそすでに述べたノックナリーのメイブ女王の墓で直立したまま埋葬されたオーエン・ベル王である。ただし彼らは自らの死に対し、心の底では死後においてでさえもトラウマとなるほどに、古骨になって「震えている」と記されているのである。ここにこそ、聖パトリックにはみられない魂が「アブラハムの懐」に抱かれることを拒む、すなわち死後の予定調和論的な再生を疑う聖コロンバの暴力的な笑いが潜んでいるとみることができる。「枯骨が震える」はある種のシニカルな笑いを帯びているものの、ここまで来ると、魂が凍りついてしまい、とても笑えるものではないからである。

死者を直立させて描いたもう一つの狙いは、彼らの死を高貴なる者であることを聖者に証言させようとさせるためであると考えられる。すなわち「ベン・ブルベンの麓で」I第二連と同じ狙いによるとみることができる。アイルランドにおいて、立ったまま埋葬されることは高貴なる者の証とされているからである。すなわち死者の埋葬が直立した状態で安置される墓は「王家」、あるいは身分の高い貴族にかぎられるのであり、この者たちの遺体は横に寝かされて埋葬される一般人の墓とは厳密に区別されているのである（＊ *The Poems*, p.816 中のオルブライトの註釈を参照）。

このような王家の墓は、ラウンド・タワーの周辺に立てられるのが一般的である。この点で、ラウンド・タワーとは異なる目的で建てられたイェイツの塔の周りには王家の墓はおろか墓地さえもまったく見当たらない。そればかりか、「塔」に表れる建造物は、王侯貴族に対置される地方の陽気な紳士・淑女と農民が住む建物のイメージが詩の基調となっている。[7]

イェイツが王家ゆかりのラウンド・タワーを他のアイルランドに多く点在する塔と明白に区分している点も看過できないところである。たとえば、グレンダロッホを背景に描かれている「ラウンド・タワーのもとで」の描写に目を向けたい。そこではウルフ・トーンの反乱で活躍した「偉大な先祖」の血筋を引く「乞食のビリー・バーン」（Billy Byrnes）が平民の埋葬を暗示するように「骨を伸ばしながら＝骨を横にして」夢をみており、そのなかで「黄金の王と銀の王妃」は、直立する王家の埋葬を暗示するように、ラウンド・タワーが志向する天に向かって旋回しながら（立ったまま）昇っていく様が描かれている（*The Poems*, pp.186-7 参照）。もちろん、ベン・ブルベンの麓にあるラウンド・タワーはまさに王家ゆかりの塔といってよい。聖コロンバは「王のなかの王」と呼ばれた北イ・ニール王、セニル・コネルの嫡男だったからである。

もっとも、「黒い塔」に暗示されている戦争は、五三六年、あるいは五四〇年前後に起こった「スライゴーの戦い」ではなかったかとの指摘もある。先述したように、この戦いによりコノハトの王、オーエン・ベルは敗北したといわれる。そうだとすると、「黒い塔」はノックナリーにあるメイブの墓を意味することになる。実際、T・R・ヘンの指摘するところでは、彼は彼女が眠るノックナリーに埋葬されることを望んでいたという。

ただし、『孤高の塔』のヘンは同時に戯曲、『大時計の塔の王』中の「首の歌」に表れる詩文を手がかりに「騎馬の者たちはノックナリーからベン・ブルベンに降ってきたのであり」、イェイツが「黒い塔において念頭に置いた塔はバリリー塔であるとともに、ドラムクリフの教会墓地に側にあるラウンド・タワーであるだろう」と述べている。[8]

第二の理由は、この詩における「仮面」の声が、「老料理人」に接近した聖者のものであるとすれば、この戦いはスライゴーの戦いではなく、クール・ドゥレムネの決戦であり、だからこそ、この聖者はこの戦いで戦死した者たちを代弁するために呼び出されていると思われる点である。スライゴーの戦いの敗北により劣勢に立たされたコノハト王国を一転勝利に導いたのは聖コロンバであり、だが同時にその彼は、この戦によって三〇〇〇人に及ぶ戦死者を出し、安眠もできないまま直立したまま死後も震えている兵士＝同士たちの惨めな姿をみなければならなくなった。このことを生涯彼に忘れさせないためにこそ、彼の身体に天使は「鞭傷」を刻んだのであり、そのためラウンド・タワーの境内には「天使の石」が置かれているのである。

このことは、「黒い塔」とほぼ同時期に書かれた「失われたもの」における「私」としての「仮面」の声、その真の主が誰であるのかを読み解いていけば、さらに理解される。というのも、ここにおける「仮面」の声は聖コロンバにほかならないからである。この詩に表現されているものは、聖者の内なる心情であり、ここに表れる「一人の失われた敗戦の王」

はオーエン・ベルであり、「失われた兵士たち」「我が配下の男たち」はクール・ドゥレムネの決戦に散った「私の配下である男たち」を指しているとみることができるのである。だからこそ、「我は失ったものを歌い」、「獲得したもの」すなわちコノハトの王権と武人としての名誉を一人の聖者として「恐れる」のである（＊オルブライトの指摘によれば、「一人の失われた敗戦の王」は「黒い塔」に表れる「王」と関係づけられて記されているという。*The Poems*, p,793 参照）。

我は失ったものを歌い、獲得したものを恐れる
我はまた決戦のなかを歩む
我が王は一人の失われた敗戦の王、我が兵士たちは我が配下の男たち
日の出と日没に向かい　皆の足は疾走するが
彼らは皆　変わらない小さな墓石のうえをいつも踏み歩く。（"What was Lost," *The Poems*, p.359.）

以上のことから、「道の側には古い十字架」には「ラウンド・タワー」が暗示されており、それはこの地が聖コロンバの聖地であることをしるしづける詩人の狙いによって記されたものであると、ここではっきりと結論づけることができる。

4　騎馬の聖者コロンバと贖罪巡礼の道

さて、聖コロンバにはすでに詳しくみてきたとおり、聖パトリックにはみられない聖者とは異なるもう一つの一面があった。彼は聖パトリックに始まる殉教の静かな炎に燃える「緑の殉教」の継承者であるとともに、聖地で肉体を炎のごとく燃え立たせ猛り狂う騎馬の人でもあったからだ。彼が起こした事件（「第二章」で述べたとおり、聖フィアナンがローマから持ち込んだドラムフィン修道院所蔵の『詩篇』を彼が無断で筆写した事件）を発端に起こった南イ・ニール王、ディアルマートに

よる北イ・ニール王国への襲撃に対し、コノハトの結束を呼びかけ連合軍を指揮したのは彼である。この戦こそアイルランドを二分する南北イ・ニール王家の間で起こった天下分け目の戦い、五六一年にベン・ブルベンの麓を舞台に展開された「クール・ドゥレムネの決戦」＝「書物戦争」にほかならない。そしてまさに、イェイツの墓のある付近一帯がこの決戦の舞台なのである。[9]

だが、聖コロンバはこの決戦で負傷し、その傷はのちに「天使の鞭傷」として世に知られることになるが、生涯の禍根として残ることになった。[10]この傷は騎馬の人としての彼にとっては勝利の勲章であるとともに、聖者としての彼にとってはベン・ブルベンの決戦で「三〇〇〇人にのぼる戦死者を出した」（『アルスター歴代誌』）償いの証、負の聖痕、スティグマともなったからである。

聖コロンバにかんするある有名な逸話によれば、彼がアイルランドの地を離れアイオナに向かい、その後、流離いの贖罪巡礼の道を迫られたのは、この決戦のため（償いのため）であった。[11]そして、この事情を踏まえてイェイツが「ベン・ブルベンの麓で」Ⅲに記したのが先の詩文である。「ある種の暴力を伴った最高の賢者」の具体的イメージとして想定されている人物は、ベン・ブルベンの麓で「書物戦争」を起こした聖コロンバであり、「その仕業」とはすでに述べてきたとおり、「古い高十字架」あるいは『ケルズの書』に象徴される聖書の写本だからである――「最高の賢者でさえ、運命を全うし／己が士業を悟り　配偶者を選ぶ前には／ある種の暴力性を帯びて／心がピンと張り詰めてくるものなのだ」。

一方、この決戦によって聖パトリック派のアーマー教会は聖コロンバゆかりのコノハトの各修道会に対し完全に劣勢に立たされることになった。コノハト修道会が聖コロンバをとおして北イ・ニール王家と直接結びついていたのに対し、王家との直接の結びつきがなかったアーマー教会はこの時期、北イ・ニールを支持していたものの、北はこの決戦以降、コノハト修道会をさらに強力に支持することになったからだ。[12]七世紀後半に書かれたティレハンの『聖パトリック伝』は半ば同情的に南イ・ニール王ディアルマートの敗北を描いている――敗北の一年前に彼がキリスト教に改宗したと記している――背景にもこのことが関係していると推定される。これがのちに二つの教会間の確執の要因ともなったのである。

クフーリンの活躍を描いた神話、『クワルンゲの牛捕り』の背景にもこの確執があったとされる。

　こうして、ベン・ブルベンは騎馬の人の戦場となるとともに、二人の聖者のイメージ、聖パトリックと聖コロンバを分ける境界線＝聖者のイメージの戦場ともなっていく。この形勢が完全に逆転したのは六六三〜四年に開催されたウィットビーの公会議を経たのちの八世紀以降、教会の保護を王家ではなく、ローマ・カトリックに求めるようになってからのことである。もちろん、イェイツは前述したこの歴史的経緯について充分承知していた。このことは「Ⅱ：主題」を精読してみれば、すぐにも理解されるはずである。たとえば、アーナルド・トインビーを引用しながら記した以下のくだりはその一つの根拠となるだろう。

> 各々の氏族は一致団結してキリスト教の体制を弱体化させたのである。彼らは修道院制度は受け入れたものの、司教を受け入れることはできなかったのである。……アーノルド・トインビーは『歴史の研究』第二巻の補足のなかで、彼が名づけた「極西キリスト教文化」の誕生と衰退について述べている。それによれば、その文化はウィットビー宗教会議でヨーロッパを支配する好機を失い、十二世紀に「アイルランド・キリスト王国をローマ・カトリックによって徹底的に併合されることで」「最終的な教会制度上の敗北を喫したのだった。だが、この文化は政治と文学の分野においては破壊されることなく十七世紀まで続いていったのである」(*Essays and Introductions*, p.514, pp.516-7.)

その後、クロー・パトリックからベン・ブルベンを経てダーグ湖へといたる聖コロンバ派の贖罪巡礼地帯は、しだいにベン・ブルベンを除いて聖パトリックのそれに変貌を遂げることになった（＊ただし、巡礼地に枠を拡げれば、聖コロンバゆかりの聖地はドニゴール州やデリー州を中心にいまでも多く点在している）。

　むろんイェイツにとっては、この贖罪巡礼地帯がいずれの聖人に由来するものであれ、その意味するものはなんら変わるものではない。むしろ郷里のスライゴーのベン・ブルベンがアイルランドを代表する二人の聖人、そのゆかりの地であると捉えたうえで、それをカルディの大いなる系譜のもとに位置づけた方が詩的にはるかに実り豊かなものになると考えたはずである。彼が関心をもっているものは当時の新聞紙上を賑わしたような「移ろいゆく偶然の束にすぎない（現実の）歴史」ではなく、想像力の瞳にのみ映るところの歴史＝悲劇（運命）の相を帯びた民族の魂の歴史だったからである。その意味で、彼が古代アイルランドの修道僧の歴史に強い関心を示したもう一つの理由は、この運命＝悲劇の相を探り当てるための最良の方法が彼らの系譜のなかに見出せると考えたからであろう。彼らが体現する魂の歴史は、可視化される現実のアイルランドの歴史においては記すことが不可能なものだからである。

こうして、ベン・ブルベンとその守護聖人である聖コロンバのイメージは、聖者パトリックと騎馬の人アシーン、両極に位置するものの統合的イメージを担っていくことになる。これを先にみた碑文の文脈に引き寄せて解釈すれば、聖コロンバの内なる世界のなかで聖者であるパトリック／コロンバが騎馬の人であるアシーン／コロンバに呼びかけているということになるだろう。

この統合的イメージは、聖パトリックのイメージだけでは見えがたい、聖者と騎馬の人の関係におけるもう一つの側面を垣間見せてくれるという意味できわめて重要である。すなわち聖者を前にして騎馬の人の心に「葛藤」が生じたように、騎馬の人を前にして聖者の心にもまた葛藤が生じているという側面である。騎馬の人の俗界の内的葛藤を知らぬ聖者より、「書物戦争」で受けた「天使の鞭傷」をたえずみつめながら生き続けなければならない聖コロンバの方が、二つの間で生じる「動揺」の意味を深く知る立場にあるからだ。

ここに先述の「混乱」の意味を解く最大の鍵が潜んでいる。この混乱は聖パトリックとは異なる聖コロンバの心情を映し出しているとみることができるからである。つまり、彼は聖パトリックには理解しがたい英雄の内なる動揺を知る聖者であり、その動揺が純粋に「聖者が憩う天国の園」＝「アブラハムの懐」に入ることを躊躇させ、心に「混乱」を生じさせているのである。

この聖者の心境は、詩人の生身の声で語られている「人とこだま」の最終連における信条にきわめて接近している。「ある者たちを英兵の射殺へと導いたものは、私自身のあの劇（『キャサリン・ニ・フーリハン』）であったのか」という自己呵責に悶る詩人が最後に語る声、これに対応するベン・ブルベンの決戦の勝利の雄叫びをあげたあとの騎馬の聖者の「混乱する」声、二つの声は完全に一致しているからである。

おお〈巌の御声〉よ、
その大いなる夜をともに喜べというのか。
この場所で、面と面を突き合わせる以外に、
何がわかるというのか。
だが、静かにせよ、主題を失いし今、
その喜びも夜もただの夢にすぎぬ。
高みの空からか、岩場からか、鷹かフクロウが急降下し、襲撃する。
襲われたのは手負いの兎、兎は断末魔の悲鳴をあげている。
その悲鳴に我が想いは混乱する。

騎馬の者たちは聖者のとりなしにより罪を赦されるだろう。だが、聖者である彼自身は自己の罪を自己がとりなして赦すほか術がない。すなわち自己に呵責する罪人としての胸のうちを、聖者である彼は自分自身以外に語ることができず、自己の心を憑依させる依り代をもちえない。「人とこだま」の詩人と同様に、自己の心という洞窟のなかで、自己が自己に呼びかけ、自己呵責するほか術がないのである。この意味で、聖者である彼にかけられた呪いはアシーンにかけられたゲッサと同種のものであるとみることができる。すなわち「角無し鹿」であるアシーンを「追い立てる」者、それが実は自己自身である彼、そこには逃れの場も「しばらく立って安んじている」猶予すらも与えられていないように、聖コロン

バは自己が自己の罪の贖罪者とならなければならない。しかもその自己が自己を呵責に追い立てる彼には「安息の場所」も「しばらく安んじている」余裕すらもないのである。だからこそ、彼は自己呪縛に囚われた兵士の心情を代弁し、解放する唯一の聖者になりえるともいえる。換言すれば、ここにおける「混乱」の最終的に意味するものは、聖者たちとともに安息の楽園に行くことを躊躇させる聖者の自己呵責、自己煉獄の世界ということになるだろう。そしてこの武士（もののふ）と聖者、互いに共振し合うことで生じる動揺こそ、イェイツが「オリビア・シェイクスピア宛の一九三二年六月三十日の手紙」、そのなかではっきりと認めているように、『アシーンの放浪』から「動揺」、そして「ベン・ブルベンの麓」にまで貫かれた「唯一の主題」とみることができる。

ここでもう一度、私たちはイェイツにとって聖者・カルディが何を意味していたのか、考えてみる必要があるだろう。彼は原罪から解放され一人超絶を誇る賢者のことを意味していたのか、と。そうではあるまい。自己と他者の魂の浄化を求める「巡礼の魂」、すなわち浄化を求めてつねに歩みを止めない魂のあり方をこそ、詩人はそれを「聖者」と呼んでいるのではなかったか。自己と他者に心に動揺を覚え苦悩のうちに生き続けようとする者、その者にこそ、詩人は聖者のしるし、「完成のしるし」をみていたのではなかったか、と。

さらにまた、ここでもう一度、私たちはアーマー教会によって神話化され権威づけられた聖パトリックの父権的なイメージ、そこにまったく無関心、否、沈黙という方法を用いて批判し続けたイェイツが、なぜ聖パトリックの『告白』の「信条」を自己の生涯の信条に据えたのかと問わなければなるまい。それは、『告白』が自己の犯した罪と無知に対する告白の書であり、その「罰＝償い」としての「自己追放（エグザイル）」と「神の奴隷（ケリ・デ）」を宣言する聖なる書である、と彼がみているからではなかったか、と。[13]

その意味で、「ベン・ブルベンの麓で」のタイトルが、草稿段階において最初は**"Creed"**（「信条」）と記されており、次には**"Conviction"**（「確信」）となっていった点には大いに注目に値する（*The Poems*, p.804 参照）。二つのタイトルはいずれも聖パトリックの『告白』に記されている内容、あるいはその「信条」（およびその「信条」に対する「確信」）としての告白そのものだからである。

当然、イェイツはこのようなベン・ブルベンと聖パトリックから聖コロンバに継承されていく歴史・伝承、その内奥に潜む贖罪の精神を熟知したうえで、この碑文を記している。第一、詩のタイトルである「ベン・ブルベンの麓」とは、古代アイルランド史においては「クール・ドゥレムネの決戦＝書物戦争」の別名にほかならないのである。そうだとすれば、彼の郷里であるスライゴー、その最も重要な歴史的事件を無視して恣意的にイェイツが詩のタイトルを、死を前にした一時の個人的な想い出に浸って「ベン・ブルベンの麓で」と記したなどと、およそ夢想することさえもできないはずである。

この明白な事実が完全に読者の盲点となっているのは、皮肉なことに「ベン・ブルベンの麓で」という詩がいまや「クール・ドゥレムネの決戦」よりもはるかに世界的に有名になってしまったためである。だが当然のことながら、イェイツがこの詩を書く前にはこのような死角が生じる状況は存在していなかった。[14] これゆえに、イェイツはベン・ブルベンの麓＝「書物戦争」を意味していることをアイルランド人であれば誰でも皆承知しているはずだという前提のもとで、それを一旦、自己の想像力の溶鉱炉のなかで溶かし込むことで新たな詩的・象徴的な意味づけを行なおうと最後の力をふり絞ってこの詩を書き上げたとみることができる。

こうして、『自叙伝』のなかで記されている彼の悲願、「聖パトリックか聖コロンバ」を「アイルランドのプロメティウス」、「アイルランドのコーカサス」を「ベン・ブルベン」に移し替えて、アイルランドの魂の歴史、魂の内なる葛藤のドラマを自身の作品全体をとおして一編の叙事詩を編むという壮大な生涯のプロジェクト、その一つの成就が果たされたとみることができる。あるいは少なくとも、この詩をとおして、自らの壮大なプロジェクトがカルディの系譜を描くことであったこと、このことを最後に読者に遺言として示そうとした詩人の意図が充分理解されるのである。

結び

いまや　かの者たち　冬の暁のなか
ベン・ブルベンを背にして　駿馬を走らせる。

――W・B・イェイツ（「ベン・ブルベンの麓で」）

こうしてようやく「ベン・ブルベンの麓で」のなかに密かに描き込まれた、聖アントニー、聖マーティン、聖パトリック、聖コロンバ、さらには薔薇十字団、黄金の夜明け団、神智学協会を経てイェイツへといたる古代アイルランド修道僧、カルディの面影、その一大絵巻が顕われることになった。

その一大絵巻の透かし絵に目を凝らす読者は、それがさながら「ベン・ブルベンの麓」に立てられた石碑（依り代）の前にカルディの霊たちが各連で装いを変えながら去来し、彼らが奏でる調べに誘われるかのように、騎馬の人たちの面影が顕れ、一つの走馬灯と化した詩全体のなかを、面影が走りめぐる様を幻視することになる。その〈カルディの衣替え〉の様を、これまで本文で試みた検証の結果にしたがって、彼らが顕れる順序通り総括的に示せばおよそ以下のようになるだろう。

「ベン・ブルベンの麓で」Ⅰの前半の連に去来する面影は、マリオティス湖の辺りに住む古代エジプトの修道僧たち、すなわち古代アイルランド修道僧の起源に相当する古代エジプト・テーベの賢者、聖アントニーと隠修士・聖パウロのものである。それはⅡで記されているアイルランドの「不滅の魂」を象徴するものである。一方、後半の連に男女対になって顕れる「騎馬の者たち」の面影は、いまではベン・ブルベンの地霊となったアイルランドの不滅の情念、「民族の魂」を体現するものである。そのなかにはアイルランドの壇ノ浦であるクール・ドゥレムネの決戦（書物戦争）で没した武士たちのほか、「ある政治犯に寄せて」に表れる革命家マルコヴィッチ伯爵夫人、散文「赤毛のハンラハンの物語」や戯曲『骨の夢』に表れる売国行為により呪われて「ベン・ブルベンを彷徨うディアミードとダボーギラ」も排除されることなく含まれている。ただし、各男女ペアをなして顕れるアイルランドの「魂」と「民族」（あるいはアイルランドの「自我」）、その面影を呼び出し、彼らの代弁者となって語る「仮面（＝反対自我）」の真の声はハムレットが呼び出したかの霊、すなわち煉獄の守護聖人、聖パトリックのものである。彼のイメージは『超自然の歌』を語る「リブ」のイメージと融合されることでイェイツ独自の聖パトリックの面影となっていく。この際、詩人（フィリイ）の役割は己の思念を恣意的に語ることではなく、ディンヘンハスの伝統を踏まえて、まずは自己の個性を滅却させ、肉体なき死者である聖パトリックにその口を貸すこと、つまり通訳、メディアム／メディア＝琵琶法師の業を行なうことである。この詩人の任務は時折、詩人自身の思念・心情と半ば混ざり合いながらも基本的には最終連まで継続されていく。なぜならば、「ベン・ブルベンの麓で」に描かれたもの、そのいっさいは「ファンタスマゴリア」、一人の詩人によって詩的に意味づけされた走馬灯の世界のなかで起こる象徴的な出来事だからである。

Ⅰを「要約」するために用意されたⅡの「仮面」の声もまた聖パトリックのものである。つまり、Ⅰの声をⅡは引き継いだものであるとみることができる。ただし、ここでの聖パトリックの「仮面」の声はクール・ドゥレムネの決戦に没した古代の騎馬の人たち、あるいは売国奴呼ばわりされたディアミードとダボーギラのような人物、彼らとは対照をなすアイルランドの現代の英雄たち、すなわちアイルランド蜂起に散った死者たち（銃殺刑に処せられた十六名の革命家の霊たち）を呼び出し、彼らに語りかける声である。これを解く鍵はⅡの最後に表れる「墓掘人夫」の描写である。この描写は読者に『ハムレット』の「墓掘人夫」の場面を想起させることによって、「人とこだま」が敷衍するハムレットの有名なあの独白のセリフ、死後の夢をめぐるセリフを連想させ、最終的には「仮面」の声が煉獄の魂に呼びかける聖パトリックの「仮面」の声であることに気づかせる。王子であるハムレットの死の問題は国体にかかわるものであり、その意味で聖パトリックに誓うハムレットは蜂起に散った彼らと同じ立場にあるからだ――「聖パトリックに誓っていうが、あれは本物の幽霊だったのだ」。

Ⅲで詩人が呼び出す面影は「ある種の暴力性をもった最高の賢者」、すなわち書物戦争で戦う天使ミカエルによって与えられた「天使の鞭傷」を負ったあと、森の写字僧の大いなる伝統の「アダム」となったベン・ブルベンの守護聖人、聖コロンバのものである。ここで呼び出された聖コロンバはⅣの前半までの「仮面」の声の正体である。冒頭が「詩人、彫刻家」、すなわち森の写字僧に呼びかけている点はその根拠となる。彼はアイルランド詩人（フィリィ）の源流である古代アイルランドの詩人組織のメンバーであるとともに、「人間の魂を神へと運び」「正しく揺籠を整える」ために高十字架（ハイ・クロス）にケルト文様を彫り込む彫刻家＝森の写字僧の祖父でもあったからだ。ここにおける高十字架が直接指しているものは、この詩Ⅵに記されている聖コロンバゆかりの「道の側にある一つの古代の十字架」である。これは「彫像」最終連に表れる中央郵便局に立つアイルランド独立蜂起に散った者たちの記念碑として立てられた「彫像」、「死にゆくクフーリン像」と鮮やかな対照を示すアイルランドの「不滅の魂の記念碑」（「ビザンティウムに船出して」）としてのカルディの「彫像」を象徴している。

Ⅳ第二連十五行までの「仮面」の声は、まずは薔薇十字団の創始者、ローゼンクロイツ、さらにその継承者、聖ヨハネ騎士団／テンプル騎士団の流れを汲む（イェイツもその会員の一人でもあった）薔薇十字団の現代の体現者、「黄金の夜明け団」のマクレガー・メイサーズ、さらには「神智学協会」のマダム・ブラヴァツキーのイメージを多分に帯びた現代の賢者の声である。換言すれば、それらの声はⅣ第一連の声、聖コロンバの声と重なることで詩人によって合成された声となっている。ただし、Ⅳ十五行〜三十行目までの「仮面」の声は、しだいに詩人自身の声に同化していくことになる。だが、最後の三一行目は、これまでの予定調和論的に民族の魂の永遠回帰を説く聖者たちの声を「混乱に陥れる」暴力性を帯びた「仮面」の声である。その声の主は聖コロンバのものである。この混乱は聖パトリックとは異なる聖コロンバの心情を映し出している。というのも、彼は聖者であるとともに武士(もののふ)であり、その意味で聖パトリックには理解しがたい英雄の内なる動揺を知る唯一無二の聖者であり、その動揺が純粋に「聖者が憩う天国の園」に入ることを躊躇わせることになるからである。それがここに表れる「混乱」の最終的な意味である。騎馬の者たちは聖者のとりなしにより自己が犯した罪を赦され、「捉に囚われた」自己を解放する道が用意されている。だが、聖者である彼には自己の罪をとりなす者が存在しない。つまり聖コロンバは武士として犯した罪の呵責により、アシーンにかけられたかの呪い、ゲッサと同じように、自己が自己をつねに追い立て、「聖者が住む天国の園」で憩うことを拒むのである。それはアイルランドの悲劇の民族、その魂に刻印された呪い、ゲッサ＝宿命を象徴するものである。そういうわけで、Ⅲに表れる「立ったまま安らぐ」という皮肉な詩句は最終的には聖者にかけられたこの呪いを暗示するものである。「巡礼の魂」のもつ「悲しみ」、それが意味するものも最終的にはここに帰結する。すなわち、Ⅳに表れる「混乱」とは自己煉獄の世界の謂いである。

Ⅴの声は、時代遅れの騎士団、聖なる道化としての「宗教的ドン・キホーテ」のものである。この者の声は聖マーティンのパロディ＝道化の要素をもっている。この聖マーティンは直接、この詩に顕れることはないものの、戯曲『星から来た一角獣』、あるいは『何もないところ』との間テキストのなかで密かに現出される面影である。また同時にこの「仮面」の声には一部、聖コロンバのパロディ化された声という側面をもっている。聖コロンバは聖者と同時に騎馬の者でもあり、「宗教的ドン・キホーテ」は聖者のパロディ、聖なる道化であるとともに、騎馬の者のパロディでもあるからだ。このことは散文「薔薇のために」に表れる聖地ベン・ブルベン山を守護する「スペインの聖ヨハネ騎士団」の姿に暗示されている。

Ⅵの声はⅤまでのすべての面影を統合する一つの声である。その「仮面」の声の基調をなすものは聖パトリック／聖コロンバ、あるいは彼の仮面としての「リブ」のものである。こうして第Ⅵの構成で綴られた「ベン・ブルベンの麓で」はカルディの系譜を軸に一つに連結され、その軸のもとに「不屈のアイルランド人」の魂、つまり民族の魂の歴史が走馬灯のように詩のなかに幻出され、読者の心を走り抜けていくのである。

むろん、ここでの走馬灯＝ファンタスマゴリアの世界、そのいっさいは死後の魂が向かうべき煉獄＝贖罪巡礼／ケリ・デ、アイルランドの「巡礼の魂」の体現者であるカルディが赴く「暁のように　冷たく　熱い」（「釣り師」）世界である。「Ⅱ：主題」のなかで、聖パトリックの『告白』の「信条」について、イェイツが唯一点、同意しかねると述べたのもこの理由による――「ある一つの言葉を除いて、そこにはなに一つ否定するものを見出すことはないだろう。その言葉とは『キリストはすみやかに生者と死者を裁くであろう』における『すみやかに』という言葉である」。彼にとってアイルランドの魂の永遠性は、「天の園に憩い」安らかに住まうことではなく、この「冷たき甘美なる地上」＝「蜜蜂の巣」において、浄化を希求しながらも永遠に墓／子宮に回帰する〈冷たく熱き甘美なる煉獄〉のなかにのみ存在するからだ。

以上、「第二章」以下の本文において、墓碑に刻まれた碑文に宿るカルディの面影を、「ベン・ブルベンの麓で」の精読（イェイツの作品全体を間テキストのなかにおいた読み）をとおして辿ってみた。これにより、従来のイェイツ研究において完全に死角となっている根本的に重要な一つのイメージ、イェイツ全作品に通底する古代・中世アイルランド修道僧、カルディのイメージ、すなわち彼らの面影が、私たち読者の前に一つの意味として立ち顕れることになった。さらにこの作業を通じて、イェイツの作品全体、壮大な一大絵巻のなかに描かれているカルディたちの系譜、その一端を垣間見ることができただろう。

少なくとも、この読みの作業をとおして、イェイツの作品全体の底流に潜む「巡礼の魂」の伝統が、走馬灯のなかを駆け巡る「騎馬の男女たち」とどのように具体的にかかわりをもち、これによってどのように彼の作品世界が紡がれているのか、その詩的生成現場の一端を覗くことができたはずである。

註

序章

（1）*Saint Patrick His Confession and Other Works*, Translated by Fr. NeilXavier O'Donoghue（New Jersey; Cathoric Book Publishing, 2009）, Saint Patrick, *The Confession of Saint Patrick*, Translated by John Skinner（London; Doubleday, 1998）. Paor, Máire B. de Paor,. *Patrick the Pilgrim Apostle of Ireland*（Dublin; Veritas, 1998）、参照。なお、本文で言及する『告白』についての考察はおもに以上の三冊を参照した。Paor のものにはラテン語の原文も掲載されている。本文に記したラテン語からの引用はこの版による。

（2）W. B. Yeats, *A Vision*（London: Macmillan, 1937）, p.180. なお、この版からの引用は *A Vision* と記し、本文中に頁数を記す。

（3）本文に記したカルディの定義については、のちに註で示すカルディにかんする様々な先行研究を基に（ただし、それらは必ずしも一致した見解であるとはいえない）、それらを総合的に判断して筆者なりに纏めた暫定的な定義である。

（4）W. B. Yeats, *Essays and Introductions*（London: Macmillan, 1961）, p.510 参照。ここからの以後の引用は *Essays and Introductions* と記し本文中に頁数を記す。この版からの邦訳は私訳による。なお本文では文章の流れにそって、「総括的序文」Ⅱ：主題を適応、引用している。そのためこの文章のいかなる文脈でそれらの引用が用いられているのか判然としない部分もある。そこでここに本文で検証を試みる引用箇所に限り、以下、「Ⅱ：主題」を私訳により掲載することにする。ただしこの文章自体、きわめて詩的象徴性に富み、かつ自己言及的なメタファーが散りばめられている。そのため、文中に（＊）づけにして、そのなかで註釈をつけることにする。

「Ⅱ：主題」の本文（抜粋）：アイルランドのいっさいの歴史、その背後には一枚の大いなるつづれ織りが垂れ下がっている。それはキリスト教といえども認めざるをえないもので、実際のところ、キリスト教自体、そこに織り込まれて描かれているものなのである。そのくすんだ折り重なりを眺めていると、一体どこでキリスト教が始まり、どこでドルイド教が終わったのか言い当てることはできまい――「鳥のなかに一羽、魚のなかに一匹、人間のなかに一人完全なものがいる」（＊「クロッカンとクロー・パトリックで踊る者」や『まだらの鳥』になかに表れる言葉。『まだらの鳥』においては、作中人物、マーガレットの夢＝ノアの夢に顕れる半ばドルイド僧と化したキリストの言葉として用いられている。完全な鳥は「白鷺」、完全な魚は「鮭」、完全な人は「キリスト」。この句はドルイド教とキリスト教が巧みに融合された世界、古代アイルランド・キリスト教文化を象徴する表現として用いられている）。このかりにこのことについて説明できるとすれば、それは最近の学者たちによって示唆された学説だけであるが、そこに私の注意を向けてくれたのはケンブリッジ大学のバーキット教授である（＊この学説はバーキット教授がイェイツに一九三二年に送った彼の書評をとおしてイェイツが知ることになった**Rev. John Roche Ardill**著、*St Patrick A.D.180*で展開された学術論文）。それによれば、聖パトリックがアイルランドに渡来したのは五世紀ではなく二世紀末であるという。その頃はいまだ大論争（＊五〜七世紀、カトリック教会とアイルランド教会との間で起こった大論争のこと。アイルランド側の最大の論客は教皇に対し論陣を張った聖コロンバーヌスである）は起こっておらず、復活祭は春分の日の後の満月であった（＊復活祭論争はカトリックとアイルランドの間で起こった大論争の争点の一つ）。その日に世界は創造されたのであり、ノアの方舟はアララテ山の頂にあり（＊アイルランド神話によれば、アイルランド人はノアの息子、ヤペテの子孫とされる）、モーセはイスラエルの民をエジプトから脱出させた（＊イスラエルはエジプトを脱出した記念として過ぎ越しの祭を行なうようになったが、アイルランド教会の復活祭は過ぎ越しの祭に合わせて行なう「十四日主義」の風習を守り、これがカトリックの復活祭の日付と異なることから大論争になった）——キリスト教と古代世界を結ぶ臍の緒は断ち切れておらず、キリストはディオニュソスと腹違いの兄弟だったのである（＊ここにおけるディオニュソスとはバッカスの神、すなわちカーニバルを象徴していると考えられる。このカーニバルのヨーロッパ的ルーツをイェイツはここではドルイド教の供犠の祭に求めていると思われる）。ドルイド教の僧侶によって剃髪された者ならば（＊カトリック修道会とは異なり、古代アイルランド修道会ではドルイド教の伝統に倣い、前頭部を剃り残髪を長く伸ばす独特の剃髪作法を取っていた。カトリック教会はドルイド式をカトリック式に改めるように迫ったが、アイルランド教会はこれを拒んだ。これもまた大論争の争点の一つ）、隣人のキリスト教徒から十字を切る作法を学んでも、そこになんの違和感ももたなかったし（＊アイルランド人はキリストの十字架の死の意味をドルイド教的な人身供犠の意味に読み替えて理解したとイェイツは考えている）、彼らの子どもたちも違和感をもたずに済んだはずである。氏族たちは一致団結してキリスト教制度を弱体化させたのであるが、彼らは修道僧を受け入れても、司教制度を受け入れることはできなかったのである（＊古代アイルランド教会では各修道院の独立性を尊重したため、カトリックの大司教制度を取らず、各修道院長がそのまま司教あるいは大司教となることで、一人の院長が司教を任命＝按手する権限が与えられていた。一方、カトリックでは大司教が任命する三名の司教の按手によって司教が任命される中央集権的な制度が採用されていた。教会制度をめぐる独立修道院制・アイルランド教会VS中央集権制・カトリック教会も大論争の争点の一つ）。『金枝篇』や『人格論』を知る近代人であれば、『告白』に記録されている聖パトリックの「信条」（＊そこで展開されているのは聖パトリック独自の三位一体）のなかに通い合う多くのものを見出すことだろうし、ある一つの言葉を除いて、そこになに一つ拒否するものを見出すことはないだろう。その言葉とは「キリストはすみやかに生者と死者とを裁くであろう」における「すみやかに」という言葉である（＊「すみやかに」が入ると、ダーグ湖の聖パトリックの煉獄に代表されるアイルランド独自の煉獄観――引用を控えた「Ⅱ：主題」中には煉獄をネオ・プラトニズム＝土着の信仰としてイェイツが捉えていることをうかがわせる箇所がある――が意味を失いかねないとイェイツは考えている）。近代人ならば、聖パトリックの「信条」を歴史上のキリストや古代ユダヤ、あるいは歴史的な推測や移ろいゆく証拠などに左右されるいかなる考え方などに目もくれず、何度でも繰り返すことができるし、信じることさえもできるのである。私も彼の「信条」を何度でも繰り返し、そしてそこにウパニシャッドの「我」を想起する。この伝統は文書であろうが口承によるものだろうが、孤独な人間の心を満足させずにはおかなかったのである。かかる（＊「信条」）伝統、それはのちにネオ・プラトニズムの断片やカバラ（＊ユダヤ神秘主義）の言葉――私はダナレイルで謎の四文字、テトラグラマトン、アグラを聞いたことがある――さらには中世の思想が描かれた漂流物の断片に流れこんでいった。（＊「漂流物」は『ケルズの書』に代表されるアイルランドの写字僧によって描かれた不可思議な装飾文様の写本を念頭に語られていると考えられる。その表紙には四福音書の記者が描かれており、これが「謎の四文字、テトラグラマトン・アグラ」とみなされている）。次いで、バロックやロココに相当する宗教的なものが到来したのだが、それさえも我々アイルランド人の場合、思想として捉えることはなかったのである。というのも、おそらくゲール語とはそもそも抽象を理解することができないからである。すなわちそれは一つの具体的な残酷性として到来したのであった（＊ここにおける「残酷性」とは「Ⅱ：主題」全体の文脈から判断して、ドルイド教の儀式、人身供犠を意味していると考えられる）。あのつづれ織り、その一場面には、現代アイルランド文学の誕生の時期も織り込まれているのである。それはシングの『聖者の井戸』のなかに、ジェイムズ・スティーブンズのなかに、首尾一貫してグレゴリー夫人のなかに、ウパニシャッドに由来しないすべてのジョージ・ラッセルの詩のなかに、かくいう晩年の詩を除くすべての私の作品のなかに見出せるものである。……

アーノルド・トインビーは『歴史の研究』第二巻の補足のなかで、彼が名づけた「極西キリスト教文化」の誕生と衰退について述べている。それによれば、その文化はウィットビー宗教会議でヨーロッパを支配する好機を失い、十二世紀に「アイルランド・キリスト王国をローマ・カトリックによって徹底的に併合されることで」「最終的な教会制度上の敗北を喫したのだった。だが、この文化は政治と文学の分野においては破壊されることなく十七世紀まで続いていったのである」。……私が確信するところでは、あと二〜三世紀もすれば、機械論にはなんの現実性もなくなり、自然と超自然とが互いに手と手を結び合い、かくして広く世間において、危険な狂信主義から逃れるためには新しい科学を学ぶしかないことが知られるようになるだろう。そのとき、ヨーロッパはユダヤ教ではなくドルイド教を背景にして立つキリスト、死んだ歴史のなかにではなく、生の流れのなかにある肉体を纏った現象としての一人のキリストのなかに、魅力的な何かを見出すことになるだろう。私はこの信仰のなかに生まれ、この信仰のなかで死んでいくことになるだろう。つまり、私のキリストは聖パトリックの『告白』に記されている「信条」、その嫡男ということになるのだ。それはダンテが完璧な均衡をもった人間の肉体に喩えた「存在の統合体」、ブレイクの「想像力」、ウパニシャットが「我」と呼ぶものにほかならない。この存在の統合体は遠くに存在し、それゆえ知的に理解されるといった類のものではなく、人や時代により異なってくるものだが、たえず身近に偏在するものである。これゆえに「イモリの眼」「カエルの足指」（＊『マクベス』の魔女の呪文からの引用）さながらに苦痛と醜悪を我が身に引き受けなければならないのである。

このようなテーマ（＊ドルイドとキリスト教が折り重なる一枚のつづれ織りとしてのアイルランドの歴史＝テーマ）への潜在的な強い関心から、私は『ヴィジョン』を書くことになったのだが、そこで展開されたものは、このテーマの荒っぽい幾何学、不完全な解釈にすぎない。（＊だが、そこでいいたかったのは）「アイリッシュ性」というものが、十六世紀と十七世紀を通じて絶滅戦争と化した幾度の戦争を経験しながらも、今日にいたるまで古代の「鉱脈」を保存してきたことについてである。

（5）W. B. Yeats, "Samhain," *Explorations*（London: Macmillan, 1963）, p.199. ここからの以後の引用は *Explorations* と記し本文中に頁数を記す。なお、この版からの邦訳は私訳による。

（6）W. B. Yeats *The Poems*, ed. Daniel Albright（London: Everyman's Library, 1992）, p. 373. 以後、イェイツの詩全集からの引用はこの版のものを用い、*The Poems* と略式で記したうえで、本文中にその頁数を示す。なお、この版からの邦訳は私訳による。

（7）W. B. Yeats, *The Letters of W. B. Yeats* ed. Allan Wade（London: Ruper Hart-Davisp,1954）, p.798. 以後、ここからの引用はこの版のものを用い、*The Letters* と略式で記したうえで、本文中にその頁数を示す。なお、この版からの邦訳は私訳による。

（8）W. B. Yeats, *Mythologies*（London: Macmillan, 1961）, p.331. ここからの以後の引用は *Mythologies* と記し本文中に頁数を記す。なお、この版からの邦訳は私訳による。

（9）W. B. Yeats, *The Collected Works of W. B. Yeats Volume V Later Essays*, ed. William H. O'Donnell（New York: Scribner, 1994）, p.253. ここから

の以後の引用は *Later Essays* と記し本文中に頁数を記す。

(10) Yeats: *Last Poems*, ed.Jon Stallworthy (London: Macmillan, 1968), p.218 参照。ここからの以後の引用は *Last Poems* と記し本文中に頁数を記す。

(11) Seamus Heaney, *Preoccupations* (New York: Noonday Press, 1980), 参照。なお、この散文のタイトルはイェイツの散文 "Samhain" から取られたものであるが、そこでイェイツは「芸術が目指すものはそれが要請する強烈な関心事 "preoccupation" において宗教の目指すところとほとんど変わらない」と記している。しかもこのくだりをヒーニーはあえて *Preoccupations* のエピグラフに記すことで、彼自身とイェイツに共通する詩における関心事（テーマ）が宗教的＝魂の問題に直接かかわっていることを読者に喚起しているのである。

(12)『ヴィジョン』とアイルランドの魂の歴史について：通常、『ヴィジョン』におけるイェイツの主題は、神秘的な図式によって〈永遠回帰〉するヨーロッパ全体の歴史と人間の魂の歴史を素描することであると捉えられているようである。そのため多くの『ヴィジョン』の読者は、難解にして象徴的な幾何学図を用いて示されたヨーロッパの歴史、その解読に明け暮れる作業を強いられることにもなる。だが、「II：主題」に表れるこの箇所はそのような読者の死角を見事に突くものといえる（私見では、『ヴィジョン』の解読に挑む多くの研究者のなかで、「II：主題」のこの箇所に注意を向ける者は少ないのではあるまいか）。つまり『ヴィジョン』の第一義的な主題はヨーロッパ全体の歴史である前に、アイルランドの歴史であり、その狙いは「アイリッシュ性」としての「古代の鉱脈」を汎ヨーロッパ的精神史の文脈のなかで発掘することにあったということだ。この箇所が「II：主題」、すなわちアイルランドの歴史の意味づけこそが彼の作品全体の主題であると宣言しているまさにその文脈のなかで表れているからである。しかもこの箇所はその前の箇所で述べられている聖パトリックの『告白』の「信条」の記述のすぐあとに用意されている点に注意したい。その「信条」は「謎の四文字、テトラグラマトン・アグラ」（「エゼキエル書」に表れたエゼキエルが幻視した聖なる獣＝「ケルブ」）に等しく、その信条の声、すなわち「信条」を語る聖パトリックの声を「私は［アイルランドの］ダナレイルで聞いたことがある」と記しているのである。これらを一連の文脈として読めば以下の解釈が成り立つはずである。すなわちイェイツが発掘を試みた「アイリッシュ性」としての「古代の鉱脈」、それは『告白』の「信条を土台にして立つ」アイルランド教会の歩みのなかにみられ、その最大の特徴は『ヴィジョン』のなかで表現しようとした終末論的な強烈な歴史認識にほかならない、と。してみれば、ここでのイェイツにとって聖パトリックとは、「地の果ての地」で終末を唱える〈アイルランドのエゼキエル〉、ドルイドの預言者であると捉えられていることになる。だからこそ、イェイツは『告白』の声、「テトラグラマトン・アグラ」をアイルランドの地で聞いたことがあると念を入れるように挿入文として加えているのである。

『ヴィジョン』の秘められた真の主題がヨーロッパの歴史である前にアイルランドの歴史であること、このことはテキストそのもののなかに密かに示唆されているところである。したがって、ここではその点にかぎり少し紙面を割いて、『ヴィジョン』を眺め直す作業をとおして確認しておく。イェイツの壮大な歴史観は、最終的には『ヴィジョン』において完成をみたといわれる。だが、その萌芽はすでに、一八九八年出版の「三博士の礼拝」（"Adoration of Magi"）に表れている。その内容は、東方の三博士よろしく新しい時代の到来のしるしをみようと、アイルランドの極西の島々からやって来たいわば〈西方の三博士〉が、パリの売春宿を訪れ、そこで「ある女」から生まれた子ども、一角獣の誕生を目撃するというものである。この一角獣がアイルランドの時代の到来を象徴していることは、同じ散文集中の「掟の銘板」と重ねてみればさらに理解がいくことになるだろう。この物語はヨアキムが説く三つの時代区分、「父の時代」「子の時代」「聖霊の時代」に倣い、現代は子であるキリスト教の時代が終わり、「聖霊の時代」が「笑う時の翼」とともに到来するという幻を視るという内容である。この新しい時代の到来が何を意味しているかはここでは示されていない。だが、これが〈西方の時代の到来〉を指すことは、この散文と対をなす「錬金術の薔薇」の結末が、アイルランド修道院文化の最盛期、古代アイルランド修道会の装飾文様が施された幻の極西の修道院をマイケル・ロバーツとオーエン・アハーンが訪問する内容となっていることからも確認できる。このヨアキムの三つの時代区分が、のちの『ヴィジョン』においては、ヴィーコの「神々の時代」「英雄の時代」「人間の時代」による円環的歴史認識へと繋がることから、アイルランド復権のテーマは『ヴィジョン』にまで及んでいるとみることができる。実際、『ヴィジョン』中の不可思議な挿話の物語で語られる「二八枚の寓意絵」と三枚の絵、つまり「ジラルダスの肖像画」「車輪」「一角獣」にはこのことの暗示として理解することができる。「二八枚の絵」は「月の二八相」を、三枚の絵はその二八相をヨアキム的な三位一体として捉えた各々の位相を象徴しているからである。

まず「ジラルダスの肖像画」であるが、それは三位一体における「子（受肉＝身体）」を象徴しているようである。その肖像画は、実のところ、イェイツ自身の肖像画であるのだが、「ジラルダス」の名がつけられているのは、イェイツ一流の詩学である「仮面」の方法により一部カモフラージュするためであるとともに、「アラビア人――作品のなかの挿絵ではその肖像画はターバンを巻いたアラビア人風に描かれている――」、つまりオリエント人として描くことで、「仮面」＝逆説の合わせ鏡（作品では「天使と人間の鏡」と記されている）のなかにオクシデントとしてのアイルランドを映し出すためであるとみることができる。というのも、その名は『アイルランド地誌』を記したジラルダス・カンブレンシスを暗示していることは明らかだからである。むろん、ここでのジラルダスとは一つの暗号であり、それが真に意味するものは中世の都市伝説でお馴染みのかの「ジラルダスの穴」、すなわちオクシデント／アイルランドを指していると考えることができる。つまり、「ジラルダスの肖像画」は自己とアイルランドの身体としての主体的（『ヴィジョン』でいう「始原的」）な歴史を意味していることになるだろう。

「車輪」の場合はどうか。「車輪」はいうまでもなく、ヨーロッパの客観的（「対抗的」）な歴史を意味しているが、それは三位一体においてはすべてに遍在する「神」を意味しているだろう。「一角獣」はどうか。それは三位一体における「子（＝主体）」と「神（＝客体）」の間を仲介する「聖霊」であり、ヨアキムの時代区分にしたがえば、それは「聖霊の時代」＝世の終末を意味し、つまり新しい時代（千年王国）の到来を意味していることになるだろう。そして、先にみた「三博士の礼拝」、あるいは戯曲『星から来た一角獣』などを踏まえて考えるならば、この一角獣の到来は、新しい時代、西方＝オクシデントとしてのアイルランドの時代の到来を意味していることになる。なお、『星から来た一角獣』の主人公の名はマーティンであり、彼はアイルランドでは「巡礼者・聖パトリック」と同一視されている。ちなみに、この作品の習作にあたる『何もないところ』の主人公の名はパウロであるが、そこに暗示されているのは古代エジプトの隠修士・聖パウロであるとともに、〈アイルランドのパウロ〉＝聖パトリックとみることができる。この戯曲のタイトルである『何もないところ』が前期の散文、「何もないところに神はいる」に由来し、この散文の主人公がホカイ人＝流離いの老修道僧、「カルディ・聖オィンガス」であり、彼が暗示しているのは聖マーティン／聖パトリックの姿だと考えられるからである。このことは、『ヴィジョン』の神秘的にして難解な記述に幻惑された読者にとっての一つの盲点ともなっているが、『ヴィジョン』の核心的部分ではないかと思われる。つまり、『ヴィジョン』におけるイェイツの真の狙いとは、壮大な人類の歴史と人類の魂のヴィジョンを描くことをとおして、周縁アイルランドがヨーロッパの歴史に与えた大いなる影響、それがもう一度、今まさにここに顕在化し、未来が到来＝復権しようとしていることを〈受胎告知〉することにあったといえまいか。

『ヴィジョン』のなかにアイルランドの歴史が秘められつつも開示されていること、そのもう一つの根拠を以下に挙げておきたい。その根拠はまたしても『ヴィジョン』中の挿話のなかにある。この挿話の最後の場面はダブリンであり、そのことによって新しい時代がアイルランドに始まることが暗示されている。この物語は最終的な時代の夜明けの予兆を「カッコウの巣作り」に求め、カッコウがダブリンで巣作りを始めたことで終わっている。カッコウは自分で巣作りをせず、他の鳥の巣に卵を産みつけ、他を犠牲にして種を保存するという習性をもっている。したがって「カッコウの巣」は古代アイルランドの修道院を象徴する「蜜蜂の巣」と対照的な象徴といえる（「蜜蜂の巣」はイェイツにとって古代アイルランド教会の象徴であるとともに供犠の象徴でもある）。だからイェイツはこのことを印象づけるために、「庭に面した窓辺に行ってみると、そこに蜜蜂の巣箱にしては大きすぎる四角の箱がいくつもあることに気づいた……」と巧みな暗示を込めて記しているのである。このことは、「内戦時の瞑想」で繰り返されるリフレイン、「蜜蜂よ、椋鳥の空巣に巣を作れ」からも根拠づけられる。椋鳥もカッコウと同じような巣作りの習性をもつ点に注意したい。つまり、カッコウの巣作りが意味しているのは原罪からの解放、すなわち供犠の成就（＝「蜜蜂の巣」の再臨）ということになるだろう。そして、それが新しい時代、アイルランドの時代＝古代アイルランド教会の復権の徴となる、とイェイツはみているということになるだろう。

この解釈が間違っていないとすれば、その後、『ヴィジョン』においてアイルランドの時代の到来が描かれていないのは、「仮面」の詩的戦略の一環であるとみてよいだろう。そのことを念頭に『ヴィジョン』を読み直せば、そのことが密かに示唆されている箇所に数多く出会うことになるからである。ここではそのことを最も端的に示す以下の文章を引用しておく――「『大周年』が三月の象徴的な満月のときからはじまったとき、東洋は西洋と交わりをもち、キリストあるいはキリスト教の王国を身ごもった。この誕生に伴ってアジアの精神的優位が続く。そのあと、今度は東洋によって西洋が身ごもる時代、母似の時代が到来することになるだろう」。つまり、イェイツはここで、現在はキリスト教の時代ではあるものの、それはヨーロッパ優位の時代を意味しているわけではなく、むしろアジア優位の時代を意味しており、これから到来する「新しい科学」としてのキリスト／ドルイド教的な時代こそヨーロッパ優位の時代になるだろうと予想しているわけである。この予想は、『ヴィジョン』の歴史大系自体が、太陽の周行と月の満ち欠けに基づいていることから、オリエント（日没）とオクシデント（日没）の方位学的位相を前提に判断されていることからも理解されるはずである。さらにこのことは、先の引用文が、ヘーゲルの『精神史』における例の見解、すなわち自然＝アジア＝スフィンクスVS精神＝ヨーロッパ＝オイディプスの精神史の見方を批判する文脈で用いられている点からも確かめることができる。そしてもちろん、ここでいう「ヨーロッパ」が意味しているものは、ヨーロッパ全体を指しているわけはなく、日が没するヨーロッパの周縁、オクシデントとしてのアイルランドを指している。つまり、ここにおけるヨーロッパの時代の誕生が真に意味しているものは、オクシデントとしての古代アイルランド教会の時代、その到来（復権）だと判断されるのである。

（13）むろん、筆者はこのように述べることで新聞の現実の社会に果たす重要な意義を否定しているわけではない。詩と新聞、二つの果たす役割が根本的に異なるものであり、二つを同列に並べて読むことはできないことをここで確認・強調しているまでのことである。なお、イェイツが当時の新聞に対しあからさまなまでに敵意を表す背景には、「青年アイルランド協会」（'Young Ireland Society'）の詩人たちに典型的にみられるように、当時の多くの詩人たちが新聞を彼らの政治的主張、ナショナリズムを宣伝し、煽るための道具＝広告として利用していたという事情があった。

（14）マックス・ミルネール『ファンタスマゴリア』（川口顕弘、篠田知和基、森永徹訳、ありな書房、一九九四年）、一三—五頁参照。

（15）W. B. Yeats, *Autobiographies*（London: Macmillan,1955）, p.270. ここからの以後の引用は *Autobiographies* と記し本文中に頁数を記す。なお、この版からの邦訳は私訳による。

（16）W. B. Yeats, *The Collected Plays of W. B. Yeats*（London: Macmillan,1954）, pp.597-617 参照。なお、イェイツの戯曲全集からの引用はこの版のものを用い、*The Collected Plays* と略式で記したうえで、本文中にその頁数を示すことにする。なお、この版からの邦訳は私訳による。

（17）この「老人」の語りが同時に「青年」である「クフーリン」の行く末を予兆しているものであることを考慮すれば、聖者と英雄はここでもまた呪いとそれに伴う人生の葛藤を共有しながら、合わせ鏡の「仮面」を形成していることがわかる。

（18）盛節子『アイルランドの宗教と文化』（日本基督教団出版局、一九九一年）、七五—一〇五頁参照。

（19）Stella Durand, *Drumcliffe*（Leitrim: Drumlin Publications, 2000）, p.26 参照。

（20）イェイツは『ヴィジョン』のなかで、ヴィーコについて以下のようにも述べている――「そののち私は自力でシュペングラーの淵源が主にヴィーコにあり、ヨーロッパの革命思想の半分がヴィーコ哲学の歪曲であることを発見した」。*A Vision*, p.261.

（21）Curtis Bradford, "Yeats's Byzantium Poems: A Study of Their Development," *Yeats: Collection of Critical Essays*, pp.94-5.

第一章

（1）ミルネール、一三—五頁参照。

（2）河合隼雄『影の現象学』（講談社、一九八七年）、一七—八頁参照。

（3）ヴィクトル・I・ストイキツァ『影の歴史』（岡田温司、西田兼訳、平凡社、二〇〇八年）、一四五—五〇頁参照。

（4）Otto Bolman, *Yeats and Nietzsche: An Exploration of Major Nietzsche Echoes in the Writings of William Butler Yeats*（Totowa.N.J.: Barnes and Nobel, 1982）, p.49.

（5）ストイキツァ、二〇一—一七頁参照。

（6）ハンス・ベルティング『イメージ人類学』（仲間裕子訳、平凡社、二〇一四年）、一二頁。
（7）レジス・ドブレ『イメージの生と死』（西垣通、嶋崎正樹訳、NTT出版、二〇〇二年）、一四—五頁参照。
（8）ベルティング、二四頁。
（9）ジャン・リュック・ナンシー『イメージの奥底で』（西山達也、大道寺玲央訳、以文社、二〇〇六年）、一頁参照。
（10）ジャン・ボードリヤール『象徴交換と死』（今村仁司、塚原史訳、筑摩書房、一九八二年）、参照。ここで彼はイメージを想起されるものではなく、やはり「とりつく」ものとして捉えている点を看過すべきではない——「とはいえ、象徴界は死がとりつくように近代社会にとりついているのである」（一頁）。この文章は、マルクス・エンゲルスの『共産党宣言』を捩ったものであることは明らかである。したがって彼はここで唯物論の旗手でさえ、イメージの憑依現象を暗黙のうちに認めていることを、喚起しようとしていることになる。
（11）M. H. Abrams, *The Mirror and the Lamp*（Oxford: Oxford University Press, 1955）につけられたエピグラフ。
（12）ワイルドのかかる命題がイェイツに与えた影響とそこからの脱却、ワイルドへの批判については、Richard Ellmann, *Eminent Domain*（New York: Oxford University Press, 1967）, pp.17-25 参照。
（13）Robin Flower, *The Irish Tradition*（Dublin, Liliput Press.1947）, p.9. フラワーによれば、アイルランドの叙事詩にしばしばみられる詩人の変身譚もこれにより説明されるという。すなわち詩人＝証言者は様々な生き物に姿を変えながら、歴史の生き証人になることによって、彼が語る歴史は正統なる歴史とみなされることになるのだという。
（14）ジャック・ル・ゴフ『煉獄の誕生』（渡辺香根夫、内田洋訳　法政大学出版、一九八八年）参照。
（15）Robin Flower, p.8 参照。
（16）イェイツ研究の死角としての聖パトリックのイメージ、それが生まれる最大の要因には、イェイツの作品全体のなかで最初に聖パトリックが表れる『アシーンの放浪』（*The Wonderings of Oisin*）、そこにみられる聖パトリックのイメージにかんする根本的な誤読があるように思われる。すなわち、アシーンを古代ケルト英雄神話の時代、その象徴的な人物と捉え、一方、聖パトリックをキリスト教時代のアイルランド、その体現者と捉えたうえで、二人を二項対立の図式のもとで読み解き、イェイツは前者を肯定し、後者を否定的に捉えているとする見方である。このような誤読の背後に覗くものは、様々な諸派をもつキリスト教を単純に「キリスト教」の名のもとに一括りにする一元的な思考にあるだろう。そこに決定的に欠けている観点は、教義、信条、典礼のあり方、制度にいたるまでカトリックとはまったく異なるアイルランド独自の「極西キリスト教会」、カルディたちの歩み、このことに対する理解であるといってよいだろう。彼らは十二世紀にカトリックに併合させられるまではその独自性を保持し、ときに今日でいう「グローバリゼーション化」ともいうべき普遍化・併合を目論むカトリックに対し激しく抵抗し、その固有性を主張し続けていたのである。六世紀から十二世紀におよぶカトリックとの「大論争」の歴史は、このことのなによりの証といってよい（十二世紀以降にカトリックによって遣わされた修道僧、シトー派、ドミニコ派、フランシスコ派修道僧と「カルディ」を混同することは史実に反する）。このような独自の歴史をもつカルディにとって聖パトリックは、反カトリックとしての極西キリスト教会、その象徴的な存在であった。もちろん、イェイツは『アシーンの放浪』を書いた初期（彼二四歳の作）の段階において、すでにこの史実に通じており、その史実を踏まえて作品を書いたといったことは、本文と註で詳しく検証していくとおりである。

(17) ひと頃前の「オックスフォード派」（その代表的研究者は J. B. Bury, E. MacNeil, J. Ryan, L. Bieler などである）とも呼ばれる最も伝統的な解釈によれば、おおむね、聖パトリックは四三二年にアイルランドに渡来し、四六二年（場合により四九三年――この説を取ると聖パトリックは一二〇歳余り生きた計算になる）に他界したという説をとっている。だが、実のところ、それを裏づけるに足るだけの歴史的根拠資料はいまのところ皆無であるといってよい。それどころか、この時代を知るために不可欠とされる歴史資料を参照すれば、「四三二年、聖パトリック渡来説」はむしろ疑わしいものになってくる。たとえば、アイルランド教会史にかんする最も権威ある書物、ベーダの『英国教会史』（七三一年頃）には彼の名前さえ記されていない。あるいは六～七世紀前半に活躍した多弁の人で知られる聖コロンバーヌス、その数々の著作（大陸で書かれた）のなかには聖パトリックの記述はいっさい見当たらない。そうだとすれば、聖パトリック没後わずか百年のうちに、聖パトリックは聖コロンバーヌス――伝承のなかには彼を聖パトリックの弟子と見なしているものもある――の耳にさえ届かない影の薄い存在になってしまったことになる（Thomas O'Loughlin, *Discovering Saint Patrick* (London: Darton Longman and Tod Ltd, 2005), pp.28-41 参照）。このような歴史資料の欠如に対し、多くの聖パトリック研究者たちは、聖パトリック自身が書いた『告白』と『コルティカスへの書簡』（それらにはもちろん年代はいっさい記されていない）のテキスト分析を行なったうえで、歴史資料というよりは半ば伝説であるムルクーが七世紀後半に書いた『聖パトリック伝』（聖パトリック伝の最初のものとされている）、ティレハンの『聖パトリックにかんする覚書』（チャールズ＝エドワードはこの伝記が最初のものであるとみている）、『三部作伝記』、『アーマーの年代記』などを手がかりに聖パトリックの渡来年を割り出す作業を行なっている（盛節子、二七―四四頁参照）。ただしこれらの資料は、聖パトリックが死去した後、二〇〇年以上を経て書かれていることからしても、その史実としての信憑性は疑わしいといわざるをえない。また、後述するアーディル、ニコルソンのような過激な「反伝統派」の研究者に留まらず聖パトリックの最近の研究者の多くが指摘するところでは、アーマーの司教が豪族北イ・ニールと組んで、各アイルランド教会との覇権争いにおいて優位に立とうとしていた時代であり（Edel Bhreathach, *Ireland in the Medieval World AD400-1000*（Dublin: Four Courts Press, 2014）, pp.4-8 参照）、これらの「伝記」「年代記」資料は、聖パトリックをアーマー教会の創始者に仕立て上げることで、アイルランド教会の統一を果たそうとする政治的野望を秘めた半ば宣伝文であるという見方を支持する研究者は多い（「第二章」参照）。聖パトリックがアーマーの地で永眠し、その遺骨がこの地に眠るという伝説が生まれた背景にもかかる政治的戦略が見え隠れしているという見方もできる（伝統的にアイルランド教会では聖人の遺骨、遺留品をもつことが教会の権威の証とされる）。二〇〇年の沈黙を破り、突然、アーマー教会の墓場に出現した聖パトリックの亡霊、その謎は現在でも依然として解けていないのである（O'Loughlin, pp.28-41 参照）。とはいえ、聖パトリックが渡来した年代を探るうえで重要な歴史資料はアイルランド内ではいまだ発見されていないものの、大陸（ローマ）に目を向けると、かならずしも皆無であるとはいえない。プロスペルの『年代記』などその代表例である。もちろん、伝統派、反伝統派ともに聖パトリック研究者はこの書物に注目している。それによれば、四三一年、ローマ教皇ケレンティヌスの任命を受けた司教パラディウス、彼はブリトンとアイルランドで当時優勢を誇っていたペレギウス派をカトリックに改宗させるためにアイルランドに渡った。アーディルの見立てによれば、ペレギウスはアイルランド人であったそうだが、彼はローマ・カトリックの堕落の原因をアウグスティヌスが唱える救済説と原罪説に求め、そのことでアウグスティヌスと激しく対立することになった。だが、彼の主張はカルタゴ宗教会議（四一八年）において退けられ、ペレギウス派は異端の烙印を押されることになる。とはいえ、北アフリカ（その中心はアレキサンドリア）の東方教会や彼の出身地であるアイルランドとブリトンではいまだその勢いは衰えを知らなかった。この事情はベーダの『英国教会史』にも一部記されていることから、ある程度、史実と受けとめてよいだろう。こうして教皇の命を受けてアイルランドに渡ったパラディウス（ペレギウスと類似する名前であるが、別人である）は、そこでカトリックへの改宗を試みるものの失敗に終わり、『年代記』によれば、その一年後、彼はアイルランドを去ることになったという。

ただここにも問題が指摘されている。この『年代記』のなかには聖パトリックの名がいっさい記されていないからである。そこで、伝統的な聖パトリック研究者は以下のような仮説を立て、それが今日にいたるまで「四三二年、聖パトリック渡来説」の最大の根拠となっているのである。パラディウスのあとを受けて、教皇により改めてアイルランド布教のため司教が任命されたが、その人物こそ聖パトリックにほかならない、と。なぜならば、パラディウスを除けば彼以前にカトリックを布教した人物はいないはずだし、『告白』のなかで聖パトリック自身、当時のアイルランドのことを、「世界の果ての異邦人の地」と明記しているからである。また、『告白』のなかに彼の司教任命について明記されていることから、この任命をパラディウスが去った四三二年と判断されるというわけである（ただし、研究者のなかにはオラヒリーに代表されるように、パラディウスと聖パトリックは同一人物であるという説を取る研究者もある。盛節子、二七—四四頁参照）。しかし、この伝統的解釈にはある一つの不都合な問題が生じていることは避けられまい。すなわち、この学説は暗黙のうちにアイルランドは聖パトリックが布教を始める前からすでにキリスト教文化圏のなかにあったことを認めているということである。それにもかかわらず、聖パトリックが『告白』のなかでアイルランドのことを「異邦の地」と呼んでいるとすれば、彼はカトリック以外のいっさいのキリスト教を認めないというなんとも偏屈なカトリック至上主義者になってしまう。このような、不備から現在の歴史・神学者の多くは、五世紀以前のアイルランドがすでにキリスト教を受容、あるいは少なくとも、充分承知していたことを疑う者は少ない。

(18) O'Loughlin, 参照。

(19) 現代のアイルランド古代歴史学者、考古学者の多くの一致した意見では、二世紀にはヨーロッパとの貿易を通じてアイルランドにはすでにキリスト教が伝わっていた可能性が高いという。あるいは、二世紀に奴隷貿易により連行された外国人の多くは、当時の状況から判断してキリスト教徒である可能性が高いという指摘も数多くある。たとえば、O'Loughlin, pp.28-41, Liam de Paor, *Saint Patrick's World*（Dublin: Four Courts Press, 1996）, pp.46-50（＊本書で言及したティレハンの『聖パトリック伝』、ムルクーの『聖パトリック伝』、アダムナンの『聖コロンバ伝』は、ここからの英訳を用いた）、Edel Bhreathnach, pp.26-30 参照。このような考古学的な見解を踏まえて、現代の伝統派の聖パトリック研究者のなかには、五世紀にアイルランドにキリスト教が初めて伝わったという見方は支持できないという意見が大半を占めている。先述の Thomas O'Loughlin などもそうである。彼は聖パトリック、四三二年渡来説を支持しつつも、それよりはるか以前からキリスト教がアイルランドに伝わっていたという矛盾を、『告白』にみられる強烈な終末意識によって解消しようとする。彼によれば、聖パトリックは布教の前からアイルランドの多くの社会的弱者（奴隷）がキリスト教徒であることを充分承知していたが、『告白』に記されている「フォクルーの森」（後述）に象徴される北西部＝「世の果て」においては、いまだ福音が伝わっておらず、そのため彼は北西部に伝道の地を求めたのだという。北西部とはアイルランドのなかの地の果てにほかならず、したがって「地の果ての異邦の地」が直接意味しているのはアイルランド全土である前に、アイルランド極西部のことである、と。

「聖パトリックは世の果てにまで福音が述べ伝えられたとき、神の国が訪れるという信仰をもっていたからである」と彼は捉える。『告白』の行間に滲む殉教精神を伴う強烈な聖パトリックの使命感は、この終末観をおいてほかに説明がつかないとも述べている。つまり、聖パトリックはアイルランドのパウロになろうとしたというのである。この意味で、彼の主張もまた原始キリスト教会と古代アイルランド教会との間に平行関係が成り立つことを暗黙のうちに認めるものだということになるだろ（O'Loughlin, pp.1-136 参照）。そうだとすると、ここに一つの興味深い逆説が成り立つことに気づくだろう。すなわち、アイルランドはヨーロッパの極西、その周縁性のゆえにこそ、かえってキリスト教の精神史のなかで固有の〈徴〉を帯びた地点＝クリティカル・ポイントになるというこの逆説である。もちろん、アイルランドにこのような逆説の意味が発生するためには、原始キリスト教と同様に終末意識を受け入れることが前提条件となる。イェイツが『告白』のなかに終末意識を読み取り、それを『ヴィジョン』の「主題」であると述べていることも、これにより充分説明可能である。聖パトリックに体現される古代アイルランド教会／原始キリスト教会は強烈な終末意識を想定することによって、はじめて周縁からヨーロッパの歴史を回転させる中心軸へと変貌を遂げることができるからである。これが『ヴィジョン』の秘められた真の主題とみることができるのではあるまいか。以上、述べたことを整理して、現代のこの分野における動向を以下記しておくことにする。

現代の歴史学・神学・考古学の動向がみる古代アイルランド修道院文化：歴史・考古学の観点から、神話と幻想の霧に包まれ「暗黒の時代」と呼ばれる六～八世紀のアイルランドが各々独自の修道院制度・教育制度をもつ学術都市群の集合体であり、メロリング・カロリング朝ヨーロッパにおける先鋭的知の発信地であったことが次第に明らかになっている。このことは二世紀のヨーロッパにおいて、極西の島・アイルランドは「絶海の孤島」としてではなく、むしろ海路によって四方に開かれた豊かな「自由交易地」として認識されていた点を考慮すれば、歴史的必然として受け入れることさえできる。エジプトのプトレマイオスが『ゲオグラフィア』（二世紀）のなかで記しているように、古代アイルランドは海路によって大陸（外部）に開かれた十五の海岸交易地域と内部を河川・湖水による水路で結ばれた多くの散所（集落）をもつ開かれた文明の島と見なされていたからである。彼の指摘は歴史資料が乏しい六～八世紀の古代アイルランド修道会の成り立ちを考えるうえで重要なヒントとなる。現在確認されているこの期の修道院跡地はほぼ例外なく海岸線（孤島を含む）、河川流域、湖水地帯に位置しているからである。聖エンダのアラン島の修道院共同体（四九〇年？）、聖フィニアンのクロンナード修道院（五三〇年）、聖コロンバのデリー修道院（五四六年）、聖キアランのクロンマックノイズ修道院（五四五～九年）、聖ブレンダンのクロンフォート修道院（五五四年）、聖コルマンのテリーグラス修道院（六世紀）、聖スィネルがエルン湖上に建てたクリニッシュ修道院（五五六年）、聖コムガルと聖フィニアンがベルファストの海岸線に建てたバンゴール修道院とモヴィル修道院（ともに五五八年頃）、聖ケヴィンがウィクロー湖水地帯に建てたグレンダロッホ修道院（六世紀中期？）、聖ブリジットのキルデア修道院（六世紀）等々、いずれもそうである。しかも、これらの修道院は歴史・考古学者E・ベルスナッハが指摘しているように、単なる布教の場ではなく、修道院の周辺に高度な技能を有する職人が住む商業地をもつ「都市」の形態を有しており、さらに各修道院においては独自の教育制度により十八歳以上の青年学僧にギリシア語、ラテン語、聖書釈義、修辞学、幾何学までも講じていた。つまり古代アイルランドは各都市が学僧という知の職人たちが集う共同体（ギルド）としてのウニベルシタス（大学）、〈学術都市〉であったとみることができる。なお、ベルスナッハによれば、これらを「都市」と呼ばないのはギリシア・ラテン的尺度によって都市を定義するからだという。同様にこれらの修道院を「大学」と呼ばないのはギリシア・ラテン的知のパラダイムによって大学を定義するからではなかろうか。十一世紀に誕生したとされる「大学」はいずれもカトリックの傘下に置かれていた点に注意したい。ここから一つの命題が措定される——陸路の交流によって発展を遂げた大陸の中央集権的商業都市に対し、古代アイルランドは海路・水路という〈水辺の巡礼ネットワーク〉によって発達を遂げた周縁的学術都市・共同体ではなかったか。この命題を念頭に置けば、これまで個別的に発掘・調査・研究が進められてきた各修道院のエリア・スタディーズの盲点、すなわち六世紀中頃を境にアイルランド全土に同時発生的に水辺に突如現れた修道院の群、その誕生の謎（ダグラス・ハイドはこれを「歴史の奇蹟」と呼ぶ）を一つの文化現象として総合的に捉え、各々の発生を相互に関係づけるための原理の発見にいたる道筋ができるのではないかと考えられる。むろん、このような共時的アプローチの前には、アイルランドにキリスト教がいつどのような形で伝播され、それがどのような経緯で発展を遂げたのかという通時的問題を解いておかなければならない。この点については最近の多くの歴史・考古学者によって支持されている以下の歴史的見地に立脚し考えるべきだろう。聖パトリックが渡来したとされる四三二年（この説は歴史的根拠が希薄）のはるか以前（少なくとも二世紀）からアイルランドはエジプトとの交易によって（先のプトレマイオスの記述に注目）キリスト教がすでに広く知られており、しかもこれらの交易商人や外国人奴隷のなかには多くのキリスト教徒がいたという学説。この見地に立つならば、ローマ教会とは形態を異にするアイルランド独自のキリスト教の成り立ちも理解されるうえ、六世紀に突如開花をみた修道院、その「歴史の奇蹟」もある程度説明可能となる。この知見の妥当性は通説が拠り所とするプロスペルの『年代記』からも確認できる——「助祭パラディウスを、キリスト教を信じるアイルランド人のために派遣した」。なお、この書物にはパラディウスはエジプトで当時絶大な支持を受け、アウグスティヌスによって異端とされた禁欲の神秘主義者・ペレギウス派をカトリックに改宗させるために派遣されたと記されている。このことは四三一年当時のアイルランドがすでにエジプトとの文化交流によりペレギウス神学などを取り入れつつ独自の発展を遂げたキリスト教文化圏のなかにあったことを示唆している。聖パトリックを「アイルランドの出エジプト者＝モーセ」とみなし、テーベの隠修士パウロとエジプトの修道士・聖アントニーを崇敬する現在に残るアイルランド教会独自の伝統もこれにより説明可能である。

当然のこと、〈水辺の巡礼ネットワーク〉はアイルランド内に留まるものではない。海路を通じてスコットランドに聖コロンバがアイオナ修道院（六世紀）、大陸では聖コロンバーヌスがアンヌグレー、ルクセユール、フォンテーヌ、ボッピオ修道院（六〜七世紀）を創設し、西ローマ帝国の滅亡の後、文化荒廃が著しい大陸の知の復権、大陸初の文芸復興＝メロリング・カロリング朝ルネサンスに大きく貢献した。これによりアイルランド修道会の名声は大陸全土に知られ、先進の学問を学ぼうとフランク王国の王子たちを含め多くの若者たちが大陸から渡来し、アイルランドはほとんど〈国際学術都市・共同体〉の様相を呈していたと推測される。そして、このアイルランドが原動力になって起こったこのヨーロッパ初のルネサンスこそ「アイリッシュ・ルネサンス」の基盤に据えられたものの実相であったと措定される。

(20) **Rev. John Roche Ardill, *St Patrick A.D.180*** (London; John Murray,1931) 参照。なお、本論で用いたアーディルの論考はすべてこの版からのものである。

アーディルの『聖パトリック　一八〇年渡来説』VS聖パトリック、五世紀説：イェイツの「総括的序文」Ⅱ：主題はイェイツの詩的直観によって観想されたアイルランドが前提になっていることはいうまでもないが、同時にそこにはあえて「最近の学説」と述べている点からもわかるとおり、ある程度、学術的な根拠を示している。その学説とはアーディルのものであり、この論文が「Ⅱ：主題」の記述に与えた影響の大きさは疑いようのないものである。先に引用した「Ⅱ」で記されている歴史的事象のほとんどすべてが、この著書の命題である「聖パトリック、一八〇年渡来説」を証明するためにアーディルが用いたものとほぼ一致しているからである。命題として掲げられた「聖パトリック、二世紀渡来説」はもちろんのこと、「大論争」、「復活祭（論争）」、「ドルイド式剃髪」、「司祭（制）に対立する修道僧（修道会制）」、「（カトリックの三位一体と一線を画す）聖パトリックの『告白』の信条（＝三位一体論）」、「ドルイド／キリスト者としての聖パトリック」、「ドルイド／ケルト的残虐性（＝供犠）」、「七世紀のウィットビー宗教会議（と古代アイルランド教会の消滅）」、「古代アイルランド教会に対する（カトリックによる）迫害（宗教会議＝異端諮問）の歴史」、いずれもアーディルが『聖パトリック　一八〇年渡来説』のなかで、詳しい歴史的考証によって徹底的に論じた事象である。そこで、ここではアーディルの学説がいかなるものであるか、イェイツが影響を受けたと考えられる学説に絞って以下、記しておく。なお、「II：主題」によれば、イェイツはアーディル著『聖パトリック一八〇年渡来説』を「ケンブリッジ大学のバーキット教授の紹介で知ることになった（バーキッド教授はこの著書の書評を書き、その書評をイェイツに送っているが、おそらく彼は書評とともにアーディルの著書およびこれと関連する研究論文について示唆を与える手紙を送ったものと推測される）。

この書物によれば、『年代記』あるいは『英国教会史』が暗示しているものは、アイルランドが四三二年の時点で、すでにキリスト教文化圏のなかにあったという事実であるという。カルタゴ宗教会議によって異端とされたとはいえ、ペレギウス派はキリスト教徒の一宗派とみなければならないからである。それを異端と呼び、「異邦人」と呼ぶのは勝手だが、それはカトリックの一方的な判断にすぎないと彼は考える。しかもアーディルは、アイルランド人ペレギウスを生む土壌こそ古代アイルランド教会文化の伝統であり、それは厳しい自然に身を晒し、禁欲に生きたアイルランド修道僧の伝統にほかならないと捉える。ペレギウスが救済説、原罪説を拒否し、徹底した禁欲主義を唱えたのも、この伝統によるとみるわけである。

このように述べたあとで、アーディルは従来の伝統的解釈によっては解きがたい一つの歴史の謎を提示して、この謎を説いてみよ、とばかりに一人の異端者として挑戦状を突きつけることになる。その要点は以下のものである。曰く――「もしかりに、聖パトリックが四三二年に渡来し、その後のわずかの期間でアイルランド全土の異邦人が改宗し、その弟子たちを通じ、わずか百年足らずのうちにアイルランド教会の骨子となる独自の教義、聖書解釈、法令までもが確立されたとすれば、それは生物学的突然変異説、あるいは地球外生命体渡来説でも持ち出さない限り、歴史的にその奇蹟を説明することはおよそできまい」。

ここにおける彼の主張は当時のアイルランドの史実を考慮すれば、けっして暴言ではなく、正論でさえある。というのも、五世紀末までにはすでに東ではバンゴール修道院、西ではアラン島に修道士エンダによる独立修道院が創設され、六世紀になると「アイルランド十二使徒」とも呼ばれる修道僧／学僧たちによってアイルランド全土に次々と独立修道院が創立されているからである（Liam de Paor, pp.9-13, Edel, pp.26-30 参照）。これらの修道院は、たんなる布教のための地方教会とは性質を異にし、それはほとんど現代の「大学」と呼んでよいほどの知的水準を誇る修道院の様相を帯びていたのである。ボローニャ大学、オックスフォード大学、ケンブリッジ大学に先立つこと五百年、すでにアイルランドには「修道院」という名の「大学」が存在していたといってもよいだろう。そこでは独自のカリキュラム、独自の修道院制（すなわち学則）のもと、各々高度な聖書の釈義、ギリシア語、ラテン語、修辞学、文学（詩学）、幾何学にいたるまで十八歳以上の学僧（修学者）のための講義が講じられていたからである（盛節子、一四―二二頁参照）。これを

「大学＝知のギルド」と呼ばずしてなんと呼ぶべきだろうか。あるいは、六～七世紀には聖ブリジットを初めとする尼僧たちの働きにより現代の女子大学に相当するような女子修道会制度までも確立されていたのである（盛節子、二四五―八七参照）。四三二年に聖パトリックにより初めてキリスト教が布教され、その後わずか百年間でこのような成熟をみたとすれば、それは歴史上最大の奇蹟の一つに数えてもよさそうである。キリストと十二使徒たちでさえ成し得なかったこの歴史上の奇蹟を、聖パトリックと「アイルランドの十二使徒」は成し得たことになるからである。

以上のようにアーディルは「伝統派」の解釈を強烈に批判しつつ、アイルランドは四三二年に遡ること二百年以上も前に、すでにキリスト教文化圏の一つであったと主張する。そのうえで、彼は普遍化を求めるカトリック的志向と一線を画すアイルランド教会、その歴史的固有の位置を評価し、さらにその理念を共有する文化的風土を当時のローマの周縁に位置していたケルト文化圏ガリア南部、および二世紀の聖アントニーを生んだ原始キリスト教の色彩を色濃く残す北アフリカ・東方教会に求める（ちなみに、伝統的にアイルランドの修道士は聖アントニーに対する愛敬の念が深く、民衆のレベルにおいては聖アントニーが聖マーティン／聖パトリックと同一視されている。このことは、本文で詳しく述べることになるが、イェイツの詩「悪魔と野獣」に表れた聖アントニーの姿、戯曲『星から来た一角獣』の主人公の名、マーティンが暗示しているところでもある）。これらの文化圏においては、二世紀——彼が考える「聖パトリック生存の時期」——頃、宗教者は主にゲール語、あるいはギリシア語を話し、ラテン語を知るものは少なかったという。そこから彼は聖パトリックの母国語はゲール語であり、『告白』と『書簡』はゲール語からラテン語への彼の手による翻訳であるという独自の見解を示す。彼によれば、このようなカトリックとは異なるキリスト教文化圏、とくにケルト文化圏においては、ドルイド教とキリスト教は矛盾なく共生しており、だからこそ、アイルランド修道僧たちはドルイド式の剃髪の伝統を守り、復活祭の日付（過ぎ越しの祭の日付と一致させる日付で、これを「十四日主義」ともいう）をカトリック式に変えることを頑なに拒み、学僧としてのドルイド僧の名残を留める修道院制度を守り、そのためカトリックとの大論争が勃発したのだというのである。大陸に赴いて、ローマ教皇に数々の書簡を送りつけ、教皇に対して論陣を張った聖コロンバーヌスの以下の言葉に注目せよとも述べている——「私のドルイドは父なる神の子、キリストである」。ドルイド＝キリストであるとする聖コロンバーヌスの言葉は次の点を考慮すれば、なんら驚くに値しないものである。すなわち、彼にとってドルイド僧は宗教者である前に哲学者・科学者・詩人＝学僧とみなされていたということである。それはスコラ哲学の中世のカトリック神学者がアリストテレスの言説やプラトンのイデア論とキリスト教の教義になんの矛盾も感じないこととほとんど同じ意味でしかない。少なくとも、イェイツは「Ⅱ：主題」のなかでそう考えていたことは以下の文脈からみて間違いないところである――「自然と超自然とが手と手を結び合う新しい科学、聖パトリックの信条に表れたキリスト／ドルイド教を土台とする新しい科学……」。

アーディルによれば、十二世紀までに開催された数々のカトリックによる公会議は、アイルランド教会の封じ込め政策の一環として行なわれたものであり、この論争のなかでカトリックはしだいに自らのドグマを確立していったのだという（これは逆説的にみれば、ヨーロッパのキリスト教の確立に果たした極西教会の歴史的意義を暗に語っているに等しい）。たとえば、三二五年のニケイア公会議における三位一体論の統一的教義（これによりアイルランド教会の信条と響き合うアリウス派の三位一体論は異端となる）、復活祭の日付の統一、四一一年のカルタゴ公会議におけるペレギウスの異端諮問、六六三～四年のウィットビー公会議におけるアイルランド教会のカトリック教会への併合、そのいずれもアイルランド教会の封じ込め政策の一環として開催されたという。このことは、先のイェイツの記述「幾多の迫害」「カトリックへの併合」も、アーディルの主張を念頭に置けば、理解が進むだろう。

以上のように公会議の経緯に注目することで、アーディルは四三二年渡来説がヨーロッパ教会史を無視したまったく根拠のないフィクションであると退け、独自の見解を示す。その際に彼が最初に注目したものが、「Ⅱ：主題」のなかでイェイツが二度にわたり記している『告白』の冒頭部分で展開されている「信条」、すなわち聖パトリック独自の三位一体論である。理解の一助となると思われるため、以下、『告白』の「信条」の全文（アーディル訳）を邦訳して記載しておく。

> いっさいの過去、未来永劫において存在したもう神は、父なる神をおいてほかになし。生まれることも始まりなく世の始めより存在したまう神。我らがいうところの全能者なり。そして神の御子、イエス・キリスト。我ら宣言するなり――キリストは神とともに世の始めより止むことなく存在したもうなり、と。彼、霊的なものの御姿なれど、畏れおおくも、万事が始まる前に生まれたまいし。彼によりて、物事は見えるもの、また見えぬものとなりたまいし。彼、人となり、死を乗り越え天の父のもとにありしなり。天にあるもの、地にあるもの、そのいっさいの権威を、神は彼に与えたまいぬ。あらゆる舌よ、彼に告白し、かくいうべし。イエス・キリストは我らが信じる主なる神なり、と。我ら待ち望む。キリストよ、すぐに来たりたまいて、すみやかに死者を裁き、各々の行ないにより報いたもうことを。彼は我らに不滅の誠実なる賜物、満ち満ちたる聖霊を与えたもうなり。その聖霊の働きにより我ら信じ従う者となり、我らキリストと相続をわかち合う神の子らになりにける。我らキリストに告白してかくいうなり。キリストは三位一体の聖なる名において我らが拝し祀る一なる神なり、と。（『告白』一七頁）

右の箇所が、アーディルがその著書において最も注目し、イェイツが「Ⅱ：主題」のなかで自ら掲げる信仰――「私のキリストは聖パトリックの『告白』の信条の血統に由来する嫡子である」――の土台に据えた『告白』の「信条」、その全文（私訳）である。とはいえ、三位一体の教義の形成史に暗い私たちにとって、ここに表れた『告白』の「三位一体」、その一体どこがオーソドックスなものと根本的に異なるのか、説明することは難しいだろう。あるいはこの信条のいったいどこに、イェイツが見出したような〈ドルイドとしてのキリストの姿〉が潜んでいるのか、容易に判別することは難しいだろう。だがアーディルによれば、この「三位一体論」はニケイア公会議で定められた三位一体論の教義からも、アウグスティヌスにより完全に確立された三位一体論からもおよそかけ離れたものであるという。むしろ、それはアレキサンドリアの司祭アリウスが二世紀後半に唱え、のちにニケイア公会議において異端の烙印を押された三位一体論と類似するものであり、さらにアリウスとほぼ同じ主張を唱えたカルタゴの神学者テルトゥリアヌス（160-230）、あるいは南部ガリアの神学者イレニウスが提唱する異端視される三位一体論に酷似するものだという（アーディルは確認のためイレニウスの三位一体論を掲載しているが、その記述は確かに聖パトリックの信条に驚くほど酷似している。Ardill, pp.34-5参照）。アーディルは、これら二つの三位一体論の違いを軽くみてはならないと読者に注意を促す。なんとなれば、この差異は十六世紀の宗教改革に次ぐ大論争であり、これによりキリスト教会に決定的な亀裂が生じ、さらにこの違いがもとで教会はのちに東西の分裂にいたったからであるという。五八九年のフィリオ・クェ論争を端緒とする十二世紀にまでおよぶ東西の大シスマ（東西教会の相互破門）にいたる大論争であり、その根がまさにここにあると彼はみるのである。ニケイア公会議の第一義的な議題もこれらの三位一体論をめぐるものであった点を見逃してはならないとも述べている。というのも、アリウス／テルトゥリアヌスが唱える三位一体論は当時のヨーロッパにおいて広く支持を得ており、これを支持する諸国が三位一体論を旗印に結集すれば軍事的にはローマ・カトリックよるはるかに強大なものとなり、その脅威に晒されたローマは、その政治的防衛のために、アリウス派の三位一体論を異端としたからだというのである。

それでは、『告白』にみえる三位一体論の一体どこがオーソドックスなものと根本的に異なっているのだろうか。アーディルが着目するのは『告白』に暗示されている父なる神と子なるキリストの関係性である。ニケイア公会議において正統とされる三位一体における父と子の関係は「同一の実体」（'one substance'）でなければならない（Ardill, p.34 参照）。これに対しアリウス／テルトゥリアヌスが唱える父と子の関係は「類似するが異なる実体」とされる。『告白』の「信条」においても、注意深く読むと神と御子は「つねにともにあるもの」とはみなされているものの、「同一のもの」とはみなされてはいない。同一の実体か異なる実体か、同一化か差異化か、このあれかこれかの選択のなかに、東西教会の分裂の種が宿る、これはアーディルの見解を待つまでもなく、なによりも歴史そのものが雄弁に証言しているところである。

プラトニズム／ネオ・プラトニズムに代表されるギリシア思想を背景にする東方教会における三位一体は単性論、すなわち父としての一者から子が発出され（生まれ）、子により聖霊が発出されるという父↓子↓／聖霊という正三角形の三位一体の形態を取る。これに対しカトリックでは、父と子の両性から聖霊は発出される父＝子↓聖霊という逆正三角形の三位一体の形態を取る。そして、その違いの根本が同一化か差異化かのなかに宿っているのである。これがのちに「聖霊は御子からも発出される論争」＝「フィリオ・クェ論争」に発展するものとなったからである。ちなみに、イェイツが聖パトリックの三位一体論を東方＝ギリシア正教的な正三角形の単性論とみなしていることは、「リブ、パトリックを非難する」からも理解されるところである――「ギリシアの抽象的な不条理［ここでいう「ギリシアの抽象的な不条理」とは詩の文脈、あるいは作品全体の文脈からみてネオ・プラトニズム的単性論の三位一体論のことだと判断される］が彼を狂わせた」。かりにイェイツが聖パトリックをカトリックの最初の布教者とみなしているのであれば、当然、ここでの詩行は「ローマ・カトリックの抽象的な不条理［ニケイア公会議／アウグスティヌス的なラテンの三位一体論］が彼を狂わせた」となってしかるべきだからである。

だが、それにしてもカトリックはなぜかくも父と子の差異化を恐れる必要があるのだろうか（私見では、聖パトリック／テリトゥリアヌスの三位一体論は、「ヘレニスト」ヨハネによる「ヨハネによる福音書」の第一章に描かれたキリスト像と類似しており、したがってこれを異端とみるのはカトリックに限られるだろう）。それは、この「差異化」の延長線上に、「キリストの身体」として自己を主張するカトリック教会、その仲介なしに、個々人が神秘体験をとおして「一なる神（ネオ・プラトニズムがいう「一者」）」と直接合一できるという神秘主義的な信条が必然的に生じてくるからである。これは、カトリックにとって教会（＝「キリストの身体」としてのカトリック教会）の基盤を揺るがしかねない最も危険な思想とみなされるものである。そして実際、アリウスやテリトゥリアヌスが活躍した北アフリカの東方教会・修道院においては禁欲を伴う神秘体験をとおして神と直接合一を果たそうとする志向が顕われることになった。この場合、キリストは神との合一を果たした象徴的な人間、一人の完成者とみなされるようになる。イェイツが「II：主題」で述べている「人間のなかで一人の完全な者がおり」はこのことを踏まえて記したとも考えられる。同様に、アイルランドの修道院においても、ペレギウス派支持からもうかがわれるように、この傾向が顕れることになった。これゆえにこそ、カトリックは幾度の公会議をとおしてアイルランド教会のもつ異端性を徹底的に排除・浄化し、厳しい統制のもとでカトリックへの改宗を目論んだと考えられる。少なくともアーディルはそうみるのである。

アリウス派の三位一体論が、後（五世紀前半）に先のペレギウス派に引き継がれものであるとすれば、ペレギウス派の改宗のために遣わされたはずのカトリック司教、聖パトリックは『告白』において「カトリック最大の敵対者」として自己を宣言していることになってしまう、そうアーディルは指摘する。そのうえで、このような矛盾が生じる原因の端緒には以下の『告白』に対する誤読があるとみる。すなわち、伝統的解釈が『告白』に記された「ローマ」を「カトリック」と読み替えるのは史実に反するというのである。というのも、ここにおける「ローマ」とは「ローマ帝国／ローマ教会」以外のことを意味しておらず、かりに聖パトリックが五世紀の人であったとすれば、彼は「ローマ」と記さずに四六〇年当時の状況から考えて、「カトリック」、「ローマ・カトリック」と記したはずだからである、と。したがって、聖パトリックの書物のどこにも「カトリック」の記述がないのは、彼の生存時期が、ローマ教会がいまだ「カトリック」を名乗る前の時期であることを示唆しているに違いないというのである。

以上のように、一つずつ伝統的解釈の不合理な事象を史実に照らして指摘・批判しながら、アーディルは最終的に論理的にも歴史的にも矛盾しない唯一つの推論は次の解釈だけであると結論づける。すなわち、『告白』が書かれた時期が「ニケイア公会議に先立つこと一二五年前」、アリウスがギリシア語文化圏、テリトゥリアヌスがギリシア・ゲール語文化圏で強く支持され、いまだ異端の烙印が押される前の二〇〇年頃に書かれた時期に相違ない、と。こうして彼は『告白』が書かれた時期から逆算し、「聖パトリック、一八〇年渡来説」を根拠づけることになったわけである。ちなみに、「聖パトリック、三世紀渡来説」を唱えるニコルソンの場合、『告白』に記されている「我が父は十人隊長であった」に着目し、四三二年説の歴史的不備を突く。彼によれば、五世紀初期はローマ帝国が存亡の危機に瀕していた時代であり、「ブリトン」（聖パトリックの生誕地）からローマ軍は完全撤退しており、十人隊長も撤退していたはずである。にもかかわらず、『告白』には父が十人隊長であることをパトリックが誇りにしているように記された箇所がある。そうだとすれば、伝統派の主張は史実に反する、というのである。当時の十人隊長の地位は「監獄か、十人隊長か」といわれるほどきわめて低く、結婚すらほとんど許されていなかった（パトリックの父は結婚し、豊かな生活をしていたと『告白』は記している）。そのため、この職に就くことを嫌う多くのローマ市民は自らの身体を痛め不具者になろうとしたほどである。かりに『告白』の十人隊長の記述が成り立つとすれば、それは三世紀のブリトンを想定するほかない、と。もちろん、ニコルソンの三世紀説の根拠はこれだけではない。他の一例を示せば、『告白』には聖パトリックが奴隷としてアイルランドに連行されたとき、その数は「数千人規模の数」

であったと記されているが、これはたんなる強盗犯による略奪行為を意味しているのではなく、『アーマーの年代記』に記されている三世紀のアイルランド＝アーマー軍のブリトンへの進軍による略奪行為を意味しているのだというような論考もみられる。

ところで、このような聖パトリック研究の流れを概略的に追っていけば、誰しもふと一つの素朴な疑問が生じてくることになるだろう――伝統派も反伝統派も見解はまったく異なるものの、『告白』と『書簡』が聖パトリックによって五世紀以前に書かれたものであるとする点においては見解を同じくしている。だが、果たしてその根拠はあるのだろうか、と。これらの書物がアーマーから二〇〇〇年の時を経て突然見出されているという経緯を考えれば、さらに疑念は深まるのである。あるいはこのような疑念も湧いてくるだろう。すなわち、八世紀のヴァイキングの襲来によってアイルランドの古書がほとんど消失し、現存するアイルランドの書物のなかで聖パトリックの書物よりも古い書物は存在していないとされる。となれば、当時の書物と聖パトリックの著作を比較することさえもできないないはずではないか。ではどのような方法で、書物の書かれた年代を割り出し、それを聖パトリックの著作と確定することができたのだろうか、と。だが、当時のラテン語に明るい専門家の一致した意見では、少なくともこれらの書物が五世紀、あるいはそれ以前に書かれたものであることはほぼ間違いないという。その最大の決め手となっているのがこれらの書物に散見されるラテン語からの引用文である。二つの書物には、それぞれ「ラテン語の能力に乏しい私であるが、恥を忍んでラテン語で書いた」（『告白』）、「神の言葉を拙い私のラテン語で翻訳した」（『書簡』）と記されており、その際の聖書からの引用文がウルガータ聖書（初版は聖ヒエロニムスによる四一一年版がある）と異なる「素朴なラテン語」で書かれている。かりにこれらの書物が六世紀以降に書かれたものであるとすれば、引用は当時、教会で広く用いられていたウルガータ聖書から直接引用されているはずである。そもそも恥を忍んで彼自らがラテン語に翻訳する必要などないはずだからである。つまり皮肉なことだが、二つの書物にみられるその「拙いラテン語の翻訳文」こそが、聖パトリックの書物の正典性、そのなによりの証となっているのである。とはいえ、アーディルとニコルソンは、この「翻訳」に関して、伝統派とは見解をまったく異にする各々独自の論を展開している。まず二人の一致した意見によれば、四三二年にカトリック司教に任命されたはずの彼が、ラテン語の聖書の一冊も持たされずにアイルランドに派遣されたとはおよそ考えがたい。あるいは、『告白』は彼がアイルランドに渡来して三十年余りを経て晩年に書かれたものであることから（『告白』のなかに「死を前にして私がこれを書く」と記されている）、その間、（伝統派が信じる）カトリック司祭である聖パトリックがラテン語の聖書を一冊も手に入れることなく布教したなどとはおよそ考えられない。恥を忍んで拙いラテン語で翻訳する前に必死でラテン語訳聖書を探し求めたはずだからである、と。そこから、二人は以下のように「拙いラテン語」が意味しているものを推し量ろうとする。

元来、ラテン語の聖書はギリシア語の原典からの翻訳であり、ラテン語の翻訳は二〜三世紀の間にかけてはいまだ進んではいなかった（キリストが生存していた一世紀におけるローマの公用語はラテン語ではなくコイーネのギリシア語であった点にも注意——現代の神学者のなかには、キリストは総督ピラトに対して当時のローマの公用語、ギリシア語で語ったに相違ないという説もある）。このため、この時期に聖パトリックは〈ある言語〉からラテン語に聖書の翻訳を試みたのだ、と二人は考えるのである。

そうなれば、当然、聖パトリックはいかなる言語から「ラテン語に翻訳」したのかが問題となってくる。アーディルは先述したように『告白』の信条がテリトゥリアヌス／イリニウスの信条に酷似していることに着目し、二世紀に聖パトリックは彼らと同様に母国語であるゲール語からラテン語に翻訳したと考える（彼によれば、二世紀末にテリトゥリアヌスはブリトン、さらにはアイルランドに布教に来たとされる説もあるという）。本書の目的は聖パトリックの実像に迫ることではないので、いずれの解釈が歴史的に妥当性をもつものであるのか、ここで判断をくだすつもりはない。目下の目的はイェイツが抱いた聖パトリックのイメージはいかなるものであったか、それを措定することだからである。その意味で、アーディルが例証のために挙げた史的事象のほとんどの解釈が「Ⅱ：主題」で展開されている聖パトリック像と完全に重なっている点は、本書にとって重要な意味をもっている。イェイツは歓喜をもって『聖パトリック　一八〇年渡来説』を読んだに違いないと思われるからである。とりわけ、テリトゥリアヌス／イリニウスが聖パトリックと郷里を同じくするケルト文化圏／ガリア南部の出身であり、彼らの母国語がともにゲール語であったという主張は、イェイツの注意を大いに引きつけたことは想像に難くない（『告白』のなかには「ガリア」が「親族が住む」郷里であり、アイルランド脱出後、この地に彼が戻ったことを示唆する記述がみられる）。すなわち、テリトゥリアヌス／イリニウスと聖パトリックの聖書理解がガリア南部のゲール語に基づいており、それゆえ彼らが提唱する三位一体論が酷似するのは歴史の必然によるというくだりはそうだろう。しかもアーディルは、その歴史の背後にドルイド教の名残を留めるケルト文化圏の存在を認めているとすれば、なおさらそういうことになるだろう。イェイツはここに我が意を得たはずである。古代アイルランド教会にみられる「ドルイド式剃髪の風習」、「独自の復活祭の日付」、「独自の修道院制度」、「独自の三位一体論」、これらいっさいの歴史の謎が、一八〇年に渡来したゲール語を話すドルイド・キリスト教徒＝聖パトリックという命題を想定すれば、一線で結ばれることになるからである。この点は重要であるため、もう少し細かくみておくことにしよう。

アーディルは『告白』のゲール語からの翻訳説を取ることで、聖パトリックをドルイド／ケルト文化圏を背景にもつ特殊なキリスト教徒と位置づけ、彼の大いなる影響＝伝統が十二世紀カトリックの完全併合の時代にまで続いていたと考える（彼は十二世紀を「アイルランド教会の終焉の時代」とも呼んでいる)。その根拠を一方で、先述したように公会議に表れた大論争という史実に求め、他方で、細かな『告白』の「信条」のテキスト分析をとおして、そこにケルト/ドルイド的な意味での三位一体論を読み解こうとする。ドルイド的三位一体論とは、元来、インド・ヨーロッパ語族に通底する信条の顕れであるというのが彼の見立てである。それによれば、『告白』の信条の核心には、「一者」としての「天の父なる神」を崇拝する信仰が潜んでおり、それはヨーロッパのみならず、言語ルーツをともにするインド、その古代宗教にもみられるという。この点を考慮すれば、「Ⅱ:主題」のなかに唐突に表れる「聖パトリックの信条のなかに、……ウパニシャットの『我』を思い起こす」というイェイツの主張もアーディル説の延長線にあるものとして捉えることも可能である。そして、このドルイドとしての聖パトリックの姿は、『告白』のなかに記されているあるエピソードからも充分確認できるというのである。そのエピソードとは奴隷となった青年パトリックがアイルランドから脱出し、帰郷(先述したように、アーディルは聖パトリックの郷里をガリア南部に措定)する旅の途中で取った青年パトリックの奇妙な行動についての以下の記述である――「彼らは森で野生の蜜蜂をみつけてきてくれた。そして『蜜を分けてあげよう』といってくれた。ある者は『これは供犠として捧げられたものだ』といった。それを聞いて、神に感謝したものの、私は蜜を一口も食べなかった」。アーディルによると、蜜を供犠として神に捧げる風習=儀式はキリスト教にはみられず、森の賢者、ドルイド僧が聖なる森で行なう供犠の儀式の一つであり、この供犠は古代のドルイド教が行なった人身供犠の象徴、あるいはその名残であるという(ただし、供犠はアブラハムのイサクの燔祭にもみられるように、ドルイド教特有の儀式とはいえず、人身供犠の風習をもつことをもってドルイド教を野蛮視するのは現代人の偏見である、と彼は述べている)。「Ⅱ:主題」に表れる「聖パトリックの信条……ウパニシャットの『我』……、それは一つの残酷性として到来した……」という飛躍による難解なアフォリズムの畳み掛けの文章も、アーディルの指摘を考慮すれば、かなり理解がいくのではあるまいか。ちなみに、古代アイルランドの修行僧の庵は「蜜蜂の巣」と呼ばれていたが、これも彼の説を受け入れるならば、ドルイド教の名残とみることができるかもしれない。なお、イェイツの詩に表れる供犠としての「蜂蜜」と「蜜蜂の巣」のメタファーの重要性については、拙書、木原誠『煉獄のアイルランド――免疫の詩学/記憶と徴候の地点』(彩流社、二〇一五年)の全文にわたって検証しているので参照されたい。

(21) **R. Steel Nicholson, *Saint Patrick: Apostle of Ireland in the Third Century*** (Dublin: Kessinger Legacy Reprint, 1868) 出版年からみて、初期のイェイツがこの著書を読んでいた可能性は高い(*The Collected Works of W. B. Yeats Volume V*, p.410; Notes,27参照)。ニコルソンによれば、アシーンは神話上の人物ではなく、三世紀に実在した歴史上の人物――彼はフィアナの騎士である前に詩人であったという――であ

り、数々のアシーンと聖パトリックの対話伝承の背景には、実在した同時代人としての二人のイメージが重ねられているという。彼がいうには、アシーンはアルスター北東部の特殊なゲール語で親族の戦いのエピソードを口承により語っていたが、マクファーソンはかかるアイルランドの歴史的背景、文学的伝統も歴史もまったく理解できず、真のアシーン伝説を歪め、それが世界に流布されてしまったのだという。ともすれば、現代の読者は、『アシーンの放浪』にみられる対話をアシーンと聖パトリックの世界観の違いを鮮明にするためにイェイツが独自に用意したものだと考えがちである。だが、彼らの見解から判断すると、それは誤解だということになる。アイルランドの伝承に明るい初期のイェイツが、フラワーがいう「アイルランド文学の伝統」を知らなかったとはおよそ考えられないからである。このことは、『アシーンの放浪』の背景となる場所を措定することによって検証することも可能である。この点に関しては **Robin Flower** の *The Irish Tradition* (pp.101-3 参照) のなかで展開された論考は大いに参考になるだろう。彼がいうには、現存するアシーン伝説は古代アイルランドの修道院時代に生まれた聖パトリックとの対話の物語に由来し、その際、二人の対話は対立ではなく共鳴・共生を前提に描かれていた。すなわち聖パトリックとアシーンはアイルランド中を旅してまわり、その各場所でアシーンは聞き手である聖パトリックに想い出を語る設定となっていたという。その際、語り手である「英雄たちは聖パトリックに敬意を払い、一方パトリックの方でも、英雄たちの異邦的な想い出に寛容であった」(p.102.) という。二人の対話はのちの時代において「異教とキリスト教の対立として先鋭化されていく」ものの、「それをある者たちが考えているように、異教のキリスト教制度への反発の根拠とすることはできない」という。したがって、二人の対話を対立と読むのはアイルランドの文学的伝統を完全に無視した近代人による誤読であると彼はみている（彼の怒りの矛先はマクファーソンの『オシアン』に向かう）。

これ以外にニコルソンの学説で注目すべきものは、『告白』にかんする翻訳の問題である。彼は『告白』の引用されている様々な聖書の引用文に着目し、聖パトリックは三世紀にギリシア語の原典からラテン語に翻訳したとみる。その歴史的根拠を聖パトリックの郷里、ガリア南部の三世紀当時の言語事情に求める。彼がいうには、当時のガリア南部の宗教活動は主にギリシア語によって行なわれており、聖パトリックはギリシア語によって聖書を学び、理解していたはずである、と。この仮説に基づいて、彼は二つの書物にみられるすべての聖書の引用文を挙げ、それをラテン語版とギリシア語版を並列させたうえで、ギリシア語からの翻訳であると結論づけている（『告白』と『書簡』はともに五世紀のラテン語訳聖書の文体とは一致しないが、引用された箇所は章、節にいたるまで細かく記載されており、その記載に誤りはない）。

彼らに対し、伝統派の解釈はきわめて素朴なものである。すなわち『告白』に記されているように、聖パトリックは少年時代、罪を犯した。その罪とはキリスト教の道から外れる行ないのことであり、その行ないの一つにはラテン語聖書を学ぶことを怠ったというものも含まれているはずである。『告白』は自己の贖罪のために書かれており、恥を忍んでラテン語で書いたこと、それ自体が彼にとっては己が犯した罪に対する告白であり贖罪の意味をもつというものである。

（22）*The Variorum Edition of The Poems of W. B. Yeats*, ed. Peter Allt and Russell K. Alspach（New York: Macmillan,1957）, p.837 参照。

（23）Robin Flower, p.81.

（24）エルマンはイェイツの「ファンタスマゴリア」を「シンボルの構造」と捉えたうえで、それが「最初に形成されたのは少年期で一九〇〇年まで継承され、一九〇三年から一九一四年までの間休止期をむかえたあと、次に概ね一九一五年から一九二九年の間に次第に積み上げられ、最晩年の一九三五年から一九三九年の間はこの技法が目立って減少している」と考えている。だが、本論では、イェイツの「ファンタスマゴリア」を西洋的な「シンボルやイメージを表現する技法」ではなく、夢幻能に影響を受けて完成をみた「面影の技法」とみる観点から、エルマンとは異なる見解に立つ。すなわち最晩年の一九三五年から一九三九年の間こそ、「ファンタスマゴリア」が最も顕著に表れる時期であると措定する。Richard Ellmann, *The Identity of Yeats*（London: Macmillan, 1956）, pp.62-3 参照。

（25）"If I were Four-and Twenty" における「仮面」の問題については、すでに検証を試みたので参照のこと。木原誠『煉獄のアイルランド』、三五三―六〇頁参照。

（26）ジャック・デリダ『マルクスの亡霊たち』（増田一夫訳、藤原書店、二〇〇七年）参照。

（27）ただし、ここで否定されているものは直接的には「ティンタン寺院」（"Tintern Abbey"）にみられるブレイクが否定するワーズワス的な半ばリアリズムに頼る創造、「（半ば目、半ば耳が感知する）中途半端な」詩的想像力のことを意味している。

（28）メアリ・ダグラス『汚穢と禁忌』（塚本利明訳、筑摩書房、二〇〇九年）参照。

（29）ちなみに、ここにおける「仏像」のイメージは直接的には一九三一年と三三年にアルバート・ベンダー（Albert Bender）が「国立装飾芸術史博物館」に寄贈した二つの頭部の仏像――寄贈に対しイェイツは彼宛てに感謝状を送っている――の一つ、夢想する勇者ハムレットを彷彿とさせる石像のような仏像から一部着想を得たのではないかと推測される。

（30）Stella Durran, p.26 参照。Elinor D.U. Powell, *The High Crosses of Ireland*（Dublin: The Liffey Press, 2007）, p.95 参照。

（31）Robin Flower, pp.24-6 参照。

第二章

（1）本章以下十一章までにわたる本文は、「序章」と「第一章」ですでに引用した箇所およびそれについてすでに言及した部分と重複するところも一部あることを、ここにお断りしておく。すでに引用したものは検証のためではなく、本書のアウトラインを示すために用意されたものであり本文で改めて検証を行なうため、もう一度引用を記す必要があると考えたからである。なお、以下の本文では「ベン・ブルベンの麓で」の精読を試みるが、「序章」で述べたように、本文の目的はこの詩自体の読解ではなく、カルディの系譜がイェイツの作品全体のなかでどのように描き込まれているのか、その縮図＝輪郭を示すことである。そのため、この詩の各連が時系列に示されていない。そこで、読者とこの詩の理解を共有しておくために、以下、私訳により、詩を全訳して記載しておく。

「ベン・ブルベンの麓で」

Ｉ

誓え　賢者たちが語った言葉にかけて
アトラスの魔女も知りて、語り
雄鶏に時をつくらせた
マリオティス湖のほとりの
賢者たちの言葉にかけて。

誓え　かの騎馬の男たち　かの女たちにかけて
その顔艶にその姿　超人のしるしなり
己の情念を全うし、不滅の生を身に纏う
青白き面長の騎馬の人たちにかけて
いまや　かの者たち　冬の暁のなか

ベン・ブルベンを背にして　駿馬を走らせる。

この者たちが意味するもの、そのあらましをここに語らん。

Ⅱ

いくたびも　人は生き　そして死にゆく
二つの永遠の間を」
民族という永遠と魂の永遠との間を
古代のアイルランド人は知っていた
このすべてのことを
人がベッドのうえで死のうが
ライフル銃に撃たれて死のうが
人が恐れねばならない最悪のものといえば
たかだか愛する者とのしばしの別れ
どんなに墓堀人夫の労苦が長く
どれだけ鍬の刃を磨き、筋肉を鍛えたところで
しょせん、埋葬された人々の死骸を突っついて
もう一度　人の心に戻してやることぐらいが関の山なのだ

Ⅲ

「ああ神よ、我らの時代に　戦をもたらし給え」という
ミッチェルの祈りを耳にした人ならば　わかるだろう。
人間は　最後のどん詰まりまできて

それこそ死に物狂いで　戦うときには
永らく盲となっていた眼から鱗が落ちて
半端な精神も完全なものとなり
しばらくは　くつろいで立ち
心は安んじて　大声で笑っていられるものだ
最高の賢者でさえ、運命を全うし
己が士業を悟り　配偶者を選ぶ前には
ある種の暴力性を帯びて
心がピンと張り詰めてくるものなのだ。

Ⅳ

詩人よ、彫刻家よ、己が士業をなせ
流行かぶれの画家に　優れた先祖たちが
なした偉業を避けて通れぬようにせよ
人間の魂を神のもとへといざなえ
揺籠をきちんと整えさせよ。

測定［規律］が我らの力の起源なり
これぞ　荒涼とした砂漠のエジプト思想の形象
その規律穏やかになりし　フィデアスの形象なり。

ミケランジェロはシスティナ礼拝堂の屋根
そこに　一つのしるしを残したり

そこには　半ば目覚めかけたアダムが
世界を流離うマダム　その心をかき乱し
ついには、秘めた働きなす精神を前に
彼女の腹部が熱く疼くことになる
これぞ　一つの目的の果たされたことの証
人間が俗界において果たしうる完成のしるしなり。

ルネサンス前期の巨匠たちは、神や聖人の背景に
魂の安らぐ　花園を描いた。
そこでは　花、草、曇りなき空など
目に触れるもの　いっさいのものが
眠る者が目覚めつつも、それでもなお夢みるときに
思い描くもの
実在するか　あるいは実在するかのようにみえる
あの形象に似ている
やがて　目にうつる形象が消え
そこには　寝床と寝台掛けだけが残ったときに
それでもなお　天国が開かれし、と
宣言するときの　あの形象に似ている。

　　螺旋（ガイアー）は旋回し続けている——

かの偉大な夢が過ぎ去るとき

カルバート、ウィルソン、ブレイク、クロードは
パーマーの言葉を借りれば、
神の民のために　安息を用意したのだ
だが　そのあとで
我らの思想に混乱が襲いかかってきたのだ。

V

アイルランドの詩人よ、汝の生業を学べ
なんとしてでも　出来のよいものだけ歌え
今台頭しつつある輩
つま先から頭の天辺まで　不細工な形をした
作品など　蔑むがよい
忘れん坊の　心とおつむ
下等な寝床で種つけされた
卑しい作品を　賤しむがよい
まずは農民を歌え　ついで、
せっせと乗馬にいそしむ　田舎紳士たちを歌え
歌え　修道僧の神聖を　そのあとで
歌え　安酒煽る酔っ払いの猥雑な笑いを
歌え　七〇〇年間の英雄の時代にわたって
打ちのめされ　土くれと化した
陽気な領主たちとご婦人方を
投げかけよ　汝の心を　かの過ぎ去りし日々に

来たるべき日々に我らが
なおも不屈のアイルランド人であるために

VI

禿げたベン・ブルベン山の天辺の麓
ドラムクリフの教会墓地にイェイツは眠る
近くには　その昔　先祖が　そこで
教区牧師をしていた　教会がある
道の側には一つの古代の十字架がある
大理石ではなく、地元で切り出された
石灰岩の墓石には　ありきたりの碑文の言葉もない

彼の銘により次なる言葉が刻まれている

冷たき眼を投げかけよ
生と死に
騎馬の人よ、過ぎゆけ！

（2）一九〇二年九月ジョン・クゥイン（John Quinn）はイェイツに『ツァラトゥストラはかく語りき』『ワーグナーの場合』『ニーチェ対ワーグナー』『偶像の薄明』『アンチ・クライスト』『道徳の系譜』を送り、彼は貪るようにそれらを読んでいる。その印象をイェイツはグレゴリー夫人に宛てた手紙のなかで以下のように記している――「実のところ、貴女にとっての強い誘惑者、ニーチェを読みすぎて、また目を悪くしました。ニーチェはブレイクの完成者であり、二人は同じ根拠をもっています。これほどの興奮をもって読んだのはモリスの物語を読んで以来のことです。ここにはモリスを読んだときに感じたと同じ、あのしびれるような興奮をおぼえます」（*The Letters*, p.379.）。一九〇四年以後にはイェイツはトマス・コモン（Thomas Common）訳で『悲劇の誕生』『善・悪の彼岸』『暁光』を読んでいる。ニーチェにあまりにも傾倒するイェイツを危惧する父は「野蛮なヤフーの考え方」だと戒めるほどであった。J. B. Yeats, *Letters to his Son W. B. Yeats and Others 1869-22*, ed.Joseph Home（London: Secker and Warburg, 1983）, p.97 参照。

（3）Liam de Paor, pp.154-74, T. M. Charles-Edwards, *Early Christian Ireland*（New York: Cambridge University Press, 2000）, pp.8-73 参照。Harry Hughes, *Croagh Patrick*（Dublin: The O'Brien Press,2010）参照。Gary Hastings, *Going up the Holy Mountain*（Dublin: The Columba Press, 2015）参照。なお、クロー・パトリックが古くから贖罪巡礼地であったことは、七世紀末に記されたティレハンの『聖パトリック伝』からも確認できる。

（4）ただし、この贖罪巡礼の道の中間に位置するベン・ブルベンの守護聖者を聖コロンバとみるならば、この道は二つの聖なる道となる。すなわち一方はアーマー教会が支持する聖パトリックのイメージ、アイルランド教会の統合のイメージであり、他方はコノハトの各修道会が支持する聖コロンバの贖罪巡礼＝「緑」の殉教の道である。

（5）筆者が二〇一六年の調査したところでは、エマン・マッハには現在、銅板の看板でこの遍路が記されている。なお、今日のローマ法王、ヨハネ・パウロ二世は北西＝ノックと北東＝アーマー教会、これら二つの聖パトリックゆかりの巡礼地をいずれも偏りなく訪れており、現在の法王フランシスはダブリンを公式訪問したあと、二〇一八年八月二六日、ノックの巡礼を行なった。二〇一六年八月、ダーグ湖の神父が筆者に語ったところによれば、フランシス法王はダーグ湖の煉獄巡礼を二〇一七年八月に行なう旨、彼に告げ告知するよう指示したという。しかしながら、これは現在のところいまだ実現していない。

（6）盛節子、四二八―九頁（地図）を参照。現代の聖パトリック研究においても「フォクルーの森」をこの辺りに想定する見方が一般的であるようだ。ただし、筆者の二〇一六年の調査では、聖パトリックに纏わる井戸やその伝説についてはある程度確認できたものの、この辺りに「フォクルーの森」をしるしづける痕跡やその根拠となる伝説などを見出すことは今のところはまだできていない。

（7）その典礼の祈りの典型は以下のものである――"Seven penitential beds–without a lie/ In the rough land of Patrick on the island.... From that flag we go on/ To the great altar of Patrick/ One Pater, Ave and Creed/ On your knees without excuse......" "Psalter of Lough Derg"

（8）一九一七年の五月と九月、当時イェイツは五二歳、イゾルトは二三歳であった。

（9）イゾルトに結婚を拒まれた一ヶ月後の一九一七年十月にイェイツはジョージー・ハイドリーズ（George Hyde Lees）と結婚している。

（10）イェイツはイゾルトへの求婚についてオリビアとグレゴリー夫人に相談し、承認を得ていた。Sam McCready, *A William Butler Yeats*

Encyclopedia（Westport：Greenwood Press, 1997）, pp.163-4 参照。

(11) 聖ケヴィンの面影をイェイツの作品にみる読者は現在でも稀であるが、ジェイムズ・ジョイスはすでに「イニスフリー湖島」の詩人の姿に「湖の島の聖ケヴィン」の禁欲の姿勢を重ねている。なお、古代アイルランドでは湖に「クランノグ」（'Crannog'）と呼ばれる人工島を作り、そこを共同体として暮らす独自の文化形態を有していた。この特殊な文化形態はグレンダロッホのような湖畔を拠点とするアイルランド独自の禁欲主義の修道院文化を生む豊かな土壌となっていった。イェイツの詩の舞台に湖畔がしばしば用いられる背景にも、このクランノグの文化の伝統を継承することで発生をみた湖の修道院文化の伝統がある。

(12) John J. O'Riordain, Early Irish Saints（Dublin: The Columba Press, 2007）, pp.64-参照。Rodgers and Losack, *Glendalough*（Dublin: The Columba Press, 1996）, 参照。

(13) 「一人の若き乙女に」（"To a Young Girl," 1918）に暗示されているように、十六歳の少女時代にイゾルトはイェイツに彼女の方から一度求婚したことがあるものの、イェイツが求婚した当時の彼女は、彼のことを「ウィリアム叔父さん」と呼んでおり、彼の突然の求婚に驚きを隠せなかったという。逆にイェイツは彼女に求婚を断られたことに、大いにショックを受けていたようである。

(14) この詩文は聖パトリックの父権的なイメージを想起させるというよりは、あたかも熱血教師が自身の恋愛経験を踏まえて、恋愛がもとで修業に身を入れることができなくなった学生、彼を諭すような半ばユーモラスな響きをもっている。その前提には、ドルイド・キリスト教徒である二人の共通理解があることが暗示されている。

(15) この詩の論評はオスカー・ワイルドによって書かれており、しかもその論評は好意的なものであった。

(16) P. L. Marcus, *Yeats and the Beginning of the Irish Renaissance*（New York: Cornell University Press, 1970）, pp.132-143 参照。

(17) イェイツはこの詩の草稿を彼女に宛てた手紙に送付し、手紙には詩に寄せる彼自身の想いを細かく綴っている。ちなみに、イェイツの小説『ジョン・シャーマン』の主人公シャーマンの恋人メアリー・カートン（Mary Carton）のモデルは彼女だとされる。

(18) 『ケルズの書』は現在では八世紀のものであることが知られているが、当時は時期の特定にはいたっていなかった。そのためイェイツは『ケルズの書』を聖コロンバが活躍した六世紀半ばとみていたのだろう。

(19) Kathleen Raine, *Yeats the Initiate*（Dublin: Dolmen Press, 1986）, pp.1-64, pp.177-246, pp.373-497 参照。

(20) この詩には、「メイブ女王」と明記されていることからも理解されるとおり、ビザンティウムに対比されているオクシデントの地が、ダブリンでもターラでもエマン・マッハでもなく、アイルランドの北西＝周縁の地、イェイツの郷里・スライゴーを含めたコノハトの地に設定されている。この点にも注意を向けたい。

（21）Stella Durand, *Drumcliffe*（Leitrim: Drumlin Publications, 2000）, p.30 参照。

（22）T. M. Charles-Edwards, pp.120-2 参照。

（23）〈水辺の巡礼ネットワーク・システム〉は筆者の仮説に基づく造語であるが、古代アイルランド修道院と水辺の関係性に目を向けた著書として先述の Edel Bhreathach の著書を挙げることができる。

（24）Elizabeth Rees, *Celtic Saints: Passionate Wanderers*（New York: Thames & Hudson, 2000）, pp.51-2 参照。なお、日本の河川とは異なり、アイルランドの河川は高低差が少ないため、河川は水路として有効だった。このため、この地形と同種のフィヨルド――ford、津の語源はフィヨルドであり、ウェックスフォード、ウォーターフォードの地名の語源もこれによる――をもつノルマン人＝ヴァイキングの格好の餌食とされたのである。

（25）T. M. Charles-Edwards, pp.396-440 参照。

（26）彼は「スライゴーの戦い」に破れたオーエン・ベル王の領地、コノハト王国を復権させた人物である。

（27）『告白』や『書簡』をアーマー教会が所蔵するにいたった経緯については依然不明な点が多いものの、この教会がこれらを所蔵していたこと、この点だけは紛れもない歴史的事実である。

（28）コノハトはティレハンの郷里であるが、チャールズ＝エドワードによれば、通説とは逆に、この書物が聖パトリック伝にかんする最初のものであり、ムルクーの『聖パトリック伝』よりも先に記されたという。

（29）Marcus Losack, *Rediscovering Saint Patrick*（Dublin: The Columba Press, 2013）, pp.81-93 参照。

（30）Liam de Paor, p.160.

（31）これに対し、アーマー教会が支持する聖パトリックの巡礼地は、北アイルランドに属していることもあり、皮肉なことにアイルランド以外ではヨーロッパではほとんど知られていないのが実情である。

（32）Stella Durand, p.22 参照。

第三章

（1）イェイツの作品全体のコンテキストにおける「線香」のもつ独自な意味を無視してこの詩を読めば、一見ヨセフの指の匂いには猥雑で性的な暗示が込められているような印象を受けるかもしれない。だがここでの問題は、なぜそれが詩のなかで何一つ言及されていない表題の「一本の線香」、そこに暗示されている宗教的な香りとどのように結びついているかということであり、この問題が解けなければこの詩は依然として謎のままである。なお、この仕掛けの詳細についてはのちに第九章で検証する。

(2) ミルネール、一七頁参照。なお彼によれば、元来、ファンタスマゴリア=魔術ランタンは可視化できない煉獄を現出させるためにアタナシウス・キルヒャーが一六四四―五年に開発された光学装置であったという。

(3) 「古代の石の十字架」に暗示されているものには、あらゆるイコンを否定する長老派のピューリタン的な思考に対するイェイツの批判も一部含まれていると考えられる。

(4) 大理石も石灰岩の一種ではあるものの、大理石は結晶化作用が強く風化しがたい反面、周りの風景=文化に同化しがたいという特性をもつ。この点で高十字架に好んで用いられた石灰岩が風景にうまく溶け込んでいく特性をもっていることとは対照的である。この点をイェイツは考慮したうえで、この詩文を記したと推測される。彼にとっての永遠とは大理石に象徴される静的な不動の永遠ではなく、動的な不断に生成されるものとしての永遠=永遠回帰を意味しているからである。グレゴリー夫人のクール荘園の樹木に、その成長とともに消えて自然に同化していく自らの名前をあえて刻み込んだ詩人の意図もこれに等しいだろう。

(5) この詩とほぼ同時期に書かれた「失われたもの」にはベン・ブルベンの守護聖者、聖コロンバの「仮面」の声をとおして、「失われ」=忘れられた「郷土の誇り」の意味が密かに語られている点にも注意したい。この点についての詳細は本書「終章」を参照のこと。

(6) Seamus Heaney, "Yeats as an Example?" *Preoccupations* (New York: Noonday Press, 1980), pp.98-114 参照。

(7) この詩を書いたときの娘アンの年齢はおそらく七歳頃と思われ、それは第一連で描かれた「学童たち」の年齢と同じ頃であったと推測される。そうだとすれば、イェイツは上院議員という「公人」としてのみならず、娘をもつ一人の父、私人として女子児童をみていたのではないかという可能性が自然に生じてくる。というのも、教育の現状についてさほど熱心ではなかったイェイツが、娘の学校教育を考えなければならなくなったこの時期を境にして、俄に上院議員として教育の重要性を語りはじめ、結果、この「学校」の視察に赴くことになったからである。こういった状況のなかで、実際に目の当たりにした女子児童たちの姿にイェイツは娘アンのイメージをまったく重ねなかったとはとうてい考えられない。もっとも、この時期、父としてイェイツが娘アンにいかなる教育を施していたのかは俄に理解しがたい。だが「我が娘のための祈り」で語られているところをそのまま信じるならば、特別な教育を施すというよりは、「陽気に鬼ごっこをしたり、陽気に喧嘩」をしたりするどこにでもいる普通の子どもに育ってほしいと願っていたことだけは確かだろう。このように陽気に遊びまわる通常の七歳の子どもの感性を持ち合わせて育った娘であれば、父親に学校で教わった童謡をお遊戯つきで無邪気に披露することしばしばだろう（女の子の場合はとくにそうだろう）、したがって、この頃の父親の耳にはいやがうえにも童謡の〈響き〉は残るものとなるだろう。

ところで、イギリスにおいてこの頃の児童が習う童謡のうちで、最も標準的なものの一つとして「大きな栗の木の下で」を挙げることができるが、この事情はアイルランドにおいても変わらないのではないかと推測される。童謡は特別な政治的色合いを帯びていないかぎり、国籍によらずその普及性によって自然に歌い継がれていくものである。父イェイツも繰り返しこの童謡をお遊戯つきで娘から聞かされ、これが当時の彼の耳にいやがうえにも残っていたとしてもなんの不思議もない。公人として学校を視察したとはいえ、この職務はイェイツ自身の提案によるものであったため、たんに社交辞令的に一つのクラスを視察して、それでイェイツはよしとしたとは思えない。ましてや、同じ年頃の娘をもつ父イェイツであったならば、なおさらそんなことはあるまい。彼は進んで様々なクラスの授業風景を視察してまわっただろうし、そのなかには当然、音楽やお遊戯の授業もあったと推測される。殊によるとそのなかに、「大きな栗の木の下で」を教える授業もあり、そこで「音楽に合わせて揺れる」栗の木になりきった学童たちを目の当たりにし、そこに娘アンを重ねながら「六十になる公人」は「微笑んだ」のかもしれない（授業でなくとも休み時間にこの遊戯をイェイツが実際に校庭で見た可能性すらも否定できない。あるいは校庭に栗の木が植えられていたのかもしれない）。

むろん、以上述べたことはすべて憶測にすぎないものの、最終連はこの童謡と遊戯を前提にするならば、観念的にではなく具体的イメージとして捉えることができるし、少なくとも、ド・マン——Paul de Man, *The Rhetoric of Romanticism*（New York: Columbia University Press, 1984), p.189 参照——が提示したような、少々強引な解釈（最終連を修辞疑問文と捉える解釈）を用いるよりも、この前提をもとに解釈する方がはるかに自然に、しかも具体的に理解できると思えるのである。

Labour is blossoming or dancing where
The body is not bruised to pleasure soul,
Nor beauty born out of its own despair,
Nor blear-eyed wisdom out of midnight oil.
O chestnut tree, great-rooted blossomer,

Are you the leaf, the blossom or the bole?
O body swayed to music, O brightening glance,
How can we know the dancer from the dance?（"Among School Children" *The Poems*, p.217）

肉体が魂を喜ばすために己を損ないはしないところでは、
労苦は花咲くことであり、踊ることに等しい。
美は自らの絶望のなかから生まれたりはしない
叡智は真夜中の燈火にかすむ目から生まれはしない
ああ　栗の木よ　偉大な根を張り　花咲くものよ、
お前は葉なのか　花なのか　それとも幹なのか
ああ　音楽に合わせて揺れる肉体よ
ああ　なんと輝かしく陽気な光景よ
どうして踊り子を踊りと切り離すことなどできようか。（「学童に交じりて」）

この連を解釈する者を絶えず悩ましているのは、煎じ詰めれば、「栗の木」＝樹木という「大きく根を張る花咲く栗の木」、すなわち不動のイメージがどうして最終行の「踊りや踊り子」の動的イメージに結びつくのか、その必然性はどこにあるのかという疑問である。この一つの解答として、ド・マンの解釈、'How can......'という修辞疑問文の斬新な解釈がある。すなわち、この行を前の行までの「栗の木」と「踊り子」のイメージへの飛躍を意図的に生じた断層＝区分とみて、「踊り子と踊りを分けることなどできようか（できない）」という修辞疑問文＝否定文と解さず、「どのような方法を用いれば踊り子と踊りを区別することが可能となるだろうか？」という肯定を模索する疑問文として捉えるというものである。だが、「踊り」のイメージは最終連で突然表れたものではなく、すでに第一行に'dancing'として表現されているのであり、しかもこれは'blossoming'と同格に扱われているのである。つまり「花咲く栗の木」と「踊り」のイメージは初めから区別されることなく、同一であることが暗示されているのである。したがって、やはり最終行は修辞疑問文と取るべきだろう。そうだとすれば、この静と動のこの撞着を結ぶもの、あるいは「音楽」と「踊り」と「肉体」と「栗の木」のすべてを一つに結ぶ「客観的相関物」の発見は急務であると思える。これが「大きな栗の木の下で」の童謡に合わせて踊る「水鳥」としての「学童」の姿であると考えると興味深い解釈が成り立つのである。

学童の想像力が〈花開く〉ことを第一義的目的とするモンティッソーリ教育の理念において、学業と労働は区別されない。労働と遊びも区別されない。これが一体化されたときにのみ、想像力は開花されるというのがこの教育が目指す理念だからである。そのとき、いうなれば、貧しいアヒルの子（モンティッソーリの教育の原点はイタリアのスラム街の子どもたちの教育であった）は白鳥へと変貌すると考えられるのである。'labour' と "pleasure' は一つであり、"cipher" と 'sing'（第一連）も一つであり、これらすべては想像力において一つの営為であり、その営為をどうみるかという見方次第で区分が生じてくるにすぎない。それがモンティッソーリ教育の理念である。童謡に合わせて踊る遊戯、これを教室でやれば、それは〈学習〉と呼ばれ、教室の外でやればそれは〈遊び〉と呼ばれるにすぎない。これを「陽気に」楽しんでやれば、「肉体は魂を喜ばすために傷を受けることはない」はずである、と彼女は考えただろう。「魂がお手々をたたき、歌い、もっと大きく歌う」のであれば、肉体もそれに自然に歩調を合わせ、歌いまた踊るからである。この一体感をここで体現するものこそ「大きな栗の木の下で」の童謡に合わせて踊る「学童」であると仮定してみてはどうだろう。童謡に合わせ踊る学童の身体が「栗の木」と化し、その「身体は音楽に揺れ」、それは栗の木にして人間の身体、踊る身体そのものと化しているからである。このとき、アヒルの子である「学童」たちは、そのままの姿でありながら、しかも白鳥の姿を一瞬帯びるのである。

'O chestnut tree' 'O brightening glance' の高揚感は、観念的に捉えているにしてはあまりに生々しいものがあり、実際に対象を目の当たりにして自然に発された声のように響くものがないだろうか。これらの詩句は慎ましい水鳥たちが遊戯によって白鳥に変貌する姿に感嘆する詩人の姿が暗示されているような印象を受けるからである。つまり、対象自体が変わったのではなく、対象を観る者の見方そのものが変わることによって、水鳥が実は白鳥の子であったことに〈気づいた〉者の声のように響くのである。'brightening' には「光輝な」という意味のほかに「元気で、陽気な」という意味があることにもカーモードもポール・ド・マンも目を向けるべきではなかっただろうか。

以上述べたことは、実際に「大きな栗の木の下」の内容を吟味するならば、さらに興味深いものとなると思われるので、以下、この童謡について少し触れておきたい。この童謡には様々なヴァージョンがあるものの、アメリカでボーイ・スカウト用に改変されたものを除き、圧倒的に普及したものは以下に示す二つである。

1　Under the spreading chestnut tree / Where I knelt you upon my knee/ We were as happy as could be / Under the spreading chestnut tree.
2　Under the spreading chestnut tree / Where I hold you upon my knee/ We were happy as could be / Under the spreading chestnut tree.

二つの歌は厳密にいえば一連のものであるとみなすことはできないものの、一般に歌われる場合、一連の歌の一番、二番とみなされており、そのように読むならば、これが人生の二つの喜びの最大のモメントを表現したものであることにすぐにも気づくだろう。それはいかにも経験論の伝統に根ざすイギリスが生み出した童謡という感があるのだが、1が意味するものは結婚であり、2が意味するものは出産であることはいうまでもない。1は西洋の騎士道精神の伝統を踏まえ、騎士は守るべき女性に対し、木の下でひざまずいて永遠の忠誠を誓ったように、「茂る栗の木の下で、私はあなたの前にひざまずき」、永遠の愛を誓い求婚したというのである。もちろんこれがすぐにも「あなたに」受け入れられたことは、「私たちは幸せだった」から理解される。こうして、愛し合う二人はめでたく結ばれ、「ビザンティウムに船出して」の言葉を捩っていえば、「互いの腕を抱き合う若者」のカップルとなって、"fish, flesh, or fowl"である生殖の世界に参入し、子をもうけ、妻は母となり、そうして二番がくることになる。二番で歌われているように、「あなた（我が子）を膝に抱くことになる」のである。こうして二つを連続して読めば、典型的童謡のリズム、強弱四歩格の軽快なリズムとともに俗なる世界における人生の一端を縮図と示していることになる。しかし、これはあくまでも人生の一端であって、人生の残りの半分はあえて排除されている点は予め留意しておくべきだろう（ここに挙げた二つのものに限らず、他のヴァージョンもこの点において同様である）。ここで排除されている残りの人生とは、いうまでもなく人生の悲劇的部分としての〈老いから死〉へと向かうイメージであり、したがって、この童謡は「半創造」しか歌われていないことになる。「それがゆえに」（'therefore'）残りの半創造を求めて、「仮面」の詩人は船出しなければならないのである。

さて、ここで改めて考えてみなければならない問題は、なぜこの童謡において、この人生の縮図を表現するメタファーとして「栗の木」が選ばれているのか、その必然性は何かという問題である。その解答はおそらく一つには、栗の木の花が咲く際に放つあのいかにも生殖のイメージを想起させる独特の異臭のためであり、しかもそれが五月に花を咲かせるということだろう。つまり、栗の木は**'May pole'**、生殖を象徴する樹木だからである。先に挙げた1と2はともに生殖の含意がある点に注意したいところである。もう一つは、栗の木は豊かな実を実らせる樹木だからであり、これが子宝の象徴ともなり、同時に我が子の健やかな成長を暗示しているからである。花より団子を愛する庶民は進んで庭に栗の木を植え、こうして実の成る木として定着した栗の木は、神話のなかではなく、童謡のなかで歌い継がれていくことになったのだろう（子どもは栗の実のもつ圧倒的質料感——バシュラールがいう「物質的想像力」――に本能的に引きつけられるが、この子どもの本能に支えられなければ、この童謡はこれほどまでに世界中に普及しなかったのではあるまいか）。つまり栗の木は、五月に異臭を放って花を咲かせる生殖のシンボルであると同時に豊かな実をつけることで、自然のもつ具象性、質料性の象徴となるのであり、これゆえにこそこの童謡における樹木は栗の木が選択されたとみることができるだろう。

「学童に交じりて」最終連に描かれている「栗の木」にも、この生殖性と具象性が暗示されていることは、たとえば、この連と対照なす第五連の描写からもうかがい知ることができるだろう。本文より原文に沿って訳した。

What youthful mother, a shape upon her lap
Honey of generation had betrayed,
And that must sleep, shriek, struggle to escape
As recollection or the drug decide,
Would think her son, did she but see that shape
With sixty or more winters on its head,
A compensation for the pang of his birth,
Or the uncertainty of his setting forth?

一体、どこの若き母が、膝に抱いた赤子（形象）が、
生殖の蜜による仕業でこの世にあらわれ、
生前の記憶か忘れ薬が決めた宿命により、
眠り、叫び、逃れんとしてもがくのをみて、
息子が六十の年月を重ね、その頭に冬霜がおりる
形象を赤子にみることがあったならば、
それが産みの苦しみ、あるいは分娩の際の不安に対する

償いになるなどとみることがあろうか。

　ここには「生殖の蜜があらわす」ものの象徴として赤子が選ばれ、それが「一つの形」（‘a shape’, ‘shape’）、自然の具象性の象徴とみなされている。しかもこの「形」は ‘youthful mother, a shape upon her lap’ と表現されているところは興味深いところである。というのも、この表現は「大きな栗の木の下」における先にみた ‘I hold you upon my knee’ と共時的に響き合うイメージ（あるいは意識的振りであることも否定できない）であるからだ。この共時的響き合いに注目して解釈するならば、「一つの形」である〈赤子〉のイメージと最終連に突然現れる「栗の木」が、その隠れたメタファーとしての〈栗の実〉（両者の表現はともに栗の実そのものについての言及はない）によって、しっかりと結びつくものであることに気づくことになるだろう。「大きな栗の木の下で」における「あなた」である赤子とは明らかに子宝としての栗の実を暗示しており、それは自然の生殖性と具象性の隠れたメタファーとして機能している。同様にこの連の赤子としての「一つの形」とは、生殖の蜜によって生じる具体的「形」、すなわち自然の具象性を象徴していることは明らかであるから、最終連の「栗の木」と第五連の「一つの形」は、隠れたメタファーとしての栗の実によってうまく結びついていると考えられるからである。

　もちろん、第五連におけるこの生殖性と具象性の象徴としての赤子は、全体の文脈からみれば否定的に捉えられていることは明らかだが、しかもそれでもなお、この否定は完全否定ではなく、肯定的部分を大いに残している点は注意しておくべきである。というのも、自然の生成と生殖の蜜、‘honey of generation’ について、あえてイェイツはここで註をつけ、このメタファーが決して否定的イメージではないことを強調しているからである。このメタファーは「蜜蜂の巣」の暗示であり、蜜を集める蜜蜂は勤勉な昆虫であり、他の「蜂の巣」についてのイェイツの言及をも考慮するならば、これは「勤勉な蜜蜂」である魂が帰還すべき肉体を象徴する（‘betrayed’ は「裏切る」という意味と「表す」という二重の意味がある）ことになるからである。したがって、肉体と大地への永遠回帰を肯定するイェイツにとって、「蜂の巣」を含意するこの ‘honey of generation’ は肯定すべきものとみることができる。この点を確認するためには、“Stare Nest by my Window” における「蜜蜂の巣」、あるいは “Vacillation” 最終連における「獅子と蜜蜂の巣」（サムソンが提示した謎）を想起すればよいだろう（二つの「蜜蜂の巣」のメタファーが象徴しているのは自然の生殖性と同様、この俗なる世界の凝縮された「形」、すなわち具象性なのである）。つまり、生成するものとしての自然、その属性としての生殖性、具象性をイェイツは否定してはいないのであり、この「形」としての赤子が「蜂蜜が表す」ものとは具体的には栗の実を指していると考えられるのである。なんとなれば、最終連では「栗の木」は〈花咲く木〉であることが三度にわたって強調されており、この「花」の「蜜」を蜜蜂が巣に集めたものこそ「蜂蜜」であり、蜜蜂が花の蜜を集める行為によって花は受粉し、すなわち生殖し、〈実〉をつけるからである。

このような自然の生殖と具象性を肯定する象徴させるためにこそ、最終連の「栗の木」のイメージが用いられているとみることができる。そして、この「栗の木」のもつ共時的イメージは、強弱四歩格の軽快なリズム、「ビザンティウムに船出して」第二連が逆説的鏡として密かに示す童謡のリズムをもつ「大きな栗の木の下で」の「栗の木」のイメージに等しいのである。二つはともに学童に愛され、「学童たちの間で」、学童たちの中心に置かれ、経験を経て成長する学童たちを絶えず見守る大樹であり、それゆえにこそ「音楽に揺れる肉体」、一つの遊戯となりえるのである。このことが理解されない理由は、クレアンス・ブルックスの解釈に典型的にみられるように、学童を無垢なる赤子と同一の意味と考えるところにある。だが、学童とは赤子ではないのであり、それは無垢と経験の「間」に横たわる深い溝に橋をかける〈経験する無垢〉であり、ルソー主義者（ルソー自身とはいわない）を裏切るロマン主義の経験論者ワーズワス的なものとしての栗の木であり、他方、無垢なる者としての赤子とは栗の木が生殖した結果生じた栗の実を象徴しているからである。

（8）この連を決定的に支配する具体的イメージは「歌の学校」だろう。ただ問題は、イェイツがこの「学校」を描く際、いかなるイメージを念頭に思い描いていたかということである。むろん、現実にはかつてのビザンティン帝国に、初老男の手習いを勧め、親切にお歌を教えてくれる学校などありはしない。なぜ、このようなことを述べるかといえば、この連が「荘厳な記念碑を教える学校」と謳われながら、実際には、全体のイメージがそれを打ち消すように巧妙に仕組まれているからである。あたかも、老人を学童扱いし、「みんな仲良くお遊戯をしましょうね」、とばかりに、〈老人学校〉での老人教育を半ばパロディ化しているような印象をさえ与えるものがある。そのパロディ化の決定的詩行は第三行である。この行はどうやらブレイク詩から着想を得たものらしいのだが、明らかにリズムは荘厳の調べにはほど遠く、童謡のもつ明朗軽快なリズムをもっている。童謡はお遊戯に合わせて歌えるように、弱強格ではなく強弱格のアクセントが好んで用いられ、多くの場合四歩格である。イェイツは悲劇の荘厳さを強調するときには、ブランク・バースの特徴である弱強五歩格（とくに戯曲に多い）を、子守唄的調子を出すためには強弱四歩格を好んで用いることを考え合わせると、この強弱アクセントはなにか特別な狙いがあるように感じられる。むろん、この詩における三行目は四歩格ではなく六歩格であるものの、**'and louder sing'** の前にコンマがあることに注目し、そこまでを一繋がりにして読めば四歩格となる。**'Soul'** と **'clap'** の間には休止を置いてリズムを取るとすると、自然、聞き手の耳は **'soul'** の後の休止をコンマがあると取るだろうし、聴覚上の錯覚を覚えることにならないだろうか。かりに、そのように錯覚して意味を取るならば、「魂よ、お手を叩き、そして歌いましょう（もっと大きな声を出して）」というように解すこととなってしまう。しかもどうやら、このような錯覚を生じさせることはイェイツの狙いでもあるようだ。なぜならば、この行は‘unless’が前行に置かれることで、一つの独立した文章のような印象を受けるようになっており、さらにこの行の動詞‘clap’、あるいは‘sing’には‘should’が省略され三単現の‘s’がないことによって、Soulのあとに休止を置くと、動詞が命令形のように響くように巧みに考案されている。こうして、「老人」は精神の高貴なる修行のため、はるばる海を渡りビザンティウムに赴いたものの、そこで教わることは、学童よろしくお遊戯（のちにみる「ビザンティウム」では踊りのイメージがはっきりと表れている点に注目）に合わせて歌う童謡的なものであり、「老人」は完全に戯画化されている自己をそこにみることになる。「歌の学校」に通うイメージ自体が精神の孤高を誇る老人にはあまりに相応しくないイメージであり、これ自体一つのパロディだろうことは容易に察しがつくところである。すなわち、〈魂であるお爺ちゃん、さあ、お手々を叩いて歌いましょうね。もっと大きな声で元気良く歌わないとだめよ〉と響いてこないだろうか。このように読むならば、この詩行の「歌の学校」がこの詩とほぼ同時期に書かれた「学童に交じりて」における「学校」とそこで学ぶ「学童」を巧みに捩ったパロディであり、「仮面」の逆説の鏡として「学童に交じりて」の真意を映し出しているとみることが可能だろう。すなわちここでの〈老人学校〉の具体的イメージは、実はビザンティウムにある学校ではなく、上院議員としてイェイツが訪れた「学童に交じりて」の第一連で描写されているアイルランドのあの「学校」を念頭にそれを逆説のパロディとして表現した学校であるということになるだろう。

これまでにみられるとおり、最終連で排除されているイメージが「大きな栗の木の下で」において排除されているものに等しいことになる。もちろんこの場合、排除されているイメージとは、〈老いと死のイメージ〉である。いかに長寿を誇る樹木とて、それは人間の寿命との比較において長寿なのであって、けっして老いは免れることはできないが、この連ではあたかも「栗の木」が第七連で述べられている「自ずから生まれる」（‘self born’）「存在者」（‘Presences’）、すなわち「すべての天上の栄光が象徴するもの」（‘ll heavenly glory symbolise’）の地上の体現者のごとくに錯覚を起こすように描かれているからである。「肉体が魂を喜ばすために己を損ないはしないところでは、／労苦は花咲くことであり、踊ることに等しい。／美は自らの絶望のなかから生まれたりはしない／叡智は真夜中の燈火にかすむ目から生まれはしない／ああ　栗の木よ　偉大な根を張り　花咲くものよ」と描かれているからである。しかしこの「イメージは元来どこから生まれたのか」（「サーカスの動物たちの逃亡」“Circus Animal's Desertion”）と問われれば、それは俗なる「水鳥」、「学童」が通う、あの慎しい「学校」であるといわねばならず、このイメージは実は自然の生成の直中を生きる俗なる樹木、「栗の木」にすぎないといわねばならず、かりにこれが「栄光の存在者」のごとき印象を与えるとすれば、それはたんに意図的に人生のもう一つのモメントが排除されているからにすぎない、といわなければならない。だからこそ、この排除された人生のイメージ、〈老いと死のイメージ〉を求めて詩人は旅立たねばならなかったのである。「ビザンティウムに船出して」第一連の第七行目以下は、そのことがはっきりと記されている——"Caught in that sensual music all neglect/ Monuments of unageing intellect."「あの官能の音楽」、「樹木に宿る鳥たちの歌」において「無視」されているものは、「死」と「老い」なのだが、まさにそれは「学童に交じりて」の最終連が排除しているもの、「水鳥」としての「学童」たちが、あの学校で習う「歌」において、おそらく教育的配慮のゆえに排除されているものなのである。ゆえに「学童」が通う「歌の学校」が「無視」する、いわば、かの童謡の〈第三番〉を習うためにこそ老人は、もう一つの「歌の学校」に通わなければならないわけである。そこでは老人の死にゆく肉体ではなく、「魂がお手々を叩き、大きな声を出して歌う」ことを教えてくれるからである。つまり、そこは「大きな栗の木の下で」と「醜いアヒルの子」が排除、「無視する」もう一つの人生の諸相を教えてくれる「お歌の学校」だからである。

そういうわけで、「ビザンティウムに船出して」にみられる詩的レトリックは、「学童に交じりて」の最終連にみられるそれとはちょうど逆になっており、童話に対するパロディ＝アンチとしての神話的手法なのであり、神話は童話を「あざ笑って」いるのである。つまり「学童に交じりて」がアンデルセンの「醜いアヒルの子」によって「白鳥神話」に対し鋭くパラドックスを突きつけているとすれば、「ビザンティウムに船出して」においては、同じアンデルセンの童話を用いて、しかもそれを神話の逆説としてではなく、むしろその童話自体を「あざ笑い」否定するための逆説として用いられているのである。ここでは、童話「ナイチンゲール」は完全にパロディ化されている点に注目したい。本来、この童話は自然の鳥の気まぐれに怒る皇帝がこれをお払い箱にして機械の鳥に歌を歌わせるのだが、最終的に皇帝の寵愛を受け、勝利するのは自然の鳥であり、敗北するのは機械（アーティフィッシャル）／巧みの鳥なのである。だが、「ビザンティウム」に住まう「黄金の鳥」は〈自然の鳥〉を「あざ笑って」いるからである。このようにみると、「ビザンティウムに船出して」と「学童に交じりて」の対照性がいかにも奇妙に屈折した対照性であることが理解されるだろう。前詩はブレイク的形而上的神話的「仮面」の半面の部分を光輝な神話的手法を用いて描こうとするよりは、むしろ童謡、童話をパロディ化するという逆説をとおしてネガのように神話的形而上的なものを浮かびあがらせているのである。「ビザンティウムに船出して」全体のもつ先述の独特の老人の滑稽さ、あるいは〈黄金の鳥〉のもつ不思議な可笑し味に注目したいところである。イェイツの親友、T. Sturge Moore がすぐにも気づいたように、この鳥は依然として地上に留まり、「エナメル化」された黄金＝メッキを纏ったものの、その歌までも鍍金化することはできずに、「過去、現在、未来」という自然の生成を歌い、そのエナメル化された内部の肉体性を暴露してしまっているからである。他方、後詩においては、肯定されるべき童謡、童話的なものは逆にネガとして語られ（したがって、多くの読者はこのことに気づかない）、むしろ最終連で提示されているように、童話、童謡を表現するに神話的ポジを用いているのである。栗の木というかにも民話的、童謡的水平的樹木＝実のなる落葉広葉樹を人生のもう一つのモメントである老いと死を排除、無視することによって、あたかも神聖なプラトニズムをすら超越する「存在の統合」を果たす形而上的樹木であるように祀り上げ＝神話化することによって、逆に神話をパロディ化しているからである。ここには神話と民話の本質的差異を熟知し、その差異を互いのアンチの鏡として用いるイェイツ的「仮面」の逆説の詩法の一端がはっきりと表現されているのである。

（9）イェイツは「Ⅱ：第一原理」の冒頭で「詩人とはつねに個人的生活について書くものである」と記しているが、それは個性重視と同じ意味であるどころか、むしろ逆の意味で用いられている点を忘れるべきではない。そのあとに「そこには悲劇（＝普遍）の相から取られたファンタスマゴリアがあるのだ」と記されているからである。

（10）ここでの「踊り子」は「クロッカンとクロー・パトリックの丘で踊る者」との間テキストのなかで一纏めに読めば、カルディの面影を帯びていると解釈することも可能である。クロムウェルにとって、カルディはカトリック教徒以上に悪のなかの悪とみなされており、そのため彼らが残した貴重な書物は焚書の憂き目をみたからである。まさにその文書は「いま何処」というわけである。

第四章

（1）T. M. Charles-Edwards, p.223. Maire B de Paor, *Patrick the Pilgrim Apostle of Ireland*（Dublin: Veritas Publications, 1998）, pp.220-293 参照。

（2）Elizabeth Rees, *Celtic Saints: Passionate Wanderers*（New York: Thames & Hudson, 2000）, pp.21-47 参照。Liam de Paor, *Saint Patrick's World*（Dublin: Four Courts Press, 1996）, pp.46-50 参照。盛節子『アイルランドの宗教と文化』（日本基督教団出版局、一九九一年）、二六一―八七頁参照。なお、イェイツが女子修道会のこの大いなる伝統に関心をもっていたことは "Among School Children" の描写にも表れている。

（3）その二人による合わせ鏡がまた一つの鏡を形成し、それが英雄の逆説の合わせ鏡となって「仮面」を作り出すのである。

（4）Daniel Albright の指摘によれば、リブは「聖パトリックとアシーンの結合」されたイメージであるという。*The Poems*, p.760 参照。

（5）Elinor D.U. Powell, *The High Crosses of Ireland*（Dublin: The Liffey Press, 2007）, p.91.

第五章

（1）Yeats: *Last Poems*, ed.by Jon Stallworthy（New York: Macmillan Press, 1968）, p.240.

（2）*Last Poems*, p.228.

（3）"The God in the Tree," *Preoccupations*, p.189.

（4）『ニンフたちの洞窟』がイェイツに与えた影響については、『煉獄のアイルランド』、四〇五—八頁参照。

（5）Jackie Queally, *Spirit of The Burren*（London:Lightning Source UK Ltd, 2013）, pp.24-74 参照。

（6）Harold Mytum, *The Origins of Early Christian Ireland*（London: Routledge, 1992）, pp.74-5 参照。

（7）*Eminent Domain*, p.34 参照。

（8）Robin Flower, p.54, pp.62-3 参照。

（9）Saint Patrick, *The Confession of Saint Patrick*, Translated by John Skinner（London; Doubleday, 1998）, p.45. 聖パトリックの『告白』のなかの一節、「そのアイルランドの声に心の核心は完全に刺し貫かれた」（"I was utterly pierced to my heart's core"）（"compunctus sum corde"）であるが、『告白』にはこの記述が *Acts* 2:37 からの引用であると記されている。原文は以下のものである——「キリストを刺した者、それはあなたです」。これを呵責（compunction）と解釈したのが聖パトリックである。なお、「アイルランドの声」の描写は『告白』23章に表れる放蕩息子を彷彿とさせる郷里への帰還、そのすぐ後（同章）、に用意され、しかもその声はレギオンの声（様々な者の叫びによる一つの声）として描かれている。「その声を聞いて、心が刺された」といっているわけだから、"I hear it in the deep heart core"を含め、二三の聖書の引用文は、すべて『告白』二三に着想を得て引用された可能性がきわめて高い。なお、*Authorized Version* から引用されたこの箇所は 'I was greatly pricked in my heart' と訳される場合が多く、実証的にはイェイツはこの訳を参照した可能性が高い。そこには core とは記されていないものの、'compunctus sum corde'（compunctus=pierced ＊ compunction= 呵責の原義 sum=I am, corde=to the heart/core であり、イェイツは "Per Amica Silentia Lunae," "Ego Dominus Tuus" にみられるように自らの詩学にかんする重要な引用文を直接ラテン語から引用しているケースが多い）となっており、'I was utterly pierced to my heart's core' と訳したジョン・スキナー John Skinner 訳は 'voice → they cry → one voice → hear it → pricked in my heart → depth' にいたる一連の『告白』二三の流れを汲む名訳である。その意味で「イニスフリー湖島」の詩人の『告白』二三の読み（仮説）に接近しているとみることができる。なお、イェイツは『ハムレット』三：二にある heart's core をも念頭にこの箇所を記している可能性もある点を指摘しておく。Maire B. de Paor, *Patrick the Pilgrim Apostle of Ireland*（Dublin; Veritas, 1998）, pp.236-7 参照。

（10）*Confession*, p.49 参照。

（11）*Saint Patrick His Confession and Other Works*, Translated by Fr.Neil Xavier O'Donoghue（New Jersey; Cathoric Book Publishing, 2009）, pp.119-21.

（12）J・デリダ『散種』（藤本一勇、立花史、郷原桂以訳、法政大学出版局、二〇一三年）、九六―二七五参照。

（13）この散文のなかに「黒豚峡谷」に表れている「未知なる軍勢のぶつかり合い」と同じ表現が用いられていることから、「レギオン」の箇所をこの詩に引用したイェイツの意図が、「黒豚峡谷」に表れる戦のイメージを間テキストのなかで密かに読者に喚起させることにあったとみることが可能だろう。

（14）ルネ・ジラール『身代わりの山羊』（織田年和、富永茂樹訳、法政大学出版局、一九八五年）、二七四―三〇五頁参照。

（15）J・C・シュミット『中世の幽霊』（小林宜子訳、みすず書房、二〇一〇年）、三九―四〇頁参照。Michael Haren & Vorkande de Pontfarcy, *The Medieval Pilgrimage to Saint Patrick's Purgatory*（Enniskillen; Clogher Historical Society, 1988）, p.41 参照。なお、シュミットによれば、このような聖パトリック伝説は聖マーティン伝説に由来するという。

（16）*Saint Patrick His Confession and Other Works*, p.91 参照。

（17）『散種』、二七四―三〇五頁参照。

（18）『ドラムクリフ』のステラ・デュランドによれば、ドラムクリフのイニスムーレ島には男女修道僧の蜜蜂の巣が共在していたという。そうだとすれば、以下の表れる男女の住処をイェイツが想定した際に、イェイツはクランノグの典型として知られているこの湖島に建つ「蜜蜂の巣」を想い描いていた可能性もある。もちろん、この島をイェイツが承知していたことは「オハート神父の歌」にこの島が表れていることからも確認できる。Stella Durand,p.5, p.27 参照。

（19）木原誠「W・B・イェイツと聖パトリックの面影――アイルランド巡礼的思考（覚書1）」（佐賀大学教育学部研究論文集第1集第1号）、九九―一〇三頁参照。

（20）Harold Bloom, *Yeats*（New York: Oxford University Press, 1970）, pp.3-11, pp.76-82 参照。

（21）近年まで、「もう一つの高十字架」はイェイツがしばしば訪れていたナショナル・ミュージアムに展示されていた。ただし遺憾ながら、現在の博物館には所蔵されていない。なお、ダニエルの図像はすでに述べた「ベン・ブルベンの麓に」の「一つの古代十字架」にも描かれている。そうだとすれば、「獅子を前にして瞬き一つしないハムレット」という表現には高十字架にしばしば見受けられる「獅子の穴のダニエル」の図像がイェイツの念頭にあったとみることも可能だろう。

（22）**Stella Durand, p.26** 参照。

（23）「動揺」のなかに唐突に古代エジプトの「ファラオのミイラ」が表れている点にも注意を向けたい。ここでイェイツは「ドルイド／キリスト教徒」である古代アイルランド修道僧・カルディの起源が古代エジプトにあることを密かに提示しようとしているとみることできる。本書「第一章」ですでにみてきたとおり、「万霊祭の夜」において「ミイラ布」はカルディの「心の放浪」＝「巡礼の魂」を暗示するメタファーとして用いられている点をも考慮すれば、さらにそういってよいだろう。

（24）イェイツの作品をキリスト教の教義を後ろ盾にして、護教的に読むことの悪弊についてはしばしば指摘されるところである。だが、その逆もまた真であることにかんしては、なぜかほとんど指摘されない。だが、イェイツの作品に明白に表れているキリスト教的な要素を完全に無視し、そのいっさいをドルイド教や古代アイルランドの神話の世界観によってのみ解釈しようとする試みは護教的読みのたんなる裏返しにすぎず、したがってこれもまた逆説的には意図的にキリスト教的な要素を排除しようとする硬直したドルイド護教主義、あるいはケルト神話中心主義的な偏屈な読みの典型的な一例を示しているというべきだろう。

（25）『ヴィジョン』に表れるイェイツの強烈な終末論的意識は、元来、きわめてキリスト教的な時間概念を前提としている。その意味で、この終末論的な時間概念を完全に否定するニーチェ的な永遠回帰とは明白に一線を画している。なお、ここにイェイツがアイルランド固有のキリスト教徒、カルディの特徴をみようとした点についてはすでに示した「序章」の註（12）を参照のこと。

（26）**T. R. Henn, *The Lonely Tower*（New York; Oxford University Press, 1965）, pp.337-8** 参照。

（27）スライゴーは『侵略の書』に記されているファモール族と巨人族であるダ・ナーン族の戦場として知られているが——イェイツの未完の散文『シャーマンとドーヤ』（*The Sherman and Dhoya*）はこの戦いについて記している——、イェイツは彼らを含めて「神々の王国」の時代と考え、その王国間の戦いの象徴を「スライゴーの戦い」にみていると考えられる。

第六章

（1）**A. Norman Jeffares, *A Commentary on the Collected Poems of W. B. Yeats*（California: Stanford University Press, 1968）, p.516** 参照。

（2）『自叙伝』や「Ⅱ：主題」ほか、イェイツの作品に表れるオリィアリのイメージは思慮深く、きわめて知的にして内省的な人物として描かれている。そのため、彼は士師サムソンのような直情型の武士のイメージを有しておらず、彼をサムソンの姿に重ねることはできない、とイェイツは考えたのだろう。

（3）*Last Poems*, p.232.

（4）*Last Poems*, p.221. ここでの「私」はイェイツではなく、後述するとおり「一つの古い十字架」に暗示されているある一人の聖者を指している。つまりその聖者は英雄クフーリンの反対自我としての「仮面」ということになる。

（5）John O'Hanlon, *Lives of Irish Saints: With special Festivals, and the Commemorations of Holy Persons*（Volume 5）"St. Ceallach,or Kellach of Killala, and Martyr"（Dublin: J.Duffy, 1875）参照。

（6）虎岩正純「'The Black Tower' の意味」『イェイツ研究』No.35（日本イェイツ協会、二〇〇四年）、五三―四頁。

（7）修道会の厳しい掟を最初に破ったのは彼であったとされるが、禁忌を公然と破るその姿勢はドラムクリフ修道院に建つ、近年までナショナル・ミュージアムに展示されていたもう一つの古代の十字架、そこに彫り込まれた旧約の英雄、すなわち「掟に縛られない」サムソンの姿と重なるところ大である。

（8）Stella Durand, pp.5-6 参照。

（9）T. M. Charles-Edwards, pp.509-41 参照。

第七章

（1）Robin Flower, pp.21-141 参照。

（2）John J. O'Riordain, *Early Irish Saints*（Dublin: The Columba Press, 2007）, pp.32-6 参照。

（3）『煉獄のアイルランド』、三三一頁参照。なお、*Hamlet* のテキストは *The New Shakespeare Hamlet*（London: Cambridge University Press, 1986）のものを用いた。

（4）『煉獄のアイルランド』、二六二―三三一頁参照。

（5）T. S. Eliot, "The Noh and the Image," *The Egoist*（Augsut, 1917）, p.103.

（6）Robin Flower, p.6 参照。

（7）折口信夫『折口信夫全集　第一巻 古代研究』（中央公論社、一九六五年）、五—五四頁参照。

（8）*The Secret Rose, Stories by W. B. Yeats: A Variorum Edition*, ed. Marcus Gould Sidnell（London: Cornell University Press, 1981）, p.220.

（9）*Last Poems*, p.225.　草稿の原文は以下のとおり。'writhe in remorse/ I think the dead suffer remorse for as I have descrived re create their old lives for as I have described. There are the modern popular plays on the subject & much in the fork lore of all countries. In it they play & sport suffer remorse because of its share while (·) living humans in the destruction of the ancient houses..... '.

（10）谷川健一『魔の系譜』（講談社、一九七三年）、一一—三〇頁参照。

（11）なお、先に引用したように、この詩の草稿には「自己呵責に悶え苦しむ。私が描いたように死者は自己呵責に苦しむ」という表現がみえる。ここにおける「私が描いた」に最も該当する作品は『骨の夢』であるとみてよいだろう。このことは『骨の夢』の註でイェイツが二人のことを「自己が造りだした良心の迷宮を回って、自己を失ったもの」と記していることからも確認できるだろう。W. B. Yeats, "Note on The Dreaming of the Bones" *Plays and the Controversies*（London: Macmillan, 1923）, p.454.

第八章

（1）マックス・ミルネール、一五頁参照。

（2）マックス・ミルネール、一七頁参照。

（3）"The God in the Tree" *Preoccupations*, pp.181-2 参照。なお、アイルランド詩の源流を森の隠修士に求めたヒーニーは、彼らが体験した「肌身を切るような冬の寒さ」（'Sharp tooth winter'）がアイルランド固有の自然詩の伝統、詩的リアリティを育んだと考えている。

（4）ここに表れる「希望」は「憎しみ」と「欲望」とは異なる概念、それはむしろキリスト教の信仰の根幹に据えられる言葉であるが、この文脈においては最初に表れるものが「憎しみ」となっていることから、「憎しみ」の果実として発生するところの「希望」、それは「欲望」とほとんど同一の意味で用いられていると解すことができる。

（5）*Last Poems*, p.218 参照。

（6）この詩において時空を超えた二つの魂を結びつけているものは「湖」のイメージ——一方はスティーブン・グリーン・パークの湖＝池、他方はマリオティス湖——である。したがってここにもクランノグの湖島の修道僧の禁欲の伝統が密かに暗示されているとみることもできるだろう。

（7）憑依現象それ自体の真偽性を実証的に検証することは文学的にはまったく意味がない。重要なのは憑依現象を信じる詩人とそれによって誕生した黙示的な作品、その関係性、現象学者フッサールがいう意味での「間主観的」な問題、詩的想像力の問題である。

（8）Jeffares, pp.237-8 参照。

第九章

（1）*Uncollected Prose by W. B. Yeats*（London: Macmillan,1973), 参照。

（2）この散文の内容にかんする考察は、木原謙一『イェイツと仮面――死のパラドックス』（彩流社、二〇〇一年）、五三―七頁を参照。

（3）目下、問題の「一つの古代の十字架」は上段が破損しているため、遺憾ながら確認することができない。

（4）盛節子、三〇九―一八頁参照。なお、モナスター・ボイス修道院跡地にある「ムルダックの十字架」にみられるイコンについては、二〇一六年八月に現地調査を行ない確認している。この調査で確認されたことは、「一つの古代の十字架」の東側の側部のシャフトには古代エジプトのヘルメスとしての猫が「グリマルキン」のように腹ばいになった姿で描かれていること、十字架の西側にエジプトの砂漠を彷彿とさせるラクダが描かれていることである。

（5）Stella Durand, p.30 参照。

（6）*Last Poems*, p.118 参照。

（7）半アンシャル文字自体が古代アイルランド修道僧の知性の象徴的意味をもっており、そのため、カトリック修道会と対立していたことについては、T. M. Charles-Edwards, pp.326-43 を参照。

（8）Stella Durand, p.22.

（9）Sam McCready, p.255 参照。

（10）Walter Pater, *The Renaissance: Studies in Art and Poetry*（London: Macmillan, 1967), pp.76-78 参照。

（11）ここにみられる半ばエロティックな表現はこの詩とほぼ同じ時期に書かれた「アメンボ」からも確認できる――「年頃の娘たちがその想いのなかで／最初のアダムを見出せるように／法王の礼拝堂の扉を閉ざし／子どもたちは入れてはならぬ。／礼拝堂のなかではミケランジェロが……」（*The Poems*, p.387.）。

（12）この詩の文脈に沿って解釈すれば、「激情」の源泉は愛であるという激情と愛のパラドックス、あるいはこれら二律背反の感情は表裏一体であることが示されていることになるだろう。ただし、ここにおける詩人の命題はすべて問いとして提示されたものであり、「〜であるのか」の畳み掛けによって強く暗示されているように、最終的に提示されている問いは、「激情」か「愛」、あれかこれかの問いに帰結していることになるだろう。

(13) ここで線香が「シリアの老人が持っていた」と記されているのは、キリスト教の発生、すなわち原始キリスト教がヨーロッパではなく、シリアやエジプトを含めた「オリエント」に起源をもっていることを暗示させるためだとみることができる。

(14)「レギオン」は「ルカによる福音書」「マルコによる福音書」に記されている五〜六〇〇〇人のローマの軍団の総称である。キリストがゲラサの地で悪霊に取り憑かれた青年に声をかけると、彼は自分の名はレギオン＝多数の霊だといった。なお、この作品と対をなす「掟の銘板」のなかで、ロバーツはアハーンのことを「レギオン」と呼んでいるが、これを記したイェイツの念頭には聖パトリックの面影があったと考えられる。すでに「第五章」で分析を試みたように、「イニスフリー湖島」に表れる「いつも昼な夜な」（'for always night and day'）は「ルカ」五：五の「レギオン」の箇所の捩りであるが、同時にこの詩に表れる「その音を深い心の核心に聞く」（'I hear it in the deep heart core'）は、『告白』二三章のなかに記されている西の果てフォクルーの森から彼に救いを求める「多く＝レギオンの声」＝「アイルランドの声」が「我が心の核心に突き刺さった」（'I was utterly pierced to my heart core'）のくだりからの引用だからである。つまり「レギオン」が多数の軍勢に取り憑かれた多数の騎馬の者たちの霊であり、その贖いのとりなしをするのが極西の地を巡礼する聖パトリックの聖なる務めであることが暗示されていることになる。だからこそ、二人は東のアイルランドを後にし、修道院が建つ極西のアイルランドに向かって旅立ったのである。

(15) イェイツは『ヴィジョン』のなかで、キリストをオイディプスと対比させ、キリストは立ったまま十字架にかかり、天のなかに肉体と精神がともに入っていった者の象徴として捉え、一方オイディプスは大地が愛によって裂け、肉体と精神がともに立ったまま大地に沈んでいった者の象徴であると記している。ここにおける「立ったまま」はすでにみてきたように、イェイツにとって時代の転換期、クリティカル・ポイントをしるしづけるメタファーである。

(16)「マタイによる福音書」には「主の天使」がマリアではなく「ヨセフの夢に現れ」「ダビデの子ヨセフ、恐れず妻マリアを迎え入れなさい。マリアは聖霊により身ごもったのです……その名はインマヌエルと呼ばれる」と記されている点にも目を向けたい。

(17) ここでのイェイツの最終的な意図は、おそらく未完の人間アダムを描いたミケランジェロを大いに賞賛する一方で、彼の同性愛的な傾向に暗示される「男性中心主義の三位一体＝ギリシア的不条理」についてては半ば批判する狙いによるのではないだろうか。イェイツにとっての三位一体は「マダムの下腹部が疼く」もの、「男と女と子の三位一体」でなければならないからである。つまりイェイツにとって、'tomb'の表裏にはつねに二重の意味で'womb'が存在していなければならないということである。

(18)神学上、イエスを除けばヨセフの息子たちは使徒ヤコブを含め、いずれもマリアとの肉体的な交わりによって生まれていることになっている。そのため、父としてのヨセフは母マリアがそうであったように、イエスを彼らの長男、息子としてみてしまうことは避けられまい。実際、人の子イエスは他の兄弟たちとなんら変わらない貧しき大工の倅(せがれ)の肉体をもっているではないか、と詩人はみているのだろう。

第十章

(1)Marcus Losack, pp.81-93 参照。ただし『三部作』にみられるこの見解はアイルランドの聖パトリック研究者＝神学者によって大いに支持されている一方、伝統的な「オックスフォード派」の聖パトリックを研究する神学者からは多くの場合、無視、ときに冷笑されている。

(2)*The Variorum Edition of the Poems*, pp.837-8.

(3)この経緯を要約して説明すれば、以下のようになる。イェイツはニーチェを読んだすぐ後、戯曲『何もないところ』をわずか数週間で書き上げる。遅筆で知られるイェイツにしては、これは異例のことである。イェイツがこのように少々焦り気味に筆を執ったのには理由がある。それはジョージ・ムーアとの確執がもたらした「剽窃事件」にあった。当初、この作品はジョージ・ムーアとの共作で書く予定であったが、当時、イェイツよりも先にフランス語の翻訳によってニーチェを知っていたムーアは、この戯曲をツァラトゥストラ風に仕上げようと計画していた。イェイツは当時の詩人たちには珍しく他国語で原書を読むまでの語学力に欠けていたからである。しかしムーアのリアリズム的手法に徹底的に反対したイェイツは、一人で作品を仕上げることにした。ところが自分の構想をすっかり奪われると危惧するムーアは、イェイツに手紙を送りつけた。その手紙は以下のような衝撃的なものであった――「私はこの主題（『ツァラトゥストラ』風に書くこと）に沿って小説を書いているので、あなたが作品を出版するつもりなら訴訟手続きをとらせて頂く」。イェイツは動揺したが、グレゴリー夫人の励ましにも助けられ、あえて数週間で作品を仕上げ、出版までこぎつけたのである。このことから考えて、『何もないところ』がニーチェの影響のもとに書かれた可能性はきわめて高いと推測される。また、この作品のテーマがニーチェの語るところの「夢の責任」であることからしても、これは確かなことだと思われる。この経緯の詳細については、木原誠『イェイツと夢──死のパラドックス』（彩流社、二〇〇一年）、九四、一〇七、一三三─五頁参照。

（4）W. B. Yeats, *Collected Letters of W. B. Yeats: Volume III: 1901-4*（London: Clarendon Press, 1986）, P.87.

（5）W. B. Yeats, *Where there is Nothing / The Unicorn from the Stars ed. Katharine Worth*（Washington D.C.: Cuares/Colin Press, 1997）参照。

（6）この劇は、主人公のマーティンがフランスの修道会に留学経験をもっているという設定になっているのだが、その修道会が具体的に想定されているのは聖マーティンゆかりのガリア修道会だとみてよいだろう。なお、通常、聖パトリックが帰郷した地はイギリスとされているようだが、これについては多くの異論もある。むしろ、聖マーティンがいたフランスのツゥール、あるいはシャトーではなかったかという説も多く支持されている。その根拠の一つとされているのが、『告白』にみられる「ラテン語の拙さ」、ツゥールで多く用いられていた聖書がギリシア語の聖書であり、それゆえガリアで修業した聖パトリックのラテン語は拙かったというものである。少なくとも、帰郷後、もう一度アイルランドに戻る前に彼は修業のため、一時、フランスのガリアの修道会に赴いたことは、ほとんどの歴史・神学者が一致して認めているところである。実際、『告白』のなかにはガリアが「親族が住む」郷里であり、アイルランド脱出後、この地に彼が戻ったことを示唆する記述もみられる。Marcus Losack, pp.81-93 参照。

（7）Marcus Losack, pp.217-29 参照。

（8）イェイツの「一角獣」のイメージの内容、およびその経緯については、Giorgio Melchiori, *The Whole Mystery of Art*（New York: Greenwood Press, 1960）, pp.35-72 参照。

（9）最近の聖パトリック研究のなかには、マーカスの『聖パトリック　再発見』のように、聖パトリックの母は聖マーティンの妹であり、そのためパトリックはモン・サン＝ミッシェルで聖マーティンに師事したことを、この地に残る聖パトリックの伝承や当時の事情などを踏まえて歴史的に裏づけようとする研究も現れている。

（10）「鳥たちのなかに完全なものが一羽、魚のなかで完全なものが一匹、人間たちのなかで完全なものが一人いるのだ」という表現は、本文で記したように「我が作品のための総括的序文」にもみられ、そこではこの表現を「聖パトリックの信条」と等価に置かれている。また、“The Dancer at Cruachan and Cro-Patrick”のなかでもこの表現が用いられているのだが、イェイツによれば、「これを歌った者は聖コロンバーヌスか聖ケラハではなかっただろうか」という。だが、「クロッカン」と「クロー・パトリック」は聖パトリックゆかりの地であることを考慮すれば、この詩にも聖パトリックの面影が潜んでいることがわかる。なお、この表現はイェイツの未完の小説『まだらの鳥』のなかでも主人公マイケル・ハーン独自のキリスト教観を示す言葉として用いられていることから判断して、これはイェイツにとってカルディを象徴する一つの記号であるとみてよいだろう。なお、『まだらの鳥』は梟のことであるが、作品のなかでこの梟はウェルズから飛んできたとされている。通説によれば、聖パトリックはウェルズ付近から奴隷として連れて来られたという。そうだとすれば、ここにも聖パトリック＝カルディの面影が暗号として描かれていることになるのかもしれない。

（11）ちなみに「聖カタリナ」は「動揺」の最終連に表れる「聖女テレジア」のモデル――マーティン・グリーンによれば、イェイツは二人の聖女を混同しているという――である。Martin Green, *Yeats's Blessing on Von Fügel* (London: Longman, 1967), pp.1-29 参照。

（12）*Rediscovering Saint Patrick* の Marcus Losack は『三部作』の記されたこの見解を歴史・神学的に見事に根拠づけている。Marcus Losack, 参照。

（13）「第一章」で述べたように、古代アイルランド修道会の父、聖パトリックの教義の大きな特徴の一つは、終末の危機意識から生じる特殊な黙示性にあった。このことは、今や一部のオックスフォード派の今日の古代アイルランド研究者でさえも充分認めるところである。T. M. Charles-Edwards, pp.214-31 参照。Thomas O'Loughlin, ,pp.3-137 参照。「W・B・イェイツと聖パトリックの面影」、九九―一〇三頁参照。

（14）パトリックは奴隷時代、豚飼いであったとされるが、この伝承が広まったのは聖アントニーが豚飼いの守護聖者であることと関係しているだろう。

（15）*The Collected Works of W. B. Yeats: Volume V* (London: Charles Scribner Sons,1994), p.74.

（16）「詩人のなかの詩人」として称されるスペンサーゆかりの地であるにもかかわらず、小さな教会の立て看板にこの地がスペンサーゆかりの地であることが紹介されている程度に留まるのは、この理由によるだろう。二〇一六年八月の筆者の調査による。その意味で、この地は（彼と同時代人である）シェイクスピアゆかりのストラットフォード・アポン・エイボンと著しい対照を示しているような印象を受ける。

（17）*Preoccupations*, pp.183-4.

（18）多くの場合、石碑は古代においてはアイルランド固有の文字＝オーガム文字によって先祖である王たち、あるいは英雄の名が刻まれていた。

（19）「ベン・ブルベンの麓で」には三回にわたり「魂」（'soul'）という言葉が用いられていることからもわかるとおり、この碑文に託された詩人の想い、すなわち主題は、現実のアイルランドの歴史の問題ではなく、民族を含めた不滅の魂、その浄罪＝再生のあり方の問題であることはもはや明白である――「いくたびも、人は生き、そして死んでゆく民族と魂という永遠の間を」。

（20）「ベン・ブルベンの麓で」において「動揺」と同じように、「魂」'soul' と「心」'hearts' 'mind' が巧みに使い分けられている点にも注意したい。

終章

（1）ウンベルト・エーコ『薔薇の名前』上・下（河島英昭訳、東京創元社、一九九〇年）、参照。なお、この物語は中世ヨーロッパの修道会の世界を背景にした物語であるが、この物語の主人公、ウィリアム修道士には一部、アイルランドの修道僧＝カルディの面影が重ねられている点に注意を向けたい。物語の冒頭で以下の意味深長なくだりがみえるからである――「（ウィリアム修道士の）雀斑だらけの細長い顔立ちはヒベルニアからノルトゥムブリアにかけての地方出身にしばしば見かけられるものであった」。このことは彼のアイルランドの聖書写本に対する強い関心（彼は『ケルズの書』の註釈本を出版しているほか、ジェイムズ・ジョイスの『フィネガンズ・ウェイク』に表れる『ケルズの書』の影響をおそらく世界で最初に本格的に考察を試みている）からも、必然的なものであったことが理解されるだろう。

（2）『アシーンの放浪』における聖パトリックのセリフには、聖書中のラザロの譬え話に表れる「アブラハムの懐」を下敷きにして記されている描写がみえる――「記憶が宿るところは焼け石のうえに足裏がこびりつく場所。そこは広大な地獄の焼け石の上で悪魔の針金で鞭打ちされる場所。祝福された者たちと神の御顔に浮かぶ微笑みがはるか遠くに去っていくのを見、その間には青銅の門があり、堕天使たちのうめき声がそこにはある」（"Where the flesh of the footsole clingeth on the burning stones is their place ; ／ Where the demons whip them with wires on the burning stones of wide Hell, ／ Watching the blessed ones move far off, and the smaile on ／ God's face, ／ Between them a gateway of brass, and the howl of the angles who fell."）。一見すると、これは「広大な地獄」となっていることから、アシーンの地獄堕ちを予兆するもののように読めるかもしれない。だが、必ずしもこの場所が「地獄」であるとは言い切れない。細かくここに描かれた「地獄」の様を眺めてみるならば、そこにはむしろ、「第三の場所」を暗示させものがある点は看過できない。たとえば、「それらの間には青銅の門があり」という記述がみえるが、それはカトリックの釈義の伝統において、ラザロと金持ちの喩えが暗示する「第三の場所」、煉獄を想起させるものである。実際、このセリフにおける「祝福された者たちと神の御顔に浮かぶ微笑みがはるか遠くに去っていくのを見」のくだりはラザロの比喩を念頭に置いて記されたものであるとみてよいだろう。詳細は『煉獄のアイルランド』、三六二―六頁参照。

（3）Seamus Heaney, "Yeats as an Example?" *Preoccupations*, pp.98-114 参照。
（4）シェイマス・ヒーニー『創作の現場』（風呂本武敏、佐藤容子訳、国文社、二〇〇一年）、七四―六頁参照。
（5）ちなみに、死期を悟った詩人が自身の「秘密を打ち明けた」「人とこだま」の舞台である「アルトの洞窟」は、ベン・ブルベン山と対峙される「黒い塔」の兵士が下山したノックナリーにある。
（6）ラウンド・タワーがヴァイキングの襲撃に備えるために修道僧たちによって建てられたという見方は、多くの歴史・考古学者の支持を得ているところである。もちろん、それだけがラウンド・タワーを建てた目的ではないことは、ラウンド・タワーが、ヴァイキングが初めて来襲した七九六年、その前からすでに存在していたものも含まれているという最近の考古学的な検証結果からも確認できる。
（7）その意味では、かりにバリリー塔のイメージが一部最晩年のイェイツの走馬灯のなかを去来しているとすれば、それは「黒い塔」のなかにおいてではなく、むしろ「第三章」ですでに検証を試みた「ベン・ブルベンの麓で」Ⅴのなかにおいてであろう。
（8）ヘンはここで「『黒い塔』の念頭にはバリリー塔がある」とも指摘しているものの、その根拠を「バリリー塔はイェイツ詩の大いなる時期において最後の避難場所、砦だった」と記すに留め、その明白な裏づけを行なっていない。Yeats: *Last Poems*, pp. 75-97 参照。
（9）Elizabeth Rees, pp.104-8, John J. O'Riordain, pp.27-31, Stella Durand, p.30, 盛節子、八三―四頁参照。
（10）Elizabeth Rees, p.105 参照。
（11）Liam de Paor, pp.154-74,Elizabeth Rees, p.105, 盛節子、八四頁参照。
（12）七世紀後半に書かれたティレハンの『聖パトリック伝』は半ば同情的に南イ・ニール王ディアルマートの敗北を描いている――敗北の一年前に彼がキリスト教に改宗したと記している――背景にもこのことが関係していると推定される。T. M. Charles-Edwards, pp.509-41 参照。
（13）Maire B de Paor, pp.220-300 参照。
（14）ステラ・デュランドによれば、アイルランドの「学童ならば誰でも、クール・ドゥレムネの決戦がベン・ブルベンの麓で起きた書物戦争であることを知っている」という。それならば、その事情は日本における壇ノ浦か関ヶ原の決戦と同じ意味であるということになるだろう。Stella Durand, p.20.

主要参考文献

外国関係

1. イェイツの作品

Edwin John Ellis and W. B. Yeats. *The Works of William Blake, Poetic, Symbolic and Critical, Three Vols*. first published in 1893 by Quaritch, reprinted by AMS Press. New York: AMS Press,1979.

Idea of Good and Evil. London: A. H. Bullen, 1903.

Responsibilities: Poems and a Play. Churchtown: Cuala Press, 1914.

The Wild Swans at Coole Other Verse and a Play in Verse. Churchtown: Cuala Press, 1916.

Plays and Controversies. London: Macmillan, 1923.

A Critical Edition of Yeats's A Vision（1925）. ed. Geroge Mill Harper and Walter K. Hood. London: Macmillan, 1978.

The Collected Poems of W. B.Yeats.（1933; 2nd ed. with additions, 1950）. London: Macmillan, 1950.

The Collected Plays of W. B.Yeats.（1934; 2nd ed. with additional Plays, 1952）. London: Macmillan, 1952.

A Vision. London: Macmillan, 1937.

On the Boiler. Dublin: The Cuala Press, 1939.

The Letters of W. B. Yeats. ed. Allan Wade. London: Ruper Hart-Davis, 1954.

Autobiographies. London: Macmillan, 1955 .

The Variorum Edition of The Poems of W. B.Yeats. ed. Peter Alt and Russell K. Alspach. New York: Macmillan, 1957.

Mythologies. London: Macmillan, 1959.

Essays and Introductions. London: Macmillan, 1961.

The Senate Speeches of W. B. Yeats. ed. Donald R. Preface. London: Faber, 1961.

Explorations. London: Macmillan, 1963.

The Variorum Edition of the Plays of W. B. Yeats. ed. Russell K. Alspach. New York: Macmillan, 1966.

Memoirs. Autobiography—First Draft: Journal. transcribed and edited by Denis Donoghue. London: Macmillan, 1972.

Uncollected Prose by W. B. Yeats: vol. 2. collected and edited by John P. Frayne and Colton Johnton. "Review, Article and Other Miscellaneous Prose, 1897-1939". London: Macmillan, 1975.

The Speckled Bird. With Variant Versions. annotated and edited by William H. O'Donnell. Mcclelland and Stewart. 1976.

The Secret Rose, Stories by W. B. Yeats: A Variorum Edition. ed. Marcus Gould Sidnell.London: Cornell University Press, 1981.

The Poems: Collected Edition. ed. Richard J Finneran. New York: Scirbner. 1983.

Collected Letters of W. B. Yeats: Volume III: 1901-4. London: Clarendon Press, 1986.

Where There is Nothing (1903) / *The Unicorn from the Stars*. ed. Katharine Worth. Washington D.C.: Cuaress/Colin Smythe, 1987.

The Poems. ed. Daniel Albright . London: Everyman's Library, 1992.

Later Essays. ed. William H. O'Donnell. New York: Scribner, 1994.

Later Articles and Reviews: Uncollected Articles. Reviews, and Radio Broadcasts written after 1900. ed. Colton Johnson. *New York: Scribner, 2000.*

2. イェイツの関係研究書

Bloom, Harold. *Yeats*. New York: Oxford University Press, 1970.

Bradford, Curtis. "Yeats's Byzantium poems: A Study of their Development" *Yeats*, ed. John Unterrecker. New York: Prentice-Hall, 1963.

Brooks, Cleanth. *The Well Wrought Urn*. New York: Harcourt Brace Jovanovich, 1947.

Bohlman, Otto. *Yeats and Nietzsche: An Exploration of Major Nietzschen Echoes in the Writings of William Butler Yeats*. Totowa, N.J.: Barnes and Nobel, 1982.

Deane, Seamus. *Celtic Revivals: Essays in Modern Irish Literature 1880-1980*. North Carolina: Wake Forest UP, 1987.

Ellmann, Richard. *Eminent Domain*. New York: Oxford University Press, 1967.

———. *The Identity of Yeats*. London: Macmillan, 1956.

———. *Yeats: The Man and the Masks*. London: Macmillan, 1949.

Green, Martin. *Yeats's Blessing on Von Hügel*. London: Longman, 1967.

Henn, T. R. *The Lonely Tower*. London: The Oxford University Press, 1965.

Jeffares, A. Norman and A. S. Knowland. *A Commentary on The Collected Plays of W. B.Yeats*. London: Macmillan, 1975.

Jeffares, A. Norman. *W. B. Yeats: Man and Poet*. London: Routledge & Kegan Paul, 1962.

———. *A Commentary on the Collected Poems of W. B. Yeats*. California: Stanford University Press, 1968.

Jeffares, A. Norman and A. S. Knowland. A Commentary on *The Collected Plays of W. B.Yeats*. London: Macmillan, 1975.

Kermode, Frank. *Romantic Image*. London: Routlege and Kegan Paul, 1957.

Koch, Vivienne Koch. *W. B. Yeats Tragic Phase*. London: Routledge and Kegan Paul, 1951.

Man, Paul de, *The Rhetoric of Romanticism*. New York: Columbia University Press, 1984.

McCready, Sam. *A William Butler Yeats Encyclopedia*. Conneticut: Greenwood Press, 1997.

Melchiori, Giorgio. *The Whole Mystery of Art*. New York: Greenwood Press, 1960.

Miner, Earl. *The Japanese Traditon in British and American Literature*. Connecticut: Greenwood Press, 1958.

Marcus, p. L..*Yeats and the Beginning of the Irish Renaissance*. New York: Cornell University Press, 1970.

Moore, Virginia. *The Unicorn*. New York: Macmillan, 1954.

O'Shea, Edward. *A descriptive Catalog of W. B. Yeats*. New York and London: Garl and Pub., 1985.

Oppel, F. Nesbitt. *Mask and Tragedy: Yeats and Nietzsche*, 1902-10. Charlotteville: University Press of Virginia, 1987.

Raine, Kathleen. *Yeats the Initiate*. Dublin: The Dolmen Press, 1986.

Stallworthy, Jon. ed. *Yeats Last Poems*. London: Macmillan, 1968.

Yeats, J. B. *Letters to his son W.B.Yeats and Others 1869-1922*. ed. Joseph Home. London: Secker and Warburg, 1983.

3. 古代アイルランド修道僧（カルディ）関係

Ardill, Rev. John Roche. *St Patrick A.D.180*. London; John Murray,1931.

Bhreathach, Edel. *Ireland in the Medieval World AD400-1000*. Dublin: Four Courts Press, 2014.

Bhrolcháin, Mureann Ní. *An Introduction to Early Irish Literature*. Dublin: Four Courts Press, 2011.

Cahill, Thomas. *How the Irish Saved Civilization*. London: Sceptre Lip, 1995.

Charles-Edwards,T. M.. *Early Christian Ireland*. New York: Cambridge University Press, 2000.

Clonmacnoise Studies, Ed. Heather A. King Volume 1. Dublin: Seminar Papers, 1994.

Clonmacnoise Studies, Ed. Heather A. King Volume 2. Dublin: Seminar Papers, 1998.

Durand, Stella. *Drumcliffe*. Leitrim: Drumlin Publications, 2000.

Flower, Robin. *The Irish Tradition*. Dublin: Liliput Press, 1947.

Haren, Michael & Vorkande de Pontfarcy. *The Medieval Pilgrimage to Saint Patrick's Purgatory*.Enniskillen; Clogher Historical Society, 1988.

Hastings, Gary. *Going up the Holy Mountain*. Dublin: The Columba Press, 2015.

Hughes, Harry. *Croagh Patrick*. Dublin: The O'Brien Press, 2010.

Losack, Marcus. *Rediscovering Saint Patrick*. Dublin: The Columba Press, 2013.

Murray, Monsignor Raymond. Archdoicese of Armagh. Torino: Editions Du Signe, 2000.

Mytum, Harold. *The Origins of Early Christian Ireland*. London: Routledge, 1992.

Nicholson, R. Steel. *Saint Patrick: Apostle of Ireland in the Third Century*. Dublin: Kessinger Legacy Reprint, 1868.

O'Loughlin, Thomas. *Discovering Saint Patrick*. London: Darton Longman and Tod Ltd, 2005.

O'Riordain, John J. . *Early Irish Saints*. Dublin: The Columba Press, 2007.

Paor, Maire B. de. *Patrick the Pilgrim Apostle of Ireland*.Dublin; Veritas, 1998.

Paor, Liam de. *Saint Patrick's World*. Dublin: Four Courts Press, 1996.

Powell, Elinor D.U. *The High Crosses of Ireland*. Dublin: The Liffey Press, 2007.

Queally, Jackie. *Spirit of The Burren*. London: Lightning Source UK Ltd, 2013.

Rees, Elizabeth. *Celtic Saints: Passionate Wanderers*. New York: Thames & Hudson, 2000.

Rodgers and Losack. *Glendalough*. Dublin: The Columba Press, 1996.

Saint Patrick. *Saint Patrick His Confession and Other Works*, Trans. Fr. NeilXavier O'Donoghue New Jersey: Cathoric Book Publishing, 2009.

Saint Patrick. *The Confession of Saint Patrick*, Translated by John Skinne. New York: Doubleday, 1998.

Stokes, Margaret. *Early Christian Art in Ireland*. Dublin: National Museum of Ireland, 1932.

Turner, Victor& Edith Turner. *Image and Pilgrimage in Christian Culture*. New York: Columbia University Press, 1978.

Wallance, Patrick F& Raghnall O Floinn. *Treassures of the National Museum of Ireland: Irish Antiquities*. Drogheda: The Boyne Valley Honey Company, 2002.

4．その他の参考文献

Abrams, M. H. *The Mirror and the Lamp*. London: Oxford University Press, 1953.

Baynes, Norman H. and H. Moses. *Byzantium*. London: Oxford University Press, 1963.

Blake, William. *The Complete Writings of William Blake with variant Reading*. ed. Geoffrey Keynes. London: Oxford University Press, 1966.

Greenblatt, Stephen. *Hamlet in Purgatory*.Princeton: Princeton University Press, 2001.

Gregory, Lady. *Gods and Fighting Men*（1902）. Buchinghamshire: Colin Smythe, 1987.

Heaney, Seamus. *Preoccupations*. New York: Noonday Press, 1980.

Milton, John. *Paradise Lost*. ed. Merritt Y. Hughes. New York: The Odyssey Press, 1935.

Nietzsche, Friedrich W. *The Complete Works Vol. 1*. ed. Oscar Levin. *The Birth of Tragedy or Hellenism and Pessimism*. trans. William Hausemann. Edinburgh and London: T. N. Foulass, 1909.

Pater, Walter. *The Renaissance: Studies in Art and Poetry*. London: Macmillan. 1967.

Piggott, Stuart. *The Druids*. London: Thames and Hudson, 1968.

Porphyry. *On the Cave of the Nymphs in the Thirteenth Book of the Odyssey*.Translated by Thomas Taylor.London: John M. Watkins, 1917.

Pound, Ezra and Ernest Fenollosa. *The Classic Noh Theatre of Japan*（1917）. New York: New Directions, 1959.

Said, W. Edward. Orientalism .New York: Georges Borchardt Inc.1978.

Shelley, P. B. *The Complete Works of Percy Busshe Shelley*. Newly edited by Roger Ingpen and Walter E. Peck. New York: Godian Press, 1965.

Shakespeare, William. *The New Shakespeare: Hamlet*. London: Cambridge University Press, 1986.

Shakespeare, William. *The Works of Shakespeare*. ed. W. G. Clark and W. Aldis Wright. London: Macmillan, 1911.

Turner, Victor. *Image and Pilgrimage in Christian Culture.*New York: Columbia University Press, 2011.

Wordsworth, William. *The Complete Poetical Works.* ed. John Morley. London: Macmillan, 1888.

本邦関係

本文・エピグラフで引用した文献には末尾に★を付けた。

1. イェイツ関係研究書

木原謙一『イェイツと仮面——死のパラドックス』彩流社、二〇〇一年。

木原誠『イェイツと夢——死のパラドックス』彩流社、二〇〇一年。

——『煉獄のアイルランド——免疫の詩学／記憶と徴候の地点』彩流社、二〇一五年。

高橋康也『橋がかり——演劇的なものを求めて』岩波書店、二〇〇三年。【「イェイツと能」、「ベケットと能」を含む】

虎岩正純「'The Black Tower' の意味」『イェイツ研究』No.35　日本イェイツ協会、二〇〇四年。

2. その他の参考文献

ヴィーコ『ヴィーコ』（世界の名著続6）清水幾太郎編　中央公論社、一九七五年。

オットー、ルドルフ『聖なるもの』　山谷省吾訳、岩波書店、一九六八年。

折口信夫『死者の書』中央公論社、一九七四年。

折口信夫『折口信夫全集』第一巻古代研究、中央公論社

キルケゴール、セーレン「あれか、これか」『キルケゴール著作集』第一部（上）　浅井真男訳、白水社、一九七五年。

——『死に至る病』斎藤信治訳、岩波書店、一九三九年。★

——「哲学的断片」『キェルケゴール著作集』第六巻　大谷長訳　創言社、一九八九年。★

——「二つの論理的・宗教的小論文」『キェルケゴール著作集』第一二巻大谷長訳、創言社、一九九〇年。

――「現代の批判」『キルケゴール』 桝田啓三郎訳、中央公論社、一九七九年。

――『反復』 桝田啓三郎訳、岩波書店、一九五六年。★

――『不安の概念』 斎藤信治訳、岩波書店、一九五一年。★

ゴッフ、ジャック・ル『煉獄の誕生』 渡辺香根夫、内田洋訳、法政大学出版局、一九八八年。

『新潮日本古典集成：謡曲集下』 新潮社、一九七四年。

シュミット、J＝C・『中世の幽霊』小林宜子訳、みすず書房、二〇一〇年。

ストイキツァ、ヴィクトル・I・『影の歴史』岡田温司、西田兼訳、平凡社、二〇〇八年。

高橋保行『ギリシア正教』 講談社、一九八〇年。

ダグラス、メアリ『汚穢と禁忌』 塚本利明訳、筑摩書房、二〇〇九年。

谷川健一『魔の系譜』講談社、一九七一年。

鶴岡真弓『ケルト／装飾的思考』 筑摩書房、一九八九年。

デリダ、ジャック『マルクスの亡霊たち』 増田一夫訳、藤原書店、二〇〇七年。

戸井田道三『能：神と乞食の芸術』 せりか書房、一九八九年。

ドブレ、レジス『イメージの生と死』 西垣通監修、嶋崎正樹訳、NTT出版、二〇〇二年。

ナンシー、ジャン・リュック『イメージの奥底で』 西山達也、大道寺玲央訳、以文社、二〇〇六年。

ニーチェ、フレデリッヒ『ニーチェ全集』第二巻 信太正三・原佑・吉沢伝三郎編、理想社、一九六三年。

――『悲劇の誕生』西尾幹二訳（中央公論、一九七四年）★

――『ニーチェ全集』第七巻 茅野良男訳、理想社、一九八〇年。★

――『ニーチェ全集』第九巻 吉澤伝三郎訳、理想社、一九六九年。

ヒーニー、シェイマス『創作の現場』 風呂本武敏、佐藤容子訳、国文社、二〇〇一年。

ベルティング、ハンス『イメージ人類学』 仲間裕子訳、平凡社、二〇一四年。

バシュラール、ガストン『夢みる権利』渋沢孝輔訳、筑摩書房、一九七七年。

ビンスワンガー、L・、M・フーコー『夢と実存』荻野恒一、中村昇、小須田健訳、みすず書房、一九九二年。

ボードリヤール、ジャン『象徴交換と死』今村仁司、塚原史訳、筑摩書房、一九八二年。

ポルフュリオス『ニンフたちの洞窟』（ヘルモゲネスを探して）、大橋喜之訳、二〇一四年。

ミルネール、マックス『ファンタスマゴリア』川口顕博幡弘・篠田知和基・森永徹訳、ありな書房、一九九四年。

盛節子『アイルランドの宗教と文化』日本基督教団出版局、一九九一年。

リガルディ、イスラエル『黄金の夜明け――魔術全書』第三巻、江口之隆訳、国書刊行会、一九九三年。

あとがき――イェイッの墓碑とその証VS父の墓碑とその証

本書の命題は、ある人の奇妙な名前とそれに纏わるこれまた奇妙な実体験から着想を得たものである。ある人とは私の父のことであり、その名前とは父の墓に刻まれた文字のことである。そこには母の名前、「木原弘子」と並んで「木原範恭」ではなく、なんと「エノク」と記されている。その名前は本人の銘によって母が亡くなった数日後に刻まれたものである。聖書の「創世記」に記されている人物の名前である。私が「どうしてそんな名前を彫ったのか」と尋ねると、父は真顔でこう応えた――「エノクは生きたまま神の国に迎え入れられた。私も彼に倣って、生きたまま天国に行くことにしたからだ」。

母は十三年前に他界した。それからというもの、深い悲しみに襲われた父の言動は以前にも増して常人測りがたいものになっていった。早朝からパン屋に出かけ、陳列されたパンを一つ残らず買い込んでは、「シャローム、シャローム」と呪文の言葉をぶつぶつ唱えながら道行く人に配って回った。それから次に花屋に行き、花をたくさん買い込んでは、これまた道行く人に呪文の言葉とともに配って回った。花束のなかには高価な胡蝶蘭も気前よく入っていた。そのあと、あてどもなく街をぶらぶらと日暮れまで彷徨することが父の日課になった。敬虔なるクリスチャンとしての父の日々のお勤め、「天国でイエス様と会っても困らないための天国語会話、ヘブル語の練習」(父の言葉)、そこにもう一つ聖なるお勤めが加わったわけである。「いい加減、街角施し巡礼は止めてくれ。このままじゃホームレスだ」と諌めたものの、無駄だった。毎日、パン屋も花屋も大忙し、案の定、あっと言う間に父の蓄えは尽きた。だが、父はまったく気にする様子もない。それればかりか、私に公然とこう言い放った――「うるさい。私を誰だと思っているんだ。エノクだ。その証にちゃんとお母さんの骨壺のなかに水虫菌が詰まった足の爪を入れておいた。お前にも遺産としてその爪の垢を煎じて飲ませてやる」。しばし唖然としたあと、この狂気の遺言に怒りがこみ上げてきて完全に理性を失ってしまった――「赤の他人には気前がよいくせに息子には水虫とはヤケにケチ臭いな。とっととエノクにでもなって天国に行けばいい、そこで思う存分、水虫菌をまき散らせ、花咲爺さん」。父は激昂した――「ああ、こんな馬鹿息子、産むんじゃなかった。ああ、鷹がトンビを産んでしまった。エノクの証の意味もわからんとは馬鹿にも程がある。いいか、この水虫はそこらへんに転がっているような水虫とはわけが違う。六十年間苦楽をともにし、修羅場を生き抜いてきた唯一人の戦友だ。踏まれても踏まれても、どんなに劇薬を撒かれようが死にゃしない。いや、死んでもまた蘇ってくる。これぞ真のリバイバルだ。それに比べれりゃ、肉体なんか脆いもんだ。お前は自分の薄毛の一本すらリバイバルできやしないじゃないか。もはや風前の灯火の禿げのくせして偉そうな口叩くな」。これを聞いて私の怒りはさらに増幅した――「ああ、トンビでも禿げ鷹でも結構だ。だがこれだけは言わせてもらう。お父さんが生涯信仰したインマヌエルとは、結局、水虫だったんだ。水虫よ、永久に我とともに在れ、というわけだ。めでたく新興宗教の誕生だ」。

父が他界したあとしばらくして、怒りに任せて言い放ったあの刺々しい言葉をさすがに後悔したものの、あとの祭である。だが、自責の念とともに、逆に父の墓碑に刻まれた「エノク」の文字とその証の意味が少しずつわかりはじめてきた。すると不思議なことだが、イェイツの墓碑に刻まれた詩文、そこには常人には測り知れない深遠なる詩人の最終境地がいまだ潜んでいることに思いがいたった。こうして、私のイェイツ読解という心の巡礼が始まった。つまり、私にイェイツの作品全体の再読を命じたのは、父の遺言としての「エノク」の文字とあの聖なる証だったのである。

そういうわけで、「宗教的ドン・キホーテ」、「愚かな情熱の男」を自認するイェイツ、その姿には少なからず父の面影が重なっていることは否めない。誰よりも愛情が深く、その表裏に誰よりも深い憎しみを抱え、そのため誰よりも多く誤解されてしまい、心が引き裂かれ苦しみ抜いた父、世界で最も不器用な男の心中、そこには本書で示したイェイツやスウィフトの心中とも通じ合うものを感じる――「こうして私の憎しみは愛によって私を苦しめ、私の愛は憎しみによって私を苛む。……私は臆病者であり、孤独な人間であり、取るに足りない人間である」（イェイツ）。「スウィフトはついに憩いにつく。激烈なる怒りも、今や、そこでは己が心臓を引き裂くことあらじ」（「スウィフトの墓碑銘」）。そんな父も、さすがに死を前にしてほとんど走馬灯に去来する面影だけを幻視する恍惚の人になっていた。人は蝋燭の灯火が燃え尽きようとするその刹那、一瞬、灯火が輝きを増しいっさいの己の人生の想い出が走馬灯の心のなかをフラッシュ・バックしながら駆けめぐると聞く。おそらく、死を前にしたあのときの父もそんな境地に達していたのだろう。

そういえば、私もこのところ、〈心の老眼〉が進み、目の前にある事象は霞み、その分、嬉しいことに過去の事象が鮮明に心の眼に映るという才能に目覚めてきた。自分の卵を産んだ端から忘れる雌鶏のように、今何を食べたのか食った端から忘れてしまう。だが、五十年前に給食で何を食べたのか鮮明に覚えている。マカロニと筋張った肉が入った少し黄ばんだシチュー、焦げ目のあるコッペパン、中央に緑の線が入った牛乳びんの形、すべて再現可能である。これはきっと、自分の人生のいっさいを意味づける最後の灯火の瞬間、かの大いなる走馬灯の境地にいたる準備体操を行なっているからにほかならない。プールのなかで老人たちが一列になって黙々と歩いているのも、これだ。彼らはみんな三途の河を渡る練習、イェイツが「ビザンティウムの聖者」から習ったというかの〈魂の筋肉体操〉、聖なる「ドリル」（陸上用語）を行なっているに違いない。ウサイン・ボルトでさえ真似できない最高難度のトレーニング、それを彼らは日々黙々とこなしているのだ。それならば老いも悪くない、そう思うようになったこの頃である。

本書に記した研究の多くは、科学研究費・基礎研究C・研究題目：「〈免疫の詩学〉の構築――聖パトリックの煉獄巡礼をモデルにして」（二〇一五～二〇一七年）、基礎研究C・研究題目：「アイルランド文芸復興の規範、古代修道院文化――水辺の巡礼ネットワークを着眼点に」（二〇一八～二〇二〇年＊予定）の援助を受けて行なわれたものである。年々、学内の研究費が削られ、目先の実利に資する学問だけに関心が向く昨今の社会的風潮、このような研究環境をめぐる大学内外の危機的状況のなかで、虚学の申し子ともいうべき本研究のテーマをご理解くださり、基礎研究を続けていくための貴重な資金をご提供くださった日本学術振興会に対し、改めて感謝申し上げる。

この本を纏めるにあたっては、小鳥遊書房編集部の林田こずえさんにたいへんお世話になった。出版社は異なるものの、林田さんには『煉獄のアイルランド――免疫の詩学／記憶と徴候の地点』（二〇一五年）の出版以来、たいへんお世話になっている。彼女は、書物という一枚のつづれ織りを編んでいくとき、その真価が最も問われるもの、微視にして巨視なる〈鷹の眼〉をお持ちの類い稀なる人だと思う。天然ボケに加え老眼が進む僕の眼は、この若き才能に何度驚かされ、助けられたことだろう。そんなわけで、一度ならず二度にわたって彼女に編集の労を負っていただいたことは、このうえない喜びである。小鳥が大空で自由に遊ぶ姿を愛で、そこに歴史のヴィジョンを視た古代アイルランド修道僧、これを一大テーマとする本書の出版社名が「小鳥遊書房」であること、この不思議な縁もまた心躍るに充分なものである。むろん、「小鳥遊」は「高梨（代表）」のお茶目な読み替え、「鷹無し」の意味だけではないはずである。その名前には、イェイツの詩学の核心、「仮面」との響き合いを強く感じるからだ――「蜜蜂よ、椋鳥の空き巣に来たりて　巣を作れ／小鳥よ、鷹の空き巣に来たりて　巣を作れ」。蜜蜂は天敵である小鳥の、小鳥は餌である蜜蜂の、あるいは小鳥は鷹の、鷹は小鳥の、互いに互いの「仮面」に変貌しなければならない。主体と客体を相互に入れ替える逆説の合わせ鏡＝「仮面」のなかで、互いに映し（憑依し）合わなければならない。そのときはじめて「小鳥」は天敵に縛られない無敵の自由を、自己内発的な「遊」を享受できる、そうイェイツは説いているからである――「蜜蜂の巣と獅子の謎かけ、聖書はこれを何と語っているか」（「動揺」）。そうでなければ、『鷹の井戸』の「鷹の女」が舞う夢の舞台は消えてしまう。鷹の眼をもつすぐれた編集者たち、その活躍の現場も失われてしまう。「タカナシ（小鳥遊／鷹成）」、この逆説を帯びた奥深い名前の誕生とその門出にエールを送りたい。小鳥遊書房のますますのご発展をお祈りしております。本当にありがとうございました。

二〇一八年十一月　　木原　誠

索引

1　註と本文から採用した。註の頁数はゴチックで表記した。
2　人名、作品に関しては、欧文表記を付けた。ただし、ヘブル語、ギリシア語、ラテン語については英語表記で記した。
3　以下の言葉は、全編を通して本書のキーワードとなっており、多出するため、頁数は省いた。

「ベン・ブルベンの麓で」"Under Ben Bulben"／アシーン（Oisin）／アントニー（Anthony）／聖アントニー（St. Anthony）／「仮面」／カルディ（神の下僕 / 奴隷）／間テキスト（モザイクとモザイクの間）／『告白』（*Confession*）／原罪／高十字架（ハイ・クロス）／三位一体／贖罪巡礼／聖コロンバ（St. Columba）／聖パトリック（St. Patrick）／魂の歴史／ディンヘンハス／ドルイド教／ファンタスマゴリア／ベン・ブルベン（山）／蜜蜂の巣／巻きつく蛇／煉獄

【イェイツの作品】

◎詩

◎戯曲

◎散文

【その他の人名、作品、事項】

＜あ行＞

<さ行>

<た行>

<な行>

<は行>

<ま行>

＜や行＞

＜ら行＞

＜わ行＞

【著者】

木原 誠

（きはら　まこと）

1961 年、福岡県生まれ。佐賀大学教育学部教授。

著書に『煉獄のアイルランド　免疫の詩学 / 記憶と徴候の地点』（彩流社、2015）、

『イェイツと夢　死のパラドックス』（彩流社、2001）（第一回日本キリスト教文学会賞）。

編共著 に『周縁学 〈九州 / ヨーロッパ〉の近代を掘る』（昭和堂、2010）、

『歴史と虚構のなかのヨーロッパ　国際文化学のドラマツルギー』（昭和堂、2007）。

共著に『臨床知と徴候知』（作品社、2012）、

『ヨーロッパ文化と〈日本〉 モデルネの国際文化学』（昭和堂、2006）、

『愛のモチーフ　イギリス文学の風景』（彩流社、1995）。

イェイツ・コード

しこん　げんりゅう　ファンタスマゴリア
詩魂の源流／面影の技法

2019年1月10日第1刷発行

【著者】
木原 誠

発行者：高梨 治

たかなし
発行所：株式会社**小鳥遊書房**
〒102-0071　東京都千代田区富士見1-7-6-5F
電話 03 (6265) 4910（代表）／FAX　03 (6265) 4902
http://www.tkns-shobou.co.jp

装幀　坂川朱音
印刷　モリモト印刷株式会社
製本　株式会社難波製本

ISBN978-4-909812-03-2　C0098